insel taschenbuch 5049
Gabriela Jaskulla
Artemisia Gentileschi und Der Zorn der Frauen

Gabriela Jaskulla

Artemisia Gentileschi und Der Zorn der Frauen

Romanbiografie

Insel Verlag

Für Ella Just

Erste Auflage 2024
insel taschenbuch 5049

Umschlaggestaltung: Designbüro Lübbeke Naumann Thoben, Köln
Umschlagabbildung: Artemisia Gentileschi, Judith und
ihre Dienerin (Detail), 1623-1625, The Detroit Institute of Arts,
Foto: akg-images, Berlin
Satz: Dörlemann Satz, Lemförde
Druck: CPI books GmbH, Leck
Printed in Germany
ISBN 978-3-458-68349-0

www.insel-verlag.de

Artemisia Gentileschi und Der Zorn der Frauen

Prolog

Das Kleid riss. Es war ein Geräusch, das zwei Schritte machte: einen kleinen, vorsichtigen und dann einen großen, entschlossen. Ritsch, ratsch! Hell, dunkel! Artemisia hielt einen Augenblick inne, erschrocken über die vermeintliche Missetat. Aber es war ja nicht sie – es war der Mann gewesen, der das Kleid zerfetzt hatte und jetzt wieder, schon wieder, über ihr war. Nein! Artemisia befreite sich, das dritte, das vierte Mal, jedes Mal wurde es schwerer, Widerstand zu leisten, es war, als würde das Gewicht des Mannes auf ihr lasten, auch wenn sie ihn gerade wieder abgeschüttelt hatte, wieder losstürzte, zur Seite auswich, davonjagte, die Treppe hinauf. Aber er hinterher. Kein Auskommen! Nein, nein!

Dabei hatte alles als Spiel angefangen. Sie hatten sich geneckt, weil ihnen das Zeichnen der Zentralperspektive zu langweilig erschien. Das hätte sie stutzig machen sollen, war es doch sein Beruf: Perspektive. Große Räume zeichnen. Das war sein Metier, dafür war Agostino Tassi berühmt, dafür hatte ihn der Vater angeheuert: Tassi sollte seiner Tochter, der 17-jährigen Artemisia Gentileschi, Perspektive beibringen. Das Werkzeug lag noch unten auf dem Tisch in Orazios Atelier, in dem Artemisia dem Vater zur Hand ging. Aber dort war nur noch Chaos, Durcheinander, die teuren Papiere vom Tisch gewischt, die Werkzeuge verstreut. Da hatte das begonnen.

Komm, küss mich, Artemisia!

Sie hatte ihn ausgelacht. So ein alter Mann, mit gezwirbeltem Bart und Bäuchlein. Der sich parfümierte, *Postiche* trug, ein Haarteil, um sein schütteres Haar zu kaschieren. Ihr angeblicher Lehrer. Ein angeblich großer Künstler, der hinter seinem Rücken *Lo smargiasso* genannt wurde. Der stadtbekannte Angeber. Sie rief es laut aus, sie verhöhnte ihn:

Smargiasso! Übernimm dich nicht!

Sie hatte gesehen, wie er in ihr Dekolleté gestarrt hatte, mit einem Blick, als wollte er ihre Brüste heraussaugen. Sie hatte seine Hände gesehen, manikürte Hände, die zeigten, dass er, der Künstler, wohlhabend genug war, eine Reihe von Assistenten zu beschäftigen, Meisterhände also, unruhige Hände, die immerfort ihre Hände korrigierten, selbst dann, wenn keine Korrektur nötig war.

Komm, küss mich!

Das allzu vertrauliche Du. Er machte Faxen dazu. Es sollte aussehen wie eine Spielerei. Aber sein Gesicht war angespannt, die Haut gerötet. Das Hemd stand offen.

Artemisia sagte: Das kann man nicht malen, dass einer was sagt – und man sieht, er meint das Gegenteil! Du sagst: Küss mich, und meinst: Ich will dich bezwingen.

Genau!, rief der Mann – und damit begann es. Er griff nach ihr, sie wehrte die Hand ab, unwillkürlich sprang sie auf, so heftig, dass der Hocker umstürzte, und er folgte ihr.

Nicht so schnell!

Wer hatte das gerufen? Warum hielt sie inne? Wie sehr sie zum Gehorchen neigte.

Warte!

Nein!

Auf und davon! Wie hinderlich die langen Röcke waren. Drei Röcke übereinander. Weißes Linnen, dann ein farbiger Rock aus Leinen und noch ein Überrock aus Wolle. Das Oberteil ebenfalls aus Leinen, nachlässig in die Röcke gestopft, denn sie trug eine Schürze, die das Ganze in der Taille zusammenhielt. Am Schürzenband hielt er sie fest. Wie gut, dass sie es nur lose gegürtet hatte!

Sie entkam. Aber nur bis zur Treppe. Erneut hinderten sie die langen Röcke, drohten sich um ihre Beine zu wickeln. Gegriffen, gerafft, hinauf! Die Treppe schien heller als sonst, als fiele von oben ein Licht darauf. Es mussten ihre Augen sein, sie strengte sich so sehr an, zu sehen, jetzt keinen Fehler machen, hinauf, nur hinauf, in ihr Zimmer, das ein Schloss hatte und einen Schlüssel. Zwölf Stufen, das wusste sie, die hatte sie so oft gezählt und gezeichnet, schattiert und schraffiert, zwölf Stufen nur.

Er hinter ihr und vor ihr plötzlich Tuzia, die Freundin, die Frau, die ihrem Vater zur Hand ging, Tuzia, Gott sei Dank! Hoch aufgereckt, aufmerksam, abwartend.

Artemisia rief ihren Namen, sah sie lächeln, sah, dass sie die Situation begriff. Aber was war das? Tuzia trat zur Seite, ließ Artemisia passieren. Ebenso den Mann.

Tuzia, hilf mir!

Gelächter, aus zwei Kehlen.

Wieder diese Stimme, die sie nicht einordnen konnte. Der lange Gang, die von dort abgehenden Zimmer. Das zweite, das ihre. Sie hatte schon die Klinke in der Hand, da hatte er sie eingeholt.

Warte!

Warum um alles in der Welt tat sie es? Warum hielt sie einen Augenblick inne? So sehr erzogen zur Willfährigkeit? So sehr gewöhnt, auf die männliche Stimme zu hören? Artemisia schrie auf vor Wut. Und vor Schmerz. Der Mann packte sie an den Haaren, hinten im Nacken. Und zerrte sie in das Zimmer. In ihr Zimmer. Das einmal eine Zuflucht gewesen war. Jetzt aber eine Falle. Artemisia kämpfte. Sie versuchte, an dem Mann vorbeizukommen. Aber er war zu schwer. Er war zu groß. Auch sein Mund war groß. Riesig. Ein Maul, das nach ihr schnappte. Die fauligen Zähne. Der rot leuchtende, wie brennende Schlund. Das sah man nie auf den Bildern des Vaters, wenn er seine Heiligen malte und seine Herrschenden. Das Bett! Das war ihr Heiligstes. Tuzia hielt es auf ihre Bitte hin penibel reinlich. Man fand das übertrieben, aber gerade heute war frisches Leinen aufgezogen worden. Das Bett war hoch, vier Pfosten reichten bis fast zur Decke. Dagegen prallte sie nun, nicht schlimm, gar nicht schlimm. Sie versuchte, nach dem Mann zu treten, aber die Röcke hinderten sie. Sie lag. Sie rang nach Luft. Die Hände des Mannes auf ihr. Der schwere Schädel. Die schmutzigen Stiefel. Warum waren die Stiefel schmutzig? Sie waren doch nur im Haus gewesen. Sie drehte sich und wand sich, aber er immer ihr nach. Das Bettzeug zur Seite, das Bettzeug über ihr. Er schob es beiseite. Immerhin erstickte er sie nicht.

Artemisia, du machst mich verrückt. Nein, das stimmte nicht, er selbst war es, er selbst machte sich verrückt, er selbst war gewalttätig, er selbst hatte sich dem Bösen überlassen.

Sie hatte jetzt den Kopf schmerzlich überdehnt, in dem Bedürfnis, ihm auszuweichen, seinen Händen, seinen Lippen. Sie sah, über Kopf, die kleine Öffnung des Fensters. Das Licht fiel auf sein Gesicht. Sie im Schatten. Sie entkam ihm nicht, er war schon wieder über ihr. Vor dem Fenster Vögel. Ein Taubenpaar in der Via della Croce? Mitten in Rom, mitten in der Stadt? Das passte nicht, dachte sie noch. Dann dieser Riss, erst einfach, dann doppelt. Und ihr Schrei.

Stopp!

Cut!

Aufhören!

Alle fuhren zusammen. Die Kamerafrau, die außerhalb des Zimmer-Settings auf einem Stuhl saß und gerade den Monitor kontrolliert hatte. Die Assistenten. Das Scriptgirl. Und natürlich Lena, die Regisseurin. Sie war es, die geschrien hatte. Cut. Aber erst, nachdem Joy, die Hauptdarstellerin, geschrien hatte: Stopp! Ein unerhörter Vorgang. Niemand unterbrach, wenn eine Szene gedreht wurde, vor allem keine mit so viel Action. Das war eine Choreografie, da musste jeder Schritt, jeder Handgriff der Crew sitzen.

Okay. Vorbei. Pause, sagte Lena. – Wir machen in einer Stunde weiter.

Jemand brachte Espresso und eine Karaffe mit Wasser. Sie saßen in Lenas Trailer. Die Regisseurin und ihr Assistent, dazu

Tim, der Drehbuchautor, Joy, die Darstellerin der Artemisia. Und die Professorin, wie sie sie alle nannten, die Expertin, die Fachberaterin für den großen Spielfilm über Artemisia Gentileschi, über die bedeutendste Malerin des Barock, die Meisterin biblischer Szenen, die ein Vergewaltigungsopfer war.

Was war los? – Die Stimme Lenas streng, aber nicht unfreundlich. – Ich hoffe, du hast einen triftigen Grund, meine Liebe …?

Das geht so nicht. – Joys Stimme ein wenig zitternd, aber entschlossen.

Was geht so nicht?

Das Setting. Die Kamera. Das Licht. Die ganze Szene. Joy suchte nach Worten. Die Regisseurin, kooperativ wie stets, ließ den Monitor bringen.

Wir sehen uns an, was wir gerade gedreht haben.

Die fünf schauten. Lange, konzentriert. Dann entfuhr es Joy: Genau das ist es. Das meine ich.

Sie wies mit dem Finger auf den Take, den sie gerade betrachteten. Danilo, der Darsteller des Agostino, in Großaufnahme. Sein mächtiges Gesicht von unten, sodass es noch kräftiger wirkte. Die gerötete Haut, die aufgerissenen Augen.

Ganz gut, oder? – Lena wollte ein wenig Leichtigkeit in die angespannte Situation bringen.

Aber Joy war nicht zu bremsen: Um wen geht es hier?

Die Regisseurin war befremdet. Sie hatten tagelang, wochenlang diskutiert, sich schließlich darauf geeinigt, die Vergewaltigungsszene drastisch zu zeigen, aber nicht voyeuristisch. Keine verkrampften weiblichen Hände, kein schmerzverzerrtes Gesicht, keine nackten Brüste. Kamera eins war Danilo gefolgt, subjektive Kamera, viel Bewegung, sie hatten den Gang die Treppe hinauf etliche Male proben müssen, aber so wurde die Verfolgung klar, die Enge. Und dann Umschnitt, in die Kammer, der Fokus beim Täter, erst über die Schulter gedreht, dann Einstellung in der Halbtotalen: Agostino, also Danilo, riesenhaft über dem Bett, und auf dem Bett Artemisia, also Joy, verschwindend in den Laken. Sie ganz klar das Opfer, aber nicht der Kamera preisgegeben.

Wo ist das Problem? – Lena war durchaus genervt, das hörte man nun doch.

Artemisia trug … kein Dekolleté. – Joy wusste, dass sie mit dem Unwichtigsten begann.

Stimmt. – Die Expertin mischte sich ein. – Frauen trugen um 1600 nur zu großen Festlichkeiten ausgeschnittene Gewänder.

Und er war nicht ihr Lehrer. Schon lange nicht mehr. Wenn es überhaupt stimmte. Da arbeiten wir … historisch nicht korrekt, sagte Joy unsicher und schaute zur Expertin, die sich Notizen machte.

Herrgott, ja! – Nun wurde Lena laut. – Aber wir machen keinen Dokumentarfilm. Und es geht darum, den gierigen männlichen Blick zu zeigen. Der auf eine Frau fällt wie ein Urteil. Zack! Jede Frau kennt das. Und die Situation Lehrer-Schülerin ist nun einmal typisch.

Genau, sagte Joy, das ist es wohl, was mich stört. Es ist … der männliche Blick.

Der männliche Blick auf das Opfer. – Lenas Assistent sprang ihr bei.

Joy nickte. Die anderen schwiegen eine Weile.

Die Frage ist doch, sagte der Assistent vorsichtig, ob wir die Szene überhaupt so ausführlich brauchen.

Sie eröffnet immerhin den Film!, zischte jetzt Tim, der Drehbuchautor. – Es ist der Beginn und gleichzeitig die Schlüsselszene. Auch Leute, die Artemisias Werk nicht kennen, haben davon gehört. Sie wird geradezu identifiziert mit der Untat. Wir holen die Leute ab, verstehst du? Und Missbrauch kennt ja jeder.

Joy winkte ab. Sie war plötzlich unglaublich müde. Es kostete Kraft, einer ganzen Crew in den Arm zu fallen. Sie wusste, dass sie alle dafür zahlen würden. Mit noch mehr Hektik, noch mehr Eile. Jede Minute eines Drehtages, in der nicht gearbeitet wurde, galt als Verschwendung. Sie spürten den Druck. Und dennoch.

Sie überlegte, wie sie weiter argumentieren könnte, dankbar, dass die anderen sie ließen. Es war eine gute Crew, eine nachdenkliche. Die Regisseurin war keine Tyrannin, sondern eine, die ihr Team ernst nahm. Joy suchte nach Worten, stotterte, unterbrach sich, begann von neuem.

Ich glaube, ich habe verstanden, sagte die Expertin schließlich langsam. – Ich verstehe dein Problem, Joy.

Sie schaute erst die Hauptdarstellerin an, ließ dann den Blick schweifen, zum Autor, zur Regisseurin. Die war gespannt.

Ja?

Die Expertin holte tief Luft: Ist es das, was du meinst, Joy? Die Frage ist doch: Wessen Geschichte erzählen wir hier eigentlich?

1. Rom

Das kleine Mädchen hielt fest die Hand des Vaters. Es versuchte zu sehen, was da vorn geschah. Aber es war zu klein. Es sah nichts als die Manteaux und die Reifröcke der Damen und die sich plusternden Hosen und die Umhänge der Männer, und sie hörte nichts als das betende Gemurmel der Umstehenden. Steife Gewänder, stetes Raunen. Schwarz, Schwarz und Schwarz. Der Vater schwieg. Er sprach die Gebete nicht mit. Er sprach überhaupt so gut wie nichts in den letzten Tagen. Orazio Gentileschi, der Leutselige, der Maler, der stets Freunde um sich scharte, der die Tavernen von Rom ebenso liebte wie die Ateliers, war verstummt. Ein Berg. Finster. Undurchdringlich. Seine Kiefer mahlten. Seinen Blick konnte Artemisia nicht sehen.

Vater? Natürlich sagte sie das nicht. Nicht jetzt in der Kirche. Es fiel ihr schwer, zu gehorchen, aber sie galt als folgsames Kind. Als das liebenswürdigste der vier Kinder. Ihre drei Brüder standen rechts und links, heulten. Artemisia blieb stumm und aufrecht. Verstand sie, was da gerade geschah? Verstand sie, dass dies hier ein Abschied für immer und eine Katastrophe für sie und für ihre Familie war? Die Mutter war gestorben, mit knapp dreißig, im Kindbett. Man hatte sie aufgebahrt, ihr den toten Säugling auf die Brust gelegt, in die wachsweißen Arme. Die Kerzen in Santa Maria del Popolo flackerten, der Weihrauch stank. Die Leute standen und schwankten, so lange dauerte die Totenklage, so sehr fehlte Luft zum Atmen in dieser trauerschwangeren, beißenden Atmosphäre. War der tote Säugling ein Mädchen? Oder ein Junge? Artemisia wusste es nicht mehr. Die letzten Tage waren verschwommen, der Morgen, der Abend. Sie war aufgestanden, hatte zusammen mit der weinenden Magd den Brüdern das Frühstück bereitet, das genauso gut eine Vesper hätte sein können, hatte serviert und abgeräumt, gebürstet und gewaschen. Sie war elf Jahre alt. Sie war jetzt eine Frau. Und verantwortlich für die Brüder.

Der Vater drückte ihre Hand. Artemisia schaute nach oben. Jetzt schaute er sie an, aber er schien sie nicht zu sehen. Er war weit weg. Würde er zurückkommen?

Prudenzia Montone war die Liebe seines Lebens gewesen. Eine gute Partie, gewiss. Aber Liebe? Die Zechkumpane hatten sich gewundert. So etwas gab es doch nicht. Oder man nahm es in Kauf, so wie man einen Gewittersturm in Kauf nahm. Legte sich wieder. Dass aber ein Mannsbild wie Gentileschi, aufgeräumt, trinkfest, ein rechter Kerl, so versessen war auf ein Weibsbild! So redeten sie in der Taverne, wenn sie glaubten, dass die kleine Artemisia nicht zuhörte oder nicht verstand. Vielleicht hatte Orazio sie auch nur bekommen, weil sie einen brauchte, schnell und diskret. Man kannte so was, da war etwas unterwegs. Artemisia hörte und versuchte zu verstehen. Sie wurde geschickt, um den Vater abzuholen, was mal besser, mal weniger gut gelang. Sie hasste das. Sie mochte die Luft in der Taverne nicht, die schwer vom Wein war, sie mochte das Reden der Männer nicht, das ebenso unsicher war wie ihr Gang, wenn sie sich endlich erhoben, um nach Hause, zu Frau und Kindern zu gehen, so wie ihr Vater, meistens jedenfalls, wenn sie nur genug auf ihn eingeredet, ihn am Ärmel gezogen, ein bisschen gebettelt und gegreint hatte. Ihr Vater war oft genug der Mittelpunkt solcher Männerzusammenkünfte, und doch war er anders. Oft saß er mit den Kumpanen beieinander, sie bildeten einen Kreis, aber die Abstände zu seinen Nebenleuten waren bei Orazio Gentileschi größer als bei den anderen. War das Respekt? War das Befremden? Vielleicht eine Mischung aus beidem. Keinen Augenblick vergaß Orazio Gentileschi, wer er war: ein Künstler. *Der* Künstler. Jedenfalls einer der angesehensten Künstler im Rom seiner Zeit. Das hatte er seiner Tochter immer wieder erklärt, den Zeigefinger erhoben, den Oberkörper zu ihr herabgebeugt, die Miene freundlich.

Vergiss das nie: ein Künstler!

Auf einer Stufe mit dem benedeiten und verfluchten Merisi. Allenfalls diesen ließ der Vater gelten. Michelangelo Merisi aus Caravaggio. Er ließ sich allerdings selten hier blicken – und wenn, dann nur, um Geld zu leihen, weil er schon wieder vor irgendwem irgendwohin fliehen musste. Immer war Merisi in Bewegung, es war ein Rätsel, wie er überhaupt zum Malen kam. Artemisia sah sich um: Merisi war nicht da. Er war wieder einmal zu weit gegangen. Diesmal hatte er den Vater gekränkt oder herausgefordert, was ein und dasselbe war. Er war in ihrem Haus vorstellig geworden, als die Mutter gerade gestorben war. Aber was hieß gestorben: elendiglich eingegangen war sie, nachdem man das Kleine nach drei Tagen endlich aus ihrem wunden Leib hatte holen können, ausgeblutet war sie, niemand hatte das stoppen können, sie hatte erst gejammert und geklagt, sich gewunden und die Tücher, die man ihr gab, mit schweißnasser Hand weggeschoben. Dann hatte sie sich ausgestreckt, war, so schien es, von Minute zu Minute bleicher und stiller geworden, das Laken über ihrem Leib sank ein, in der Mitte über ihrem Körper ein dunkler Fleck, der immer weiter wuchs, bis die Hebamme das Tuch fortriss und ein neues auflegte und wieder ein neues. Artemisia hatte nicht hinschauen können, wenn die Laken erneuert wurden. Das Kleine war ganz blau gewesen, und es atmete nicht. Erschrocken hielt Artemisia es in den Armen, wusste nicht, wohin damit. Es war nicht ihre Aufgabe, ein totes Kind zu halten, nackt und bloß, sie nahm ein paar Tücher, hüllte es rasch und ungeschickt ein, wiegte es automatisch, so wie sie es die Frauen tun sah, aber natürlich regte sich nichts, griffen keine kleinen Finger nach ihr, greinte und schluckte nichts. Alles blieb stumm. Nur die Mutter atmete schwer, jetzt sah Artemisia, dass sie ihre Augen auf sie richtete, auf sie und das Neugeborene, und Artemisia konnte nicht anders, zupfte die Tücher ein wenig beiseite, sodass die Mutter das kleine Gesicht des toten Kindes sehen konnte:

Schau nur!

Aber da waren schon wieder die anderen bei der Mutter, die Hebamme und sogar ein Arzt, den der Vater eilends gerufen hatte, und der Blick der Mutter wurde verstellt, jetzt brachen Geschäftigkeit aus, Rufen und Klagen:

Prudenzia! Atme!

Und nach Tüchern und mehr Wasser wurde gerufen.

Heißes Wasser?

Nein – kaltes!

Aber der endgültige Blutsturz der Mutter war nicht abzuwenden. Alles färbte sich rot. Das Rot überschwemmte die Bettstatt, die Laken, die Tücher, färbte das Weiße glutrot und das Graue dunkel, und Artemisia wurde aus dem Zimmer geschoben, immer noch das tote Kind auf dem Arm.

Am nächsten Tag war Merisi gekommen. Um seine Aufwartung zu machen, so sagte er, und der Vater hatte es merkwürdig gefunden, dass der Malerfreund am Totenbett eine äußerst traurige Miene gezeigt hatte, sogar weinte und schluchzte und dann bat, ihn einen Augenblick allein zu lassen mit der Mutter und dem Kind in ihren Armen. Der Vater hatte schließlich eingewilligt und mit schweren Schritten das Zimmer verlassen, die anderen mit sich ziehend. Dann hatte ihn jedoch ein böser Verdacht befallen, und er hatte sich umgewandt und war die Treppen nach oben gestürzt. Artemisia, die wie immer hinter ihm blieb, sah, wie er in das Totenzimmer trat, erstarrte, mit ein, zwei großen Schritten bei Merisi war und dem etwas aus der Hand schlug: einen Skizzenblock und einen Stift. Und dann holte er aus und gab Merisi eine Ohrfeige.

Raus hier! Verlasse mein Haus!

Eine Ohrfeige war weitaus schlimmer als ein Faustschlag. Demütigend. Etwas für Frauen und Kinder. Nichts für eine Auseinandersetzung unter Männern. Und so schlich Merisi geduckt und mit brennend roter Wange an Artemisia vorbei aus dem Haus. Aber: Täuschte sie sich? Oder hatte er ihr tatsächlich noch zugezwinkert?

Merisi hatte die Tote und ihr Kind zeichnen wollen.

Die Maler von Rom waren versessen auf den Tod.

Hingegossene, in Verzückung erstarrte Nonnen, heilige Märtyrerinnen, die die Augen verdrehten, bleiche, schöne Tote, Ohnmächtige, gebettet auf Rosen oder kostbare Tuche – das waren die Stoffe, das war gefragt. Artemisia mochte diese Mode nicht. Sie mochte die ohnmächtigen Frauen nicht. Sie wollte, dass Frauen klaren Blickes aus den Gemälden schauten, dass sie aufrecht standen, dass sie dort, wo sie darniederlagen, schon im nächsten Augenblick wieder aufstehen würden. Sie wollte, dass die Frauen die Augen offen hielten – und die Arme. So wie die Mutter, bis zuletzt. Oder wie die Cenci. Auch, wenn es der nichts genützt hatte.

Die Cenci! Warum fiel ihr ausgerechnet jetzt die Cenci ein? Weil auch sie eine tote Frau war – und eine, die Merisi zeichnen wollte?

Bei der Hinrichtung der Cenci war Artemisia sechs Jahre alt gewesen. Der Vater hatte sie mitgenommen zum Castel Sant' Angelo, zur Engelsburg. Links von ihr der Vater, rechts der Kollege Merisi. Beide Männer waren aufgeregt. Sie merkte das, weil der Vater noch mehr redete als sonst und weil Merisi schwitzte, obwohl dieser Septembertag des Jahres 1609 eher kühl war. Sie waren nicht allein. Hunderte, nein Tausende Männer und Frauen machten sich auf den Weg. Sie nahmen eine der Brücken über den Tiber und dann nach links, da, wo sich in der Ferne die gewaltige Baustelle der Papstkirche in den Himmel schraubte. Hier ragte die Hadriansburg als runder, gewaltiger Turm empor, ein Bau, der schaudern machte, abweisend, trotzig und düster. Früher, so hatte es der Vater berichtet, hatten sich die Päpste hierher geflüchtet, wenn ihre Feinde übermächtig geworden waren, aber längst flüchteten sie nicht mehr, sie schlugen vielmehr in die Flucht, sie verbannten, ließen foltern und töten. Aus der Festung war ein Kerker geworden, mit einer Papstwohnung allerdings inklusive. Clemens VIII. legte Wert darauf, kein Erbarmen zu zeigen, auch jetzt nicht, da ihn eine Fülle von Bittschriften, von Protestnoten erreicht hatte, wo selbst bekannte Adelige für die Verurteilte eingetreten waren. Der Papst blieb hart. Die Cenci musste weg. In Artemisias Haus hatten die Eltern darüber gesprochen, fassungslos wie die meisten Römer. So klar schien die Sache, dass ein Kind sie verstehen konnte. Beatrice Cenci stammte aus einer adeligen, eigentlich begüterten Familie. Aber ihr Vater Francesco war ein berüchtigter Mann, ein Trinker und Schläger. Er trieb es mit allem, das sich nicht wehren konnte, mit Frauen, Männern und mit Tieren. Immer wieder war er angeklagt worden, aber sein Geld half ihm stets, sich freizukaufen. Schließlich verschleppte er seine zweite Frau und die Tochter auf eine Burg weitab von Rom, und dort schloss er beide ein. Jahrelang hörte man nichts mehr von ihnen und wenn, nur das Schlimmste. Die Leute in Rom flüsterten darüber, als könnten sie die Untaten des Mannes kleiner machen durch einen gesenkten Tonfall.

Artemisia erspähte zwischen den Rücken und Köpfen der Menschen, die vor ihr gingen, die Engelsburg. Ob Beatrice in solch einem Bau gefangen gewesen war? Vermutlich. Man wusste es nicht. Und ob sie dort ganz allein gewesen war? Man wusste es nicht. Man wusste nur, dass sie eines Tages all die Prügel und Missetaten nicht mehr aushielt und einen Mordplan fasste. Gemeinsam mit ihrer Stiefmutter und ihrem Bruder ließen sie den Vater umbringen. Ein Gutsverwalter half ihnen, den Alten mit Hammerschlägen zu töten. Aber die Sache flog auf. Die Männer und die Stiefmutter gestanden schnell unter der Folter, nur Beatrice, so hieß es, sei bis zuletzt standhaft geblieben. Was mochte das bedeuten? Bedeutete es, dass Beatrice buchstäblich stehengeblieben war, aufrecht? Dass sie schwieg? Oder dass sie der

Kommission die Wahrheit entgegenschrie, ihren Zorn, ihren Schmerz? Wie wehrte man sich gegen Gewalt? Mit neuerlicher Gewalt? Mit Anständigkeit?

Die Mitglieder der Familie wurden einzeln herbeigeführt. Die Menge schrie auf, als sie Beatrice zu erkennen glaubte. Aber es war nicht Beatrice, es war Bernardo, der kleine Bruder, den man begnadigt hatte. Allerdings war er verdammt, zuzusehen bei dem, was nun folgen würde, deshalb führte man das Kind auf den Richtplatz. Die Menge begriff die Grausamkeit, die in der vermeintlichen Milde lag, und ein ungeheures Murren setzte ein, grollend und drohend wie ein Unwetter, das sich erst noch sammeln muss. Das Murren der Menge wurde lauter, dann begannen die Leute zu rufen und zu schreien – das war der Moment, als Beatrice Cenci auf den Richtplatz geführt wurde. Der Vater sagte es ihr, sehen konnte die kleine Artemisia nichts.

Vater, bitte!

Er nahm sie auf die Schulter. Und da erst erkannte Artemisia, wie unendlich groß die Menge war. Dicht an dicht standen die Menschen, dahinten war sogar ein Podest für die Zuschauer aufgebaut, als sei hier eine Prozession zu bestaunen oder ein Wettkampf. Auf den Balkonen pressten sich die Leute aneinander, auf den Dächern lagerten sie, aus den Fenstern hingen Menschenklumpen, und die Masse war keineswegs still, sie bewegte sich, auch um Artemisia bewegte es sich, die Menge schob und rückte, und der starke Vater schwankte in dem Bemühen, das Gleichgewicht zu halten, er stand breitbeinig, hielt die Arme vor der Brust verschränkt und schnaufte. Artemisia bekam Angst, aber nun war es zu spät, sie musste hier oben ausharren und alles sehen. Sie bemühte sich, den Blick nach vorn zu richten, auf den Richtplatz, auf diese seltsam nüchterne Bühne, nein, das war keine Bühne, das war der Altarraum einer Kirche, aber einer Kirche ohne Apostel, ohne Madonna, ohne Christus, ohne Heil. Da war nur der Altar, also der wuchtige Holzblock, in den die Delinquenten eingespannt würden. Auf diesem Holzblock mussten sie rittlings Platz nehmen, und der Altar verwandelte sich in eines der Unheil bringenden Pferde aus der Offenbarung des Johannes. Artemisia begann zu schwitzen. Gleich, gleich. Artemisia schaute nun doch nach unten, musste sich augenblicklich am Vater festhalten, denn so unruhig war die Menge, so chaotisch suchte ein jeder das Gleichgewicht zu halten, reckte sich, balancierte auf Zehenspitzen, fuchtelte, zeigte, wandte sich zum Nebenmann, schnäuzte sich, redete, dass einem schwindelig wurde wie bei einer Bootsfahrt auf dem Tiber. Es rumorte im Magen, es brannte im Kopf. Der Vater hielt jetzt ihre Beine fest, er merkte, dass sie unsicher saß. Und dann wurde es für einen Augenblick still. Der Henker mit seinem riesigen Schwert betrat den Richtplatz. Und dann sah Artemisia die Cenci am Rande des Richtplatzes stehen. Wie war sie dorthin gekommen? Wie hatte diese Person die Hand gegen den Vater erheben können, ihn töten lassen können? Es war undenkbar. Aufrecht stand sie, klein und schmal. Sie hatte die Arme ein wenig zur Seite ausgebreitet, wie jemand, der sagen will: Seht nur her, da bin ich. Warum zitterte sie nicht? Oder konnte man das Zittern nur wegen der Entfernung nicht sehen? Artemisia kniff die Augen zusammen. Sie wollte sich alles ganz genau einprägen: das lose, blaue Gewand, das man Beatrice übergeworfen hatte, die Haare, die ihr irgendjemand achtlos abgeschnitten hatte, sodass der weiße Nacken leuchtete. Die bloßen Füße. Die Hände, die aus den weiten Ärmeln ragten. Artemisia schaute und schaute, so angestrengt, dass sie sich die Augen reiben musste. Sie nahm aus den Augenwinkeln Merisi wahr, der neben ihr lächelte, nicht aufmunternd, sondern eher wie ein Komplize.

Kleine Seele, schweifende, zärtliche,
Gast und Gefährtin des Leibs,
Die du nun entschwinden wirst dahin,
Wo es bleich ist, starr und bloß,
Und nicht wie gewohnt mehr scherzen wirst ...

Merisi trug die Worte ernst und bedächtig vor, er sprach sie vor sich hin, zu niemand Bestimmtem gewandt. Artemisia wusste, woher sie stammten: aus der Engelsburg. Es war eine Inschrift, die man dem Kaiser aus Vorzeiten zuschrieb und die jedermann kannte. Merisi war nicht gebildet, aber er wusste Gedichte und Lieder. Betete er etwa? Nein, er lächelte wieder sein ironisches Lächeln. Artemisia streckte die rechte Hand nach ihm aus, aber er ignorierte sie.

Die Wärter nahmen nun Beatrice rechts und links bei den Armen und führten sie zur Richtstätte, wo der Henker wartete. Die Menge schrie auf. Fäuste flogen in die Luft, Arme wurden nach oben gereckt. Gnade, Gnade! Die Menge schrie für die Cenci, sie protestierte, sie verfluchte den Papst und die Kirche, die, so wusste man, nichts Eiligeres zu tun habe würde, als sich den Reichtum dieser Familie unter den Nagel zu reißen, sobald ihre Mitglieder beseitigt wären. Die Menge brüllte. Da gab es weit hinter den Gentileschis ein gewaltiges Krachen, etwas barst, etwas polterte, und wieder schrien die Leute, ein Podest, auf dem viele Zuschauer gestanden hatten, war zusammengebrochen. Der Vater fuhr kurz herum, hielt Artemisia an den Beinen, aber dann kam wieder der unheilige Chorraum dieser heidnischen Kirche in den Blick, der Richtplatz, das Opfer, die Zeugen, der Pfaffe, und der Henker ließ sich jetzt nicht mehr aufhalten. Auch Beatrice, so schien es, hatte es nun eilig und schwang sich auf den Holzbock und beugte sich. Plötzlich ertönte ein Kanonenschuss vom Palast des Papstes, das war das Zeichen. Der Henker hob das Schwert hoch über den Kopf der Beatrice, holte noch einmal aus und – schlug zu. Die Menge fuhr zusammen, die Menge stand still. Artemisia zwang sich hinzusehen, die Hände vor dem Mund zu Fäusten geballt. Merisi neben ihr streckte sich. Seine Augen funkelten. Es war klar, dass er auf keinen Fall etwas verpassen wollte. Der Vater atmete schwer und stoßweise. Auf dem Richtplatz lag nun der Kopf der Cenci, ein paar Schritte weiter der blutige Torso. Artemisia brachte das nicht zusammen. Schon nicht mehr. Da der Kopf, dort der Leib. Hier die Augen, der Mund, die gestutzten Haare, dort die Arme, die Beine. Plötzlich wurde ihr übel. Der Vater ließ sie behutsam zu Boden gleiten.

Wer einen Menschen tötet, entzweit die Welt.

Hatte das der Vater gesagt? Oder Merisi, der neben ihnen blieb, als sie sich nun ebenso eilig wie vorsichtig den Weg zurück durch die Menge bahnten. Es war schwierig, Helfer versuchten, sich zum Podium durchzuarbeiten, hinten gab es ein Chaos aus Brettern, Bohlen und schreienden, klagenden Menschen, wütend wurden sie jetzt, fingen mit Nebenstehenden Händel an, weil die Wut irgendwo hinmusste, andere strebten wie sie weg von dem Platz, weg aus dem Wühlen, dem Toben, dem Schimpfen, dem tausendfachen Köpfeschütteln und Jammern.

Fort, nur fort!

Komm!

Artemisia aber ließ sich führen, sie hielt die Augen geschlossen, als wollte sie das grausige Bild, das sie eben gesehen hatte, auf jeden Fall bewahren, es einschließen hinter ihren zuckenden, sich wehrenden Lidern eines Kindes.

Bald haben wir es geschafft, sagte der Vater ungewohnt sanft, als sie in die Via dei Nari einbogen.

Geschafft? So etwas wie heute konnte man nicht schaffen, sagte sich Artemisia. Niemals. Man konnte es nur aufheben, mit sich tragen. Hatte sie genau genug hingeschaut? Hatte sie sich alles in korrekter Weise eingeprägt? Und was konnte man überhaupt sehen und was nicht?

Kleine Seele, schweifende, zärtliche,
Gast und Gefährtin des Leibs …

Wie Merisi die wohl malen würde?

Konnte man die Seele malen?

Der Vater hatte Merisi daran gehindert, bei der toten Mutter zu verweilen; er verbot ihm das Bild. Artemisia verstand es und verstand es doch nicht. Freilich, Merisi hätte fragen müssen. Und ja, vielleicht wollte der Vater diese Tote, seine geliebte Frau, die Mutter, ganz für sich. Warum malte er sie dann aber nicht selbst? Warum stattdessen dieses Spektakel, diese Totenmesse? Das halbe Viertel war gekommen, teils, um Abschied von einer geschätzten Nachbarin zu nehmen, teils, um Orazio die Ehre zu erweisen – aber wohl doch vor allem, um zu sehen, wie aufwendig die Gentileschis diese Beerdigung veranstalteten. Artemisia sah das Abschätzige in den Augen von vielen. Die Trauerfeier der Mutter war auch eine Feier der Möglichkeiten. Orazio Gentileschi zeigte, was er aufzubringen vermochte. Wie gleichgültig ihm die Riesensumme war, die das hier zweifellos kosten würde. Es sollte so aussehen, als spielte es keine Rolle, aber Artemisia hatte ihn rechnen sehen, sie hatte gesehen, wie er Papier um Papier nahm, beschrieb, den Zettel zerknüllte und nach einem neuen griff. Und dann die Wahl des Ortes! Nein, nicht die Kirche San Luigi dei Francesi, die Pfarrkirche, die die Gentileschis normalerweise besuchten. Vielleicht nicht, weil dort zwei Gemälde von Merisi hingen, dem ewigen Rivalenfreund? Und schon gar nicht die bescheidene Santa Maria in Via Lata, die in unmittelbarer Nachbarschaft lag und eher einem schwachbrüstigen Palazzo als einer Kirche glich. Der Vater hatte unwillig den Kopf geschüttelt. Die nicht!

Es musste Santa Maria del Popolo sein. Sie lag direkt am Stadttor, an der Porta Flaminia, und die von außen schlichte, etwas gedrungene Kirche erwies sich von innen als Schatztruhe, die vor Kunstwerken geradezu barst. Ja, auch hier gab es Bilder von Merisi, aber ebenso Werke ehrenwerter Kollegen wie Raffael oder Bregno, die die Verhältnisse zurechtrückten, wie der Vater meinte. Santa Maria del Popolo versammelte die Großen. Orazio Gentileschi zeigte mit der Trauerfeier für seine Frau, dass er genau hierhergehörte. Artemisia hatte es geschaudert, als er ihr von der Wahl der Kirche erzählte, er erzählte immer alles, er war ganz anders als andere Väter, er sprach mit seinen Kindern, als wären es seine Lehrlinge – und nicht mit den Lehrlingen, als seien sie Kinder. Er ließ sich von den Söhnen und dem Töchterchen begleiten, als er die Kirche in Augenschein nahm, genauer, als er es je zuvor getan hatte, er prüfte sie, als wollte er sie kaufen, und der Pfaffe oder Verwalter, der sie führte, wurde schon ungeduldig: Wusste nicht jeder Römer, was er an der Kirche hatte? Wie einzigartig und prachtvoll sie gerade in ihrer Schlichtheit war? Der Vater ließ seine kritischen Blicke schweifen. Nein, nicht eine der acht Seitenkapellen, nicht das Kirchlein des angeschlossenen Klosters, genau hier im Zentrum unter dem achteckigen Tambour vor dem Hauptaltar der Santa Maria del Popolo sollte Prudenzia aufgebahrt sein. Ganz Rom sollte sie sehen, seine tote Frau, seine Liebe – und ihn, den würdigen, untröstlichen Witwer. Er stampfte mit dem Stock auf, den er stets mit sich führte, wenn er wichtige Unterredungen vorhatte.

Artemisia löste die Hand unauffällig aus der des Vaters, entfernte sich und schaute sich um. Sie standen im Hauptschiff, kurz vor der Vierung, da, wo sich Langhaus und Querhaus kreuzen. Die Kirche war wuchtig, schwer, gediegen. Bündelpfeiler gruppierten sich aus hohen, halben Säulen. Die Pfeiler trugen die Rundbögen zu den Seitenschiffen, die meisten jedenfalls, andere reckten sich empor bis zum Gewölbe. Artemisia zuckte zusammen: War das alles Marmor?

Der Vater war ihr mit Blicken gefolgt, lächelte und rief ihr zu:

Was schaust du, Kind?

Artemisia ließ die Hand über einen der Pfeiler gleiten:

Ist das alles – Marmor?

Der Vater lachte, trotz seiner Trauer:

Alles Tand, mein Kind, alles Tand! Das ist Marmorimitat. Weniger Aufwand, mehr Effekt. Weniger Kosten, mehr Effizienz.

Er ließ die Söhne und den Pfaffen, mit dem er gerade verhandelte, stehen und näherte sich Artemisia.

Schau nur!

Er führte ihre Hand noch einmal, behutsamer, über den Stein. – Merkst du es?

Es ist nicht so kühl wie Marmor!

Genau. Wichtig ist auch die Temperatur der Dinge. Und merkst du, dass es rauer ist?

Artemisia nickte. Der Vater tat, als hätte er alle Zeit der Welt. Immer, wenn es um Bilder ging, um Skulpturen oder gar Bauten, war das so. Dann wandte ihr Vater sich wieder seinen Geschäften zu, der Organisation eines Abschieds. Und Artemisia tastete und schaute.

Jetzt war es gut, dass sie sich auskannte. Ihr war elendiglich zumute. Schwindelig. Hörte das denn nie auf mit dem Weihrauch? Mit dem Knien und Aufstehen, dem Murmeln und Beten? Einer der Brüder war eingeschlafen. Sein Kopf war auf das Kinn gesunken, er schnaufte leise im Schlaf. Der Vater ließ ihn, oder er bemerkte es nicht. Er schaute nach vorn, finster, er hatte die Augen zusammengekniffen, als wollte er Maß nehmen, dabei lief alles genau so ab, wie er es wollte, er bekam, was er bezahlt hatte, aber was er eigentlich wollte, das hatte er für immer verloren.

Artemisia sah sich erneut um. Niemand, der ihren Blick erwidert hätte. Niemand, der ihr zulächelte oder aufmunternd nickte. Die Menge hinter ihr starr und stumm, eine schwarzgekleidete Wand. Da war ihr, als würde sie in diese Wand stürzen und die Wand in sie. Da fing sie an zu verstehen, wie das sein würde, eine Welt ohne die Mutter.

Wenige Tage später begriff sie noch mehr. Das war, als der Vater ganz selbstverständlich davon ausging, dass Artemisia nun den Platz der Mutter einnehmen würde. Wer denn sonst? Wer sollte am Morgen die Brüder wecken, das Wasser holen, die Brüder anweisen, das Feuer zu entfachen? Wer, wenn nicht Artemisia, würde das Atelier fegen, den Raum lüften, um den Staub nach draußen zu entlassen und die Anstrengungen des vergangenen Tages, würde aufräumen, die Gesellen empfangen, ihnen erste Anweisungen geben, während der Vater, stumpfhaarig, unrasiert, den warmen Brei lustlos in sich hineinlöffelte, den sie ihm hinstellte, den Wein dazu schlürfte. Er brauchte seine Zeit. Und sie hatte ja genug davon. Die Brüder fügten sich murrend in das neue Regiment, weil es ihnen Vorteile brachte. Nach wie vor mussten sie sich um nichts kümmern, was sie nicht unmittelbar betraf, denn sogar die Wäsche besorgte Artemisia jetzt.

Sie hatte die Mutter oft begleitet. Dann waren sie zu dritt gewesen: Emilia, die Wäscherin und die Mutter redeten pausenlos bei diesen Unternehmungen; kaum dass sie das Haus verlassen hatten, begann das Geplapper und Geplauder. Es war nicht weit von der Via Margutta zur Piazza del Popolo, trotzdem schnaufte Prudenzia, wenn sie die Weite des Platzes betraten: Meist trug sie ja ein Kind unter dem Herzen, Artemisia hatte ihre Mutter eigentlich nie anders als guter Hoffnung erlebt. Deshalb eilten die anderen Frauen herbei, um ihnen zu helfen. Die Waschtage auf der Piazza waren fröhliche, nur halb organisierte Festtage der Frauen. An den Waschtagen gehörte der größte Platz des Campo Marzo allein ihnen, sie schufen eine neue Ordnung mit ihren Zubern, Kesseln und Tragen. Zunächst stellten sie die großen Körbe ab, scheinbar irgendwohin, als wollten sie die Wege markieren. Der Platz gab Pfade vor: von der etwas heruntergekommenen Stadtmauer am oberen Ende, da, wo sich das Stadttor zur Via Flaminia öffnete, bis zum Zentrum des Platzes. Dort stand der riesige Obelisk, einer von der Art, wie sie der Papst etlichen Plätzen spendiert hatte, warum, das begriff keiner so recht; die Fremdkörper mit ihren ägyptischen Hieroglyphen waren jedoch recht schmuck, und es war leicht, sich an ihren Sockeln zu verabreden, Ziegen konnte man hier anbinden, das war praktisch. Weiter südlich mündete der Platz in die drei großen Straßen, die die Stadt wie einen Fächer teilten. Über die Via del Corso waren sie gekommen, in der Via Paolina würde der Vater später einkehren, und über die Via di Ripetta sprachen sie nur hinter vorgehaltener Hand, denn dort gingen liederliche Frauen ihren Geschäften nach. Der Platz bündelte und fasste alles – aber er überließ es den Menschen, wie sie ihn nutzten. Es war ein Platz, der Ruhe ausstrahlte, Gelassenheit. Diese Ruhe strömte in die Lebensadern der Stadt. Wenn die Frauen ihre Körbe abgesetzt und auf diese Weise ihre Plätze markiert hatten, inspizierten sie die Waschtröge, begrüßten einander, hielten einen Schwatz, besprachen die Sorgen der letzten Woche. Und dann begann das Einweichen und Reiben, das Kratzen und Rubbeln, das Herausnehmen, Schwenken und Wiedereintauchen, bis die Leintücher endlich prüfend gegen die Sonne gehalten wurden, die eine oder die andere Frau zufrieden nickte, die nun schweren Tücher mit der Hilfe einer zweiten faltete und wieder in den Korb legte. So ging das bis mittags, bis die Sonne unerbittlich brannte. Dann war aber noch genug Zeit, die reine Last ein paar Meter nach oben zu schleppen, auf den Pincio-Hügel, dahin, wo der Park der Borghese begann. Zwischen den Pappeln ließ sich die Wäsche gut trocknen; die Besitzer des Palazzos duldeten das, schließlich trockneten auch ihre Tafeltücher zwischen den anderen. Jedes Mädchen lernte das Ritual beizeiten; Artemisia war, kaum dass sie laufen konnte, an der Hand der Mutter zum Waschplatz gegangen, und so hatten sie es weiterhin getan, Woche für Woche, und das Tragen des Korbs der Wäscherin Emilia und deren Freundinnen überlassen. Und jetzt? Jetzt war sie allein mit der Wäscherin. Niemand hielt ihre Hand. Und der große Platz, der immer freundlich und fröhlich auf sie gewirkt hatte, war plötzlich gewaltig und leer. Die Menschen schienen sich darauf zu verlieren. Artemisia erinnerte sich daran, dass die Piazza del Popolo ehedem auch als Richtplatz diente, dass hier Missetäter geköpft oder mit dem Schwert hingerichtet wurden, bevor der Papst einen feineren Platz dafür eingerichtet hatte. Wie konnte da Wäsche sauber werden? Und wehte nicht ein garstiger Wind? Der Obelisk ragte in der Mitte empor wie der mahnende Zeigefinger des Vaters: Spute dich, komm schnell zurück, führ keine losen Reden, mach mir keine Schande! Der Vater jagte sie zur Arbeit – und hielt es nicht aus, wenn sie unterwegs war. Er sprach stundenlang mit ihr über die Kunst seiner Kollegen – und brauste plötzlich auf, dass sie ihm die kostbare Zeit stehle. Hinaus! Mach deine Besorgungen! Er witterte, dass sie Zeit vertrödelte. Oder dass sie sich mit den falschen Leuten unterhielte. Dass sie sich überhaupt unterhielte! War Emilia der richtige Umgang? Argwöhnisch bestellte er die Wäscherin ein, redete vorgeblich harmlos mit ihr, um sie zu prüfen, fand nichts, das sich hätte beanstanden lassen, und entschied gleichwohl, sie nicht mehr allein mit Artemisia zu lassen; einer der Brüder musste nun mitgehen zum Waschplatz, das war eine Demütigung für beide: für den Bruder Francesco, der Weiberkram zu erledigen hatte, und für Artemisia, die sich kontrolliert und gegängelt fühlte. Die Mutter fehlte. Sie fehlte überall. Sie hatte den Vater beruhigt und die Söhne zu Fleiß angetrieben. Sie hatte Schönheit in die Räume und Licht in die Wohnung gebracht. Sie hatte gesungen und Artemisias erste Malversuche lächelnd begleitet. Sie war mit ihr gegangen. Sie war überall gewesen.

Der Vater bemerkte wohl, dass seine Tochter immer stiller wurde. Dass sie den Löffel mit der Polenta sinken ließ und an den Brüdern vorbei ins Nichts schaute. Es machte ihn nervös. Es machte ihn hilflos. Es gab keinen Trost, er selbst wälzte sich schlaflos in jeder verfluchten Nacht, seit Prudenzia nicht mehr an seiner Seite war. Was sollte er seiner Tochter sagen? Alles wird wieder gut? Ha! Orazio Gentileschi spürte einen Grimm in sich, eine Wut über den Verlust. Man sah es in seinem finsteren Gesicht, in den zusammengezogenen Augenbrauen, auch, wenn er nur selten in seiner Arbeit innehielt und einen Pinsel zu Boden warf oder von der Leiter stieg, um eigenhändig die Position eines Modells zu verändern, mit ruppigen Händen: Nicht so! Sondern so! Wie stehen denn Engel da? Du jedenfalls gebärdest dich wie ein Bauer!

Und dann liefen die Modelle davon, und die Gesellen mussten neue suchen. Sie blieben für Tage oder Stunden verschwunden, was den Vater noch mehr aufbrachte. Und diese Stimmung ließ er Artemisia spüren.

Komm und beeil dich!

Warum sind die Farben nicht angerührt?

Wann reinigst du die Paletten?

Heute Abend bekomme ich einen Besucher, bereite alles vor.

In letzter Zeit bist du nachlässig mit den Mahlzeiten.

Und so fort. Er trieb sie an, damit sie nicht so viel grübelte, sagte sich die Tochter. Es mochte also eine eigentümliche Form der Sorge dahinterstecken, aber es verletzte sie doch. Und es machte sie gänzlich unfrei. Nie, niemals hatte Artemisia eine ruhige Minute. Also zog sie sich noch mehr in sich selbst zurück, wurde bockig, wie ein Tier im Pferch, das Anlauf nimmt.

Irgendwann jedoch besann sich der Vater, wie es schien.

Komm, Kind!

Er erklärte nichts, obwohl es noch sehr früh am Sonntagmorgen war. Das musste er auch nicht. Er war der Vater. Artemisia aber war es gewöhnt, dass er sprach. Meistens ging es um Kunst, um Malerei, dann war der Vater kein Vater, sondern ein Künstler, einer, der brannte, der leuchtete und dem es gleichgültig war, dass er es mit einer Zwölfjährigen zu tun hatte, Hauptsache, sie war an seiner Seite, Hauptsache, sie stellte sich gelehrig an.

Komm, Kind!

Er winkte ihr, mitzugehen, wie er seine Gesellen angewiesen hätte, herrisch und grob.

Mach schneller!

Warum?

Er warf ihr die Pelerine über.

Wirst schon sehen!

Der Vater wählte den Weg zum Tiber, über die noch menschenleere Brücke, und dann bogen sie ab, in den Rione Borgo, die Leostadt, wo alles im Zeichen des Löwen, also des Papstes stand, und da tauchte schon der riesige, erdbraune Klotz auf, den Artemisia mied, wie alle Römer, die jung waren und ohne Malaisen: Santo Spirito in Sassia, das Hospital, ein Segen für die Kranken, ein Monster für die Gesunden, ein unübersichtlicher Bau auf einem dreieckigen Grundstück, zu jeder Seite abgeschlossen, mit wenigen Fenstern ausgestattet, aus denen man die Kranken und Moribunden stöhnen und die Findelkinder schreien hörte, auch jetzt.

Kommen Sie, Vater! – Artemisia zog Orazio am Arm.

Der Vater war enttäuscht, nicht, weil er Artemisias Zaghaftigkeit töricht fand, sondern weil er auf die Kranken hoffte. Er hoffte auf interessant zerlumpte oder geschädigte Figuren, die an den wenigen Pforten des Krankenhauses um Einlass bettelten. Ein paar Pilger wären auch gut. Aber heute war es noch still. Der Vater schüttelte enttäuscht den Kopf. Sie umrundeten das Hospital, gelangten auf die Piazza della Rovere – und da leuchtete der Prachtbau in überraschender Nähe: Der Petersdom, Sitz des Papstes, war eine ewige Baustelle – aber was für eine! Ob Julius II. den Riesenbau in Auftrag gegeben hätte, wenn er gewusst hätte, wie lange es dauern würde? Freilich sollte San Pietro nicht einfach nur eine Kathedrale werden – nein, Julius II. und seine Nachfolger träumten von der mächtigsten Kirche der Welt. Aber erst Michelangelo, der größte unter allen Künstlern, hatte einen Entwurf gemacht, der alle mitriss.

Mi-chel-an-gelo. – Artemisia sprach den Namen so aus, wie tief Gläubige einen Heiligen anrufen.

Ja, Michelangelo, erwiderte Orazio. – Rom sähe ohne ihn anders aus. Ein fantastischer Mann! Aber Carlo wird es schon richten!

Carlo, das wusste Artemisia, war Carlo Moderno, der berühmte Architekt. Orazio war nicht wenig stolz darauf, mit ihm befreundet zu sein.

Komm näher!

Orazio wollte die Baufortschritte sehen. Über der alten Basilika, die so lange bestand, wie die römische Erinnerung dauerte, hatte Michelangelo eine neue Kirche geplant, so groß und so weit wie Straßenzüge, so hoch wie der Himmel selbst. Das Kirchenschiff war jetzt fertig. Unter den Gerüsten sah man die erhabenen Mauern. Die Baustelle ruhte heute am Feiertag. Aber einige Wachen waren da. Sie näherten sich Vater und Tochter mit angemessen finsteren Gesichtern.

Was wollt ihr?

Ich bin Orazio Gentileschi ...

Und?

Der Name schien die Wachleute nicht zu beeindrucken, wohl aber die Silbermünze, die Orazio hervorholte. Er hatte, das war Artemisia nun klar, irgendetwas vor. Die Wachen ließen sie durch. Sie bahnten sich einen Weg durch Sperren und Baumaterialien, fanden eine offene Tür, glitten in das Dämmerlicht des riesigen Baus.

Vater!

Das hier war so groß, dass es größer schien als die Weite des Platzes. Das war keine vertraute Basilika, in der man sich sogleich zwischen Westseite und Chor, zwischen Apsis und Seitenschiff hätte orientieren können. Das hier war – eine Landschaft aus Stein. Artemisia legte den Kopf in den Nacken, blinzelte. Die Luft war noch immer staubig, obwohl die Arbeiten gewiss seit einem Tag eingestellt waren. Die meisten Fenster waren verhangen, sodass sich kaum ein Lüftchen regte. Trotzdem fröstelte Artemisia. Das war zu gewaltig für einen Menschen!

Komm weiter!

Der Vater hatte offenbar etwas Bestimmtes im Sinn. Er suchte. Er schaute sich um. Er schritt schnell aus, nur, um sofort eine neue Richtung einzuschlagen. Und dann hatte er es gefunden. Er wollte Artemisia ungeduldig zu sich winken, aber plötzlich schienen seine Arme schwer zu werden, sie sanken langsam herab.

Artemisia! – Seine Stimme war ungewohnt leise.

Die Tochter ging zu ihm. Orazio stand vor der schönsten Skulptur, die man sich vorstellen konnte.

Artemisia! Orazio sagte es leise, fast flüsternd. Er wies still nach vorn.

Die Mutter hielt den toten Sohn auf dem Schoß gebettet. Der Sohn war nackt und bloß, wie ein Kind, das gerade auf die Welt gekommen ist. Das Gewand der Mutter rahmte sanft die innige Umarmung, in der die beiden ruhten. Unendliche Trauer und unendliche Zärtlichkeit gingen von dieser lebensgroßen Figur aus, obgleich sie doch aus Stein war. Aus blendend weißem Marmor, der selbst hier in der halbdunklen Kapelle leuchtete.

Michelangelo, sagte der Vater leise, als bedürfte es einer Erklärung. – Ich frage mich, wie er das gemacht hat. Er war fünfundzwanzig.

Fünfundzwanzig!

Es war klar, wie er das meinte. Er verglich das Talent Michelangelos mit dem eigenen, dessen Lebensspanne mit der seinen. Üblicherweise beschäftigte sich Orazio nicht mit Bildhauerei, obwohl es in der Via Margutta einige Steinmetze gab. Zu mühselig war ihm deren Geschäft, es hing zu sehr an schwer zu beschaffenden und obendrein teuren Materialien, auch war Orazio natürlich nicht entgangen, dass die schweren Statuen die Palazzi der Reichen nicht in so großer Zahl füllen konnten wie Gemälde. Wer die Welt bewegen wollte, schuf Statuen, wer eine Familie zu ernähren hatte, Gemälde. Manchmal beneidete er die Berserker unter den Künstlern aber doch, wenn sie in Gruppen aufbrachen nach Carrara, um dort den passenden Marmor zu suchen, wenn sie zurückkamen, sonnenverbrannt, ausgepumpt und fröhlich, mit schmerzenden Rücken, weil sie wider besseres Wissen bei den aufwendigen Transporten mit angepackt hatten. Dann ertränkten sie die Pein in der nächstbesten Taverne und hatten Heldengeschichten zu erzählen.

Nicht Michelangelo. Der war ein Einzelgänger gewesen, besessen, so berichtete man, einer, der immer gearbeitet hatte, zeichnete, entwarf, der den Knaben hinterhersah und sich gefährlich wenig um seine Auftraggeber gekümmert hatte – und genau das war seine Strategie gewesen: zur Schau gestellter Gleichmut. Aber dass sie aufgegangen war! Und dass er die besten, die kühnsten Entwürfe gemacht hatte! Immer! Und nun diese Figur. Der Vater atmete schwer.

Du weißt schon, Kind, was das hier ist?

Eine Pietà, antwortete Artemisia gehorsam.

Das meine ich nicht, sagte der Vater ungewohnt milde. – Das ist etwas, was man nur einmal im Leben zu sehen bekommt. Schau hin, schau genau hin! Und sag mir, was du siehst.

Die Trauer, die Umfangenheit. Je länger Artemisia die Figur betrachtete, umso sprachloser machte sie sie. Sie blickte ja nicht auf eine Geschichte, das hier stellte nicht eine bestimmte Mutter mit einem bestimmten Sohn dar – Michelangelo zeigte alle Mütter mit allen verlorenen Söhnen, so kam es ihr vor. Oder war dieser Gedanke gotteslästerlich, weil doch das Opfer der Maria einzigartig gewesen war? Wie verwirrend solche Schönheit sein konnte! Durfte sie das? Durfte Kunst, statt den Menschen zu erheben und ihn zur Andacht zu bringen, auch Zweifel nähren? Artemisia schob die Gedanken zur Seite, die ihr zu kompliziert wurden, sie zu sehr ablenkten von dem, was sie da staunend betrachtete. Sie schaute und schaute – und so sehr blendete das Weiß des Marmors, dass sie die Augen hin und wieder schließen musste; das Bild von der Skulptur aber blieb.

Hier wollte ich eigentlich ... deine Mutter...

Artemisia verstand. Hier, zu Füßen von Michelangelos Madonna mit dem toten Jesus, hatte Orazio seine Prudenzia begraben lassen wollen. Aber das hätte selbst seine Möglichkeiten und seinen Mut zur Unmöglichkeit überstiegen – abgesehen davon, dass das Kircheninnere noch nicht fertiggestellt war und in der Kapelle Vergine della Febbre, in der die Pietà einstweilen untergebracht war, keine Trauerfeiern möglich waren. Aber irgendwie … Der Vater haderte. Hier wäre der ideale Platz gewesen, hier und nur hier wäre sie möglich gewesen, die einzig wahre, die angemessene Abschiedszeremonie für seine geliebte Frau. Der Vater schaute abwesend, voller Kummer. Er wischte sich mit dem Ärmel über die Nase.

Artemisia runzelte die Stirn. Der Vater lachte:

Das kriegst du schon wieder sauber!

Gewiss, gewiss!

Es tat gut, das Schweigen für einen Moment zu brechen.

Sie verließen die Kirche, und das Schweigen holte sie wieder ein. So gelangten sie zurück zum Hospiz, zur Tiberbrücke. Den aufkommenden Wind hörte man umso deutlicher, er ließ die Silberpappeln rascheln. Auf dem Wasser zischten Vögel dahin wie filigrane Boote. In der Ferne hörte man Kessel aneinanderschlagen, Fenster, die geöffnet wurden, Rufe über Gassen hinweg, das Rumpeln von Rädern. Allmählich erwachte die Stadt. Sie hörten die Glocken von Santa Maria del Popolo.

Wäre das nichts für dich?, fragte der Vater endlich.

Was – die Bildhauerei? Artemisia lachte, denn dass ein Mädchen sich dem Steinehauen widmete, war unvorstellbar.

Nein, sagte der Vater langsam. – Ich meine, wir waren beim Hospiz, beim Kloster. Wäre das nicht ein Weg für dich? Zu den Nonnen?

Er schaute sie nicht an bei dieser Frage, er schaute auf das Wasser. Artemisia spürte, wie der Boden unter ihr zu weichen schien. Sie klammerte sich an der Brüstung fest.

Vater – wie?!?

Du hast mich schon verstanden.

Seine Stimme war wieder sicher, von ungewohnter Schärfe, leise.

Artemisia schlug die Hände vors Gesicht, hielt sich fest, damit sie nicht vor Furcht und Entsetzen gänzlich aus den Fugen geriet. Deshalb der Spaziergang. Deshalb das vertrauliche Miteinander. Michelangelo war nur ein Vorwand. Oder die Schönheit hatte sie milde und nachgiebig machen sollen. Der Vater wollte sie in ein Kloster stecken!

Artemisia wandte sich um. Sie wäre fortgelaufen, wenn der Vater sie nicht am Arm gepackt hätte.

Artemisia! Schau mich an!

Artemisia schüttelte den Kopf, wehrte sich, warf den schwankenden Körper gegen die Brüstung. Der Stein war kalt. Der Vater hielt sie fest mit eiserner Hand. Der Tiber rauschte. In ihren Ohren brauste es. Sie wollte springen. Der Vater hielt sie. Es gab keinen Trost.

Der Vater sprach weiter. Sie verstand kaum etwas von dem, was er sagte. Sie verstand nur, dass sie fort sollte. Zu den Nonnen, die der Vater sonst verachtete. In ein Kloster, draußen vor der Stadt. Fort, fort. Sie versuchte, die Finger in den Stein zu graben; der Schmerz war wohltuend. Der Vater redete und redete. Seine Stimme klang wie Eisen. Seine Stimme war laut, ganz so, als stünde sie meterweit von ihm entfernt. Es gab nur Härte. Aber Obacht – die würde sie auch aufbringen, ja gewiss!

Artemisia sammelte sich. Sie richtete sich auf. Sie reichte ihrem Vater, wenn sie sich streckte, bis über die Schulter. Sie reckte das Kinn vor. Sie schaute ihrem Vater direkt in die Augen.

Wenn Sie das tun, Vater, wenn Sie mich zu den Nonnen schicken, dann ... – sie wies auf den Fluss – dann gehe ich hierhin. Dann schlage ich mich zu den Fischen!

Sie wich der Ohrfeige aus, die der Vater ihr geben wollte.

Gotteslästerlich!, brüllte er.

Und wenn!

Zu ihrer eigenen Überraschung brüllte sie zurück. Sie starrten sich feindselig an wie zwei Bravi, betrunkene, schwankende Räuber, die gleich aufeinander losgehen werden.

Nein! Niemals!

Zu Hause in ihrem Zimmer angekommen, warf sie sich aufs Bett und weinte zwei Tage lang. Als sie endlich aufstehen und hinuntergehen wollte, weil sie der Hunger übermannte, stellte sie fest, dass die Tür abgeschlossen war. Der Vater hatte entschieden. Wenn sie nicht zuließ, dass die Nonnen sie erzogen, dann würde er selbst auf sie achtgeben, auf seine Weise. Sie würde schon sehen!

Die Jahre wurden entsetzlich. Die Jahre wurden dunkel. Die Jahre waren, als wäre es immer November in Rom, als gäbe es keine Sonne und keine Wärme mehr. Das lag daran, dass Artemisia das Haus nicht mehr verlassen durfte. Wozu auch, befand der Vater. Es gab im Inneren genug zu tun. Der Haushalt musste besorgt, die Brüder mussten ernährt, ermahnt und angeleitet werden. Ebenso das Mädchen, die Bedienerin, die Wäscherin. Die Werkstatt wollte tagtäglich vorbereitet sein – und abends wieder aufgeräumt. Für Besucher des Vaters galt es zu sieden, zu backen und zu kochen, damit mögliche Auftraggeber großzügig gestimmt würden. Artemisia wurde dreizehn Jahre alt, vierzehn, fünfzehn. Sie war eine Mutter ohne Kinder, eine Hausfrau ohne Schlüssel, eine Ehefrau ohne die Zuneigung des Gatten. Sie wurde empfänglich für Liebe. Oder für das, was sie dafür halten musste. Sie saß in ihrem Zimmer, stundenlang, tagelang, mit wehen Fingern und Händen. Die Hände waren vom steten Waschen und Putzen geschwollen, die Finger gekrümmt und gerötet vom Arbeiten mit dem Pinsel. An den langen Nachmittagen wollten die Hände nicht mehr, die Hände bedeuteten ihr: Nun ist es genug. Artemisia saß also da, sie bemühte sich, sich nicht zu rühren, sie wollte nicht bemerkt werden, keine neuen Aufträge erhalten, keine Befehle ausführen, keine Bitten erhören. Wie lange würde sie sitzen müssen, um sich in einen Stein zu verwandeln? Kühl und unangreifbar zu werden, schlank und anmutig wie der Tod selbst, den Michelangelo dargestellt hatte. Der hieß bei ihm Christus und ruhte in den Armen Mariens, aber Artemisia hatte den Bildhauer durchschaut. Um den Tod selbst war es ihm gegangen, da war sie ganz sicher, um die endgültige Ruhe, die Stille. Aber wer würde sie halten? Im Haus rumorte es.

Türen öffneten sich und wurden geschlossen. Als sich Artemisia endlich erhob, war sie ganz steif und kalt. Ihr war kalt, obwohl es ein schöner Spätsommertag war. Schön und Spätsommer für die anderen, die hinauskonnten. Wenn sie zurückkamen, umarmte sie die Brüder manchmal. Nicht, dass ihr nach Zärtlichkeiten zumute war, dafür waren Giulio, Marco und Francesco nicht geeignet – aber sie rochen so gut. Sie rochen nach frischer Luft und manchmal nach den Pferden, die sie bewegt hatten, und oft genug nach dem Rauch aus den Tavernen, die sie mit dem Vater viel zu früh schon besuchten. Vor allem Francesco. Der ihr eigentlich hätte nahestehen können.

Leise und unendlich mühsam trat Artemisia ans Fenster. Wie schwer die Röcke wogen! Sie atmete aus und ein, aus und ein. Sie hob den Blick. Das war ihr kleiner Ausschnitt der Welt: das Haus gegenüber und seine schmalbrüstigen Nachbarn. Auf das Haus des Silberschmieds fiel noch ein Streifen Sonnenlicht. Der Silberschmied betrieb seinen Laden unten im Haus. Er hatte nicht viele Kunden, das hatte Artemisia längst bemerkt, aber diese waren interessant: gut gekleidete, feine Herrschaften, die Herren in den neuen Anzügen, die jetzt in Mode waren, Hose, Weste und Jacke fein aufeinander abgestimmt. Die Herren hoben den Respondent, wenn sie Artemisia oben am Fenster entdeckten, sie lüfteten den Hut so schwungvoll, dass selbst die Fuchsschwänze schwangen. Manche lüfteten den Hut ein wenig zu lange, dann knufften sie ihre Damen in die Seite oder packten sie am Arm, dass die Capa ins Rutschen kam. Artemisia beneidete die Damen – nicht, weil sie Männer bei sich hatten, sondern, weil sie durch die Gassen gehen konnten, jedenfalls ein paar Schritte, solange es das steife Überkleid zuließ oder bis sie um die nächste Ecke in eine Sänfte steigen oder sogar in eine Kutsche gehoben würden. Bald wurde es kühler, die Herren lösten jetzt die Capa von der Schulter, über die sie den Ausgehmantel lässig geworfen hatten, und trugen sie wieder als Mantel. Fuchsschwänze ersetzten Pfauenfedern bei den Herren, wuchtige Umhänge die Überkleider bei den Damen. Artemisia liebte Mode, sie liebte Kleider – und sie liebte sie umso mehr, je weniger sie davon haben konnte.

Dann wurde es stiller in der Gasse, die Kunden huschten eilig unter Schirmen in die Läden und noch eiliger wieder hinaus. Es wurde dunkler und dunkler, und erst im darauffolgenden Frühjahr bemerkte Artemisia, dass sich ein neues Geräusch unter das alltägliche Scheppern von Rädern und Schleifen von Eimern mischte: Es klirrte allenthalben. Das Klirren kam von den Sporen, die die Herren jetzt an ihren stets blank gewienerten Stiefeln trugen, selbst die Alten, die sich kaum noch auf den Beinen halten konnten, trugen elegante Reitstiefel und daran, zur Zierde, die aufwendig gearbeiteten, oft fein ziselierten Sporen. Die Blicke aber blieben dieselben, nur, dass es jetzt wirkte, als läge Waffengetrommel darunter. Artemisia zuckte zusammen unter diesen fremden Blicken, trotzdem konnte sie es nicht lassen, sie herauszufordern. Der Zorn der Frauen, die Galanterien der Männer, das konnte sie nun schon gut voraussehen und ihren Grad berechnen, Artemisia stand am Fenster und übte Herrschaft aus. Es verlieh ihr Macht, aber keine Freude. Die Kunst der Manipulation war erfolgreich, aber nicht befreiend. Unwillkürlich klopfte sie sich manchmal das einfache Kleid ab, das sie tagaus, tagein trug, wenn die Leute vorbeigegangen waren. Etwas blieb hängen, etwas, das nicht gut war. Es fühlte sich an wie verdorbenes Obst, es machte den Gaumen pelzig, den Bauch sauer, es ließ sie nicht schlafen. Schauten sie der Vater und die Brüder ebenfalls so an? War auch in ihren Blicken so etwas wie ...?

Einen allerdings gab es, dessen Blick sie bald suchte, einen, der aus der Reihe fiel. Er war erschrocken, als sein Blick ihrem begegnete, und hatte die Augen gleich wieder abgewandt. Sie kannte ihn flüchtig: Es war ein junger Fresco-Maler, der gelegentlich dem Vater assistierte. In irgendeiner Kirche arbeiteten sie zusammen. Artemisia hatte den Überblick verloren über die zahlreichen Aufträge Orazios, seit ihre Tage in immer derselben Eintönigkeit an ihr vorüberzogen und sie nur noch ganz selten das Haus verlassen durfte. Aber dieser junge Mann! Und seine Schüchternheit! Und die linkische Grazie, mit der er den Hut vor ihr zog! Die Garnitur daran ließ sie schmunzeln: ein Gesteck aus feinen Pinseln, nur dass statt der Borsten farbige Quasten angebracht waren. Er grüßte und grüßte, er hörte gar nicht wieder auf damit! Von nun an kam er jeden Tag zweimal vorbei: Auf dem Weg nach San Lorenzo – und auf dem Heimweg. Nach einer Woche kannte Artemisia den Rhythmus. Nach drei Wochen wagte sie einen Coup: Sie öffnete das Fenster, und ohne erst nach links und rechts zu schauen, beugte sie sich ein wenig hinaus und warf dem Verdutzten eine Blume hinab, ein blühendes Kraut eher, einen Rittersporn, der sich in den Ritzen der Hauswand eingenistet und ihr viel Freude gemacht hatte. Der junge Mann bückte sich und legte die Blume in seinen Hut und trug sie eilig davon, als berge er ein lebendiges, aber schwaches Wesen in seinem Respondent, um das er sich kümmern musste.

Girolamo Modenese, sagte Tuzia. – Ich könnte behilflich sein, wenn Sie wollen.

Tuzia war die Nachbarin, die neuerdings nach Artemisia schauen durfte, wenn Orazio außer Haus war. Tuzia hatte zwei Töchter, eine davon in Artemisias Alter, und seit Faustina sie gelegentlich besuchte, belebten sich Artemisias Nachmittage. Mit Faustina konnte man lachen, reden, sich ungeschickt an einer Handarbeit versuchen, um sie gleich wieder zu verwerfen – und das Beste war, dass Faustina stillhielt, wenn Artemisia sie zeichnete. Tuzia hatte damit nicht viel im Sinn. Aber sie erkannte bald, dass sie Artemisias Talent für sich nutzen konnte. So wie Artemisias Unruhe. Und Artemisias Einsamkeit. Die eigene Tochter mochte dabei von ihren Absichten ablenken. Und so kam es, dass die findige Tuzia erste Aufträge beschaffte:

Könntet Ihr nicht … solltet Ihr nicht …?

Es ging um zierliche, artige Stillleben oder schnell zu zeichnende Porträts. Eine Miniatur für ein Medaillon. Eine Skizze. Die kleinformatigen Werke fanden ihre Kunden in der Nachbarschaft. Artemisia malte, Tuzia verkaufte – natürlich nicht, ohne einige Scudi für sich einzubehalten. Wie viele das waren, darüber stritten sich die beiden Frauen häufig. Viel zu verhandeln hatte Artemisia dabei nicht. Tuzia war ja ihre Verbindung nach draußen. Und sie bestimmte, wie und wie oft sie Faustina treffen konnte. Und wie sie Faustina als Modell nutzen durfte. Vollständig bekleidet – oder doch nackt? Das würde kosten ... Artemisia wand sich, aber was sollte sie machen? Ohne Tuzias Hehlerdienste wäre sie völlig isoliert.

Eines Tages klopfte es heftig an der Tür. Es war später Nachmittag, Orazio längst zurück von seiner Arbeit, und Artemisia bereitete die Vesper vor: eine Suppe aus Bohnen und Gries, dazu dicke Scheiben vom Sauerteigbrot, das sie gebacken hatte. Sie füllte Krüge gerade mit Wein, als der ungeladene Besucher sich meldete. Artemisia bedeutete Francesco zu öffnen. Der ging ohne übertriebene Eile zur Tür, während der Vater alarmiert im Gang auftauchte, sein Hemd richtete und sich rasch das Wams überzog. Man hörte, wie sich die Tür öffnete, wie Francesco einen Laut der Überraschung ausstieß und der Vater einen Freudenruf, um dann Arm in Arm mit dem Gast einzutreten.

Schau nur, Artemisia! Unser alter Freund Merisi!

Merisi sah grauenhaft aus. Die Kleidung verschmutzt und so, als habe er sich Hemd, Hose und Wams nur hastig übergestreift. Die Hosenbänder waren nachlässig um den Bauch geschlungen, die Spitze an den Hosenbeinen hatte Risse, einen Hut trug er nicht. Aber seine Augen leuchteten.

Artemisia! Seine Freude war echt.

Eilig legte Artemisia ein neues Gedeck auf, und das Wunder geschah: Der Vater schickte sie nicht, wie sonst, wenn Gäste da waren, auf ihr Zimmer. Merisi wurde als so etwas wie ein Onkel oder ein anderer Verwandter angesehen, und trotz seines verwegenen Äußeren schien er Orazio vertrauenswürdig. Orazio und seine Menschenkenntnis! Sie setzten sich nieder, Artemisia bediente, aber Merisi machte keine Anstalten, die Suppe zu löffeln, sondern schüttete nur hastig einen Becher Wein in sich hinein, dann noch einen und noch einen, sodass Artemisia aufhörte zu zählen. Merisi ließ seinem Unmut, der ihn hierhergetrieben hatte, freien Lauf. Sein Gesicht rötete sich.

Merisi hatte genug von den Launen seines großen Förderers, des Kardinals Francesco Maria del Monte. So sagte er jedenfalls. Immer nur der Kirche gefallen. Immer nur andeuten, was wichtig war. Immer nur verstohlene Blicke, heimliche Nähe. Seine Jungen mal willkommen heißen und mal nicht. Ach! Er machte erst eine zärtliche Geste, dann eine wegwerfende. Da war sein Gönner, der Sammler Giustiniani, schon ein anderer. Onorio Longhi, der berühmte Doktor beider Rechte, hatte sie bekannt gemacht.

Merisi holte mit der Hand aus und zog eine Augenbraue hoch, als wollte er fragen, ob er etwas zu seinem Freund Longhi sagen musste, dem Architekten und Juristen, der aber in Rom ungeachtet seiner Stellung und Bildung vor allem als Randalierer und Ränkeschmied bekannt war. Die Kinder machten sogar Verse auf ihn.

Longhi also. Und Giustiniani. Und Merisi, den Giustiniani neuerdings Caravaggio rief. Das war mal ein Kleeblatt! Und Merisi hatte gemalt. Auftragsgemäß. Und war bezahlt worden? Gewiss doch. Merisi tat die Frage Orazios eilig beiseite, nahm aber jetzt doch einen Löffel Suppe.

Alles war in bester Ordnung, bis er eines Tages im Hause des neuen Sammlers eingeladen war. Da hingen seine Bilder. Aber neben ihnen, zwischen ihnen, über und unter ihnen drängten die anderen. Die Minnitis und Orsis, aber auch die Werke der verhassten drittklassigen Genremaler, dazu Baglione und Dossi und die äffischen Stillleben des dahergelaufenen Holländers – Merisi spuckte den Namen aus –, dieses van Aelst!

Ist doch eine ehrenwerte Nachbarschaft!, erwiderte Orazio

gelassen, der viel darum gegeben hätte, das eine oder andere Bild bei den Giustiniani vertreten zu sehen.

Und die antiken Skulpturen! Der ganze verdammte Plunder der Bildung! Man kommt an den Pudergesichtern gar nicht vorbei! – Merisi geriet jetzt in Fahrt. Nicht die Fülle allein erschien ihm widersinnig, sondern die Art, wie die Fülle gezeigt wurde. Bilder über Bilder, drei, vier Reihen – und dass man hätte näher treten können, um sie zu betrachten, verhinderten eben die bleichgesichtigen Statuen, diese albernen Wächter des mittelmäßigen Kunstgeschmacks und übermäßigen Reichtums. Merisi schäumte.

Artemisia betrachtete den erhitzten Gast. Es war üblich, dass die Sammler nicht nur die Kunst, sondern auch ihren Wohlstand ausstellten. Die Frage der Auswahl stellte sich nicht. Man zeigte, was man hatte. Merisi war nicht einverstanden.

Stellt euch vor, sagte er nun langsam und schaute in die kleine Runde, stellt euch vor, ein Raum wie der Salon von Vincenzo. Er ist mit grünseidener Tapete bespannt, wie ihr vielleicht wisst. Spiegel aus Venedig. Lüster. Und dann – an einer Wand ... er machte eine weit ausholende Geste ... nur ein Bild. Mein Bild. Mein heiliger Matthäus mit dem Engel. Das wäre etwas! Das hätte eine Wirkung. – Er machte eine dramatische Pause.

Die anderen schwiegen.

Nein, nein. Ich sage es euch, fuhr Merisi fort, es zieht mich zurück zum Kardinal. Wer hätte das gedacht? Zur alten Liebe. – Er lachte böse. – Man muss für die Kirchen malen. Da ist jedes Werk in seinen Altarraum erhoben. Da ist Platz zum Schauen. Da wechselt das Licht, je nach Tageszeit, das kann man berücksichtigen. Da wird nichts verhangen, nichts verstellt. Da ist der Morgen ein Morgen und der Abend ein Abend. Da glimmen Kerzen und flackern.

Merisi wirkte jetzt tief in Gedanken, er schaute in sich hinein, er beschwor eine Vorstellung herauf, wie er gerade selbst, langsamen Schrittes, im Seitenschiff einer Kirche auf und ab ging. – Da sind Leute, die vorbeikommen. Sie halten inne. Sie entzünden Kerzen. Sie knien nieder und erheben sich wieder. Sie betrachten das Bild von unten, das muss man bedenken beim Malen, und vielleicht auch von der Seite. Wusstest du das, Artemisia, Kind?

Artemisia nickte stumm. Sie wusste es. Und trotzdem sog sie jetzt jeden Satz Merisis in sich auf. Er sprach nicht oft so. So lange. Und so ruhig. Und das, obgleich er innerlich erregt war.

Diese Leute!, sagte er. – Die Vorbeikommenden. Die Vorbeikommer. – Er probierte das neue Wort, das er gerade geschaffen hatte, und lachte in sich hinein. – Ich nenne sie Vorbeikommer, denn wir wissen nicht, ob sie wirklich Gläubige sind. Aber sie haben einen Grund, in die Kirche zu kommen. Vielleicht haben sie sich gerade den Armen eines Geliebten entwunden? – Er schnalzte mit der Zunge. – Oder sich gerade aus den Fängen von Gläubigern befreit? Vielleicht beweinen sie ein Kind. Oder sie wünschen sich eines. Vielleicht haben sie auch nur genug vom Schmutz und dem Unrat der Gasse. Oder nicht genug davon. Vielleicht betreiben sie Müßiggang. Vielleicht gehen sie im Schatten der Kirche üblen Geschäften nach. Aber sind das nicht auch alles Sammler? Die Sammler meiner Geschichten? Die Sammler der Madonnen und Ziegenböcke? Die Sammler der Blicke?

Er schaute in den Weinbecher, als könnte er dort eine Antwort finden.

Nun, nun, mein Freund ... Orazio setzte zu einer weit ausholenden Antwort an, aber Artemisia hörte nicht mehr zu. Sie sann über die Worte Merisis nach. Was für ein verwegener Traum, ein Bild als Solitär zu betrachten! Als einsamen Höhepunkt in einem Salon, als wäre ein Gemälde ein Berg wie der sagenumwobene Vesuv im Süden, von dem weitgereiste Maler gelegentlich berichteten und zu dem man wanderte, halb mit Freuden, halb mit Grauen. Zu so einem Berg-Gemälde wollten die Leute wohl pilgern. Aber wie viele solcher Gemälde gab es? Artemisia machte sich nichts vor. Merisis Gemälde, ja, die waren imstande, eine Seitenkapelle zu beherrschen. Sie zogen Blicke und Menschen an. Aber die anderen? Artemisia liebte die Palazzi. Sie mochte es, mit ihrem Vater dorthin zu gehen, wenn er die Hängung eines Gemäldes überwachte. Sie liebte gerade die Fülle, den Reichtum, das Verschwenderische. Sie mochte es, dorthin zu gehen? Sie hatte es gemocht. Nichts war im Augenblick unerreichbarer für sie als ein Besuch bei einem Auftraggeber, ein Besuch bei vornehmen Leuten. Artemisia straffte sich. Nein, Merisi überzeugte sie nicht. Was er so wortreich verachtete, war das Ziel ihrer Wünsche und Sehnsüchte. Genau da wollte sie hin. Zu den Adligen. In die Paläste. Und ja, sie würde ihre Bilder gern in einer Reihe sehen, mit anderen Gemälden über dem ihren, daneben, darunter und gegenüber! Ihre Bilder sollten dazugehören. Sie wollte eine der vielen sein, eine weitere Malerin unter den anderen Malern der Stadt. Sollten die Sammler doch sehen, welches Bild sich abhob, welches mehr hermachte, welches aus der Fülle der Betrachtungen hervorstach. Sie wollte dazugehören. Sie wollte nichts anderes malen als die anderen. Nur anders: noch besser.

Malst du nicht mehr? – Plötzlich richtete Merisi das Wort an Artemisia. Das vertrauliche Du, als wäre sie noch das Kind, das er geneckt hatte. Er betrachtete sie, halb ironisch, vielleicht aber auch wirklich besorgt. Artemisia schaute ihn an. Er wiederholte seine Frage:

Artemisia, malst du nicht mehr? Was sind deine Hände so sauber, Kind? – Er streckte seinen Arm aus, ergriff ihre Rechte und drückte einen Kuss darauf. – Jetzt nicht mehr! – Er lachte. – Ich werde jetzt artiger das Wort an Sie richten, verehrte Dame!

Und da fühlte Artemisia, dass sie erwachsen war.

Der Vater setzte an, sie zu schelten, unterließ es aber. Mit Merisi war nicht zu rechten. Merisis Ruhm wuchs stetig. Es war gut, in seiner Nähe zu sein, es war nützlich, ihn zu kennen, trotz seines zweifelhaften Rufs. Allmählich tat man es seinen neuen

Gönnern nach und nannte ihn nur noch bei seinem Ehrentitel: Caravaggio, nach der Stadt, aus der er stammte. Aber er blieb seinen Freunden treu. Und er half Artemisia. Artemisia ertrotzte vom Vater, dass sie wieder malen durfte. Allerdings: nicht vor ihm und nicht vor den Gesellen.

Artemisia arbeitet. Sie malt: *Susanna und die Ältesten*. Sie muss sich die Blicke vom Hals schaffen. Die Blicke der Alten. Die Blicke der Passanten, die Blicke der Kunden. Das Unbehagen malt sie, das Bedrohliche. Sie wählt dabei ein Sujet, das durchaus Konjunktur hat und das alle zu kennen glauben – und dem man vor allem nicht anmerkt, was für sie dahintersteckt. Sie wählt zudem die gängige Perspektive: frontal, mittig. Nicht so, wie sie die geifernden Blicke erlebt: schräg von unten. Das wäre zu auffallend, die Perspektive würde sie verraten. Jetzt erst einmal wie die anderen. Aber besser. Besser, weil sie jünger ist, denkt sie. Besser, weil sie eine Frau ist. Sie kann sich denken, wie sich die biblische Susanna gefühlt hat. Eine junge Ehefrau, die beim Baden von zwei Alten beobachtet und bedrängt wird: Schlaf mit uns – oder wir verbreiten, dass du einen Liebhaber hast! Als Susanna sich weigert, gelangt die Sache an die Öffentlichkeit. Und vor Gericht. Beinahe wäre Susanna zu Fall gekommen, wäre nicht der Prophet Daniel eingeschritten. Er lässt die beiden Männer getrennt voneinander verhören, und prompt verwickeln sie sich in Widersprüche. Susanna kommt frei, ihre Ehre ist wiederhergestellt.

Artemisias Susanna weiß nichts von einem rettenden Propheten, sie weiß nichts von Gerechtigkeit; sie ist ganz auf sich allein gestellt und muss sich wehren. Sie ist fast völlig entblößt, wie jemand, der sich unbeobachtet fühlt. Abwehrend wendet sie den Kopf so weit wie möglich weg von den Eindringlingen, die Hände sind protestierend erhoben, der Blick geht nach unten, zur Seite, als wollte sie das Beleidigende nicht hören, das die Alten ihr zweifellos zuraunen. Und die Alten? Bilden über Susanna ein Dreieck, die Köpfe zueinandergewandt im lästerlichen Reden; die Gewänder der Männer in Braun und Rot dominieren das obere Drittel des Bildes, drängen das bisschen Himmel zurück – die Männer bilden das Dach des Hauses, in dem keine Gerechtigkeit wohnt.

Hat Artemisia dabei auch an andere Frauen gedacht, die den Blicken der Männer ausgesetzt waren? Hat sie die Cenci auf dem Gang zum Henker im Sinn?

Der Vater betrachtete das Bild. Artemisia führte es ihm vor, als es noch nicht einmal getrocknet war. Sie musste das tun. Es beherrschte ja ihr gesamtes Zimmer. Sie konnte kaum schlafen in dem Geruch nach Öl und Terpentin und Reinigungsmitteln. Und es war zu groß: zwei Arme hoch und nur um ein weniges schmaler. Wenn sie morgens aufstand, kam sie kaum daran vorbei. Nun hatte ihr Francesco geholfen, es nach unten zu schleppen, ausgerechnet der faule Francesco hatte sich angedient, vielleicht, weil er ein Spektakel erwartete. Sie hatten das Bild in die Werkstatt des Vaters getragen und an einen der Tische gelehnt, aber das hatte Artemisia nicht gefallen. Sie hatten es schließlich auf einen Tisch gehoben, mit Klötzen abgestützt, sorgsam geradegerückt. Und dann war der herbeigerufene Vater eingetreten, hatte auf der Schwelle gezögert, als sei er plötzlich Gast in seinem eigenen Atelier, bis ihn Artemisia ungeduldig nach hinten zerrte.

Da! Schauen Sie, Vater!

Francesco hielt den Atem an. Orazio schaute. Er erfasste die Bildkomposition mit einem Blick. Die Linien aus den drei Figuren, das Haus mit dem Dach, das sie bildeten. Er sah die gekonnt dargestellte Nacktheit der Susanna, die kunstfertig dargestellte Haut. Woher hatte Artemisia das? Selbst die kleinen Fältchen zwischen dem angewinkelten Arm und der Brust hatte sie getreu der Wirklichkeit gemalt. Orazio ahnte, wer ihr Modell gesessen hatte: Faustina, die Tochter der Nachbarin. Und das Gesicht der Susanna? Eine Mischung aus den weichen Zügen Faustinas – und dem halb zornigen, halb argwöhnischen Blick von Artemisia selbst. Überall geriet ihr der Zorn hinein. Das machte das Bild ungewöhnlich, obgleich das Motiv für einen römischen Maler alltäglich war. Orazio straffte sich. Artemisia wartete mit äußerster Spannung. Sie sah, wie sich des Vaters Gesicht ein wenig rötete. Sie sah, dass es in ihm kämpfte: der Ärger darüber, dass sie so männlich große Formate malte – und Freude. Worüber? Über ihr Talent? Dass sie versuchte, es ihm gleichzutun?

Plötzlich legte er ihr mit überraschender Sanftheit eine Hand auf den Arm. Er berührte sie äußerst selten, in letzter Zeit fast nie. Als er nun mit ihr sprach, ignorierte er Francesco, es war, als sei er allein mit der Tochter.

Artemisia, sag den Brüdern, sie sollen deine Sachen aus deinem Zimmer holen. Ich nehme jedenfalls an, dass du deine Malsachen dort aufbewahrst? Ihr Platz ist in meiner Werkstatt – dein Platz ist in meiner Werkstatt.

Abrupt wandte er sich um und verließ den Raum.

Artemisia triumphierte. Ihr Leben würde sich ändern!

Das war richtig und falsch zugleich, denn von nun an stand sie unter Orazios Kontrolle. Keine Chance mehr, kleine Geschäfte mit Tuzia zu bewerkstelligen, keine Chance mehr, Faustina zu sehen, ohne dass der Vater große Ohren machte, um nichts aus der Unterhaltung der beiden jungen Mädchen zu verpassen. Aber sie war aus ihrem Zimmer, aus der Sphäre der Frauen im Obergeschoss befreit. Artemisia lernte. Sie schaute sich Orazios Technik ab, seine Fertigkeiten, wenn es um die Darstellung von Haut, von Stoffen, von Oberflächen aller Art ging. Am meisten faszinierte Artemisia die Haut. Vielleicht, weil sie sie so selten zu Gesicht bekam? Die menschliche Haut war so ungeheuerlich, so fragil und so kostbar. Bis vor ein paar Generationen hatten sich die Menschen gewaschen, hatte ihr Tuzia kopfschüttelnd erzählt. Stell dir vor – einfach mit Wasser! Sie hatten die kostbare Haut traktiert.

Artemisia konnte es kaum glauben. Es war doch bekannt, dass mit dem Wasser alle möglichen schädlichen Stoffe in die Haut eindringen konnten! Es galt, genau das zu vermeiden. Also bedeckte man die Haut, so gut es ging, und man stärkte sie, indem man sich balsamierte und puderte – eine Kunst, die Röcke und Blusen nicht schon beim Ankleiden mit dem Talkum zu verunreinigen! Und abends beim Zubettgehen schlüpfte man möglichst schnell in das Nachtgewand, die Kerze auf dem Nachttisch, und riskierte allenfalls einen Blick auf die eigenen Beine, die geradezu obszön weiß im Dunkel der Kammer leuchteten. Manchmal berührte Artemisia sie in der Nacht und wunderte sich, warum sie mal kalt, mal warm waren, unabhängig anscheinend vom Rest des Körpers. Wo zirkulierte die Wärme, wo kreisten die Kräfte? Mal waren Orazios Modelle bleich wie Kreide, mal überzog ihre Haut eine sanfte Röte, pudrig stumpf konnte die Haut sein und seidig schimmern, je nach Licht und nach der Tagesverfassung der Menschen. Es war, als ob die Haut sprechen könnte, sie äußerte sich, rätselhafter, aber auch ehrlicher, als es die Münder der Menschen vermochten. Umso faszinierender war es nun, selbst mit lebendigen Modellen zu arbeiten, der Vater gestattete es mürrisch – allen voran mit Faustina, die sich ohne viel Federlesens auszog, wenn Artemisia dafür weiter mit ihr plauderte oder, noch besser, Tuzia eine heiße Schokolade zubereiten ließ – ein ungeheurer Luxus, den sie sich allerdings nur ganz selten leisteten. Schokolade war rar und kostbar. Ein solcher Luxus war das bräunliche Pulver, das aus fernen Ländern importiert wurde, dass Tuzia die beiden Mädchen schalt, als die sich mithilfe der in Wasser aufgelösten, tiefbraunen Delikatesse kleine Schönheitspflästerchen auf die Wangen malten – die Mouches waren der letzte Schrei der aristokratischen Damen, gleichermaßen begehrt wie verrufen, wie Faustina zu berichten wusste. Die Mädchen tupften und tupften, küssten sich die koketten Flecken dann gegenseitig aus dem Gesicht – und mussten sich von Tuzia einiges über Verschwendung und

Nichtsnutzigkeit anhören, als die sie ertappte. Dabei hatten die Schokoladen-Mouches nicht nur den beiden Mädchen Freude bereiten sollen. Artemisia hatte auch gehofft, den jungen Mann anzulocken, der so treu vor ihrem Fenster paradierte.

Das war jetzt vorbei. Keine Blicke mehr vom Fenster zur Gasse, keine Kusshände mehr von unten, kein hingeworfener Satz, kein galanter Gruß. Aber die findige Tuzia wusste einen Ausweg:

Artemisia muss zur Beichte, befand sie, als sie wieder einmal mit Orazio die kommenden Tage besprach. Das hatte sich eingebürgert, und nun umso mehr, da die beiden Familien beschlossen hatten, sich gemeinsam ein Haus zu nehmen. Sie würden zusammenwohnen, Tuzia hatte ihren trägen Gatten von der Notwendigkeit wie von der Ehrbarkeit des Unterfangens überzeugt, was ein wenig aufwendig war angesichts des kleinkrämerischen und verzagten, dabei aber misstrauischen Charakters des Mannes. Die Scudi jedoch, die Orazio dafür bot, dass zukünftig Tuzia in seinem Haushalt nach dem Rechten schauen würde, hatten den alten Medaglia überzeugt. Scudi überzeugten immer! Vor allem solche, für die Stefano keine Hand regen musste. Die Hände Orazios regten sich dafür umso mehr, seit Tuzia regelmäßig bei ihm aus und ein ging – wie sehr, das war selbst Artemisia einstweilen nur als vage Ahnung bewusst.

Ein Umzugsvorhaben also. Pläne wurden gemacht und wieder verworfen. Helfer angeworben und begutachtet. So viel wertvolle Dinge pflegten zu verschwinden, wenn fremde Hände sie transportierten! Und dann erst die Werkstatt! Die Leinwände, Holzplatten, Rahmen, die Leintücher, Firnisse, Öle, die Farbpulver, Bottiche, Eimer. Und bei einem dieser Gespräche ergab es sich auf ganz natürliche Weise, dass Tuzia das Gespräch auf die Sorge für Artemisia und auf deren Seelenheil brachte.

Es wird Zeit, Orazio, sagte sie, und Artemisia, die gerade Wein auftrug, wunderte sich nur kurz über die vertrauliche Anrede.

Was soll das Kind groß sündigen, wenn es immerzu bei mir im Hause ist, erwiderte Orazio realistisch. – Die Sünde braucht eine Gelegenheit.

Ist nicht der Kopf genug Gelegenheit? – Tuzia gefiel sich hörbar in der Rolle der Menschenkennerin. – Sind es nicht die Gedanken, die die Menschen erst verwirren und dann, wenn sie nicht beizeiten durch die Gnade der Reue ausgelöscht werden, zu den ungeheuerlichsten Taten treiben? Denken Sie an die arme Cenci!

Das erschien Orazio nun sehr weit hergeholt. Aber dennoch ... Tuzia hatte recht. Ein wenig Aufräumen der Seele konnte nicht schaden und vor allem wollte er sich nicht vorwerfen lassen, etwas zu versäumen.

Es würde auch Sie selbst besser dastehen lassen – vor den Leuten, fügte Tuzia noch hinzu.

Orazio zog fragend eine Augenbraue hoch. Was an seinem Betragen gab es zu tadeln? Jedenfalls in Bezug auf seine Kinder.

Tuzia schwieg bedeutungsvoll, wies dann langsam mit einem Finger auf den Wein, den Orazio trank, und bevor er aufbrausen konnte, ergänzte sie schnell:

Und die Bilder!

Artemisias Bilder? Nun wurde Orazio doch ein wenig lauter.

Artemisia, die mittlerweile am Spültisch stand, horchte auf.

Was ist mit Artemisias Bildern?

Nicht die Ihrer Tochter – Ihre eigenen.

Wie?

Lieber Maestro – es ist allzu oft Ihre Tochter als Modell erkennbar. Als junge Frau mit Violine und ... nun ja ... – Tuzia wand und zierte sich hörbar.

Oh, Sie meinen ... Auch Orazio sprach es nicht aus. Artemisia, die lauschte, errötete. Es war klar, was Tuzia meinte. Artemisia stand Orazio häufig für seine Bilder Modell. Als Sankt Ursula, die Märtyrerin mit dem Pfeil in der Brust. Als Maria Magdalena, zu Christi Füßen. Als Sankt Cäcilia. Als junge Frau mit einer Violine. Sie war da, sie war nah. Und oft malte er sie nackt. Nackt und schön. In solchen Momenten war sie nicht seine Tochter, sondern eine junge Frau. Wenn er sie dabei anschaute, seine geübten Augen Maß nahmen, dann lag eine solche Kälte in seinem Blick, dass es Artemisia fröstelte. Orazio nahm den Pinsel, mit dem er gerade noch eine Linie auf die Leinwand gesetzt hatte, und hielt ihn sich waagerecht vors Gesicht, maß etwas, merkte sich etwas, setzte den Pinsel erneut an. Dann erneut: den Pinsel erhoben, ein Auge zusammengekniffen.

Beweg dich nicht!

Artemisia hatte sich daran gewöhnt, zugerichtet zu werden. Wie ein Tier, das man sich zurechtlegte, wie ein Stück Stoff, eine schöne Schale. Nur, dass der Vater solche Objekte für gewöhnlich bald hierhin und bald dahin rückte, umdrehte, aufreihte und wieder vereinzelte. Sie aber fasste er niemals an, kam ihr auch nicht näher. Und wenn er fertig war mit ihr, warf er ihr einen Mantel hin, noch bevor sie sich ihre Kleider greifen konnte, und herrschte sie an:

Geh schon, ich brauche dich jetzt nicht mehr.

Nie fühlte sich Artemisia schutzloser als in ihrer Nacktheit – und nie ließ sie der Vater auf solche Weise allein. So empfand sie das. So wollte es der Vater zweifellos. Und nun das! Offenbar redeten die Leute in einer anzüglichen Weise über sie und ihren Vater. Artemisia wurde schwindelig.

Das Gespräch nebenan wurde lauter. Aber Tuzia setzte sich durch: Sie konnte sich mit Artemisia nach San Luigi dei Francese, zur Hauskirche der Gentileschi, zur Beichte begeben. Artemisia frohlockte, als würde es zum Karneval gehen. Ausgehen! Das Treiben auf den Gassen miterleben! Die Plätze sehen! Vielleicht mit der einen oder anderen Dame plaudern, vielleicht … Dabei nahm Tuzia ihren Auftrag durchaus ernst. Sie scheuchte Artemisia, als triebe sie ein ungebärdiges Pferd durch die Gassen.

Nicht umschauen! Nicht ins Trödeln geraten!

Das war leichter gesagt als getan, denn es gab unendlich viel zu entdecken. Da waren die Silberhändler und die Frauen, die Pfirsiche und Zitronen an den Ecken anboten, da war Anselmo, der Farbenhändler, der freundlich herübergrüßte, da waren die Seifensieder und die Burschen und Reisenden, die immergleich gekleideten Mönche und die Boten, die Sänften und die Kutschen ...

Komm schon, weiter, weiter!

Artemisia hätte sich verloren, wenn nicht Tuzia, als sie das Haus verlassen hatten, genau mit ihr besprochen hätte, wem sie gleich begegnen würden – nicht dem Jesusknaben, sondern einem größeren, besser gebauten, wie Tuzia schelmisch und gotteslästerlich geraunt hatte: Gerolamo! Sie flüsterte den Namen ein ums andere Mal: Ge-ro-la-mo.

In Artemisias Kopf brannte es. Und im Bauch zugleich. Es war ein Feuer, das sie in letzter Zeit immer öfter spürte. Es machte sie unruhig, es zwang sie, in ihrem engen Zimmer auf und ab zu gehen, und nicht einmal vor der Leinwand konnte sie ruhig bleiben. Dieses Feuer forderte sein Recht. Es war eine Kraft. Ignorieren konnte man sie nicht, auch nicht wegdenken oder wegbeten. Wie konnte sie diese Kraft also für sich gebrauchen, sodass sie nicht Herr über sie wurde? In den Jahren des Alleinseins hatte Artemisia gelernt, alles an sich genau zu beobachten, ganz so, als sei das eigene Selbst eine Landschaft – eine Landschaft, die sie ja nie sah. Landschaft kam im Hause Gentileschi nur als Illusion auf den Bildern des Vaters vor, eine Illusion allerdings, für die Orazio einen Kollegen beschäftigte, den lauten, auf seltsame Weise immer allzu gut gekleideten Agostino Tassi. Der verstand sich auf Landschaften. Und auf Illusionen. Die Landschaften, die er malte, hatte es nie gegeben.

Sie bogen um eine Ecke, der Weg war uneben. Tuzia hieß sie, den schweren Rock zu raffen.

Dass man dir das noch sagen muss, Kind! Was hast du nur bisher in deinem Leben gelernt! Wie kann man so ungeschickt sein?!?

Artemisia mochte Tassis Landschaften nicht. Menschen spielten darin keine Rolle, sie waren nur Staffage. Menschen aber waren das Einzige, was Artemisia interessierte. Das hätte sie Tassi gern gesagt, aber dem Meister zu widersprechen, hätte bedeutet, die Kunstfertigkeit, auf die er doch so viel hielt, herabzuwürdigen, nicht auszudenken wäre das! Dankbar hatte sie sich zu zeigen, dankbar und ergeben, damit er ihr weiter seine Mallügen auftischte. Mallügen, so kam es ihr vor. Artemisia trat fester auf und ließ die Röcke achtlos wieder sinken. Warum musste sie alles von allen annehmen – nur weil es von Männern kam? Für einen Augenblick weitete sich ihr Unmut auch auf Gerolamo aus. Ließ der sie nicht auch tanzen und springen, wie es ihm gerade passte? Hatte sie nicht stundenlang am Fenster auf ihn gewartet, nur um einen raschen Blick zu erhaschen, einen flüchtigen Gruß?

Weiter, weiter! – Tuzia drängte wie eine eilige Händlersfrau. Sie hatte schließlich ein Geschäft zu erledigen. Artemisia machte sich keine Illusionen: Es war nicht Freundschaft allein, was Tuzia veranlasst hatte, ein Arrangement mit Artemisias Verehrer zu treffen. Sie würde ein kleines Sümmchen dabei verdienen. Aber warum auch nicht? Immerhin verstand sie es, für sich selbst zu sorgen. An der Seite eines Mannes, der zu nichts taugte, außer zum Wehklagen. Tuzias Geschäftstüchtigkeit fand Artemisia anziehend. Ihre Stimmung hellte sich auf. Auch, wenn Tuzia wesentlich älter war als sie selbst – auf Tuzia konnte man sich verlassen, mit der kam man weiter. Entschlossen packte Artemisia den hinderlichen Rock wieder an den Seiten, so gut es eben ging, und hob ihn ein wenig an. Wer machte solche Kleider für die Frauen?! Wer sorgte dafür, dass sie sich nicht frei bewegen konnten? Bezahlte man dafür die teuren Schneider? Es waren Kleider für Frauen, die nichts zu tun hatten, Kleider für Frauen, die im Haus blieben und sich nur gelegentlich auf unbequemen Sänften durch die Straßen tragen ließen. Unwillig schüttelte Artemisia den Kopf. Nichts für sie! Als Tuzia vorgeschlagen hatte, das Geld für die Sänfte zu sparen, war Artemisia sofort einverstanden gewesen. Ihre Beine wollten sich bewegen, sie wollte eilen und spüren, wie ihr Körper sich erwärmte. Da tauchte die Kirche schon vor ihnen auf. Drei, vier Gässchen liefen parallel auf San Luigi zu, mündeten in den kleinen Platz wie steinerne Bäche, die auf einen See treffen.

Die maßvoll gestaltete Fassade, eine von vielen. Kein abwehrender Mauerblock, sondern eher eine Brücke, eine Einladung. Wenige Treppenstufen hinauf, ein schmuckloses Portal! Aber dann! Artemisia ließ sich die Tür öffnen, und sie wurde förmlich in das Kircheninnere gesogen – auf einer Woge von Gold und Weiß, die sich in Rundungen in das Kirchenschiff und um es herum ergießt. Säulen lenkten den Blick nach oben wie kostbare, aber sinnfällige Segelmasten. Aber auch auf dem Deck des steinernen Schiffes gab es Schätze zu entdecken. Wohin zuerst mit den Blicken? Der Himmel? Nein, die prachtvolle Erde. Artemisia rang nach Atem. Das war immer so in diesen Kirchen: dass sie den Blick nach oben lenkten und gleichzeitig unten verwirbelten. Weil all das Gold und der Stuck, die Schnecken und die Hörner, die Wolkenformationen und die fliegenden Gewänder, das Wallende und das Wogende, den Blick der Betrachter erst anzogen, um ihn dann in einen Strudel zu saugen und schließlich, nach einem irren Wolkentanz, wieder hinabzuzwingen auf die Erde. Fest stemmte Artemisia die Beine auf den Boden – so mochte es wohl sein, an Bord eines Segelschiffs einem veritablen Wind zu trotzen. Machte das fromm? Der Himmel hier war nur ein Spiel, eine Möglichkeit, der Himmel, das war ein Ort, für den der Mensch nicht so recht taugte, den er nur im Tanz erreichte und nur für Momente.

Er wird gleich da sein, sagte Tuzia.

Wer?

Sei nicht dumm!

Artemisia zog eine Augenbraue hoch. Sie hatte sich wieder

gefangen. Sie war hier, weil sie jemanden erwarteten, nicht, weil sie sich von den Schätzen der Kirche verzaubern lassen wollte.

Wann kommt er?

Wie soll ich das wissen?

Dafür, dass Tuzia Artemisia zu Diensten sein sollte, nahm sie sich eine Menge heraus. Artemisia schlenderte herum, während Tuzia den Eingang im Blick behielt. Tuzia stand ein wenig vorgebeugt, die Arme in die Hüften gestemmt, die Augen zusammengekniffen. Ihr Kopf wandte sich mal Richtung Portal, mal Richtung Artemisia. Fehlte nur, dass sie hinter ihr herpfiff!

Artemisia hatte sich zu einer Seitenkapelle gewandt – und war schon wieder verloren. Sie glaubte sich plötzlich in einer Schenke. Sie stand mittendrin. In gebührendem Abstand allerdings zu der Männerrunde, die sich hier versammelt hatte. Vier Männer an einem Tisch, zwei davor, die mit herrischer Geste das Treiben am Tisch unterbrachen. Die gebauschten Hemden und Jacken, die Federn an den Hüten, der Schmuck, die allzu eng sitzenden Hosen, das Geld, das der hintere Mann, einer mit schütteren längeren Haaren und einer Brille auf dem Kopf, konzentriert zählte. Der Mann, obgleich schon älter, war ein Geck. Das zeigten die bunten Darben, die er trug. Sein Nachbar legte ihm die Hand auf die Schulter, als wollte er ihn warnen, schaute dabei aber nicht den gecken Geldzähler an, sondern in Richtung der beiden Männer, die hinzugetreten waren. Der da? Der eine der eben Gekommenen wies mit großer Geste auf den Gecken. Und der andere? Blieb im Dunklen. Nur die Wange und der seltsam bloß liegende Hals waren gut zu sehen. Und der schmale, elegante Heiligenschein, der über dem Kopf schwebte. Über den beiden ein Fenster. Aber das Licht kam ganz woanders herein, ein dramatisches Streiflicht, das die Kneipenszene in dieses Helldunkel tauchte, das Artemisia nur von einem kannte: Sie stand vor einem Bild Merisis! Merisi, der Caravaggio geworden war, ein Meister, eine Figur der Finsternis, der ein Lichtfänger war. Wie auch auf diesem Bild. Augenblicklich war sie sich sicher, dass Caravaggio dieses Bild nur in Absprache mit den Kirchenoberen gemalt haben konnte, denn so, wie es hier hing, im südlichen Seitenschiff, an der Wand einer kleinen Kapelle, fiel genau jetzt am späten Vormittag das echte Sonnenlicht durch ein Fenster auf das Bild, sodass man glauben musste, der himmlische Schein darauf rühre vom echten Licht in der echten Kirche – das Bild Caravaggios und die Kirche San Luigi dei Francesi gingen eine unauflösbare Verbindung ein. Dass Bilder mit der Architektur korrespondierten, kam öfter vor. Gelegentlich war es ausdrücklich so geplant, dass Bild und Raum miteinander kommunizierten bis hin zur gemalten Geschwätzigkeit. Aber das hier! Caravaggio brachte sogar das Sonnenlicht in seinen Dienst. In den Dienst der Kunst, nicht der Kirche. Sie hätte ihn gern gefragt, wie er das alles gemeint, wie er das berechnet hatte. Aber Caravaggio war nicht mehr. Artemisia vor der Kapelle senkte den Kopf. Wie sehr fehlte er! Zunächst war ein Attentat auf ihn verübt worden, in Neapel, wo der Maler ausgerechnet in die berüchtigtste aller Tavernen eingekehrt war, in die *Osteria del Cerriglio*. Dort hatte man ihm aufgelauert, ihn verprügelt und mit einem Messer das noch immer knabenhafte Gesicht entstellt. Der verletzte Caravaggio musste in Neapel bleiben, plante aber seine Rückkehr nach Rom. Er musste sich verdingen, musste malen, musste verkaufen, musste sich erholen. Musste, musste. Seine Kraft, die er immer verschwendet hatte, an der er sich berauscht hatte, war aufgebraucht, als man ihn auf der Rückreise nach Rom von seinen Bildern trennte.

Sie werden gesucht, Caravaggio!

Die bedrohlichen Auskünfte der Sicherheitspolizei in Palo. Die Durchsuchungen. Die Beschlagnahme. Die Vernehmungen. Inzwischen waren die Bilder schon wieder unterwegs, von Palo nach Porto Ercole. Caravaggio, wie er um seine Werke bettelt, wie er ihnen hinterhereilt, das Schiff nicht mehr aufhalten kann, niemanden erreicht, der ihm hilft. Das Fieber befällt ihn. Das ungläubige Staunen schließlich all jener, die ihn gut kannten: Caravaggio – gestorben? An einem gewöhnlichen Fieber? Nicht gefallen im Duell, nicht erstochen von einem Widersacher? Vielmehr der Krankheit erlegen in einem Hospiz, klagend um die verlorenen Bilder, bestattet ohne größere Ehren auf dem Hospiz-Friedhof? Heimatlos bis zuletzt.

Artemisia schauderte es. Sie zog den Mantel enger um sich.

Artemisia! Wie lange willst du dich zieren?

Tuzias Stimme war scharf. Hinter einer Säule in Richtung der Apsis der Kirche stand Gerolamo und lächelte sie an. Sein Gesicht war halb verdeckt, aber auch so war er bestürzend jung und bestürzend schön. Artemisia wollte zu ihm laufen, rennen, ihn umarmen – aber Tuzia hielt sie am Arm fest, als Artemisia an ihr vorbeihasten wollte.

Nicht doch, nicht doch! Langsam, mein Kälbchen!

Sie lachte.

Warte doch!

Der junge Mann verbeugte sich.

Es gab genug Halbdunkel und Dreivierteldunkel in der Kirche. Genug Gold und in Stein gehauenen Brokat, der die etwaigen anderen Besucher ablenkte. Leise freilich mussten sie sein, als sie hinter einer der Säulen begannen, sich zu erkunden. Du – Artemisia? Du – Gerolamo? Die Küsse waren ungeheuerlich. Die Hände auch. Artemisia unterdrückte ein Seufzen, Artemisia unterdrückte es nicht.

Komm, weiter!

Wer bist du?

Nicht jetzt ...

Kind, Kind!

Wieder die warnende Stimme Tuzias, die immer in der Nähe blieb. Sei es, dass sie wirklich genau aufpassen, sei es, weil auch sie ihren Spaß haben wollte, ihren Augenspaß jedenfalls. Gerolamo war ein weitaus erfreulicherer Anblick als Stefano, ihr

Anvertrauter, zumal jetzt, mit seinen verzückten Augen, die im Halbdunkel aufblitzten, und dem Hemd, das ihm so anmutig aus der Hose gezogen wurde. Tuzia leckte sich die Lippen. Dann besann sie sich, zog sich hinter die nächste Säule zurück und waltete wieder ihres Wächteramtes.

Orazio Gentileschi wurde nicht misstrauisch, als sich seine Tochter im Sommer dieses Jahres 1610 zu einer begeisterten Kirchgängerin entwickelte. Die Kirche – nun ja. Die sah er durchaus kritisch, auch, wenn er das keinen seiner Kunden wissen ließ. Aber San Luigi! Das war etwas. Die Kirche der Heimat. Die Kirche der Verbundenheit. Und sollte der Tochter mehr an den Bildern Caravaggios gelegen sein als an der Verehrung der Heiligen, so sollte es ihm recht sein, denn gleich drei Werke von Caravaggios Hand hingen in San Luigi: neben der *Bekehrung des heiligen Matthäus*, jener Schankhaus-Szene, die Artemisia begeistert hatte, gab es in der Contarelli-Kapelle das *Martyrium des Matthäus* und *Matthäus und den Engel* – ein Bild, das Orazio schätzte wegen des herabstürzenden Engels und wegen der Drehung, in die die Gestalt des Matthäus und der Engel geraten waren, als zöge es sie in einen gemeinsamen, himmlischen Wirbel. Hinauf oder hinab? Das war die Frage. Sie machte ihm Kopfschmerzen. Er hätte sie gern mit Prudenzia besprochen, aber Prudenzia war nicht mehr. Dass einer so an seiner Frau hing wie Orazio, war ungewöhnlich in Rom. Orazios Freunde hatten die Trauer eine Weile akzeptiert, aber mittlerweile schüttelten sie die Köpfe und wechselten das Thema, sobald Orazio seine verstorbene Gattin erwähnte. Sie fehlte ihm. Für sein Haus, für seine Kinder, für sein härter werdendes Herz.

Orazio war kein Philosoph. Ihn interessierten Fragen vom malerischen Standpunkt aus. Ihn interessierte die Anlage der Figuren, die Gestaltung der Gewänder, die Falten. Das war freilich nur die eine Seite der Medaille, die Gestaltung des Raumes eine andere. Immer größer wurden die Gemälde, die die Auftraggeber verlangten. Immer mehr verlangten sie nach Landschaft, also nach Illusionen. Orazio machte sich nichts vor. Die Barberini und die del Monte, die Borghese und die Rospigliosi hängten ihre Bilder immer öfter in drei, vier, fünf Reihen übereinander. Was sollte da eine Vorspiegelung von Räumlichkeit? Die verlangte ja, dass das Bild knapp in Übermannshöhe über den Betrachtern schwebte, während es in Wirklichkeit oft in drei oder vier Metern Höhe angebracht war, sodass die Perspektive des Bildes verzerrt wurde. Die Illusion der Landschaft, die das Bild nach hinten öffnen sollte, Bild und Raum mehr Tiefe geben, wurde durch die Hängungen gleich wieder zunichtegemacht. Aber die Auftraggeber entschieden. Und die waren umso entzückter, je vermeintlich perfekter die Illusion sich zeigte, solange das Bild noch auf der Staffelei stand. Also gut. Also Landschaften, Architekturen, fantastische Andeutungen von Tempeln, Hainen und nie existierenden Plätzen. Orazio war froh, dass er seinen Freund Tassi hatte. Auch wenn Caravaggio, der große Verehrte, ihn verabscheut hatte. Malereifersucht, höchstwahrscheinlich. Orazio wischte die Bedenken beiseite. Es wurde Zeit, dass Artemisia Perspektive lernte. Dass sie begriff, wie man Räume erzeugte, Spannung durch Architektur, schier endlose Weiten durch imaginäre Himmelshöhen. Eine ungeheuerliche Herausforderung. Und für diese Gestaltung des Nichts war Tassi zuständig. Der Quadraturmaler. Der Meister der Täuschungen. Es wurde Zeit, dass man ihn, der nur gelegentlich das Haus der Gentileschis betreten hatte, regelmäßig beschäftigte. Auch, wenn das der störrischen Tochter wahrscheinlich nicht gefallen würde.

Orazio sollte recht behalten. Nur unwillig ließ sich Artemisia von Agostino Tassi belehren, und auch nur gelegentlich. Der Mann war sich seiner Sache so sicher. Er duldete keine Fragen. Und fraglos und sicher präsentierten sich seine Bilder. Da gab es keine Bewegung und keine Auflösung. Alles stand starr und still: die Häuser sowieso, die Bäume, die Flüsse. Artemisia hatte das

Gefühl, der Maler lähmte sie mit jedem Pinselstrich. Sie langweilte sich. Zwar musste sie zugeben, dass es gar nicht so einfach war, aus einer flachen Leinwand ein Gewölbe zu machen und in das Gewölbe das Himmelsfirmament zu setzen, aber es blieb doch alles Berechnung. Eines folgte dem anderen, so wie ein Eselchen hinter dem anderen die Last auf den Markt trug. Artemisia versuchte sich an Eseln – und wurde dafür gescholten. Tassi schalt oft, er liebte es, seine Schülerin herunterzuputzen, und je wütender sie ihn anfunkelte, umso mehr übertrieb er es mit seiner Kritik.

Gerolamo, dem sie ihr Leid klagte, beruhigte sie:

Es ist richtig und üblich, dass jeder seinen Meister hat!, sagte er in einem strengen Ton, den sie an ihm noch nie gehört hatte und der wie ein Abklatsch von Tassis Manier wirkte. Gerolamo? Der glaubte wohl, sich dieses Verhalten ihr gegenüber nun leisten zu können, seit er sie anfassen durfte unter dem Rock?!?

Artemisia schlug mit dem Fächer nach ihm. Nein, von Gerolamo war kein Verständnis zu erwarten.

Aber auch Tassi schien sich bei dem Unterricht zu langweilen. Er war öfter nicht bei der Sache. Oder er brachte seinen fürchterlichen Freund mit, diesen Cosimo Quorli. Der saß dann mit Tuzia nebenan und trank Wein. Das hatte sich so eingebürgert, obwohl es Orazio sicher nicht gefallen hätte, dass Tuzia seine Tochter mit diesem zweifellos tüchtigen, aber auch berüchtigten Maler allein ließ.

Orazio jedoch war weit weg. Er war mit dem Seinen beschäftigt.

Mit einer Kapelle in San Giovanni dei Fiorentino. Mit der Kuppel im Petersdom. Und nicht einfach mit der Kuppel – die Kuppel des Tambours, das würde sein Werk sein. Er hatte den Entwurf für die Mosaiken gestaltet, der Engel war sein! Orazio genoss das Gerede der Leute, aus dem Ruhm wachsen würde. Ruhm, ganz gewiss! So hoch trug es ihn hinaus, dass er abends in den Kneipen noch tiefer fallen musste, sonst hielt er sein erfolgreiches Leben gar nicht aus. Aufwärts! Und abwärts! Und wieder zurück. Und Streitereien und Händel zwischendurch. Orazio hatte zu tun. Die Tochter glaubte er versorgt, bei Tuzia und dem neuen besten Freund, den er nun hatte. Wenn Orazio spätnachts nach Hause kam, gestützt auf Cavalier d'Arpino, den alten Kumpan, dann war Ruhe im Haus, und mehr wollte Orazio nicht. Ruhe! Damit er gleich morgen wieder von vorn beginnen konnte. Danke, Kollege, gute Nacht! Torkelnde Schritte, Scharren im Schlafzimmer, tiefer, todesähnlicher Schlaf.

Eines Tages aber erreichte Orazio eine beunruhigende Nachricht, eine Zeichnung war es eigentlich, ein Gekritzel. Jemand hatte es ihm heimlich in die Jackentasche gesteckt. Es zeigte seine Tochter, Artemisia, in eindeutiger Haltung, hingegeben an einen Mann, von dem man vor allem die Hände sah, Hände auf ihren nackten Brüsten, die aus einem Kleid gerutscht waren. Die gezeichnete Tochter lachte frech, und über den Händen des Mannes war ein Name vermerkt: Gerolamo. Dick und fett geschrieben, damit es auf jeden Fall gut zu entziffern war. Orazio war nicht gut im Lesen, aber schnell im Verstehen. Jetzt brauchte Orazio seinen guten Freund, den Calavier d'Arpino, schon wieder, war dieser doch berüchtigt für seine eisernen Griffe, berüchtigt für seine Skrupellosigkeit. Ihn rufen zu lassen war eines. Tassi war das andere! Der war immer dabei, wenn es um Händel ging. Und dann lauerten die drei dem Galan Artemisias auf und verprügelten ihn. Aber richtig! Das heißt, der Cavalier hielt und würgte, Tassi prügelte. Aufs Prügeln verstand er sich ausgezeichnet, wie Orazio bewundernd feststellte, der aus sicherer Entfernung zusah. Von Gerolamos schönem Gesicht blieb nicht viel übrig. Zum Abschluss brach ihm der Cavalier noch mit einem gezielten und grausamen Griff die Hand. Sollte er doch sehen, wie er sein Geld in nächster Zeit verdiente! Das war die gerechte Strafe. Und noch ein paar Tritte darauf. Schauen Sie her, Orazio!

Bitte, nicht den Namen nennen, dachte Orazio zwar, näherte

sich aber doch dem Haufen Elend, das einmal ein junger Mann gewesen war.

Und drauf gespuckt! Machen Sie schon, Orazio! Schänder! Hurensohn! Wag es noch einmal ...

Der Junge versuchte, auf allen vieren davonzukriechen, aber Tassi streckte ihn mit ein paar Fußtritten endgültig nieder.

So! Und in die nächste Schenke! Und darauf getrunken. Tassi umfasste Orazios Schulter. – Auf geht's, ich nehme an, ich bin eingeladen?

Sie beeilten sich, den Ort zu verlassen.

Aus einem Schatten trat Tuzia. Sie hatte alles mitangesehen. Nun hastete sie nach Hause, um Artemisia zu verständigen. Es gab ihr einen Kitzel. Orazio und seine Spießgesellen würden in die nächste Taverne gehen, da war sie sicher. Zu Hause angekommen, packte sie Artemisia am Arm, erklärte nichts, duldete keine Fragen:

Komm und sieh!

Sie wusste selbst nicht, warum.

An der Ecke Via di Ripetta saß Gerolamo. Er kauerte auf dem Boden, an eine Hausmauer gelehnt, ein paar käufliche Frauen standen schnatternd und schimpfend dabei. Sie reckten die Fäuste in Richtung eines Gegners, der längst verschwunden war.

Eine Blutspur führte über zwei, drei Meter zu dem Ort, an dem Gerolamo gelegen hatte. Er hatte sich hochgerappelt, aber an Aufstehen war einstweilen nicht zu denken. Er konnte kaum etwas sehen, beide Augen waren zugeschwollen, das Gesicht war eine blutige Masse, die Kleidung zerrissen, ein Schuh lag ein paar Meter weit weg.

Automatisch bückte sich Artemisia, hob den Schuh auf, klopfte ihn ab, als könnte das etwas helfen, näherte sich langsam. Sie erkannte den jungen Mann kaum wieder. Der hatte sie berührt, den hatte sie unbedingt küssen wollen. Jetzt waren da nur noch Blut und Brei und Schleim und ein schmerzvolles Zucken und sich Krümmen. Er schaute sie nicht an, als er schließlich mühevoll sagte:

Du bist ...hier... Artemisia!

Jetzt beeilte sich das Mädchen, zu ihm zu kommen, sie kümmerte sich nicht um die Frauen, die zurückwichen.

Gerolamo!

Sie beugte sich zu ihm. Er wandte sich ab oder versuchte es.

Nicht!

Sie hätte auch nicht gewusst, wo sie ihn anfassen sollte. Ein Arm hing schlaff herab. Ungeschickt legte sie ihm den Schuh in den Schoß.

Gerolamo!

Sie wiederholte seinen Namen und begann zu weinen. Sie brachte den Namen dieses weichen, schönen Mannes nicht zusammen mit dem Elend, das sich da vor ihr beugte.

Gerolamo, Gerolamo!

Es wurde eine Beschwörung. Sei wieder gut, schau mich an, steh auf und sei gesund oder wenigstens auf dem Weg der Besserung, sag, dass es nicht so schlimm ist, nie wieder wird es gut, nie wieder wird Gerolamo der Alte sein, es ist nicht das Bein, es ist nicht einmal das Gesicht, es ist die Hand des Malers, es ist ... die Verlorenheit vor der Gewalt, die Ohnmacht ...

Artemisia!, zischte Tuzia hinter ihr. – Wir müssen fort. Er braucht einen Arzt! Die Leute hier werden schon einen schicken. Ich wollte nur, dass du weißt ...

Artemisia wehrte sie ab.

Komm schon, komm schon! Die Leute!

Tatsächlich wagten sich jetzt die Anwohner aus den Häusern, erst einer, dann noch einer. Die Dirnen verzogen sich.

Holt einen Arzt!, brüllte Tuzia sie jetzt an. – Ihr seht doch, was geschehen ist. Komm!

Und sie zog Artemisia beiseite und fort von dem Platz. Artemisia ließ sie gewähren. Sie war schnell weg von dem Platz, aber sie war nicht weg von dem Schrecken. Wie die Gewalt die

Schönheit zerstört, zertrümmert, nichts übrig lässt von dem, was war.

Wer war das?, fragte Artemisia ihre Begleiterin, obwohl sie sich die Antwort bereits denken konnte.

Agostino natürlich, sagte Tuzia prompt. Und mit einem Seitenblick und nach einem Zögern: Dein Vater war auch dabei. Ein paar seiner Kumpane.

Artemisia fuhr zusammen. Tassi, das war keine Überraschung. Aber der Vater? Der Vater.

Zu Hause angekommen, schloss Artemisia sich ein. Sie musste nachdenken. Sie musste die Bilder der Zerstörung in sich noch einmal heraufbeschwören, sich ihrem ganzen Schrecken stellen. Wozu? Das wusste sie noch nicht, aber sie wusste, dass sie sie ohnehin nicht loswerden konnte. Was du nicht loswirst, versuch zu verstehen. Wer hatte ihr das gesagt? Die Mutter? Caravaggio? Alles verstehen. Alles Gesehene hin und her wenden, sich zwingen, es zu betrachten. Was war geschehen? Eine Schlägerei, gewiss. Ihrer Ehre wegen, gewiss. So sagte man wohl. Artemisia lachte bitter auf. Ihre Ehre!

Man musste anscheinend nicht nur die Bilder hinterfragen, sondern auch die Worte. Sie wusste selbst am besten, was ihre Ehre war. Sie war ein Wert in den Augen des Vaters, etwas, mit dem sich handeln ließ. Und da war ihm der schöne Gerolamo in die Quere gekommen. Also musste er weg. Aber Tassi? Tassi hatte nicht einfach nur einen Auftrag ausgeführt, er hatte keinen Denkzettel verpasst, er hatte vielmehr ein Urteil vollstreckt. Er hatte nichts übriggelassen von Artemisias Liebhaber. Er musste ihn zerstören. Tassi war einer, der Macht ausüben wollte. Dafür tat er alles. Aber warum musste er ausgerechnet Anmut zerstören? Warum fühlte sich der Maler Agostino Tassi ausgerechnet von Schönheit bedroht? Sie war doch sein Geschäft! In der Schönheit, die sich selbst genügte, lag aber auch eine Kraft. Manche Männer spürten das, manche Männer reizte das bis aufs Blut. Sie mussten das Schöne zerstören, wenn sie es nicht in ihre Gewalt bringen konnten – vielleicht, um das eigene Finstere nicht zu erkennen?

Artemisia grübelte und grübelte. Sie bekam heftige Kopfschmerzen, dann Magenschmerzen, sie war ein paar Tage krank. Gerolamo ließ sie, sobald sie wieder bei Kräften war, ein paar Nachrichten zukommen. Er antwortete ihr kein einziges Mal.

Als Artemisia in die Werkstatt ihres Vaters zurückkehrte – stumm und aufrecht –, tat sie das freiwillig. Sie erschien eine Woche nach der Untat, verlor kein Wort, sah sich nur um, als müsste sie sich zum ersten Mal in einem fremden Raum zurechtfinden. Die Gehilfen des Vaters ließen die Werkzeuge sinken, stießen sich gegenseitig an, verstummten. Da war sie wieder, die *garzone*, der einzige weibliche Lehrling nicht nur Orazios, sondern des ganzen Viertels. Der Vater erhob sich, wollte etwas sagen, aber es schien ihm nichts einzufallen. Artemisia schaute von einem zum anderen, ging durch die Reihen, berührte hier einen Tisch, dort eine Staffelei, mit leichter Hand. Dann schritt sie wieder hinaus, nach oben, mit durchgedrücktem Rücken. Später ließ sie sich die Vespermahlzeit aufs Zimmer bringen. Der Vater wagte nicht, sie zu rufen.

Am nächsten Morgen war Artemisia als Erste auf den Beinen, so wie vor der Tat. Sie nahm zwei Eimer, schob den schweren Riegel der Haustür zurück, glitt nach draußen. Sie ging zum Brunnen, füllte die Eimer, schleppte sie zurück. Ging noch einmal und noch einmal. Vier Eimer für den Spülstein. Vier Eimer für die Gasse vor dem Eingang. Dann die Zisterne vom Regenwasser leeren. Das war schwer. Schütten und schütten. Wasser, Wasser! Wasser über die Gasse, Wasser über das Haus, Wasser über die Bilder im Kopf, ausholen, schütten und reinigen. Die geschlagenen Kinder, die geschändete Cenci, der gemarterte Gerolamo. Schütten und fegen, fegen und schütten. Nach dem Wasser das Feuer. Artemisia bereitete das Feuer im Ofen. Sie legte die Pinsel zurecht, seifte sie, säuberte sie. Schließlich begann sie, die Materialien für die Stuckarbeiten zu reiben: Gips,

Kalk, Sand und Wasser. Die festen Substanzen fein gemahlen, dann gesiebt, puderfein, viel Puder, viele Siebe lang. Artemisia erwärmte die Öle, um die Imprimatura vorzubereiten, genau die richtige Mischung aus Stucco und Leim musste es sein. Sie wusch die geröteten Hände, sie wischte sich über die schweißnasse Stirn: Nun noch die Paletten vorbereiten.

Dann das Frühstück: Brei und Wein für die Männer, eine besondere Portion für den Vater, der sich wunderte, den sie jedoch keines Blickes würdigte. Auch nicht, als er ihr bedeutete, sie könne malen, er wies mit dem Finger auf den Raum neben sich:

Komm, dein Platz ist an meiner Seite!

Und doch tat Artemisia, wie ihr geheißen. Sie wusste nichts anderes, sie hatte nie etwas anderes gewollt, als zu malen. Dafür nahm sie die Männer in Kauf, wenn es sein musste. Sie trug die Kunst schon in ihrem Namen: Arte-Misia. Aber auch Artemis, die Göttin der Jagd. Oft dachte Artemisia über ihren Namen nach. Verbarg sich darin ein Geschick? Wer entschied darüber? Der Vater, gewiss. Die jüngeren Brüder, die sie an sich banden. Und sonst? Es konnte doch nur ihr Talent sein, das den Unterschied machte. Und Talent hatte sie, das wusste sie. Also malte sie. Und gehorchte scheinbar. Saß folgsam und grollend sogar dem verhassten Tassi gegenüber, der wieder versuchte, ihr etwas Perspektive beizubringen. Sie konnte den Mann nicht ertragen, nicht neben sich, nicht so dicht! Eher studierte sie über Kopf, was er ihr da mit großer Geste vorzeichnete. Tassi trug ihre Ablehnung mit Fassung, ja, sie schien ihn sogar zu amüsieren. Er rief wieder seinen Kumpan herbei, diesen Cosimo Quorli, der sich von Tuzia aushalten ließ, stets nachlässig, ja schmuddelig gekleidet, mit schmutzigen Händen, die er in alle möglichen Geschäfte steckte und vor denen man sich ebenso in Acht nehmen musste wie vor seiner bösen Zunge. Neben Quorli hätte ein Strauchdieb wie ein ehrenwerter Mönch ausgesehen. Der Vater hätte diesen Quorli wohl kaum ins Haus gelassen, aber der Vater war mit seiner Kirche beschäftigt und kehrte erst am frühen Abend zurück. Das Haus blieb in der Obhut Tuzias, der es gefiel, hier zu schalten und zu walten – und in der Obhut Tassis, der ihre Eitelkeit längst durchschaut hatte und sich selbst mehr und mehr wie der Herr im Haus gebärdete. Ein seltsames, ein gottloses Paar! Artemisia war beunruhigt. Alles geriet aus den Fugen. Und Quorli umsprang sie wie ein tollwütiger Hund.

Artemisia-Schätzchen, kommt, lasst mal Eure Titten sehen!

Sie trat nach ihm.

Ich bin doch nicht der Einzige, den Ihr zu entzücken wisst! Das halbe Viertel spricht von Euch – und die andere Hälfte kam schon in den Genuss.

Noch ein Tritt! Und sie erhob die große Kanne aus Ton gegen ihn.

Quorli wich aus, lachte aber. So ging das. Tagaus, tagein. Die Gesellen des Vaters zogen sich zurück, zu toll erschienen ihnen diese Geschäfte. Dabei arbeitete Tassi nur unregelmäßig. Er zeichnete und rechnete, er skizzierte und verwarf wieder. Mehr und mehr breitete er sich in Orazios Werkstatt aus. Ein Bild hatte er so positioniert, dass er es immer sehen konnte: das Bild der Susanna, das Artemisia vor Jahren gemalt hatte. Er hatte sofort die stupende Qualität erkannt, die malerische Finesse, die Stimmigkeit der Farben. Aber das war es nicht. Ihn erregte die Dramaturgie der Szene. Für ihn lag in dem Blick der beiden lüsternen Alten, die Susanna bedrängten, erotische Spannung.

Der Moment vor der Attacke!, flüsterte er gelegentlich. – Der einzige, zählende Moment.

Jedem sagt das Bild, was er selbst ist, sagte Artemisia.

Woher kam dieser Satz? Wie kam er aus ihr heraus?

Tassi holte aus, um ihr eine Ohrfeige zu verpassen, aber es war leicht, ihm auszuweichen. An diesem Tag hatte er noch mehr Wein getrunken als sonst.

Jedem erzählt das Bild, wer er selbst ist, dachte Artemisia später. Sie wusste, dass der Satz stimmte, obwohl ihn ihr niemand beigebracht hatte. Niemand als das Bild selbst. Die Bilder sprachen zu ihr. Sie wussten mehr, als sie selbst im Augenblick ihrer Schöpfung wusste. Artemisia fühlte sich auf eine seltsame Weise getröstet. Gesichert. Sie besaß nicht viel. Wenn sie wieder einmal umzogen, den Hausrat zusammenpackten, dann passten Artemisias Habseligkeiten in zwei große Körbe. Aber die Bilder! Die waren das ihre. Oder nein: Die gehörten zu ihr, führten aber ein geheimnisvolles Eigenleben.

Sie rückte ab von Tassi, so gut es ging. Es ging nicht besonders gut. Wie kam er dazu, sich solche Freiheiten zu erlauben? Er gab seinen Platz nicht frei, den ihm niemand eingeräumt hatte. Tassi ließ nicht mehr los, was er sich einmal genommen hatte. Und der Vater? Er hatte anscheinend kein Problem damit. Ihm konnte sie nichts sagen. Wenn Männer so weit gingen, dann nur, weil Frauen es ihnen gestatteten, sie womöglich herausforderten. Was hatte sie an sich, das ihn derart provozierte? Das würde der Vater als Erstes fragen. Er würde entrüstet sein – nicht über den Freund, sondern über sie, die ungebärdige Tochter. Und wieder würde er das Kloster ins Spiel bringen. Artemisia schloss ihr Kleid noch höher. Sie legte ein Tuch über die Schultern und ließ es locker über die Brust fallen. Sie verhüllte ihre Formen. Sie puderte sich nicht mehr. Sie zog einzelne Haarsträhnen ins Gesicht und senkte den Blick. Sie versuchte, sich unsichtbar zu machen. Artemisia wurde steifer und steifer. Tassi schaute ihr beim Malen über die Schulter.

Lockerer!, befahl Tassi. – Ihr müsst lockerer sein, wenn Ihr malt.

Er rückte sie an den Schultern zurecht, wie man sich ein Stück Wild zurechtlegt.

Lockerer!

Nein!

Du wirst schon!

Tuzia!

Der Schrei kam tief aus Artemisia, gellend, laut.

Aus! Cut!

Sie hingen schon wieder an derselben Stelle fest.

Wie soll ich nur mit euch arbeiten? – Das war das Seufzen von Lena, die sich die Brille aus den Haaren fingerte und den Monitor beiseiteschob.

Was ist jetzt schon wieder?

Die Kamerafrau schlug stumm die Hände vors Gesicht. So eine Verfolgung auf engstem Raum war aufwendig zu drehen. Sie hatten den Stuntkoordinator dabei und für Joy eine Intim-Koordinatorin. Die schaute jetzt genauso ratlos drein wie Lenas Assistent.

Was ist los?

Lass mich die Aufnahme sehen.

Das war das erste Mal, dass Lena bereute, teamgerecht zu arbeiten. Es war auf diesem Niveau nicht nur unüblich, sondern schlicht zu teuer. Regie-Kollegen hatten Lena gewarnt: Es hält auf. Es lässt die anderen murren. Und am Ende gerätst du in Verzug, kannst den Drehplan nicht einhalten, und alles wird unbezahlbar.

Lena drehte den Monitor so, dass Joy sehen konnte, was sie bisher gearbeitet hatten.

Joy schaute und schaute, den Kopf in eine Hand gestützt.

Ist es dir zu schön? – Das war das Versöhnungsangebot der Kamerafrau. Joy nickte:

Wir präsentieren hier eine absolut attraktive Künstlerin, auf die der Mann abfährt. Sozusagen: zu Recht. Wir inszenieren Begehren. Es geht aber nicht um Begehren, es geht um Macht.

Lena war nicht blind und taub für die Einwände ihrer Darsteller:

Wie stellst du dir das vor?, fragte sie. – Wie wäre es ... richtiger? Sollen wir die Szene vielleicht drehen, als wäre es eine Schlägerei unter Männern?

Sie lachten. Aber vielleicht war das der richtige Weg? Sie machten eine Pause. Sie ließen sich von der Professorin noch einmal erklären, wie es historisch gewesen war. Die echte Artemisia war nicht nur davongelaufen. Sie war zunächst in ihr Zimmer geflüchtet, in dem Glauben, ihr Refugium würde geachtet. Als Tassi ihr dorthin folgte, setzte sie sich zur Wehr. Mit einem Messer. Sie verletzte ihn erheblich, aber Tassi ließ nicht von ihr ab.

Sie verletzte ihn erheblich? – Die Kamerafrau wirkte interessiert. – Das können wir doch gut machen. – Dann bluten beide. Die nehmen sich nichts.

Ja, nur dass Artemisia schon durch die Art ihrer Kleidung keine Chance hatte. Und weil es für Frauen eine Ungeheuerlichkeit war, sich derart männlich zu wehren, erwiderte die Expertin.

War?, fragte Joy leise.

Sie schrieben die Szene um. Dann inszenierten sie einen rauen, rasenden Kampf aus der Sicht der Artemisia. Also nur mit der Handkamera. Sie inszenierten die Hektik, das Chaos, inszenierten, wie Tassos Gewaltangriff alles aus den Fugen brachte: das Haus, die Ordnung der Dinge und der Menschen, den Glauben Artemisias, dass sie sicher sein könnte. Sie inszenierten den Angriff und den Rückzug, das Schlagen, Beißen und Stoßen. Sie inszenierten den Griff nach dem Messer, das Zustoßen und Herausziehen. Sie inszenierten den Schmerz und das Blut, vor allem das Blut. Sie inszenierten den Zorn der Frauen.

2.

Als Orazio abends nach Hause kam, lag Artemisia im Bett. Orazio fragte nach ihr. Tuzia beruhigte ihn: Die Frauen! Ihre Unpässlichkeiten. Wie gut, dass er die einstige Nachbarsfrau bei sich und seiner Tochter wusste! Artemisia wuchs ihm über den Kopf, in jeder Hinsicht. Und störrisch war sie. Und uneinsichtig. Und allzu schön. Orazio spürte, wie er langsam älter wurde. Wie seine Bereitschaft nachließ, anderen zuzuhören. Die war freilich nie sehr ausgeprägt gewesen. Seine Söhne erzog er vornehmlich mit Kopfnüssen. Das kam bei Artemisia nicht in Frage, war nie in Frage gekommen. Sie hatte ihm schon als Kind ... Respekt eingeflößt. Und nun war sie kein Kind mehr und entzog sich immer mehr. Dabei war sie die Einzige, die echte Begabung zeigte. Die kleineren Brüder waren bissig, ständig rauften sie miteinander, befolgten aber immerhin lustlos die Befehle des Vaters, während der Älteste, Francesco, sich zu einem unangenehmen Speichellecker entwickelte. Orazio entging das keineswegs, aber er hatte keine Kraft, die bösen Entwicklungen zu korrigieren. Orazio merkte, dass ihn Kummer packte. Er goss sich noch einen Roten ein. Der Rote schmeckte nach Essig. Unwillig stürzte er den Wein hinunter. Seit Prudenzia fortgegangen war, musste er viel Wein trinken, um eine Wirkung zu spüren. Es zog ihm den Mund zusammen, den Magen. Immerhin: Bald würde er wieder mit Tassi zusammenarbeiten. Das versprach eine heitere Stimmung. Sie würden gemeinsam das Gewölbe des Casino delle Muse schmücken. Der Palazzo war im Besitz der Pallavicini-Rospigliosi, ein Haus, so herrschaftlich wie alle Paläste, aber seine Decke war besonders hoch, es forderte ihn heraus, dort zu arbeiten. Großartig, dass man ihn gefragt hatte. Orazio war stolz, obwohl er wusste, dass er den Auftrag allein Tassi verdankte. Die Rospigliosi liebten Illusionsmalerei, und niemand verstand sich besser darauf als sein Kumpan Agostino.

Tuzia, schenkt nach!

Sie stand schon neben ihm. Sie achtete auf ihn. Orazio merkte nicht, dass sie ihn auch kontrollierte.

Nach einigen Tagen wich Artemisias Unpässlichkeit. So sah es Orazio. Nach einigen Tagen fügte sich Artemisia ins Unvermeidliche. So sah es Tuzia. Was hatte sich das Mädchen auch so gehabt! Ihr Schicksal war nichts Besonderes. Tausende, Abertausende von Mädchen wurden auf diese Weise in die Kunst der Liebe eingeführt. Die Kunst der Liebe! Tuzia schnaubte verächtlich. So redete man wohl. Zumindest so lange, bis aus dem Spuk der Liebe eine handfeste Ehe geworden war. Dann war die Zukunft gesichert, und man mochte das Bett teilen, mit wem man wollte – jedenfalls, wenn man ein Mann war. Tuzia machte sich keine Illusionen. Man musste sehen, wo man blieb. Für sie jedenfalls war das neueste Abenteuer von Agostino Tassi kein Schade; er hatte sie für seine Verhältnisse fürstlich entlohnt. Und nun, so hatte er es zugesagt, würde er öfter kommen – so oft, wie es seine komplizierten Geschäfte und Lebensverhältnisse erlaubten, und so lange, bis sich Artemisia an ihn gewöhnt hätte. Sie würde sich gewöhnen! Bisher hatte über kurz oder lang noch jede Frau an ihm gehangen. Und auch diese würde ihre Undankbarkeit noch bereuen … Und die Heirat? Nun, das würde man sehen. Hier, Tuzia, nimm! Er drückte ihr ein paar Münzen in die Hand und warf ihr sein zweideutiges Lächeln zu, das die Huren von der Ripa Grande für charmant hielten. Wir sehen uns, *cara mia*. Tuzia steckte die Münzen ein.

Artemisia lag ganz still. Sie hatte ihr Hemd hochgeschoben und tastete sich behutsam ab. Sie vermied es, ihre Brüste zu berühren, die wund waren und brannten. Sie betastete ihren weichen Bauch. Der wölbte sich warm und zart, wenn sie atmete, jedoch mit einem kleinen Zittern, das neu war. Weiter! Artemisias

Hände glitten zur Seite, über die schmerzenden Rippen, die Lenden hinab zu den Oberschenkeln. Sie zuckte zusammen: Da waren Wunden, die ihr der Mann geschlagen hatte und die nun mit Schorf bedeckt waren. Artemisia richtete sich abrupt auf, warf die Decke zur Seite, schaute an sich hinab. Das würde heilen, vermutlich ohne Narben. Sie fuhr mit einem Finger darüber. Johanniskrautöl! Das würde ihr Tuzia besorgen müssen – oder nein, Faustina. Tuzia wollte sie nicht mehr sehen, diese Verräterin! Artemisia biss die Zähne zusammen, weil ihr die Tränen in die Augen traten. Keine Tränen! Tränen verschleierten den Blick. Und sie musste genau sehen. Sie musste genau sehen, was geschehen war. Sie zwang sich, den Blick zur Körpermitte zu lenken und nach unten. Sie kannte die Scham der Frauen, natürlich. Sie hatte sie auf den Bildern des Vaters gesehen. Sie hatte sie selbst gemalt oder besser gesagt: verborgen. Der bedrängten Susanna auf ihrem Bild hatte eine kleine, feine Hautfalte geholfen, die Vulva zu verbergen. Ein schmales, weißes Tuch, das ihr die Malerin auf dem linken Oberschenkel drapiert hatte, tat ein Übriges: Susanna war nackt und doch nicht nackt. Sie saß da mit blanken Brüsten, aber sie verteidigte mit Erfolg ihre Scham. Artemisia bedeckte sie mit der linken Hand. Die Hand begann zu zittern. Die Vulva war auseinandergerissen worden vom gewalttätigen Eindringen des Mannes, sie war aufgebrochen worden wie eine Frucht. Aber der Mann hatte diese Frucht nicht genossen, insofern stimmte das Bild nicht. Er hatte sie genommen, zerbrochen hatte er sie, wie konnte man so weiches Gewebe zerbrechen? Artemisia untersuchte jetzt ihr Fleisch, zuckte zurück, weil es brannte wie Feuer. Sie hatte sich, nachdem der Mann endlich weg war, sofort an die Waschschüssel gesetzt, nein, in die Waschschüssel hatte sie sich gesetzt, hatte die erste Kühlung gespürt, das Wasser, das mit Kräutern versetzt war, hatte gespült und gespült, als hätte sie gewusst, was zu tun war, aber die Frauen verstanden von jeher, was zu tun war nach der Gewalt der Männer, das hatte sich anscheinend vererbt über die

Jahrhunderte, dieses Aufspringen und Eilen, dieses sich Umsehen nach der nächsten Waschmöglichkeit und dann: die Reinigung. Gründlicher denn je, obwohl es schmerzte, mit den Fingern entschieden gewühlt und gegraben, als käme man so, mit Wasser und Kamille, dem Eigentlichen nah, als könnte man es wegwischen, wegspülen, austreiben aus sich. Irgendwann hatte sie innegehalten. Aber es war nicht genug!

Sie beauftragte die nun verhasste Tuzia, ihr ein Instrument zu beschaffen, von dem sie gehört hatte: ein verschließbares, recht feines Rohr, das man in den Frauenkörper einführen konnte. Es war mit wohltuender Spülung gefüllt, die man, wenn das Rohr einmal eingeführt und sein Ventil geöffnet war, zur Linderung benutzen konnte. Es sollte Entzündungen verhindern, es sollte verhindern, dass sich etwas einnistete. Artemisia war zusammengezuckt, als sie sich, auf den Rücken gelegt, die Beine weit gespreizt, den harten Gegenstand einführte. Aber was war das kühle Metall für eine Wohltat gegenüber der Hitze des Mannes! Zorn packte Artemisia – und Verzweiflung. Warum gehörte ihr Inneres ihr nicht mehr? Nicht mehr allein? Was war das für eine Invasion gewesen? Und wozu? Sie hatte sich verteidigt, sie hatte gebissen und getreten und gekratzt. Sie hatte versucht zu schreien, aber spätestens, als die Hände des Mannes von ihren Brüsten zum Hals gewandert waren und dort zudrückten, hatte sie verstanden, dass es dem Mann nicht um Liebe ging, sondern um Macht, dass er nicht auf Eroberung aus war, sondern auf Zerstörung. Eine entsetzliche Angst hatte sie gepackt, als ihr der Atem ausging, sie konnte nicht schreien, sie musste sich darauf konzentrieren zu atmen, ein bisschen Atemluft nur finden. Sie röchelte, während der Mann auf ihr immer schwerer wurde, sie in die Kissen drückte und ihr nur manchmal zwischen seinen Stößen die Gelegenheit gab, zu atmen, und wenn sie es schaffte, ihr Gesicht aus seiner stinkenden Achselhöhle wegzudrehen und Luft zu holen, dann sah sie sein tiefrotes, schwitzendes, verzerrtes Gesicht. Und sie prägte es sich ein, für immer. Als er von ihr abließ, schnaufend, sich nicht weiter um sie kümmerte, sie liegen ließ wie alte Kleidung, die man nicht mehr braucht, da hatte sie auf der Anrichte das Messer liegen sehen, das vom Apfelschälen, ihrem kleinen Laster vor der Bettruhe, übriggeblieben war. Mit einem Aufschrei stürzte sie sich auf das Messer, erhob es und ging auf Tassi los, der sich gerade anschickte, ohne große Eile den Hosenlatz zu schließen.

Verbrecher! Elender!

Sie stieß zu, traf aber leider nur sein Wams, die Messerspitze rutschte ab am festen Brokatstoff, und als Tassi nach ihrer Hand griff, begann erneut ein Rangeln und Ringen.

Nimm!

Immerhin erwischte sie ihn jetzt am Arm und noch einmal! Am Oberschenkel. Blut trat aus, Blut spritzte. Tassi grunzte, eher überrascht als schmerzvoll. Mehr als das Messer irritierte ihn jetzt der Ausdruck in ihrem Gesicht. Sie starrte ihn an, sie ließ ihn nicht aus den Augen. Sie würde ihn töten, sie würde ihn zerfetzen mit dem Messer, mit Zähnen und Klauen. Aber sie hatte keinen Erfolg. Kein Blutstrom spritzte aus Tassis Hals, seine Hände krampften sich nicht vor Schmerz, seine Züge verzogen sich nicht unter einer Marter. Tassi war überrascht von ihrem Angriff, aber nicht wirklich wütend. Den Hass hatte er vorher an ihr ausgetobt, seinen Hass auf die Frauen. Jetzt wollte er nur noch fort. Er wehrte ihren nächsten Angriff mit dem ausgestreckten Arm ab. Dann trat er ihr das Messer aus der Hand.

Das Messer fiel zu Boden und Tassi war fort, während sie, hastig, die Zimmertür schloss und dagegensank, dann zu Boden rutschte und lange dort liegenblieb.

Sie begann das große Waschen. Dann kam das Fieber. Ob von dem Verbrechen selbst oder von der Heftigkeit der Waschungen, war ungewiss, aber es streckte Artemisia endgültig nieder. Mit ihrem Reinigungsritual konnte sie nicht mehr fortfahren. Schnell war sie so schwach, dass es sie übermenschliche Anstrengung kostete, nur den Suppenlöffel zu heben. Sie ertrug auch den Geruch der Suppe nicht, das Mehlige, Käsige. Sie blieb einfach liegen, dämmerte, gab sich den Schmerzen hin, schwitzte. Sie kam sich vor wie eine vermodernde Pflanze, erst grün, dann braun, ihr Leib begann, seltsame Gerüche auszudünsten, sodass die Magd, wenn sie ihr Wasser brachte und stärkenden Wein, die Nase zusammenzog. Artemisia, wenn sie es denn bemerkte, genoss es: Ja, weiche du nur vor mir zurück! Ich würde am liebsten auch weichen, vor mir, vor der Welt. – Und dann wieder entsetzliche Träume.

Orazio wurde misstrauisch. Sie entzog sich ihm. Sie versuchte, ihn zu meiden, und wenn sie sich doch trafen, schaute sie ihn nicht an, redete nicht mit ihm. Orazio vertraute sich seinem Freund Agostino an. Agostino war der Beste. Und er verstand sich auf schwierige Frauen. Mehr noch als Tuzia, die doch vom selben Geschlecht war und es eigentlich hätte wissen müsse. Aber Artemisia war eben heikel! Und Tassi war ihr als Freund des Vaters nahe.

Könnt Ihr Euch nicht kümmern?

Agostino seufzte. Er habe so viel zu tun, dies und das. Doch, gewiss, wenn Orazio darauf bestehe.

Und so fort. Und so gelangte Agostino mit dem ausdrücklichen Segen des Vaters noch öfter in Artemisias Haus. Tuzia ließ ihn ein. Artemisia fasste es nicht. Und fasste es doch. Hier lief offensichtlich ein Prozess ab, den sie nicht verstand, den aber alle anderen kannten, beherrschten und für gut befanden. Er hatte ihr wehgetan, also durfte er es wieder tun. Einfach, weil er es konnte. Weil er sich ausgerechnet sie ausgesucht hatte. Er faselte von Liebe, von Treue, davon, dass sie ihn niemals lassen dürfe, aber Artemisia hörte nur ein Wort: Heirat. Agostino versprach ihr die Ehe. Nicht einmal – oft. Es wurde geradezu ein Refrain, ein immer gleiches, einschläferndes Lied, das er ihr vorsang und das den bitteren Vorgang süß machen sollte. Denn Agostino ließ sich sein Lied von Ehe und Treue etwas kosten. Sagte er jedenfalls. Hatte sie eine Wahl? Dass sie entehrt war, würde sich schnell herumsprechen, dafür sorgte schon Tuzia. In Verruf gekommen war sie sowieso, als allzu selbstbewusst auftretende Malerin, als Frau, die sich zeigte. Und dann Gerolamo! Und die Prügel für ihn! Wie er verschwunden war seitdem. Und der Vater? Der misstraute ihr, wie er jeder Frau misstraute, aber noch mehr. Sie war ihm ähnlich. Das begeisterte ihn, und das verstörte ihn. Er wusste ja, wozu er in der Lage war, im Guten wie im Bösen. Diese Kraft in ihr. Der Vater hatte sie ins Kloster stecken wollen. Zu den grauen Frauen. Zu denen, die niemals lachten, die immer nur näselten und fiepten, statt zu reden und zu singen. Lebenslang! Artemisia schauderte es. Artemisia rechnete. Agostino war wesentlich älter als sie. Er würde vor ihr sterben. Und bis dahin würde er für sie sorgen müssen. Die Ehenot wäre kürzer als die Klosternot. Und immerhin: Agostino war Maler. Er würde sie malen lassen. Hoffte sie. Aber sie ertrug ihn nicht. Sie ertrug schon seine schiere Anwesenheit nicht. Dieses aufgesetzt Männliche. Das Gegockel und Gespreize. Sein stetes Prahlen mit seinen großartigen Erfolgen, während er doch alle Zeit der Welt hatte, in Tuzias Küche zu sitzen und Reden zu schwingen. Gern von der Lasterhaftigkeit der Frauen. Dass sie Aufsicht brauchten. Kontrolle. Eine starke Hand. Er machte eine obszöne Bewegung. Dass er auch mit ihr, mit Artemisia, nichts als Mühen hatte. Manchmal, wenn Freunde dabei waren, die er neuerdings in Orazios Haus mitbrachte, wurde er weinerlich. Dass sie undankbar sei. Wie schwer es gewesen war, sie zuzureiten. Den Quorli, den hatte sie nahezu unbrauchbar gemacht.

Wie das?

Die Freunde waren interessiert.

So heftig hatte sie den zurückgewiesen, dass er nun auch bei anderen Frauen nichts mehr zuwege brachte. Er hatte vor der Artemisia gestanden, wild entschlossen, hatte ihr sein bestes Stück präsentiert, aber sie hatte ihn erst ausgelacht und war dann wütend geworden.

Ich reiße dich in Stücke!, hatte sie geschrien und sich angeschickt, es auch zu tun.

Was für eine Furie! Ging man so mit guten Freunden um? Und dass sie auch jetzt noch keinerlei Freude zeigte, keinerlei Genuss, nicht einmal bei ihm. Er grimassierte, er ließ die Zunge durch seinen weit geöffneten Mund rollen, dass man die schwarzen Zähne sah. Die Zuschauer quittierten seine Darbietung mit Jubel. Und dann kam er wieder in ihr Zimmer. Er trieb die Sache voran. Er wusste schließlich: Artemisia hatte keine Wahl. Sie musste ihn heiraten wollen. Damit sie versorgt wäre. Niemand anderes würde sich dazu herablassen. Niemand! Jeder Besuch bei ihr machte die Sache fester. Und bei jedem Besuch wusste er, dass es niemals eine Heirat geben würde.

Artemisia schloss die Augen. Ihre Welt wurde klein und eng. Ihre Welt öffnete sich zu schmalen Schlitzen. Das war die Welt ohne Tassi, die Welt, wie sie vorher gewesen war. Die Welt voller Licht war die Arbeit im Atelier, waren seltene Gänge zum Markt oder in die Kirche. Dann schloss sich der Spalt wieder und Tassi war über ihr. Da waren schwere Kleider und Decken und immer neue Marter, die er Freuden nannte. Und da war sein Lachen, wenn er von ihr abließ, befriedigt, verschwitzt und gönnerhaft sagte: Das wird schon noch. Warte nur, bis du meine Frau bist.

Wann gab sie auf? Gab sie sich auf? Manchmal, wenn sie auf ihrem Lager lag, nach Atem ringend, immer noch erstaunt, entsetzt über die Wucht und das Elende dieses männlichen Wahns, entfernte sie sich aus ihrem Körper. Ja, sie konnte das sehen. Sie konnte sehen, wie sie sich aus sich selbst zurückzog. Wie die wahre Artemisia das Bett verließ, sich in eine Ecke des Zimmers schlich und auf das seltsame Gewühle schaute. Diese Artemisia war aufrecht und starr, und nichts entging ihren kalten Augen. Der weiße, bleiche, stille Körper der Frau, der aufgebäumte, pralle des Mannes. Die Verbiegungen, das Zerren, die zum Platzen gefüllten Adern. Die Röte. Der Schweiß. Die leeren Worte.

Wenn sie es schon nicht vergessen konnte, dann wollte sie es wenigstens beherrschen.

Aus der Marter wurde ein Bild. Das Bild nahm Gestalt an, während das Jahr ins Land ging. Aber dann hörte sie Dinge. Seltsame Dinge: Dass Tassi schon eine Frau hatte. Dass er in der Toskana verheiratet war. Dass er versucht hatte, seine Ehefrau umzubringen. Sie war geflohen, aber verheiratet blieb Tassi dennoch. Artemisia konnte es zunächst nicht glauben, aber verschiedene Zeugen bestätigten es. Und hatte Tassi nicht auch im Suff über die Haltlosigkeit der Frauen geweint, insbesondere über die seine? Die sich nicht einmal hatte umbringen lassen, als es das Beste gewesen wäre für alle?

Tassi war ein Betrüger durch und durch. Er war ein Schuft, das hatte sie gewusst, ein mieser Gewalttäter. Aber sie hatten ein Geschäft miteinander, wenngleich sie sich dieses Geschäft nicht ausgesucht hatte. Das Geschäft hieß: Ehre gegen Ehe. Und selbst diesem Geschäft hatte er anscheinend die Grundlage entzogen.

Artemisia Gentileschi vertraute sich ihrem Vater an. Und der überraschte sie, er überraschte alle: Orazio Gentileschi ging für seine Tochter vor Gericht.

Die Augen. Die Münder. Die Blicke. Das Gerede. Die Zeugen wirkten keineswegs befangen oder gar verlegen. Sie erzählten munter und scheinbar unbefangen von Spaziergängen, von Kutschfahrten, von Besuchen in der Kirche. Sie sagten *Ausflug* und meinten: Stelldichein, sie sagten *Ausfahrt* – und meinten: ein Treffen im Dunkeln. Sie sagten *San Onofrio* und meinten, dass Ungeheuerliches geschehen sei. Artemisia hier, Artemisia dort. In der Via del Croce und in San Spirito schien es keine andere Beschäftigung zu geben als die mit der Tochter Orazios. Jeder schien alles zu wissen über die junge Malerin. Die sich schon immer unziemlich verhalten habe. Die am Fenster gestanden habe, sodass Fremde sie sehen konnten. Undenkbar, dass

Frauen aus Fenstern schauten! Zu den Fenstern schaute man hinein, flüchtig, versteht sich, oder man schaute hinaus, wenn man ein Mann war und eine Warenlieferung erwartete. Frauen hielten Abstand zu den Fenstern, als warteten dort wilde Löwen. Und so war es ja auch. Aber bei den Gentileschis schienen andere Verhaltensregeln zu gelten. Artemisia hielt sich womöglich für etwas Besseres? Wie oft hatte man sie dort oben am Fenster gesehen, gänzlich unbefangen offensichtlich oder eindeutig wartend: auf einen Galan. Und dann erst im Freien: Am Monte Cavallo sei man gewesen, dort, wo der Vater Orazio malte, so berichtete die Signora Tuzia. Man habe den Saal angeschaut, ja, den gesamten Palast. Zum Haus von Cosimo Quorli sei es dann gegangen, um dort zu essen. Die ganze Gesellschaft speiste dort, auch Orazio, auch Artemisia. Artemisia spielte im Garten mit den Frauen, sie warfen Steinchen. Und sonst? Nichts sonst. Man sei nach Hause zurückgekehrt. Tuzia straffte sich. Allerdings habe sich Agostino des Öfteren in Orazio Gentileschis Haus gedrängelt. Tuzia gab sich empört: Sogar, als Artemisia ein Porträt ihres Söhnchens malt! Wenn Tassi kam, sagte Tuzia, hörte Artemisia sofort auf zu malen. Sie habe Artemisia stets mit Tassi allein gelassen, sagte Tuzia. Er wollte das so, was sollte sie machen? Und dann sah sie Artemisia nackt im Bett liegen und Tassi halb bekleidet daneben, und häufig hatte er ein blaues Auge oder Kratzer im Gesicht.

Tuzia zuckte die Achseln und genoss die Pointe. Sie war keineswegs verunsichert, sie genoss den Auftritt, als sei der Gerichtssaal eine Bühne.

Und Cosimo? Cosimo Quorli, Tassis vertrauter Freund? Er war unterdessen gestorben, aber Tuzia wusste auch von ihm zu berichten. Cosimo hatte Artemisia gegenübertreten wollen wie Herkules und war davongeschlichen wie ein Hund. Nachdem er sie nicht hatte vögeln können, begann er über sie zu reden. Ja, Hohes Gericht! Dass Artemisia ihm ähnlich sehe. Dass sie eigentlich seine Tochter sei, aber eine nichtsnutzige, eine Frau, die nur Scherereien mache. Eine schamlose Faulenzerin ohne Verstand, die jeden ins Unglück stürze. So hatte Cosimo Quorli herumgeredet. Nun ja – Tuzia zuckte erneut die Achseln. Er sei rechtzeitig vor dem Prozess gestorben.

Rechtzeitig? Wie sie das meine?

Tuzia hielt nur kurz in ihrem Redefluss inne. Das sei ja nun vielleicht kein Zufall.

Und Sie? Und Ihr Verhältnis zu dem Angeklagten?

Gut, gut.

Tuzia wurde ein wenig nervös. Sie wusste nicht, wie viel sie von dem Handel preisgeben durfte, den sie mit Tassi unterhielt. Gewiss, sie hatte ihn mit Artemisia bekannt gemacht. Aber doch nur, damit die von diesem Habenichts aus Modena abließe. Ja, Habenichts. So nannte man solche Talente wohl.

Sie spuckte das Wort aus.

Eine Schande wäre das gewesen! Der Tassi hingegen ... Ein fürwahr ritterlicher Mann, gutaussehend, vermögend anscheinend. Und dass er nur Augen hatte für die junge Gentileschi, das habe sie gesehen, jeden Tag. Nun gut, fast jeden Tag. Je mehr ihn die Gentileschi zurückgewiesen habe, umso toller sei er geworden, der arme Mann.

Artemisia beobachtete sie. Sie, die einmal ihre Freundin war. Vom Vater eingesetzt. Mütterlich, umsichtig sollte sie sein, nach dem Rechten schauen. Und nun? Artemisias Arme und Beine wurden schwer, wenn sie Tuzia reden hörte. Tuzia schaute sie nicht an. So weit reichte ihr Selbstvertrauen dann doch nicht. Sie sah sich vielmehr im Saal um, wo es neben den zahlreichen Zeugen, dem Gericht und mehreren Protokollanten einige Zuschauer gab. An sie wandte sich Tuzia mit großer Geste. Hatte sie anfänglich noch leise gesprochen und musste vom Richter ermahnt werden, so hat sie sich allmählich gesteigert: in Ton und Leidenschaft, aber vor allem in der Anschaulichkeit ihrer

Schilderungen. Immer weiter holte sie aus, immer drastischer wurden ihre Worte, immer detailreicher ihre Erinnerungen.

Für Artemisia rückte sie in immer größere Fernen. Tuzia – eine Freundin? Das konnte sie sich schon nicht mehr vorstellen.

In der kommenden Nacht musste der Vater den Bader kommen lassen. Artemisia hatte schlimme Krämpfe, für die der Bader keine rechte Ursache fand. Er verordnete Kräuterwickel, blieb eine Weile an ihrem Bett sitzen, schwieg und hörte ihrem hastigen Atem zu. Artemisia hat ihm den Rücken zugewandt, sich eingerollt in ein Laken, sich zusammengerollt wie ein Kind. Das war die berüchtigte, starke junge Gentileschi?

Fast ein Jahr zog sich der Prozess hin.

Orazio Gentileschi hatte ihn angestrengt. Hatte er mit einem solchen Aufsehen, einem solchen Rumor gerechnet?? Es ging um die Ehre seiner Tochter. Es ging um seinen wertvollsten Besitz. Die Stadt staunte. Gewiss gab es gelegentlich Rechtshändel, wenn Väter glaubten, jemand habe die Ehre ihrer Töchter geraubt. Aber dann regelte man das unter der Hand. Gewöhnlich folgte eine schnelle Heirat mit einer ungewöhnlich hohen Mitgift. Und nach einem Jahr wurde ein Kind geboren, und die Leute wandten sich anderen Dingen zu. Das aber war hier nicht gelungen. Weil Tassi sich weigerte, sein Eheversprechen zu halten? Weil Artemisia, wie Tassi behauptete, sein Unglück geworden sei? Weil Artemisia selbst nicht wollte, immer noch diesen Jüngling aus Modena im Kopf und, kurioser noch, die Malerei? Und welche Rolle spielte Orazio selbst, der seine Tochter nicht nur in seiner Werkstatt ausgebildet hatte und beschäftigte, sondern sie auch malte, in recht freizügigen Posen, ja sogar nackt, wie man sich erzählte? Ungeheuerlich! Frauen als Aktmodelle zu benutzen war nicht nur ungehörig, es war verboten. Die Maler behalfen sich mit nackten männlichen Modellen, die sie dann – aus der Fantasie oder der Erinnerung – hier und da mit ein paar Rundungen versahen. Oder sie wandten sich an die Huren, die gegen entsprechende Bezahlung zu ganz anderen Posen bereit waren – aber dabei unzuverlässig, so munkelte man, und mit wenig Geduld. Orazio jedoch? Und seine Tochter? Der erste Gehilfe, der vor Gericht aussagen musste, sprach vom großen Theater, das Orazio zu machen pflegte, wenn er seine Tochter bat, für ihn Modell zu stehen. Dann musste der Gehilfe ein Laken quer durch das Atelier spannen. Vater und Leinwand auf der einen Seite, Artemisia auf der anderen. Wie – malte er sie denn bloß als Schattenriss? Nein, das Tuch diente lediglich dazu, sie zu verhüllen, solange sie sich ihrer Kleider entledigte. Artemisia schlüpfte unter dem Tuch hindurch, zog sich aus, ergriff die Utensilien, die es für die Maria Magdalena oder die Cäcilia oder die Judith brauchte, und gab dem Vater Bescheid. Erst dann durfte der Gehilfe das Tuch zur Seite ziehen. Das Licht wurde eingerichtet, und sogleich begann Orazio zu arbeiten. Stumm. Auch Artemisia sprach kein Wort. Nie arbeitete Orazio schneller als mit seiner Tochter als nacktem Gegenüber, das konnte er beschwören, der Gehilfe. Aber auch, dass sonst niemand im Raum war, niemals. Und dass sie nie darüber gesprochen hätten. Die Leute schüttelten die Köpfe: Eine solche Nähe zwischen Vater und Tochter? Wo doch die Mutter frühzeitig gestorben war und Artemisia ihre Stelle eingenommen hatte.

Immer neue Nahrung erhielt das Gerede. Orazio biss die Zähne zusammen, wenn er nun den Barbier aufsuchte, wenn er auf den Markt ging, weil die Söhne sich weigerten: Sie genierten sich. Ganz Rom zerriss sich das Maul, das ging über den Frühling, zog sich in den Sommer und bis in den Herbst. Hochnotpeinliche Befragungen, von Nachbarn, von Kutschern, von echten und vermeintlichen Freunden, ja sogar vom Farbenhändler Antinaro. Und von Carlos Sacareni, einem Freund des Farbenhändlers, der allerdings nur zu sagen wusste, dass man im Farbenladen selten über Artemisia gesprochen habe und dass sie seines Wissens noch Jungfrau gewesen sei. Freundlicher Mann, ihr Vater, der Herr Orazio, übrigens.

Und dann, am 26. März 1612: Agostino Tassi selbst. Und seine Freunde. Eine Unze Ehre ist mehr wert als tausend Scudi, hat Tassi geschrieben.

Tassi wurde aus dem Gefängnis geholt, wo er seit einer Woche einsaß. Ja, er stamme aus Rom, ja, er war zwei- oder dreimal im Gefängnis. Unter anderem, weil er ein Verhältnis mit seiner Schwägerin Constanza unterhalten hatte. Und wegen allerlei Händeln. An die konnte er sich kaum erinnern, wohl aber an die Namen seiner Gönner. Und seine Frau? Ist gestorben. Wann und warum, konnte er nicht sagen. Freunde hätten es ihm geschrieben. Welche Freunde? Konnte er nicht sagen. Erstaunlich, die Gedächtnislücken des noch recht jungen Künstlers, fand das Gericht und begann eine Reihe von Ermahnungen: Er solle die Wahrheit sagen, er solle sich vor Falschaussagen hüten! Gut, gut, er habe zwei Freunde, zum einen Orazio Gentileschi. Den kenne er, weil er Maler sei und man zusammen Aufträge erledige. Der andere Freund, Giovanni Battista, besitze nie auch nur einen Scudi. Er habe seine Kinder zum Betteln schicken wollen, berichtete der plötzlich gesprächige Tassi, da habe er ihm zwei Schafsköpfe geschenkt und einen Teller mit Leckerbissen nach Hause geschickt. So ist er eben, großzügig zu Freunden! Den Richter beeindruckte das wenig: Tassi wurde zurückgeschickt ins Gefängnis. Am 6. April wurde er wieder verhört. Die Zuschauer wurden unruhig, als es eine ganze Weile nur um Schmähbriefe und Gedichte ging, die Tassi geschrieben hatte oder auch nicht und die nichts zur Sache taten, aber dann endlich kam der Richter zum Punkt: Welche Dinge Tassi mit seinem Busenfreund Giovanni Battista beredet habe? Giovanni habe ihm gestanden, in Artemisia verliebt zu sein. Von Tassi ermahnt, die Gastfreundschaft Orazios nicht zu missbrauchen, habe der geantwortet: Was soll ich machen, ich kann im Hause der Gentileschis vögeln und essen.

Jawohl, das habe der gesagt.

Die Wünsche. Die Begierden. Die Vorstellungen. Als Tatsachen in den Raum gestellt. Tassi verfolgte nun eine neue Taktik. Er hatte gemerkt, dass er nicht durchkam mit seinen Erinnerungslücken, mit den Freunden, die angeblich für ihn bürgten. Er wurde auf die Briefe angesprochen. Nichts als Missverständnisse seien die, immer werde er falsch verstanden, so beklagte er sich. Denn: Die Frau, deretwegen er hier vor Gericht stehe, sei es nicht wert. Was auch immer man ihm im Umgang mit ihr unterstelle, andere hätten es längst vor ihm genossen. Wenn er sich womöglich unziemlich betragen haben sollte, sie habe ihm durch ihren lockeren Lebenswandel jede Erlaubnis gegeben. Nein, noch besser: Er war als ihr Lehrer angestellt, aber nach einiger Zeit wurde ihm ihre Zudringlichkeit zu toll, und er wollte nicht mehr! So war es, so und nicht anders.

Jawohl, so sei es gewesen.

Die Frau, die er angeblich heiraten wollte, die Frau, die ihm nie aus dem Kopf ging, musste das alles nicht anhören. Der Vater vertrat sie im Gerichtssaal, unterstützt von einem Notar. Hörte Artemisia davon? Gewiss. Aber wie viel? Ließ sie sich berichten, wie sich ihr Peiniger vor Gericht veränderte, je nachdem, was gerade gefragt wurde? Wie er sich wandelte vom redlichen Mann, der aber leider nicht über eine vollkommene Erinnerung verfügte, hin zum trauernden Witwer, den seine Frau lange zuvor verlassen hatte, sodass er über Dritte von ihrem Tod erfahren musste. Und wie verwegen die Wendung, dass er als Mallehrer im Hause der Gentileschis auf Sittsamkeit und Ordnung geachtet habe! Er schauspielerte, was das Zeug hielt – aber er war eben doch kein Schauspieler, sondern einer, der sich in vielen Künsten versuchte und keine richtig beherrschte. Artemisia stellte sich also seine schrägen Blicke vor, sein Bemühen, auch dem Blick des Richters auszuweichen, sah sein Schielen und Deuten, sein übertriebenes Mit-dem-Finger-Zeigen und sein halb verlegenes, halb triumphierendes, leises Lachen. Wenn er lachte, sah er älter aus. Das Gefängnis bekam ihm nicht gut, sagte der Vater, als er nach Hause kam. Sagte er es etwa mit Bedauern? Tassi war bleich geworden, grau im Gesicht, die Augen gerötet. Der Brandwein, den bestochene Wachen heimlich brachten, war offensichtlich ein übles Zeug.

Zwei Tage später wurde Tassi erneut vernommen. Vor Gericht viel Raum für den Täter. Ich kann mich nicht erinnern, Euer Ehren. Dergleichen ist mir nicht im Gedächtnis, Euer Ehren.

Murren des Publikums. Das kannten sie nun schon!

Ich behalte dergleichen nicht im Gedächtnis, denn ich habe andere Dinge im Kopf.

Sorgen, der Herr? – Das Gericht klang nicht wirklich teilnahmsvoll.

Ach, Euer Ehren! Die beruflichen Studien! Der Berg an Arbeit! Namen: der des Papstes und des Kardinals Borghese. Ehrenmänner, die auf ihn hielten.

Er dehnte den Kardinalsnamen.

Den entstehenden Raum füllte er mit Anschuldigungen gegen Artemisia. Der brave Vater sei schier närrisch geworden wegen ihres hemmungslosen und lockeren Lebenswandels. Ratlos sei er gewesen. Deshalb sei die andere Frau im Haus. Tuzia.

Tuzia. Sie war diejenige, die Artemisia zur Verzweiflung trieb. Tuzia, die Einzige, die wirklich wusste, was geschehen war. Die ihr Tassi zugeführt und dann gesehen hatte, was er ihr angetan hatte. Tuzia mit ihrer metallisch klingenden Stimme. Sie roch geradezu nach Eisen, so sehr verhärtete sie sich. Lag das an den Scudi, die ihr Tassi gewiss zusteckte? So viele Scudi im Mieder – da wurde der Körper irgendwann steif, hart und mit dem Körper das Herz? Aber Tuzia schien ihre eigene Verhärtung zu gefallen, sie hatte gar angefangen zu singen im Haus, als Tassi es allmählich zu dem seinen machte. Sie sang bei der Arbeit, und vor allem, wenn Tassi zu Besuch war. Dann musste sie die anderen Geräusche nicht hören.

Warum hatte ihre Freundin kein Ohr mehr für sie? Warum zeigte sie kein Mitgefühl?

Darüber dachte Artemisia nach, während Tassi vor Gericht redete und redete. Die Macht der Männer durch öffentliche Rede. Woher kam sie? Warum besaßen die Frauen sie nicht?

Auch Frauen wurden vor Gericht als Zeugen vernommen. Aber sie hielten sich bedeckt. Sie beriefen sich auf die Männer. Sie kamen und gingen. Tassi blieb. Er breitete die Geschichte von Gerolamo aus. Ein Taugenichts in seinen Augen, ein Unhold, dem er im Auftrag von Orazio eine Tracht Prügel verpasst habe – mit einem Knüppel, den er zufällig dabeigehabt habe.

Zufällig? Hier hatte das Gericht doch einige Fragen. Tassi antwortete breit. Er war sich seiner Sache sicher.

War Tassi zur fraglichen Zeit noch in andere Händel verwickelt?

Unwilliges Antworten. Bestimmt nicht, er sei ein friedfertiger Mann.

Was aber sei mit anderen Raufereien?

Nichts sei damit.

Als aber der Richter mit der Wiederholung der Fragen auf einer getreuen Beantwortung bestand, brach der Damm, den Tassi aus immer demselben Satz gebaut hat, das Ich-kann-mich-an-nichts-erinnern-Euer-Ehren. Blanke Wut schäumte hervor:

Man sollte ihn umbringen, den verdammten Schurken!

Der Streit mit dem Schuldner tat nichts zur Sache, aber der Richter, so schien es, wollte Tassi aus der Reserve locken. Und das gelang ihm. Er gab zu, Artemisia allein besucht zu haben. Dann aber schöpfte er wieder Mut, und in seiner Rede tauchten andere Männer auf, Fantasiegestalten, wie sie ein Bühnenmaler nicht schöner schaffen könnte: Junge Männer, um die Artemisia ihren wohlgerundeten Arm gelegt habe, Männer mit rötlichen

Bärtchen, Männer in vornehmen langen Seidengewändern – offensichtlich schreckte die Verruchte auch nicht vor ungewöhnlichsten Fremden zurück. War es seine Schuld, dass er Zuneigung heucheln musste, gar Nähe, klagte Tassi – ging es ihm doch nur darum, die Machenschaften der Haltlosen zu offenbaren.

Das war eine neue Wendung: der Mann als Spion der Sittsamkeit. Er missbrauchte die Frau, um ihre Sündhaftigkeit zu beweisen. Das war toll!

Der Spion Tassi bezeichnete sich als erfolgreich. Er berichtete, wie einige Männer Artemisia zu einem Weinberg bringen wollten – ausgerechnet nach einem Besuch in der Kirche. Wie sie ihren Bruder, den nachgiebigen Francesco, bestachen. Tassi erinnerte sich plötzlich genau: Bestochen haben sie ihn mit Kringeln! Nur zu Artemisias Schutz sei er in ihre Kutsche gestiegen, aber gewiss an der Via Lungara wieder ausgestiegen.

Hat Artemisia nicht die Kutsche mit ihm zusammen verlassen?

Ja, doch, Euer Ehren, jetzt fiel es ihm wieder ein: Man habe die Kutsche verlassen, um ein wenig spazieren zu gehen. Die Brüder und ein gewisser Meister Antonio, der ihm beim Putzen einer Kirche geholfen habe, hätten sich angeschlossen. So ein Fresko wolle ja gut vorbereitet sein.

Der Richter zeigte Zeichen von Ungeduld. Was auf dem Spaziergang gesprochen worden sei?

Tassi merkte, dass er Raum zu verlieren begann, dass der Richter ihm zusetzte. Er schlug eine neue Volte: Der Vater selbst habe ihn gebeten, mit der Tochter zu sprechen. Nur dazu habe er den Spaziergang genutzt:

Ich sagte ihr, dass sie eine gute Tochter sein und ihrem Vater keine Schande machen solle, denn sie hätte sich dem Laster ausgeliefert und sich dabei die französische Krankheit geholt.

Ungeheuerlich! Ein Raunen steigerte sich zum kollektiven Aufschrei. Nicht, weil es um die französische Krankheit ging –

sondern, weil das hier öffentlich verhandelt wurde, über eine Frau. Aber Tassi hatte noch nicht genug. Er zitierte Artemisias Antwort aus dem plötzlich wiederhergestellten Gedächtnis:

Was soll ich denn tun. Es war mein Vater, der mich so weit gebracht hat.

Das war der entscheidende Schlag. Tassi holte nun gegen die gesamte Familie aus. Er zog Orazio, den vermeintlichen Freund, mit hinein. Die ganze Familie Gentileschi – Verworfene. Verlorene. Und er, der versucht habe, Sitte und Anstand zu bewahren – oder erst einmal zu fordern und einzurichten.

Man berichtete Artemisia von diesem Tag. Artemisia stand von ihrem Hocker auf, den sie vor der Leinwand platziert hatte. Artemisia hörte und hörte und konnte nicht glauben, was ihr Francesco da berichtete. Tassi wurde in der Erzählung des Bruders im Gerichtssaal größer, immer größer, Artemisias Ängste ließen ihn zu einem Riesen wachsen, aber gleichzeitig wurde das Bild in ihrem Kopf auch schmaler. Tassi wurde zu einem Strich, wie eine Rauchfahne, die gleich verschwimmen würde vor ihren Augen. Die Rauchfahne verströmte einen infernalischen Gestank, nach vergorener Milch, nach Mist.

Francesco und die herbeigerufene Tuzia halfen Artemisia wieder auf den Stuhl, nachdem sie ohnmächtig geworden war.

Weiter und weiter. Der Prozess nahm kein Ende, so schien es, weil Tassis Redefluss nicht versiegte. Tassi beanspruchte nun nicht einfach nur den Gerichtssaal, er dehnte seine Erzählungen weiter und weiter aus. Er hatte Gefallen gefunden an der Lasterhaftigkeit von Artemisia. Wie sie schäkerte mit den Vorübergehenden am Fenster! Wie die Passanten meinten, in der Via del Croce befände sich ein Bordell. Wie der Modanese deshalb seine ursprüngliche Heiratsabsicht bereute und trotz guten Zuredens sich nicht mehr blicken lassen wollte. Wie er, Tassi, versucht habe zu vermitteln, wie der dem Verlobten geraten habe, auf die Eingebung Gottes zu vertrauen, und den Abt Bandino als Versöhner einschalten wollte.

Aber, fragte der Richter verwundert, hatte nicht er, Tassi, den nämlichen jungen Mann aus Modena verprügelt?

Als Strafe, im Auftrag Orazios!

Der Richter blätterte nachdenklich in den Akten. Dann ließ er Tassi zurückbringen in seine Zelle.

Andere wurden vernommen – und wieder Tassi. Es gab Leute, die sagten, dass er ein Verhältnis mit Artemisia hatte. Nun zog sich Tassi auf eine andere Linie zurück:

Es wird sich nie beweisen lassen, dass ich mit Artemisia ein Verhältnis hatte.

Ist das noch kühn – oder doch schon unsicher? Er bestritt das Verhältnis nach wie vor, aber entscheidend sei doch, dass es sich nicht nachweisen lasse. Sagte er.

Artemisia dachte über Tassi nach. So elend. So elend war die ganze Sache. Würde sie je aus diesem Morast hinauskommen? Der Vater blieb unerbittlich. Er war so versteift wie bei Auftraggebern, die den versprochenen Lohn nicht zahlen wollten. Da gab er ebenfalls nicht nach, nicht einen Meter. Recht musste Recht bleiben. Wahrheit musste Wahrheit bleiben. Orazio Gentileschi hatte nicht viele Prinzipien, aber diese gehörten dazu. Er verteidigte seinen Besitz, und die Ehre seiner Tochter gehörte zum Wertvollsten.

Fühlte er in all der Not doch Genugtuung über seine Tochter, wie die sich hielt? Oder überwog die schiere Verzweiflung, weil vor Gericht alles, was sie je erreicht hatten, in Fetzen ging? Wie steht es um die Ehre, wenn sie erst einmal verteidigt werden muss? Was ist Ehre wert, wenn sie allgemeines Gesprächsthema wird? Orazio dachte an seine Bilder von edelmütigen Frauen, für die Artemisia oft genug Modell stand, er dachte an ihre Kraft, an ihre etwas schwerblütige Anmut, an ihre Gefasstheit. Oft sah es so aus, als leuchtete sie von innen. Orazio war nicht wenig stolz darauf, dass er es wie kein anderer beherrschte, die Haut der Frauen, dieses Feinporige, unendlich Sanfte zu malen. Es ist ein Hautton, der beinahe an Muschelfarben erinnert, aber gleichzeitig sieht man eine Textur, eine Weiche, man sieht förmlich, dass die Haut atmet, man spürt, so schwärmten Kenner, den Odem der Frauen. Papperlapapp, dachte Orazio dann in nüchterneren Momenten, das Eigentliche sieht man nicht. Es liegt unter der Oberfläche, aber es ist da. Es leuchtet und atmet, und es ist seine Aufgabe, es zum Vorschein zu bringen. Wird Artemisia je wieder leuchten? Sie sah fahl aus, fahl und grau und trocken, und wenn sie sich, wie jetzt, aufrecht hielt, meinte man, dass sie im nächsten Augenblick splitterte. Zum ersten Mal in seinem Leben dachte Orazio, dass er seiner Tochter womöglich zu viel zugemutet hatte, weil sie nach der Tortur mit Tassi nun eine zweite durchstehen musste, die vor Gericht. Aber nun war es zu spät. Der Prozess nahm seinen Lauf, wie ein Karren, den man oben am Berg abgestoßen hat und der nun Richtung Tal fährt, immer schneller, in immer irrwitzigeren Kurven und Bögen, und es gibt nichts, was ihn aufhalten könnte.

Auch die Untersuchung nicht. Hochnotpeinlich war das. Artemisia wurde einbestellt. Zwei Nonnen orderte man herbei, ein paar Trennwände wurden provisorisch im Gerichtssaal errichtet: Sichtschutz für die Frauen und das, was sie nun hinter sich bringen mussten. Die Nonnen hatten die Aufgabe, Artemisias Unschuld herauszufinden – oder eben das Gegenteil. Artemisia schrie. Sie hatte geglaubt, sie würde gehört, sie hatte geglaubt, sie hätte eine Stimme. Sie hatte nicht gewusst, dass sie nur untersucht werden sollte, dass andere über sie bestimmen würden, schon wieder. Und wozu? Es war klar, dass sie ihre Unschuld verloren hat, sie bestritt das nicht, was sollte das, sie hier so vorzuführen …

Zwei Gerichtsdiener packten sie, überließen sie den Nonnen. Die Zuschauer im Gericht verstummten. Eine große Beklommenheit legte sich auf die Versammlung. Manche weinten, andere nickten zufrieden: Das hat sie nun davon, die Gentileschi!

Orazio war hinausgegangen. Er kannte das Ergebnis. Die Nonnen hielten die Finger in die Luft, die von keinem Blut besudelt waren: Nein, Artemisia ist keine Jungfrau mehr.

Nun wusste es die ganze Stadt.

Für den 14. Mai beschloss das Gericht etwas Ungewöhnliches: die Gegenüberstellung von Artemisia und Tassi. Nicht sorgfältig genug, so tadelte der Richter, habe Tassi bislang auf die Fragen des Gerichts geantwortet. Also musste die Gentileschi selbst her. Die Leute waren gespannt. Ganz Rom erwartete das Verhör. Es wurden Wetten abgeschlossen: Würde man die junge Frau tatsächlich ernst nehmen? So ernst wie einen gestandenen Maler von architektonischen Illusionen? Wie würde sich der Vater verhalten, dem Artemisia letztlich die Beziehung zu Tassi zu verdanken hatte? Würde Artemisia ohnmächtig werden? Würde sie schreien und sich zu Boden werfen? Und Tassi? Würde er sich als Ehrenmann zeigen, der er nicht war? Ein tolles Spektakel wurde erwartet. Die Leute brachen frühzeitig auf, um einen Platz im Gerichtssaal zu ergattern, sie standen davor, lange, bevor sich die Pforten öffneten, sie schnatterten und lachten. Dann allerdings machten sie ehrfürchtig Platz: Um kurz vor Mittag hielt eine Kutsche vor dem Gerichtsgebäude, aus der zunächst zwei Bedienstete stiegen, ein Mann und eine Frau. Ein Raunen setzte ein, denn es war die Kutsche des Kardinals Borghese, ein prächtig geschmückter Wagen mit zwei Rappen davor. Würde der Kardinal selbst …? Nein, eine Dame erschien jetzt, sie musste sich aus der Kutsche helfen lassen, sie bewegte sich mit Bedacht, aber sie wollte offenbar zeigen, dass sie hier war, denn sie grüßte ausführlich die bekannten Gesichter unter den Umstehenden, sie winkte. Die Dame war betagt, doch ihr Gesicht verriet einen wachen, scharfen Geist: Es war Lavinia Fontana, die große Malerin, die seit ein paar Jahren Rom beehrte, nachdem sie die meiste Zeit ihres Lebens in Bologna verbracht hatte. Die Fontana war eine Maler-Matrone. Sie hatte stets gearbeitet, angeleitet zunächst von ihrem Vater. Dann hatte sie einen wackeren, jedoch erfolglosen Künstlerkollegen geheiratet. Elf Kinder hatte sie geboren, und die Kollegen glaubten sie schon für die Kunst verloren, aber die Fontana ließ sich nicht unterkriegen: Sie schaffte es, dass der Mann den Haushalt und die Kinder versorgte – die paar zumindest, die überlebten –, während sie selbst malte. Und die Tüchtige sorgte dafür, dass ihr Kundenkreis wuchs. In Bologna hatte sie sich einen Ruf erworben, und nun auch in Rom. Sie malte, wie man von ihresgleichen erwarten kann, Madonnen; sie malte antike Heldinnen wie Minerva, das war schon ungewöhnlicher, am ungewöhnlichsten aber waren ihre subtilen Farbstimmungen, es war, als trügen alle ihre Modelle Pelze und Samt – selbst, wenn sie nackt waren. Nackt? Ja, die Fontana wagte sich in Bologna sogar an weibliche Akte, eine Ungeheuerlichkeit! Wäre sie nicht selbst von so unzweifelhafter Ehrbarkeit gewesen.

Die Fontana hielt sich sehr aufrecht. Unwillkürlich erinnerte sie an eines ihrer Altarbilder. Ja, Altarbilder! Sie war eine der ersten Frauen, die Aufträge von der Kirche bekamen.

Genug gegrüßt! Die Fontana schaute die Menge streng an, die sich augenblicklich teilte. Aus dem lauten Geschnatter wurde ein Murmeln. Die Fontana raffte ihre Röcke. Als sie an den Wachen vorbeiging, nickt sie kurz und unfreundlich. Natürlich wurde ihr das Tor augenblicklich geöffnet, und so kam es, dass die Menge vor der Zeit in den Gerichtssaal flutete.

Sie strömten hinter der Fontana her, niemand wagte es, sie zu überholen, obwohl sie es doch alle eilig hatten, jeder wollte einen guten Platz, jeder wollte einen Blick auf die Anklagebank, auf Tassi oder noch besser auf die Gentileschis, aber die Fontana ließ sich Zeit, sie benahm sich, als führte sie eine Prozession an.

Auch Artemisia, die eine Stunde später den Gerichtssaal betrat, erkannte die Malerin sofort. Gewiss, die Fontana war über sechzig, aber alles andere als eine friedfertige oder gar verwirrte Greisin. Sie war nicht zu unterschätzen. Sie genoss die Gunst des Papstes, und sie hatte im Auftrag des spanischen Königs gemalt. Der Fontana konnte keiner etwas. Und dass sie noch im hohen Alter aus ihrem sicheren, wohlhabenden Bologna nach Rom übergesiedelt war, flößte Artemisia Respekt ein. Was machte sie hier? Artemisia bekam plötzlich Angst. Mehr Angst als vor der Menge hatte sie vor der fremden, gleichzeitig vertrauten Malerin. Warum war sie gekommen? Um sich an ihrem Elend zu weiden? Um womöglich ein Porträt zu zeichnen? Die Fontana konnte das. Es gibt Zeichnungen von ihr, mit Rötelstift angefertigt und dann mit Temperafarben koloriert, die die Stimmung von Menschen festhalten. Es erinnert an den großen Michelangelo, aber die Menschen bei der Fontana sind nicht so römisch-edel, sie sind eher lebendig, es wäre möglich, dass sie aus der Nachbarschaft stammten. Artemisia konnte den Blick nicht von der Malerkollegin wenden, die nun, sehr aufrecht, gestützt auf einen Stock, Platz genommen hatte, die Röcke sorgfältig drapiert. Nein, sie hatte kein Zeichenzeug dabei.

Ihre Blicke begegneten sich. Die Fontana grüßte sie mit einem Nicken. Aber damit nicht genug! Sie lehnte sich nach vorn, packte ihren Gehstock mit beiden Händen und stand auf. Und dann deutete sie eine regelrechte Verbeugung in Richtung Artemisias an. Sie ließ sich Zeit dabei, und sie bemühte sich zu lächeln, obwohl es ihr sichtlich schwerfiel. Die Menge raunte. Artemisia war verblüfft.

Und so kam es, dass zunächst kaum einer Tassi beachtet, als er in den Gerichtssaal geführt wird. Es ist der 14. Mai 1612, ein Montag. Der Richter sorgt dafür, dass alle Namen notiert werden, auch der seine: Francesco Bulgarello. Ob Tassi endlich von seiner Hartnäckigkeit abgehen und die Wahrheit sagen wolle, ob er die besagte Artemisia, die Tochter des Orazio Gentileschi, schändete und eine körperliche Beziehung mit ihr hatte?

Richter Bulgarello kommt augenblicklich zur Sache. Aber Tassi leugnet weiterhin. Und Artemisia? Wird zunächst nur gefragt, ob auch sie bislang die Wahrheit gesagt habe.

Ja, Euer Ehren, alles, was ich in den vergangenen Tagen gesagt habe, entspricht der Wahrheit und um der Wahrheit willen bin ich bereit, alles in seinem Angesicht zu bestätigen und zu belegen.

Zu belegen? Wie will Artemisia ihre Schändung, die Gewalt an ihr belegen? Wie den fortgesetzten Betrug, das falsche Eheversprechen? Gewiss, für Letzteres gibt es Zeugen, aber die Untat selbst? Da war sie mit Tassi allein, im Stich gelassen selbst von Tuzia. Artemisia spricht von Vertrauen, von der Freundschaft Tassis zu ihrem Vater, von ihrer Arglosigkeit.

Ich merkte es erst, als er mich packte und auf das Bett warf, die Zimmertür verschloss und mich umschlang, sagt Artemisia.

Die Fontana wird unruhig. Sie hat natürlich gewusst, um was es hier geht, aber anders als die Menge um sie herum, die jetzt begierig aufseufzt, ist sie nicht gekommen, um die gräulichen Details einer Gewalttat zu hören. Sie ist gekommen, um Artemisia aufrecht zu sehen. Aufrecht vor dem Täter, aufrecht vor dem Mann. Wird Artemisia das durchstehen?

Lange konnte ich mich wehren, fährt Artemisia fort. Sie wirft den Kopf mit den schweren dunkelblonden Haaren in den Nacken: Er war nach dem Abendessen gekommen, und der Kampf dauerte bis 23 Uhr, wie ich bereits in den anderen Vernehmungen sagte – bis dahin rettete mich der Bettpfosten, an dem ich mich festgeklammert hatte.

Bis 23 Uhr! Ein stundenlanger Kampf? Artemisia übertreibt. Das weiß nicht nur sie. Das weiß auch Tassi, der mit neuem Schwung seine Erwiderungen formuliert: Alles gelogen! Da waren doch andere Männer, viele Männer! Das Faktotum des Hauses, dieser liederliche Francesco, ein Mann, dem man nicht mal eine Katze anvertrauen könnte, und Pasquino, der Florentiner, der öffentlich damit prahlte, Artemisia besessen zu haben. Wie sollte da er, der die Familie später kennengelernt habe, die Artemisia entjungfert, gar ihr Gewalt angetan haben?

Er lacht, und es gibt welche, die mitlachen.

Die Fontana schweigt. Sie gefriert anscheinend zu Eis, so weiß wird ihr Gesicht.

Artemisia gibt nicht nach: Ich aber sage, dass alle meine Aussagen wahr sind, und wenn es nicht wahr wäre, hätte ich es nicht gesagt.

Sie schaut dem Richter dabei fest in die Augen. Tassi starrt sie an. Es ist ein Kräftemessen, aber es ist klar, wie die Sache ausgehen wird. Die Fontana spürt, wie ihre eigenen Kräfte schwinden, während sie den Kampf der Kollegin verfolgt. Niemals wird man Artemisia glauben. Niemals wird man der Aussage einer Frau mehr Glauben schenken als einem Mann, einem Künstler noch dazu, der sich der Protektion einflussreicher Kreise sicher sein kann. Die Frage ist: Was würde man gewinnen, wenn man Artemisia glaubte? Nichts. Man würde sich aber eine Menge Ärger mit gewissen Kreisen einhandeln. Gewiss, Orazio Gentileschi ist ein geachteter Mann – aber auch ein schwieriger, ein cholerischer Künstler, der es sich bald mit diesem, bald mit jenem Gönner verdirbt. Da ist Tassi doch von anderer Geschmeidigkeit, vielleicht nicht überragend, aber doch stets zu Diensten mit seinen Bildern, die die Illusion von gewaltigen Felswänden auf einen Bogen Papier oder auf eine Leinwand erzeugen können. Ja, unter den Tricksern der Kunst ist Tassi sicher einer der größten.

Die Fontana schnaubt vernehmlich. Die Leute um sie herum schütteln die Köpfe. Warum geht es jetzt nicht weiter? Warum schweigt der Richter nach der Aussage der Gentileschi? Fallen ihm womöglich keine Fragen mehr ein? Richter Bulgarello hält den Blick lange gesenkt. Dann schaut er den Gerichtsschreiber an. Er holt tief Luft und wendet seinen Blick Artemisia zu. Er beugt sich nach vorn und fragt leise und freundlich: Ist sie bereit, alles, was sie ausgesagt habe, unter der Folter zu bestätigen?

Der Fontana entfährt ein Schrei. Alle Köpfe wenden sich ihr

zu – aber dann sofort wieder nach vorn. Orazio Gentileschi will aufspringen, wird aber von seinen Nachbarn daran gehindert. Tassi ist dunkelrot im Gesicht. Nur Artemisia bleibt, so scheint es, ruhig. Sie heftet ihren Blick auf das Gesicht des Richters:

Ja, Euer Ehren, ich bin auch bereit, unter der Folter und wo auch immer meine Aussagen zu bestätigen.

Und noch etwas ergänzt sie, nämlich von Tassi ein Geschenk erhalten zu haben, das sie gar nicht hätte haben wollen, eine Kerze. Die Fontana wundert sich. Warum die Ergänzung mit dem unwillkommenen Geschenk, wo es doch gerade um etwas viel Entscheidenderes geht, die Folter nämlich? Die Folter ist mitnichten einfach eine Qual. Die Folter ist eine Möglichkeit, die eigene Glaubwürdigkeit zu erhöhen, die Kraft der eigenen Aussage zu bestärken. Dass ihr der Richter das zutraut, zeugt von einer gewissen Achtung. Und dass Artemisia die Herausforderung annimmt? Nun, das überrascht die Fontana nicht, hat sie doch von den Bildern der jungen Artemisia Kenntnis erhalten. Wer solche Susannen malt, ist kein Feigling.

Artemisia wiederholt ihre Aussage:

Ich habe bis jetzt die Wahrheit gesagt und werde auch weiterhin die Wahrheit sagen.

Da befiehlt Richter Bulgarella dem Kerkermeister, die Sybillen zu holen und der Artemisia anzulegen. Die Sybillen! Man muss Orazio festhalten, sonst würde er sich auf den Richter stürzen. Die Fontana fasst sich an den Hals, als würde sie keine Luft mehr bekommen, und selbst Tassi springt auf. Die Sybillen! Das ist eine für Frauen durchaus übliche Foltermethode. Die Hände der Zeugin werden dabei vor der Brust gefesselt, und zwischen den Fingern werden Schrauben befestigt, die dann mittels eines Seilzugs zusammengezogen werden, sodass die Finger langsam, aber stetig zusammengepresst, ja womöglich zerquetscht werden.

Wenn Artemisia geschockt ist, so zeigt sie es nicht. Sie ist bereits aufgestanden, um dem Kerkermeister entgegenzugehen.

Die Fontana empört sich. Sie versucht, die Umstehenden aufzustacheln. Die Hände! Bei einer Malerin! Bedenkt doch!

Der Richter verbittet sich die Unruhe. Dass er der Artemisia die Folter anbietet, zeigt doch, dass er sie grundsätzlich für glaubwürdig hält, obwohl sie eine Frau ist. Und dass sie malt? Spielt hier keine Rolle – oder doch insofern, als dass sich gleich zeigen wird, was ihr wichtiger ist: ihr Ruf als Frau und Tochter – oder das Gepinsel, mit dem sie nach allem, was man hört, sogar schon ein wenig Geld verdient. Das ist auf jeden Fall zweifelhaft.

Artemisia streckt dem Kerkermeister die Hände entgegen. Die Hände sind einigermaßen sauber, obwohl sie gestern noch gemalt hat. Da, an der Innenseite des Daumens und am Zeigefinger, ist ein wenig Farbe hängengeblieben. Das Pulver, das sie jeden Morgen anrührt, setzt sich in den Poren fest. Die Finger sind verfärbt vom vielen Mischen von Pozzuoli und Ocker, unter den Nägeln hat sich das kornfeine Pariser Blau abgesetzt. Wie schwierig es ist, dieses noble Blau zu mischen! Artemisia schaut liebevoll auf ihre Finger, fast ein wenig selbstvergessen. Der Richter ordnet an, dass die Zeugin stehen zu bleiben hat. Artemisia wird gefesselt, die Schrauben werden angelegt, die Seile festgezogen. Die Menge hält den Atem an. Sie will jetzt nichts verpassen. Es wird still. Man sieht den Staub in der Luft des Gerichtssaals. Es ist sehr heiß für Mai. Artemisia tritt Röte ins Gesicht. Sie beginnt zu schwitzen, als der Kerkermeister mit Bedacht die Schrauben anzieht. Sie muss erst einen Laut von sich geben, Schmerzen zeigen, bevor der Richter die Vernehmung erneut beginnt. Das dauert. Lavinia Fontana hält die eigenen Hände im Schoß, fest ineinander verklammert. Sie spürt, wie die Nägel sich ins Fleisch bohren, fester, fester. Sie will selbst Schmerz spüren. Sie will Artemisia in ihrem Schmerz beistehen. Sie würde ihr gern etwas abnehmen, mit ihr teilen …

Es ist wahr, es ist wahr, es ist wahr! Es ist wahr, was ich gesagt habe.

Artemisia schreit eher, als dass sie spricht, aber sie wiederholt die Worte unablässig.

Orazio schaut die Hände seiner Tochter an, die Malerinnenhände. Nie zuvor hat er so genau gewusst, dass es die Hände einer Künstlerin sind, kostbar, unersetzlich. Hier zeichnet sich eine Tragödie ab.

Euer Ehren! – Er springt auf, er schreit, er bettelt. Die Menge raunt. Was mischt sich der Alte da ein?

Tassi beginnt zu zittern. Zittert er um Artemisia oder zittert er angesichts ihrer Standhaftigkeit um sich selbst?

Du! – Plötzlich wendet sich die Gefolterte Tassi zu. – Du!

Alle Blicke wenden sich ihm zu. Artemisia spricht mit scharfer und kaum zitternder Stimme: Das ist also der Ring, den du mir reichst, und diese sind deine Versprechungen!

Sie hat es tatsächlich geschafft, die Arme ein wenig anzuheben und die Hände in Richtung Tassis weisen zu lassen. Aus den Fingern rinnt Blut.

Die Folter wird abgebrochen. Artemisia hat es geschafft. Auf der Zuschauerbank sinkt die Fontana in sich zusammen. Ein Arzt wird gerufen.

Die Versammlung wurde nach kurzer Unterbrechung fortgesetzt, fortgesetzt wurden die Anschuldigungen, die Verleumdungen, die Verteidigungsreden. Artemisias Blutopfer, so schien es, hatte nichts gebracht. Der Richter war müde. Er wusste nicht, ob Artemisia die Wahrheit sagte oder nicht. Immerhin hatte sie Tassi im Kerker besucht, spätabends, wie man ihm berichtet hatte. Sie hatte ihn durch das Gitter angefleht, so hieß es, mit ihr zu reden, sie hatte ihn angeschrien, sein Versprechen wahrzumachen und sie zu heiraten. Tat sie das dem Vater zu Gefallen? Richter Bulgarello hatte seine Informanten überall, sonst konnte man einen solchen Posten nicht erlangen, geschweige denn durchhalten. Dem Vater zuliebe also – oder war also doch alles nur eine etwas übereilte Liebschaft? Dagegen freilich sprach Tassis Reaktion: Er hatte Artemisia ausgelacht, und er hatte sie aufgefordert, zunächst vor Gericht ihren Vorwurf der Vergewaltigung fallen zu lassen. Dann werde man sehen. So einer wie Tassi gab nie auf. Der würde noch unter dem Henkersbeil verhandeln. Die Gentileschi aber ließ nicht mit sich handeln. Sie war gegangen, wortlos, wie die Wachen sich erzählten. Alles hatte man Bulgarello hinterbracht. Er vermisste die ruhige Zuschauerin in der dritten Reihe. Die Fontana, eine kluge, umsichtige Frau. Der Richter seufzte und setzte die Verhandlung für den nächsten Tag fest. Mit Tassi? Ja, noch einmal mit Tassi. Bis dahin wurde der wieder in den Kerker geschickt.

Am Nachmittag traf sich die Fontana mit anderen Frauen. Das hatte sie früher öfter getan. Ihre Gäste waren mitunter weitgereist, die Literatin Veronica Franco und die Malerin Marietta Robusti, dazu ein paar, die gern das eine oder das andere gewesen wären, Frauen, die gelegentlich malten oder wenigstens zierliche Briefe zu schreiben vermochten. Sie hatten in Lavinias stattlichem Salon gesessen und sich von Gian Paolo, Lavinias Mann, heiße Schokolade bringen lassen, die Lavinia aus Süditalien liefern ließ. Die dortige spanische Besatzung hatte ihr Gutes, lästerten die Frauen. Dann hatte Veronica vielleicht aus ihren *Terze rime* vorgelesen, oder Lavinia hatte mit Marietta wieder einmal ein wenig um Tintoretto getrauert – Marietta war Tintorettos Tochter und sie selbst – nun ja! Auf jeden Fall hatte Lavinia vom lästerlich schönen Leben in Venedig geschwärmt, von Heinrich III., mit dem sie eine Liaison hatte. Aber, meine Liebe – mit wem nicht! Es war ein munteres Geplauder gewesen, es war hin und her gegangen zwischen Klatsch und Tratsch, Erörterungen der politischen Lage, philosophischem Ernst. Sie hatten gelesen, was an Neuem zu bekommen war. Sie hatten Bücher getauscht oder selbst welche geschrieben. Und wenn sie sich selbst zu anstrengend wurden, hatte Veronica zur Gitarre gegriffen, die Lavinia von einer ihrer Reisen mitgebracht hatte, und ein wenig darauf gespielt. Oder es versucht. Sie versuchten immer alles. Sie kannten keine Grenzen, oder sie missachteten sie. Sie hatten Mut. Sie waren jung. Sie hatten auf die Erneuerer in der Kirche gehofft und auf den segensreichen Einfluss Venedigs. Dass sich die Freiheit von dort ausbreitete! Das Gegenteil war eingetreten. Die Mächtigen fürchteten den Einfluss von außen, die schrecklichen, erfolgreichen Türken im Osten ebenso wie die fürchterlichen Spanier im Südwesten, von überall, so schien es, kamen Bedrängnis und Gefahr. Und dann auch von innen: Was wollten diese Erneuerer, was wollten die Frauen? Unberechenbar, beide. Die Kirche besann sich ihrer Kräfte; die alten Männer waren keineswegs besiegt. Lieblingsbücher der Frauen wurden auf einen Index gesetzt, die Freiheiten beschnitten. Der Prozess zurück in die Vergangenheit war schleichend vorangeschritten, unmerklich fast, und nun saßen sie hier.

Die römischen Frauen, die Lavinia Fontanas Einladungen nur zu gern folgten, waren bedrückt. Sie alle hatten den Fortgang des Prozesses verfolgt. Es ging um eine der ihren, auch wenn nicht Artemisia, sondern Tassi der Angeklagte war. Schon vergessen? Über einen Mann wurde geredet – die Frau kam in Verruf. Und dennoch: War es nicht als ein Fortschritt zu betrachten, dass sich dieser mittelmäßige Künstler und erstklassige Verbrecher verantworten musste? Dass er im Gefängnis festgehalten wurde, während Artemisia nach ihrem Verhör und der entsetzlichen Folter hoch erhobenen Hauptes nach Hause gegangen war? Nein, nein – die Frauen machten sich keine Illusionen. Was da verhandelt wurde, betraf alle Frauen. Wem gehörte ihre Ehre? Wer konnte sie ihnen nehmen? War sie wiederherstellbar? Wessen Reden hatte Gewicht – und wessen nicht? Wer wurde gehört, und wer wurde ausgelacht? Und im Übrigen: Was war das überhaupt für ein Begriff – Ehre? War Ehre ein Attribut, das es zu erlangen und zu erhalten galt – oder war es nur ein Instrument in den Händen der Mächtigen? Wieso bestimmten überhaupt Männer die Begriffe?

Sie setzen Begriffe in die Welt, als wären es Kinder!, sagte eine.

Nun, sie sind eben nicht in der Lage, etwas anderes zu gebären, meinte eine andere spöttisch.

Aber alles, was sie gebären, ist tot, sagte eine dritte.

Oder es tötet.

Lavinia hörte den anderen zu. Hinter der bleichen, blonden Robusti, die immer aussah, als löste sie sich gleich in Luft auf, hing ihr eigenes Porträt. Es zeigte sie als Spinettspielerin im steifen höfischen Kleid mit der übergroßen Halskrause, aus dem ihr junges Gesicht ernst den Betrachter anblickte. Das Motiv hatte sie von der älteren Kollegin Sofinasba Anguissola übernommen. Wie hatte sie die Anguissola verehrt! Sie selbst hatte, im Gegensatz zu Veronica, niemals Spinett gespielt, oder sie hatte es gehasst und dann möglichst rasch vergessen, aber es machte auf dem Bild unmissverständlich klar, dass sie eine höfische Erziehung genossen hatte. Begriffe! Aber sie waren wichtig, um sich als Mitglied der Gesellschaft auszuweisen. Nur im Hintergrund des Bildes hatte sie ihr Atelier angedeutet. Das, was ihr am wichtigsten war! Verdammtes Spinett! Immer hatte sie darum kämpfen müssen, dass aus dem Hintergrund der Malerei ein Vordergrund wurde, dass sie in erster Linie Malerin und in zweiter Linie eine Dame des gehobenen Standes, Ehefrau und Mutter war! Warum hatte sie es auf dem Bild nicht umgekehrt? Warum hatte sie dergleichen niemals gewagt? Natürlich, ihr Bild war auch eine Ehrbezeugung gegenüber der Anguissola, aber nun war sie über sechzig und brauchte keine Vorbilder mehr. Sie nahm sich vor, das Bild noch einmal zu malen, gleich morgen. Staffelei samt Malerin im Vordergrund, Gerümpel des Anstands im Hintergrund. Aber hätte sie die Kraft, sich noch einmal so lange im Spiegel zu betrachten? Ihr Gesicht einer Sechzigjährigen? Das Gesicht einer Frau, die lange genug gelebt hatte? Und wäre nicht das ein wirkliches Abenteuer, ein solches Bild?

Lavinia, ist euch wohl?

Sie schreckte aus ihren Gedanken hoch:

Gewiss, gewiss ... entschuldigt, dieser Tag birgt so einige Verrücktheiten. Aber was rede ich! – Sie lachte ein wenig gezwungen:

Meine Lieben, noch eine Tasse Kakao? – Sie rief den gutmütigen Gian Paolo herbei, der es schätzte, wenn sie Besuch hatte. Dann spürte er etwas von ihrem alten Kampfesmut. Dann wurde ihr Gesicht, das er so gut kannte, wieder jung.

In ihrem neuen Haus in Santo Spirito lag Artemisia Gentileschi vollständig angezogen auf dem Bett. Es war noch früh am Abend. Unten saß der Vater beim Wein, in das er ein wenig Brot tunken würde. Der Prozess kostete viel Geld, sie mussten haushalten, selbst an der Milchsuppe mit den pochierten Eiern – an Fleischbrühe war nicht zu denken. Auch zehrten die dauernden Umzüge ihr Vermögen auf. Aber wo konnten sie noch bleiben? Artemisia glaubte nicht, dass sie es im neuen Viertel lange aushalten würden. Das Gerede war immer schneller als die gute Nachbarschaft. Es war zwecklos, es bedurfte einer Lösung, die nur sie allein finden konnte.

Artemisia wusste, dass sie nach unten gehen, sich zum Vater setzen und verhandeln musste. Tassi war sie los, so oder so. Der würde sie niemals heiraten, und wenn sie Glück hatte, musste sie ihn nicht wiedersehen. Was aus ihm wurde, war ihr gleichgültig. Ein Mann, der sie mit Gewalt genommen hatte und sich eingebildet hatte, aus dem Gefühl des Unterlegenseins könnte Zuneigung werden oder die gehorsame Unterwerfung einer Frau. Niemals! Wie hatte sie auch nur einen Augenblick daran denken können, klein beizugeben? Sie rieb sich die immerzu schmerzenden Fingergelenke, das war mittlerweile schon zur Angewohnheit geworden; es würde sich nicht mehr ändern, die Narben würden bleiben. Aber sie musste nun für sich selbst sorgen. Und sie bildete sich nicht ein, dass sie bei ihrem Vater bleiben konnte – ja nicht einmal in Rom. Wie sollte sie unbehelligt durch die Gassen gehen? Wie in einem der Parks vor der Stadt spazieren? Wie die Messe in der Kirche überstehen? Den Waschtag, den sie einst mit der Mutter so genossen hatte? Artemisia setzte sich auf. Sie spürte, dass ihr die Tränen kamen. Sie schluckte, blinzelte, schwang die Beine schließlich entschlossen über den Bettrand. Sie musste fort.

Pierantonio Stiattesi kam ihr ganz recht. Einer der Verwandten des jungen Mannes hatte im Prozess ausgesagt, durchaus zu ihren Gunsten, einer der Brüder hatte sie verteidigt. Stiattesi wusste also Bescheid – und er interessierte sich trotzdem für sie. Artemisia war sich ihrer Wirkung auf Männer bewusst. Es gab andere Bewerber, hübschere, stattlichere, aus guten Familien. Aber Stiattesi besaß einen entscheidenden Vorteil: Er kam aus Florenz – und wollte dorthin zurück. Fort! Nach Florenz! In eine freie Stadt, in der sie gewiss malen und arbeiten konnte, tat die Stadt doch einiges, um Frauen zu unterstützen, so hatte sie gehört. Am Hof der Medici schätzte man Malerinnen, Schriftstellerinnen und sogar Sängerinnen als etwas Besonderes. Wenn Stiattesi sie dort hinbringen konnte … Florenz war nicht ganz so verlockend wie das Bologna der Fontana, aber immerhin eine Möglichkeit. Ob aber Stiattesi sie so fördern würde wie ihr Vater? Ob er überhaupt einen Sinn für ihre Arbeit hatte? Er war kein Maler, sondern Apotheker, durch und durch rechtschaffen, durch und durch langweilig, so schien es – jedenfalls verglichen mit ihrem Vater und den Künstlern, mit denen sie bisher zu tun hatte. Aber wer konnte Orazio schon das Wasser reichen? Wieder traten Artemisia Tränen in die Augen. Orazio! Vater! Den hatte sie durch Tassi verloren. Er hatte nur noch seine Ehre im Blick und angeblich auch die der Tochter, er war nur noch dabei zu rechten, zu streiten – und Kredite aufzunehmen für die Prozesskosten. So sehr hatte sich sein Gemüt verfinstert, dass die Gehilfen und Lehrlinge allmählich das Weite suchten. Die Brüder verzogen sich. Auch deshalb war es besser, wenn sie fortginge. Artemisia erhob sich, putzte sich die Nase und richtete Kleid und Frisur.

Sie ging nach unten. Sie musste jetzt verhandeln. Für sich und für ihre Zukunft.

Cut!

Die Filmcrew stöhnte. Sie waren das schon gewöhnt, dieses kollektive Ächzen, und doch war es jedes Mal ein Schock, wenn einer die Arbeit unterbrach. Aber das geschah ja niemals mutwillig.

Stopp!

Wer war es diesmal? Die Stimme war männlich gewesen, und sie hatte sich überschlagen. Jemand schaltete das Licht im Vorführraum an. Tim saß wie immer ein wenig abseits, während der laufenden Produktion griff er eigentlich nur ein, wenn er gefragt wurde. Eigentlich!

Lena, der Regisseurin, war die Überraschung anzusehen. Tim rang die Hände, das sah man sogar über die Sitzreihen in dem improvisierten Mini-Kino hinweg. Er hatte *Cut!* gerufen, obwohl sie gerade nicht drehten. Hatte das ein kleiner Scherz sein sollen?

Was ist los? Was fehlt dir?

Lena stellte die richtige Frage. Tim beugte sich nach vorn, stützte die Unterarme auf die Lehne vor sich. Er hatte Zweifel an der Szene, die sie gestern gedreht hatten: Artemisia und Tassi im Gefängnis. Artemisia hatte ihren Freund und Peiniger dort besucht.

Er wollte sie überzeugen, die Klage zurückzuziehen.

Sie wollte ihn an sein Heiratsversprechen erinnern.

Tassi frohlockte schon zuvor: Sie will mich sehen.

Sie war sich sicher: Er hat keine Wahl. – So hatten sie es gefilmt. Zwei Menschen mit zwei verschiedenen Ansprüchen und aus zwei gänzlich verschiedenen Positionen: Artemisia, ihre Heldin, von draußen, sie steht im Licht, sie scheint es geradezu von draußen mitzubringen, Tassi nach der schon recht langen Haft grau und vernachlässigt, im Schatten. Vielleicht hat sie ein wenig Mitleid mit ihm? Es gibt Zeitzeugen, die meinen, sie habe ihn gemocht, sie sei womöglich über die lange Zeit der erzwungenen Liaison weicher geworden, nachgiebiger, sie habe sich mit Tassi mehr als nur arrangiert.

Nein! – Joy, die Hauptdarstellerin, will das nicht hören. Sie hält sich theatralisch die Ohren zu, als sie zu sprechen beginnt.

Er ist ein Vergewaltiger! Lasst uns aufhören, das zu relativieren!

Lena holt sie alle an einen Tisch. Schwierig, das Thema. Selbst bei einer mittlerweile so vertrauten Crew. Schwierig, aber entscheidend. Täter – Opfer. Verlangt wird, dass sich alle eindeutig verhalten. Der Täter sowieso, aber vor allem das Opfer. Immer schmerzerfüllt, immer gramgebeugt, niemals mit dem Thema abschließend. Immer in derselben Position verlässlich verharrend.

Wir haben nur neunzig Minuten! Oder hundert. Das ist heutzutage eine Ewigkeit. Wir drehen keine Netflix-Serie!

Der Produzent kennt kein Pardon. Aber Lena ebenso wenig. Sie denkt nach. Sie berät sich mit der Kamerafrau. Sie holen die Expertin dazu. Die anderen warten und trinken zu viel Kaffee. Beleuchter und Tonleute murren. Die Arbeitszeiten! Sie brechen für heute ab. In der Nacht schreiben Tim und Lena am Skript. Der Produzent nickt müde dazu. Die veränderte Szene spielt im Kerker. Tassis Zelle liegt jetzt ebenso im Halbdunkel wie der Raum davor. Auch auf Artemisias Gesicht tanzen nun die Schatten, wenn sie sich bewegt, auch auf ihren Zügen sieht man die Gitterstäbe. Wer ist innen, wer ist außen? Trotzdem tritt Artemisia jetzt stärker auf, sie wirkt größer (ein Trick: Die Requisiteure haben in aller Eile ein kleines Podest improvisiert). Die Außenwände wurden verschoben. Die Kamera kann um

Tassi und Artemisia herumgehen. Der Gang mit der schweren Steadycam ist anspruchsvoll, sie proben und proben. Und dabei der Text! Und noch einmal und noch einmal.

Kerker, die siebte!

Aber das ist wichtig. Artemisia ist jetzt nicht mehr die verwirrte junge Frau, die Tassi besucht, weil der Vater es will. Es geht nicht mehr darum, eine Heirat zu erzwingen. Obwohl das nicht ausgeschlossen wird. Wie das? Weiß das Opfer nicht, was es will? Brauchen wir nicht dringend eine eindeutige Story? Artemisia begehrt auf. Sie will kein Opfer mehr sein. Sie will ihre Geschichte zurück, und zu einer Geschichte, die etwas taugt, gehört Mehrdeutigkeit. Deshalb geht diese neue Artemisia zu Tassi. Sie will sich mit eigenen Augen überzeugen, was für ein Mensch er ist. Sie kann ihn da hinter Gittern betrachten wie ein gefährliches Tier. Aber sie will nicht mehr zulassen, dass er ihr gefährlich werden kann, nicht einmal mehr in ihren Träumen. Daher lässt sie die Kerkertür öffnen und geht nach einigem Zögern zu ihm hinein. Tassi ist überrascht. Unwillkürlich weicht er zurück. Artemisia hebt die Regeln auf. So beginnt das Gespräch, es ist stockend, unsicher. Mal frohlockt Tassi: Gleich wird er es überzeugt haben, das schwache Weib! Mal fährt sie doch aus der Haut und beschimpft ihn.

Er: Du bist gekommen, um mich zu sehen!

Sie: Ich entscheide, wann ich dich sehen will und wann nicht.

Er: Aber du bist da.

Sie: Ich warne dich.

Er: Du warnst – mich?

Sie: Allerdings.

Er: Was hast du schon in der Hand?

Sie (nach einigem Zögern): Alles. Dich. Mich. Mein Leben. Das unterscheidet uns.

Die Kamerafrau schwitzt heftig, aber sie will jetzt keine Unterbrechung. Sie selbst führt die Steadycam, die Kamera in der Halterung direkt am Körper. Bei aller Professionalität sorgt diese Technik für ein gewisses Schwanken, es sieht aus, als sei den Darstellern schwindlig. Die Kabelhilfe tänzelt um die Kamerafrau herum, sie muss schnell sein, damit sie nicht stolpert. Die Kamerafrau dreht und dreht. Kamera zwei und drei haben die Gesichter der beiden, nah und halbnah variieren. Die Beleuchter und die Ausstatter haben ganze Arbeit geleistet:

Die Gitter bleiben. Sie bleiben um Tassi herum und um Artemisia. Mal hat sie sie vor sich, schützend, mal hinter sich, einengend. Es hat keinen Sinn, sie auszublenden. Aber Artemisia hat die Wahl, wo sie steht.

3.

Die Kirche von San Spirito in Sassio ist ein Elend. In Sichtweite von San Pietro, der größten Kirche der Welt, könnte sie doch nicht weiter entfernt sein von der vatikanischen Pracht. Gewiss, Sankt Peter ist noch nicht vollendet, aber die Art und Weise, wie sich die Kuppeln in die Höhe wölben, wie der Travertinstein der Mauern in der Morgensonne leuchtet! Das sieht man schon von der Tiberbrücke aus, aber ach, der Vater lenkt seine Schritte nicht auf die prächtige Via della Conciliazione, sondern zieht Artemisia vielmehr vorher nach links, auf den viel schmaleren Borgo San Spirito, und dann verschwindet die Kuppel von San Pietro für eine Weile, weil links und rechts plötzlich Mauern emporragen, hohe Mauern. Sie bilden links eine geschlossene, überhaushohe, rötlich braune Fläche, ganz ohne Durchbrüche und Fenster – und diese abweisende, düstere Wand, das ist San Spirito, das ebenso segensreiche wie berüchtigte Hospital, zu dem natürlich auch eine Kirche gehört. Die steuern sie an, die gleichgültige Braut und der wütende Brautvater. So zornig ist Orazio, dass er an Artemisia zieht und zerrt, als sei sie ein verstocktes Lasttier, das nicht recht vorwärtswill. Dabei leistet Artemisia keinen Widerstand; sie hat in diese lächerliche, aber notwendige Verbindung zu Pierantonio Stiattesi eingewilligt, ja, sie hat das entschieden, mit so fester Stimme hat sie das dem Vater gegenüber vertreten, als habe sie noch ernstlich eine Wahl. Stiattesi ist das kleinere Übel: ein mittelmäßig begabter, mittelmäßig intelligenter und höchstens mittelmäßig erfolgreicher Mann, nicht viel älter als sie, nicht viel stärker als sie. Er wird ihr nichts anhaben können. So ähnlich hat das auch der Notar formuliert, der sie im Prozess vertreten hat: Pierantonio ist sein Bruder. Wenn Pierantonio Ähnlichkeit mit dem Notar hat, wird er ein bedächtiger, umsichtiger Mann sein. Hofft Artemisia. Und er wird sie aus Rom befreien. Gestern Morgen die Kunde vom Urteil des Gerichts. Tatsächlich wurde Tassi verurteilt – aber kein Mensch glaubt, dass er der Verbannung aus Rom wirklich Folge leisten wird. Er wird sich ein paar Wochen oder Monate bedeckt halten – aber dann? Hat er nicht gestern Abend schon mit ein paar Zechkumpanen gefeiert? So wurde es Artemisia hinterbracht. Freilich musste er anschreiben lassen, denn mittellos ist er nun: Er muss die Prozesskosten tragen. Und sofort beginnt Tassi eine neue Geschichte: Artemisia habe ihn ruiniert.

Artemisia muss fort. So sieht es der Vater, so hat es auch die Tochter selbst eingesehen. Irgendwohin, neu anfangen. Aber vorher muss sie hier durch. Buchstäblich. Durch den Borgo. In den Hauseingängen auf der rechten Seite lagern Verwundete und Arme, sie liegen kreuz und quer, sie umschlingen sich in Schlaf, Schmerz und Suff, sie sind übereinander gestürzt und so liegengeblieben, sie sind zu schwach, sich zu erheben, oder vielleicht auch schon moribund. Sie behindern sich und stecken sich gegenseitig an, mit Ungeziefer und Seuchen, mit ihrer Panik vor dem Tod, und obwohl es an diesem Novembertag kalt ist, nur knapp über dem Gefrierpunkt, stinkt es zum Gotterbarmen, nach Schmutz und Schweiß und Verzweiflung. Vater und Tochter gehen schnell. Zwar hat die Pest Rom noch lange nicht erreicht, zwar siechen die Menschen eher in den nördlichen Landesteilen, aber man weiß ja nie! Es stöhnt und greint rechts des Weges, links erhebt sich die feindselige Mauer. Artemisia zieht ihren Mantel fest um sich, schlägt die Kapuze hoch. Sie will nicht sehen und auch nicht gesehen werden. Und dann an der Ecke, wo sich die Gasse ein wenig öffnet und ein kleiner Platz sichtbar wird, erscheint wieder die Kuppel von San Pietro! Wie sie leuchtet! Artemisia nimmt es als ein gutes Omen. Doch dann hält der Vater inne, biegt mit ihr um die Ecke, lässt ihr kaum Zeit, auf die andere, kleinere Kirche zu blicken, die sie nun ihrerseits ansteuern. Sie gehen nicht über den Platz die sieben Schritte hinauf zu San Spirito, sie nehmen nicht den Haupteingang, sondern eilen weiter zur Südseite. Warum? Artemisia will innehalten, aber der Vater zieht sie weiter, knurrt nur unwillig, als sie ihn fragen will. An der schmucklosen Südfassade der Kirche, die wieder übergeht in eine Mauer, öffnet sich eine Pforte – so niedrig, dass man sich bücken muss, wenn man hindurchwill. Die Kapuze sinkt Artemisia in den Nacken, als sie den Kopf hebt, um genauer zu sehen. Hier hinein? In diesen Seiteneingang, durch den sonst Waren für Kirche und Kloster geliefert werden? Offensichtlich. Artemisia beugt sich, sie tritt in das Dunkel der Kirche. Sie erschrickt: So frostig, so kalt und schäbig, so heruntergekommen ist es hier! In San Spirito wird gerade geräumt oder gebaut oder beides. In dieser Rumpelkammer des Heiligen soll sie verheiratet werden? Nun kommen ihr doch die Tränen. Tränen des Zorns.

Vater?

Er hört sie nicht oder will sie nicht hören. Er bekreuzigt sich, aber sie vergisst, es ihm nachzutun.

Die Decke der Kirche ist mit einem Netz verhängt, blickt man nach oben, bleibt der Blick in dem Maschengewirr hängen. Sie sieht den eigenen Atem vor dem Gesicht. Vielleicht besteht das Netz da oben auch aus gefrorenem Atem, dem Atem der wenigen Betenden, die hier Schutz suchten. Wurden sie erhört? Nach vorn schauen, nach vorn! Ein paar Stufen hinauf. Sie müssen sich an einem finsteren Beichtstuhl vorbeidrängen, an dem Spinnweben hängen, und Artemisia ist froh, dass sie sich geweigert hat, vor der Trauung hier zur Beichte zu gehen. Niemals! Niemals zu einem fremden Beichtvater! Hier wäre sie nur schmutzig geworden, selbst die hölzernen Wände des Beichtstuhls starren vor Dreck. Da ist Stiattesi. Er sieht weitaus schmächtiger aus, als sie ihn Erinnerung hat, aber ihre Erinnerung an ihn ist ohnedies schwach, ein paarmal nur hatte er seinen Bruder, den Notar, begleitet, sie hatte ihn nicht weiter beachtet. Er sie jedoch durchaus. Auch jetzt leuchten seine Augen, als er sie entdeckt, das kann man sogar in diesem Halbdunkel erkennen. Der Vater fackelt nicht lange. Er geht mit Artemisia auf

Stiattesi zu, der vor dem steinernen Altar gewartet hat, und legt Artemisias Hand in die des jungen Mannes. Artemisias Hände sind wieder verbunden, von der Folter. Die Wunden heilen nicht gut. Stiattesi zuckt zusammen und zieht seine Hand unwillkürlich zurück. Aber dann fasst er sich. Der Priester beginnt unverzüglich sein Ritual. Die Gemeinde, die er hier vor sich hat, ist so klein, sein Salär so kläglich, dass sich kein Aufwand lohnt. Eilig spricht er seine Gebete, eilig murmelt er die heiligen Formeln. Artemisia würdigt Stiattesi keines Blicks. Sie wird noch genug Zeit haben, ihn anzusehen! Ihr Blick wandert wieder nach oben. Man könnte sie für fromm halten. Sie versucht, das Netz mit ihren Augen zu durchdringen. Das Deckengemälde dahinter ist nur diffus zu erkennen. Artemisia kneift die Augen zusammen. Da ist ... ein Tier in der Mitte ... aber auch Christus, offensichtlich. Das Bild zeigt, wie Jesus den Menschen die Offenbarung des Geistes schickt. Der Geist senkt sich in Gestalt einer Taube auf die Menge. Aber die Menge an der Decke von San Spirito erwartet die Taube keineswegs in demütiger Andacht – die Menge steht durcheinander, sie blickt nicht nach oben, sie hat keine Ahnung vom göttlichen Beistand. Die Menge befindet sich in einem Zustand des Chaos. Ob eine Taube solcherlei richten kann?

Artemisia denkt an den Prozess, sie denkt an Blicke und Gesten, an die Gasse, die die Menge zögerlich freigab, wenn sie sich mit dem Vater und manchmal mit Tuzia näherte. Oft wurde sie des Eingangs zum Gerichtsgebäude erst gewahr, wenn sie unmittelbar davorstand. Zu dicht, zu gedrängt waren die vielen Menschen. Es scheint, als kämen sie ihr nun wieder entgegen, von oben, von der Decke dieser miserablen kleinen Kirche, und wollten sie erdrücken.

Stiattesi presst ihren Arm. Er befürchtet, dass sie gleich niedersinkt. Aber da hat er sich in Artemisia Gentileschi getäuscht. Sie wird nicht mehr niedersinken, nie mehr. Ihr Körper strafft sich. Bringen wir es hinter uns!

Hat sie das wirklich gesagt?

Nach der Zeremonie, die kaum den Namen verdient, steht das Brautpaar etwas verloren. Der Priester, der zum Orden der Barmherzigen Brüder gehört, begreift endlich, wen er da vor sich hatte: Ist die Braut nicht eine Malerin, ist nicht der Vater, der mit finsterem Gesicht beiseitesteht, einer der berühmtesten Künstler Roms? Er will ihnen etwas zeigen, es ist durchaus freundlich gemeint, auch wenn er natürlich hofft, dass die Spende für das Hospital anschließend etwas großzügiger ausfällt.

Kommt mit mir! – Er macht eine einladende Geste und geleitet seine ärmliche Gästeschar durch den Seitenausgang nach draußen. Sie umrunden die Kirche und gelangen zur Nordseite. Hier ist der Haupteingang des Hospizes und zugleich die Pforte des Klosters. Ein Haufen Menschen drängen sich davor, sie recken die Arme und rufen, aber zwei strenge Wachen regeln den Einlass. Die Hochzeitsgesellschaft, die als solche nicht auffällt, wird durchgewunken.

Hinein, hinein – und nur Mut!

Sie gelangen auf einen Innenhof. Und dann in das wuchtige Hauptgebäude des Klosters. Es geht auf Papst Innozenz zurück, der ein frommer Mann gewesen sein soll, ungewöhnlich und etwas unziemlich für einen Papst. Schließlich soll er Rom regieren und nicht die Welt retten! Der Priester hält sich jedoch nicht lange mit Erklärungen zur Baugeschichte auf: Innozenz III., jaja, aber doch eigentlich Papst Sixtus IV. ... Weiter, weiter! Er hat es eilig. Kaum haben sie nämlich den großen Raum betreten, ist das Elend erneut da. Menschen wenden sich nach ihnen um, verzweifelte, hagere, magere, schmutzige Menschen, manche gestützt von Angehörigen oder Nonnen, andere an die Wände gelehnt, wenige auf den Betten, die in vielen Reihen dastehen, alle mit ordentlich Stroh aufgefüllt.

Artemisia zuckt zusammen. So viel Not auf so engem Raum! Der Vater schlägt die Augen zu Boden. Es ist unzüchtig, die Armut anzustarren. Aber dann schaut er doch hin. Er ist Maler. Das hier sind Modelle. Könnten es jedenfalls sein. Der Priester zieht und schiebt.

Kommen Sie schon!

Er hat die östliche Schmalwand des Spitals im Sinn und weist, endlich dort angekommen, erleichtert nach oben.

Bitte, gnädiger Herr, die Dame ... bitte sehr! – Er ist sichtlich stolz auf die Freskenreihe, die da in Übermannshöhe um die Wand läuft wie ein Schmuckband. Die Freskenreihe erzählt die wundersame Geschichte der Hospizgründung – auch jenen, die nicht lesen können, aber in ihrer Krankheit und in ihrem Kummer genug Zeit haben zu schauen. Orazio runzelt die Stirn. Die sieben Fresken sind groß und flächig gemalt, schon auf den ersten Blick entdeckt Orazio Fehler in der Bildtechnik. Außerdem ist zu befürchten, dass die Fresken die nächsten hundert Jahre nicht überstehen werden. Aber noch mehr irritieren ihn die Bildunterschriften. Was soll das? Er schnaubt verächtlich. Was sind Bilder wert, die man erklären muss?

Er schreitet die Reihe ab und studiert den Farbauftrag, ganz dicht tritt er an die Mauer, als wollte er unter die Fresken schauen, er kneift die Augen zusammen, und als der Priester einen Augenblick nicht hinschaut, netzt er den Zeigefinger und reibt ein wenig an einer Bilddecke herum. Hat er es sich doch gedacht! Anspruchsvoll in der Thematik, aber gepfuscht bei der Ausführung.

Artemisia!

Er will der Tochter zeigen, was er entdeckt hat. Auch an ihrem Hochzeitstag kann sie etwas von ihm lernen. Aber Artemisia ist zurückgeblieben. Sie steht noch immer bei dem ersten Bild. Und hat die verbundene rechte Hand tatsächlich auf Pierantonios Arm gelegt. Na, das sieht ja schon nach einem richtigen Paar aus! Artemisia allerdings strahlt nicht wie eine glückliche Braut, sondern ist blass geworden, totenblass. Der Vater weiß ja nicht, was sie gesehen, und er weiß nicht, wie Pierantonio es kommentiert hat.

Das erste Bild des Zyklus stellt eine Geburt dar, auf eine Weise, wie man die Geburt Mariens zu zeigen pflegt: In einer Säulenhalle sitzt eine junge Mutter erschöpft auf ihrem Bett. Sie lehnt mit dem Rücken an der Wand. Eine Hebamme hält das nackte Neugeborene liebevoll im Arm. Aber keine Heiligen umstehen die fromme Szene, keine Familie ist zu sehen, die das Geschehen feiert – im Gegenteil: Aus der Säulenhalle tritt weiter unten eine Frau mit ärmellosem Kleid energisch ins Freie. Sie schleudert mit voller Kraft einen blutüberströmten Säugling zu Boden! Hilflos versucht eine hinter ihr stehende Frau, sie daran zu hindern: Sie wirft die Arme entsetzt in die Höhe.

Hungersnot!, fasst der Priester nüchtern zusammen. Er ist zu Artemisia getreten. Zu Zeiten von Papst Innozenz muss es in Rom schlimm zugegangen sein. Man sagt, die Fischer hätten Kinder anstelle von Barschen und Rapfen aus dem Tiber geholt. Verhungerte Kinder, für die die Armen sich kein anderes Grab hätten leisten können als den Fluss. Manche behaupten, es sei nicht wegen der allgemeinen Not gewesen, die Mütter hätten vielmehr die Kinder gleich nach der Geburt umgebracht, um ihre schändlichen Liebschaften zu verbergen.

Der Priester zuckt die Achseln. Ihm ist es gleich. Seit es das Spital gibt, landen die Kinder nicht mehr so häufig im Fluss, sondern hier. Und hier haben sie keine Zeit, sich um den Ursprung der Not zu kümmern, sie kümmern sich um die Notleidenden selbst.

Artemisia ist immer noch starr wie eine Statue. Sie hält sich mit einer Hand an Pierantonio fest, die andere hat sie auf ihren Bauch gelegt. Was, wenn …?

Pierantonio ist ihre plötzliche Schwäche ganz recht. So kann er sie herumführen, kann er mit ihr sprechen, ohne dass sie ihm gleich wieder ins Wort fällt. Er führt sie hinaus aus dem Hospiz, zurück auf die Straße, in den Borgo, während Orazio das Geldsäckchen aus der Jacke zupft und mürrisch den Priester bezahlt. Artemisia atmet auf. Pierantonio hat einen einfachen Ausgang in der Mitte des Gebäudes gefunden, sie müssen nicht zurück in die bedrückende Kirche, nicht noch einmal muss sie sich unter dem schmalen, schweren Portal bücken. Hinaus, hinaus! Selbst der Borgo kommt ihr jetzt lichter vor. Fort, nur fort!

Was für ein merkwürdiger Ort für eine Hochzeit!, lacht Pierantonio. Sein heiteres Gemüt ist anscheinend nicht so schnell zu erschüttern.

Komm, komm!

Er zieht Artemisia mit sich, unbekümmert darum, ob Orazio folgen könne. Sie wählen einen anderen Weg, nicht den zur Tiberbrücke. Pierantonio hat eine kleine Allee von Bäumen im Sinn, da lässt es sich gut und einigermaßen geschützt wandeln, denn nun hat es begonnen zu regnen. Doch Pierantonio kümmert der Regen nicht. Das Ziel, das er im Sinne hat, ist ein kleiner Park, der Parco della Mole, obwohl weit und breit keine Mole zu sehen ist und der Park eigentlich nur ein Pinienhain ist. Die guten Pinos de Roma! Hier stehen sie wie die festlich gekleidete Hochzeitsgesellschaft, die es nicht gibt. Artemisia schaut hinauf zu den Bäumen. Noch nie hat sie sich um diese Wahrzeichen Roms geschert. Bäume, Blumen, Früchte – das sind Motive für Frauen, zurechtgestutzt auf das Maß mittlerer Leinwände, für mittlere Begabungen. Gerade deshalb hat sie sie links liegen lassen. Sie sieht nur, was ihrer Arbeit nützt. Die Pinien waren eben da. Wegzeichen, wenn überhaupt. Aber jetzt ist sie dankbar für die schlanken Bäume, die sich sachte im Wind wiegen, die duften und schwingen. Ihr harziger Duft tut der Seele gut.

Noch etwas, sagt Pierantonio nüchtern. – Ich will dir etwas sagen. Wir reisen morgen schon nach Florenz.

Morgen schon?

Das geht Artemisia etwas schnell.

Es ist alles vorbereitet, fügt Pierantonio rasch hinzu. – Aber, wir werden nicht reisen, ohne dass ich mit dem Bruder bei der Schwester von Quorli vorbeigehe.

Quorli! Artemisia kann den Namen nicht ohne Ekel aussprechen. Der widerliche Freund Tassis, der versuchte, sie zu vergewaltigen, wie er es von seinem sauberen Freund gelernt hatte, sich aber als zu schwach für einen ernsthaften Angriff erwies. Sie sieht immer noch seine widerwärtige Fratze vor sich, riecht den stinkenden, verschwitzten Körper. Und was hat er nicht alles getan, um sie in Verruf zu bringen! Sogar zwei Bilder hat er entwenden lassen, als Entschädigung, wie er dreist behauptete, für das versprochene und dann nicht vollendete Vergnügen. Vor Gericht wurde berichtet, wie der nunmehr Verstorbene ...

Quorli kann dir nichts mehr anhaben. Und ich werde dir deine Bilder zurückbringen. Mein Bruder begleitet mich. Und seine Wachen. Mach dir keine Sorgen.

Pierantonio verspricht, ihre Bilder zurückzuholen?

Artemisia schaut ihn zum ersten Mal voll an. Stiattesi wird rot. Ihr Blick ist freudig.

Es wird schon werden, mit ihm und dieser Frau, die eigentlich zu viel für ihn ist: zu groß, zu schön und viel zu begabt.

Artemisia betrachtet Pierantonio mit neuen Augen: nein, keine Liebe. Aber möglicherweise ein guter Freund, ein Geschäftspartner. Er weiß, dass ihre Bilder etwas wert sind. Darauf lässt sich bauen.

Orazio und Tuzia haben zu ihnen aufgeschlossen. Orazio kramt schon wieder in seinem Geldsäckchen. Es ist noch genug da für einen Wein aus der Taverne. Den trinken sie aber besser zu Hause.

Auch Lavinia Fontana sitzt vor einem Becher Wein. Ein Krug Wasser steht dazu auf dem Tisch mit dem feinen Spitzentuch. Die Fontana betrachtet die Spitzen mit ihren feinen Verästelungen. Sie hat gehört, dass Artemisia fortgehen wird. Alle gehen fort. Immer ist Aufbruch um sie herum. Nur sie selbst ist sesshaft geworden, zu müde geworden zum Reisen. Der Prozess hat sie zusätzlich angestrengt. So viel organsierte Boshaftigkeit in einem Raum, so viel übles Reden! Sie muss sich waschen.

Sie muss die Waschschüssel füllen und diese einzigartige Mischung hineinträufeln aus Limonen und Kampfer. Das tut ihr gut. Das entspannt sie. Und wenn sie noch ein wenig mehr Wein trinkt … Sie besinnt sich. Sie ruft die Magd, obwohl es schon spät ist, und das verschlafene Mädchen bemüht sich gar nicht erst, seinen Unwillen zu verbergen.

Bring mir die Zeichnungen!

Sie schnürt die Mappe auf. Schiebt ein Blatt zur Seite, noch eines.

Sie betrachtet mit Verwunderung die Figuren, die sie gezeichnet hat. Lauter sanfte, gefasste, ernste Frauen – Vorstudien für die großen Porträts, die sie später auf die Leinwand gebracht hat, wenn sie zufrieden war. Ihre Auftraggeber in Bologna waren zu Beginn ihrer Laufbahn fast ausschließlich wohlhabende und selbständige Damen, solche, die sich in den Madonnen widerspiegeln wollten, aber gleichermaßen in den Esthers, Judiths und Lukrezias. Fast alle diese Frauen waren Witwen wie sie auch. Der Witwenstand war der beste Status, den das Leben für eine Frau bereithielt, da war sich die Fontana sicher, auch das Alter, trotz seiner Gebrechen. Bis dahin aber, bis zur wahren Freiheit einer Frau, würde es für Artemisia noch ein weiter Weg sein, wenn Gott kein Einsehen hätte. Oder besser: die Madonna. Lavinia kichert. Warum hat sie Artemisia nicht gezeichnet? Sie hat wohl zu viel Anteil genommen. Zu viel Anteil war nicht gut für wahre Kunst, zu viel Anteil machte sentimental. Lavinia nimmt doch noch einen großen Schluck vom Chianti. Wie gern hätte sie der Kollegin ein wenig von der Last genommen! Wie gern hätte sie … Aber sie ist allein, allein wie alle Frauen. Lavinia schenkt erneut nach – auf die Magd war ja nicht mehr zu hoffen. Als es längst Nacht geworden ist, setzt sich Lavinia an ihren fein gearbeiteten kleinen Schreibtisch, wählt sorgfältig Papier, taucht die Feder in das silberne Tintenfass und schreibt einen Brief an ihren florentinischen Freund Bronzini. Die Frauen, die sich gegenseitig unterstützen, sind einstweilen noch auf Männer als Verbündete angewiesen, und Cristofano Bronzini ist sicher einer der besten. Energisch unterschreibt sie den Brief, die Feder kratzt. Zufrieden räumt sie alles auf, sie bereitet sich selbst den Waschzuber und wäscht sich langsam und sorgfältig. Dann löscht sie das Licht und bleibt einen Moment im Dunkeln sitzen, nackt, wie sie ist, das Nachtgewand in der Hand. Das weiße Fleisch ihrer Beine leuchtet, der Bauch, die Arme. Bald wird es für immer dunkel sein.

Niemand hatte Artemisia auf Florenz vorbereitet. Für sie, die Römerin, war die Stadt am Arno nur eine unter vielen. Von mittlerer Größe, mittlerem Handelsaufkommen, mittlerweile verblassendem Ruhm. Freilich – die Medici! Seit immer größere Regionen Italiens unter die Herrschaft Spaniens gerieten, erschienen die Regenten im Norden in neuem Licht. Hatte man die Medici nur als einen Haufen erfolgreicher, aber auch anrüchiger Geschäftsleute gesehen, die mit gottlosem Kapital gottgefällige Werke schufen, so musste man allmählich anerkennen, dass sich in ihrem Herrschaftsbereich rund um das fürstliche Zentrum viele Kräfte recht selbstbewusst tummeln konnten. Zwar waren diese Vielen Unterworfene – aber keinesfalls Geknechtete. Das Ergebnis war ein anspruchsvolles, kompliziertes Staatsgebilde.

Ihr werdet Jahre brauchen, es zu verstehen, hatte Bronzini an die Fontana geschrieben. – Und wenn ihr vermeint, es durchdrungen zu haben, ist es schon wieder im Begriff der Veränderung. Wie ein Lurch, der sich in der Sonne windet und schlängelt – immer auf den kühlenden Schatten, also den eigenen Vorteil bedacht.

Und in dieser neuen Unübersichtlichkeit sollte sich Artemisia bewähren, hier suchte sie nicht nur Unterschlupf, sondern auch einen Neubeginn. Sie sei ihm willkommen, schrieb Bronzini der Fontana. Aber leicht werde es nicht.

Ungeduldig war sie, eifrig und unduldsam. Sie hatte sich kaum unterrichten lassen über die Stadt, hatte Pierantonio während der mühseligen Reise in der Kutsche nur mit halbem Ohr zugehört, wenn er über sein Elternhaus gesprochen hatte und über die Unterstützung, die ihnen der Vater gewähren würde. Anfangen, einfach neu anfangen! Was interessierten sie die komplizierten Strukturen des Staates! Sie würde ihre Gönner finden, wenn sie endlich dem Einflussbereich des Vaters entkommen wäre und der Missgunst und der Häme der anderen.

Aber dann das! Eine Hügelkette, die sanft und silbrig in den Horizont fließt. Eine Stadt, die sich auflöst, wenn man sie genauer betrachten will. Eine Stadt wie ein Zauber, flüchtig und stets bereit zu verschwinden. Eine Erscheinung! Als hätten sich die besten Spitzen- und die besten Schleiermaler der Welt zusammengetan.

Artemisia lehnte sich weit aus dem Kutschenfenster, so weit, dass das Mädchen, das sie sich eigentlich nicht leisten konnte, zufassen musste:

Aber gnädige Frau! Bedenken Sie doch, wie kalt es ist!

Die Schleife am Mantel löste sich. Der Rahmen des Wagenfensters bohrte sich scharf in Artemisias Unterarm. Aber was tat das! Das hier war – unerwartet. Unerwartet und unwiderstehlich.

Schaut nur, schaut nur!

Mit der Begeisterung eines Kindes wandte sich Artemisia an die Mitreisenden, die im Halbdunkel der Kutsche versuchten zu ruhen.

Ja, ja! Pierantonio freute sich. Florenz war Heimat! Die Stadt seiner Familie! Wenn Artemisia sich so rasch dreinschickte, wenn sie ihr Schicksal an seiner Seite akzeptierte, dann konnte aus ihnen etwas werden.

Der Kutscher wollte sein Gespann wie stets den Arcetri-Hügel hinauf- und wieder hinabführen, aber das wurde nichts, nicht mit dieser Passagierin, die einen Schrei ausstieß, ihm zu halten befahl und auch von ihrem Ehemann nicht zu bändigen war. Er hielt resigniert. So kurz vor dem Ziel! Artemisia stürzte aus der Kutsche. Die anderen Passagiere kletterten nach und nach aus der Kutsche, gähnten, streckten sich. Die kleine Pause kam ihnen ganz recht. Von hier oben, vom sanft gewölbten Gipfel des Arcetri, hatte man einen herrlichen Blick. Da unten, das war das Häusergewirr von Florenz, aber nicht das Gewimmel der Stadt war es, das Artemisias begeisterte Rufe hervorgelockt hatte – es war vielmehr das Panorama, das sich bot: die eingefasste Stadt im Tal, durch die sich der Fluss zog wie ein glitzerndes Armband, das gerade eine Dame abgelegt hatte. Die berühmten Bauwerke in der Stadt waren im morgendlichen Zwielicht zu ahnen, aber Artemisias Blick wurde nach oben gezogen, auf die andere Seite des Arno und noch höher, auf die Cercina im Norden und den Fiesole im Osten. Die Weinterrassen auf den Hügeln wirkten, als habe jemand ein Muster in die Landschaft gearbeitet. Alle, die hier mit Wein und Oliven arbeiteten, mussten Künstler sein, so systematisch hatten sie das Gelände terrassiert und so elegant die vielen stattlichen Villen in das Auf und Ab der Landschaft gebaut. Ein heftiger Wunsch, hier zu wohnen, befiel Artemisia. Es schmerzte geradezu körperlich. Aber sie mussten weiter. Behutsam nahm sie Stiattesi beim Arm:

Komm, wir haben die anderen schon lange genug warten lassen!

Aber wir kehren hierher zurück?, fragte Artemisia.

Stiattesi verstand sie falsch:

Wozu? Willst du hier womöglich … wandern?

Das war eine seltsame neue Mode, abgeschaut von den Franziskanermönchen, die sich in der Landschaft ergingen. Eine solche Grille traute er seiner Frau durchaus zu.

Artemisia lachte. Wenn ihre Träume groß wurden, wurde ihr Ehemann klein, so viel stand schon jetzt fest. Gutmütig zwickte sie ihn in den Bauch.

Nein, gewiss nicht!

Artemisia träumte vom Leben in einer solchen Villa, sie träumte vom Aufstieg. Oliven, Zedern und Pinien spielten dabei keine Rolle.

In der Via del Campaccio warteten schon die Diener. Der Schwiegervater führte ein großes Haus, wie es sich für einen Apotheker gehörte. Hier war genug Platz für den Sohn und die neue Schwiegertochter, die der ältere Sohn im aufsehenerregendsten Prozess, den Rom in den vergangenen Jahren erlebt hatte, verteidigt hatte. Aber das musste niemand wissen. Die Stiattesi hatten sich ihre Verschwiegenheit und ihren Langmut von Orazio Gentileschi gut bezahlen lassen. Die Mitgift Artemisias hatte die Vorfreude auf sie wachsen lassen.

Sie tafelten. Sie tranken. Das Mädchen bezog seine Kammer. Es wäre genug zu tun gewesen, aber die Florentiner hielten darauf, keine Gelegenheit zum Feiern auszulassen – nicht einmal so trockene, ernste Naturen wie der alte Stiattesi. Was hätte seine Dienerschar von ihm denken sollen, wenn er sich ausschließlich in seinem Büro eingeschlossen hätte? Und noch schlimmer, seine zahlreichen Kollegen und Neider – was ein und dasselbe war. Im Ofen prasselte das Feuer. Es war behaglich hier, der Diener legte jede Stunde einen Scheit nach. Es duftete würzig nach Holz, nach dem gebratenen Fasan, den Stiattesi zu Ehren seiner Kinder auftragen ließ, und nach den Limonen, die überall in Wasserschalen herumlagen: Der alte Stiattesi legte Wert auf Hygiene. In seinen altmodischen Beinkleidern und der spitzenverzierten Samtjacke, die schon bessere Tage gesehen hatte, saß er in seinem Armlehnstuhl. Er kraulte sich den Bart, der nach Art der Väter bis weit über das Kinn ragte. Seufzend schaute er auf Artemisia, die ihm aufgeregt von der Fahrt berichtete. Wie jung sie war! Wie viel sie noch lernen musste. Der Prozess hatte sie anscheinend keineswegs gebrochen. Sie wirkte stark, selbstbewusst, von einer Offenheit, die Frauen nicht gut anstand. Trotzdem bemerkte der alte Stiattesi eine gewisse Zuneigung in sich. Artemisia war so begeistert von Florenz. Von der Ansicht, die sich ihr von den Hügeln geboten hatte. Aber Florenz war kompliziert. Die Stadt, die viel auf die Künste hielt, die Stadt, die Literaten, Philosophen und Freigeister beherbergte wie keine andere, funktionierte wie ein Spinnennetz – und sie verzieh nicht, wenn man ihre artifizielle Fadenstruktur durcheinanderbrachte. Und sein Sohn? Ach, der! Gutwillig, aber nicht besonders fleißig. Und vor allem nicht allzu helle, im Unterschied zum Bruder, dem Notar. Leider waren Pierantonios Defizite in der Stadt wohlbekannt. Er würde keine allzu große Hilfe sein. Und jetzt, da er einige Zeit fort gewesen war, war alles noch schwieriger. In Rom hatte Pierantonio die dortigen Sitten angenommen. Grobianisch war er geworden, und, schlimmer: gutgläubig.

Unwillig schüttelte der alte Stiattesi den Kopf. Wahrscheinlich hatte sein Sohn, trotz Artemisias Anstoß erregendem Vorleben, ziemliches Glück gehabt mit dieser Ehefrau. Wenn sie ihm nun auch noch Kinder gebären würde! Und was seine eigene, lange verstorbene Gattin dazu sagen würde?

Noch Wein! Der alte Stiattesi klatschte in die Hände. Genug der trüben Gedanken! Gleich morgen würde er mit der Unterweisung seiner Schwiegertochter beginnen. Und sein Sohn würde ebenfalls zuhören müssen.

Stiattesi sorgte dafür, dass die jungen Leute eingeladen wurden. Nicht sofort bei den Medici, wie Artemisia treuherzig vorschlug. – Du liebe Güte, was stellst du dir vor, Kind, so einfach ist das nicht! – Aber bei den anderen wichtigen Leuten. Davon gab es in Florenz genug. Der alte Stiattesi erklärte Artemisia die Sache mit dem Spinnennetz. Und als sie ihn leicht verwundert, ja, wie ihm schien, etwas begriffsstutzig anschaute, ließ er die Rappen anschirren und fuhr mit den jungen Leuten auf den Fiesole. Er fing auf den Hügeln an. Vielleicht, weil Artemisia davon so ergriffen war. Er hieß sie aussteigen und scherte sich nicht darum, dass die Wege vom Novemberregen schlammig und ziemlich rutschig waren. Er wies mit dem ausgestreckten Arm auf die Bauwerke, die die Stadt schon jetzt zu einer Legende machten: der Palazzo mit dem Torre Arnolfo, die Kathedrale und das Baptisterium. Stiattesi wies auf die Kuppel des Doms: Filippo Brunelleschi. Weiter mit dem Finger: Baptisterium. Die Bronzeportale von Lorenzo Ghiberti und Andrea Pisano. Verstanden? Ghiberti und Pisano. Merken! Wenn du die Bauwerke nicht verstehst, verstehst du Florenz nicht!

Wie schnell der Alte das vertrauliche Du eingeführt hatte.

Artemisia nickte. Florenz, das auf sie wie aus einer Hand geschaffen wirkte, wie das Werk eines einzigen, schönheitstrunkenen Genius, war natürlich das Werk von vielen. Und die vielen galt es sich zu merken. Namen waren wichtig in Florenz, wichtiger noch als anderswo, denn zu den Namen gehörten Stände. Zu den Ständen Gilden. Und die Gilden waren in bestimmten Stadtteilen beheimatet, die wiederum in Quartiere zerfielen.

Hier! Dort! Siehst du?

Artemisia fröstelte, und ihr schwirrte der Kopf. Dieses gut organisierte Gebilde wollte verstanden werden, es wollte gelesen werden wie ein Buch. Wenn sie denn hätte lesen können! Aber sollte sie diese Schwäche jetzt vor ihrem imposanten Schwiegervater erwähnen?

Zum ersten Mal spürte Artemisia ihr Defizit. Stiattesi hatte Artemisias Irritation wahrgenommen, sprach aber weiter. Beim Reden folgte seine ausgestreckte Rechte der Linie der Stadt, als wollte er sie in der feuchten Luft nachzeichnen.

Ordnung. Balance. Und Harmonie. Versteht ihr? Hier sind sie versammelt.

Zufrieden stapfte Stiattesi zurück zur Kutsche und wartete gar nicht darauf, dass ihm die jungen Leute folgten. Er war es gewöhnt, trotz seines Alters schneller zu sein als die meisten – und klüger, wie er meinte.

Ordnung? Balance? Harmonie?

Artemisias neuer Freund hörte nicht auf zu kichern. Cristofano Bronzini war schon wenige Wochen nach der Ankunft des jungen Paares im Hause Stiattesi vorstellig geworden, und er hatte nicht lange um den heißen Brei herumgeredet: Die Fontana schicke ihn, ja, Lavinia Fontana, die Malerkollegin aus Rom. Denn eine Kollegin war sie doch, die Fontana, nicht wahr? Die Frage sollte heißen: Sie, die Artemisia, die sich nun Lomi nannte, nach ihrem Onkel Aurelio, sie war doch eine Malerin, eine wirkliche, und nicht nur eine, die sich gelegentlich in Stillleben von Rosenknospen erging? Das hatte Onkel Aurelio jedenfalls behauptet, der an der Akademie ein durchaus geachteter Künstlerkollege war. Bronzini hatte laut und anzüglich gelacht, war aber sofort verstummt, als er Artemisias Gesichtsausdruck sah.

Schon gut, schon gut!

An die lästerlichen Reden der Florentiner würde sich das junge Ding erst noch gewöhnen müssen. Bronzini war ein typischer Vertreter dieser Stadt. Er hasste die Stadt. Er liebte sie. Immer abwechselnd – und je nachdem, welche Qualität der Wein am Vorabend gehabt hatte.

Ordnung? Balance? Harmonie? Das waren, wenn man Bronzini glaubte, alles nur Hilfsmittel oder besser gesagt: Schleier. Schleier, die man über den täglichen Wahnsinn legte. Florenz war verrückt, davon war Bronzini überzeugt. Wie sollte man leben in einer Stadt, die sich selbst zu Tode organisierte? Aus bescheidenen Anfängen war eine eher bescheidene Verwaltung entstanden, die aber war gewachsen, hatte zu wuchern begonnen und verwaltete sich nur noch selbst.

Ein Bildhauer wird eher aus einem unbehauenen Block eine schöne Statue schaffen als aus einem Marmorblock, der von unbeholfenen Händen für ihn vorbereitet wurde.

Artemisia schaute ihn fragend an.

Niccolò Machiavelli. Ein Mann, den Ihr euch merken solltet.

Kennt Ihr ihn?

Bronzini lachte: Ja und nein. Er ist mir vertrauter als manch naher Verwandter. Aber, bedaure sehr: Ich werde euch nicht miteinander bekannt machen können. Es gibt kein Fest, das er noch beehren würde – er ist vor hundert Jahren verblichen. Ein tüchtiger Denker! Aber vielleicht irrte er auch gewaltig. Zu großen Denkern gehören große Irrtümer. Vielleicht bedarf es, um eine Stadt zu formen, gar keines genialen Baumeisters, vielleicht bedarf es vielmehr einer gewissen ... Beschränktheit. Eine Stadt sollte einfach sein oder doch möglichst einfach.

Bronzini hielt kurz in seiner Rede inne und drehte die kostbare Feder in seiner Hand, die er offenbar immer bei sich trug, wie um anzudeuten, dass er seine Gedanken für so bemerkenswert hielt, dass er sie sogleich niederschreiben wollte, aber dann besann er sich wieder auf seine Gesprächspartnerin.

Florenz sei für niemanden zu begreifen, selbst für ihn nicht. Er wolle dennoch versuchen, es ihr verständlich zu machen, auf die eine oder andere Weise, denn wenn Artemisia die Ordnung der Stadt nicht verstünde, dann verstünde sie auch nicht, wo die Chancen lagen und wo die Gefahren. Welche möglichen Auftraggeber, jenseits der Medici, denkbar waren – und welche Anstrengungen unweigerlich ins Leere laufen würden.

Ein paar Tage darauf saß Artemisia mit Bronzini in einem kleinen Pavillon. Bronzini bewohnte ein großes, aber eher einfaches Haus. Den Garten hatte er nach Art der Franzosen aufwendig gestalten lassen und die gestutzten Büsche und hübsch frisierten Bäume bis oben an den Hügel in einer schönen Ordnung bearbeiten lassen. Der Pavillon war nach einer Seite offen, so hatte man, fand der Hausherr, Ruhe vor den Anforderungen des Alltags und war doch sicher im eigenen Heim. Auf dem steinernen Tisch im Pavillon hatte Bronzini einen kleinen Imbiss anrichten lassen: Trauben aus eigener Ernte, frisches Brot, Oliven und Käse. Die Trauben waren so kühl, dass es an den Zähnen schmerzte, wenn man daraufbiss. Artemisia vergrub die Hände in den weiten Ärmeln ihres Mantels. Bronzini spürte die Kälte anscheinend nicht. Er lehnte sich mit dem Eifer eines Lehrmeisters auf der Bank nach vorn und wies mit der unvermeidlichen Feder auf die Stadt unter ihnen:

Mia cara, guarda! Er zählte sie an den Fingern einer Hand auf – vier Stadtviertel: San Spirito, Santa Croce, Santa Maria Novella und San Giovanni.

Artemisia nickte.

Jedes Viertel jedoch seinerseits unterteilt in vier *gonfalone* ...

In Banner? Artemisia war schnell mit ihren Fragen.

Ja, unter der Führung eines Banners, wenn man so wollte, bestätigte Bronzini geduldig. Hier versammelten sich die Zugehörigen zu einer Schicht. Gottlob trugen die *gonfalone* einprägsame Namen: die Leiter, die Muschel, der Drache, der Goldene Löwe und so fort. Die *gonfalone*, dozierte Bronzini, waren politisch gesehen sozusagen die Vertretungen der Bürger.

Und der Rat der Stadt? Tja, nun wurde es wirklich kompliziert. Der Magistrat bestand aus acht Priori, also zwei Vorständen aus jedem Viertel. Dazu kamen die zwölf *Buono Uomini*, die als Räte handelten – und schließlich war da noch der *Gonfaloniere della Giustizia*, der mit den anderen zusammen die *Signoria* bildete.

Verstanden?

Artemisia hob beide Arme.

Ihr traut den Bürgern eurer Stadt allerhand zu, sagte sie lachend. Warum so kompliziert?

Artemisia versuchte, sich die Titel zu merken, dann die Namen, aber ihr neuer Freund warnte sie: Es habe keinen Zweck, sie zu memorieren, denn die Amtszeiten währten oft nur kurz. Jeder Florentiner, der etwas auf sich hielt, wollte in die diversen Gruppen gewählt werden, er wollte *Imborsato* sein, in Frage kommen, oder gar ein *Seduto* sein, also schon ein Angebot bekommen haben, in jedem Fall aber ein *Veduto* sein, also ein Anwärter auf einen der vielen Posten und Positionen. Und alle diese Kandidaten belauerten und beneideten einander, sie veranstalteten Diners und Feste, jeder versuchte, den anderen zu übertrumpfen, versuchte, von sich reden zu machen – und die Folge? Nichts bewegte sich in der Stadt. Sie verhedderte sich in den eigenen, kunstvoll gewebten Fäden der Politik.

Artemisia erinnerte sich an das Bild vom Spinnennetz.

Ja, so ist es, *cara mia*!

Und damit hatten sie ja noch gar nicht über den Handel gesprochen! Bronzini lachte, fröhlich und verzweifelt, wie es nur die Florentiner vermochten. Dabei würde dieser Teil der Stadt für Artemisia mindestens gleich große Bedeutung gewinnen, wenn nicht größere.

Florenz. Die Rätselhafte. Die Komplizierte. Stadt des raschen Wohlstands und des raschen Ruins. Die Stadt, in der ein Dichter das Wort geprägt hatte: Der, der keinen Besitz hat, wird als wahres Tier betrachtet.

Artemisia schauderte es. Sie hatte keinen Besitz. Jedenfalls noch nicht oder: Das, was ihr eigentlich gehörte, entzog sich ihrem Zugriff – die Mitgift, die der Vater ihr zum Teil mitgegeben, zum Teil einbehalten hatte, als Sicherheit für sie, wie er behauptete. Die Mitgift war stattlich, aber sie sollte dem Aufbau gemeinsamen Vermögens für das junge Paar dienen. Warum machte sie das unruhig? Warum hätte sie lieber allein über das Geld und die Spitzen, das kostbare Silber und die Tuche bestimmt?

Sieben Künste, sagte Bronzini. Und vierzehn mindere Kunstgewerke. Und alle wollen ihren Gewinn. Merken Sie sich die Gilde der Calimala. Sie importieren Stoffe aus Flandern, England und Frankreich. Sie unterhalten Warenhäuser in Paris, Montpellier und Avignon …

Bronzini fuhr fort, aber Artemisia hörte nur den Klang der fremden Städte. Paris! Das war ungeheuerlich – um dorthin zu kommen, brauchte man mit der Kutsche zwei Wochen.

… die Calimala jedenfalls verteilen die unbehandelten Stoffe weiter an diejenigen, die sie pressen, glätten und endlich zuschneiden. Gefärbt werden die Stoffe wiederum von anderen – am Ende werden sie gesiegelt und zu Ballen zusammengerollt, all die Leinen und Filze, und gestempelt mit dem Zeichen von Calimala.

Alles hat seinen Platz, alles hat seine Ordnung, und jeder verdient gut daran, sagte Bronzini. – Vergessen Sie das nie! Jeder will verdienen – jeder erfährt sofort, wenn Sie etwas schuldig bleiben. Und alle reden darüber – immer, über alle und jedes.

Er lachte wieder: Sie sehen aus, als ob Sie das sehr schwernehmen. Dabei ist es leicht. Es ist ein Spiel. Man muss nur die Regeln kennen. Kommen Sie, ich helfe Ihnen dabei!

Auch Bronzini sorgte wie der alte Stiattesi dafür, dass Artemisia und Pierantonio eingeladen wurden. Aber was waren das für Versammlungen! Die Leute trafen sich anscheinend nur, um zu lästern und zu tratschen – und sie erzählten sich bei starken Getränken die unglaublichsten Geschichten. Die Florentiner waren geradezu versessen auf süffigen Stoff. Der war freilich nichts für zarte Gemüter. Verblüfft lauschte Artemisia im Haus eines Tuchhändlers der verwickelten Anekdote von der feigen Magd, die den Urin ihrer Herrin verschüttet. Den – bitte was?!?

Nun habt euch nicht so! Die Alteingesessenen lachten über die Prüderie der Neuankömmlinge.

Der Urin war aber wichtig, so fuhr die Erzählerin eilfertig fort, weil ihn der gelehrte Arzt als Probe für eine Analyse brauchte, um der schon lang dauernden, üblen und rätselhaften Krankheit der Patientin auf den Grund zu gehen. Da dies auch der tumben Magd eingeschärft worden war, pisste sie nun selbst ängstlich in den Pott ihrer Gebieterin, sodass der Herr des Hauses mit dem falschen Urin zum Arzt eilte. Der untersuchte und untersuchte, fand aber nichts. Weil er den besorgten Ehemann jedoch nicht ohne einen Rat nach Hause schicken wollte, trug er ihm auf, die Gattin so oft es gehe und so heftig es möglich sei zu besteigen, so würde er ihr das Unwohlsein schon austreiben. Die kranke

Gattin reagierte auf die plötzlich wiedererwachte Manneslust ihres Gatten alles andere als begeistert, aber sie fügte sich darein – und siehe da, nach ein paar Tagen oder Wochen besserte sich ihr Zustand, vielleicht nur, weil sie wegen der Stürme des Nachts am Tag einen enormen Appetit entwickelte, sei es, weil die tatkräftige Liebe einen Schub von Energie, von Lebenslust in ihr weckte. Jedenfalls – so schloss die Erzählerin befriedigt – stand die vermeintlich Sieche wieder auf. Sie aß, sie trank. Und jedes Mal, wenn der Mann mit einer Probe zum Arzt gerufen wurde, wurde die betrügerische Magd umgehend wieder tätig. So wurde eine falsche Probe zum richtigen Rezept und aus der Lebensnot eine Liebeslust, die es in sich hatte.

Bravo, bravo!

Die Zuhörer waren begeistert.

Eine andere Geschichte: Wie der geizige und gefürchtete Lehrer vom ehemaligen Schüler in eine Falle gelockt wurde – zwanzig Jahre nach der erlittenen Drangsal. Wie der Lehrer also erst tüchtig mit Weinbrand abgefüllt und dann zum Haus des Kleidermachers geführt wurde. Dem sei man angeblich einen ordentlichen Streich schuldig. Man wolle auf seine Tuchwaren pissen, und zwar ordentlich! Wie? Durch das Türschloss! Nur Mut, und den Schwanz tatkräftig hindurchgestreckt. Erst wagte es zum Schein das frühere Opfer des Pädagogen, dann ermannte sich der Widerling selbst. Freilich ermannte er sich zum letzten Mal – denn als er sein Glied durch das Türschloss schob, griff von der anderen Seite ein Spießgeselle des früheren Opfers mit einer Zange zu – und zwickte ordentlich zu. Dabei gab er Geräusche von sich, als sei er ein rolliger Kater. Lustgejaul auf der einen Seite, Schmerzensschreie auf der anderen. Jugendliche kamen herbeigelaufen, sahen den auf so absonderliche Weise Gefangenen und begannen, diesen und seinen vermeintlichen Freund mit Steinen zu bewerfen. Der falsche Freund flüchtete natürlich, scheinbar unter Ängsten, während der Pädagoge winselte und schrie und sich schließlich keinen anderen Rat wusste, als sich gewaltsam aus Türschloss und Zange loszureißen – mit den leicht vorstellbaren, fürchterlichen Folgen ...

Die Gäste lachten, die Gäste tobten. Noch eine Geschichte: Die vom Schwein, das sich so gelehrig anstellte, wenn sein Herr mit ihm sprach, dass dieser es ganze Geschichten lehrte. Das Schwein reagierte auf Fragen mit immer vernünftigeren Antworten, sodass es am Ende – Minister wurde. Oder Bischof, wer weiß das schon!

Was ihr für Fantasien habt!

Artemisia, sonst nicht leicht zu beeindrucken, war es doch. Sie ging der Gastgeberin zur Hand, einer Respekt gebietenden Matrone von sicher fünfunddreißig, die sich in ihrem schweren Samtgewand langsam durch die stattliche Wohnung des Tuchhändlers bewegte.

Nicht wir!, entgegnete die Gastgeberin, die sich noch die Lachtränen aus dem geröteten Gesicht wischte. – Alle haben diese Fantasien!

Wie?

Es ist unser aller Fantasie. Es ist aufgeschrieben. Schon vor hundert Jahren.

Und sie nennt der verblüfften Artemisia den Namen Grazzini. – Ein Autor, den man sich merken muss, meine Liebe! Solche Leute haben es aufgeschrieben. Vermutlich hat er es selbst erfunden. Irgendjemand muss schließlich mit diesem Schabernack begonnen haben.

Sie lacht vehement. Sie kehren zum Salon zurück, und die Gäste greifen das Thema auf:

Oder sie haben genau zugehört – und das aufgeschrieben, was ihnen ein anderer oder viele andere erzählt haben, sagt einer.

Oder sie haben es geträumt, wirft eine Dame ein.

Aufgeschrieben ist es in jedem Fall. Und damit gehört es uns allen.

Die Idee gefällt Artemisia. Dass man außer Rechnungen, Forderungen, außer Zahlen und Gerichtsprotokollen noch etwas anderes schriftlich festhalten kann! Etwas, das die Leute noch viele Dekaden später zum Lachen bringt … Diese Aussicht auf das eigentliche Zwecklose freut sie. Und es macht sie gleichzeitig traurig. Sie kann weder lesen noch schreiben. Das fällt ihr hier in Florenz immer öfter ein. Den Rest des Abends bleibt Artemisia stumm. Die Tuchhändlersgattin beobachtet sie wohlwollend. Sie hat Verbindungen, die bis zum Hof reichen. Sie wird Artemisia unter die Arme greifen, ohne dass diese es bemerken wird, ohne sie zu beschämen.

Ein paar Wochen später, es ist schon März und die ersten Blüten machen aus dem verdrießlichen Gestrüpp am Ufer des Arno grüne und weiße Spitzengewächse, vertraut sich Artemisia einer der neuen Freundinnen an. Sie hat schnell Freundinnen gefunden, Bronzini und der alte Stiattesi können sie beruhigt ihre Besuche machen lassen. Sofia ist ihr besonders nah. So nah, dass sie ihr manchmal den Kopf in den Schoß legt. Das tut sie sonst bei niemandem. Sofia, hochgewachsen und blond gelockt, ist Dame bei den Medici. Sie geht im Palazzo ein und aus, den entsetzlich steifen Kragen immer akkurat gelegt, mit weißen Handschuhen aus Spitze, die sie niemals abzulegen scheint und die immer ohne Tadel sind. Sofia wohnt sogar bei den Medici, in einem der zahlreichen Anbauten des Palazzo. Artemisia hat Sofia noch nie schlecht über jemanden sprechen hören; das würde überall auffallen – in Florenz ist es eine stille Sensation. Es gibt viele, die mit Sofia befreundet sein wollen, sie aber sucht sich ihre Gefährtinnen genau aus. Warum Artemisia ihre Gunst errungen hat, weiß niemand so genau. Und warum vertraut die sonst so misstrauische Artemisia ihrer neuen Freundin? Vielleicht, weil sie deren Diskretion erst für unglaubwürdig und dann für überzeugend hält. Weil Sofia von immer gleichbleibender Freundlichkeit ist, so stetig und warm wie ein gelingender Septembertag. Und weil sie keinen Nutzen von Artemisia haben kann.

Sofia also kann es nicht fassen: Wie, du kluges Geschöpf kannst nicht schreiben? Du kennst nicht Petrarca, nicht die Novellen von Bandello? Sei nicht traurig! – Sie hebt Artemisias Kinn mit zwei behandschuhten Fingern an und schaut ihr in die Augen, die mit Tränen gefüllt sind. – Wir werden es dich lehren. Wir lehren es dich mit den florentinischen Geschichten. Etwas Besseres wirst du nicht finden.

Sie zupft geistesabwesend, aber mit sicherer Hand Artemisia eine Locke aus dem nachlässig geflochtenen Haar und steckt sie an anderer Stelle fest. Dazu benutzt sie eine ihrer eigenen Haarnadeln, die mit echter Jade besetzt sind:

So ist es besser. Lass mich nur machen … – und, mit Blick auf die Haarnadel – … schenke ich dir.

Sofia nimmt Artemisia mit. Sie nimmt sie mit als ihre Begleiterin, nicht als persönlichen Gast bei den Herrschenden, aber Artemisia hat dennoch das Gefühl, den Medici allmählich näher zu kommen. Das muss sie auch. Das hat ihr der Vater eingeschärft, der schon vor Jahren einen Brief an Cosimo de' Medici schrieb, um die Talente seiner Tochter anzupreisen. Lange her! Lange, bevor …

Artemisia will nicht mehr an Tassi denken.

Ein paar Tage nach Ostern folgte sie Sofia in den Garten der Medici, den berühmtesten Garten überhaupt. Die riesige Anlage gleich hinter dem Palazzo war in aller Munde. Es war ein Park, eine ausgedehnte, kunstvoll gezähmte Landschaft, und nichts diente hier irgendeinem Nutzen – außer dem, das Auge zu erfreuen und die Macht der Medici solchermaßen zu feiern.

Ein schier unüberschaubares Gelände erstreckte sich vor Artemisia, als Sofia sie zum ersten Mal auf die rückwärtige Seite des Palazzo führte.

Komm schnell, ich weiß nicht, ob der oberste der Diener sich noch an seine Zusage erinnert, ruft Sofia und zieht Artemisia vorwärts. Hier beginnt die Hauptachse der Wege. Der Weg beginnt aber nicht einfach, er entspringt vielmehr wie ein Flusslauf von einem tiefgelegenen Amphitheater, das auch ein riesiges Wasserbecken sein könnte.

Nein, kein Wasserbecken, korrigiert Sofia. – Es soll an ein Hippodrom aus der Vorzeit erinnern.

Sie steigen empor. In der Mitte des Amphitheaters steht eine Säule.

Ein Obelisk aus dem fernen Afrika, sagt Sofia. – Aus Ägypten.

Sie legen die Köpfe in den Nacken. – Weiter!

Die Hauptachse empor. Der Weg endet an einem Brunnen, auf dem sich, gewaltig und zornig, der Meeresgott Neptun erhebt. Von hier zweigt eine zweite, offenbar ebenfalls sehr lange Achse nach rechts und links ab. Terrassen sind zu erkennen, weitere Wasserspiele. Es ist alles in Bewegung und rauscht und strömt und ist dennoch von einer eigenartigen Stille erfüllt.

Triolo, sagt Sofia, und Amanati.

Wieder diese Namen. Baumeister, Skulpteure.

Am wichtigsten, sagt Sofia, ist aber Vasari. Den musst du dir merken. Hörst du: Vasari! Er hat nur die Grotten gebaut, aber sein Geist ist überall in Florenz.

Weiter, weiter! Und endlich sind sie oben und könnten einen neuen und herrlichen Blick auf die Stadt werfen, aber Artemisia hat diesmal kein Auge für das große Ganze. Sie hat nur Augen für Ceres. Ceres ist die alte Göttin der Fruchtbarkeit, und hier hat ihr ein wahrhaft meisterlicher Skulpteur eine Statue erbaut, die Gärten und Stadt überragt. Ceres schmückt ein Ährenkranz, und sie trägt Ähren in der Hand. Ein Füllhorn zeigt, wie großzügig die Göttin der Landwirtschaft ist, alles an ihr ist Üppigkeit, Fülle, Überschwang. Und doch ist Maß in allem, eine bewegte Ruhe, Harmonie.

Artemisia ist fasziniert.

Warum nur trägt sie eine Fackel? Auch in Rom hat Artemisia schon Statuen der Ceres gesehen, aber Statuen hatten sie mit

Ausnahme der Pietà im Petersdom nicht interessiert, aber das hier! Das ist kolossal – und leicht zugleich.

Die Fackel? – Sofia zuckt mit den Achseln. – Es heißt, sie zeigt den Weg, zum Beispiel hin zu guter Erntewirtschaft. Aber es heißt auch, dass sie ihre Tochter sucht, Proserpina. Und das, werte Freundin, war uns ein Zeichen.

Uns?

Jetzt schlägt Sofia einen verschwörerischen Ton an: Hier, bei der Ceres, treffen sich die Frauen.

Um zu tratschen?

Nein, um zu lesen, Kleine! Und um zu schreiben.

Artemisia kann es nicht fassen. Sind denn alle in Florenz so viel gebildeter als sie? Sie greift nach dem Fuß der Ceres, teils, um sich abzustützen, teils, um etwas vom Geist der Statue zu spüren.

Aber Sofia lässt keine allzu feierliche Stimmung aufkommen. Sie zieht Artemisia mit sich und plaudert und lacht. Sie ist ausgelassener als sonst, vielleicht, weil sie endlich über ihr Geheimnis reden kann – den Zirkel der Frauen, die gemeinsam für ihre Bildung arbeiten.

Du wirst schon noch dazukommen, zu unserem geselligen Kreis von Frauen! Aber erst einmal heißt es: lesen. Und schreiben. Hab keine Angst, ich weiß, dass du es nicht kannst. Noch nicht!

Und ehe Artemisia protestieren kann, ehe sie sagen kann, dass das eben Gestandene doch bitte unter ihnen bleiben möge, weil es ihr unangenehm ist, ist die Freundin schon unterwegs und bringt die Kunde von der nicht lesenden Artemisia zur Kenntnis ihrer besten Freunde und Freundinnen. Die reagieren. Sie alle werden Artemisia unterrichten, ist es doch allgemein bekannt, dass ältere Personen sich schwerer tun als die Kleinen. Außerdem ist eine Malerin aus Rom durchaus von Interesse. Wer weiß, vielleicht kann sie einmal … Und so beginnt die Alphabetisierung Artemisias.

Alpha-, Beta-, Gammaisierung, sagt einer, der die tollsten Wortspiele kennt und Witze reißt, ungeachtet seines eigentlich ernsten, ja philosophischen Wesens. Der intelligente Possenreißer heißt Michelangelo Buonarroti, er ist der Großneffe des berühmten Künstlers. Schön wie dieser, schwul wie dieser und genauso tatendurstig und mit allen bekannt.

Michelangelo Buonarroti nahm Artemisia bei der Hand. Das tat er tatsächlich, denn die Wege waren beschwerlicher als gedacht. Lesen lernen im Gehen? Gewiss! – Buonarroti lachte leise. – Es ist auch kein einfaches Gehen, was wir hier treiben, es handelt sich vielmehr um *ambulationes*.

Artemisia versuchte zu verstehen.

Platon, sagte Buonarotti, und die alten Römer! Die wussten, wie man ein Gelehrter wird und bleibt. Denn Leben ist beständiges Lernen und beständiges Gehen. Durch das Gehen wird man daran erinnert, dass man lernen sollte, immerzu, und dass es ein Weg bleibt, bis zuletzt.

Er sah nicht unglücklich aus dabei. Und es machte ihm offenkundig Spaß, sie zu unterrichten. Als sie zum ersten Mal die Kieswege emporstiegen, zog er eine Tafel aus dem Gewand.

Bewegen Sie sich mit Bedacht, sagte Buonarroti. – Sie werden noch viel Geduld brauchen. Also: langsam, ganz langsam. Und niemals zu ernst! Zu viel Ernst schadet der Sache des Lernens. Spielerisch muss es sein.

Die Zeit mit ihm verging wie im Flug. Am nächsten Tag übergab er die gelehrige Schülerin einer Bekannten, der Dichterfreundin Valeria Trini. Und die wiederum an ihre Freundin, die ebenfalls Verse schrieb. Und so ergab sich ein Alphabetisierungsreigen, mit eigenen Regeln und eigenem Rhythmus. Schnell hatten nämlich Sofias Freundinnen herausgefunden, dass die Steigungen, Kehren und Winkel der Wege in etwa den Lektionen entsprachen, die zu studieren sie mit Artemisia vorhatten. Jede Kehre ein neuer Buchstabe des Alphabets, jede neue

Stufe empor eine neue Regel der Grammatik. Kehre um Kehre, Stufe um Stufe! Von A zu B, von C zum D, von den Wortarten zu den Satzgruppen zu Stilfragen und so fort. Zum Neptunbrunnen. Und dann weiter. Und weil jedes Lernen aus Voranschreiten und Innehalten, aus Neuem also und Wiederholungen besteht, ging der Alphabetische Spaziergang nicht einfach vorwärts, nicht einfach hinauf zur seligen Ceres, sondern bewegte sich als anmutige, aber undurchschaubare Choreographie den Hügel hinauf und hinab, seitwärts und zurück – ganz so, als spielte im Amphitheater unten am Palazzo ein unsichtbares Orchester, dirigiert wahrscheinlich von Sofia, der ersten Geigerin dieses freundschaftlichen Ensembles, das nicht weniger als die Literalität Artemisia Gentileschis zum Ziel hatte – Bildung, die florentinischen Ansprüchen genügen würde.

Jeden Tag verbrachte Artemisia nun im Garten der Medici, und weil kurz nach dem Pfingstfest die Tage immer länger und wärmer wurden, gestaltete sich das Lernen von Mal zu Mal angenehmer, die Regeln und Wörter und Sätze und Formeln wurden heller und lichter. Keine Fron mehr – eine Freude!

Und noch vor Ausbruch des Sommers, den man auch in Florenz fürchtete, hatten sie es geschafft. Sofia ließ sich das Vorrecht nicht nehmen, Artemisia bis ganz nach oben zu bringen. Y und Z! Und der vermaledeite Konjunktiv. Und die Abundantia. Sie hatten nämlich beschlossen, dass die Ceres gar keine Ceres wäre, keine produktive, aber allzu brave Göttin der Bauern – es musste sich vielmehr um Abundantia selbst handeln, die Fürsprecherin der Verschwendung oder wenigstens des kultivierten Überflusses, wie Buonarroti kritisch einwandte. Die Abundantia ist eine rätselhafte Figur. Man weiß nichts über einen Kult der Alten; kein Altar und keine Stätte ihr zu Ehren wurde gefunden. Und doch, so wisperte Sofia in der Abenddämmerung, gibt es einen geheimnisvollen Brauch: Man stellt der Domina Abundia und ihrem Gefolge des Nachts einige Speisen offen dar. Dann zieht man sich zurück. Die Dame kommt, sobald sie sicher ist, dass keiner sie sehe, und bedient sich mit den ihren an den gebotenen Köstlichkeiten. Und das Schönste: Wenn man des Morgens erwacht und den Tisch betrachtet, so ist das Köstliche keineswegs gemindert. Abundantia bringt Glück und Segen – wenn man verschwenderisch lebt.

Sofia lachte. Hatte sie gerade die inoffizielle Verfassung des florentinischen Reiches erklärt?

Sie nahm Artemisia an der Hand und führte sie langsam bergab. Seit einigen Wochen war Artemisia etwas kurzatmig, das Kind in ihrem Bauch machte sich früh bemerkbar. Heute Abend waren sie bei Buonarroti eingeladen. Artemisia schaute zurück zur Abundantia, die sie mit ihrem erhobenen Arm zu grüßen schien.

Stiattesi nahm das alles zur Kenntnis. Mit Freude und mit Befremden. Nicht die Schwangerschaft seiner Frau. Die blieb ihm einstweilen verborgen. Nein, er registrierte mit einer Mischung aus leisem Misstrauen und Freude, wie schnell Artemisia in Florenz Anschluss gefunden hatte. Obgleich selbst Florentiner, war dem Apotheker dieses Treiben doch ein wenig zu toll. Dieses Lachen und Kichern, dieses stete Plaudern und sich Ergehen in sinnlosen Dingen. Nun schrieb sie auch noch! Selbst an ihn schrieb sie bisweilen, kurze, witzige Notate! Briefe an den eigenen Ehemann, das war ein wenig seltsam. Schließlich war er nicht ihr Liebhaber! Er erfüllte nur, soweit es in seiner bescheidenen Macht stand, und vor allem, soweit sie es duldete, die ehelichen Pflichten. Warum also Briefe, für gewöhnlich Bezeugungen verborgener Leidenschaft? Sie mache das, um zu üben, sagte sie ihm mit leisem Spott, als er nachfragte. Allerdings: Sie kam ja auch in ihren Briefen stets rasch zum Eigentlichen: Du, lieber Mann, du bist mir nah – was ist mit den Rechnungen? Das lag bei Artemisia dicht beieinander: Geld und Zuneigung.

Auch damit passte sie gut ins Reich der Medici. Nur ein wenig sprunghaft schien sie ihm neuerdings, unruhiger als sonst, immer unterwegs irgendwohin mit irgendwem. Als zu Stiattesis Überraschung ein Kind geboren wurde, ein Junge, änderte sich nichts. Das erstaunte Stiattesi noch mehr. Meistens, so hatten es ihn Freunde wissen lassen, meistens machte so ein Kind die Mutter fügsamer, es war besser, einer zänkischen Frau ein Kind zu machen, als sie zu züchtigen.

Warte nur, die wird schon, deine Artemisia, wenn sie erst einmal wiegt und hätschelt!

Aber Artemisia wiegte nicht und hätschelte kaum, und als der kleine Giovanni Battista nach kürzester Zeit starb, verschloss sie ihren Kummer kalt und fest in sich, als wäre sie eine neapolitanische Auster.

Auster, ja! Das hatte er ihr ein-, zweimal ins Gesicht geschleudert, aber Artemisia hatte sich womöglich noch mehr verschlossen als ohnehin schon.

Was hast du gegen Austern? Sie bergen wertvolle Schätze, sagte sie, ganz ohne Triumph in der Stimme. – Es ist wohl: Du versteht nichts. Mindestens nicht von Austern.

Ihre Sachlichkeit nahm noch weiter zu, ebenso ihre Direktheit. Sie blieb ihm fremd, trotz oder gerade wegen der ehelichen Freuden, die sie ihm, so schien es, neuerdings mit Inbrunst, ja mit Ingrimm bereitete. Aber was soll's, dachte er sich, aus den Frauen wird einer nicht schlau – solange die Kasse stimmt?!? Auch davon verstand er nicht allzu viel, was recht erstaunlich war, hatte sein Vater doch oft genug versucht, es ihm beizubringen, und sein scheinbar willfähriges, in Wahrheit gelangweiltes Nicken für ein Zeichen von Verständnis gehalten. Der Vater war Apotheker, kein Pädagoge, also gab er sich damit zufrieden und hielt sein Erziehungswerk für getan. Er machte einen soliden Eindruck, sein Apotheker-Sohn, das war wichtig für den Beruf, schließlich mischten und mixten die Apotheker Mittel, die beides bringen konnten: Genesung und Verderben, rasche Heilung oder den Tod. Da mochte der richtige Umgang mit Geld ein wenig hintanstehen.

Das ruhige, scheinbar sichere Wesen Pierantonios hatte Artemisia angezogen, vor allem, wenn sie ihn mit den Männern verglich, die bislang ihr Leben bestimmt hatten: der Vater und Tassi und deren Kumpane aus den Tavernen. Natürlich fiel ihr auf, dass Stiattesi eher widerwillig die Tür seines Ladens aufschloss, eher gegen elf Uhr am Vormittag als gegen zehn, dass er jede Gelegenheit nutzte, um persönlich Botengänge zu übernehmen – dabei leisteten sie sich einen Burschen für derlei Dinge –, aber Stiattesi sagte dann, es seien heikle Sachen, die er den Leuten vorbeibringe, Pulver, das die Schöße junger Frauen aufnahmewilliger machte, Saft gegen den sauren Atem, Tropfen für die Manneskraft oder gegen Magenzwicken. Und außerdem fand er bei seinen Streifzügen durch die Stadt oft edle Tuchwaren für Artemisia, Seide in tiefem Blau, dazu golddurchwirkte Borten, zarten Chiffon, Spitzenüberwürfe.

Artemisia, die sich tagsüber bei Lavinia und den Freundinnen aufhielt und mit ihnen in die Bücher schaute, entwickelte, so schien es, in Florenz einen ausgesprochen guten und ausgesprochen teuren Geschmack. Hatte sie die Putzsucht befallen? Hatte sie bei den Spaziergängen in den Gärten der Medici nicht hinreichend reüssieren können? Stiattesi hatte sich, durchaus nicht ohne einen Anflug von Neid zu verspüren, vorgestellt, wie seine Frau am Arm der eleganten Hofdamen flanierte. Das war ein Paradieren und Grüßen, Scharwenzeln und, manchmal auch, Scharmützeln! Gewiss war es bedeutungsvoll, welches Tuch man sich scheinbar achtlos von der Schulter streifte, welchen zierlichen Knöchel im feinen Stiefelchen man einen Moment zu lange unter dem langen Rock hervorschauen ließ. Ihm machte man nichts vor! Stiattesi kannte die gesellschaftlichen Spiele, und er mochte sie nicht, obwohl er sich hütete, es zu sagen. Wo die Medici regierten, musste alles prachtvoll sein; selbst die Bettler, so lästerte man, waren hier besser gekleidet als mancher junge Verkäufer in Rom. Was aber gegen die neue, teure Eitelkeit sprach, war die Ruppigkeit, mit der Artemisia die teuren Kleider anzog. Stiattesi beobachtete sie verstohlen. Meistens ließ sich Artemisia nicht einmal von dem Mädchen helfen, das sie aus Rom mitgebracht hatte. Das Mädchen war ihr zu langsam oder es war gerade unterwegs, wenn Artemisia das jadegrüne Gewand oder das goldfarbene Samtkleid überstreifen wollte. Ja, jetzt, auf der Stelle! Dabei war kein Ball und auch keine der neuerdings in Mode gekommenen Theateraufführungen in den Häusern der Adligen angezeigt. Also wozu das dunkelrote Samtgewand mit den überbreiten, am Handgelenk weit offenen Ärmeln, mit den bestickten Borten, die Ärmel und Kleid einfassten? Wozu das womöglich kostbarste der anmaßenden Sammlung, das königsblaue Seidengewand, golddurchwirkt, das selbst beim dunkelsten Kerzenlicht schimmerte, als würde es von innen erleuchtet? Und Artemisia zog die kostbaren Gewänder mit den Unterkleidern und Röcken, den Hemdchen und Korsagen auch keineswegs korrekt an. Die Chemise aus Spitze war oft nicht einmal geglättet, sie schaute hier und da aus dem Ausschnitt heraus, als habe sich die Trägerin einen Kissenüberwurf unter das Kleid gestopft! Bisweilen zog Artemisia die einfache Alltagskleidung nur zum Teil aus, warf sich die kostbaren Gewänder über ihr Malerhemd, zerrte ungeduldig an den Schließen, weil ihr alles nicht schnell genug ging, hielt sich nicht mit der Suche nach den richtigen Schuhen auf, sondern eilte barfuß oder in schmutzigen Stiefeln – zurück an die Leinwand. Stiattesi war aufgebracht: Was für eine höhere Form von Verschwendung! Und wer waren die anderen Frauen? Die Frauen bei ihr im Atelier? Er erhob die Stimme. Artemisia knallte die schwere Tür vor seiner Nase zu.

Sie war aufgeregt, sie war erregt. Sie würde ans Werk gehen, an das neue, das sie sich vorgenommen hatte. Sie wandte sich den beiden Modellen zu.

Sofia, meine Liebe! Ich danke dir, dass du gekommen bist und dass du deine Dienerin …

Wieder klopfte es. Sie fuhr herum. Wer wagte es? Sie riss die Tür mit solcher Wucht auf, dass Stiattesi, der sich dagegengelehnt hatte, in die Werkstatt stolperte und schließlich fiel. Artemisia war schon über ihm. Sie zerrte ihn am Hemd hoch, ungeachtet der Kleidung, die sie trug, ungeachtet der Zeuginnen.

Raus!, schrie sie an. – Lass mich meine Arbeit tun!

Ihr Gesicht war hochrot, das Haar gelöst. Sie erinnerte ihn eher an einen groben Handwerker, einen Schreiner oder gar einen Schlachter als an die Frau, die er vor einem Jahr geheiratet hatte. Stiattesi flüchtete. Artemisia schloss erneut die Tür, nun in aller Ruhe. Sie rieb die Hände, als müsste sie etwas von ihnen abstreifen, und wandte sich den beiden Modellen zu.

Lasst uns anfangen, sagte sie ruhig. – Der Mala kommt auch noch dazu.

Als sie die erstaunten Blicke der Frauen sah:

Ja, wie? Habt ihr geglaubt, es gibt eine Judith-Geschichte ohne einen Mörder?

Der Mala war der Knecht des Postkutschers. Ein Riese, ungeschlacht, aber sanftmütig.

Sie lachte.

Die Szene spielt nachts. Eine starke Lichtquelle fällt von vorn links auf die Szenerie. Ein Mann liegt rücklings ausgestreckt auf einem Bett. Den Kopf überstreckt nach hinten, scheint er verzweifelt Blickkontakt zum Betrachter zu suchen. Die Augen sind wie das ganze grobe Gesicht gerötet, der Mund ist geöffnet, wie zu einem Stöhnen. Die kräftigen Arme des Mannes sind in Abwehr erhoben, der Oberkörper ist nackt. Die Hüften sind mit einem weißen Tuch bedeckt, weiß wie das Leinzeug des üppigen Bettes. Aber weiß – was heißt schon weiß! Blutspritzer, nein: Blutströme ergießen sich über das Bettzeug, und es wird ihm nichts nützen, dem Mann, dass er mit der einst kräftigen Rechten eine Frau am Kragen gepackt hat, denn die Frau beugt sich entschlossen über ihn, sie drückt ihn nieder und schaut ihm dabei ruhig ins Gesicht, während eine andere Frau ihr Werk tut. Diese andere Frau ist im selben Alter. Sie trägt ein kostbares, königsblaues Gewand, die Ärmel entschlossen hochgekrempelt, denn sie hat zu tun. Mit der linken Hand hat sie den Schopf des Mannes an der Schläfe gepackt, in der rechten hält sie ein Schwert, dessen Klinge soeben den Hals des Mannes durchschneidet. Erlesen leuchtet der goldene, fein ziselierte Griff des Schwertes. Was für ein Hohn! Ein so feines Messer für eine derart grobe Tat. Die Kostbarkeit der Waffe wie der Gewandung ändern nichts daran, wie die Tat vollstreckt wird. Zwei entschlossene Frau schlachten hier einen Mann. Sie tun das sachlich, unbewegten Gemüts, sie tun, was getan werden muss, sie bringen es hinter sich, wie gute Freundinnen, die eine Pflicht zu erledigen haben, und der Mann, der so viel größer und gewaltiger wirkt als sie, hat keine Chance. Der Betrachter sieht ihm beim Sterben zu, nein: beim Verrecken.

Nun, sagte Sofia sechs Wochen nach der ersten Sitzung und trat noch einen Schritt zurück. – Nun …

Und? – Artemisia war ungeduldig, ungeduldig wie nie. Und so erwartete sie die Meinung der Freundin dringlicher, als sie je die Auffassung eines Virtuosen erwartet hätte.

Sehe ich denn, werteste Artemisia … sehe ich denn wirklich so aus?, fragte Sofia. – Wie … eine Matrone?

Artemisia schlug die Hände über dem Kopf zusammen. War das alles? Waren Putz und Erscheinungsbild alles, was die sonst so kluge Sofia interessierte?

… Freilich …, fuhr Sofia langsam fort, freilich die Haut …

Sie machte einen Schritt auf das Bild zu, das vor ihr an der Wand der Werkstatt lehnte, als wollte sie es berühren, ließ es aber im letzten Augenblick.

Freilich…, wiederholte sie, wandte sich dann um und sah Artemisia in die Augen. – Solch eine Haut habe ich noch niemals auf der Leinwand gesehen. Du malst die Haut, als wäre sie mir vom Leibe abgezogen worden. Nein … – sie schluckte – … es ist, als sei die Haut ein feines Tuch, feiner als Seide. Und schaut einmal … das Dekolleté der Artemisia … verzeih: der Judith … es ist, als würde die Haut von innen erleuchtet.

Sie nickte, wie um sich selbst zu bestätigen. Nun trat auch Sofias Mädchen näher, eine junge Dienerin, die sie als Modell für die Magd ausgewählt hatten, weil sie einen tiefen Haaransatz hatte, einen auffallenden Ansatz, über dem sich dunkle Locken kaum bändigen ließen, während das Haar der Sofia, die für die Judith Modell gestanden hatte, in einem kostbaren Dunkelblond schimmerte. Judith tötet Holofernes. Er hat ihr Volk versklavt, daher schleicht sie sich bei ihm ein, betört ihn – nur, um ihn in der ersten Nacht eiskalt zu enthaupten. Judith – Artemisia. Sofia hatte sich lediglich versprochen, jedenfalls wollte Artemisia das glauben. War ihr das deshalb unterlaufen, weil sie Artemisias Geschichte kannte? Jeder kannte sie, leider auch hier in Florenz, aber Sofia war eine der wenigen, denen sich Artemisia anvertraut hatte. An mehreren verregneten Nachmittagen hatten sie darüber gesprochen, in einer der Lauben, die versteckt im Garten der Medici lagen, und das Rauschen des Regens hatte das Reden leichter gemacht, es verband die Sätze, zwischen denen lange Pausen lagen. Der Regen machte die Pausen erträglich, der Regen brach die Sätze der Härte auf, aber er machte die Sätze auch unsicher, holprig, mal spritzte hier ein Wort auf, mal versank dort ein Halbsatz. Da half auch keine Grammatik.

Er … immer … festgehalten … überall das Blut.

Und: Ich kam nicht an. Das Kleid so hinderlich. Hielt fest. Niemandes Freundin.

Tuzia. Auch um Tuzia, der sie vertraut hatte, konnte Artemisia jetzt weinen. Ließ ihren Kopf in den Schoß der überraschten Sofia sinken, die sogleich begann, Artemisias zuckenden Kopf zu streicheln, vorsichtig, langsam, als hätte sie einen kleinen Hund vor sich, der vielleicht doch noch zuschnappen könnte. So eine Trauer, solch ein Zorn noch im Zerbrechen!

Habt ihr es schon einmal jemandem berichtet?

Einmal? Zehnmal! – Artemisia hatte sich jetzt wieder aufgerichtet und schrie die Zahlen der Freundin ins Gesicht. – Vor Gericht nämlich.

Wie dumm von mir! – Sofia schalt sich selbst eine Närrin. Natürlich vor Gericht. Das war ihr bekannt. Das war jedem in Florenz bekannt, auch wenn es Artemisia nicht wusste, besser: nicht wissen sollte. Sie war als eine Frau mit einer Geschichte hier angekommen. Und nun lag diese Geschichte, nun lag diese Frau, die ihr so lieb geworden war, in ihrem Schoß. Artemisia hatte wieder zu weinen begonnen, ihr schütteres, heiseres, stockendes Weinen.

Schreib es doch auf, liebe Freundin!

Artemisia richtete sich jetzt langsamer auf, schaute Sofia im Dunkel des Pavillons entgeistert an.

Schreiben? Nein.

Ihre Weise, sich auszudrücken, blieb das Malen. Aber ... in der Tat ... das konnte sie.

Mittlerweile war Sofias Mädchen an das Bild herangetreten. Sie studierte unerschrocken das Zentrum das Bildes, da, wo ein wenig nach unten und links aus der Mitte gerückt, sich die vier Arme und Hände der beiden Frauen zu der Bluttat verbinden.

Das Mädchen, die Hände auf dem Rücken, aus Furcht, das noch feuchte Bild zu berühren, nickte anerkennend:

Gute Arbeit!

Man wusste nicht, was es meinte. Das Mädchen stammte aus einer Schlachterfamilie. Aber war es wirklich deshalb?

Ganz sicher hatte dieses ungebildete Mädchen keine anderen Bilder desselben Typs gesehen – anders als Sofia und erst recht anders als Artemisia Gentileschi. Judith und Holofernes, das war ein schaurig-schönes Motiv. Die Leute liebten es – und noch mehr liebten es die adligen oder kirchlichen Auftraggeber, die sich an der scheinbaren Heimtücke des Weibes, an der Vermischung aus erotischem Hinterhalt und grausamer Bluttat ergötzten. Sich erst die Gunst des Tyrannen erschleichen, um ihn dann hinterrücks zu ermorden. Ja! Darüber hatte sich schon Caravaggio lustig gemacht. Konnte man einen Tyrannen ermorden? Oder war es nicht eher ein Urteil, das man vollstreckte?

Caravaggio hatte die Judith genau so dargestellt, als eine junge, berückend schöne, hellhaarige Frau, die dem Holofernes sorgsam die Kehle durchtrennt. So, als ob sie ein Stück Wild zerteilt. Sie ist konzentriert, und ihre Arme sind nahezu durchgestreckt, so, als wollte sie den größtmöglichen Abstand zum sterbenden Unhold halten. Unglaublich, dass er sich nicht wehren kann, denn niemand hält ihn fest: Die Gehilfin der Judith ist bei Caravaggio eine Greisin, die halb hinter der Schulter der Judith steht und das Ganze aus dem Halbdunkel heraus beobachtet – eine Zeugin eher als eine Mittäterin. Caravaggio immerhin hat der Judith alles Zweideutige, alles Erotische genommen, hier tut eine Frau, was sie tun muss. Caravaggio hat sich lustig gemacht über die flämischen Kollegen, die das gleiche Motiv malten. Wie sehr sie sich darauf konzentrierten, ihren üppigen, blonden Judiths die berühmten schweren Brüste zu malen, die förmlich aus den Bildern sprangen, prall und rund wie italienische Melonen!

Eher ein Obstkorb als eine Heldentat, so Caravaggio, der besonders über das eine, das berühmteste Bild lachte, an dem sich Rubens, der berühmteste der flämischen Kollegen, Jahre versucht hatte.

Bis der fertig ist, hängen der Judith die Titten bis zu den Kniekehlen! Caravaggio und die Körper der Frauen.

...Wirklich gute Arbeit! – Das Mädchen nickte erneut und riss Artemisia aus ihren Erinnerungen. Als es nun Artemisia anschaute, wurde es doch rot wegen der Anmaßung.

Ich meine ... sie tun es gemeinsam, nicht wahr? Eine schafft es nicht ohne die andere, nicht wahr?

So war es. Das Urteil am Mann musste von zwei Frauen vollstreckt werden. Zwei Frauen, die die Ärmel hochkrempelten, weil es eben getan werden musste. Die aber beide erhebliche Kraft aufwenden mussten. Deshalb – nur deshalb? – waren die Frauen auch etwa im gleichen Alter. Sie hätten Freundinnen sein können, wenn nicht die Kleidung die eine als Magd, die andere als Herrin ausgewiesen hätte. Dass die Tat Kraft kostete, sah man an den gebeugten und gestreckten Körpern, aber auch am zerwühlten Bettzeug, an der verdrehten Haltung des Mannes. Da, wo Caravaggio einen schweren roten Samtvorhang über die Szene gelegt hatte – wie einen Theatervorhang oder eine unheilvolle, schwere Wolke, hatte Artemisia eine karmesinrote Decke über den Leib des Mannes gelegt. Sie zeigte das Blut, das spritzte, zeigte die geöffneten Beine des Mannes. Der gab sich nur noch einem hin – dem Tod.

Wie der die Beine breit macht!, sagte das Mädchen, jetzt zunehmend selbstbewusster. Es grinste ebenso anzüglich wie anerkennend.

Zita!, sagte Sofia jetzt warnend. – Es reicht!

Oh, Verzeihung ...

Hole uns lieber einen Saft! – Das war ganz Sofia, die auch in einem fremden Haushalt Befehle erteilte. Zita eilte hinaus, mit klappernden Latschen.

Nun?, fragte Sofia, als das Mädchen verschwunden war.

Nun – was?, fragte Artemisia zurück.

Wer ist der Auftraggeber für das Bild?

Auftraggeber? Es gibt keinen, sagte Artemisia.

Es gibt keinen?

Das war ungeheuerlich. Kein Mensch malte ohne einen Auftrag. Und für die tödlichen Judiths gab es auf jeden Fall Interessenten. Immer. Auch wenn der Maler eine Frau war. Ganz Rom hatte sich an Fede Galizias Judith berauscht, die nicht nur eine berückend schöne Judith neben einer sehr männlichen Magd gezeigt hatte, sondern sogar das Schwert der Judith genutzt hatte, um ihr Meisterwerk zu signieren und zu datieren: Fede Galizia, 1596. Das Bild hing in der Villa Borghese, Sofia hatte es bei einer Einladung gesehen – und Artemisia selbst hatte davon berichtet: Auch sie hatte davorgestanden, wenngleich deutlich weniger beeindruckt als Sofia. Aber sei es drum – Artemisia war nicht die erste Frau, die stolz auf ihre Judith sein konnte.

Wenn es keinen Auftrag gibt – warum dann …?

Nun …, sagte Artemisia langsam, aber mit Nachdruck: Die Auftraggeber werden gewiss kommen.

Sofia widersprach nicht. Aber sie wunderte sich, erlebte sie Artemisia doch sonst als geschäftstüchtig, nüchtern, eben eine *virtuosa* im Unterschied zu den vielen malenden Amateurinnen. Aber sie sagte sich, dass sie helfen würde, zunächst einen Abnehmer für dieses Werk zu finden. Und dann für die nächsten Bilder. Und die nächsten. Sie legte Artemisia eine Hand auf die Schulter.

Komm, wir feiern das.

Das Mädchen kam zurück. Mit Saft. Und mit rotem Wein. Sie tranken rasch und gierig, wie Arbeiterinnen, die äußerst zufrieden sind mit ihrer Hände Arbeit. Übermütig tauchte Artemisia nach dem zweiten Becher den Zeigefinger in den Wein und verspritzte ein paar Tropfen auf dem Boden.

Da fließt das Blut und da und da! – Sie machte eine segnende Gebärde.

Sofia lachte über die gotteslästerliche Geste.

Amen!

Die Kunde von dem skandalösen, genialen Werk verbreitete sich rasch, woran Sofia natürlich großen Anteil hatte. Sie hielt ihre Informationen im Vagen, sie schürte die Neugier. Hier eine Bemerkung bei einem Empfang, da eine scheinbar erschrockene Auskunft. Manchmal fühlte sich Sofia selbst wie die Magd auf Artemisias Bild: eine Komplizin, die sich und die Freundin nicht ertappt wissen, aber doch ihre Tat gewürdigt wissen wollte. Judith und ihre Magd hatten sich mit dem Haupt des Holofernes aus dem Lager der Assyrer schleichen müssen – aber dann hatten sie die grässliche Beute den eigenen Leuten gezeigt, im Triumph, und das Schlachtopfer hatte den bedrängten Bewohnern Betulias die Kraft gegeben, den übermächtigen Feind zu besiegen. Wenn der mächtigste General Nebukadnezars gefallen war, dann waren die Assyrer verwundbar. Die Stadt hatte sich aus der Umklammerung befreit.

Waren schon Barbaren damals, dachte Sofia für sich, aber das tat jetzt nichts zur Sache.

Ihre Taktik funktionierte. Das Gewisper in der Stadt nahm zu. Die Medici schickten ihre Boten. Signora Gentileschi-Lomi war nun in aller Munde. Und es gab die ersten Aufträge in Florenz.

Michelangelo Buonarroti sah es mit Freuden. Er ließ bei einem feinen Diner seine Freundin Valeria Trini ein Sonett über das Bild deklamieren – es musste ja niemand wissen, dass er bei den Versen geholfen hatte, weil es schnell gehen musste. Gedichtet hatte er schon lange nicht mehr, schon gar nicht mehr im Stil Petrarcas, des einst verehrten großen Vorbilds, aber jetzt musste es sein. Ihm war nicht das Genie seines Großonkels gegeben, aber er hatte es aufgegeben, sich darüber zu grämen. Wenn ihm schon sein Name überall die Türen öffnete, wenn ihm die Leute deshalb mit Neugier, ja mit Respekt begegneten, dann war es seine Pflicht, etwas daraus zu machen. Etwas, das Großonkel Michelangelo zur Ehre gereichte. Michelangelo di Lodovico Buonarroti Simoni, das große Vorbild, das Ideal, nicht nur für ihn. Er war schon ein halbes Jahrhundert lang tot, aber in den Erinnerungen der Menschen lebte er. Buonarroti, der Neffe, der ihm in nichts gleich war, obschon er ihm offenkundig so ähnlich sah, hatte den verehrten Verwandten nicht einmal mehr kennengelernt, er war erst vier Jahre nach dessen Tod geboren worden. Aber so oft hatte er vor den wenigen Selbstbildnissen des Oheims gesessen, sich in den Anblick der gefurchten Stirn, der kühnen Nase, der tiefen Falten zwischen Nase und Mund und vor allem in die seltsam traurigen Augen vertieft, dass er sich ihm doch nahe fühlte. Der Großneffe trug die gleiche Haartracht, den gleichen Bart – und es war ihm vielleicht selbst nicht klar, ob es sich hier um einen strategischen Schachzug handelte oder einfach um Zuneigung.

Die Leute mochten den jungen Buonarroti. Weil er großzügig war. Ein Mann ohne Dünkel. Der aus seinem Haus an der Via Ghibellina zwar nach und nach einen kleinen Palazzo gemacht hatte, sein Haus aber offen hielt.

Vier Räume in der Villa hatte Buonarroti dem Andenken seines berühmten Verwandten gewidmet, und nun war er nach und nach dabei, sie entsprechend auszustatten. Dafür war ihm das Beste gerade gut genug. Im ersten Raum sollte eine Statue des Künstlergenies Michelangelo die Gäste empfangen. Die Statue zeigte den großen Ahnen sitzend, nachdenklich, wie im Gespräch vertieft. Seine Bekleidung war die eines Künstlers, halb lässig, halb nach dem Vorbild der alten Griechen, er war barfuß, was das nach oben verrutschte Gewand noch betonte. Keine Frage, hier saß ein Dichterphilosoph, der, eine Hand auf dem Oberschenkel abgestützt, nach links blickend, offenbar einem interessanten Gesprächspartner zuhörte und den es nicht kümmerte, welche abenteuerlichen Falten sein Obergewand schlug. Das Kunstwerk machte überdeutlich klar, was für Gäste sich sein Nachfahre hier wünschte, und zur weiteren Illustration hatte Buonarroti nun noch Aufträge für Maler im Sinn. Nur die Besten sollten es sein: Pietro da Cortona, Jacopo Vignali und Cecco Bravo, Cristofano Allori und Passignano – und Artemisia Gentileschi. Das Thema? Hier war Buonarroti großzügig wie sein Vorfahre. Den Ruhm der Familie galt es zu mehren, ihre Geschichte sollte der Gegenstand sein. Weitere Vorgaben machte er nicht.

Artemisia hatte der Erfolg der Judith kühn gemacht. Sie frohlockte. Teil einer riesigen Deckengestaltung zu werden, in einem Empfangssaal, der ständig die berühmtesten und edelsten Menschen von Florenz versammelte – das war, wie auf einem großen Marktplatz seine Waren genau im Zentrum feilzubieten. Freilich war Artemisia nicht der Platz in der Mitte vergönnt, sondern ein Eckplatz, noch dazu einer, den man beim Betreten des Raumes nicht sogleich sehen konnte, weil das Bild dann senkrecht über dem Eintretenden hängen würde. Aber sei es drum! Die Leute würden herumgehen und reden, und spätestens, wenn sie die zentral positionierte Statue Michelangelos betrachteten, würde ihr Blick nach oben wandern, zu ihr, ihrer Figur. Sie bildete das rechte Gegenstück zur Judith! Nach der Frau der Tat, die sie eben vollendet hatte, galt ihre Aufmerksamkeit einem Ideal der Kunst: der Figur der Hingabe oder Zuneigung.

Die Figur der Inklination ist fröhlich, von heiterer Anmut, wie es nur ein Luftwesen sein kann. Artemisia malte sie ruhend auf Wolken, sie malte dicke Wolken, aufgebauschte Wolken, als wäre es Wäsche, die man an einem Frühlingstag draußen, an der frischen Luft, getrocknet hat. Artemisia dachte mit Wehmut an die Waschstelle an der Piazza del Popolo, wie sie mit den anderen Frauen in Rom die schweren Körbe mit der nassen Wäsche an den Tiber getragen hatte, um dort die Leintücher und Gewänder in der Flussaue zum Trocknen auszulegen, sobald es Frühling geworden war. Wie durch den Fluss immer ein wenig Restfeuchte im Bettzeug geblieben war, sodass sie abends, wenn sie sich zur Ruhe begab und das Gesicht in die vielerlei Kissen sinken ließ, meinte, immer noch ein wenig vom Fluss zu riechen – und auch von der fröhlichen Gesellschaft der anderen Frauen. Wie lange war das her? Wie lange war es her, dass sie gern zu Bett gegangen war, dass sie sich in aller Unschuld auf den Schlaf gefreut hatte, auf das Geborgensein zwischen Kissen? Artemisia ließ den Pinsel und die Palette sinken. Vom frisch angerührten Weiß tropfte es auf den Boden. Sie merkte es nicht. Sie dachte an diese fröhlicheren Zeiten, damals, bevor Tassi auch dieses tägliche Vergnügen für immer verdorben hatte. Jetzt eilte sie zu Bett, nahm immer noch einen großen Kelch mit Wein mit – je schwerer der Wein, desto besser –, trank diesen Wein vor den Augen ihres missmutig brummelnden Ehemanns und warf sich dann energisch auf die Seite, die Augen fest geschlossen, den Nacken angespannt, wie ein Tier, das weiß, dass man es gleich am Hals packen wird. Stiattesi freilich tat nichts dergleichen, nie wäre es ihm eingefallen, sie gegen ihren Willen und dann noch womöglich grob zu berühren, er wartete meist, dass sie sich ihm näherte. Das schien er zu genießen, er freute sich, wenn sie ihn auswählte, denn er konnte es noch immer nicht fassen, dass diese Frau, die allen anderen, die er kannte, und vor allem ihm selbst so hoch überlegen war, sich mit ihm einließ. Dass sie dabei ziemlich herrisch war, sich nahm, was ihr offenkundig Vergnügen bereitete, und hinterher sofort einschlief, war freilich etwas merkwürdig. Aber daran gewöhnte man sich. Artemisia gewöhnte sich auch. Es schien sogar, dass mit jedem ehelichen Stelldichein etwas von dem alten Schrecken wich. Zumindest wollte sie das glauben. Aber es funktionierte nicht immer. Und dann gab es noch die schlimmen Nächte, die missglückten, wenn Stiattesi, gedankenlos und dem allgemeinen Brauch folgend, auf die Idee kam, spielerisch ihre Beine zu spreizen, um sie zu nehmen, wie man es eben tat. Nein! Keinesfalls! Dann wehrte sie ihn brüsk ab, trat nach ihm, und der Abend war verloren. Und Artemisia stürzte sich noch entschlossener, weintrunken in den Schlaf wie in einen Abgrund, tief und schwarz. Die Fäuste waren im Schlaf geballt, als würde sie kämpfen.

Artemisia schrak hoch, als ihr die Palette aus der Hand glitt und zu Boden fiel.

Nicht doch!

Aber es war nichts weiter passiert. Artemisia bückte sich, ordnete die Gegenstände betrachtete mit neuer Konzentration die Leinwand. Ihre Figur würde menschengroß sein, eine heitere Himmelsfigur, die über allem schwebte, buchstäblich. Die Inklination würde nicht für sich allein stehen, sie war Teil eines künstlerischen Lobpreises, der die Vorzüge und Verdienste des großen Michelangelo Buonarroti, des Erbauers von San Piedro, hervorheben würde. Deshalb ja auch die Statue in der Mitte. Sie sollte jeden Zweifel beseitigen, um wen es hier gehen sollte, schließlich hätten einfältigere Besucher auch glauben mögen, dass sie sich hier in einer Art Ruhmeshalle für den Hausbesitzer selbst befänden. Nein, dieser Gedanke war dem Großneffen Buonarroti grässlich! Also ließ er eine Folge von Räumen entwerfen, die wie ein pädagogischer Parcours funktionierten. Und ihre Inklination würde den Reigen eröffnen. Ja, sie würde sich einfügen. Ja, sie würde mit dem Giovanni Biliverti und dem Matteo Rosselli korrespondieren, sie würde Giovanni Coccapanis Ratschläge scheinbar annehmen – aber was für ein Spaß würde das werden! Denn: Ihre Hingabe würde nackt sein. Konnte sie schließlich. Sie würde auch in Florenz wieder ein Modell für diese spezielle Arbeit finden. Es würde nicht unbedingt leicht werden, aber es war möglich. Wie oft hatte sie sich schon über die männlichen Kollegen lustig gemacht, die für ihre weiblichen Akte männliche Modelle hatten nutzen müssen. Sie hatten die Knaben oder jungen Männer in alle möglichen, vermeintlich weiblichen Posen gezwungen, sie gemalt, um den entstandenen Skizzen in Öl oder Rötel anschließend ein paar Rundungen um Hüfte und Bauch hinzuzufügen und Brüste aus der Erinnerung – oder den Wunschträumen – zu malen. Selbst beim großen Rubens sahen die Brüste wie angehängte Trauben aus, belustigte sich Artemisia, als sie Sofia von ihren Plänen erzählte. Nein, sie würde anders vorgehen. Ihre Hingabe würde eine echte Frau sein. Aber – und das wäre eben die schöne Spitze des kleinen Scherzes: Die Frau wäre vollkommen und unerreichbar! Nicht nur, weil sie auf Wolken thronte, sondern auch, weil sie in der Villa Buonarotti weit über den Köpfen der Besucher an der Decke schweben würde! So schön – und so unendlich weit weg. Das würde den geifernden alten Männern missfallen. So sicher würde die Hingabe sein. Sie würde nackt nur für sich selbst sein. Sie würde überhaupt für sich sein – so sehr, wie es eine Wolkenfigur nur sein konnte. Sie gehörte ja nicht zur Himmelssphäre an sich, sie war kein heiliges Wesen – sie gehörte zu jenem Zwischenreich, das den klugen Frauen vorbehalten schien und das Artemisia viel reizvoller erschien als das schiere Paradies. Sie konnte den Blick träumerisch in die Ferne richten, in die Zukunft, wo ihre Pläne verwirklicht wären – nur für sie allein.

Artemisia machte weiter. Die Leinwand war ungewöhnlich schmal, damit sie sich in die Kassette der Decke einfügte. Die *Hingabe* auf ihren Wolken. Ein blauer, satter Himmel, gekrönt von einem Stern, der die Figur führte. Und, wie als Bestätigung des Leitsterns, noch ein Kompass, den die Figur in den Händen hielt: Diese *Hingabe* ist weder blind noch eifernd, sie besitzt vielmehr Orientierung und Maß. Und sie ist sich selbst genug.

Aber wie schwer war das Leichte! Immer wieder musste Artemisia absetzen, sie wusste selbst nicht, warum. Eine Zeichnung entstand, noch eine und dann viele. Sie tauschte die Modelle aus: die eine war ihr zu rundlich, die andere zu sehnig. Die Dritte erschien unpünktlich und nicht gut gepudert in Artemisias Werkstatt. Da war sie empfindlich. Und als sie die Richtige endlich gefunden und sich mit ihr geeinigt hatte, geriet sie selbst in hinderliche Umstände: die zweite Schwangerschaft. Buonarroti wurde ein wenig ungeduldig. Er schätzte Artemisia, aber die anderen waren weiter, viel weiter. Artemisia vertraute ihm ihren Zustand an. Sie zeigte ihm den gewölbten Bauch, mit einer Unbefangenheit, als zeigte sie ihm einen Baum, der Früchte trug. Buonarroti wusste nicht, wie ihm geschah. Er konnte mit Frauenkörpern nichts anfangen, da war er seinem berühmten Onkel gleich, aber Artemisias *franchezza* berührte ihn, diese merkwürdige, riskante Offenheit. Und sie ging noch weiter:

Es soll nach euch heißen, sagte Artemisia bestimmt. – Angelo, wenn es ein Junge wird, Agnola, sollte es ein Mädchen werden. Da mochte der Onkel in der Akademie noch so beleidigt sein.

Das Mädchen wurde geboren, eine Agnola also. Buonarroti ertappte sich dabei, aufgeregt zu sein. Ja, er würde die Patenschaft übernehmen. Ja, er würde dem Kind eine Aussteuer gewähren, er würde nach ihm sehen, er würde für seine Bildung sorgen, Agnola würde, anders als seine Mutter, keine Terrassen steigen müssen. Aber das kleine Mädchen starb, noch bevor es getauft werden konnte.

Artemisia hielt das tote Kind in den Armen. Sie ließ nicht zu, dass man es ihr wegnahm. Es war anders, ganz anders als beim ersten Mal. Lag es an seinem Oheim, der sich nun vergeblich auf das Patenkind eingestellt hatte und mit dem sie so viele Pläne geschmiedet hatte? Lag es daran, dass man sich an Schmerz keineswegs gewöhnte, sondern dass dieser sich vielmehr anhäufte, so wie ein Fluss immer mehr Sand anspült, wenn er einmal damit begonnen hat? Der Schmerz in Artemisia wuchs, nahm ihr den Atem, erstickte sie beinahe. Sie konnte nicht schlafen. Sie ertrug es nicht, wach zu sein. Die Kleider begannen an ihr zu schlottern. Die Hand mit der Suppe schob sie schnaubend zur Seite:

Nicht jetzt!

Nie mehr. Am besten nie mehr essen. Und nicht mehr schlafen. Verschwinden in der Sphäre zwischen Wachen und Schlafen, unerreichbar für die anderen, verschwinden im Zwischenreich der Frauen, das nicht nur gut ist für weitgehende Träume, sondern auch für einsamen Trost.

Zum ersten Mal in ihrem Leben arbeitete Artemisia nicht. Sie ging aus dem Haus, allein, was für den armen Stiattesi eine ziemliche Zumutung war. Was sollte er den anderen sagen, warum seine Frau, trauernd noch dazu, unter die Leute ging? Aber sie ging nicht unter die Leute, sie ging zwischen ihnen hindurch, sie sah niemanden, sie hörte nichts. Sie nahm die Paläste und Villen, die Straßen und die Gefährte darauf, die Menschen, die Esel und Ochsen nicht wahr, nicht im Einzelnen, nur als Masse und Muster. Sie war nicht erreichbar, für niemanden. Sie blickte auf die Häuser und Mauern, die sich nicht recht zu vertragen schienen, Florenz, das angeblich so anmutige, angeblich so stimmige, präsentierte sich wie eine einzige architektonische Rauferei. So viel Dissonanz ließ sich nicht aushalten!

Sie floh aus den Straßen in die Häuser. Sie ließ sich einladen. Sie nutzte die kostbaren Kleider, die Stiattesi immer noch kaufen musste, nun nicht mehr für die Modelle, die sie nicht einlud, sondern für sich, für die Feste, auf denen sie nicht feierte. Sie tauchte dort auf, scheinbar strahlend, selbstsicher, aber mit stählernem Kiefer. Eine Frau, aufrecht, starr, mit rot geschminkten Wangen, ihr Blick ging durch die Männer hindurch. Die Männer, die so viel Unglück gebracht haben und bringen. Wollte sie das weiter zulassen? Nein, sie wollte selbst das Sagen haben. Cristofano Bronzini und die anderen Freunde beobachteten sie mit Sorge.

In jener Zeit nahm sich Artemisia einen Liebhaber, das war durchaus nicht ungewöhnlich für eine Frau – ungewöhnlich war, wie sie damit umging: offen bis zur Gleichgültigkeit. Sie nahm sich Francesco Maria Maringhi, wie man sich einen Gegenstand in einem Laden nimmt, aber der Mann hielt die Härte für eine besondere Leidenschaft, und so wurde schließlich auch eine daraus, eine Passion mit einem Mann, um die Passion mit dem Kind zu überwinden oder zu verwinden, aber es half nichts, sie konnte Maringhi noch so oft treffen und Stiattesi noch so oft beleidigen. Sie wurde die Erinnerungen nicht los.

Sie malte eine Danae. Eine nackte junge Frau, hingestreckt auf einem weißen Bett. Sie wird präsentiert wie eine Speise auf einer festlichen Tafel, aber die Frau ist totenblass. Sie hat die linke Hand unter den Kopf gelegt, sodass sich ihr schöner Leib zu öffnen scheint, aber die Beine sind überkreuzt, die rechte Hand ist zur Faust geballt. Bei ihr ist eine Magd mit langem, weißem Kopftuch, die dem Betrachter den Rücken zudreht. Der Magd geht es gut, sie ist fein gewandet, und in ihrem Korb sammelt sie Goldstücke, die vom dunklen Himmel fallen. In den Goldstücken verbirgt sich einer Sage nach Zeus, der die keusche

Danae solchermaßen überwältigt. Es hat ihr nichts genutzt, dass ihr Vater sie im Verborgenen gehalten hat wie ein kostbares Tier: Das Verderben, die Gewalt in Gestalt eines Mannes oder Gottes, kommt doch. Und die Magd hat ihren Nutzen davon. Gleich wird sie auf und davon sein, ungerührt, unberührt. So wie die verräterische Freundin Tuzia, die Tasso die Tür aufhielt. Sie wird die Geschichte nicht los, nicht mit ihren Susannen und Judiths, nicht mit Danae.

Sie malt unverdrossen, bald schon eine neue Judith, eine, die aufpassen muss, dass sie nicht erwischt wird. Eine Judith, die die Tat schon vollbracht hat. Die Judith wird von der Figur der Magd halb verdeckt. Auch diese Magd in ihrem nachlässig gegürteten, schwefelgelben Kleid wendet dem Betrachter den Rücken zu, sie schaut gebannt nach rechts aus dem Bild, ins Dunkel. Von dort könnten die Verfolger kommen, von dort droht die Aufdeckung der Tat. Die Magd hält mit der linken Hand einen Korb, den sie auf die Hüfte stützt, denn die Last im Korb ist schwer: Es ist der finstere Schädel des ermordeten Holofernes. Hinter dem Korb steht Judith in einem Festtagsgewand, über dem tiefen Dekolleté mit dem Spitzenbesatz leuchtet die weiße, glatte und feine Haut, als besitze die Figur ein inneres Licht, als scheine sie von sich heraus nach der ruchlosen, aber notwendigen Tat. Die Judith schaut mit offenem Mund in dieselbe Richtung wie Abra, die Magd: Die beiden Frauen sind in der Tat vereint. Die neue Judith ist schöner als die erste, die Artemisia gemalt hat. Sie entspricht dem Idealbild der Frau: ihr sanftes Profil mit der feinen Nase und den sanft aufgeworfenen Lippen, die Augen, die leicht hervortreten und klar sind, das aschblonde, in Flechten gelegte Haar mit der kostbaren Spange. In der Rechten aber hält sie ihr Schwert. Sie hat es sich lässig über die Schulter gelegt. Es ist längst gesäubert. Die Frauen haben die Tat erledigt, nun gilt es, mit dem Beweis ihres Heldentums zu entkommen, nun gilt es, in die Zukunft zu sehen.

Noch drei weitere Judiths entstanden in dieser Zeit und eine

Madonna, die ihr Kind stillt. Sie malte und übermalte die Figuren, sie verbesserte, sie passte an, sie war niemals zufrieden. Die Auftraggeber warteten. Frauenfiguren, Frauenversuche, Frauenanordnungen. Die Auftraggeber drängten. Die Figur der Neigung für Buonarroti musste warten, die Malerin fand keinen Weg zur Leichtigkeit. Agnola war nun fast ein halbes Jahr tot.

Auf den Festen fiel sie auf, weil sie zu laut war. Weil ihre Kleider nicht der Ordnung entsprachen. Sie trank, sie tanzte. Sie umarmte Maringhi, der ihr Geld lieh, in aller Öffentlichkeit und schrieb ihm Briefe voller Geschäftstüchtigkeit und Zärtlichkeit:

Mio carissimo core – mein geliebtes Herz – *venite di grazia e non mancate, subito che avete ricevuto la mia lettera, per cose d'importanza e non mancate. – Komme mir zu Gefallen und säume nicht, sobald du diesen Brief erhalten hast, aus einem wichtigen Grund und säume nicht.*

Der Brief war knapp und voller Fehler, und woher diese Eile, diese Umtriebigkeit, wovor floh sie, wohin ging sie? Weder Maringhi wusste es noch der Ehemann. Auch die beiden Männer schrieben sich Briefe, in Ratlosigkeit verbunden.

Artemisia weinte sich in der Beichte die Augen aus: Was, wenn sie keine Kinder bekommen konnte, keine lebendigen jedenfalls, weil ihr Leib verflucht war nach Tassis Untat? Der Pfaffe wusste darauf keine Antwort, er murmelte ein paar lateinische Sprüche, die sie nicht verstand, so, wie er nicht verstanden hatte, was sie sagte.

Die Leute begannen zu reden. Zu tüchtig war Artemisia Lomi, zu erfolgreich und zu frei. Ihr Danae-Bild war ungeheuerlich. War sie das nicht selbst, wie sie da ausgestreckt auf dem Lotterbett ruhte, hingegeben, sich preisgebend der ganzen Welt? Und die Geldstücke, die auf sie herabregneten – ihnen galt die ganze Hingabe der Danae, nicht der Liebe. Geschäftssinn war durchaus wohlgelitten in Florenz, aber dermaßen offenkundig! Artemisia Lomi fand für die vornehme Stadt der Händler nicht das richtige Maß – für die Stadt nicht und für ihr Leben auch nicht. Aber dann fiel sie Maria de Medici in der Ferne auf. Oder sie sorgte dafür, dass sie ihr auffiel.

Die Königin in Frankreich war eine heldenhafte Frau, so hieß es in ganz Europa. Seit 1610 saß sie an der Seite von Henri IV. auf dem Thron. Sie hatte darauf bestanden, ebenfalls gekrönt zu werden, und ihr Mut hatte dazu geführt, dass sie des Öfteren mit der biblischen Judith verglichen wurde: ein mörderisch gefährliches Weib! Entschlossen verheiratete sie ihren Sohn mit Anna von Österreich, das war 1615, und vielleicht fasste Artemisia zu dieser Zeit einen Plan: Sie brauchte einen Auftrag aus Paris, sie brauchte einen Auftrag von einem Königshof, und wenn die Medici sich noch zierten – wegen ihres zweifelhaften Rufes vielleicht oder vielleicht auch, weil sie zu nah war –, dann musste sie die Gunst aus größerer Entfernung treffen. Artemisia recherchierte, sie schrieb, sie ließ Maringhi aktiv sein, sie bat Bronzini um Hilfe, sie reizte ihren Gatten mit ihrer Ungeduld bis aufs Blut.

Aber er war doch gut, dieser Plan, sogar ausgezeichnet!

Königin Marie wollte ein Porträt von Anna, der Schwiegertochter, aber nicht irgendeines! Keines dieser bleichen, geschönten und austauschbaren Aristokratinnen-Porträts – sie braucht eines, das Anna in eine Reihe mit Heroinnen stellte, mit den Esthers, Judiths, mit den starken Halbgöttinen und Frauen, für die die Malerin in Florenz allmählich Berühmtheit erlangte. Königin Marie hatte es auf einen Reigen von Heldinnen abgesehen.

Es traf sich, obwohl sie sich nie trafen. Artemisia Gentileschi malte für Marie von Frankreich eine Minerva, die ziemlich deutlich die Züge von Anna von Österreich trägt. Das war ein Coup! Minerva, die Göttin der Weisheit und der Kriegskunst, und die eher unansehnliche, aber kluge Schwiegertochter am französischen Hof. Je länger Artemisia Kupferstiche und Zeichnungen der Anna studierte, desto lieber wurde sie ihr. Lange suchte sie nach einem Modell, das der Anna einigermaßen ähnlich sähe – der Rest war Einfühlung. Und Abstraktionsvermögen. Artemisias Anna-Porträt blieben die überlange Nase und die deutlich geschwungene Oberlippe des Vorbilds, der verhangene Blick. Aber anders als die weiche Figur der echten Anna sahen die Betrachter auf Artemisias Bild eine entschlossene, kühle und kühne Frau, die sich auf ihrem Sitz einem Betrachter zuwendet, der irgendwo rechts außerhalb des Bildes zu stehen scheint. In der rechten Hand hält sie einen Speer, vielleicht ist es auch der Stock einer Flagge – ein Zeichen von Macht, von Herrschaft in jedem Fall. Sie ruht entspannt in ihrem dunkelroten Gewand, und es fällt auf, dass die Beine der Heroine geöffnet sind, bereit zum Sprung, nicht zur Liebe: Sie ist die Göttin der Weisheit, aber auch der Kriegsführung. Der linke Arm der Minerva ruht auf der Lehne des Sitzes, sie hält einen Olivenzweig in der Hand. Die Verzierung auf dem Sitz der Minerva zeigt das Haupt der Medusa, aber keinerlei Aggression oder Verstörung gehen von der Minerva aus. Kriegskunst und Mäßigung fallen zusammen.

Die Kunde des großartigen Bildes verbreitete sich rasch. Und noch eine Neuigkeit machte es den Medici auf einmal leicht, Artemisia an den Hof einzuladen: Artemisia Lomi wurde in die Akademie der Künste berufen, die *Accademia delle arti del disegno*. Der gute Buonarroti hatte hier seine Hände im Spiel – obwohl er noch immer auf seine *Inclinazione* warten musste.

An der ältesten Kunstakademie der Welt hielt man nicht nur auf Traditionen – man verstand sich auch als Vorposten des Fortschritts. Und noch lieber setzte man gezielte Spitzen gegen Rom, gegen das Papsttum mit seinen neuerdings wieder konservativen Tendenzen. Florenz wollte anders sein, modern sein, da kam die Lomi gerade recht. Es schadete auch nicht, dass ihr Onkel Aurelio gerade Konsul der Akademie war.

Ein Bursche kam angerannt; er hatte eine Papierrolle in der Hand, die Rolle gesiegelt mit dem berühmten Zeichen der Akademie. Er traf Artemisia bei dem Tischler an, der ihr die Rahmen für die Leinwände baute. Gerade hatte sie erbittert mit ihm verhandelt: Der Mann wollte keine weiteren Rahmen liefern, wenn sie nicht die alten Rechnungen bezahlte. Artemisia klopfte das Herz zum Zerspringen – nicht wegen der Schulden, sondern wegen der unverhofften Gelegenheit, hier Eindruck zu machen. Sie bedankte sich überschwänglich bei dem Boten, sie ließ sich Zeit beim Betrachten des Siegels, murmelte halblaut, aber gut hörbar vor sich hin, was für eine Genugtuung das sei, was für eine Ehre ... und dann endlich öffnete sie die Rolle, und vermutlich echte Tränen traten ihr in die Augen. Die Anerkennung war wichtig, endlich dazuzugehören zu jenem illustren Kreis von Intellektuellen, mit denen Florenz sich schmückte – aber beinahe noch wichtiger war, dass die Mitglieder der Akademie sich auch als Gutachter für die Qualität von Bildern verstanden. Beschwerte sich ein allzu kritischer Kunde, konnte die Akademie vermitteln, und – an dieser Stelle frohlockte Artemisia geradezu – die Akademie war ebenfalls zuständig für den Export von Kunstwerken ins Ausland! Nun würde es leichter sein, die Neugier und die Kauflust der Kunden in Flamen, in Frankreich und womöglich auch in England zu erwecken.

Danke! Danke!

Bei der ersten Sitzung der Mitglieder der Akademie wollte sich Artemisia artig zurückhalten. Sie erregte Aufsehen genug als einzige Frau. Die Mitglieder der Akademie, die der berühmte Giorgio Vasari vor sechzig Jahren gegründet hatte, trafen sich in einer Kirche. Ungewöhnlich für eine Versammlung, die so viele freie Geister anzog. Aber die Herren Mönche aus dem Orden der Serviten, die die *Santissima Annunziata* verwalteten, konnten der horrenden Miete, die der Künstlerbund zu zahlen anbot, nicht widerstehen. Außerdem tagten die Maler und Dichter, die Philosophen und Kupferstecher im Kapitelsaal am nördlichen Ende des Kreuzgangs, der sich an die Basilika anschloss und nicht ohne weiteres zugänglich war. Artemisia schlich geradezu durch die Kirche hin zu dem kleinen Ausgang an der Südseite, ganz so, als dürfe sie nicht ertappt werden. Sie wollte die Diskretion einhalten, um die man sie gebeten hatte. Wie oft war sie schon so durch die Kirchen gegangen! Als hätte sie etwas verbrochen. Immer wieder schaffte es die Kirche, dass man sich so fühlte.

Sie straffte sich. So nicht! Genug der Unterwerfungen. Die Zeiten waren vorbei. Artemisia Lomi war in die Akademie der Künste berufen. Sie würde sich nicht mehr ducken müssen. Nie mehr. Die Tür zum Kreuzgang warf sie schwungvoll hinter sich zu und genoss den Hall, der sie verfolgte. Die Mitglieder der Akademie wandten die Köpfe, die meisten irritiert, aber einige lächelten. Buonarroti natürlich, der hier, inmitten der anderen Geister, älter wirkte, als er war. Onkel Aurelio, der allerdings zum Zeichen, dass sie sich beruhigen sollte, ein paarmal die Hand hob und wieder senkte. Da war Cristofano Allori, der Sammler und Maler – und da war Galileo Galilei, ein Erforscher der Natur, von dem sie schon viel gehört hatte. Was musste das für einer sein, der sein Leben dem Himmel, der Erde und der Sonne widmete? Artemisia bestaunte ihn. Die Elemente, die Luft ... Wie wäre es, nur mit ihnen zu arbeiten und nicht mit den Menschen, die fortwährend forderten, stritten und bedrängten? Artemisias Blick fiel auf die Fresken, die an der linken Seite der Kapelle die Ambition der Akademie sinnreich zusammenfassten: Das eine Bild, in kunstvoller Technik direkt auf die Wand aufgebracht, zeigte den heiligen Lukas als Maler. Er porträtierte die Jungfrau mit dem Kinde. Das zweite Bild zeigte die Errichtung des salomonischen Tempels – eine Huldigung an die Architektur, während das erste Bild die Malerei als eine Kunst feierte, die, wenn man dem Maler folgte, schon die Apostel gewürdigt hatten. Artemisia musste lächeln, aber das Lächeln schmerzte sie geradezu in den Mundwinkeln. Sie strich sich über die Lippen, glitt auf einen freien Platz, machte sich nicht die Mühe, den Mantel abzulegen. Sie kümmerte sich nicht um die Blicke, die auf ihr hafteten, und wenn sie die Bemerkungen und leisen Begrüßungen, die ihr galten, bemerkte, so zeigte sie es jedenfalls nicht. Schnell war die kleine Unruhe vorbei, die sie mit ihrem Eintreten hervorgerufen hatte, und die Mitglieder der Akademie setzten ihre Diskussion fort. Artemisia ließ den Blick in die Runde schweifen, aber er fand nirgendwo Halt. Sie hatte die Hände auf die Bank vor sich gelegt. Die Hände waren grau und hart, die einer Arbeiterin, nicht die einer Dame. Sie war es nicht gewöhnt, still zu sitzen, sie wurde augenblicklich müde. Artemisia war erst dreiundzwanzig Jahre alt und doch erschöpft. Kleine Linien zogen sich über ihre Stirn, die Augen lagen tief in den Höhlen. Sie versuchte, den Diskursen der Männer zu folgen, aber ihr Blick glitt an ihnen ab, die sich bewegten und gestikulierten, die sich erhoben, um zu sprechen, sich mit Zeichen der Befriedigung wieder setzten, wenn ihre Rede beendet war, die sich einander zuwandten, um Bemerkungen zu machen oder welche zu hören, die an ihren Mützen rückten oder die Umhänge richteten. So viel Unruhe! Dagegen die anderen, die Männer aus Stein, die die beiden Gemälde flankierten! Artemisia kniff die Augen zusammen, um die Skulpturen zu lesen. Das waren Petrus und Paulus und daneben die vier Evangelisten. Wie schön der Johannes immer geraten durfte! Die Skulpteure mussten froh sein über die fromme Überlieferung, die ihn als ewig jungen Liebling des Christus beschrieb. Die Figuren auf der anderen Seite waren schwieriger zu entziffern: Moses, ganz klar, und der Stammvater Abraham und der siegreiche David und, ja, wieder so ein feiner Mann, der weise Salomon musste das sein. Aber die anderen? Artemisia grübelte und grübelte und kam vom Entziffern und Zuordnen zum Betrachten an sich: Wieso wurden eigentlich stets nur Männer gezeigt, wieso standen nur Männer für die Geschichte – für die Geschichte, die es ohne die Frauen nicht geben würde? Die Frauen waren es, die gebaren und nährten, die zusammenhielten und führten – und wo waren sie hier? Nicht nur, dass die Männer in der Stadt das Sagen hatten, dass sie es waren, die regierten, intrigierten, Kriege führten und dann anschließend mediokre Friedensverhandlungen – sie waren es auch, die das alles aufschrieben und bewerteten. Sie bestimmten sogar noch die Erinnerung! Sie bestimmten die Geschichte. Dabei gab es genug Frauen, die schrieben, Frauen, die gelehrt und belesen waren, Frauen, die über die Natur nachsannen, und noch mehr Frauen, die malten, wie sie selbst. Artemisia wurde es heiß. Wo war in all diesem männlichen Tun der Platz für die Frauen? Wo waren ihre Kolleginnen? Wo war die Catanea Parasole, wo Diana Mantovana? Wo waren die Sammlerinnen wie Eleonora Orsini? Sie hob den Kopf. Sie folgte jetzt der gelehrten Diskussion mit Wachheit. Sie suchte den Blickkontakt zu Buonarroti, der heute die Versammlung leitete. Und dann meldete sie sich zu Wort. Es war ungeheuerlich!

Einige Tage später wurde Artemisia von Buonarrotis Sänfte zu seinem Haus in der Via Ghibellina getragen. Eine Einladung, nur für die engsten Freunde, und Artemisia ertappte sich dabei, aufgeregt zu sein, ganz anders als sonst. Das lag an den illustren Gästen, die sie treffen würde – nicht etwa daran, dass sie immer noch säumig war, säumig mit dem Gemälde der Neigung, das ihr Buonarroti aufgetragen hatte. Es ging nun einmal nicht anders! Und dann war da die erneute Schwangerschaft, Artemisia verstand nicht, warum sie so fruchtbar war, Stiattesi, der diesmal schneller im Bilde war, nahm es als Beleg seiner Männlichkeit und platzte beinahe vor Stolz – aber sie fühlte sich vor allem beschwert. Die Schwangerschaft freilich gab ihr die Möglichkeit, ihn abzuweisen. Sie hatte ihn satt. Mit Maringhi, dem Liebhaber, durfte sie es sich nicht verderben, aber Maringhi war einfach: Je schlechter sie ihn behandelte, umso ergebener wurde er. Artemisia hätte ihm dankbar sein müssen, weil er sie unterstützte, ihr schon mehr als einmal Geld geliehen hatte und weil er es gerade geschafft hatte, ihr und Stiattesi eine bessere Wohnung zu besorgen, drüben, auf der anderen Seite des Arno, wo weitaus mehr Künstler wohnten, sodass sie also eher unter ihresgleichen sein würde, und wo die Wege zu den Farbpulverhändlern und Leinwandverkäufern weitaus kürzer sein würden. Maringhi machte ihr das Leben leichter, aber ein Mann war er eben doch. Artemisia schürzte ihre Kleider, als die hilfreichen Männer die Sänfte absenkten. Buonarrotis Haus lag in einer herrschaftlichen Gegend, aber sein vermeintlicher Palazzo war eigentlich nur eine elegante Stadtvilla – ein umgebautes Patrizierhaus mit einem allerdings sehr schönen, kleinen Innenhof, in dem ein Brunnen jetzt mit seinem Plätschern wohltuende Kühle verbreitete. Und natürlich hatte es sich der gewitzte Mann nicht nehmen lassen, seine Besucher schon hier, bevor sie die eigentliche Wohnung betraten, zu unterhalten: Vom Innenhof führte ein Gang mit acht Säulen scheinbar überraschend weit hinaus – aber nein: Der Gang führte nirgendwohin, denn die Säulen begründeten eine optische Täuschung! So geschickt waren sie angeordnet, dass sie eine Tiefe simulierten, die es nicht gab. Artemisia liebte dieses Spiel mit der Wirklichkeit und trat näher, um es wieder einmal zu bewundern. Ein Schatten bewegte sich hinter der letzten Säule, trat hervor. Artemisia erschrak. Der Mann zog seinen Hut, machte eine schwungvolle, etwas übertriebene Verbeugung und begrüßte sie sichtlich erfreut: Es war Galileo Galilei, der darauf aus war, die persönliche Bekanntschaft der Artemisia Lomi zu machen, jener einzigartigen Frau, die gerade dabei war, die florentinische Kunstwelt zu revolutionieren, und ihn bei der ansonsten entsetzlich langweiligen Sitzung der Akademie unterhalten hatte. So ungefähr drückte er sich aus. Sie war eine Frau – aber sie arbeitete und verhandelte wie ein Mann. *Brava!*

Artemisia betrat die Wohnung an seinem Arm. Unauffällig betrachtete Galileo ihr Profil, während sie die vielen flachen Stufen zum ersten Stock nebeneinander hinaufstiegen. Sie hatte eine hohe, leicht gewölbte Stirn, volle Wangen, die ein wenig gerötet waren von der Anstrengung. Unter ihrem grünen Kleid wölbte sich der Leib – Signora Lomi war bereits zum dritten Mal guter Hoffnung, wie man ihm zugetragen hatte. War es der

Kummer über die früh verstorbenen Kinder, der sich als feine Linien in die Stirn eingefurcht hatte? Eine sehr kleine, ein wenig keck nach oben strebende Nase milderte die Gesichtszüge. Das war gut! Das war absolut das Schönheitsideal der Zeit! Galileo wunderte sich, wie sehr die Natur manche Frauen und Männer begünstigte und andere nicht. Die Lippen waren schmal, aber schön geschwungen, der Mund so klein, dass er an eine zarte Muschel erinnerte. Das Schönste aber waren die dunkelblonden Locken, die zu färben und zurechtzulegen sicher einige Zeit in Anspruch nahm. Eine echte Dame! Nur die Hand, die auf seinem Arm lag – das amüsierte Galileo –, war zwar klein, aber derb, und die Haut rau und beinahe garstig. Er hätte ihr geraten, Handschuhe zu tragen, aber es war nicht an ihm, ihr Äußeres zu korrigieren. Die anderen Gäste wandten sich um, grüßten. Galilei und die Lomi? Was war das für ein Aufsehen erregendes Paar! Der Schachzug, wenn es denn einer war, war gelungen. Artemisia musste lächeln. Galileo besorgte ihr einen Stuhl, nötigte sie darauf, blieb dann neben ihr, halb hinter der Lehne verharrend, stehen.

Bringe jemand einen Becher Wasser!

Er hatte gelernt, dass es für Frauen guter Hoffnung besser war, den Wein zu lassen.

Artemisia trank und schaute sich um, während Galilei hinter ihr die Namen einflüsterte, sobald sie den Blick auf jemanden heftete. Wo war Buonarroti? Und was hatte er für kluge Geister versammelt! Artemisia wusste, dass sie hier nicht mithalten konnte, nicht mit Worten. Und das, worauf sie sich verstand – ihr Bild, das hier angebracht werden würde –, konnte noch nicht für sie einstehen, im Gegenteil: Einige der anderen Bilder, die Michelangelos Apotheosen zeigten, seinen Wert, seine Tugenden, waren bereits montiert, sodass die Lücke, die dort oben klaffte, an der Stelle, an der ihr Bild eigentlich hängen sollte, umso mehr auffiel. Ja, sie war säumig! Artemisia rutschte auf dem bequemen Stuhl hin und her, unschlüssig, ob sie nicht doch besser gleich wieder gehen sollte, ob sie nicht … Aber Galileo legte ihr sanft eine Hand auf die Schulter. Das war eigentlich allzu vertraulich, aber zum einen war Stiattesi, der sich bisweilen mit einer bizarren Eifersucht produzierte, nicht hier, und zum anderen galten für Galilei offenbar andere Regeln. Seit er seine *Diskurse* veröffentlichte, fürchtete er niemanden mehr, so sagte man. Ein Diener brachte das Wasser. Artemisia trank. Das Wasser war kühl und mit Zitronenscheiben versetzt, sie roch ein wenig Minze. Das sollte das Wasser frisch halten – eigentlich misstraute man dem Wasser, weil es die Leute früher krank gemacht hatte, weil es die Hautschichten zersetzte, weil diejenigen, die sich zu viel badeten, auf diese Weise durchlässig wurden für allerlei Krankheiten. Aber neuerdings dachten einige anders darüber. Artemisia nahm den letzten Schluck und gab den Becher zurück. Sie kam wieder zu Kräften, erhob sich und nickte ihrem Begleiter sachte zu. Galileo verstand den Wink. Er stellte sie hier und dort vor, er ließ es nicht zu, dass sie bei irgendeiner Gruppe allzu lange verweilte, denn er wollte diesen Parcours rasch hinter sich bringen, um dann … zu reden. Galileo war ein Meister des Dialogs, je kontroverser, desto besser, gewohnt, Zuhörer auf seine Seite zu bringen. Im Lauf der Jahre hatte er es geschafft, die Zweifel, die er zunächst verborgen hatte, die ihn selbst beunruhigt, ihm den Schlaf geraubt hatten, zum Thema jedweder Runden zu machen – ja, er lebte geradezu von seinen Zweifeln. Am herausforderndsten für seine Zeitgenossen waren seine Überlegungen zur Bewegung der Erde. Über die *revolutiones* wurde selbst hier, im Hause Buonarroti, nur mit gesenkter Stimme gesprochen. Und sie bewegt sich doch!, soll der Gelehrte gesagt haben. Angeblich dreht sich die Erde um die Sonne – und nicht etwa umgekehrt, wie jeder gottesfürchtige Mensch wusste oder jedenfalls glaubte. Es ging nicht darum, dass einfach zwei Planeten sich anders verhielten, als man jahrtausendelang angenommen hatte, es ging vielmehr darum, wer im Zentrum von Gottes großer Schöpfung stand: die Erde, auf der die Menschenkinder versuchten, ein dem Glauben gemäßes Leben zu leben – oder die Sonne, ein Ball aus purem Feuer und Energie? Und damit nicht genug: Selbst wenn man annahm, dass die Sonne eine weitaus größere Rolle spielte als bis dahin angenommen – wie konnte es dann sein, dass diese mächtige Sonne ihrerseits keineswegs perfekt war? Vor kurzem hatte Galileo nämlich mit seinen seltsamen Teleskoprohren auf der Sonne selbst Unregelmäßigkeiten entdeckt, ja es handelte sich geradezu um Flecken, ganz so, als trüge das Himmelsgestirn einen alten Kittel, der nach ein paar Jahrtausenden Schmutzreste aufweise! Eine ungeheuerliche Vorstellung. Cosimo II de' Medici allerdings hielt nicht nur seine schützende Hand über den provozierenden Denker – er hatte ihn sogar als Mathematiker an seinen Hof geholt, sodass Galilei nun in Ruhe forschen konnte, ohne die Lehrverpflichtungen, die ihn zuvor in Rom zu viel Zeit und zu viele Nerven gekostet hatten, weiterführen zu müssen. Nein, ein geduldiger Lehrer war Galilei nicht; die meisten Schüler waren ihm zu langsam im Kopf. In seinen Beurteilungen machte er keinen Unterschied, ob es sich um gewöhnliche Studenten oder Mitglieder der Papstfamilie handelte. Geht ins Kloster!, pflegte er dann zu sagen, und das war kein Kompliment, wie die Leute sofort verstanden. Galilei hielt nicht viel von kirchlichen Bildungseinrichtungen; dennoch hatte er drei seiner Kinder in einem Kloster untergebracht, nicht als halb erwachsene Zöglinge, sondern schon als kleine Kinder: Galilei hatte mit einer einfachen Frau zusammengelebt, ohne sie zu heiraten, seine Kinder hätten in der Gesellschaft keine Chance gehabt, so wussten die Leute zu erzählen. Mit Cosimos Ruf nach Florenz hatte Galileo alles hinter sich gelassen: die unstandesgemäße Frau, die Kinder – er konnte nur noch den Wissenschaften leben. Artemisia beneidete ihn. So ein freier Geist! Der mochte sogar Flecken auf der Sonne für natürlich halten.

Es wurde Zeit, den Gastgeber zu begrüßen, aber Buonarroti achtete in seinem Haus nicht viel auf Konventionen, er hielt nicht Hof, er pflegte einfach dabei zu sein, irgendwo, und manchmal wurde ihm die Geselligkeit, für die er selbst gesorgt hatte, zu viel und er war für eine Weile verschwunden. Artemisia vermied es, im Empfangszimmer zur Decke zu schauen: Allzu deutlich klaffte da die Lücke, wo längst ihr Bild hätte hängen sollen. Artemisia machte, dass sie weiterkam, schob sich an den Leuten vorbei, die ihre Weinbecher hielten und plauderten. Aus einem der hinteren Räume drang Musik, Diener eilten herbei, mit Platten, die sie einhändig über den Schultern balancierten. Bald würde es Essen geben, wie immer bei Buonarroti etwas Leichtes, etwas, was den zwanglosen Gesprächen kein Ende bereiten, sondern sie begleiten würde.

Guten Abend, guten Abend!

Man nickte nach rechts und links.

Da! Sie wusste es. Da war ihr Gastgeber. Er hatte sich in seine Kammer zurückgezogen. Eine schmale Tür führte vom zweiten Raum der Wohnung hinein. Nur eine Person war imstande, diesen Raum zu betreten, und auch diese Person war gezwungen, sich sofort an den einzigen Stuhl zu setzen, der vor einem überaus schmalen Tisch stand. Der Tisch schloss mit der Wand ab – und hier saß oder besser: hier verbarg sich Buonarroti vor seinen Gästen. Er wandte ihr den Rücken zu, er saß an seinem improvisierten, einfachen Arbeitstisch und schien die Vögel zu beobachten, die ein Fries etwa auf Augenhöhe schmückten. Die Vögel waren sorgfältig gezeichnete Mauersegler, die neugierig und freundlich zugleich aussahen, sie schmückten das dekorative Band, als seien sie bereit zum Abheben. Gleich würden sie auffliegen – und fort! Fort wie die Geistesblitze, die der Bewohner dieser Kammer wohl haben mochte. Buonarroti liebte solche anmutigen Scherze – und als Scherz war ja wohl auch zu verstehen, dass er hier in Mantel und Hut saß? Auf dem Hut wippte eine mächtige Feder, als er nun den Kopf senkte und offensichtlich etwas notierte – ganz so, als habe er gerade das Haus verlassen wollen und es sei ihm nur im letzten Augenblick ein genialer

Gedanke durch den Kopf geschossen, den es noch aufzuschreiben galt, als sei er im Zwiegespräch mit den Mauerseglern.

Mein Herr?

Er wandte sich nicht um, obwohl ein leichtes Zusammenfahren der Schultern verriet, dass er sie bemerkt hatte.

Buonarroti?

Ganz klar: Er wollte nicht angesprochen werden, er wollte genau hier sitzen bleiben, halb verborgen vor seinen Gästen, halb exponiert, ein nachdenklicher, beschäftigter Mann, dem geistige Arbeit alles bedeutete, mehr sogar als seine hoch geschätzten Gäste. Es war eine seltsame Inszenierung. Artemisia ließ ihn. Die anderen Gäste drängten heran. Das Fest wurde lebhafter und lauter, und Artemisia ging fröhlich unter in der Menge.

Den Heimweg trat sie allein an. Das heißt: Sie ging eben nicht nach Hause. Sie klopfte an eine andere Tür an der Piazza Frescobaldi, unmittelbar gegenüber der ihren. Sie klopfte an Maringhis Tür, und schnell wurde ihr aufgetan.

Maringhi lebte seit seiner Kindheit hier, und er war glücklich, dass Artemisia nun in seiner Nähe wohnte. Artemisia hatte durchaus Bedenken gehabt, weil keine dreißig Schritte von der Piazza entfernt der Arno durch die Stadt floss. Es war nicht gut, in der Nähe des Wassers zu sein! Der Fluss konnte an stürmischen Herbsttagen über die Ufer treten, und seine Feuchtigkeit schlug auf Lungen und Herz, so sagte man. Aber Maringhi hatte darauf bestanden, er wollte, wenn er schon nicht mit Artemisia zusammenleben konnte, sie doch nahe wissen. Und Stiattesi? Der trug es mit Fassung. Maringhi sorgte ja auch für ihn. Gleich an der Piazza hatte Stiattesi seine neue Apotheke. Allerdings öffnete die nach einem Stundenplan, der selbst den treuesten Kunden Rätsel aufgab. Eher fand man den Inhaber und Pulvermischer in einer benachbarten, berüchtigten Taverne, in der merkwürdige Gesellen verkehrten. Manchmal bat Artemisia Maringhi, den Gatten dort abzuholen – was auch bedeutete, seine Zeche zu zahlen, und Maringhi entsprach diesem Wunsch nur ungern, denn er hegte eine tiefe Abneigung gegen diesen Ort. Seine Besucher hielten darauf, klüger als andere Schenkenbesucher zu sein – so klug, dass sie die Wände der Taverne mit Sprüchen verziert hatten: *Il lavoro allontana 3 grandi mali: la noia, il vizio, e il bisogno* – Die Arbeit vertreibt drei große Übel: die Langeweile, Laster und Not. Oder: *Le sfide ciò che rendono la vita interessante, superarle e ciò che le da significado.* – Die Arbeit verrät, was das Leben interessant macht und ihm einen Sinn gibt.

Aha! Stundenlang konnten die Zechkumpane über solche Sprüche nachsinnen und diskutieren. Sie alle huldigten der Arbeit, während der Wirt ihnen immerfort Branntwein nachschenkte und neue Speisen brachte! Maringhi fluchte, wenn er den betrunkenen Stiattesi hier herausschaffen musste. Artemisia war es zunehmend gleichgültig. Je mehr Zeit Stiattesi mit seinen neuen Kumpanen aus Santa Croce verbrachte, desto mehr Zeit hatte sie für sich, desto weniger fiel auf, wie häufig sie Maringhi traf.

Heute zeigte sich Maringhi besorgt um Artemisia. Er hatte sie hereingebeten und wollte sie gleich in die Arme nehmen, aber dann zögerte er. War sie nicht, obwohl guter Hoffnung, in letzter Zeit immer schlanker geworden, ja geradezu dünn? Aß sie genug? Stand sie nur vor ihrer Staffelei, oder machte sie gelegentlich mit dem Mädchen auch einen kleinen Spaziergang? Was ist mit dir, Artemisia, *cara mia*, sag es mir?

Maringhi bestand darauf, dass sie bliebe, er besorgte frisches Gemüse vom besten Markt, er beriet sich mit den Quacksalbern an der Via Paolino, er ließ in seinem eigenen Haushalt Traubensaft pressen – unvergorenen – und reicherte ihn mit Honig an. Man hätte meinen können, er sei der Apotheker, der immer neue Rezepte ersann, die der werdenden Mutter guttun konnten. Artemisia durchschaute ihn. Maringhi hoffte natürlich, dass das Kind in ihrem Leib das seine wäre. Er hoffte es, obwohl er es nicht hoffen sollte, denn auch eine Vaterschaft hätte an der

Situation nichts geändert: Artemisia würde bei Stiattesi bleiben, niemand durfte erfahren, dass der Ehemann nicht der Vater wäre, hier endete die berühmte florentinische Toleranz. Maringhis Vater schalt ihn, dass er so viele Gedanken und Mühen an diese Künstlerin verschwendete. Längst wäre es Zeit gewesen, eine standesgemäße Ehefrau zu finden, selbst für den Fortgang der Ahnen zu sorgen, der Familie Maringhi, einer der ältesten in Florenz, Ehre zu machen. Stattdessen hatte er Artemisia noch näher geholt, indem er ihr das Geld für das neue Domizil gegeben hatte. Der Vater schalt und machte sich Vorwürfe, dabei hatte er dem Sohn beigebracht, wie man Geldgeschäfte machte. Aber doch nicht so! Und erst recht nicht mit diesem Stiattesi!

Aber es war sinnlos. Die Lomi war wieder guter Hoffnung. Sie ging an der Piazza ein und aus, wie sie wollte. Und sie besuchte Francesco, ihren Bruder, in dessen luftiger Wohnung in einer der fünf Straßen, die von der Piazza abzweigten. Francesco hatte es mit dem Vater nicht länger ausgehalten, er wollte auf eigenen Beinen stehen, so sagte er – und dabei schaute er Artemisia begierig an: Ob sie ihm wohl ein wenig Geld leihen konnte …?

Am nächsten Tag ging Artemisia im weitläufigen Hof mit der überdachten Galerie langsam auf und ab. Sie atmete hier auf. Maringhi bewohnte einige prächtige Zimmer, die eigentlich zum Palazzo Frescobaldi gehörten. Man betrat sie vom Innenhof an der Via Santo Spirito. Von der Straße aus sah man nur einen gewöhnlichen Eingang, aber schon die geschmückten Säulen, die den Blick in den Hof säumten, verrieten, dass hier erlesener Geschmack am Werk gewesen war. Und die Bögen! Und die Azaleen, die immerfort in Blüte zu stehen schienen! Und die Skulpturen! Besucher ergötzten sich an den Löwen und Jagdhunden, die Maringhis Garten symbolisch bevölkerten. Herrlich ließ es sich um den Springbrunnen spazieren und selbst in der größten Hitze im Schatten gut aushalten. Es war allmählich zu Artemisias Refugium geworden. Hier gestattete sie Maringhi, sie zu führen, sie zu füttern, sie mit seinen Geschichten zu unterhalten und ihr vorzulesen, wenn sie von der Arbeit erhitzt und erschöpft war. Es bekümmerte ihn ein wenig, dass sie so ... sachlich blieb. Gleichgültig, ob sie vor ihrer Staffelei stand und ganz nach dem Geschmack der Gesellschaft eine edle Dame malte, in blaustichigen kühlen Farben, gleichgültig, ob sie in seinen Armen lag und seinen Liebesworten lauschte – ja, sogar in ihren eigenen Briefen an ihn war sie ganz auf ihre Sache konzentriert, auf die Farben und Leinwände, die sie brauchte, auf Unternehmungen, auf das Geld, das immerfort fehlte. Maringhi schluckte und zahlte. Er hatte das nie zuvor erlebt: dass eine Frau, die als die seine – oder fast als die seine – gelten konnte, die womöglich sogar sein Kind unter dem Herzen trug – dass diese Frau völlig unbeeindruckt blieb, nicht zu beeindrucken von der Liebe, nicht zu beeindrucken von ihm. Aber Artemisia, wenn er sich denn einmal beschwerte, schaute ihn aus ihren dunklen Augen an, lächelte und fuhr ihm durch die langen, braunen Locken, als sei er ihr Sohn und nicht ihr Liebhaber. Denn ihr Liebhaber, das war er auch jetzt noch, obwohl ihr Leib sich schon mächtig wölbte und es als unschicklich galt, eine Schwangere zu berühren. Aber Artemisia ließ es gelegentlich zu, und ihn erregte ihr Zustand auf seltsame Weise. Er ertappte sich dabei, dass er glaubte, dabei auf irgendeine seltsame mystische Weise für das Kind da zu sein, aber der Beichtvater, dem er sich anvertraute, riet ihm nur, ein paar Knoblauchzehen zu essen und mehr Zeit mit der Jagd zu verbringen. Beinahe hätte Maringhi in seiner Verzweiflung gelacht: Die Jagd, das war für ihn ja Artemisia – schließlich war sie nach der Göttin der Jagd genannt, und er war ihr ganz und gar erlegen.

Umso gekränkter war er, als Artemisia sich nach der Geburt dieses dritten Kindes plötzlich von ihm zurückzog – nicht gänzlich, aber doch so, dass er es nicht übersehen konnte. Und noch mehr traf ihn, dass sie das Kind keineswegs nach ihm oder nach seinem Vater nannte, wie er es wohl angemessen gefunden hätte, sondern – Cristofano.

Was hast du?, fragte Maringhis Vater. – Das ist ein ehrbarer Name!

Ehrbar gewiss.

Maringhi wusste, woher die Namensgebung rührte: nach Bronzini, dem ersten Förderer Artemisias in Florenz.

Artemisia war drei Jahre in der Stadt. Und sie konzentrierte sich nun darauf, so schien es, ihre Gunst gleichmäßiger zu verteilen. Auf keinen Fall von einem oder zweien abhängig sein! Dazu gehörte, dass sie sich wieder der Ersten besann, die ihr mit Wohlwollen entgegengetreten waren.

Sie hat es mit dem Bronzini, sagte Maringhi leise und bitter.

Unsinn!, erwiderte der Vater mit Unwillen, dem solche Gespräche nicht behagten. – Sie hat nur schneller als andere verstanden, wie Florenz funktioniert: wie eine Geldmaschine nämlich.

Wie ein Narrenhaus, sagte Maringhi leise.

Närrisch ist, wer dieser Frau zu viel Vermögen anvertraut, sagte der Alte scharf. – Vergiss nicht: Sie ist eine Römerin. Du wirst keinen Gewinn davon haben, glaub es mir!

Tatsächlich suchte Artemisia den Kontakt zu Bronzini, und tatsächlich erwiderte der ihr Interesse. Aber Bronzini war beschäftigt. Hatte er zuvor kein Fest der tonangebenden Familien in Florenz versäumt, so war er mittlerweile ein seltener Gast. Bronzini hatte sich vom gesellschaftlichen Leben abgewandt und schrieb. Zwar hatte er sich schon früher als Autor hervorgetan, jetzt aber widmete er sich mit solcher Vehemenz der stillen Kunst, dass schnell das Gerücht die Runde machte, er sitze an einem geheimnisvollen Opus magnum, an einer regelrechten Schriftenreihe. Bald wussten seine Freunde mehr: Mehr als dreißig Bände sollte das Schriftenwerk, das Bronzinis ganze Konzentration erforderte, am Ende umfassen, und es hatte kein geringeres Ziel als die endgültige Rehabilitierung der Frauen: *Della dignità & nobiltà delle donne. Von der Würde und dem Edelmut der*

Frauen sollte in Florenz erst ein leises Getuschel hervorrufen und dann einen Sturm, wagte Bronzini darin doch nichts Geringeres als einen grundsätzlichen und, wie er glaubte, immerwährenden Beweis dafür zu führen, dass Frauen gerecht und tüchtig waren, liebenswürdig und realistisch, geeignet gleichermaßen für häusliche Pflege und das Geschäft, von zupackender Klugheit und bewundernswerter List, schön und fromm zugleich seien – und vor allem, dass sie stets jene Eigenschaften in sich zu mobilisieren verstanden, die ihre Zeit und ihre Umgebung gerade forderten. Frauen waren gewappnet für das Leben. Was das für die Männer hieß, ließ sich denken. Das Publikum wartete gespannt. Und der Autor ließ nur gelegentlich von sich hören.

Eine erschöpfende Arbeit! Viele, viele Seiten! Mehr war aus ihm nicht herauszulocken. Bronzini stand nicht mehr zur Verfügung. Das war die absurde Konsequenz des großen Unternehmens: Bronzini hatte, seit er an diesem Werk arbeitete, kaum noch Muße für die, denen es galt: seine zahlreichen Freundinnen, seine Mündel und Bewunderinnen. Er wurde haushälterisch mit seiner Zeit, geradezu knauserig. Umso höher rechnete es ihm Artemisia an, dass er für eine einzige diffizile Unternehmung seine selbstgewählte Isolation verließ: Er stellte Artemisia Lomi bei Hofe vor, bei Maria Maddalena de' Medici selbst, einst Maria Magdalena von Österreich. Sie war die Ehefrau des herrschenden Cosimo II. von Florenz, aber der berühmte Förderer von Galileo Galilei regierte nicht wirklich. Er kränkelte, kaum sah man den Mann je von Gesicht, dafür waren seine Frau und seine Mutter umso präsenter. Maria Maddalena de' Medici und Cristina di Lorena, einst Christina von Lothringen, hielten die Fäden in der Hand. Maria Maddalena war, ungeachtet ihrer Jugend, die Entscheidende, Cristina sorgte dafür, dass niemand an ihrer beider Macht rüttelte. Cristinas Ruf in der Toskana war spektakulär. Das lag vor allem an der Geschichte ihrer Ehe, die jeder Florentiner kannte.

Nie hatte sich eine Braut kostbarer gemacht als Cristina di

Lorena, und nie war eine reichere Mitgift nach Florenz gebracht worden als die der Lothringerin. Cristina hatte als sehr wählerisch gegolten. Diverse Bewerber um ihre Hand und Gunst hatte sie abgewiesen, darunter, so munkelte man, sogar einen regelrechten König, Heinrich III. von Schottland. Und als sie endlich auf das Werben aus der Toskana einging, hatte es lange gedauert, bis sich die Braut auf den Weg in den Süden machte. Ja, es war möglich, dass es objektive Hindernisse für die Brautreise gegeben hatte, Ärgernisse wie die Hugenottenkriege, trotzdem hatte man am Arno den Eindruck gewonnen, dass Christina von Lothringen es nicht allzu eilig mit ihrer Ankunft hatte. Schließlich hatte schon die Eheschließung selbst in Abwesenheit vollzogen werden müssen, eine Hochzeit *per procurationem*, ein Schauspiel eher, bei dem der tatsächliche Bräutigam von einem adligen Freund vertreten worden war. Aber dann! Dann war Christina angereist, mit einem beeindruckenden Hofstaat, zweihunderttausend Gold-Ecu dazu – und stattlichen Besitzungen, die sie in die Ehe einbrachte. Wochenlang war in der Stadt gefeiert worden: mit Empfängen und festlichen Diners, aber vor allem mit Triumphzügen, die der Sache, so kommentierten Boshafte, ziemlich angemessen waren. Und Turniere hatte es gegeben und allerlei Volksbelustigungen. Schließlich war sie eingezogen in den Palazzo der Medici – sie und ihr Vermögen und die sagenhaften Teppiche, die nach und nach eintrafen.

Und genau vor denen stand nun staunend Artemisia Gentileschi. Bronzini war irritiert. Endlich war es ihm gelungen, sie bei Hofe einzuführen, endlich waren seine bald höflichen, bald galanten Andeutungen und Insinuationen erhört worden – und bis zur Begrüßung, bis zum ersten Austausch von Höflichkeiten war auch alles glattgegangen –, aber dann, noch während man auf den Tee wartete, den die Diener gewiss gleich bringen würden, hatte Artemisia geistesabwesend gewirkt, und in allzu dürren Worten hatte sie den wirklich wunderbaren Blick aus den Fenstern des Palazzo gelobt, dabei aber auf geradezu unhöfliche Weise zur Seite geschaut. Bronzini war froh, dass noch andere Geehrte den Empfang genossen, so fiel nicht allzu sehr auf, dass Artemisia sich immer weiter wegbewegte, jetzt hatte sie schon durch die offene Tür den Nebenraum erreicht. Was tat sie da? Sie reagierte nicht auf seine Winke und Gesten. Bronzini folgte ihr möglichst unauffällig. Ihr Blick war ernst und konzentriert auf die Teppiche gerichtet. Das also waren die berühmten *Tapisseries des Valois*. Die acht riesigen Wandteppiche schmückten den gesamten Raum und glänzten sanft im Licht der Kerzen, sie schimmerten wie das Fell kostbarer Pferde. Unwillkürlich strich Artemisia mit einer Hand darüber. Der Teppich war weich und warm, er schien geradezu zu atmen. Kein Vergleich zu ihren glatten, kühlen Leinwänden! Artemisia hielt auf Leinwand. Gelegentlich malte sie auf Holz, aber kein Malgrund war der Leinwand überlegen. Die Leinwand sorgte für das richtige Tempo: Sie gab dem Pinsel Schwung, und doch zwang sie die eilige Hand der Künstlerin gelegentlich, innezuhalten. Dann besann sie sich und trug die Farbe entweder etwas pastoser auf, sorgte dafür, dass ein Faltenwurf etwas schwerer, eine Perlenkette greifbarer wurden, oder sie bearbeitete die Pinselstriche so lange, bis sie ganz glatt wurden, eine ebene, vornehm schimmernde Fläche, makellos, spurenlos. Die perfekte Malarbeit ließ die Arbeit des Malers verschwinden – bis sie erneut ansetzte, ausbesserte, ganze Figurenteile, ja sogar Gesichter ersetzte, weil sie ihrem kritischen Blick auf das eigene Werk nicht standhielten. Die Leinwände vertrugen solcherlei Korrekturen, die Leinwände waren ihre Freunde. Aber das hier! Das war auf andere Weise kostbar. Dem Material der Teppiche entsprach das, was dargestellt war. Die acht seidenen Untergründe zeigten festliche Szenen vom Hof im fernen Bayonne.

Und, meine Liebe? Was glauben Sie? Wer sind die Hauptfiguren in diesem köstlichen Spiel? – Unbemerkt war Großherzogin Cristina neben sie getreten.

Artemisia erschrak, wie es sich gehörte. Aber Cristina schien entschlossen, mit ihr zu parlieren. Sie wies auf die hochgewachsenen Figuren, die den Teppich dominierten.

Sagen Sie es nur freiheraus! Mir ist Ihr sicheres Urteil längst zu Ohren gekommen.

Meint Ihr ... meint Ihr: Es sind die Frauen?, fragte Artemisia.

Cristina lachte leise: Gewiss. Die Frauen sind es. Immer die Frauen. Sehen Sie nur: Katharina von Medici und Elisabeth von Spanien.

Cristina benutzte die nördlichen Namen. Artemisia nickte folgsam. Cristina fuhr fort:

Sie haben sich dort getroffen, im Süden, an der Grenze zur spanischen Herrschaft. Meint Ihr nicht: Sie müssen viel Spaß miteinander gehabt haben?

Wieder dieses Lachen, leise und guttural.

Die anderen Gäste waren näher getreten, die Großherzogin wartete Artemisias Antwort nicht ab, sondern wandte sich ihnen zu. Später ließ man sie weitere Räume sehen, einer prachtvoller als der andere. Es war eine lange Wanderung.

Schließlich nahm ein Diener Artemisia und Bronzini beiseite: Die Großherzogin bestehe darauf, dass man den Großherzog begrüße. Eine Ehre!

Der Herrscher der Toskana ruhte auf einem bequemen Diwan in einem abgelegenen Raum. Er wirkte heiter, trotz seiner offensichtlichen Schwäche und trotz der Schweißperlen, die auf seiner Stirn glänzten. Artemisia schämte sich: Wieso fielen ihr stets sofort die unschicklichen Details bei den Menschen auf, vor allem, wenn sie die Haut betrafen? Unregelmäßigkeiten, Male, Leberflecken – die Haut war jener Teil des menschlichen Körpers, der sie am meisten faszinierte. Aber es hatte etwas Anstößiges, jetzt zumindest, da Cosimo sie offen musterte und freundliche Worte an sie richtete: Viel von Ihnen gehört, Maestra Lomi, Sie scheinen tüchtig, Maestra ...

Artemisia bemühte sich, ihn nicht anzustarren, nickte, lächelte. Dann wurden sie wieder hinauskomplimentiert. Die Audienz war beendet.

Am Abend dachte Artemisia zurück an die Teppiche der Medici, an ihre Raffinesse und Diskretion. Die Teppiche waren flach, gewiss. Sie zeigten nur Oberfläche, gewiss. Und selbst die scheinbar realistischen Perspektiven der Szenen, die so kunstvoll eingearbeitet waren, verbargen nicht, dass es sich um Kunst, also etwas Künstliches handelte. Artemisia fuhr sich mit der Zunge über die Lippen: Der cremefarbene Untergrund wie ein von Menschen gemachter, seidiger Himmel … Nein, solcherlei war ihr nicht vergönnt. Sie musste malen. Sie war den Körpern auf andere Weise verpflichtet, als es die Hersteller dieser Kostbarkeiten in Bayonne und Flandern gewesen waren. Die Maler hatten es mit dem Diesseitigen zu tun; dem Dargestellten auch auf der Leinwand oder gar auf Holz etwas Sublimes zu geben, das blieb harte Arbeit. Artemisia blieb noch lange sitzen, tief in Gedanken versunken. Sie hätte sich gern mit jemandem ausgetauscht, mit einer Kollegin. Aber sie konnte nicht einmal Lavinia Fontana schreiben, denn die war vor einigen Jahren gestorben. Sie fehlte. Andere Malerinnen fehlten. Artemisia seufzte, und als sie aufstand, um endlich zu Bett zu gehen, schmerzte ihr Rücken. Das kam vom endlosen Stehen bei Hofe; vor der Leinwand wurde Artemisia Lomi niemals müde.

Schon wenige Wochen später war Artemisia wieder bei Cristina und Maria Maddalena zu Gast. Aber diesmal im Kostüm. Und mit einer Larve vor dem geschminkten Gesicht. Der Weg zum Palast mit weiteren Geladenen glich einem kleinen Umzug.

Neugierig schauten die Bewohner von Oltrarno aus den Fenstern. Die Bewohner des bescheidenen Stadtteils kamen ins Staunen. Welche Narreteien sich die bei Hofe wieder ausgedacht hatten! Diese vermeintliche Musikerin da, die mit dem Gewand in der Farbe von altem Senf, deren offene Sänfte so bedenklich schwankte, war das nicht die Malerin, die neuerdings in der Accademia di San Luca mitmischte? Eine Frau, die, so erzählte man sich, mitsamt dem Ehemann, einem wahren Tropf, in die Nähe ihres Liebhabers gezogen war? Die traute sich was! Die Leute reckten die Köpfe. Die Sänftenträger fühlten sich unwohl und beschleunigten ihren Schritt. Artemisia zog die Kapuze ihres Mantels über den Kopf, dann griff sie schnell nach dem Griff an der Seite der Sänfte, um sich festzuhalten. Die Robe, die sie hatte nähen lassen, war so üppig, dass sie überall aus dem Mantel hervorquoll, es war, als würde sie eine große Decke tragen – oder eine senfgelbe Gewitterwolke, die sie jetzt im Sturm emportrug, weiter, immer weiter, zum Palast, zu Cosimo, zu Maria Maddalena, zum Erfolg.

Im Palast wurde ihre Kostümierung mit freundlichem Gelächter quittiert. Artemisia erschien als Musikantin, jedoch mit einem Gewand, das eher dem Himmel als der Erde zu entstammen schien, mit einer Laute in der Hand, dem goldglänzenden Nimbus der Engel auf dem Kopf, dem weißen Hemd der Unschuldigen. Keine Frage: Artemisia stellte Cäcilia dar, die Patronin der Musiker, eine Heilige, die energisch über ihre Jungfräulichkeit gewacht hatte. Was für eine Ironie!

Wollt Ihr uns ein Lied spielen?, wurde sie geneckt. – Oder psalmodieren?

Nein, besser nicht!

Jeder ahnte, dass die Laute nur ein Requisit war. Artemisia ließ das hölzerne Instrument von einer Hand in die andere wandern, rückte den Stirnreif zurecht. Ihr Auftreten unterschied sie deutlich von den anderen Gästen, die vor allem ihren Wohlstand zeigten, ihren erlesenen Geschmack, die es verstanden, ihre kostbaren Körper möglichst vorteilhaft erscheinen zu lassen. Artemisias Kleid dagegen wallte, es hatte weite Ärmel, Fledermausärmel, die sie noch üppiger erscheinen ließen, wenn sie sich streckte. Unter der Robe mit ihren nur überschnittenen Schultern trug sie ein weißes, übergroßes Hemd, dessen Ärmel sie scheinbar achtlos nach oben geschoben hatte, die Manschette umgeschlagen – so, wie sie es als Malerin tat. Würde sie vielleicht doch noch singen oder wenigstens ein Gedicht rezitieren? Aus einem Ärmelaufschlag lugte, unübersehbar, ein beschriebenes Blatt Papier, als hätte sie Verse bei sich, die sie jederzeit vortragen könnte. Würde sie alle drei Künste auf einmal vertreten – die Malerei, die Musik und die Literatur? Ihre heilige Cäcilia, wenn es denn eine war, war ganz dem Diesseits hingegeben, der Welt und dem besten Teil dieser Welt, der Kunst.

Sie aßen und tranken. Artemisia war neben Galilei platziert worden – eine Auszeichnung für sie, die vier Jahre nach ihrer Ankunft in Florenz noch immer als Neuankömmling galt. Es war bekannt, dass Galilei Artemisias Kunst schätzte. Und außerdem war sie wie der berühmte Gelehrte allein gekommen, das machte es Maddalena von Medici leichter, die beiden nebeneinanderzusetzen. Die wahre Herrscherin des Hauses ließ die Blicke über die Gesellschaft gleiten. Zweihundert. Eine eher kleine Zusammenkunft. Aber nun spielten die Musiker auf, die Platten mit dem Essen wurden hereingetragen. Gelächter, Geplauder, Dampf und Rauch, der Geruch von schwerem Puder und Parfüm erfüllten den Raum.

Maddalena ließ Früchte bringen, kunstvoll drapiert zu seltsamen Tieren, zu Zauberwesen, zu fantastischen Gärten. Dann der zweite Gang, mit Pasta, die zu Bechern geformt war. In den Bechern dampfte eine Mischung aus Steinpilzen und tagelang eingelegtem Getreide, das in Wein gekocht worden und mit Sahne verfeinert worden war. Ah! Nach den *Coppette di pasta* musste etwas Würziges und Säuerliches herbei: *Baccalà con carciofi* – Stockfisch mit Artischocken. Viermal musste man das Wasser erneuern, in dem der Stockfisch tagelang getrieben hatte – ein ungeheuerlicher Aufwand für so viele Gäste. Und dann die Artischocken mit ihren gemeinen, harten Außenblättern! Wie hatten es die Bediensteten nur geschafft, sie zu putzen und das flaumige Heu zu entfernen? Serviert wurden nur die zartesten

Innenblätter und die sanft gedämpften Böden – diese allerdings püriert und aufgeschäumt, sodass sie ein weiches Bett für die harschen Stockfischstücke bildeten. Das schmeckte köstlich und intensiv! Dazu trank man starken Wein oder, noch besser, Branntwein! Die Leute prosteten einander zu. Vivat-Rufe auf die Gastgeberin ertönten. Die Musiker spielten ein wenig lauter. Unauffällig rieb Artemisia die Hände an der Robe ab. Galilei, der sie beobachtet hatte, reichte ihr eine Zitronenhälfte:

Das wird bessere Wirkung tun, meine Liebe!

Er hatte recht. Die Hände dufteten wieder frisch und reinlich.

Es gab einen gestürzten Reisauflauf mit Spinat und schließlich wurden die Kapaune serviert. Sie waren mit Äpfeln und Pflaumen gefüllt und mit schwerem Balsamico übergossen. Und dann der Kuchen: *Crostata di mele caramellate* – Kuchen mit karamellisierten Äpfeln und Rosmarin. Er war so schwer und so aromatisch, dass auch der letzte Geruch des Fisches verschwand.

Kein Zweifel, die Medici verstanden zu feiern. Nie zuvor hatte sie ein derart köstliches Menü genossen, nie zuvor so viele verschiedene Aromen wahrgenommen, die alle zusammen ein harmonisches Ganzes ergaben. Wie ein Bild, dessen Farben alle Nuancen der Palette kunstvoll in sich vereinigt.

Artemisia atmete schwer. Sie war froh, dass ihr fantastisches Gewand so weit und so schwer war. Sie angelte nach ihrem Zettel. Eine Danksagung stand darauf – und ein Gedicht. Es war üblich bei Hofe, dass man sich nach dem Essen mit kleinen Darbietungen erkenntlich zeigte. Und malen – das konnte sie ja schlecht. Daher das Gedicht. Und die Laute zur Zierde.

Im Saal wurde es allmählich ruhiger; das reichhaltige Mahl und die schweren Weine taten ihre Wirkung. Jetzt wurde es Zeit für die Unterhaltung.

Maddalena gab ihr einen Wink. Wie – sie sollte zuerst? Vor den anderen Gästen? Galilei rückte ihr überrascht den Stuhl zurecht und schaute sie ermunternd an.

Artemisia kämpfte beim Aufstehen mit dem Gewand. Hände halfen ihr, Hände schoben sie nach vorn, wo Maddalena mit den ihren saß. Erwartungsvolle Blicke, Räuspern, jemand, der mit einem Messer gegen einen Messingbecher schlug – oder war das Silber? Dieser Reichtum hier! Dieses noble, aber dabei zurückhaltende Ambiente! Die vornehmen Damen, die sich heute darin gefielen, geradezu riskante Kostüme zu tragen. Ihre Larven hatten sie beiseitegelegt, sie würden sie nun, da aus dem Essen bald ein Ball werden würde, wieder anlegen – es war ja gleichgültig, wie viel ihre Kostümierungen verrieten, hier ging es nicht um Kunstfertigkeit, hier ging es um Verwegenheit.

Artemisia holte tief Luft.

Quant'è bella giovinezza,
che si fugge tuttavia!
chi vuol esser lieto, sia:
di doman non c'è certezza.

Wie schön ist die Jugend, die uns erfreut,
Doch wer will sie halten? Sie flieht und bereut,
Und wenn einer fröhlich sein will, der sei's heut,
Und für morgen ist keine Gewissheit.

Ein Loblied auf die Schönheit der Damen! Artemisia hatte tatsächlich ein, zwei Töne auf der Laute angeschlagen. Das gefiel. Aber noch mehr gefiel, dass sie ein Lied von Lorenzo de' Medici selbst gewählt hatte, ein Lied aus dem *Trionfo di Bacco e Arianna.* Vor mehr als hundert Jahren war es geschrieben worden, eine Hymne auf die Frauen! Die Musiker applaudierten, der *Trionfo,* das war ihnen recht! Es schadete nicht, dass die Sängerin, die eine Malerin war, ein wenig schief sang – die fehlende Vollkommenheit machte sie durch Inbrunst und Lautstärke wett. Das Publikum nickte anerkennend, einige flüsterten die bekannten Verse mit, und Maddalena verbarg das Gesicht hinter ihrem kostbaren Fächer. War sie etwa bewegt? Die Musiker gaben einander Zeichen, und dann spielten sie auf. Eilig erhoben sich die Gäste, schoben Stühle nach hinten, folgten den Musikanten in den nächsten Saal. Nun begann der Ball!

Sehr gut!, raunte Galilei Artemisia zu, als er sie im Getümmel endlich wiedergefunden hatte. – Eine wahrhaft gelungene Schmeichelei! Die nächste Einladung wird nicht auf sich warten lassen.

Und so geschah es. Artemisia wurde regelmäßiger Gast bei Maria Maddalena d' Austria. Auch Caterina de' Medici, die Schwester des kranken Herrschers, fand Gefallen an der Künstlerin. Maddalena und ihre Schwägerin mochten deren ungebärdige Kraft, ihren Witz, ihren Mut. Stand der nicht auch ihnen selbst zu Gesicht? Was lag näher, als Bilder bei dieser kühnen Künstlerin in Auftrag zu geben? Ein paar Monate später war es so weit. Cosimo hatte nichts dagegen, den Kreis der Hofmaler um die Virtuosa aus Rom zu erweitern, von der ihm die Frauen in seiner Umgebung vorschwärmten. Er hatte sie kaum in Erinnerung, sein Fieber hatte ihn die Begegnung nur wie durch einen Nebel wahrnehmen lassen, aber er erinnerte sich an nachlässig hochgesteckte Haare von dunklem Gold und an eine dreiste Kostümierung, die Anlass zu allerlei Gerede gegeben hatte. Aber sie war Mitglied der Akademie. Und sie war mit seinem Hofmathematiker befreundet. Auch Sofia, die Hofdame, sprach gut von Artemisia, von ihrer Bildung, ihrer künstlerischen Meisterschaft. Das war ihm genug Ausweis von Qualität. Er ließ seine Frauen gewähren, wohl ahnend, dass sie es waren, die in Wirklichkeit die Geschicke bei Hof bestimmten.

Maria Maddalena hatte genaueste Vorstellungen. Sie fand es einen köstlichen Spaß, mit dem eigenen Namen zu spielen: Maria Maddalena gab ein Bild der heiligen Maddalena in Auftrag, sie wünschte sich, so flüsterte sie Artemisia zu, dabei ein Bild ihrer selbst oder jedenfalls ein Näherungsporträt ihrer selbst als Büßerin – ganz so, als wollte sie im Vorhinein Abbitte tun für allzu turbulente Feste, die gewiss noch stattfinden würden.

Artemisia Lomi freute sich über den Auftrag, sie nickte zu den Ausführungen der Großherzogin, aber sie malte keineswegs ein Abbild der Herrscherin – sie malte sich selbst. Angeblich, um die Herrscherin vor Spott zu schützen. Und als einen erinnernden Gruß an jenes erste, opulente Fest bei Hofe malte sie sich in dem Kleid, das sie getragen hatte: Ihre Maddalena zeigt genau jenes senfgelbe Gewand, mit dem die Künstlerin damals aufgefallen war. Allerdings rutscht das Kleid auf dem Bild der büßenden Maddalena von der rechten Schulter. Anders als bei vielen Malerkollegen zeigte die Lomi die Büßerin nicht nackt, nur etwas derangiert. Die Maddalena hatte offenbar geweint, denn die Augen und das Gesicht waren gerötet. Ernst, ja fast verzweifelt blickte sie den Betrachter an – ein Blick, dem man sich nicht entziehen konnte. Maddalena saß auf einem kostbaren, rot gepolsterten Stuhl, von dem jedoch nur die Lehne zu sehen war. Und, Zeichen äußersten Selbstbewusstseins: Unter dem roten Polster war das Bild deutlich, ja überdeutlich signiert. Mit dem Hintergrund hingegen hatte sich die Malerin nicht lange aufgehalten. Die Maddalena saß vor einer dunkelgrauen, verschwimmenden Fläche. Sie wurde erleuchtet von einer nicht erkennbaren Lichtquelle, die irgendwo außerhalb des Bildes sein musste und Gestalt und Kleid der Heiligen traf. Maddalena hatte die rechte Hand auf die linke Brust gelegt – eine Geste zum Herzen hin, als wollte sie ihre tätige Reue noch unterstreichen –, aber auch eine kleine Reminiszenz an all die stillenden Madonnen, die das Gegenbild zur Büßerin waren.

Die linke Hand lag ausgestreckt auf einem Bord, neben dem, gänzlich unscharf, ein Totenschädel mehr zu ahnen als zu sehen war. Den Büßer-Requisiten, dem Brevier und dem Schädel, stand das helle Gewand gegenüber – und mehr noch, die leuchtende, reine Haut der Frau. Unter dem Gewand zeigte sich ein nackter Fuß. Hier, ebenso wie bei der Hand, hatte Artemisia ihre ganze Kunstfertigkeit gezeigt.

Die Medici-Frauen waren überrascht – und begeistert. Wenn Maddalena ihr eigenes Konterfei in dem Bild vermisste, so behielt sie es für sich, denn das Bild war originell und geistreich. Sie gaben weitere Bilder in Auftrag. Eine neue Danae, eine weitere Susanna im Bade, eine weitere Judith, die einen weiteren Holofernes enthauptet. Bitte, Maestra, beeilen Sie sich!

Und Artemisia, die sich ebenso rasch langweilte wie ihr Vater, seufzte wegen der Wiederholungen, seufzte wegen der Berechenbarkeit der vornehmen Kundinnen, wegen der Säumigkeit ihrer Zahlungen, suchte neue Modelle und fand sie und suchte neue Kleider und fand sie ebenfalls, und sie bezahlte teure Schneiderinnen, bezahlte die Ammen, die auf Cristofano achteten, worüber Stiattesi seufzte und klagte, freilich nicht, ohne selbst in die Schatulle zu greifen, in der Artemisia ihr Geld aufbewahrte. Er selbst hatte ja keines. Er verdiente nichts oder so gut wie nichts, und allmählich, so behauptete er jedenfalls, fraß ihn sowieso ihre Arbeit auf. Was musste er nicht alles für sie besorgen, vor allem, seit sie bei Hofe ein und aus ging! Wer, wenn nicht er, hatte den Überblick über die Rechnungen und die Lieferungen! Natürlich übertrieb er maßlos. Am meisten störte ihn, wie schnell ihre Werkstatt wuchs, wie viele Burschen hier arbeiteten oder ausgebildet wurden. Es war eine Wette auf die Zukunft. Die jungen Leute wussten nichts und konnten nichts, da hätte er ebenso gut das Söhnchen beschäftigen können! So zeterte Stiattesi tagaus, tagein. Artemisia hingegen war recht zufrieden mit ihren Gehilfen – welche Malerin konnte schon über welche verfügen? –, und sie gab sich Mühe, die jungen Burschen auszubilden und sie zu belehren, wie ihr eigener Vater sie belehrt hatte. Die *garzones* waren gehorsam, sie wussten, dass die Ausbildung jahrelang dauern würde und dass weder ihr Talent noch ihre Verbindungen ausreichen würden, auf eine Karriere an der Accademia hoffen zu können. Manche versuchten, der Maestra schöne Augen zu machen, dabei war sie schon eine reife Frau, über zwanzig, hatte mehrere Kinder im Bauch getragen, wenngleich man dem Mann, diesem besseren Laufburschen, nichts zutraute. Aber die Maestra! Woche für Woche kam sie mit neuen Aufträgen ins Haus, sie war eingeladen in den wichtigsten Häusern der Stadt, sie nahm an den Versammlungen der Accademia teil, sie besuchte Empfänge, Theaterabende. Vor lauter Verpflichtungen kam sie gar nicht hinterher, immer Zettel mit hastig geschriebenen Rechnungen dabei, immer mit Notizen, immer mit einigen Resten von Farbpulver unter den Fingernägeln, was sie, trotz ihres sonst eleganten Auftretens, nicht zu kümmern schien. Immer ein wenig flüchtig, immer geschäftig, immer in Eile, immer mit neuer, seidig schimmernder Garderobe, immer mit neuem, fast echtem Schmuck. Beides, die Garderobe und den Schmuck, legte sie oft gar nicht ab, wenn sie sich wieder vor die Staffelei stellte. Ungeduldig drapierte sie die unsicheren Modelle, spannte Tücher und stellte starke Lichter hinter die Figuren, damit ihre Schatten erlaubten, die Konturen in Windeseile zu zeichnen – so, wie sie es von ihrem Vater gelernt hatte. Aber anders als der Vater beschäftigte sie keinen spezialisierten Malerkollegen – niemand, der ihr die idealisierten Landschaften als gefällige Hintergründe malte, niemand, der ihr fantastische Türme und Mauern als Illusionen auf den Malgrund stellte. Das wollte sie nicht, das wollte sie nicht bezahlen, und dazu hatte sie auch keine Zeit. Schnell musste es gehen, immer schneller – und doch wurde so manches Bild nicht fertig, drängten die Auftraggeber, drängten die Gläubiger. Noch größere Eile, noch größere Geschäftigkeit, wachsende Ansprüche, scheinbare Abschlüsse, Korrekturen, Übermalungen. Je näher sie sich den Medici-Damen fühlen durfte, desto aufwendiger wurde es, diese Nähe zu beleben. Maria Maddalena zum Beispiel hielt sich für eine Art Amazone. Lachend zunächst, vergnügt und ironisch hatte sie diese Ideen bei einer ihrer Runden verkündet, und lachend, vergnügt und ironisch hatten sie alle reagiert: die Schauspielerinnen und Sängerinnen, die Poetinnen und Denkerinnen, die die *Grand Duchesse* um sich zu scharen pflegte. Sie hatten auf einer der Terrassen des Palazzo gestanden, zierliche Tässchen mit dem neuesten Modegetränk, einem gewürzten Kaffee, in der Hand, und bestaunten, dass man Speckstein so fein hatte arbeiten können. Aber der vermeintliche Speckstein war Elfenbein gewesen, edle Importware – nein, keine Angst, das ist recht robust! –, und dann hatte Maria Maddalena wieder von ihrem Traum erzählt, dem Traum einer Gemeinschaft von Frauen, und sie hatte dabei nicht einmal die Stimme gesenkt, denn Cosimo war seinen Leiden so hingegeben und so schwach, dass er sich, gut versorgt von zahlreichen Bediensteten in seinem Zimmer, gar keine Mühe mehr gab, dem geschäftigen Treiben seiner Frau und seiner Schwester zu folgen.

Amazonen! Tatkräftige, furchtlose Frauen, die ohne Männer auskämen!

Maddalenas Gäste lachten, manche, deren Männer durchaus noch etwas hermachten, ein wenig gezwungen.

Eine Jagd! Eine Jagd musste her!

Die anderen hörten auf zu lachen. Das war nun wirklich eine Sache für die Herren, nicht für Damen, die auf sich hielten, auf die Ehre – und auf die Unversehrtheit ihrer Leiber. Denn Reiten, noch dazu eine Jagd – das konnte eine Frau ruinieren. Was war nur in die Großherzogin gefahren? Gab es niemanden, der sie warnen konnte, der ihr sagte, was schicklich war – selbst für ihresgleichen?

Maddalena ließ die Jagd ungeachtet der skeptisch hochgezogenen Brauen, ungeachtet des Geredes, das ihr hinterbracht wurde, organisieren. Dann begleiteten sie eben nur Männer! Von den Boboli-Gärten ging es hinunter ins Tal, dann durch die Pinienhaine nach Süden, in gesittetem Trab zuerst, dann im versammelten Galopp – die *Granduchessa* und ihre Männer, eine geordnete Gruppe, kein wilder Haufen, und dennoch kannte

Florenz über Wochen kein anderes Thema. Artemisia malte es. Nicht die Gruppe, nicht die Jagd – wohl aber die Granduchessa. Mit Nymphen, nicht mit Jagdgenossen. Ein köstlicher Spaß, aus den edlen Reitern, die Maddalena begleitet hatten, artige, kokette Waldgeister zu zaubern, folgsame Halbgottheiten, die Wasser aus Quellen schöpften und ansonsten *bella figura* machten. Die Aufgabe der Begleiter bestand darin, die Duchessa noch schöner, noch wagemutiger, noch entschlossener auftreten zu lassen. Das gelang so gut, dass zum ersten Mal seit sehr langer Zeit wieder ein Lachen aus den Gemächern des Herzogs zu hören war, als ihm Maddalena das Bild zeigen ließ. Ein toller Spaß! Eine kühne Tat!

Und dennoch ließ er das Bild nicht im Jagdzimmer aufhängen, wo es sich Maddalena vorgestellt hatte. Auch nicht im Salon, wo es mit seinen gedämpften Farben gut hingepasst hätte. Nein, Cosimo verbannte das Bild in die Räume Maddalenas. Dort wurde das Bild zwischen zahlreiche andere Porträts und Stillleben gehängt – alles Werke von Künstlerinnen, die die Herzogin förderte. Freilich fiel Artemisias Bild gründlich aus dem Rahmen: wegen des Motivs und wegen seiner männlichen Größe. Es erregte eher Aufsehen, als dass es schmückte.

Gefährlich lange hatte Artemisia unterdessen ihre anderen Auftraggeber warten, hatte Pflichten schleifen lassen, Besuche, die dringend erwünscht waren, aufgeschoben. In die Casa Buonarroti wagte sie sich schon seit Monaten nicht – so auffällig klaffte die Lücke an der Bilderdecke des Hausbesitzers. Artemisia hatte auf Maddalenas Auftrag gesetzt, auf die Bekanntheit, die das große Bild in einem jener Räume des Palastes hervorrufen würde, der am meisten von Besuchern frequentiert wurde. Aber damit wurde es ja nun nichts. Also wieder ein neues Bild, noch spektakulärer, noch größer – und wieder kein vermeintlich weibliches Motiv und schon gar kein Stillleben. Wie schaffte es Artemisia, den Auftrag für einen *Herkules* von den Medici zu bekommen? Wen hatte sie becirct, wem von ihren Fähigkeiten berichtet? Sie war nicht zimperlich, wenn es darum ging, sich ins rechte Licht zu rücken. Wer über keine Hofschranzen verfügte, musste seine eigene Botschafterin sein.

Der Herkules also. Männliche Kraft und männliche Macht. Davon verstand sie etwas. Freilich: Das Motiv war allzu geläufig. Sie musste es durch eine Besonderheit adeln, mit der die kritische Kundschaft nicht rechnete – und schnell fiel Artemisia die Lösung ein, freilich eine kostspielige: Sie würde den Herkules scheinbar ganz im Stil ihrer männlichen Kollegen malen, den Kraftprotz also als Tugendheld – das erwartete man nicht von ihr, und deshalb war hier gerade das Gewöhnliche ungewöhnlich. War sie nicht die Malerin, die es wie keine andere verstand, Helden zu Fall zu bringen? Ihre Varianten des Kriegshelden Holofernes, den der Mut der Judith richtet, waren mittlerweile berühmt. Würde sie sich also den Spaß erlauben, den betrunkenen Herkules zu malen, wie er von Nymphen und Faunen gestützt werden musste? Von einem solchen Bild raunte man in der Toskana; dieser Rubens aus Flamen hatte es gemalt. Doch nein, Artemisia hatte nicht vor, ihre Auftraggeber zu brüskieren; gerade der schwache Cosimo sollte sich als Verkörperung des Herkules sehen können, das Bild sollte ein Wink für allzu aufmüpfige Besucher sein, die sich nur noch an Schwester, Mutter und Gattin wandten: Unterschätzt mich nicht. Ich bin noch da.

Gerade aber das Ephemere der Erscheinung, das Artemisia so huldvoll erschien, verlangte nach einer besonderen Technik – und einer besonderen Farbe. Bei der Farbe gab es keinen Zweifel: Kostbares, modernes Ultramarin musste her. Sehr teuer, zweifellos. Stiattesi rang die Hände. Aber an der Akademie konnte man als Mitglied recht günstige Kredite erhalten – und für was, wenn nicht für einen Auftrag des Großherzogs selbst, würde man ihn ihr gewähren? Und die Malweise? Artemisia beobachtete die Florentiner Kollegen genau, vor allem den aufstrebenden Guido Reni, von dem es mal hieß, er stamme aus Bologna, mal, er sei ein echter Römer, der von der Gunst der

Borghese lebte. Er verstand sich auf den einen wie den anderen Dialekt, er war wie ein Chamäleon, das sich allen Zuordnungen entzog, Farben und Gestalten wechselte, wie es gerade opportun erschien. Mit frecher Leichtigkeit hatte sich Reni an den Bologneser Malern orientiert, dann aber an der feinen, kleinen Akademie der Brüder Carracci studiert, schließlich in Rom sein Auskommen gefunden – und schreckte in seinen Bildern weder vor dreisten Kopien im Auftrag einfallsloser reicher Gönner zurück noch vor Imitationen des großen Caravaggio. Allerdings, das musste Artemisia zugeben: In seinen Darstellungen antiker Helden gab es etwas ... Im Palazzo der Medici hingen einige der Bilder, und nachdenklich, besorgt verbrachte Artemisia viele Stunden davor. Sie kam nicht recht darauf, was den Reiz dieses gebildeten Langweilers ausmachte.

Teuerste, Ihr werdet noch trübe Augen bekommen! – Spöttisch wie stets stand plötzlich Galileo Galilei neben ihr. Offenkundig hatte er Gelegenheit, sich bei dem Tee, zu dem sie die Damen eingeladen hatten, etwas zu absentieren. Tee dieser Art war eine neue Mode, deren Reiz für die Florentiner ausschließlich in dem Neuartigen bestand. Es war so umständlich! Und es dauerte so lange! Sie waren am Nachmittag geladen worden, aber längst war es Abend geworden, und noch immer wurde ein neuer Aufguss der grünen Blätter serviert. Und fade Kekse dazu, aus England, wie man versicherte.

Ich komme nicht darauf, ich komme nicht darauf ... Artemisia schaute Galileo zweifelnd an. Sie erläuterte ihm ihre Probleme mit dem Auftrag und der rasch anwachsenden und so geschmeidigen Konkurrenz. Aber es half ja nichts: Sie musste liefern.

Cosimo hatte schon nachgefragt – und dabei gab es noch nicht einmal eine Skizze! Das Modell war gebucht. Es war natürlich Mala, jener Kraftprotz, der ihr auch den Holofernes gegeben hatte.

Der Riese?, fragte Galileo verblüfft. – Ich glaubte, er sei ein Mann aus Rom?

Gewiss, das war er. Aber Artemisia hatte ihn eigens anreisen lassen. Jetzt wohnte der Mann in einer Pension, zechte und fraß – und gab Artemisias Vermögen aus, das, wenn man aufrichtig war, kaum noch eines genannt werden konnte.

Und die Farbe! Entsetzlich teuer!

Galilei zog fragend eine Augenbraue hoch, nahm jedoch Artemisia vertraulich beim linken Arm, um sie aus dem kühlen Korridor fortzuführen.

Warum ist die Farbe so teuer? Besitzt Ihr Gatte nicht Möglichkeiten? Als Apotheker?

Gewiss, gewiss ... Aber Ultramarin ...

Ultramarin?!?

Nun, das war in der Tat verwegen! Kühn! Riskant! Schon Platon und Plinius hatten den Stein beschrieben, der aus weit entfernten, gebirgigen Gegenden tief im Osten stammte. Wochenlang, monatelang waren Karawanen mit dem kostbaren Gut unterwegs.

So viel wusste Galilei.

Es ist das Gold des Ostens!, rief Artemisia. – Nichts weniger! Gerade richtig für den Großherzog.

Sie beschrieb dem aufmerksam lauschenden Gelehrten, wie es mit dem Schatz aus der Ferne weiterging, wenn er einmal in die Toskana geschafft worden war. Hatte man die Ware endlich an ihrem Bestimmungsort abgeliefert, begannen die eigentlichen Probleme. Eine aufwendige Prozedur war zu leisten, auf die sich nur wenige verstanden. In deren Verlauf musste der fein zermahlene Stein mit Harz, Öl und Wachs in Lauge geknetet werden. Heißes Wasser war wiederholt und in einem ganz bestimmten Rhythmus darüberzugießen, sonst verdarb man das Ganze, und nur mit einigem Glück und Geschick löste sich endlich das Pigment im Waschwasser aus dem Gemenge.

Artemisia machte eine große Geste und blieb stehen. Erst jetzt fiel ihr auf, dass Galileo sie keineswegs zu den anderen Gästen zurückführte. Er brachte sie auch nicht auf den Balkon, der zum Garten hinaus gelegen war und wo sie schon manches Mal auf die so kunstfertig angelegten Terrassen geschaut hatten: Artemisias Fibel – wie sie und Galileo es manches Mal lachend genannt hatten. Nein, diesmal geleitete sie der Freund zu einer recht steilen Treppe.

Sie sind eine kluge Freundin, Artemisia, eine wahre Maestra! Ist es Ihnen möglich?

Natürlich war es möglich! Artemisia hatte kein Problem damit, Kleider zu raffen und schnell voranzuschreiten. Sie stieg hinter Galileo die 241 Stufen hinauf, Schritt um Schritt, und mit jedem Schritt ließ sie ihre Sorgen um Farbpulver und Geld ein wenig weiter hinter sich. Mit Galileo unterwegs zu sein, bedeutete, etwas Neues zu entdecken. Energisch stapfte sie weiter. Die Luft war stickig, es wurde dunkler und dunkler, aber dann spürte sie eine kühle Brise – und Licht.

Sie waren oben angekommen. Galant öffnete Galilei eine Tür. Sie schritten hindurch und gelangten auf eine schmale Galerie. Hier hatte der Gelehrte etwas vorbereitet: eines seiner berüchtigten Fernrohre stand da auf einer Halterung und ragte in den nächtlichen Himmel. Die Sterne funkelten. Was sollten sie aber hier sehen?

Fragend wandte sich Artemisia um.

Nur zu, nur zu!, sagte Galileo einladend. – Ich habe etwas für Sie vorbereitet.

Wirklich? Sind Sie gewiss?

Eine merkwürdige Scheu befiel Artemisia. Sie hatte sich noch nie mit etwas anderem als mit ihrer Malerei befasst. Nicht ernsthaft. Natürlich, sie hatte die eine oder andere Skulptur umschritten, die Gartenkunst der Medici freudig zur Kenntnis genommen und in der Accademia den Ausführungen der Denker … nun ja … meist gelauscht. Sie verfasste Verse, die sie sorgsam für sich behielt. Aber das hier war eine neue Welt, das war ihr augenblicklich klar – eine neue Art, die Welt zu sehen, und eine neue Art zu denken. All dies verkörpert in dem merkwürdigen Ding, das auffordernd vor ihr in die Luft ragte. Artemisia beugte sich vor.

Nein, nein – das Rohr kommt Ihnen entgegen, nicht umgekehrt! – Galileo lachte. Er rückte die Apparatur für sie zurecht. Artemisia wollte hindurchschauen, aber gleich korrigierte er sie wieder: Nicht mit beiden Augen, mit einem!

Er machte es ihr vor. Er kniff theatralisch ein Auge zusammen, dann das andere. Artemisia versuchte, es ihm nachzutun, aber ihr Auge zuckte. Lächerlich! Es gab Momente in der Malerei, da sie ein Loch in ein Laken geschnitten hatten, um so zu sehen, aber sie hatte aus der Distanz geschaut, mit beiden Augen. Das hier war neu. Entschlossen trat sie zum Fernglas und hielt sich mit der linken Hand ein Auge zu. So mochte es gehen!

Zunächst sah sie gar nichts. Aber dann ... Was war das am Himmel? Es war nicht der hell leuchtende Mond, es waren ... Sterne. Aber anders als sonst. Sie sahen nicht wie Himmelskörper aus, sondern wie ... Steine. Wie Steine, die aus dem Himmel fielen, obwohl sie sich ruhig verhielten. Aber sie schienen von weiter weg zu kommen, jemand warf sie in ihre Richtung.

Artemisia wandte sich zu Galileo:

Hat das solchermaßen seine Richtigkeit? Ist das so, wie es gedacht ist?

Galileo verstand nicht.

Dass die Sterne ihren Glanz verlieren, wenn man sie von Nahem betrachtet? Dass sie aussehen wie Steine am Wegesrand?

Es sind Steine am Wegesrand, meine Liebe!, rief Galileo begeistert. – Sie haben es erfasst! Sterne sind Wegmarkierungen in der Unendlichkeit der Straßen des Universums! Exakt! Nur, dass wir nicht wissen, wohin sie uns führen. Aber schauen Sie doch weiter!

Er schob Artemisia zurück an das Fernrohr, korrigierte und half.

Hier ..., sagte sie, ist es das, was Sie mir zeigen wollen?

Galileo hoffte es:

Sehen Sie ... ein recht großes, rundes Ding und daneben zwei kleinere? Solcherart, dass das Große sozusagen Hof hält und die Kleineren ihm dienen?

Artemisia nickte.

Galileo klatschte in die Hände:

Dann sehen Sie es! Dann sehen Sie es auch!

Er jubelte geradezu. Er griff Artemisias Hände, und wenn die Empore, auf der sie standen, nicht so eng gewesen wäre, hätte er womöglich begonnen, mit ihr zu tanzen.

Das ist Jupiter!, rief er. – Und die anderen, das sind die kleinen Jupitermonde. Neue Sterne! Verstehen Sie? Neue Sterne – und ich habe sie entdeckt. Ich heiße sie *Sidera Medicea, die mediceischen Gestirne*. Zu Ehren des Großherzogs! Ist das nicht artig? Aber der größte der vier, der möge Io heißen!

Er lachte selbstbewusst.

Io. Ich.

Artemisia schwieg. Sie hatte, wenn sie ehrlich war, nur sehr unscharf gesehen. Eher Kleckse als Kugeln, eher Flecken als Sterne. War der Himmel derart ... ramponiert? Ein ungeheuerlicher Gedanke! Das durfte sie gewiss niemandem erzählen. In Wahrheit hatte sie fast nichts gesehen, beruhigte sie sich. Verwaschen, verschwommen, vor allem hatten die Himmelsgebilde anscheinend keine Konturen. Sie gingen einfach in die ewige Nacht über, über die nur der Mond tröstete.

Nachdenklich ließ sich Artemisia später nach Hause bringen. Sie hätte nicht einmal sagen können, wer sie begleitete.

Jupiter. Der Jupiter. Ein unruhiger Gott, wenn sie es recht erinnerte. In der Accademia hatten sie über die Welt der Alten und ihre Gottheiten gesprochen, Gottheiten, die den Menschen weitaus ähnlicher waren als noch der niedrigste Namenspatron der Kirche. Jupiter hatte eine Sterbliche bestiegen; er hatte diese überlistet, indem er die Gestalt ihres Ehemanns angenommen hatte. Jupiter war als Jupiter wohl nicht besonders beeindruckend, mutmaßte Artemisia, wenn er in seiner wahrhaftigen

Göttergestalt keine Menschenfrau zu verführen wusste! Die genasführte Menschenfrau jedenfalls bekam Zwillinge – eines, so wollte es die dann doch brave Sage, vom Gatten, eines, das göttergleiche, vom Jupiter. Noch im Mutterleib, so ging die Sage weiter, hatte das Götterkind seine enorme Kraft bewiesen, als nämlich ein Anschlag mit Schlangen auf es verübt wurde – der Knabe hatte die Schlangen erwürgt. Allerlei war unlogisch an dieser Geschichte, aber das tat nichts zur Sache: Die Botschaft der Kraft war das Entscheidende, und die Kraft war das herausragende Merkmal des kleinen Herkules. Artemisia hielt nichts von der schieren Körperkraft, sie hatte diese Typen ja oft genug gefällt in ihren Judith-Bildern, und wirklich gelang dem Halbgott Herkules seine schönste Tat eher aus Versehen: Kaum auf der Welt, wurde er einer göttlichen Amme an die Brust gelegt, der Minerva. Aber so heftig trank der Kleine, dass die Milch, als er sich einmal abwandte, in hohem Bogen an den Himmel spritzte – so entstand die Milchstraße. Dieser Gedanke hatte Artemisia stets gefallen: dass da oben ein Ehrenabzeichen für alle stillenden Mütter prangte. Und so war ausgerechnet Herkules mit der Mutterschaft verbunden. Neptun. Herkules. Artemisia beschleunigte ihren Schritt. Das Herkules-Bild würde beides beinhalten: die Kraft und das Himmlische. Das Braun eines massigen, männlichen Körpers – und ein fantastisches, leuchtendes Blau, das den Himmel symbolisierte, den Himmel, so, wie ihn Galileo sah.

Wo bist du nur gewesen?, fragte Stiattesi entrüstet, als Artemisia spätabends die Tür aufschloss.

Wo bin ich gewesen?, fragte Artemisia forsch zurück. – Im Himmel, wenn du es genau wissen willst.

Sie schob ihn zur Seite und ging zu Bett.

Mit neuer Begeisterung besuchte sie anderentags die Akademie. Die Diskussionen dort waren bisher eher an ihr vorbeigegangen. Die Herren – und es waren ja ausnahmslos Herren – hatten sich über das Weltgeschehen ereifert, über die Rangfolge der

Künste und pflegten auch allerlei Ränke zu schmieden, die dem einen oder anderen der ihren jeweils ein besseres Auskommen sichern sollten. Das war dann Artemisias Stunde gewesen: Immer, wenn es um Geld ging, war ihr Geist geweckt. Aber heute war das anders. Sie wusste, dass Galileos Entdeckungen erneut auf der Tagesordnung stehen würden. Zwar hatte er seine *Sidera Medicea* schon vor Jahren gefunden, aber nun hatte er sie beschrieben und wollte, dass sich die Akademie an der Publikation beteiligte. Und als wäre das nicht schon herausfordernd genug, sollte das Pamphlet auch noch auf Toskanisch gedruckt werden – nicht im Latein der Gelehrten. Alle, das war die Idee des kühnen Forschers, alle sollten an den Ideen des Fortschritts teilhaben.

Warum jedoch trugen ein paar fleckige Himmelsgestirne zum Fortschritt bei, dem Fortschritt, so wie ihn Galilei verstand? Darum drehte sich die Diskussion. Sie drehte sich im wahrsten Sinne des Wortes – das Weltbild drehte sich, die Welt drehte sich, sie taumelte. Artemisia erinnerte sich ganz genau: Die kleinen Jupitermonde warfen Schatten auf den großen. Und diese Schatten wanderten. Die Sonne dreht sich um die Erde. Die Sterne tanzen dazu. Alles zur Ehre Gottes. So war es und so sollte es bleiben. – Die Erde dreht sich. Alles bewegt sich um ein Zentrum. Und dieses Zentrum ist die Sonne. Oder umgekehrt? Unversöhnlich standen sich die beiden Lager gegenüber. Es ging nicht um ein paar Gestirne und ihre Trabanten. Es ging ums Ganze. Um Gott. Und wichtiger noch: um die Menschen. Wo standen sie? Waren sie der Mittelpunkt des Universums, von Gott geliebt, gottgefällig – oder bewohnten sie eher zufällig einen erdigen, von Pflanzen und Tieren mit bevölkerten Planeten, über dem eine Sonne leuchtete, die ihrerseits keineswegs perfekt war, die sogar – ein unfasslicher Gedanke! – befleckt, also schmutzig schien?

Manche lachten. Aber es waren nicht sehr viele. Die anderen rauften sich die Haare, die sie ob ihres vielen Denkens kaum noch hatten, fuhren mit den Händen an ihren Gewändern entlang, hielten sich an den eigenen Ärmeln fest, wischten sich die schweißnassen Gesichter. Es war ungeheuerlich! Es war grotesk! Es war ... möglich.

Die einen waren, wie es seit Jahrhunderten der gute Brauch war, von einer feststehenden Idee, von einem Weltbild ausgegangen. Was für ein Vergnügen bereitete es, von diesen grundsätzlichen Annahmen aus – dass nämlich ein gütiger Gott die Welt regierte und zum Zeichen seiner Güte die Ordnung des Weltalls bestimmt hatte, als seinen Spiegel, als sinnliches Bild seiner Ordnung und Weitsicht – auf andere Phänomene zu schließen. Die ganze Welt erschien sodann sinnvoll und logisch, strukturiert und im Gleichgewicht. Gewiss erschütterten gelegentlich Vulkanausbrüche und Dürren, Überschwemmungen und allerlei Pestilenzen die Menschheit – an der grundsätzlichen Übersichtlichkeit des Universums änderte das aber nichts. Beschwörend hob einer den Zeigefinger und wies in Richtung Galileis: Wisst Ihr, was Ihr da anstellt? Ist Euch bewusst, verehrter Bruder im Geiste, dass Ihr mit der vorgeblichen Beweglichkeit der Erde an den Grundfesten des Glaubens rüttelt?

Der Mann war erzürnt, keine Frage. Und verzweifelt obendrein. Wie jemand, dem man den Boden unter den Füßen wegzieht. Und so war es ja auch. Galilei, der üblicherweise keinem Disput aus dem Weg ging, den Provokationen ergötzten, blieb ausnahmsweise vorsichtig. Er nickte, um gleichzeitig den Kopf zu schütteln. Was sollte das heißen? Artemisia hielt den Blick auf ihn gerichtet. Ja, ja, sagte Galilei, ihm sei bewusst, dass seine Beobachtungen mancherlei Gewissheiten erschütterten. Aber er gehe keineswegs so weit, wie sein Vorredner es ihm unterstellte. Es gehe ihm nicht um die Ordnung alles Lebendigen an sich. Es gehe ihm lediglich um ein paar Beobachtungen. Deren Manifestation allerdings könne er nicht leugnen, und mehr noch: Es käme ihm gotteslästerlich vor, etwas in der Natur, im Universum zu beobachten, mithin etwas zu beschreiben, was gottgegeben sei – und es dann nicht mit allen zur Verfügung stehenden Mitteln zu wiegen, zu vermessen und zu berechnen. Der Mensch habe von Gott die Gabe erhalten zu betrachten. Nichts anderes wisse er. Und er hob theatralisch ein Fernrohr empor, das bis dahin wie ein matt schimmernder metallener Gehstock neben ihm gelehnt hatte.

Ich weiß nur, was ich zu messen verstehe.

Was müsst Ihr dem Schöpfer so nahe rücken?, kritisierte einer. – Ist nicht auf der Erde genug zu denken und zu philosophieren?

Gewiss, verteidigte sich Galilei erneut. Nur gehe es ihm gar nicht ums Philosophieren. Dazu – er verneigte sich in Richtung der anwesenden Kollegen Philosophen – sei er weder geschickt noch ausgebildet. Er sei vielmehr, man erlaube ihm den Vergleich, ein einfacher Forscher. Er sehe das, was vor Augen sei, er höre das, was ihn umgebe. Und dies halte er fest und versuche, es gemäß der göttlichen Ordnung – hier hob er seine Stimme – korrekt zu beschreiben.

Ja, aber wenn dies zur Folge hätte …

Die Stimmen erhoben sich. Die Gesten wurden raumgreifend. Artemisia schwindelte. Die Diskussion rührte an den Grundfesten des Glaubens. Das war das eine. Sie rührte jedoch ebenso an den Grundfesten des Lebens. Denn das Leben war mit dem Glauben verbunden. Auch wenn man nicht jeden Tag in die Kirche kroch, um sich bei den Heiligen seines guten Standes zu vergewissern, oder in der Beichte um Gnade winselte – manche Dinge schienen doch gewiss. Sie boten Sicherheit. Sie spendeten Hoffnung. Und all das kümmerte Galilei nicht?

Artemisia erhob sich. Sie taumelte ein wenig. Besorgt schauten ihre Nachbarn sie an. Sie machte eine abwehrende Bewegung.

Lasst mich – schon gut!

Sie tastete sich nach draußen an die frische Luft. Der Garten von Santa Croce war eine Wohltat. Wie angenehm, dass die Accademia ausnahmsweise hier tagte! Artemisia hielt sich an den

Säulen fest. Ein Wind wehte, wenn er abnähme, würde der Regen kommen. Woher wusste sie das? Aus Erfahrung. Aus Beobachtung. War es ein Glaube? War es als Glaube gut genug? Artemisia betrat die Kirche durch den Seiteneingang neben dem Altar.

Die Basilika Santa Croce war die Hauptkirche der Franziskaner, es war die Antwort der Bettelmönche auf den wachsenden Geltungsdrang der Dominikaner. Artemisia mochte die Dominikaner nicht, ebenso wenig deren Hauptkirche, Santa Maria Novella, diese ewige Baustelle, die vor lauter Prunksucht niemals vollendet sein würde! Santa Croce war anders. Gewiss, auch riesengroß, aber eher eine Halle als eine verschachtelte Gottesburg. Hier hatten alle Platz, hier war stets genug Luft zum Atmen. Artemisia lehnte sich an eine Säule. Warm war es hier, warm, so schien es ihr, von den vielen Menschen, die tagaus, tagein beteten und flehten, ihre Sünden bekannten und Erlösung erfahren wollten. War es nicht so? War das nicht das gute Zentrum der Welt? Woran rüttelten Galileo und die Seinen? Langsam löste sie sich von der haltgebenden Säule und spazierte durch die Kirche. Die Kirche war so vertraut – und mit einem Mal so fremd! Die Dinge schienen sich zu entfernen und kehrten wieder zurück, sie wuchsen und schrumpften. Artemisia rieb sich die Augen. Sie spürte Schweiß auf ihrer Stirn. Artemisia ließ den Hauptaltar links liegen und wandte sich zu den Seitenkapellen. Die Bankiersfamilien Bardi und Peruzzi hatten sie gestiftet. Nun waren sie nicht mehr viel wert, sie waren den neuen Geistern geradezu im Weg! Entsetzt sah Artemisia, dass man begonnen hatte, die Fresken zu übertünchen. Konnte das sein? Konnte es sein, dass auch hier bald nur noch Pracht und Repräsentativität zählen würden? Sollte Platz geschaffen werden für Ehrbezeigungen für neue Noble? Die Fresken in der Bardi-Kapelle waren ihr lieb! Sie schilderten das Leben des heiligen Franziskus, der den Orden gegründet hat. Nicht, dass Artemisia ein vagabundierender Mönch, der die Armut gepredigt hatte, besonders nahe gewesen wäre. Aber der Maler! Der selige Giotto! Wie viele Künstler betrachtete Artemisia ihn als einen ihrer Ahnherren. Freilich, nass in nass auf eine Mauer zu malen – das versagte sie sich, diese Technik beherrschte sie nicht und sie war gottlob auch nicht mehr verlangt. Aber es war der Urgrund der modernen Malerei. Giotto hatte den Grundstein gelegt, mit seinen dominanten, ausdrucksstarken Figuren. Einzig die menschliche Figur zählte – und diese erzählte durch ihre Gesten und Gebärden, durch den lebendigen Ausdruck in ihrem Gesicht. Tränen traten Artemisia in die Augen. Und das sollte alles für verloren gegeben werden? Zugunsten von Prunkmalen und neuen Gräbern? Wieder wurde ihr schwindelig. Sachte tastete sie sich weiter. Da waren die anderen Grabmale, die alten, die schon lange bestanden. Und auch neue. Michelangelo. Machiavelli. Dante. Und Galilei. Galilei??? Artemisia rieb sich die Augen. Was war das? Was halluzinierte sie da! Ihre Sinne wurden Opfer ihrer Schwäche! Sie taumelte, raffte ihre Kleider, eilte zum Seiteneingang hinaus in den Kreuzgang, von dem sie gekommen war. Ein sachter Regen hatte eingesetzt, aber er hinderte die klugen Männer der Akademie nicht, nebeneinander zu flanieren. Wie gut das war! Sie waren hier! Ihre Freunde. Oder zumindest ihre Verbündeten. Ihre Lehrer des Denkens. Sie waren hier, um zu reden, nicht um zu beten. Erstaunlich rasch und mit leichten Schritten waren sie bei Artemisia, es war geradezu, als ob sie schwebten! Sie baten sie in ihre Runde, setzten das eben unterbrochene Gespräch fort. Artemisia ließ sich führen, der Schwindel wurde stärker, aber Machiavelli hakte Artemisia vertraulich unter:

Ihr seid ein wenig bange, erlaubt …

Seine Sprache war voll altertümlicher Wendungen, aber grazil und melodiös. Sie hätte ihm stundenlang zuhören können!

Und Galilei, plötzlich wieder ganz jung, sprang um sie herum und begann, seine Thesen zu erläutern, über die Machiavelli herzlich lachte.

Die Philosophie, sagte Galilei, Ihr wollt immer Philosophie?

Die Philosophie steht in diesem großen Buch geschrieben, dem Universum, das unserem Blick ständig offen liegt. Aber das Buch – hier machte er eine herrische Geste, wie um klarzumachen, dass es nur das eine gäbe – das Buch ist nicht zu verstehen, wenn man nicht zuvor die Sprache erlernt und sich mit den Buchstaben vertraut gemacht hat, in denen es geschrieben ist.

Und das wäre?, fragte Dante, der sich nunmehr leise in das Gespräch einmischte. Dante! Wie war er hierhergekommen? Wie wohl sein weicher, toskanischer Dialekt tat. Er klang natürlich bei ihm, nicht so ... angelernt wie bei Galilei, der aus Rom stammte.

Es ist geschrieben ..., sagte Galilei bedächtig, ...es ist in der Sprache der Mathematik geschrieben.

Die Mathematik? – Jetzt wollte sich Machiavelli ausschütten vor Lachen. – Das soll die höchste aller Künste sein? Ich bitte Euch ...

Michelangelo kam ihnen jetzt plötzlich entgegen, dabei war er eben noch hinter ihnen flaniert. Artemisia wollte sich wundern, aber sie musste aufpassen, dass sie nichts von dem verpasste, was der Meister sagte. Wie würde sein Großneffe wohl reagieren, wenn sie ihm erzählte, dass sie den berühmten Ahnherrn hier getroffen hatte, Michelangelo, *il divino*, Michelangelo, den Göttlichen?

Der Göttliche sah aber eher ein wenig mitgenommen aus. Überschlank, ausgezehrt. Die sechs Jahre, die er eingeschlossen in der Sixtinischen Kapelle verbracht hatte, hatten ihn gezeichnet. Das Deckengemälde, welches seinen Ruhm für immer festigte, hatte ihn gleichzeitig ruiniert. Er war beinahe ein Geist, wie er so auf sie zuschwebte, gütiger, als sie geglaubt hatte, von freundlicher Strenge. Er berührte Artemisias Arm sachte zur Begrüßung, schloss sich ihnen an, seufzte, schüttelte den Kopf über Galileis Sentenzen.

Wie sehen Sie das, guter Meister?, hörte sich Artemisia fragen, aber seltsam: Sie sagte das nicht wirklich, nicht hörbar, aber der große Meister schien dennoch zu verstehen und antwortete sogleich:

Die Kunst der Schöpfung liegt in der Gabe, das Besondere wahrzunehmen und es sodann zu präzisieren.

Das ist es ja, pflichtete Galilei bei, deshalb ist die Mathematik auch eine schöne Kunst. Sie dient ebenso der Ehre Gottes wie, verzeihen Sie, es Ihre Sixtina tut!

Michelangelo schien ein wenig gekränkt. Er verstand sich als Skulpteur, die Malerei war nur eine Zutat. Das erregte nun Artemisias Neugier. Wie das? Warum eher das in Stein gehauene Bild und nicht das mit dem Pinsel aufgetragene?

Ihre Diskussion nahm an Fahrt auf, die Argumente kreisten mit Schwung, ihre Schritte passten sich der Rasanz des Denkens und der Sätze an, schneller und schneller schritten sie. Der Garten um sie herum verschwamm, die Beete mit den Rosen und der schönen Iris, den Lilien und den Farnen zogen sich unnatürlich in die Länge, während die Gebäude sich über ihnen ballten und krümmten. Heiß wurde es Artemisia, sie spürte, wie ihr Herz klopfte, spürte ihre Hände zittern und dann ...

Liebe, erlauchte Dame, so wachen Sie doch auf! – Ein Franziskanerbruder kniete neben ihr und drückte ihr einen Lappen, getränkt in Minzwasser und Kampfer, auf die Stirn. – Sie sind ... Sie sind ein wenig unpässlich. Das mag an der guten Hoffnung liegen, in der Ihr Euch befindet.

Schon wieder!

Unwirsch setzte sich Artemisia auf.

Lass mich!

Sie schob den hilfreichen Arm zur Seite.

Cut!

Die Kamerafrau schob die Kapuze nach hinten. Schweißperlen standen ihr auf der Stirn. Es war nicht einfach gewesen, die

Bewegungen der Darsteller mithilfe der rotierenden Kamera zu verstärken. Die 360-Grad-Kreisfahrt war herausfordernd. Und dann dieser Nieselregen!

Aus!

Auch Lena schob einen Arm zur Seite, so wie gerade Joy den Arm Matteos beiseitegeschoben hatte. Lena war ungehalten.

Das geht so nicht! – Die Stimme der Professorin, die sich eingemischt hatte, war leise, aber entschieden. – Entschuldigt bitte, aber wir gehen gerade zu weit.

Zu weit? – Lenas Stimme klang gepresst, wie immer, wenn sie wirklich ungehalten war.

Zu weit? – Jetzt mischte sich auch Tim ein, der, geborgen vor dem Regen, unter der Arkade direkt hinter Lena gestanden hatte.

Wer soll das verstehen? Dieses … Durcheinander … nun ja, dieses Stimmengewirr von Dante, Machiavelli, Artemisia Gentileschi und Galilei? Das sind völlig verschiedene Epochen …

Ach was!, rief Tim sarkastisch. – Das ist doch genau das Konzept! Ein Traum, eine Halluzination gibt uns die Möglichkeit, diese klugen Geister miteinander ins Gespräch zu bringen.

Aber die einzigen Zeitgenossen waren Galilei und Artemisia! Machiavelli war fast hundert Jahre tot, Dante dreihundert Jahre! Wer soll da noch mitkommen?, rief die Beraterin.

Deshalb ja auch eine Halluzination, sagte Tim und warf die Arme in die Luft. Warum musste er etwas so Offensichtliches sagen?

Die Frage ist, ob es die Zuschauer verstehen werden, wandte die Kamerafrau ein, durchaus selbstkritisch. – Ich meine, mit der Kreisfahrt sagen wir seit je …

Darum geht es nicht, unterbrach die Professorin. – Ich frage mich vielmehr, wie weit wir gehen können.

In Träumen?, fragte Tim wiederum bitter. – In Träumen können wir gar nicht weit genug gehen.

Aber …, sagte Lena nun langsam. – Wessen Träume sind es?

Soweit ich weiß, waren die Gespräche keineswegs so partnerschaftlich, wie wir es nahelegen.

Ja, eben deshalb zeigen wir das ja auch als Traum!

Aber wessen Träume sind es? Artemisia Gentileschis Träume – oder unsere?

Wer weiß das schon, sagte Tim. – Das ist für mich der Grund zu schreiben. Du träumst, wenn du Glück hast, mit deinen Figuren. Sonst eben nur von ihnen. Unseren Traum können wir zeigen. Und eben zeigen, dass es ein Traum ist. Mehr nicht.

Lena gab das Zeichen zum Weitermachen.

4.

Sie hoffte, es würde ein Mädchen. Alle hofften auf Stammhalter, auf kräftige, widerstandsfähige Knaben. Nicht so Artemisia. Ein Mädchen musste es sein. Ein Mädchen, obgleich es eine Frau so viel schwerer hatte als ein Mann. Obgleich es so viel komplizierter war, es zu erziehen. Eigentlich, dachte Artemisia, müssten überhaupt nur Mädchen erzogen werden – Jungen wuchsen auf. Sie imitierten die Väter, ihre Gesten, ihr Reden. Mädchen hingegen mussten auf vielfältige Weise auf das Leben vorbereitet werden. Zumindest hatte Artemisia das vor. Sie wollte aus dem Kind, das sie in sich trug, eine selbständige Frau machen, eine, die es im Gespräch mit Galilei aufnehmen konnte, die selbstbewusst ihren Platz in der Akademie oder an einem gleichwertigen Ort einnehmen konnte. Sie musste aber auch einen zweiten Plan vorbereiten: Wenn das Mädchen all dies nicht wollte oder konnte, dann musste es einer Schauspielerin gleich das Leben der anderen führen können – das Leben all der Frauen, deren Glück sich in Näh- und Stickarbeiten, im Schüren des Feuers und im Nähren der Neugeborenen buchstäblich erschöpfte.

Waren sie nicht alle Schauspielerinnen? Die das wahre, das gute Leben in sich trugen, einen klaren Verstand, tüchtige Hände – und genug Umsicht, um sich und die ihren durchzubringen? Artemisia liebte Theater, sie liebte das Spiel der Verkleidungen; das Subversive, das sie in sich trug, hatte sie jedoch erst vor kurzer Zeit kennengelernt, und das lag an einer neuen Berühmtheit. Ganz Florenz munkelte von einer seltsamen Künstlerin aus Rom. Margherita Costa war angeblich die Geliebte eines Bravo, eines Auftragsmörders aus dem Süden. Sie schrieb, so hieß es, erstaunliche, virtuose Gedichte und trug sie, wenn man nur ein wenig insistierte, bei den Feiern und Empfängen mit professioneller Inbrunst vor. Schon allein mit den Texten riskierte sie Kopf und Kragen – und dann noch die Art aufzutreten! Cristina di Lorena war wohlig entsetzt, wurde kolportiert. Und so hatte sie einige Kundschafterinnen damit beauftragt, Kontakt zu der dichtenden Kurtisane aufzunehmen. Dichtende Kurtisane! Traf es das? Oder war Margherita nicht einfach eine Dichterin? Schließlich hatte auch ein Dante Liebschaften unterhalten. War er deswegen ein Kurtisan? Warum gab es keinen Begriff für den männlichen, jedoch nicht standesgemäßen Liebhaber? Die Freundinnen Cristinas drängten, die Costa nach Florenz einzuladen, aber der Hof zögerte.

Die Hitze, die Hitze! Artemisia fuhr sich mit der Hand über die Stirn. Seit sie dieses kleine Mädchen in sich trug, verschwammen ihr die Sinne. Oder wurden sie vielleicht erst wirklich klar? In welche Welt würde ihr Kind geboren?

Abends war schon wieder ein Empfang bei den Medici. Artemisia schleppte sich eher dorthin, als dass sie geschritten wäre. Die Gassen im Oltrarno wurden ihr eng, der Aufstieg zum Palazzo erschien ihr steiler denn je. Und das Feuer im Kamin. Und das Gedränge der Günstlinge und Gewogenen, der Freunde und Wissenschaftler. Großherzogin Cristina liebte es, ihre Gesellschaften bunt zu mischen. Artemisia sah sie mit den wichtigsten Gästen im Empfangssaal beisammenstehen und schob sich unauffällig näher. Gleich würden die Diener ein Zeichen geben, sie würden in den Speisesaal geleitet, und dann wäre die Gelegenheit vorbei, Cristina anzusprechen. Immerhin, Galilei stand in der Runde, das machte ihr Mut. Eine halb geöffnete Tür erlaubte den Blick in einen Nebenraum, in dem ein Feuer sanft glomm und den Raum nur wenig erleuchtete. Jeder wusste ohnehin, dass hier Großherzog Cosimo in einen bequemen Lehnstuhl gebettet der Feier aus der Distanz beiwohnen würde. Maria Maddalena hielt sich stets so, dass sie die Tür im Blick hatte. Man munkelte, die beiden seien sich wirklich gewogen. Aber sie musste mit Cristina sprechen! Nur diese konnte einen kleinen

Aufschub erwirken – einen Aufschub für das Herkules-Bild, das nicht wie vorgesehen fertiggestellt werden konnte. Sie wartete, so würde sie sagen, noch immer auf das bestimmte blaue Farbpulver. Es würde von weit her über die Berge gebracht, aus dem tiefen Osten, denn nur dort, im Gebirge, wurde der sagenhafte Lapislazuli geschürft, der den Grundstoff für das einzig wahre Heldenblau liefern konnte. Das war freilich nur die halbe Wahrheit. Eigentlich nicht einmal das. Denn das Blau lagerte längst in Florenz. Es lagerte gut verschlossen bei einem der Großhändler für Farbpigmente hoch oben über dem Arno. Aber Artemisia würde nicht herankommen, solange sie die horrende Rechnung nicht bezahlen würde. Doch das konnte sie dem Großherzog unmöglich sagen. Die Materialbeschaffung war Sache der Künstler. Und das Bild bezahlen würden die Medici erst dann, wenn es getrocknet und angemessen gerahmt in der Puderkammer des Großherzogs hängen würde. Und selbst dann konnte es noch dauern, man wusste, dass es mit der Zahlungsmoral der Medici nicht immer zum Besten stand. Ein weiteres Risiko also! Und die Akademie? Die gab doch großzügig Kredite? Hinter denen wiederum die Bank der Medici stand? Gewiss, aber Artemisia spürte, dass sie den Bogen nicht überspannen durfte. Womöglich war ihr das längst unterlaufen? Schauten sie nicht bereits einige Mitglieder der Familie argwöhnisch an? Es war schwer einzuschätzen. Und außerdem verlangte auch die Akademie Zinsen von ihren Mitgliedern. Sie musste also einen Aufschub erwirken. Zeit gewinnen. Zeit, bis sie Kraft gefunden hatte, weitere Bilder zu malen, deren Erlös sie dann für den Pigmentkauf verwenden konnte.

Sie fand ihre Lage immer schwerer zu überblicken. Ohne Stiattesi hätte sie unmöglich gewusst, wer ihr noch Geld schuldete und wem sie etwas schuldig war. Aber Stiattesi führte Buch, wenigstens das nahm er ihr ab, obwohl er nichts dafür tat, dass ihre Einnahmen größer und ihre Schulden geringer wurden – im Gegenteil: Immer, wenn er wieder ein paar Stunden über den Büchern gesessen hatte, eilte er in die Taverne, um bei fettem Essen und immer teurerem Wein über sein Schicksal und die Undankbarkeit der Künstlerin zu lamentieren.

Da war Großherzogin Cristina! Und ihre Gesprächspartner legten gerade eine Pause ein.

Eure Durchlaucht ...

Weiter kam Artemisia nicht. Zwar machten ihr die Herren Platz, sie befleißigten sich rasch einiger Komplimente – aber nur, um dann ihr Gespräch sofort wieder aufzunehmen, als sei die Lomi ein wohlgeratenes und geschätztes, aber keinesfalls zum Sprechen geeignetes Haustier. Man duldete es wegen seiner Schönheit und seiner Besonderheit in der Mitte, aber mehr auch nicht. Artemisia gab Galilei mit dem Ellenbogen ein Zeichen. Aber Galilei war mit sich selbst beschäftigt. Er hob nur bedauernd eine Augenbraue hoch. Was sollte das? Ließ ihr Freund sie nun auch noch im Stich?

Artemisia durchschaute ihre Lage: Für eine Frau trat sie viel zu selbstbewusst auf, sie war zu selbständig, zu wehrhaft und mittlerweile auch zu beredt. Für die Runde der gelehrten Männer jedoch war sie nicht belesen genug, für die befreundeten Adligen von zu niederem Stand. Es war eine verfahrene Situation: Artemisia Lomi, kaum fünfundzwanzig, konnte nicht mehr hinter ihr Wissen zurück. Aber das Wissen führte nicht zu einer Befreiung. Sie blieb gebunden an ihr Geschlecht und ihren Stand. Ihr Beruf verschaffte Reputation, aber kein Gehör. Noch nicht, sagte sie sich grimmig. Sie schürzte den Rock. Hierzubleiben schien einstweilen sinnlos. Artemisia Lomi verabschiedete sich knapp. Sie hatte zu arbeiten.

Eine *Diana im Bade* entstand. Weitere Susannen. Heldinnen aus der Routine, konnte man denken. Aber es war besonders. Denn in Artemisias hartes römisches *Chiaroscuro*, das sie von Caravaggio gelernt hatte, mischten sich nun hellere Farben. Das sanfte Licht der Stadt Florenz und seiner besten Maler schien sich allmählich gegen das römische Drama des Helldunkel durchzusetzen.

Es ist Reni!, flüsterten die Kunstkenner. Sie macht es endlich wie Guido Reni.

Renis neue Gemälde erweckten den Eindruck, als habe jemand nach dem Abschluss der Figuren, der angedeuteten Architekturen und Landschaften, noch einmal kostbaren Kakaostaub über das Bild gestreut. Ein sanfter, versöhnlicher Ton lag über allem. Die Florentiner liebten seine Bilder und hängten sie bereitwillig in ihre Palazzi. Ombré. Oder auch *Terra di Siena*. Der neue Ton wirkte elegant und exquisit, dazu passte der weiche Pinselstrich. Technisch war das meisterlich, denn die gelbliche Terra di Siena dunkelte nach, wenn man sie in Öl löste, sie war nicht lichtecht. Aber Reni hantierte damit so virtuos, als trüge eine edle Dame Puder auf. Stundenlang stand Artemisia vor einer Madonna mit Kind, die unlängst aus Bologna geliefert worden war. Näher und näher ging sie an das Bild heran, als könnte sie die Farben, die Linienführung heraussaugen. Es gefiel ihr nicht, aber es war eigen. Die Farben waren selten opak, oft eher glatt lasiert; niemals hätte Reni pastos und rüde seine Farben aufgetragen. Bei ihm, lobten die Kenner, gab es nur ausgeglichene Farbflächen, weiche Übergänge, die sein mildes Gemüt ebenso zu spiegeln schienen wie die Gelassenheit der Stadt, in der er sich mit Anmut bewegte. Guido Reni und Florenz – das war ein langsamer Tanz, genießerisch von einem Könner geführt. Man wurde selig benommen, wenn man seine Madonnen und Heiligen betrachtete.

Der rechte Tanz für die Florentiner!, lästerte ein Kollege in der Akademie. – Reni lässt uns vergessen, dass wir in einer wahren Geldmaschine leben, deshalb lieben wir ihn.

Geld! Das war es. Auch deshalb studierte Artemisia Guido Reni, allerdings eher neidisch und misstrauisch. Deshalb passte sich Artemisia an. Sie wusste, dass Reni mit seinen Bildern einen gewissen Wohlstand erwirtschaftete, obwohl er zu Hause in Bologna eine große Werkstatt mit etlichen Gehilfen unterhielt.

Aber irgendwie schaffte er es, aus jedem Auftrag einen Gewinn zu machen. Es war Artemisia ein Rätsel. Wie schaffte er das? Geizte er bei der Qualität seiner Materialien? Benutzte er billige Leinwände? Beutete er seine Gehilfen aus? Sie hörte nichts Schlechtes über den Kollegen, wen auch immer sie fragte. Nein, sie durfte sich nichts vormachen: Sie war einfach nicht schnell genug. Sie ließ sich ablenken. Sie war nicht zufrieden mit den Materialien und besorgte immer noch bessere, noch teurere. Die Zeit verrann. Und dann war da das neugeborene Kind! Sie hatte es leicht geboren, wie nebenbei – und es lebte und blieb am Leben, Gott sei Dank! Das war mehr Freude, als sie verkraften konnte, und machte folglich mehr Sorgen, als gut für sie war.

Es war ein Mädchen geworden, wie sie es sich gewünscht hatte. Ein Mädchen wie sie, mit dunkelblonden Haaren, die sich bald vorwitzig kringelten. Ein Sonnenschein, ein charmantes Kind, das alle Welt mit seinem Lächeln bezauberte, aber auch energisch: Mit seinen kleinen Händen zeigte es, noch bevor es laufen konnte, was es wollte und was nicht. Es wollte: bei der Mutter bleiben, auch wenn Artemisia malte oder mit Kunden sprach. Es wollte nicht: in einem hinteren Raum bei der Amme sein. Artemisia seufzte. Sie band sich das Kind vor die Brust, wie es die Bauersfrauen taten. Sie ließ zu, dass kindlicher Sabber ihre Gewänder besudelte; die Farben hatten ja längst Spuren hinterlassen. Sie trug die kleine Prudenzia hierhin und dorthin, und dabei erklärte sie ihr, was sie gerade unternahm. Prudenzia hörte zu oder schien zuzuhören, und kaum dass sie sprechen konnte, stellte sie schon Fragen, die meist mit *warum* begannen und in Florenz eine Ungeheuerlichkeit darstellten. Artemisia lachte und beantwortete alles und dachte, dass es eine gute Idee gewesen war, die Kleine nach ihrer verstorbenen Mutter zu taufen, das beschützte das Kind wohl und machte es fröhlich und gesund. Sie nahm Prudenzia überallhin mit. Das erregte Missfallen.

Was bildete sich die Lomi ein? Und was war das für ein Balg?

Sah es dem Stiattesi überhaupt ähnlich? Und warum trieb sich Maringhi fortwährend bei ihr herum? Was machte sie ein solches Gewese um eine Tochter, wo sie doch einen Sohn hatte?

Das Gerede nahm zu, je erfolgreicher Artemisia wurde – und je selbstbewusster. Es passte den Auftraggebern nicht, dass sie Termin um Termin verschob; es irritierte die Kollegen in der Akademie, dass sie Kredit um Kredit nahm und sich in Ausreden flüchtete, wenn einer das Geld anmahnte. Und dann das Kind! Immer hing es am Rockzipfel der Malerin. Das war hier doch keine Fürsorgeeinrichtung! So entrüsteten sich sogar die Medici-Damen. Neideten sie Artemisia ihre Zwanglosigkeit und ihre Fruchtbarkeit?

Diese Frau ist wie Frühling und Sommer zugleich!, tuschelten sie, denn schon wieder wölbte sich Artemisias Bauch unter dem Kleid.

Dabei fing das kleine Mädchen gerade an zu krabbeln!

Aber das neue Kind war nicht wie Prudenzia. Es war klein und blass und schmal bei der Geburt, und es wuchs nicht, sondern schien zu schrumpfen, wurde dünner und faltiger, trank kaum, weinte nicht – und verschwand nach ein paar Wochen wie ein trauriger kleiner Schatten.

Fassungslos hielt Artemisia das tote Kind in den Armen. So viele Kinder! Und so viel Tod. Neben Prudenzia war nur der überaus zarte Cristofano am Leben geblieben. Was war mit ihr?

Was war falsch, was war – anders? Hing es vielleicht doch mit ihrer Arbeit zusammen, mit ihrer Rastlosigkeit, mit dem steten Rennen und Walten, wie Stiattesi meinte? Oder waren es die Farbpulver, mit denen sie hantierte, der Leim und die anderen Bindemittel, der Alkohol? Das hatten die Freunde in der Akademie gemutmaßt, aber es war nicht sicher, ob sie ehrlich besorgt waren oder nur die Konkurrentin verunsichern wollten, die mit ihren kriegerischen Heldinnen immer aufs Neue für Aufsehen sorgte.

Warum vermochte sie nicht, was jeder dummen Gans in der Stadt anscheinend mühelos gelang, nämlich einen Kreis munterer, fröhlicher Kinder um sich zu scharen, die den Eltern, kaum dass sie größer waren, jede Menge Arbeit abnehmen und so die aufwendige Pflege und die Kost ausgleichen konnten? Bei ihr war keine Rede von Ausgleich! Prudenzia, die sie zärtlich Palmira nannte, war zu klein und zu verspielt, um zu helfen. Cristofano hielt sich lieber in den Häusern der Nachbarskinder auf, und mehr als einmal hatte ihn der Vater vom Flussufer wegholen müssen, wo er sich in waghalsigen Spielen mit den Kindern der Fischer ergangen hatte. Nein, Artemisia schenkte ihren Kindern zu wenig Aufmerksamkeit und gleichzeitig zu viel. Vielleicht gediehen sie deshalb nicht richtig? Oder es lag an dem, womit sie umging? An den Geschichten, die ihre Bilder erzählten? An den blutigen Konflikten, den heftigen, zerstörerischen Lieben? Vielleicht stand ihr gesamtes Leben unter keinem guten Stern? Von Anfang an nicht – oder zumindest nicht mehr, seit ihre Beschützerin fehlte? Seit die Mutter gestorben war. Und plötzlich fiel Artemisia wieder Santo Spirito in Sassia ein, jene unglückselige Kirche mit dem Hospiz in Rom, wo sie der Vater in einer Art Überfall mit Stiattesi verheiratet hatte, kaum dass der entsetzliche Prozess abgeschlossen war. Sie dachte an die elende Kirche, die sie beim Eintreten zwang, den Kopf zu senken; sie dachte an den lustlosen Pfaffen und an den sinnlosen Rundgang, den sie anschießend gemacht hatten. Und dann fiel ihr das Band von schrecklichen Fresken wieder ein, das das Kloster gesäumt hatte. Da waren die Szenen von ehrlosen Frauen, die ihre Kinder töteten. Das waren die Frauen, die ihre Liebschaften verheimlichen wollten und die deshalb die Frucht dieser Liebschaften erstickten oder ertränkten. Artemisia graute es noch in der Erinnerung. Niemals hätte sie Hand an ihre Kinder gelegt. Sie waren ihr lieb, das eine wie das andere – nein, das eine mehr als das andere. Aber vielleicht spielte es eine Rolle, was man anschaute, wenn man guter Hoffnung war? Vielleicht wirkte es wie ein Fluch, dass sie gleich zu Beginn ihrer Ehe diese schrecklichen Szenen betrachtet hatte?

Artemisia schüttelte sich. Sie dachte an Santo Spirito, und mit einem Mal kamen ihr andere Bilder in den Sinn. Das Blut auf ihrem Rock, das Blut an Tassis Händen. Das hämische Lachen aus einem riesigen, finsteren Mund. Die Zähne, die sich in sie gegraben hatten, als sei sie ein Tier, das er verschlingen wollte. Die giftigen Augen, die Finger, der Schmerz ...

Artemisia sprang auf, sodass das tote Kind in ihrem Schoß beinahe zu Boden fiel.

Es muss begraben werden!, rief sie. – Und wir müssen fort.

Prudenzia verstand nicht, aber sie würde verstehen. Artemisias Herz klopfte. Der Gedanke an eine Flucht hatte etwas Erschreckendes – und Befreiendes.

Sie sorgte dafür, dass der Kleine begraben wurde, obwohl das für Neugeborene nicht üblich war. Sie ließ Messen lesen, obwohl der Pfaffe zu viel Geld verlangte. Sie kümmerte sich um alles, aber sie malte nur noch mit halber Kraft, denn sie hatte einen Entschluss getroffen. Der Herkules ging ihr nicht gut von der Hand, dabei hatte sie so viel Geld in das Ultramarin investiert! Aber es erschien ihr plötzlich wohlfeil, den kränklichen Herrscher als virilen Helden darzustellen. Als ob das der Gesundheit förderlich sein könnte! Nein, an Heilung durch Bilder glaubte Artemisia nicht, hatte sie nie geglaubt, und seit ihr die Bilder aus Santo Spirito wieder eingefallen war, erst recht nicht. Also wozu? Um eine Provokation zu malen wie dieser Rubens? Also Herkules Arm in Arm mit ihn stützenden Putten? Artemisia schnaufte verächtlich. Sie hielt nichts davon, die Geschichte zu verändern, sie sich hinzubiegen wie einen jungen Weinschlauch. Nein, die Tradition war alt. Und sie war ehrwürdig. Grimmig fertigte Artemisia noch einige Porträts an und arbeitete Aufträge ab, und in derselben Stimmung besuchte sie die Akademie, hörte den Diskussionen zu, befragte die Freunde, die sie schätzte, besuchte und wurde besucht. Sie würde standhalten, solange es nötig war, aber dann würde sie gehen. Immer fester wurde ihr Entschluss, immer entschiedener ihr Auftreten. Die Freunde wunderten sich, wie selbstbewusst Artemisia durch die Stadt schritt, den Kunden ihre Malweise erklärte, Rechnungen eintrieb, den Geldeintreibern zu entkommen suchte. Von eiserner Eile, von kalter Geschäftigkeit! Eine steile Falte wuchs zwischen ihren Brauen.

Buonarroti war gekränkt, als Artemisia nicht einmal zu einem Empfang erschien, den er zur Vollendung seines Salons gab – dabei wurde doch bei dieser Gelegenheit ihr Bild endlich zum ersten Mal gezeigt! Jene *Inklination*, die beim Eintreten sofort die Blicke der Gäste nach oben lenkte, wie ein Eckstein in einem genialen Bauwerk.

Bravo, bravo!, hatte vor allem Galilei gerufen, als er das Bild der nackten allegorischen Figur sah, die sich mit den Wolken zu tummeln schien. Bravo, bravo!, rief er geradezu entzückt, denn er hatte in der Darstellung mindestens einen Gruß, wenn nicht eine Huldigung entdeckt, hielt doch die Inklination einen Kompass in der Hand! Seinen Kompass, sein Instrument! Artemisia hatte die Neigung oder Hinneigung ganz praktisch, ganz physikalisch aufgefasst und damit ihm, dem Wissenschaftler schlechthin, die Ehre erwiesen. Und wie elegant, wie subtil sie das getan hatte! Galileo pries Artemisias Verdienste, ihre Klugheit, ihre Tatkraft.

Freilich nützte das bei den Gläubigern wenig. Sie rückten Artemisia immer näher. Sie drangen auf sie ein.

Artemisia malte noch eine *Esther*. Die Frau, die vor dem König zu ihrer Herkunft steht, aber ob des eigenen Mutes in Ohnmacht sinkt. Artemisia sah auch bei sich die Schwäche kommen. Sie würde nicht mehr lange standhalten können. Gerüchte erreichten sie, dass man ihre Werkstatt pfänden und das bisschen Vermögen eintreiben würde, das sie besaß, um die Gläubiger zu bezahlen.

Auf! Auf und davon!

Bei Nacht und Nebel machte sich die Gentileschi mit den ihren davon. So hieß es in der Stadt. Aber die Flucht war gut vorbereitet: Einige ihrer Bilder ließ Artemisia bei Maringhi. Er sollte sie aufbewahren oder verkaufen. Der Rest war ihr gleichgültig, sowohl die Gesellen wie auch das teure Material. Neben dem halb fertigen Herkules stand noch eine Dose mit dem Pulver aus zerstoßenem Lapislazuli. Sollte es nehmen, wer es brauchte! Maringhi schüttelte den Kopf über so viel Unvernunft, aber was sollte er tun?

Wenn Artemisia Lomi Schluss machte, dann war Schluss.

Die Kutsche rumpelte durch den Regen. Die Wachen geboten Halt an der Grenze. Die Tore öffneten sich und schlossen sich wieder. Die florentinische Episode war vorbei.

Entkommen. Den Häschern und Gläubigern entwischt. Fürs Erste jedenfalls. Die Werkstatt, die Farben, die Paletten und Staffeleien – beschlagnahmt. Die Gehilfen – geflohen. Die Magd – erbittert. Nur spärlich drangen die Nachrichten aus Florenz nach Rom, und Artemisia Lomi, jetzt wieder Gentileschi, konnte froh darüber sein. Nein – nicht Gentileschi, sondern Gentilescha. Die weibliche Form des Namens. So viel Distanz musste sein, wenn sie auch sonst dem alles beherrschenden Vater wieder so viel näher war, als ihr lieb sein konnte. Sie hatten es geschafft, nicht bei ihm unterkriechen zu müssen, obgleich schon alles vorbereitet war für ein provisorisches Zuhause. Artemisia aber hatte darauf bestanden, für sich selbst und den unglückseligen Stiattesi, für den kränkelnden Cristofano und die muntere Prudenzia eine eigene Wohnung zu beschaffen. In der Nähe der Chiesa Nuova fand sie eine passende Bleibe. Es war Winter, es war kalt, und Maringhi ließ sich Zeit damit, den Hausrat zu schicken, während sich die Familie von den Strapazen der Reise erholte. Maringhi hatte Gründe für die langsame Gangart: Alles musste an den ungeduldigen Gläubigern vorbeigeschmuggelt werden, selbst die Freunde in der Akademie waren alles andere als gut auf die abspenstige Artemisia zu sprechen, hatten sie doch für das sündteure Ultramarinblau gebürgt. Das Herkules-Bild würde nun niemals vollendet werden, und niemand wollte oder konnte die Farbe kaufen. Jetzt hatte die Akademie den Ärger mit der *Guardaroba medicea* am Hals, der Vermögensverwaltung der Medici, die auf Rückzahlung bestand. Nein, es war besser, nicht allzu genaue Nachrichten zu erhalten, es war besser, nicht allzu viele Briefe zu schreiben oder zu erhalten, nicht einmal von oder an Maringhi, zumal es immer klarer wurde, dass Artemisia nicht länger die Einzige war, die in seiner Gunst stand. Sie hielt sich ja ebenfalls schadlos, sie duldete nach wie vor den ungeliebten Stiattesi an ihrer Seite und gönnte sich den einen oder anderen Galan dazu. Sie wollte sich mit derlei nicht aufhalten, sie wollte – arbeiten. Malen. Geld verdienen, um unabhängig zu sein, stark und unabhängig wie ein Mann. War Rom ein Rückschritt? Es war auf jeden Fall – vertraut.

Sofort nach ihrer Ankunft begann Artemisia mit neuer Kraft zu malen. Sie klaubte das Material zusammen, sie improvisierte, sie baute, sie bastelte, sie ließ überall von ihrer Ankunft wissen, und schon bald konnten sie eine bessere Wohnung beziehen, diesmal mit einer richtigen Werkstatt. Gesellen stellten sich vor, Gehilfen wurden eingestellt, und amüsiert zeichnete ein gewisser Leonaert Bramer ein Porträt der immer geschäftigen Künstlerin: mit Schnurrbart und kandiertem Apfel! Artemisia, sollte das wohl heißen, verheißt Süßes, aber im Körper der Lieblichen steckt ein ganzer Kerl. Die Holländer! Die machten ihr allmählich Spaß! Die organisierten Feste und nutzten diese zum Malen, und dass sie eine Frau war, schien nicht so wichtig, viel wichtiger jedenfalls war, dass sie malen konnte, malen wie sie, malen wie ein Mann. Die Gentilescha war eine Virtuosin.

Atmete sie allmählich wieder auf? Bewegte sie sich freier in der einstigen Heimat? Die Leute glaubten das, sie sollten es auch glauben – aber wie sollte sie? Agostino Tassi, der Verbrecher, war vorzeitig nach Rom zurückgekehrt. Keine Rede mehr von Verbannung oder gar Gefängnis, obwohl er erneut bei schändlichen Taten ertappt worden war, wieder mit seiner Schwägerin Constanza. Entkam sie ihm nie? Und da war auch der Vater selbst, Orazio, der angeblich sogar wieder Umgang mit dem Unhold pflegte und der mit Artemisias Brüdern in einer Wohnung lebte, aus der tagaus, tagein das Singen und Grölen von Betrunkenen gellte. Nicht nur Francesco, auch der jüngere Giulio hatte es im Leben zu nichts gebracht, beide nährten sich vom Vater, und der nährte sich vom alten Ruhm. Das hinterbrachte man Artemisia, obgleich sie es nicht hören wollte und obgleich sie den Vater mied.

Stiattesi bekniete sie. Sie solle nicht so hart sein, sie solle einmal nachgeben. Der Grund war ganz einfach: Noch immer hielt Orazio einen Teil der Mitgift von Artemisia zurück. Wenn sie den Alten besuchten und er sähe, dass sie noch zusammen wären, könnte er das Geld nicht länger zurückhalten. Bitte! Sei doch nicht so halsstarrig. Schnaubend vor Widerwillen ließ sich Artemisia darauf ein. Die Kinder weinten, wenn sie sich stritten.

Und dann griff wieder ein Kummer nach ihr, Kummer, wie ihn anscheinend nur die Frauen stark empfinden konnten, die Männer jedenfalls heulten nur ein paar Tage, dann kehrten sie zu ihren Sachen zurück, aber die Frauen ... Wieder starb ihr ein Kind. Der kleine Cristofano wurde fünf Jahre alt. Es war anders als mit einem toten Säugling. Der Junge hatte gesprochen, er war um sie herumgesprungen, er hatte Prudenzia auf seinen schwachen Armen getragen. Und nun war er dahin. Prudenzia suchte den Bruder überall im Haus, sie verstand nicht, dass er fort war, unwiederbringlich fort. Artemisia krümmte sich. Sie weinte und aß nichts mehr, und Stiattesi, der Dummkopf, schrieb an Maringhi, seine Frau nähme nichts mehr zu sich, weil sie so viel zu arbeiten habe. Sie arbeitete, um nicht verrückt zu werden. Sie arbeitete, damit andere zu essen hatten. Und sie ließ es an der Geschmeidigkeit fehlen, die man hierzulande brauchte – eine Mischung aus Grobheit und Anpassung, wie sie so nur in Rom üblich war. Maringhi versuchte aus der Ferne zu helfen. Er schrieb hierhin und dorthin, und sie bekamen tatsächlich Besuch. Von Fürsten und Kardinälen schrieb Stiattesi, aber das war eine Beschönigung. Einflussreiche Männer, gewiss, aber einstweilen keiner, der einen Auftrag, geschweige denn ein Beutelchen mit Geldstücken vorbeizubringen gedachte. Und die Frauen? Rom war wieder eine Männerwelt geworden, eine Welt aus Kardinälen, Bischöfen, Botschaftern und ihren Zuträgern, aus Frömmlern, die den Himmel beschworen, und Gottesmännern, die sich aufs Irdische verstanden. Sie gönnten einander nichts, achteten aber sorgfältig darauf, dass ihnen niemand in die Quere kam. Und die Frauen? Die machten mit, wie es schien. Lange her, dass eine Kollegin wie die Fontana ihr beigesprungen war. Die Fontana war schon vor sechs Jahren gestorben. Artemisia vermisste sie schmerzlich. Aber auch die Fontana, immerhin Mitglied der römischen Akademie, hatte es nicht leichtgehabt. Mit ehrgeizigen Künstlerinnen wollte man lieber nichts zu tun haben. Und dann noch weniger mit einer aus einem solchen Haushalt! Artemisia Gentilescha mit diesem unberechenbaren Vater! Und mit diesen nichtsnutzigen Brüdern, die sich mehr schlugen, als dass sie arbeiteten!

Artemisia informierte sich über die Familien, die jetzt in Rom den Ton angaben. Da waren die Savelli, wohlhabende Leute, mit denen der Vater einst Umgang gepflegt hatte. Artemisia ließ sie grüßen, und der Gruß wurde erwidert: Man erinnerte sich an sie. Einer Einladung stand nichts mehr im Weg. Artemisia frohlockte. Tatsächlich tat die *Principessa* zutraulich, besuchte Artemisia, ließ sich Bilder zeigen, überredete Artemisia, doch wieder einmal den Vater zu besuchen, bot an, bei der Visite zugegen zu sein, gab sich als Freundin. Und wieder ließ sich Artemisia überreden. Aber der Besuch geriet zum Fiasko. Maringhi, dem Artemisia in einem Brief ihr Leid klagte, verstand zunächst nicht. Es war ja auch kompliziert – und lächerlich zugleich: Da der abweisende, grimmige Vater, die Brüder, die sich kaum um sie scherten – und dort Fürst Savelli und seine Frau Caterina, die sich als Vermittler hervorgetan hatten, aber nicht vermochten, die angespannte Stimmung zu verbessern. Und dann noch die Sache mit dem Täschchen: Es war um Aufträge gegangen, um die Sicherung der näheren Zukunft, und dann hatten sich die Damen plötzlich um einen Beutel gestritten! Artemisia wusste selbst nicht, wie das hatte passieren können. Die Savelli hatte sich mit Schmeicheleien und Komplimenten an sie herangemacht: Was hatte Artemisia da für ein hübsches Täschchen!

Caterina griff ungeniert an Artemisias Hüfte, um das Ding aus Brokat und Samt, das mit Goldfäden durchwirkt war, zu befühlen. Artemisia war irritiert, aber nicht besorgt, also knüpfte sie es ab und reichte es der Prinzessin. Vielleicht, dass man über den Zierrat und seine Farben auf eines der Bilder käme und über die Bilder zu einem Gespräch über einen Auftrag …

Es ist zauberhaft!, versicherte Caterina freundlich, um sogleich hinzuzusetzen: Ich werde es behalten.

Wie es dazu kam, dass die nun folgende Auseinandersetzung derart außer Kontrolle geriet, wurde niemals klar. Artemisia schrieb an Maringhi von Händeleien, von Schubsereien, vom Eingreifen der Brüder, von Schlägen, Flüchen und Tritten. Am Ende hatte sie ihr Täschchen wieder, aber der Riemen war zerrissen, die Applikationen waren beschädigt. Und die Savellis hatten Orazios Haus zornbebend verlassen. Das würde sich rächen, ganz gewiss würde sich das rächen!

Orazio Gentileschi war fassungslos. Keine drei Monate war Artemisia in der Stadt, und schon wurde alles schwierig und gewalttätig und hemmungslos. Ja, gewalttätig! Dafür war sie immer schon gut gewesen, immer schon hatte sie brave Leute so lange provoziert, bis etwas passierte.

Orazio mied Artemisias Blick, aber der Hieb saß.

Vater, Ihr wollt doch nicht sagen …?

Orazio nickte trotzig und entschlossen. Das konnte sie deuten, wie sie wollte. Artemisia richtete ihre Kleider, nahm das ramponierte Beutelchen wie ein verletztes Tier in die Hände, legte es sich schützend vor die Brust.

Dann … ist es sicherlich das Beste, wenn ich …?

Die Stille, die jetzt eintrat, war lauter als die Auseinandersetzung eben. Die Brüder starrten bald sie an, bald den Vater. Artemisia richtete sich auf. Dann schritt sie langsam, sehr langsam zur Tür.

Vater …?

Sie bekam keine Antwort. Die Tür fiel schwer hinter ihr ins Schloss. Sie war wieder in Rom. Sie war ihrem Vater so nahe wie seit sechs Jahren nicht mehr. Aber sie hatte ihn schon wieder verloren. Und sie hatte sich unmöglich gemacht. Die Episode würde sich herumsprechen.

Abends lag sie im Bett und grübelte. Stiattesi wandte ihr erbittert den Rücken zu. Warum war sie überhaupt zu Orazio gegangen? Warum hatte sie sich der feindseligen Atmosphäre ausgesetzt? Sie wusste doch, wie ihr Vater beschaffen war. Die Leute nannten ihn einen freien Mann. Und sie meinten damit: Er war unberechenbar. Die Leute bewunderten ihn für sein typisch römisches Temperament. Und meinten: Er ging keiner Rauferei aus dem Weg. Die Leute sagten anerkennend, nichts gehe Orazio Gentileschi über Freundschaft. Und meinten: Männerbünde und Geschäfte waren ihm wichtiger als die eigene Familie. Warum war sie nach Rom zurückgekehrt? Warum war sie nicht nach Bologna gegangen? Warum nicht nach Venedig? Warum noch immer mit diesem schwächlichen Ehemann? Artemisia wälzte sich in den rauen, grauen Laken. Maringhi musste die besseren schicken, unbedingt musste er das tun. Es konnte nicht sein, dass sie alles, was von besserer Qualität war, alles Feine, Sanfte und Erlesene in Florenz zurückgelassen hatte. Es konnte nicht sein, dass sie wieder dort war, wo sie vor mehr als fünfzehn Jahren angefangen hatte: als

Tochter eines bekannten, alles erdrückenden Malers. Rom erschien ihr wie ein Abbild des Vaters, umgekehrt der Vater wie ein Produkt der rauen, gewalttätigen, lebensdurstigen Stadt. Warum war sie hier? Eine leise, innere Stimme flüsterte: um zu malen.

Steh aufrecht! Halt dich gerade!

Unwirsch wandte sich Artemisia von der Staffelei ab. Prudenzia war ein schönes und anmutiges Kind. Sie war zart und blass, aber mehr als diese schöne Schwäche reizte Artemisia, dass sich das Kind so anbiederte. Es neigte dazu, sich einzuschmeicheln – Artemisia meinte, das habe sie vom Vater –, und es fehlte nicht viel, dann hätte sich das Kind bei fremden Leuten auf den Schoß gesetzt. Dieser ständig schiefgelegte Kopf! Die träumerisch halb geschlossenen Augen! Als fiele sie gleich in Ohnmacht.

Pru-den-zia!

Das Kind fuhr zusammen.

Schau lieber, was deine Mutter arbeitet! – Auffordernd trat Artemisia einen Schritt zur Seite. Das war nun freilich ein Bild, das wenig geeignet für ein kleines Mädchen schien. Gewiss mutete man den Kindern in Rom einiges zu. Prügeleien auf den Straßen bekamen sie ebenso mit wie zudringliche Händler auf den Märkten. Und waren nicht die öffentlichen Hinrichtungen ein grausames Stelldichein auch für die Jüngsten? Schaudernd dachte Artemisia an den Tag, als sie hatte beobachten müssen, wie die junge Cenci unter dem Fallbeil des Henkers starb.

Aber ihr Bild hier war anders. Sie wollte kein grausames Gemetzel mehr malen. Viel zu oft waren das öffentliche Köpfen von echten oder vermeintlichen Verbrechern ja nicht mehr als ein stümperhaftes Schlachten gewesen, das lange dauerte, das entsetzliche Schmerzen verursachte und wohl eher der Befriedigung niederster Lüste diente als der Bestrafung und der Abschreckung. Nein, das Urteil, das sie malte, wurde von einer Könnerin vollstreckt: ruhig, kalt, geduldig.

Prudenzia stand neben ihr und schaute aufmerksam auf das halb fertige Bild.

Was macht die Frau da mit dem Hammer?

Sie treibt einen Nagel durch die Schläfe des Mannes, sagte Artemisia sachlich. – Siehst du? Hier hat sie den Nagel angesetzt.

Und der Mann merkt gar nichts?, wunderte sich Prudenzia.

Er schläft, sagte Artemisia. – Er wird nicht mehr erwachen. Das kommt davon, wenn man nicht weiß, wer der Gegner ist!

Sie lachte.

Für das Bild von Jael, die den Heerführer Sisera mit Hammer und Nagel tötet, gab es keinen Auftraggeber. Und vermutlich würde es auch nie einen geben. Immerhin bezwang Jael hier keinen feindlichen Heerführer; der Mann, der arglos seinen Kopf in ihren Schoß gebettet hatte, war auch kein Herkules – sondern ein etwas dickliches Männlein mit weichem, nachgiebigem Fleisch. Da, wo er die Finger der linken Hand in den rechten Arm gelegt hatte, konnte man es deutlich sehen. Und die kurzen, bloßen Beinchen! Und das ahnungslose, irgendwie selige Lächeln. Mit solch einem machte Jael kurzen Prozess. Das war kein Kampf wie bei Judith und Holofernes. Diese Frau hier war dem Mann völlig überlegen. Sie tat, was getan werden musste, auf ihren Knien sitzend, den Nagel angesetzt, den Hammer hoch erhoben. Die Frau war obenauf.

Artemisia triumphierte. Es gab viele Bilder, Zeichnungen und Radierungen, auf denen starke Frauen schwächliche Männer bestraften. Sie versohlten ihnen den Hintern, sie hieben mit Besen auf sie ein. Aber dies hier? Dies war ein köstlicher, ein kühler Scherz! Was den Inhalt des Bildes betraf, an Grausamkeit schwer zu überbieten, aber dabei nüchtern und wohlgesetzt. Artemisias Jael richtete einen Nutzlosen. Die angedeutete Säule im Hintergrund gab dem Bild etwas Offizielles, als fände die Tat in einem Gericht statt: unpersönlich, notwendig, angemessen. Artemisia trat einen Schritt zurück. Kein dramatisches Helldunkel. Abgestimmte Farben von mittlerem Kontrast. So hatte sie die Malweise von Guido Reni verinnerlicht. Aber sie nutzte den sanften Bologneser Stil für umso klarere Bilder.

Abends aßen sie zu zweit, Prudenzia und sie. Stiattesi blieb jetzt immer häufiger fort. Artemisia war es einerlei. So konnte sie dem Kind noch einen Eierfisch mehr vorsetzen. Prudenzia hatte große Freude an dem einfachen Mahl. Sie hatte darauf bestanden, selbst das Hühnerei aufzuschlagen und vorsichtig in die kochende Brühe gleiten zu lassen. Das Ei würde gerinnen und fest werden, es würde aussehen wie ein außer Rand und Band geratener Fisch. Am Ende würden sie noch einige Kräuter hinzufügen. Aber: Der Fisch zerlief, Prudenzia hatte Eiweiß und Eigelb zu eilig in das Wasser gleiten lassen. Sie fürchtete sich vor dem siedenden Wasser. Enttäuscht schaute sie zur Mutter auf.

Macht nichts!

Sie nahmen ein zweites Ei. Artemisia schlug es an und gab es kaltblütig in das brodelnde Wasser – so nah kam die Hand der Hitze, dass Prudenzia aufschrie.

Du darfst keine Angst haben!, sagte Artemisia und nahm das kleine Mädchen um die Schulter. – Niemals. Es ist nur Wasser. Es bleibt Wasser, auch wenn es heiß ist. Du musst nur lernen, damit umzugehen.

Zweifelnd schaute Prudenzia sie an.

Artemisias rechte Hand war feucht und gerötet. Die alten Narben leuchteten.

Eilfertig trug Prudenzia auf. Sie hatten die Magd nach Hause geschickt, das sparte Geld, und sie mussten sich ihr unnützes Geschwätz nicht anhören. Beim Essen schwiegen sie, aber Prudenzia beobachtete jede Regung ihrer Mutter und die immer noch rot leuchtende Hand. Dann begann sie zu essen, langsam, den Löffel immer wieder ablegend, als würde er zu schwer. Das Kind war müde.

Artemisia lachte leise in sich hinein. Sie erfreute sich an ihrem Kind, ihrem einzigen. Prudenzia hatte ihre Locken, den kleinen, leicht schmollend wirkenden Mund. Große, sanfte Augen jedoch, ein schmaleres Kinn. Prudenzia fuhr verträumt mit dem Löffel über den Tisch, zeichnete imaginäre Linien, zeichnete Kreise.

Dieser schief gelegte Kopf! Artemisia griff über den Tisch und legte die linke Hand an Prudenzias Schläfe.

Gerade!, sagte sie. – Bleib gerade und furchtlos.

Dann säuberten sie gemeinsam die Kochstatt.

Artemisias Ruf breitete sich aus. Orazios Tochter war nicht nur zurückgekehrt – sie errichtete wieder ihre Werkstatt, ganz in der Nähe der alten, im Künstlerviertel in der Nähe der Piazza del Popolo. Die Konkurrenten wurden giftig, die Farbenhändler freuten sich, die früheren Freunde ließen sich blicken. Stattlich war sie geworden, die Gentileschi, und ein wenig distanzierter. Die ersten Einladungen erfolgten, endlich wurden Aufträge erörtert und erteilt, aber noch schneller als die Aufträge der Kunden kamen die Rechnungen der Künstlerin, in denen um wenigstens anteilige Vorauszahlung gebeten wurde. Neuerdings zeichnete die Rechnungen nicht mehr Stiattesi, sondern Artemisia selbst. Sie war es auch, die die Rechnungen aufsetzte, die Briefe schrieb und die bald fälligen Mahnungen in die Häuser der Edlen tragen ließ. Artemisia Gentileschi kannte kein Pardon, nicht, wenn es um ihre Arbeit ging, nicht, wenn es ums Geld ging. Sie agierte wie ein Mann, sagten die Leute. Sie arbeite auch wie ein Mann, pflegte Artemisia kühl zu erwidern, sie war eine Löwin.

Die Holländer mochten Löwinnen, so schien es. Unbefangener als die italienischen Maler statteten sie der Kollegin ihre Besuche ab. Gerrit van Honthorst und Hendrick ter Brugghen waren in der Stadt und suchten Inspiration. Van Honthorst hatte hier schon einmal zehn Jahre lang gelebt. Gherardo della Notte nannten ihn die Römer in spöttischer Anerkennung, weil es auf seinen Bildern immer später Abend zu sein schien. Damit war es aber nun plötzlich vorbei. Van Honthorst hatte in den Niederlanden seine Cousine geheiratet, das war ihm anscheinend gut bekommen. Aus dem düsteren Maler, der stundenlang, tagelang in finsterer Einkehr von den Bildern Caravaggios verharrt hatte, war ein Künstler geworden, auf dessen Bildern immerzu gefeiert wurde. Und das hellste Licht der Feste leuchtete in die Gesichter der Feiernden. Artemisia mochte van Honthorst. Das Gewimmel auf seinen Bildern brachte sie zum Lachen, sie fand die wogenden Gewänder der Feiernden, die sich manchmal aneinanderreihten wie zu schwer gewordene Wolken, zwar etwas deplatziert, aber eben doch erheiternd. Immerfort wurde gesungen, gebechert und musiziert auf den Bildern! Außerdem machten sie van Honthorst und ter Brugghen großzügig mit ihren Auftraggebern bekannt, mit dem Bankier Marchese Vincenzo Giustiniani und vor allem mit Kardinal Scipione Borghese. Die Holländer hatten leicht großzügig sein: Sie würden ja wieder abreisen. Ihr Wettbewerbsgeist war nicht so ausgeprägt wie bei den römischen Kollegen. Artemisia war entzückt. Im Stadthaus von Giustiniani entdeckte sie die Bilder Caravaggios wieder, die der Marchese von Anfang an gesammelt hatte. Sie durfte sogar Prudenzia mitbringen, die über die einfachen Leute auf Caravaggios Bildern staunte, über all die Madonnen und Heiligen, die die Gesichter der Römer trugen und mitunter auch die von Straßenjungen. Artemisia hingegen hielt sich mit dem Schicksal der Einfachen nicht weiter auf; sie war froh, dem Schmutz und dem Laster der Straße entkommen zu sein. Ihr Thema waren die Frauen. Das hatte sie sich nicht ausgesucht. Nicht auf diese Weise jedenfalls. Sie war interessiert an den Taten. An den Taten sowohl von Heldinnen als auch von männlichen Heroen wie Herkules. War das eine Verehrung für den menschlichen Mut? Vielleicht. Aber es war vor allem eine Herausforderung für die malerische Hand. Immer noch freute sich Artemisia an ihrer tatkräftigen Judith, die Holofernes an die Gurgel geht. An der anderen Judith, die einfach nur kühl ein Urteil vollstreckt. Das waren Möglichkeiten! Sie malte weitere Variationen. Der hingestreckte männliche Körper in seiner Massigkeit, die trotzdem beweglich gemalt werden musste, so als könnte der Unhold jederzeit wieder aufstehen und sich wehren – oder fast. Dagegen die konzentrierte und sachliche Judith. Und Abra, die Gehilfin. Kaum jemand bemerkte, dass Artemisia in ihren erfolgreichsten Bildern eine Konvention auf den Kopf stellte. Es gibt immer drei Hauptfiguren, bei Judith wie bei bei *Susanna im Bade*, es gibt Opfer, Täter und einen Helfer oder eine Helferin. Das war eine perfide Umkehrung der üblichen Dreiecksbeziehung in Bildern, die aus Vater, Mutter, Kind bestand, aus Maria, Josef und dem kindlichen Christus. Artemisias Dreifaltigkeit war böse, Artemisia war eine Malerin der entschiedenen Tat: Die Befreiung war mörderisch.

Die Auftraggeber in Rom hatten freilich anderes im Sinn. Sie hielten sich mit möglicherweise umstürzlerischen Aspekten nicht lange auf, sondern schätzten weitaus Gefälligeres: Artemisia hatte offensichtlich Zugang zu Aktmodellen – zu weiblichen Aktmodellen! Würden ihre Cleopatras, ihre Danaes und Nymphen nicht zwangsläufig echter wirken als die der männlichen Kollegen? Die Auftraggeber leckten sich die Lippen, sie wollten es wissen. Je konservativer die Zeiten, umso höher die Nachfrage nach scheinbar Gewagtem. Artemisia seufzte, aber sie schickte sich darein.

Sie war wieder zu Hause, aber allmählich sehnte sie sich nach der Freiheit in Florenz, nach der sanften Herrschaft der Medici, ihrer Offenheit für die Kunst, nach ihrer Bereitschaft, sich Neuem auszusetzen. Caterina und Maddalena de' Medici hatten die Stadt mit Freimut regiert, und Cosimo hatte im Hintergrund, obwohl schwer krank, mit gelegentlichen und wohldosierten Auftritten gesorgt, dass niemand an seinem Einverständnis mit dem faktischen Matriarchat zu zweifeln begann. Nach seinem Tod war es noch einfacher geworden für die Frauen.

Und hier? Hier regierten die Pfaffen. Hier wollten sie die immer gleichen Bilder von heiligen Jungfrauen, Märtyrerinnen und Madonnen. Artemisia fühlte sich bedrängt. Bedrängt von den Blicken und Wünschen der Alten. Wenn sie bei Kardinal Barberinis Empfängen war, fühlte sie sich gemustert: Das war doch die Artemisia, die Tochter von Orazio, die mit den gewagten Bildern und dem noch riskanteren Leben ... Sie floh dann in scheinbar intensive Gespräche, spürte aber die harten Blicke im Rücken, hörte die Kommentare. Stiattesi war keine Hilfe – im Gegenteil. Er nahm die Rolle als Opfer einer überehrgeizigen Frau an, er begann, sich zu beklagen, wenn er bei seinen Touren durch die Tavernen die richtigen Zuhörer fand, und wenn er sie nicht fand, brabbelte er vor sich hin, wie schwer das Leben an der Seite einer solchen Frau sei, wie sehr sie ihn und seine Gutmütigkeit ausnutze, wie sie das Geld verschwende, das er mit ehrbarer Arbeit verdiene. Man trug ihr das alles zu, auch die Mädchen, die er traf, und die Raufereien, in die er sich verwickeln ließ, darin dem Schwiegervater immer ähnlicher. Artemisia, die Starke, merkte, wie ihr das zusetzte. Ausgesetzt fühlte sie sich. Gemustert. Bewertet. Und dann fand sie Beistand.

Was soll denn das sein?

Die Frau, die neben ihr in der Werkstatt stand, benahm sich unmöglich. Sie war keine Unbekannte, Artemisia hatte schon in Florenz von ihr gehört, aber nichts von dem Gerede reichte an das heran, was sie gerade erlebte.

... Ist das eine Wasserleiche? Haben sie sie gerade aus dem Tiber gezogen? Du liebe Güte!

Sie lachte ein lautes, unverschämtes Lachen, das eine Reihe kaum beschädigter Zähne zeigte. Die Frau wies mit dem Finger auf das Bild der Cleopatra. Cleopatra, nicht als kühne Herrscherin, nicht als Reisende durch den Orient, sondern als erledigte Liebhaberin: kalt, nackt, abgelegt. Daran änderte auch der luxuriöse Diwan nichts, auf den sie gebettet war. Dieser Frau blieb nichts mehr als der Tod, der sich in Gestalt einer grässlichen Schlange bereits näherte.

Die freche Betrachterin beugte sich vor, um die Details des Bildes besser zu sehen. Dabei rauschte ihr übertrieben farbenreiches Gewand, und eine Wolke von Parfum und Puderduft entströmte der falschen Seide.

Puh!

Die Frau wandte sich zu Artemisia um. Jetzt grinste sie:

Andererseits … das ist eine richtige Frau. Keine perfekte Schönheit. Das wiederum gefällt mir. Wer von uns ist schon vollkommen? Und mir selbst würde es nicht einfallen, mich so … zu präsentieren. Mutige Frau! Großartige Frau!

Sie nickte anerkennend, und es war nicht klar, ob sie die Geliebte Cäsars oder Artemisia gemeint hatte.

Die Besucherin baute sich vor Artemisia auf, breitete die Arme zur Seite und begann mit lauter Stimme zu deklamieren:

Splendente luce de' miei vaghi rai …Gleißendes Licht meiner reizenden Augen – Von Eurem schönen Busen schwang ich mich auf als Adler der Liebe und erreichte in glücklichem Flug die Sonnensphäre Eures schönen Gesichts …[1]

Sie machte einen Schritt vorwärts, als ob sie Artemisia umarmen wollte, trat wieder zurück und lachte offen und entwaffnend:

Wie bringt Ihr das nur fertig? Eure Cleopatra – es ist doch eine Cleopatra? – sieht trotz ihrer Totenblässe so aus, als könnte sie jeden Augenblick aus dem Bild treten. Sie ist so gar nicht fremd, sie ist … eine von uns.

Sie nickte, wie um sich selbst zu bestätigen.

Brava!

Artemisia beobachtete sie gebannt. Eigentlich war sie fest entschlossen, die Besucherin nicht zu mögen, aber das gelang ihr nicht. Alles an Margherita Costa schrie nach Aufmerksamkeit. Schau mich an!, schrie das Kleid in derbem Grün, das zu

1 Aus: Ein Zerbino an eine schöne Frau. In: Die schöne Frau bedarf der Zügel nicht, S. 227.

viele falsche Goldfäden durchzogen. Schau uns an!, schrien die keineswegs sauberen, violetten Samtschuhe, die überraschend große, grobknochige Füße eher hervorhoben als verbargen. Schau uns an!, schrien aber vor allem die alles beherrschenden, blassblauen Augen, die mit einem meergrünen Stift allzu dick umrandet waren, eine Form der Kosmetik, wie sie sich eher die Bravi angedeihen ließen als ehrbare Frauen. Aber war sie denn ehrbar, diese Costa? War Ehrbarkeit überhaupt eine Kategorie, in die sich die Sängerin und Schauspielerin einordnen ließ? Und war der Geselle, mit dem sie durch die Lande zog, nicht tatsächlich ein Bravo, ein Räuber und Verbrecher, mit dem nicht gut Kirschen essen war?

Mechanisch bot Artemisia der Costa einen Sessel an, und die ließ sich ohne viel Federlesens darauf niederplumpsen und rülpste ein bisschen.

Ach ja!

Sie seufzte so laut, als sei sie ein Ochse, dem man gerade das Geschirr abgenommen hatte, und rieb sich die Hände.

Frisch bei Euch! Aber das ist wohl gut für das Trocknen der Farbe?

Das war die kaum versteckte Aufforderung, eine warme Suppe zu servieren, und ehe Artemisia sich versah, saß sie schon mit dieser seltsamen Person zu Tisch, und die kleine Prudenzia hockte an der Seite der Costa, betrachtete sie mit großen Augen und hörte ihren Abenteuergeschichten zu, die für ein kleines Mädchen keineswegs geeignet waren. Aber lustig waren sie! Und ironisch! Wenn die Costa über ihre Liebhaber, Gönner und Verfolger herzog – was oft ein und dieselbe Person war –, schonte sie sich selbst keineswegs. Lange schon hatte Artemisia nicht mehr so oft und so lange gelacht.

Wer war diese Dame?, fragte Prudenzia, als sie gemeinsam den Tisch abräumten.

Margherita Costa ... – Artemisia zögerte – ... man nennt sie eine

Virtuosin. Sie ist jemand, die ihre Künste versteht. Sie singt, und sie schreibt Gedichte – und … – jetzt sprach sie schneller – … du solltest auf der Straße nicht erzählen, dass sie bei uns war, denn sie ist auch eine *meretrice*, eine Geldverdienerin.

Eine was? – Das Kind vergaß die Höflichkeit, die der Mutter gegenüber angemessen war.

Eine *meretrice*, eine Geldverdienerin, wiederholte Artemisia. – Also eine Hure. Eine, die Geld von Männern bekommt, wenn sie mit ihnen schläft.

Aber es gibt doch auch andere Frauen, die Geld verdienen?, fragte Prudenzia prompt. – Auch du verdienst Geld, Mutter! – Prudenzia war nicht wenig stolz darauf, dass Artemisia für sie beide sorgte. Manchmal zählte sie mit ihr die Geldstücke, die im Lauf eines Monats hereingekommen waren, bevor sie allzu schnell wieder verschwanden.

Ja, du hast recht Kind, antwortete Artemisia. – Es ist wohl so, dass sich die Herren keinen anderen Gelderwerb bei uns vorstellen können als den mit dem Körper. Und oft genug bezahlen sie uns ja nicht einmal für das.

Sie lachte leise und bitter.

Aber du! – Prudenzia wurde immer lebhafter. – Aber du brauchst ja auch keinen, der dich für Liebe bezahlt. Warum malt denn die Dame Costa nicht?

Ihre Kunst ist genauso viel wert wie die meine, antwortete Artemisia langsam. – Sie steht auf den Bühnen der Welt und singt ihre Lieder, da, wo man es uns Frauen gestattet. Sie hat sich sogar schon als Mann verkleidet, um auftreten zu können …

Wirklich? – Prudenzia war fasziniert.

… Oder sie schreibt. Sie hat sogar mehrere Bücher veröffentlicht. Aber so ein Leben braucht Geld, viel Geld …

Artemisia verlor sich in Gedanken, und je länger sie nachdachte, umso mehr kam sie zu der Überzeugung, dass sie die Costa wiedersehen wollte, und ja, sogar mit Prudenzia. Ein freier Geist konnte nicht schaden. Die Magd und die Gehilfen wollte sie jeweils nach Hause schicken, sie mussten nicht alles wissen. Artemisia nickte sich selbst entschlossen zu.

Und so kam die Costa bald öfters. Immer am Tage. Sie ließ sich in ihrer altersschwachen Sänfte in den Corso tragen, immer umgeben von ein paar Bravi, die mit ihren finsteren Mienen keinen Zweifel daran ließen, dass sie bereit zum Äußersten waren. Immer ließ Artemisia der Costa die Tür öffnen, um dann Gehilfen und Bedienstete eilends nach Hause zu schicken, immer eilte die Costa mit dem letzten Tageslicht aus Artemisias Haus, war es Huren doch verboten, sich in der Nacht in den Straßen Roms zu bewegen, obwohl die Nacht ihr Geschäft war – nur einer der vielen Widersprüche, mit denen Frauen wie die Costa fertigwerden mussten. Aber auch die Frauenperson selbst barg viele Widersprüche; je länger Artemisia sie kannte, desto mehr wunderte sie sich über die neue Freundin: Sie war frei und offen, hing aber mit hündischer Ergebenheit an ihrem nichtsnutzigen Bravi-Helden, der sie bisweilen schlug, wie sie mit bebender Stimme erzählte. Freilich schlug die Costa zurück. Die Nachbarn der beiden erzählten sich vom furchtbaren Heulen des berüchtigten Verbrechers, wenn er der Costa wieder einmal nicht zu Gefallen gewesen war und diese ihre blanke Wut an ihm ausließ. Die Costa hatte ein loses Maul, aber sie besang in ihren Gedichten hingebungsvoll die allerzarteste Liebe. Sie hasste die eitlen Narreteien der Pfaffen, zelebrierte ihre eigenen Auftritte aber wie die hochfahrendsten Audienzen der Barberini. War das zum Spott? Wer wusste schon, was die Costa ernst meinte und was Spiel und Spaß war? Mit ihr blicken lassen konnte man sich nicht. Artemisia bedauerte das.

Und so war Artemisia auch allein, als sie im Sommer 1625 ein Konzert besuchte. Kardinal Maurizio von Savoyen scharte stets nur einen erlauchten Kreis von Besuchern um sich; wie so oft war Artemisia die einzige Frau. Artemisia Lomi? Nicht mehr. Artemisia Stiattesi? Schon gar nicht! Auch nicht mehr

Gentilescha. Wer sollte denn da noch mitkommen? Sie nannte sich wieder Artemisia Gentileschi, mit dem finalen »i«, das sie als repräsentative Erbin des Familiennamens auswies. Sollten die Brüder doch denken, was sie wollten! Artemisia trug Witwenkleidung. Das war einerseits anmaßend und andererseits geschickt. Geschickt, weil sie sich nur so allein durch die Stadt bewegen konnte. Anmaßend, weil der Gatte durchaus noch lebte – wenngleich in immer größerer Entfernung zu Frau und Tochter.

Raus.

Raus!

Raus hier!, hatte Artemisia so oft geschrien und gefleht, dass selbst der hartleibigst Passive irgendwann nachgegeben und sein Bündel geschnürt hatte; wohin es Pierantonio Stiattesi gezogen hatte, wusste Artemisia nicht oder wollte es nicht wissen. Auf jeden Fall lebte er noch, insofern war die Witwenkleidung unziemlich.

Ein zitronengelbes Kleid also, nahezu bedeckt jedoch von einem weiten schwarzen Mantel, der ihre Körperformen verbarg. Das gelang mehr schlecht als recht: Artemisia war mit ihren dreißig Jahren von einer solch auffallenden Üppigkeit und Größe, dass es für sie schon allein deshalb unmöglich war, unerkannt durch die Gassen der Stadt zu gelangen. Sie hätte sich, sagte sie zu Prudenzia, auch unter dem Bauch eines Pferdes verbergen und dieses ganz langsam vorwärtsschreiten lassen können – die Leute hätten sie gleichwohl erkannt. Dennoch gab sie sich Mühe, unauffällig zu erscheinen, das war sie dem Kardinal schuldig, der zum Anlass dieses Konzerts die neueste Musik aufgeboten hatte: Claudio Monteverdi aus Mantua war das Aufregendste, das die Musik zu bieten hatte, und Kardinal Barberini, Neffe des Papstes, hatte sich nicht wenig geärgert, dass die Venezianer wieder einmal erfolgreicher gewesen waren als die Römer: Sie hatten den Komponisten, der nach dem Tod seiner Frau untröstlich in Cremona verharrte, überzeugen können,

Kapellmeister am Markusdom zu werden – was hätte das Genie aber am Petersdom, beim Papst selbst bewirken können!?! Gab es etwas Zarteres und gleichzeitig Glutvolleres als seine Marienvesper? So hatten die Kenner schon vor diesem Konzert geschwärmt.

Der Kardinal, den Becher mit schwerem Wein in der Hand, schritt kummervoll auf und ab, Artemisia, noch ein wenig atemlos vom eiligen Gang durch die Stadt, neben sich.

Schon der Titel! Rätselhaft! – Der Kardinal, der ihr die Ehre seiner vorübergehenden Aufmerksamkeit erwies, murmelte ihn wie eine besonders vertrackte Litanei:

Sanctissimae Virgini missa senis vocibus ad ecclesiarum choros ac vespere pluribus decantanda cum nonnullis sacris concentibus, ad sacella sive principum cubicula accomodata opera …

Der heiligsten Jungfrau gewidmete sechsstimmige Messe?, fragte Artemisia langsam.

Oh, Sie sind des Lateinischen mächtig? – Der Kardinal sah Artemisia von der Seite an.

Nicht wirklich mächtig, erwiderte Artemisia mit schlecht gespielter Bescheidenheit. – Allein … ich lernte es und studierte es.

Der Kardinal schüttelte den Kopf, ob anerkennend oder eher missbilligend, blieb sein Geheimnis.

Die Missa jedenfalls – oder Vesper –, wie Ihr wollt – fuhr der Kardinal nun fort – ist eigentlich keine Missa, sondern eher … ein Kompendium. Wie ein Brevier, aus dem sich der Kundige das auswählt, was ihm am besten gefällt oder was … – er lachte leise – seiner Seele behagt. Sie werden jedenfalls heute ein Stück daraus hören.

Ich bin sehr gespannt und überaus geehrt … hob Artemisia an, aber da hatte der Kardinal schon eine wegwischende Handbewegung gemacht und sich neuen Gästen zugewandt. Es musste genug sein, dass er die Frau überhaupt eingeladen hatte. Eine Künstlerin. Ein weiblicher Künstler. Oder wie auch immer man das nennen wollte. Er wandte sich wieder seinen Günstlingen zu, unter denen schöne junge Männer waren, die über jeden seiner Scherze lachten und an seinen Lippen hingen.

Artemisia beobachtete die kaum verhohlenen Techtelmechtel. Sie schritt allein weiter, ließ sich einen Becher mit Wein reichen, zupfte ein paar Trauben vom Büfett. In einer Ecke des Salons standen die Instrumente, die erklingen würden. Auf dem Cembalo, das gleich der Kardinal selbst spielen würde, ruhte die Viola da Gamba, daneben lehnte ein Kontrabass, die Posaune glänzte auf einem der Stühle mit den Sitzen aus mitternachtsblauem Samt. Hier würden die Musiker Platz nehmen. Zwei zierliche Violinen waren noch in ihren Etuis geborgen. Artemisia stutzte: Nein – sogar zweimal die Viola da Gamba! Zwei Posaunen! Hier wurde eine Menge geboten.

Die Gäste sammelten sich, als die Musiker ihre Plätze einnahmen. Die Sänger schritten hocherhobenen Hauptes, Seite an Seite, damit kein Zweifel an ihrer Redlichkeit entstünde: Kastraten standen allgemein in einem zweifelhaften Ruf, und Nähe zur Kirche half da nicht, sondern machte die Spekulationen und Vorstellungen nur noch abgründiger. Der Kardinal lächelte und klatschte in die Hände. Artemisia stellte sich hier ihre neue Freundin vor, die Costa. Das wäre ein Spaß! Freilich undenkbar! Was ihr die Ehre der Einladung verschafft hatte, war ohnehin ein Rätsel. Die Vorliebe des Kardinals für Knaben und Männer und seine Geringschätzung von Frauen war kein Geheimnis. Die Instrumente wurden angespielt, die Sänger räusperten sich. Und dann erklang das *Laetatus sum*, jener Ausschnitt aus dem großen Werk der Marienvesper, das der Kardinal angekündigt hatte, dessen vollständige Aufführung jedoch den Rahmen eines solchen Festes gesprengt hätte – und auch ein wenig ungebührlich gewesen wäre, war das Werk doch für den Kirchenraum bestimmt. Andacht allerdings wollte sich ohnehin nicht einstellen, denn der Psalm, den die beiden Jungen hier mit geübten Stimmen sangen, klang keineswegs wie das fromme Gebet, das er doch darstellte, sondern eher wie das

Lied eines gut gestimmten Reisenden, eines Pilgers vielleicht, der unterwegs war, denn das, was Gamben und Bässe hier vorgaben, war ein Schreiten, ein Gehen, ein Marschieren beinahe! Artemisia sah sich vor, dass ihre Beine nicht im Rhythmus zuckten, und hielt die Arme besänftigend dicht am Körper. Den anderen Gästen war die Röte ins Gesicht gestiegen, ob wegen der Neuerungen des Komponisten oder weil es sie ebenfalls reizte, sich zu bewegen, ließ sich nicht sagen. Was für eine lebendige, lebendig machende Musik! Artemisia musste lächeln. Jemand lächelte zurück. Und blieb gleichzeitig ernst. Wie konnte das sein? Artemisia erstarrte. Der Mann, dessen Blick sie getroffen hatte, dieser Mann der Widersprüche, war einer der Musiker. Er spielte die Viola da Gamba, hielt nun aber mitten im Spiel inne. Er ließ sein Instrument einfach ein paar Takte pausieren, gar nicht lange, nur so lange, wie ein Blick braucht, um sich für immer in das Gedächtnis des Gegenübers einzugraben. Das war Nicholas Lanier aus England.

In der Pause war Artemisia noch immer nicht erholt von ihrer Verwirrung. Sie versuchte, dem Kammerdiener des Kardinals zu lauschen, der von den Besonderheiten Monteverdis sprach, davon, wie geschickt dieser die Botschaften der Kirche nicht nur in die zweifellos frommen Texte, sondern in die Musik selbst geprägt hatte.

Ihr werdet es gleich noch in anderer Weise erfahren, sagte der Kammerdiener geheimnisvoll. – Die geistliche Musik, zweifellos die Krönung des Schöpferischen, ist das eine, aber Meister Monteverdi hat noch andere Werke geschaffen, und die erscheinen uns, mit Verlaub, überwältigend. Es geht ihm, so viel ist gewiss, dabei immer weniger um die Verbindung von Sprache und Musik, sondern mehr um die Darstellung der Affekte. Sie werden sehen, mein Kind ... jede Figur steht für einen Affekt. Sie werden ...

Artemisia hörte nicht länger zu. Sie ließ den Kammerdiener

bei der nächsten Gelegenheit stehen und tat so, als schaute sie sich nach einem der Diener um, die Häppchen zur Erfrischung reichten. Obwohl ihr Magen wie versteinert war. Dafür hämmerte das Herz.

Ist Ihnen nicht wohl? – Ein Bekannter sprach sie an, aber Artemisia hörte ihn wie durch Wolle sprechen.

Dahinten stand der Fremde. Mit diesem unangemessen weit offenen Hemd, der blassen, ein wenig geröteten Haut. Dem rötlich blonden Haar, das ein wenig zu lang war. Mit diesem Blick, der nun suchend durch den Raum glitt. Und sie fand.

Jemand klatschte in die Hände. Jemand bat sie wieder in den Salon. Jemand schloss die Tür. Dann begann erneut die Musik. Artemisia erschrak zutiefst. Sie war zwar keine Musikkennerin, die eigene Arbeit und die Verpflichtungen, die damit einhergingen, erlaubten ihr kaum je, zu den Konzerten zu gehen, die allenthalben angeboten wurden – bei Einladungen wie dieser aber hatte sie durchaus Musik gehört und sie genossen. Die Musiker hatten ihr immer ein wenig leidgetan, denn sobald der letzte Ton erklungen war, war die Musik schon wieder fort! Verweht, vergangen. Was für eine flüchtige und dabei aufwendige Kunst! Und wie abhängig die Tonsetzer von anderen waren, von denen, die ihre Kunst aufführten. Nein, das wäre nichts für sie. Aber nun. Nun hörte sie die ersten Klänge einer neuen Komposition von diesem ungeheuerlichen Komponisten aus Cremona oder Mantua. Claudio Monteverdi hatte die Po-Ebene nie verlassen, so hörte man, nur ein einziges Mal war er in Rom gewesen – also woher hatte er diese unerhörten Klänge, woher hatte er die Idee, die Melodien solcherart zu unterlegen? Durch die gesamte Komposition zog sich ein … Drängen, ein Vorwärtsschreiten und Ziehen, dem man nicht entkam! Die Handlung, die sich nun entfaltete, tat ein Übriges: Es war die bekannte Geschichte von Orpheus, der seine geliebte Eurydike aus der Unterwelt holen will. Sie lauschten hier, so hatte es der Kardinal in seiner umständlichen und trockenen Begrüßung gesagt, nur einem Teil der Komposition, die eigentlich abendfüllend gewesen wäre. Aber es war ein zentrales Stück, das sie hörten: Der scheinbar erfolgreiche Orpheus holt die Geliebte aus den Gängen des Hades heraus. Wie sie da gehen und schreiten! Wie gleichzeitig die Sorge in dem Sänger ruft! Wie unsicher und gefährlich das Ganze ist! Hier der entschiedene Orpheus – da die todesmüde Eurydike! Artemisia kamen die Tränen. Sie kannte die Geschichte, aber jetzt ergriff sie sie zutiefst.

Als die Musiker ihre Instrumente absetzten, blieb es lange still. Dann setzte, zögerlich, ein sich nur langsam steigernder Applaus ein. Artemisia stimmte nicht mit ein. Ihre Hände lagen schwer in ihrem Schoß. Was war das für eine Musik, die derartige Kraft besaß? Eine Kraft, die ihr die eigene Kraft nahm? War das … richtig so? War eine solche Musik wünschenswert? Noch bevor sie weiter überlegen konnte, hatten die Musiker ihre Plätze verlassen. Alle, bis auf einen. Nicholas Lanier. Er rückte seinen Stuhl nun in die Mitte des Podiums, so, dass er einen freien Blick auf Artemisia hatte, die in einer der hinteren Reihen saß. Der Kardinal ergriff wieder das Wort und redete von dem hoch geehrten Gast aus dem fernen England, den wichtige politische Geschäfte nach Rom geführt hätten, der aber eben auch ein Freund der Musen sei und nicht nur die Viola da Gamba, die Violine und das Cembalo spielte, wovon man sich ja eben schon hätte überzeugen können, sondern auch selbst komponierte. Eine Kostprobe seines Virtuosentums wollte er nun dem verehrten Publikum präsentieren. Bitte sehr!

Die Leute hörten nicht besonders aufmerksam zu. Die Musik Monteverdis hatte alles von ihnen gefordert, manche überfordert. Sie begannen unruhig zu werden, einige plauderten mit ihren Nachbarn, sie rückten die Stühle hin und her.

Lanier schob sich die Viola da Gamba zurecht. Er spielte ein paar Takte, dann stimmte er seinen Gesang an. Es war eine Klage, ein einziges Lamento. Es ging um die ferne Geliebte, die er nicht wiedersehen würde, und es schien, als wäre seine Stimme das eine und die Viola das andere. Sie begleitete ihn weniger, sie antwortete ihm vielmehr – ganz, als wäre sie die eigentliche Geliebte, noch trauriger, noch zarter als er selbst. Artemisia schüttelte sich. Nun wurde es ihr zu bunt! Was sollte das, dieses sich Baden in der Traurigkeit? Dieses Auskosten von Verwundungen, von Schmerz! Am liebsten hätte sie sich erhoben und wäre gegangen, aber das wäre ohne viel Aufsehen nicht möglich gewesen, also blieb sie sitzen und spürte, wie sie immer zorniger wurde und immer unruhiger. Was bildete sich dieser Bursche eigentlich ein? Was verstand so ein Mann überhaupt von den Schmerzen, die die Liebe und das Verlassenwerden verursachten? War ihm je Gewalt angetan worden? Musste er bangen, wenn man ihn verließ? Ging es bei den Männern je um verlorene Unschuld, Anstand und Zukunft? Ja, dieser Mann hatte gut singen! Er mochte in seinen Gefühlen baden! Aber was war aus der Geliebten geworden, die er leider, leider wegen irgendwelcher Reisen hatte verlassen müssen? Die konnte sich solch malerische Trauer wahrscheinlich nicht leisten, die hatte sich zu rechtfertigen, hatte hoch erhobenen Hauptes an all den Schwätzern und Übelrednern vorbeizugehen, während sie gleichzeitig die Hoffnung in sich töten musste, dass der Geliebte zurückkehrte, dass er sie doch mehr liebte als seine Verpflichtungen, mehr als seine Welt, die freie Welt der Männer, denen man alles verzieh, die immer neu anfangen konnten, während die Frauen sitzenblieben mit ihrem Kummer, den Krankheiten, der Brut, für die niemand sorgte.

Ach!

Unwillkürlich schlug sich Artemisia mit der Faust auf den Oberschenkel. Es war so wohlfeil!

Wohlfeil?

Nicholas Lanier sah die Frau überrascht an. Sein Italienisch hatte er aus Kompositionen von Kollegen gelernt, es war ausgezeichnet und ein wenig altertümlich, aber natürlich nicht vollkommen, und was ihm diese üppige, fremde, hochgewachsene Schöne an den Kopf warf, entbehrte jeglicher Floskeln der höflichen Konversation. Er hatte sie nach dem Konzert abgepasst, und nach einigem Hin und Her hatte sie zugestimmt, sich ein Stück begleiten zu lassen. Und nun ging sie festen Schrittes neben ihm her, er musste aufpassen, dass sie ihm nicht enteilte – und gleichzeitig redete sie ... schnell, empört.

Wohlfeil sei das gewesen. Ein einziges Lamento, das niemandem nütze. So beschrieb sie seine Musik. Schmerzlich. Schwächend. Vehement fuchtelte sie mit den Armen.

Lamento? Das stimmte ja. Das war so gewollt. Was hatte sie, gute Frau, gegen die Darstellung eines edlen Affekts?

Edel? – Artemisia blieb entrüstet stehen. War das sein Ernst?

Gewiss, freilich.

Wieso war dann die Musik aber derart ... eitel, ja ... geschmäcklerisch, warum kostete sie den Schmerz aus?

Eitel – *musica vana*, das war ein herber Vorwurf. Er traf den sensiblen Künstler bis ins Mark. *Saporita* – geschmäcklerisch, das Wort verstand er in diesem Zusammenhang nicht, aber es war klar, dass es nicht freundlich gemeint sein konnte. Lanier fühlte sich unbehaglich – und doch fühlte er sich nur allzu wohl in der Gegenwart dieser Frau. In den letzten Minuten allerdings wuchs die Anspannung. Er versuchte, die Situation ein wenig zu entschärfen.

Was haben Sie nur gegen den Schmerz?, fragte er, möglichst leichthin. – Ohne den Schmerz entsteht nichts. Keine Kunst, kein Kind, keine Welt.

Artemisia blieb stehen. Sie sah ihn mit funkelnden Augen an.

Ihre edlen Männer, höhnte sie. – Ihr versteht gar so viel von den Schmerzen der Frauen.

Aber auch wir fühlen solche, entgegnete Lanier.

Dann schreiben Sie davon! Schreiben Sie von dem, was Sie umtreibt. Spielen Sie auf für Leute, von denen Sie etwas verstehen! Nicht von uns!, rief Artemisia. Sie wandte sich um und ließ ihn stehen. Lanier sah ihr nach, wie sie über die Tiberbrücke davoneilte. Ihr schwarzer Mantel wehte hinter ihr her, die Frisur löste sich auf, lange dunkelblonde Haarsträhnen packte sich der Abendwind. Lanier gewahrte einige dunkle Typen, die vor und hinter der Brücke herumlungerten und sich nun, wie ihm schien, Zeichen gaben. Er gab sich einen Ruck. Lanier holte Artemisia wieder ein und fasste sie beim Arm – das war natürlich ungeheuerlich.

Bitte, teure Frau, Mylady …

Er schrak zurück. Er sah, dass sie bitterlich weinte.

Kommen Sie! Wo sind Sie zu Hause?

Sie schaute ihn lange an, und allmählich ging ihr Atem ruhiger. Sie nickte zögerlich. Sie ließ es zu, dass er sie nach Hause geleitete, ihren Schlüssel nahm und die Tür aufschloss, sie gestattete sogar, dass er Prudenzia, die schlaftrunken aus ihrer Kammer kam, begrüßte, dass er den Herd anzündete, den Kessel aufsetzte und ihr eine Brühe bereitete. Der Mann war zu etwas nütze! Er kam sogar in einer fremden Küche zurecht.

Schweigend schlürften beide die heiße Brühe. Bis sie endlich lachen mussten. Das gemeinsame Lachen tat wohl. So wie vorher das Weinen.

Seltsam, dachte Artemisia, nun kannte sie Nicholas Lanier erst ein paar Stunden, aber sie hatte schon geweint, gezürnt und gelacht mit ihm. Und gegessen. Als wäre es ein ganzes Leben.

Nun, nun …, sagte die Costa. – Das klingt ja alles ganz wundersam. Ich bin wahrlich entzückt, meine Gute!

Sonderlich entzückt sah sie allerdings nicht aus

Artemisia schaute sie also fragend an, ein wenig entrüstet womöglich.

Und? Was ist daran so falsch?

Nichts. Nichts ist daran falsch. Es ist nur ungewöhnlich. Und gestatten Sie, dass ich ein wenig skeptisch bin. Dieser Lanier wäre nicht der Erste, der sich an Ihrer Kraft berauscht, wenn ich das richtig sehe. Oder der Erste, bei dem Sie sich schwächer gebärden, als Sie sind. Hach!

Sie machte eine übertriebene Geste, als werde sie gleich in Ohnmacht sinken.

Artemisia lachte gutmütig. Die Costa misstraute den großen Emotionen. Je größer sie ausfielen, desto kühler und spöttischer wurde sie. In ihren Gedichten blieb sie überhaupt nur bei einem Thema wirklich ernst: wenn es um Kinder ging. Hatte sie selbst welche geboren? Gut möglich, wahrscheinlich sogar, aber besser, man fragte nicht, denn gewiss waren sie nicht in den besten Umständen auf diese Welt gekommen. Mit der Liebe machte die Costa kurzen Prozess – so wie ihr Bravo, dieser berüchtigte Tiberio Squilletti, mit den reichen Leuten, denen er am Wegrand auflauerte.

Die Liebesleute?, fragte die Costa bisweilen rhetorisch, was gibt es an denen zu finden? Haltet Euch an das, was zählt – das Geld: weniger Gelehrsamkeit und mehr Geld, weniger Zierlichkeit und mehr Verzierung, weniger Klugheit und mehr kluge Handlung![2]

Komm, komm, mein Kind!

Sie zerrte Artemisia vor einen Spiegel:

Schauen Sie, schauen Sie nur: die schöne Hingabe! – Sie bog Artemisias Kopf in einer theatralischen Geste ein wenig nach hinten.

Trotz Artemisias Protest löste sie ihr Haar auf und zupfte und zog daran, bis es als wilder Schauer über die Schultern fiel.

Und das Kleid! Tut mir leid, meine Teuerste! Aber das muss jetzt sein. Wir machen eine Probe! Eine Probe auf das Exempel der Gefühle. Damit Sie sehen, welch ein prächtiger Anblick das ist.

Sie öffnete die Schlaufe am Genick und zog den Ausschnitt so schief, dass eine Schulter halb entblößt war.

2 Zitat aus Costa: Die schöne Frau bedarf der Zügel nicht, S. 221.

Und nun sagen Sie: Ach! Und schließen dabei die Augen, aber nicht ganz.

Und?

Na, was sehen Sie?

Für die Costa war Artemisia, die stolze, unbewegte Malerin, nun die Verkörperung einer fromm Hingegebenen oder jedenfalls überhaupt Hingegebenen.

So einfach ist das! Nur ein wenig Gezerre und ein wenig Verstellung! Es ist alles eine Frage des Geschicks oder, wenn Ihnen das lieber ist, der Kunst. Ich bestehe darauf, dass wir beides selbst in der Hand haben, meine Liebe.

Sie lachten, sie umarmten sich, sie plumpsten auf Artemisias Bett, da war es warm und behaglich, und diesmal war es Artemisia, die Margherita drapierte wie ein etwas unwilliges, aber begabtes Modell. Sie versuchten Posen wie halbwüchsige Mädchen, die den ersten Liebhaber erwarteten. Und wo sie schon einmal dabei waren, besorgten sie sich Utensilien aus der Küche – ein Messer, eine Schnur – und inszenierten regelrechte Szenen: Die marmorbleiche Cleopatra, wie sie mit rückwärts gelegtem linken Arm, in der rechten Hand die fatale Schlange, den Tod erwartet. Schön, begehrenswert – Cleopatras Beine aber sind fest gekreuzt, der Schoß ist geschlossen, eher bringt diese Schöne sich um, als dass sie dem falschen Liebhaber zu Diensten wäre! Und dann Lukrezia, die Hand an sich legt, den Dolch schon in der Linken, die Brust entblößt. Aber es sieht so aus, als hielte sie die Brust bereit für ein Kind, das sie gleich säugen wird; eher gibt sie dem Tod Nahrung als den Männern, die sie bedrängen.

Die Costa war entzückt: Wie Artemisia mit den sattsam bekannten Motiven spielte: Wie aus einer Lukrezia eine halbe *Madonna del Latte* wurde, eine Christusmutter, die ihr Kind stillt! Wie Cleopatra keine Heroine war, sondern einfach nur eine müde Frau!

Artemisia malte. Und die Costa kratzte ihr letztes Geld zusammen, um eine Cleopatra zu erwerben. Die hätte sich in ihrem Salon ausgezeichnet gemacht. Über ihren Salon wurde in ganz Rom geredet, denn er bildete den Bühnenraum für Margheritas Inszenierungen. In den galt es zu investieren, da kamen die verwegenen Bilder der Freundin gerade recht.

Leider waren die gesitteteren Kunden schneller. Und betuchter. Margherita nahm es Artemisia nicht übel. Sie gönnte der Freundin, dass sie gefragt war. Immer mehr Aufträge trafen nun ein. Artemisias Bilder, in der Bettstatt mit Margherita gestellt wie eine Theaterprobe, waren denen anderer Maler ja ähnlich, schienen vertraut. Nahmen die adligen und kirchlichen Kunden das im Sinne des Wortes leicht Verrückte wahr, die nuancierten Verschiebungen von Mienen und Gesten? Artemisia behauptete, ihr sei es einerlei. Sie hinterfragte nicht. Sie malte. Ihre Kunst war begehrt. Und sie hatte eine Freundin. Neben der Costa gab es noch eine Reihe anderer mutiger Frauen, Dichterinnen, Briefeschreiberinnen. Sie trafen sich gelegentlich. Sie lasen einander vor, sie rezitierten. Und sie lauschten Margherita Costas herrlichen Spottgesängen auf unfähige Liebhaber und alternde Frauen, auf falsche *Zerbinos* und echte Sorgen. Die anderen Frauen feierten sie stürmisch.

Ja, die Costa war eine Brava des Amourösen!

Artemisia umarmte Margherita zur Begrüßung stets herzlich, es war ihr allmählich gleichgültig, ob Passanten sie dabei beobachteten. Sie genoss es, Zeit mit der oft Angefeindeten zu verbringen. Bisweilen ertappte sich Artemisia dabei, ein wenig neidisch auf Margherita Costa zu sein. Sie war mutig, sie war frei. Trotz der Schulden, die sie zweifellos bedrückten. Trotz des seltsamen Gesellen, den sie ihren wahren und einzigen Freund nannte – und einen Schuft. Obwohl sie sich des Nachts nicht auf den Straßen Roms bewegen und keine Kutsche fahren durfte. Obwohl es ihr einerseits nicht gestattet war, sich überhaupt in männlicher Begleitung zu bewegen und sie doch andererseits dringend des Schutzes bedurft hätte. Obwohl sie in Widersprüchen und von Widersprüchen lebte. Der Costa waren die Widersprüche bewusst. Sie schrieb darüber. So besang sie in einem Gedicht voller Zärtlichkeit ein kleines Mädchen und wünschte ihm gleichzeitig, es wäre als Mann geboren. Dann würde ihm vieles erspart bleiben, und es würde es leichter haben im Leben. Oft verkleidete sich die Costa als Mann, notgedrungen. Wie sonst sollte sie durch die Gassen der Stadt kommen? Bei der Costa, so schien es, waren Verbote sinnlos. Wo ein Verbot war, fand sie einen Weg. Allerdings schickte sie sich keineswegs lediglich in die Notwendigkeit der Verstellung – sie empfand auch Lust dabei, die Lust an den Möglichkeiten.

Es wurde Sommer in Rom. Die Luft blähte sich auf und füllte sich mit Hitze. Die Blumen erblühten schnell, ließen aber alsbald die Köpfe hängen. Die Blätter am Ahorn, der entlang des Tibers wuchs, verfärbten sich schon im Juli gelb. Die Brunnen in der Stadt, die die Menschen erfrischen sollten, gaben nur noch bräunliches Wasser. Die Gassen staubten. Die Menschen schleppten sich dahin und erledigten nur notwendigste Wege. Die Schirmmacher, die neuerdings überall auftauchten, frohlockten: Ihre Modelle schützten auch bei Hitze. Die Fächerverkäufer priesen matt ihre Ware an. Die Sonne biss sich böse durch die Straßen. Das gesellschaftliche Leben kam fast zum Erliegen. Wer konnte, fuhr aufs Land.

In dieser Zeit unterlief Artemisia die Maddalena. Ja, sie war ihr unterlaufen. Sie war nicht so geplant. Sie hatte eher lustlos mit dem Gemälde begonnen, ein Auftrag wie so viele. Der Pinsel lag schwer in ihrer Hand, alle paar Minuten fuhr sie sich mit dem Ärmel des Malerkittels über die Stirn. Die reumütige Büßerin war ein beliebtes Motiv: Lieben und bereuen, gleichzeitig Hure und Heilige sein – das war zweifellos ein schöner Traum für die Herren, die in Frauen erst Heilige sahen und sie dann zu Huren machten. Schön, wenn die Damen dann bereuten! So spottete die Costa, die ihr gelegentlich Gesellschaft leistete.

Artemisia hörte nicht zu. Sie hatte die Bilder der anderen durchaus im Kopf. Das Bild Orazios, der seine Maddalena mit kühlen Pinselstrichen erledigt hatte, jeder Zentimeter des Bildes gekonnte Pflichterfüllung. Orazio hatte seine Maddalena halbnackt in eine Grotte gelegt, auf die Seite gedreht, den Arm grotesk auf einen Totenschädel gebettet, während sich im Hintergrund eine absurde Fantasielandschaft aufbauschte, die solchermaßen nur von dem verhassten Tassi gemalt werden konnte. Mehr Drama war nicht möglich.

Artemisia wollte aber keinen Bühnenzauber, keinen Spuk. Sie wollte auch keine ausgestellte Ekstase, wie sie ihr so unangenehm bei Caravaggio aufgefallen war. Bei dem hatte die Maddalena dagelegen, als wäre ihr einer unter die Röcke gegangen: halb geschlossene Augen, zurückgelegter Kopf, geöffneter Mund. Artemisia bewunderte Caravaggio, aber dieses Bild beschämte sie. Sie wunderte sich, dass er es mitgenommen hatte, als er Rom Hals über Kopf verlassen musste. So sehr hatte ihm daran gelegen? Er hatte es doch nur nebenbei gemalt, hastig, ihm kaum Zeit gelassen, zu trocknen, bevor er es eilig einpackte. Artemisia erinnerte sich an Caravaggio an seine Unruhe, seine Getriebenheit, an die pastosen Farben, an das gewaltige, gewalttätige Helldunkel. Kaum hatte er ein Bild vollendet, schon verlor er, so schien es, das Interesse daran – als sei ihm mehr am Prozess des Malens gelegen als am Ergebnis. Sie hingegen malte langsam, noch langsamer als sonst. Wog ab, hielt inne. Tupfte sich die Stirn, legte den Pinsel ab, begann erneut, hielt abermals inne. Sie nahm sich Zeit zum Säubern ihrer Sachen, immer wieder galt es, Pinsel und Palette zu reinigen, immer wieder gab es Gründe zu warten. Die Auftraggeber wurden ungeduldig. Erwähnten, dass es noch andere Künstler gab, willfährige, geschwindere. Artemisia zog, wenn sie mit ihnen sprach, eine Augenbraue hoch und dachte nicht im Traum daran, sich zu verteidigen. Sollten sie doch andere Künstler wählen!

Ihre Maddalena spiegelte dann in gewisser Weise die Maddalena Caravaggios. Wie eine seitenverkehrte, aber viel sanftere Fassung der Büßenden. Auch bei Artemisia trägt die Maddalena, die offenbar auf einem Hocker sitzt, ein weißes, weites Hemd. Auch bei ihr kommt es ins Rutschen. Auch bei ihr hat die Maddalena ihren Kopf tief in den Nacken gelegt. Aber ihre Augen sind fest geschlossen. Mit beiden Händen umfasst sie ihre Knie. Sie könnte Musik lauschen. Oder sich gerade in Träumen verlieren. Artemisias Maddalena ist ganz für sich. Sie braucht keinen Christus und schon gar keine Bewunderer. Sie braucht nur Zeit.

Margherita Costa betrachtete das Bild gerührt … und ein wenig ratlos.

Woran soll ich erkennen, dass es Maria Maddalena ist?, fragte sie. – Sie hat Ihr goldblondes, welliges Haar, Artemisia, Ihr Profil. Und doch … – Die Costa hielt inne, legte den Kopf schief und trat noch näher. – Schönes Gewand, dieses Violett und Gold ist recht vornehm geraten … Und doch … Sie sieht aus wie eine … gewöhnliche Frau. Wie irgendeine.

Abrupt wandte sie sich zu Artemisia um:

Ja, so ist es, nicht wahr?!? Sie könnte irgendeine, zweifellos sehr schöne Frau sein. Eine von uns?

Genau, erwiderte Artemisia. Und sah ebenso zufrieden aus wie ihre Büßerin, die vielleicht nur eine Träumende war.

Der Kunde war längst, enerviert von der Dauer der Arbeit, abgesprungen, aber ein neuer Interessent fand sich überraschend schnell. Das hatte Artemisia Nicholas Lanier zu verdanken. Kaum ein paar Monate in der Stadt, war er schon mit allen Mächtigen vertraut. Lanier verfügte über beste Beziehungen, was nicht nur seinem glänzenden Aussehen zuzuschreiben war, sondern auch der Tatsache, dass er im Auftrag des englischen Königs unterwegs war. Der englische Regent Karl I. war gefürchtet, immerhin hatte er mit den Spaniern einen Krieg vom Zaun gebrochen und dabei sogar Kaperbriefe ausgestellt. Er riskierte viel. Womöglich war dem Regenten mittlerweile klar, dass er zu weit gegangen war, und er schickte deshalb Männer seines Vertrauens nach Frankreich und Italien, um Möglichkeiten für neue Bündnisse oder einen Frieden auszuloten? War Lanier ein solcher Agent? Das wusste niemand so genau, allein die Möglichkeit war aber interessant genug, sodass man sich gern mit Lanier umgab. Es war aufregend, es brachte einen Hauch von Internationalität – und der Mann war so angenehm und distinguiert mit seinem kuriosen Italienisch! Also ließ der solchermaßen Geschätzte hier ein Wort fallen und dort einen Satz – und schon wechselte Artemisias Bild den Besitzer. Für ein reichliches Honorar, die Kunden seufzten. Aber Artemisia ließ nicht mit sich handeln. Sie war eine Virtuosin, sie war ihr Geld wert! Und nicht zu vergessen: Auch sie hatte in die Maddalena erhebliches Kapital investiert. Das golden-violette Gewand, das ihr Modell getragen hatte, war ein Vermögen wert. Vermögen, das sie, genau genommen, gar nicht besaß. Lanier gefielen ihre Verwegenheit und ihr Stolz. Noch nie hatte er eine Frau getroffen, die so kühl ihre Geschäfte erledigte und so energisch auf ihre Rechte bestand. Er selbst war eher nachgiebig, ein sanfter Mann, einer, der am Wegesrand Blumen pflückte, wenn sie spazieren gingen, und nur zu gern seine Pflichten, über die er in vagen Andeutungen sprach, vergaß.

Spazieren! Was war das für eine seltsame Tätigkeit! Wenn die Sonne am Nachmittag etwas tiefer sank, pflegte Lanier Artemisia am Tiberufer zu erwarten. Meist schickte er einen Boten, um sie zu benachrichtigen. Der Bote brachte eine Blume mit oder einen schön gewachsenen Zweig. Dann erzählte Lanier ihr von den Gärten in England, von den Parks, die die Lords und Ladys anlegten, er erzählte von Hortensien und Rhododendren, während er mit Artemisia am staubigen Ufer des Tiber entlangspazierte. Was sollte das? Ein Fluss, der kein Wasser führte? Nur eine Erinnerung, ein ferner Traum? Der Anblick machte Lanier traurig, dennoch wählte er immer wieder diesen Weg. Diese Empfindlichkeit für den Fluss! Warum maß er solchen Dingen so viel Bedeutung bei? Bäume, Sträucher, Blumen, Bachläufe –

Artemisia hatte sie bislang lediglich als Dekorum wahrgenommen, als mindere dekorative Elemente für die Architektur der Stadt oder als Kulissen für die Bilder der Heroen. Für Lanier hatte Grün eine Bedeutung:

Und hier – er wies mit dem Arm nach links – hier öffnete sich dann das Spalier aus hochgereckten englischen Rosen, und dort wäre womöglich ein Rondell aus Kräutern angelegt ...

Artemisia lachte. Sie ließ sich zunehmend amüsiert in Laniers Fantasie-England entführen. Das Einzige, was am Tiberufer gedieh, war struppigstes Unkraut, und selbst das gab jedes Jahr schon im Juli auf, verblasste und vertrocknete.

Aber Lanier konnte die dürre, gelbe Landschaft zum Leben erwecken mit seinen Geschichten. Und wenn er keine Geschichte mehr wusste, dann sang er. Er sang, auch wenn er keine Laute dabeihatte. Er sang beim Spazierengehen. Er summte, wenn er eine Brühe für sie kochte. Er murmelte Melodien, wenn er sie in seinen Armen hielt. Das heißt: Er hielt sie eigentlich nicht. Sie hielt ihn. Lanier berührte Artemisia nur vorsichtig, so sachte, als sei sie ein Vogel, der gleich auf- und davonfliegen könnte. Konnte man eine Frau derart leicht und spielerisch verzärteln? Artemisia war befremdet und entzückt zugleich. Sie entschied, wie weit sie gehen würden; sie entschied, wie sie es miteinander hielten. Stundenlang konnte er sich mit Details beschäftigen: einer Locke, die ihr über der Brust hing, einer Schweißperle, die er mit der Spitze seines Zeigefingers verfolgte, vom Hals in den zurückgelegten Nacken, über den Rücken bis hin zu den Grübchen auf den üppigen Hinterbacken.

Niemals hatte es dieser Liebhaber eilig, niemals nahm er sich, was ihm nicht gehörte. Artemisia musste lachen, als er sich nach dem Liebesspiel bei ihr bedankte.

Warum tust du das?

Ich weiß nicht, kleiner Vogel, wann du zu mir zurückkehren wirst, sagte Nicholas ernst. – Ich möchte in guter Erinnerung bleiben.

Da war sie, die erste Andeutung von Abschied, aber Artemisia schob sie beiseite. Der Mann an ihrer Seite, der sich erschöpft an den Bettpfosten lehnte, gefiel ihr ausnehmend gut. Er war schmal, sein Teint blass mit einem rosigen Ton; seine Hände und Füße waren weich, und die rötlich blonden Haaren fielen ihm bis fast auf die Schultern.

Artemisia dachte an die anderen Männer, dachte an ihre ungeduldigen, oft schmutzigen Finger, an ihre Gier, an ihre entschiedene Hast. Jeden hatte sie spätestens nach dem zweiten Treffen durchschaut, wusste, was sie von ihr verlangen würden. Und sie hatte es ihnen gegeben, aus Müdigkeit eher, mit wachsender Langeweile, oft, weil sie glaubte, je gefälliger sie sich zeigte, desto eher wäre es vorüber. Selbst bei Maringhi hatte sie sich so benommen, dabei war er noch der Beste gewesen von allen, gut genug jedenfalls, andere, böse Bilder aus ihrem Kopf zu vertreiben. Artemisia schüttelte den Kopf. Mit Nicholas Lanier vertrieb sie nichts und niemanden. Ihr fiel kein Vergleich für ihn ein, jedenfalls kein passender. Oder konnte man einen Mann mit einer feinen, englischen Rose vergleichen?

Die Costa lachte Tränen, als sie Artemisia so reden hörte.

Sie werden noch in die Falle gehen!, rief sie. – Ein Glück, dass Sie noch verheiratet sind!

Lanier wurde unruhig, als es Ende Juli heißer und heißer wurde. Er vertrug das Klima nicht. Er vertrug die trockenen Flussläufe nicht. Er vertrug das harsche Gehabe der Kirchenleute nicht, die in Rom wieder alles beherrschten. Er begann, von Abschied zu reden. Er sprach von seiner Mission, zwischen verfeindeten Parteien zu vermitteln, die weitere Reisen erforderlich machte. Er deutete die Existenz einer Ehefrau an, irgendwo auf einem Landsitz bei London.

Venedig!, sagte er einmal zu Artemisia. – Das solltest du kennen. Das ist eine Stadt! Dort kann man mit dem Schiff von Haus zu Haus reisen. Da ist Luft, da lässt sich atmen.

Artemisia fand, wie alle Römer, zu viel Wasser eher bedrohlich. Man hielt sich fern von ihm, denn mit dem Wasser kamen die Mücken, kamen das Fieber, Siechtum und Krankheit.

Du kennst es ja nicht!, rief Lanier. – Warum kommst du nicht ...

Er verstummte. Und Artemisia spürte, wie sich ihr Magen zusammenkrampfte. Sie hungerte schon jetzt nach Lanier, obgleich er noch da war. Der Schmerz war heftig, überwältigend.

Am nächsten Morgen schlich sich Artemisia mit der Magd aus dem Haus. Sie wollte zur Kirche, zu ihrer Kirche. Nicht etwa zu Santo Spirito in Sassia, auch nicht in die nahe gelegene Santa Maria del Popolo – San Lugi dei Francesi war ihr Ziel, jene Kirche, die sich in eine Wohngegend unspektakulär einfügte und solchermaßen wirkte wie eine Stadtvilla, eine Stadtvilla des gütigen Gottes; maßvoll war sie wie die ganze Piazza, einladend mit ihren Skulpturen, die in Nischen der Fassade eingebaut waren und die wie freundliche Gastgeber zu winken schienen: Kommt herein! Nichts Einschüchterndes hatte diese Kirche, nichts Pompöses. Und zwei Bilder von Caravaggio hingen darin, aber Artemisia wollte heute nicht die berühmten Darstellungen des Apostels Matthäus besuchen, ihr hatte es eine kleine Statue der Madonna angetan, ein eher provinzielles Werk, das hier auf seltsame Weise fremd und anrührend zugleich wirkte.

Bring ihn mir zurück!, betete sie auf Knien vor der kleinen Madonna. – Wenn ich ihn schon nicht halten kann, bring ihn mir zurück.

Und sie zündete eine teure Wachskerze an für ihren Geliebten, die englische Rose, die in Rom zu verdorren drohte. Artemisia schaute in die kleine, zuckende Flamme, bis alles zu verschwimmen begann. Erst nach einer ganzen Weile erhob sie sich mit steifen Knien.

So früh am Tag hatten sich nur wenige Gläubige in den Kirchenraum begeben, aber in den Beichtstühlen an der nördlichen Fassade war schon Betrieb. Aus den Augenwinkeln sah Artemisia die reuigen Sünder kommen und gehen. Eine Person fiel ihr auf. Diese Gestalt kam ihr vertraut vor, die Haltung, der

Gang … Zwar hielt die Frau die Mantilla mit der Kapuze tief ins Gesicht gezogen, aber Artemisia erkannte den offenen Mantel und das Kleid darunter. Margherita! Ausgerechnet Margherita Costa! War sie etwa zur Beichte gegangen? Sie war doch diejenige, die stets darauf beharrte, dass es nichts zu bereuen gebe – außer vielleicht, dass man sich zu wenig zum Bereuen gegönnt hatte? Die Frau wollte rasch an ihr vorbei, aber Artemisia hielt sie am Arm fest:

Margherita!

Die erstarrte. Es war ihr so peinlich, in einer Kirche ertappt zu werden, wie anderen ein Seitensprung. Blitzartig begriff Artemisia: Es war ja auch ein Seitensprung, ein Ausfallschritt der Geächteten in Richtung der Gesellschaft.

Margherita – was für eine Überraschung!

Die Frauen umarmten sich. Die Costa war verlegen. Vor der Kirche zog sie noch einmal die Kapuze zurecht, dann begleitete sie Artemisia zurück, schweigend bis fast zur Piazza del Popolo. Artemisia ließ ihr Zeit.

Es ist nur …, sagte die Costa endlich langsam …

Sie müssen mir nichts erklären …

Nein, ich weiß …

Sie blieb so abrupt stehen, dass Artemisia fast stolperte, und schaute sie ernst an:

Ich sag es Ihnen: Ich sehne mich nach der Kommunion.

Wie das? – Jetzt musste sich Artemisia das Lachen verbeißen, so wenig passte dieser Ton zur sonst so ironischen und selbstsicheren Margherita.

Ja … Kommunion …, wiederholte Margherita, nun mit festerer Stimme. Sie nahm Artemisia bei der Hand. – Ich habe zu bereuen, verstehen Sie?

Wie das?

Es sind … die kleinen Schwestern.

Die kleinen Schwestern, so nannte die Costa die Mädchen, die sie geboren hatte. Die Costa – und Kinder? Ja, gewiss – folgenlos blieben allzu viele Liebschaften selbst bei der geübtesten Hure nicht. Sie hatte drei, vielleicht auch vier Kinder geboren, so genau wusste sie das nicht mehr, hatte sie sich doch nach jeder dieser Geburten ein paar Wochen lang mit Branntwein bis zur Sinnlosigkeit betrunken. Nein, nicht nach den Geburten, sondern nachdem sie die kleinen Mädchen fortgegeben hatte. Sie hatte keine Wahl. Bei ihr, der stadtbekannten Lästerlichen, konnten die Kinder nicht bleiben. Die Kirche hätte sie ihr sowieso weg- und in ihre sogenannte Obhut genommen. Da wären die Kleinen dann, kaum hätten sie das achte oder neunte Lebensjahr erreicht, in die Dienste vermögender Leute geschickt worden, ohne Eltern, ohne Absicherung, ohne Rechte und vor allem ohne Zukunft. Sie wären der Willkür, der Gier und der Gewalt ihrer Dienstherren ausgesetzt gewesen. Also mussten sie vorher in Sicherheit gebracht werden. Also musste sich die junge Mutter sofort von ihnen trennen. Daher wurden aus den kleinen Töchtern *die kleinen Schwestern.* Daher der viele Branntwein und daher die Schuld.

Schuld, Schuld, Schuld!

Das war wieder die alte Margherita, die sich dramatisch gegen die Brust schlug. Aber ihre Stimme zitterte.

Passen Sie auf Ihr Mädchen auf, sagte sie noch, als sie sich von Artemisia verabschiedete. – Es gibt nichts Schöneres als ein Mädchen, das bei Ihnen bleibt.

Damit drehte sie sich um und verschwand, und eine verwirrte Artemisia schloss wenig später die Tür zu ihrem Haus auf. Von innen legte sie den Riegel vor.

Prudenzia? – Ihre Stimme klang beinahe schrill, und die Tochter, die herbeigeeilt kam, sah sie erstaunt an.

Mutter?

Was wussten Töchter schon von dem Kummer ihrer Mütter?

Und wie würde sie den großen Kummer der Frauen, aller Frauen, von ihr fernhalten können? Und den ohnmächtigen, den übermächtigen Zorn? Neben dem Zorn war da aber noch ein anderes Gefühl: eine traurige Zärtlichkeit für die Costa, für die kleinen und die großen Schwestern überall.

Artemisia war unruhig. Sie ging in ihrem Atelier auf und ab. Sie spazierte mit Lanier am staubigen Tiberlauf hin und her. Sie eilte durch die Gassen, obgleich sie keinerlei Besorgungen zu machen hatte. Sie hatte ein Bild im Kopf, aber keinen Auftrag. Seit dem letzten Besuch der Costa hatte sie dieses Bild im Kopf. Die hatte seit dem aufwühlenden Gespräch genauso weitergemacht wie vorher: Ihr lautes Lachen schallte durch die Salons, ihre Musik durch die Gassen. Sie trat auf, sie trat ab, erschüttert und unerschütterlich zugleich durch ihr Schicksal, durch das Schicksal so vieler Frauen. Zu vieler Frauen. Was, wenn diese Frauen zusammenstünden? Sich helfen würden? Nicht wegschauten?

Voller Grimm erinnerte sich Artemisia an das Gegenbild zur Costa, an die Treulose schlechthin, an Tuzia. Wenn Frauen an Frauen vorbei zu Männern hielten, führte das ins Verderben. Aber es war letztlich nicht Tuzias Schuld, nicht allein jedenfalls. Tassi war stark, und er war gefährlich. Sie waren nicht auf die Idee gekommen, ihn gemeinsam zur Strecke zu bringen. Artemisia war allenfalls auf Verteidigung aus gewesen, nicht auf Vergeltung. Die Art, wie sie vor Gericht ihre Gegenwehr geschildert hatte, entsprang mehr ihren Wünschen als den Tatsachen. Und Tuzia? Hatte sich nicht vorstellen können, dass man allein mit Frauen etwas erreichen konnte. Wo hatte es das auch je gegeben? Die Überlieferungen sprachen nur von den Männern. Genug davon!

Artemisia schickte Prudenzia zu den Nachbarn. Sie bat Lanier schweren Herzens, sie allein zu lassen. Sie schloss sich ein. Sie malte eine neue Version der Judith, die den Holofernes tötet. Sie malte aber nicht Judith allein, sondern Judith und ihre Magd, die hier eher eine Freundin ist. Sie malte die beiden vor einem roten Theatervorhang, der sich blutrot von rechts oben ins Bild bauscht. Der Hintergrund ist dunkel, auf einem Tischchen schimmert Silberzeug, eine Karaffe. Das Bild beherrschen die beiden Frauen. Judith steht leicht nach vorn gebeugt und schaut ruhig und konzentriert in die Richtung, aus der eine starke Lichtquelle die Frauen erleuchtet. Sie trägt eine weiße Bluse unter dem goldenen Kleid, das seitlich gerafft ist. Sie hat die linke Hand erhoben, als wollte sie sagen: Still, warten wir noch einen Augenblick! Aber die Tat ist schon getan: Sie hält das Schwert in der rechten Hand, die Klinge zeigt nach hinten, abwehrbereit, noch immer. Die, die innehalten soll, ist die Magd zu Judiths Füßen. Sie ist gerade dabei, den abgeschlagenen Kopf des Holofernes in einem Sack zu verstauen. Man sieht ihn kaum, den Holofernes, schon kein Mensch mehr, der Schädel liegt halb im Dunkel, wie ein abgeschlagener Teil einer schwärzlichen Statue. Die Magd, ein weißes Tuch um den Kopf geschlungen, genauso jung wie Judith, schaut ebenfalls nach vorn. Zwei Frauen in derselben Ausrichtung, mit derselben Konzentration, bei derselben Tat, gemeinschaftlich, unerschütterlich, tödlich. Und anders als bei dem Bild ihres Vaters, der ebenfalls diesen Moment festhielt, bildet hier nicht der Schädel des Ermordeten das Bildzentrum – nein, diese Ehre erweist Artemisia dem Monster nicht! Im Zentrum ihres Bildes ist das Schwert. Das Schwert, die kraftvolle Hand und der konzentrierte Blick der beiden Frauen. Sie bilden ein Zentrum der Kraft und der Achtsamkeit. Sie sind zornig und vorsichtig, entschlossen und maßvoll. Artemisia zeigt, wozu Frauen in der Lage sind, wenn sie zusammenstehen.

Lanier ist tief bewegt von dem Bild, auch weil er in den Zügen der Judith unschwer Artemisia selbst erkennen kann. Er weiß nicht, was hinter diesem Bild und den fünf weiteren Judiths steckt, von denen ihm Artemisia erzählt. Aber er weiß, dass er es mit einer ungewöhnlichen Künstlerin zu tun hat. Er bittet seinen Freund Simon Vouet, die Geliebte zu porträtieren. Er braucht kein Andenken, wenn er nun bald nach London zurückreisen wird. Aber die Welt braucht ein Bild von Artemisia

Gentileschi. Auf dem Bild trägt sie ein goldenes Gewand und eine gebauschte weiße Bluse darunter. Und dann reist Lanier tatsächlich ab. Nach Venedig. Und schließlich nach Hause.

Die Zeit danach verschwimmt in Artemisias Kopf. Sie funktioniert. Nach ein paar Wochen arbeitet sie wieder, weil das Drängen der Auftraggeber lästig wird und einen derart harschen Ton annimmt, dass sie sich nicht länger entziehen kann. Sie werden über sie herfallen mit Schuldeneintreibern, mit Advokaten, mit Gerichten, wenn sie nicht endlich malt, was man in Auftrag gegeben hat! Also malt sie wie von ihr verlangt. Aber ohne Sinn und Verstand. Ohne Kraft.

Sie ist verärgert, dass ein Mann eine solche Trauer in ihr auslösen, eine solche Bedeutung gewinnen kann. Sie erinnert sich an die erste Begegnung, an das Konzert bei Barberini. Mit dem ersten Blick war es geschehen. Seitdem scheint alles andere unausweichlich. Seither ist sie anders geworden, nicht eine andere, aber doch anders. Wie? Sie kann es selbst kaum beschreiben. Sie versucht es gleichwohl. Sie versucht, die Laute zu spielen, die Nicholas ihr dagelassen hat, als Geschenk und zur Erinnerung. Sie schreibt Verse zu den Melodien, die ihr in den Sinn kommen, und nach einer Weile sind es nicht mehr Nicholas' Melodien, sondern es werden ihre eigenen. Es ist ihre Stimme, die sie da hört, eine neue Stimme. Nicholas hat sie verlassen, aber sie bleibt beschenkt zurück.

Cassiano dal Pozzo hilft ihr. Der berühmte Sammler geht bei den Barberini ein und aus. Etwas an Artemisia Gentileschis Entschiedenheit, ihrem offenkundigen Zorn berührt ihn, er mag die Stärke, die er in ihren Bildern erkennt. Er vermittelt. Er mäßigt die Gläubiger. Er sorgt dafür, dass sich die oberflächliche Bekanntschaft zum Porträtisten Simon Vouet zu einer Freundschaft entwickelt. Es war ein geschickter Zug von Lanier, ausgerechnet Vouet um das Artemisia-Porträt zu bitten, denn Vouet steht der Accademia San Luca vor, das öffnet Türen. Nun setzt sich auch dal Pozzo für sie ein. Und dann ist da noch eine Frau,

Vouets Frau, Künstlerin wie Artemisia, kämpfend wie sie, Außenseiterin wie sie. Erst 1626 haben Vouet und Virginia da Vezzo geheiratet, aber wenn sie geglaubt hat, dass es danach als Künstlerin leichter für sie wird, hat sie sich getäuscht. Artemisia und Virginia verstehen sich auf Anhieb, Artemisia feiert mit den beiden Vouets, lacht mit den beiden, fühlt sich aufgehoben – und denkt sich weit fort. Was bindet sie noch an Rom? Ihr Ehemann ist ihr über die Jahre irgendwie abhandengekommen, ihr Vater mit den Brüdern fortgezogen, die Costa ist mal wieder im Aufbruch, auf der Flucht vor ihrem Bravo oder mit ihm, so genau versteht das niemand, wahrscheinlich nicht einmal Margherita selbst. Ohne Margherita ist Rom seltsam still, ohne Lanier verliert es seine Anmut. Rom wird Artemisia allmählich fremd. Als Prudenzia neun Jahre alt ist, beschließt Artemisia zu gehen. Nicht nach Genua, wo der Vater und die Brüder hausen. Nicht nach Neapel, wo die Musik spielt. Venedig soll es sein. Keiner der wenigen Freunde, denen sie davon erzählt, kann das verstehen. Venedig? Das war einmal! Die Stadt hat ihre alte Größe längst verloren. Sie ist unregierbar, heißt es, wegen der überaus komplizierten Verwaltung. Längst orientieren sich die Künstler an anderen Orten, an Bologna, an Pisa. Aber Artemisia ist entschlossen. Sie packt nur das Nötigste zusammen. Sollen sich die Gläubiger, diese Geier, doch am Rest vergnügen! Prudenzia hilft und schweigt. Sie verlassen das Haus im Morgengrauen, schließen nicht ab, nehmen die Postkutsche. Die Klage einer Magd jedoch wird sie verfolgen: Artemisia bleibt den Bediensteten wieder einmal die Löhne schuldig.

5.

Eine Stadt, nah am Wasser gebaut. Nein: eine Stadt, die auf dem Wasser schwebt oder die dem Wasser entspringt jeden Morgen, so scheint es, aufs Neue. Jede Nacht verjüngt sich die Serenissima, nimmt ein Bad in der Lagune, um mit den ersten Sonnenstrahlen erfrischt und lebendig wieder aus ihr aufzusteigen. Venedig, die ewig Junge, Venedig, die Schöne. Venedig macht Artemisia Gentileschi atemlos. Sie sind vor ein paar Tagen abends angekommen, haben in der Dunkelheit die Boote bestiegen, die Feuchtigkeit geatmet. Haben die vielen schmal aufragenden Häuser nur als Schatten wahrgenommen, als schlanke Riesen, die sich in den Kanälen wiegen. Alles bewegt sich in Venedig, alles kommt auf dich zu und entfernt sich wieder, alles glänzt und schimmert vom Wasser, vom Dunst, von der steten feuchten Brise. Es gibt nichts Stumpfes und nichts Starres in Venedig, und nichts bleibt.

Die Stadt machte Artemisia atemlos – und sie machte sie ratlos. Unsicher bewegte sie sich durch die Gassen, ganz anders als die geborenen Venezianer, die ungerührt vom ständigen Auf und Ab ihrer Wege gingen, geschäftiger als die Bewohner von Rom, schlichter gekleidet als jene in Florenz. Venedig, das wurde schnell klar, wirkte zwar zart, durchsichtig beinahe, aber das Filigrane der Architektur, das feine Spiel von Licht und Gischt und Wellen täuschte: Das hier war eine Stadt für Geschäftsleute, nichts für zarte Naturen. Venedig war durch den Handel mit dem Osten reich geworden, und Schätze von dort, aus Byzanz, aus Trapezunt und aus Persien waren auf den Plätzen ausgestellt wie Beute. Es war ja auch Beute! Den kriegerischen Venezianern war die halbe Welt zum Opfer gefallen, ihre Flotte war berüchtigt. Die Klügeren hielten es von vornherein mit den

Venezianern, also unterhielt die Stadt Wirtschaftsdependancen in Brügge, in Sevilla und Nîmes, aber auch in Southampton und London.

Freilich, das war lange her! Die besten Jahre hatte Venedig längst hinter sich. Es war riskant geworden, hierherzukommen, um sein Glück zu versuchen. Das Wasser schwappte an die steinernen Brücken und Balustraden, es klang, als würde es spöttisch murmeln: Versuch's doch, versuch es doch nur, du wirst schon sehen … Und mittendrin die Schiffer in ihren schlanken, schwarzen Booten, bereit, alles abzutransportieren, alles und jeden, diejenigen, die auf schnellen Handel aus waren, die Suchenden und die Gescheiterten. Mit denen machte Venedig kurzen Prozess: Die Toten wurden auf eine Insel in der Lagune verbannt. Auf der Isola San Michele achteten die Mönche der Kamaldulenser auf die Verstorbenen.

Prudenzia legte den Kopf schief, wie stets, wenn sie unsicher war, und weigerte sich, das Haus zu verlassen. Artemisia bemerkte es anfänglich nicht. Sie hatte sofort begonnen, ihr Malzeug auszupacken, hatte in der engen, muffigen Wohnung versucht, ein Atelier zu improvisieren, und dass Prudenzia immer um sie herum war, war ihr ganz recht. Die Tochter konnte ihr zur Hand gehen, sie stellte sich nicht ungeschickt an, ihr Gesumme und Singen heiterte zudem Artemisias Gemüt ein wenig auf. Und Artemisia ging selbst auch kaum aus. Eilig machte sie ihre Besorgungen mit dem stummen Dienstmädchen an der Seite, die Kapuze des weiten Mantels nach vorn in die Stirn geschoben, so wie es die einheimischen Frauen hielten. Schwarz waren diese Mäntel, schwarz und in viele Falten gelegt, sie unterschieden sich nicht von denen der Männer, und so konnte man in den engen Gassen kaum erkennen, ob eine Dame oder ein Herr entgegenkam, ob man einem freundlich Gesinnten oder einem Bösewicht auszuweichen hatte, ob das Gesicht unter der Kapuze freundlich lächelte oder sich finster verschloss. Schnell, schnell aneinander vorbeigeschoben, und wenn man sich gelegentlich doch berührte, was unvermeidlich war, dann murmelte man etwas, das eine Entschuldigung sein konnte oder ein Fluch. Alle, die da gingen, solche, die lediglich auf Besuche aus waren, solche, die Einkäufe trugen oder Waren mit sich führten, die Mädchen und die Burschen mit den großen Lasten, die feinen Herren und die Mönche, sie alle trugen diese Unsicherheit, so schien es Artemisia, mit sich. Die Unsicherheit ließ sie schnell gehen, hastig – und dabei wollten sie möglichst wenig Aufsehen erregen; die Venezianer huschten auf flachen Absätzen, leise wie Katzen, die überall in den Hauseingängen mit schimmernden Augen auf der Lauer lagen.

Nein, Artemisia fühlte sich nicht sicher in Venedig, und deshalb war ihr die Anhänglichkeit Prudenzias ganz recht. Auch das Wasser fand Artemisia bei allem Zauber bedenklich. Wasser barg Gefahren. Nicht nur, weil man hier an jeder Ecke hineinfallen konnte. Es war Artemisia unbegreiflich, dass die Wege ungesichert waren, dass mancher Pfad abrupt im Nichts der Lagune endete oder wie gleichgültig die Einheimischen reagierten, wenn das Wasser wieder einmal über eine Piazza leckte, eine Passage unbegehbar machte, Vorräte mit sich nahm. Misstrauisch beobachtete Artemisia die Fluten. Manchmal plätscherte das Wasser im Sonnenlicht himmelblau und freundlich, manchmal grollte es schwärzlich, manchmal bildeten sich weißliche Schaumkronen, als kicherte das Wasser über die unwissenden Besucher. Wasser war gefährlich, Wasser machte krank. Es konnte, auch wenn es nur als Dunst aufstieg, in die Poren der Menschen eindringen, konnte Krankheiten mit sich bringen, Seuchen und Verderben. Sobald sie von ihren Besorgungen zurückkehrte, puderte sich Artemisia eilig, verteilte das weiße Pulver über Gesicht und Hals und untersuchte abends, vor dem Zubettgehen, Arme und Beine. Sie kontrollierte auch das Kind, suchte Prudenzias blassen Leib nach etwas ab, von dem sie selbst nicht wusste, was es sein sollte, und befahl ihr, achtzugeben. Auf was? Das wusste Artemisia selbst nicht. Wusste nur, dass Venedig sie nervös machte, unruhig. Alles, was sie bisher gelernt hatte, nützte hier nichts. Venedig machte sie wieder zu einer Anfängerin. Das hatte sie nicht einkalkuliert.

Sie zwang sich zu schauen. Sie zwang sich zum Blick der Malerin, die die Konkurrenten in Augenschein nimmt. Die Händler von Fleisch und Gemüse, von Tuchen und Möbeln – sie konnten einfach auf den Rialto gehen, wo sich Ware an Ware drängte. Die Merceria, die größte Straße, die den Markusplatz und den Rialto verband, bot angeblich fast dreihundert Geschäften Platz. Hier war es leicht, seine Studien zu machen. Und hier konnte man die absonderlichsten Typen entdecken: Höker und Hausierer, ambulante Händler und verschämte Sklaven, Barbiere und Bader, Knüpfer und Spinner – und die Heerscharen von Spitzenklöpplerinnen, Frauen und Kinder, die in den Werkstätten von früh bis spät schufteten.

Artemisia nahm die Stadt auf. Als sie genug gesehen hatte, machte sie sich auf die Suche nach ihresgleichen. Wo arbeiteten die Malerkollegen, wo hingen ihre Bilder? Aber die Kunst, die gerade gefragt war, erwies sich als nicht leicht zu finden; es waren meist Porträts, die die reichen Patrizier in Auftrag gaben. Nicht nur, dass sie sich in den Villen der Wohlhabenden verbargen – und zudem hatte sich hier eine neue Schicht etabliert: Kunsthändler, die zwischen Interessenten und Künstlern vermittelten, aber dafür reichlich Provision kassierten. Artemisia war empört. Was labten sich diese Geschäftsleute an den sauer erarbeiteten Talenten der Maler! Und zogen den Wohlhabenden das Geld aus der Tasche, das in den Beuteln der Maler besser untergebracht worden wäre! Und doch lag auf den Bildern der Venezianer ein besonderer, ein tatsächlich kostbarer Hauch: Die venezianischen Maler waren berühmt für ihren Umgang mit Gold. Goldfäden, Goldstaub, Goldglitzer und -glitter fanden sich reichlich auf den Bildern. Als Artemisia es endlich geschafft hatte, sich Zutritt zu einigen Häusern zu verschaffen, machte sie der ausgestellte Luxus atemlos. Nicht, was die Bilder zeigten, zählte – sondern ihre Oberfläche wurde bestaunt und bewundert, war Anlass zu Neid und Vergleichen. Die Oberfläche war exquisit, und für sie war das Edelste gerade gut genug: die besten Farbpigmente, kürzlich erst aus dem Orient importiert. Pinsel, von den kundigsten Handwerkern der Stadt individuell gefertigt. Und die Porträtierten selbst? Sie legten weniger Wert darauf, trefflich gemalt zu werden, sie wollten vielmehr, dass ihre neuen Brokathosen in ihrer filigranen Pracht von Material und Muster dargestellt wurden. Artemisia runzelte die Stirn: Das war kompliziert, aber gleichzeitig auch ganz einfach. Sie fasste Mut. Sie knüpfte Kontakte. Sie erhielt einen Auftrag. Anders als in Rom oder in Florenz wurde hier ein Vertrag geschlossen. Artemisia lachte: Die Menge der verwendeten Materialien, die Menge der Pigmente wurde genau festgelegt. Die Kostbarkeit des Materials bestimmte den Preis, aber glücklicherweise auch ihr guter Name. Die Abmessungen des Bildes wurden festgelegt – ungefähr zwei Meter zehn mal zwei Meter siebzig – und der Tag, an dem sie es abzuliefern hatte. Das war neu. Artemisia kam sich vor wie ein Ochse auf dem Feld, der seine Furchen zu ziehen hatte, aber sie schüttelte ihre Bedenken ab: Der Lohn, der ihr winkte, war hoch.

Artemisia Gentileschi malt also eine Esther. Lange hat sie mit diesem Auftrag nichts anfangen können. Die Esther ist keine, die sich wehrt. Die Esther ist eine, die sich dreinschickt oder die auf halbem Weg der Mut verlässt. So ist es Artemisia jedenfalls immer vorgekommen. Sie hat sie allenfalls als Spiel ernst genommen, als schauspielerische Möglichkeit, über die sich mit Margherita Costa so herrlich lachen ließ.

Die schöne, junge Jüdin Esther, Gattin des Perserkönigs Ahasveros, rettet ihr Volk vor den Verfolgungen Hamans. Der ist der erste Minister des Perserkönigs Artaxerxes. Er schmiedet eine Intrige gegen das Volk der Juden, und Esther erfährt davon. Sie geht zu ihrem Mann, um mit ihm zu sprechen – aber als sie es endlich geschafft hat, zu ihm vorzudringen, an all den Höflingen und Bediensteten vorbei, ohne Einladung, ohne Erlaubnis, ohne Protokoll, als er sich ihr zuwendet und ihr zuhört –, da sinkt die mutige Esther in Ohnmacht!

Artemisia hat es nie verstanden. Aber jetzt reizt sie die Hingabe der Esther. Nicht an den Mann, sondern die Hingabe an den Augenblick: So ist es. Ich kann nicht anders.

Und die Tatsache, dass die Geschichte nur zwei Hauptfiguren kennt – Esther und den König –, wird ihr erlauben, dem Geschmack des Auftraggebers entgegenzukommen. Sie wird viel Sorgfalt auf die Kleidung der Figuren verwenden, auf die Darstellung von Stoffen, Pelzen und auf das Interieur.

Artemisia malt eine Esther mit dem Kopf ihrer Tochter Prudenzia. Der schiefgelegte Kopf des Mädchens, immer auf Zustimmung aus, hat sie bis zur Weißglut gereizt, aber sie muss zugeben, dass er seine Wirkung oft nicht verfehlt. Artemisias Esther trägt ein goldenes Kleid mit weißer Bluse darunter, alles ist prächtig aufgerüscht, eine himmelblaue Seidenschärpe ist lässig um die schlanke Figur gelegt, und das Diadem im offenen braunen Haar schimmert. Jeder einzelne Stein funkelt, als hätte die Malerin mit Intarsien gearbeitet. Ebenso fein ist der Gürtel, mit Perlen besetzt und mit einer goldenen Schließe versehen. Von zarten Goldfäden ist auch die weiße Bluse Esthers durchzogen. Trotz des reichen Dekors birgt das Bild eine große Spannung, und das liegt an der Linienführung der Figuren.

Esther sinkt nicht nach hinten; sie knickt geradezu weg, es ist kein bedachtes Schwachwerden – es passiert, weil etwas übermächtig in ihr Leben einbricht. Dieses Übermächtige ist nicht der König. Es ist das, was zwischen ihnen geschieht. Es ist der Blick, der sie getroffen hat. Es lässt sie leuchten, bleich und hingegeben. Es gibt nur Esther und Ahasveros. Der allerdings ist auch sehenswert, ein anderer Herrscher als der Ahasveros auf den Bildern der Konkurrenz. Vor allem ist Artemisias Herrscher frappierend jung, schmal und agil. Er ist ein junger Kerl im Samtwams, bis auf die violettfarbene Schärpe in Schwarz und Weiß gekleidet; er trägt einen verwegenen Hut mit Feder, keine Krone. Er sitzt zwar auf einem zierlichen goldenen Thron, hält aber die Beine gekreuzt, einen Fuß in den kostbaren weißen Stiefelchen nach vorn gereckt, die Hände auf den Lehnen, und jeden Augenblick wird er aufspringen, um die herabsinkende Esther aufzufangen, ihre Arme zu ergreifen – und zu tanzen. Die Stiefelchen sind das rechte Schuhwerk dafür, man sieht schon die Feder wippen beim Tanz – falls er den Hut nicht zuvor höflich abnehmen wird. Und auch der Raum eignet sich zum Tanz: Er ist leer, der Boden aus bestem Marmor; auf die Maserung hat die Malerin viel Wert gelegt hat. Artemisia zeigt keinen vollen Palast, keine Szene, die in der höfischen Gesellschaft spielt, sondern zwei Menschen auf einer Art Bühne. Sie werden sich gleich auffordern zum Menuett oder zur Gavotte, zu einem heiteren Passepied, sie werden miteinander spielen, zweifellos werden sie reden und lachen und sich miteinander vergnügen und sich nicht einen Augenblick aus den Augen lassen. Nur zwei Dienerinnen im Hintergrund deuten an, dass es die Gesellschaft überhaupt gibt. Der Bruch der Etikette ist nicht wichtig, nur das, was zwischen den beiden passiert, zählt.

Allerdings: Es ist eine Aufführung, ein Theater. Alles ist von hübsch graziler Übertriebenheit: die geknickte Esther, der Geck von einem König. Glaubt Artemisia der biblischen Geschichte nicht? Oder glaubt sie sich selbst nicht? Sie malt und malt. Wie immer wird sie nicht pünktlich fertig werden, und in Venedig ist das eine Katastrophe: Sie wird eine empfindliche Strafe zahlen müssen.

Artemisia wird unruhig. Sie mag das Bild. Sie mag es nicht aus der Hand geben. Der Händler reißt ihr schließlich das Bild von der Staffelei.

Geben Sie her!

Das Honorar ist erfreulich, aber nicht vollständig. Weil sie säumig war. Artemisia würde das Bild gern zurückkaufen, aber sie hat keine Chance. Vertrag ist Vertrag. Esther und Ahasveros verschwinden.

Ein Mann dient sich an. Massimo Stanzione. Sie kennt ihn aus Rom. Was macht er in Venedig? Ein geübter Maler, durchaus, aber ohne rechten Ehrgeiz. Ist klug genug, sich an die Besseren zu hängen. Noch nie hatte er eine Frau als Maestro, aber das macht nichts, er wird sich schon gewöhnen, er lacht die aus, die ihn auslachen.

Was sucht er bei ihr? Artemisia ist misstrauisch. Wieder einer, der nur ihr Geld will? Der sie ausnutzen, von ihrer Tatkraft zehren wird? Aber er geht ihr zur Hand, macht sich nützlich. Schwärmt vom Süden, wo es lebendiger sei als hier, wo die Zukunft liege. Artemisia lässt ihn reden.

Lanier meldet sich. Sie weiß nicht, wie er ihre Adresse herausgefunden hat. Er benutzt ihren älteren Bruder als Boten. Er schickt ihr sehnsuchtsvolle Gedichte. Die Gedichte klingen, als hätte sich mit ihr alles erfüllt.

Artemisia sieht sich bestätigt: Man schreibt, man komponiert und malt, was man in Wirklichkeit nicht zu leben vermag. Deshalb drücken Bilder das Wesentliche aus, ebenso wie die Musik. Seit sie Lanier kennt, wird sie die Musik in ihrem Inneren nicht mehr los, seitdem ist sie nicht mehr allein.

Unglücklich dreht und wendet sie die Blätter in ihren Händen, fächert sich damit Luft zu, hat Sorge, die Verse zu lesen, weil er ihr damit wieder näher kommen wird, zu nah, weil sie sich an alles erinnern wird, noch mehr als ohnehin schon: an seinen raschen, federnden Gang, an seine schmale Gestalt, die hellen, dennoch glutvollen Augen, die zarte Haut, die eher zu einer Frau zu gehören schien, die beweglichen, kundigen Finger ... Sie beginnt zu lesen, sie beginnt zu weinen. Sie liest von den jungen Liebenden, die der Hellespont getrennt hat, die Legende von

Hero und Leander ist ihr durchaus vertraut. Aber bei Nicholas ist der Hellespont der englische Fluss Themse und Hero eine Künstlerin … Sie ist sich immer sicherer, dass er sie nun endgültig in Verse gebannt hat, dass sie zur Fantasiegestalt für ihn geworden ist.

Aber dann kommt er. Und mit ihm kehrt die Freude zurück. Es macht nichts, dass er in Begleitung ihres Bruders Francesco ist, der sich mit gierigen Augen in Artemisias Wohnung umschaut und angelegentlich anmerkt, hier sei ja Platz für mehr Personen als eine Mutter mit ihrer Tochter. Artemisia nimmt Francesco kaum wahr, er spielt keine Rolle, die Brüder spielen keine Rolle, die sich gewiss wieder in ihrer Nähe einnisten werden, diese Schmarotzer – nur Nicholas und sie, Nicholas, Prudenzia und sie.

In Venedig ist Lanier glücklich, glücklicher als in Rom, er schwenkt seinen Hut, wenn er sie begrüßt, als wollte er Segel setzen, und tatsächlich täte er das am liebsten, versichert er ihr, er würde sie gern am Arm packen und entführen – nach England, in seine geliebte Heimat, oder auf ferne Inseln; er würde gern mit ihr die Welt erleben, die Welt, die so viel größer ist als England, größer sogar als Italien. In Venedig spürt man das. In der geschäftigen Handelsstadt legen ständig Schiffe aus fernen Gegenden an, sie bringen kostbare Seidenstoffe, Teppiche, Gewürze und seltsame, erlesene Möbel. Lanier liebt es, die ankommenden Schiffe zu beobachten. Er nimmt Artemisia mit an den Hafen, obwohl sich das nicht geziemt. Warum geziemt es sich nicht?, fragt Lanier ahnungslos, hat aber sofort eine Lösung:

Wir verkleiden dich!

Artemisia kommt als stattlicher Mann daher und kann nun einen Arm um Lanier legen in aller Öffentlichkeit. Dass ihr Herz darunter pocht, kann niemand sehen. Sie gehen als Freunde durch, als gute Kumpane, und Artemisia entdeckt die Stadt auf dem Wasser auf eine neue Weise. Ihre Scheu vor der Lagune, ihre Angst vor dem Meer nimmt ab – ja, sie fragt sich, wie sie überhaupt so furchtsam sein konnte.

Das Meer trägt dich. Das Meer begleitet dich, sagt Lanier. – Wir sind angewiesen auf seine Kraft.

Als Engländer ist er mit dem Meer auf besondere Weise vertraut.

Es bringt mich zu dir, sagt er noch.

Natürlich ist Lanier nicht nur ihretwegen hier, er hat einen Auftrag, welchen genau, durchschaut Artemisia nicht recht, es ist ihr aber auch gleichgültig. Nur so viel versteht sie, dass Lanier mit wichtigen Männern in Venedig zu tun hat, dass er Auskünfte braucht für seinen König im fernen London – den König, der ihn gerade zum ersten Hofmusiker gemacht hat, darauf ist Lanier stolz. Gleichzeitig scheint Lanier eine Art Kundschafter zu sein, es würde ihm gefallen, wenn Artemisia ihn dabei unterstützte, aber das versteht sie nicht oder will sie nicht verstehen – was soll das nützen, seine Landsleute auszuhorchen und die Kunde dann einem fernen König mitzuteilen? Artemisia weiß, wie sich eine einfache Nachricht verändert, wenn man sie dem einen sagt und der sie dem Nächsten und der dann einem Dritten. Wie soll etwas korrekt über eine solche Entfernung übermittelt werden? Lanier schweigt zu ihren Einwänden.

Er kommt und geht, wie es ihm gefällt, und Artemisia öffnet und schließt ihre Tür, wie es ihr gefällt. Es könnte für immer so bleiben. Aber das wird es nicht, das wissen beide und schauen sich an und sprechen nicht darüber. Aber noch ist Zeit, glauben sie. Sie ignorieren die Nachrichten, sie hören nicht auf die ersten Warnungen, die Venedig erreichen.

Denn für sie ist alles so gut wie nie zuvor. Lanier hat sich als wahrer Diplomat erwiesen, nicht nur für seinen König, sondern auch für sie.

Nicholas Lanier schaffte es, Kontakt zu Orazio Gentileschi herzustellen. Er hatte sich mit den Brüdern gut gestellt, auf sie eingeredet, gewiss gab er ihnen auch Geld, damit sie ihn zu Artemisias Vater brachten.

Er erreichte, dass sich Vater und Tochter trafen. Freilich lag auf diesem Besuch kein Segen. Der Vater, noch misstrauischer als früher, sah in Artemisia nur noch Konkurrenz.

Willst du mich ausspionieren? Willst du sehen, wie ich arbeite, warum ich so erfolgreich bin?

Lanier war betrübt, als ihm Artemisia von der schwierigen Visite erzählte. Aber Artemisia blieb auf seltsame Weise heiter.

Sie hatte nun ihre Dinge geordnet. Es gab keine Geheimnisse mehr zwischen ihr und dem Vater. Und so ertrug sie es mit Gelassenheit, als sie die Kunde erreichte, dass der Vater weiterzog. Wie unstet Orazio geworden war! Es waren nicht allein neue Aufträge, die ihn fortbrachten, es war eine Unruhe, eine Getriebenheit, die sie auch an sich bemerkte. Orazio Gentileschi kam, wenn man ihn rief, aber er blieb nicht. Orazio Gentileschi suchte wieder in der Fremde sein Glück; Francesco allerdings ging diesmal nicht mit ihm. Er blieb in Artemisias Nähe, wartete, was auf ihn zukäme.

Unterdessen nahmen die Gerüchte zu, die die Venezianer schon eine Weile erreichten. Sie redeten untereinander, sie befragten die Behörden, aber niemand gab ihnen Informationen. Sie bemerkten die Vorbereitungen: Auf der Siecheninsel, im Lazzaretto Vecchio auf der anderen Seite der Lagune, war große Geschäftigkeit zu beobachten. Eines Abends läuteten dort die Glocken von Santa Maria di Nazareth, einer Kirche, die nur zu Zeiten größten Übels betrieben worden war. Über dem Wasser der Lagune sah man die Lichter des Lazzaretto leuchten. Kam der Tod über das Wasser? Das war immer so gewesen, entweder das Wasser selbst oder die, die mit ihm zu tun hatten, hatten das Verderben gebracht. Seeleute, Importeure, die mit dem Osten zu tun hatte – das wollte Artemisia glauben, auch wenn ihr Lanier, der andere Informationen hatte, widersprach.

Genuesische Händler waren es, behauptete Artemisia, genuesische Händler hatten die Krankheit, so ging das Gerücht, aus der Hafenstadt Kaffa am Schwarzen Meer mitgebracht. Fest stand: Die Welle erreichte zunächst Sizilien, aber bald schon gab es Gerede über erste Kranke in Genua, und von dort war es für den Tod nur ein Katzensprung nach Venedig. Der Magistrato della Sanitá wurde wieder eingerichtet, ein Kollegium für die Gesundheit, das aber schon bald eher den Tod verwalten musste.

Lanier zögerte, dann rüstete er sich. Er musste aufbrechen, bevor Quarantäne verhängt wurde, er musste fort zu den Seinen.

Komm, komm!

Er drängte auch Artemisia und Prudenzia zum Aufbruch. Freilich in die andere Richtung, nach Süden sollten sie.

Ihr habt Stanzione, nehmt ihn mit. Er wird euch beschützen. Und Francesco!

Lanier machte Francesco ausfindig, der sich in Tavernen auf dem Festland umhertrieb:

Komm, komm, deine Schwester braucht dich!

Wenn Lanier befahl, funktionierte sogar der nichtsnutzige Bruder. Er redete mit ihm wie mit einem Kind.

In Venedig war kein Halten mehr. Für nichts und niemanden. Nicht für einen Botschafter und Musiker des englischen Königs, nicht für eine Malerin mit ihrer Tochter. Hatten sie noch Zeit? Noch eine Woche, wenigstens ein paar Tage? Artemisia zögerte.

Auf dem Dorsoduro gab es einen Aufstand. Eine Fischersfrau war von der Insel Giudecca gekommen und hatte Symptome von Fieber gezeigt. Es sei nichts, hatte sie gesagt, als man sie auf ihr verschwitztes Gesicht und die glasigen Augen ansprach. Die misstrauische Menge aber hatte sich auf die Frau gestürzt und ihr auf der Piazza bei der Kirche San Trovaso die Kleider vom Leib gerissen – und tatsächlich: Da waren sie, die gefürchteten geschwollenen Drüsen und die schwarzen Beulen. Die Pest. Die

Menge schrie und wich zurück. Sie warfen Steine, und es hieß, die Frau sei dort auf der Piazza elendiglich gestorben. Aber ob das wirklich so war oder nicht, ob sie am Fieber gestorben oder von ihren Mitmenschen umgebracht worden war, das war jetzt gleichgültig, denn nun galt es nur noch – fort, fort.

Lanier hatte eine Schiffspassage von Frankreich aus gebucht. Artemisia hielt eine Einladung an die Brust gepresst. Die Einladung war schon alt, sie hatte sie verwahrt, ohne recht an sie zu glauben, aber nun war sie das Kostbarste auf der Welt: eine Einladung des spanischen Vizekönigs in Neapel.

Er würde ihr, so hatte er ihr geschrieben, eine Kutsche entgegenschicken. Nur bis Bologna, bis dahin musste sie sich durchschlagen.

Geh, geh!

Brich auf, warte nicht!

Nachrichten an Lanier und von ihm. Kein letztes Treffen, keine Umarmung, kein Kuss.

Werden wir uns wiedersehen?

Gewiss, gewiss!

Und schon ist sie unterwegs, die bleiche Prudenzia neben sich in der Postkutsche, Stanzione, den Nützlichen gegenüber und Francesco, den Überflüssigen. Sie reisen bis Bologna. Dann Umsteigen in die Kutsche aus Neapel, die tatsächlich wartet, nicht nach Rom, das ist zu riskant, lieber den Umweg über Perugia und weiter und weiter. Erst allmählich wird aus der Flucht eine Reise, und erst allmählich begreift Artemisia, dass es kein Zurück geben wird: nicht nach Venedig und nicht zu Lanier. Sie ist dabei, den Norden hinter sich zu lassen und sich auf den Süden einzulassen, das neue Italien, den Landstrich, in dem die Spanier ungeniert herrschen und ihren Interessen alles unterordnen. Neapel erlebt eine neue Blüte, die Stadt ist gewachsen und macht von sich reden. Artemisia beruhigt sich für eine Weile. Venedig liegt schon lange hinter ihnen. Die Kutsche ist bequem. Sie wird sich im Süden einrichten, wie überall. Ihr gegenüber sitzt Prudenzia, ihr ähnlich und doch so verschieden. Andere Reisende noch, Fremde. Artemisia grüßt sie nicht, beachtet sie nicht. Sie hat nur Augen für Prudenzia. Für sie lohnt es sich zu kämpfen. Und für ihre Profession.

Neapel. Der Anblick der Stadt, vom Norden kommend, war ein Schock. Das Gewirr von Häusern von Hütten, Kirchen und Türmen. Die Kastelle da unten und gleich hier an der Seite weitere Häuser, schief in die Landschaft gestellt. Alles sackte ab, alles glitt weg. Es sah aus, als würden die Häuser und Hütten talwärts rutschen, unaufhaltsam hinab zum Meer. Das lag da schwarz, still, im Dunkeln eine unheimliche Fläche, ein Abgrund, aus dem die Nacht stieg. Dahin würde die Reise gehen für die dreihunderttausend Bewohner der Stadt. Und als ob die das wüssten, waren sie alle auf den Beinen, jetzt, um kurz vor Mitternacht. Artemisia erkannte Leuchten, Kerzen, Fackeln, aber es war keine Richtung in dem Lichtergewoge zu erkennen, es glühte hier und glomm da, es schwoll an und ab, ein chaotisches Geflacker, und dahinten als Schatten die beiden Bergkuppen, noch schwärzer als das Schwarz. Artemisia fröstelte, obwohl der Abend für Mai ungewöhnlich warm war. Sie hatte wohl vom Vesuv gehört; der Vulkan war, wenn nicht das offizielle, so doch das heimliche Wahrzeichen der Stadt. Er galt als erloschen, seit er vor fünfhundert Jahren acht Tage lang Feuer und Rauch gespien hatte. Aber konnte man sich auf einen schlafenden Berg verlassen? Hegte das Meer den Vulkan ein? Hielten ihn die Bewohner der Dörfer, die zu seinen Füßen liegen, unter Kontrolle? Oder würde der Feuerberg das Wasser unten auf dem Grund erhitzen, allmählich zum Kochen bringen, zum Überkochen, wie einen riesigen Topf auf dem Herd, auf den man nur einen Augenblick nicht achtgab? Feuer und Wasser, dachte Artemisia. Zwei der vier Elemente. Wenn die gegeneinanderstehen, was geschieht dann? Wird hier das Wasser siegen wie auf dem Herd?

Sie war erleichtert gewesen, als sie sich der Stadt genähert hatten. Die letzten Tage waren chaotisch gewesen; als sie das Kastell Neapels am Horizont gesehen hatten, hatten sie vor Freude gejubelt: Endlich würde es vorbei sein, mit den Landstreichern, den verarmten Bauern, den Bravi, die jeder auf seine Art, so schien es, eine Rechnung mit den Wohlhabenden zu begleichen hatten. Für gut betucht hielt man auch sie, wegen der Kutsche. Aber nun hatten sie die Wachen passiert, aufmerksame Wachen, nach dem Stil der spanischen Besatzer herausgeputzt, das war selbst jetzt, in der Nacht, erkennbar. Sie waren höflich, aber unerbittlich. Sie kontrollierten die Papiere, die Kutsche, die Karren. Sie wunderten sich nicht, sie ärgerten sich nicht, sie erledigten ihre Arbeit mit der unerbittlichen Effizienz von Mahlsteinen, dachte Artemisia schaudernd. Dann hatten sie es geschafft. Die Wachen ließen sie passieren. Sie machten sich daran, den Berg hinabzufahren, vorsichtig, wegen der unebenen Straße, wegen der vielen Steine und Felsbrocken, die hier bisweilen im Wege lagen – und wegen der Menschen, die zunehmend ihren Weg säumten und die sich anscheinend nicht darum scherten, ob da ein hoch beladenes Fahrzeug in gefährlicher Schräglage und nur mühsam bremsend auf sie zu- und an ihnen vorbeipolterte. Artemisia erschrak: Offenbar hatte sie die leere Unordnung der Berge, die sie unterwegs passiert hatten, das gähnende, menschenverlassene Chaos, gegen ein anderes eingetauscht, gegen ein Wimmelbild direkt aus der Hölle! Ihr fielen die Bilder von Peter Brueghel ein, jenes berühmten Flamen, der geradezu besessen war von der Hölle. Man hielt ihn in Rom für einen Possenreißer, die Leute lachten über seine Bildscherze, aber nun schienen sie Artemisia völlig plausibel, schienen ihr Abbilder der Wirklichkeit. Sie dachte an das Gelb und das Rot, an das Orange und das Braun seiner Bilder, sie dachte an die Figuren, an all die stürzenden, jagenden, fallenden, übereinanderpurzelnden Verlorenen. Sie fielen aus Wolken, von Felsen, von einem Gastmahl, sie stürzten in seltsamen Verdrehungen, mit wallenden Gewändern oder gleich nackt, sie stürzten und stürzten, von keinerlei Engeln gehalten, sie stürzten – und unter sich nur die Flammen ... Ja, so würde es kommen.

Artemisia zog den Mantel über dem Gewand zusammen. Sie fröstelte, obgleich es warm war. Eine Frau rempelte sie an, entschuldigte sich nicht, war schon wieder verschwunden. Artemisia tastete nach ihrem Beutel. Sie stieg nicht mehr in die Kutsche. Sie zog es vor, neben dem Gefährt herzugehen, eine Hand in den Rücken gestemmt. Der hatte während der vergangenen Woche erheblich gelitten. Artemisia ächzte. Frauen reisten eigentlich nicht in Kutschen. Sie ließen sich auf Sänften tragen. Das war natürlich undenkbar bei solchen Entfernungen! Deshalb hatte sie die Einladung des Vizekönigs, ihr eine Kutsche zu schicken, gern angenommen. Wer hätte gedacht, dass das königliche Gefährt schon bei den ersten Bergen hinter Bologna in die Knie gehen würde? Die Reparatur, so hatte man ihr an der Poststation gesagt, würde Wochen dauern! Artemisia jedoch hatte keine Wochen, erneut war Panik in ihr aufgestiegen: Sie war noch immer auf der Flucht, die Angst vor der Krankheit, die Venedig heimsuchte, kehrte zurück. Wie viel Abstand würde ausreichend sein? Wie entkam man der Seuche? Weiter, weiter. Vergeblich versuchte Francesco, sie zu beruhigen. Was wusste der schon von Krankheiten, was wusste der von Sorge für die Seinen? Sie war verantwortlich für alle, wie immer. Deshalb hatte sie Geld ausgegeben, das sie gar nicht hatte: Eine neue Kutsche musste her! Francesco seufzte prompt: So viel Geld für das neueste Modell, bei dem der Wagenkasten in Riemen hing. Und so ein Zufall, ergänzte Stanzione, der ausnahmsweise mit ihm einig war, dass es ausgerechnet an der Poststation in der Provinz zu verkaufen war. Artemisia herrschte die beiden an, zu schweigen. Artemisia legte das Geld auf den Tisch, und Prudenzia machte große Augen. Immerhin: Seitdem waren die Erschütterungen nicht mehr so schmerzhaft, seitdem kamen sie gut voran. Aber die Börse war leer. Wie konnte es sein, dass sie, eine erfolgreiche Malerin von fünfunddreißig Jahren, so knapp bei Kasse war? Das Geld kam und verschwand. Sie hatte seinen Kreislauf nie durchschaut. Jetzt nicht an die Schulden denken! Artemisia schritt schneller voran und atmete tief durch. Schon wieder riskierte sie einen Neuanfang ohne das rechte Kapital dafür. Aus der Kutsche hörte sie ein Rülpsen. Das war Francesco, der wieder in Dämmerschlaf verfiel, eine geöffnete Flasche Rotwein stets in der Hand. Sie fluchte. War sie ein Ochse, der alle Last der anderen hinter sich herzog? Sie stampfte mit dem Fuß auf. Was für ein Aufwand! Dabei hatte sie nicht einmal ihren gesamten Hausstand mitgenommen, sondern nur das Wichtigste aus der Werkstatt. Keine Möbel, außer ihrem Schreibpult, kein Geschirr und nur wenig Kleidung. Sie hatte nicht vor, lange zu bleiben. Trotz der überaus ehrenvollen Einladung. Artemisia wandte sich um, schaute die Kutsche an, die unauffällig an der Seite, aber doch gut sichtbar, das Wappen der spanischen Herrscher trug. Sie hatte es von der defekten Kutsche abnehmen und provisorisch an der neuen anbringen lassen, zu ihrem Schutz. Eine notwendige Anmaßung, wie so vieles in ihrem Künstlerinnenleben. Das Wappen hing schief, aber das machte nichts. Es war nur Philipp II. zu verdanken, dass sie überhaupt auf diese halbwegs bequeme Weise hatte reisen können. Der spanische Regent schätzte sie, besser gesagt: der Vizekönig, sein Vertreter in Italien. Das war überaus ungewöhnlich, schon gar für eine Frau! Alle hatte Artemisia wissen lassen, wie sehr sie diese Einladung überrascht hatte, wie sehr sie sie schätze. Wer wusste denn schon, dass der Ehre große Anstrengungen vorausgegangen waren, diplomatische Anstrengungen, die der Malerin so viel schwerer fielen als ihr Tagwerk? Monat für Monat hatte sie den Vizekönig Fernando Afán de Ribeira bedrängt, sie vorzulassen, Brief um Brief hatte sie verfasst, an ihn selbst, an seine Günstlinge, in ihrer immer noch ein wenig ungelenken, unregelmäßigen Schrift. Viel Geld hatte sie ausgegeben für das richtige, schwere Papier, für gute Tinte. Aber am Ende hatte ihre Strategie Erfolg. Der Regent hatte ihr sogar eine Kutsche zur

Verfügung gestellt, damit an der Redlichkeit der Reisenden und ihrer Begleitung nicht der Hauch eines Zweifels aufkäme. Das war umsichtig, und es war großzügig. Und doch blieb Artemisia scheinbar kühl: Es galt, in Neapel ein paar Aufträge zu ergattern, die Aufträge würde sie ordentlich, aber ohne allzu viel Anstrengung ausführen, Kontakte schließen oder vertiefen – und dann weg. Ein paar Wochen oder Monate, vielleicht ein halbes Jahr. Neapel erschien ihr nützlich, aber nicht erstrebenswert. Ein Ort der Geschäfte. Eine Stadt, dreimal so groß wie Rom, fest in der Hand ihrer neuen Gönner, der Spanier, das verhieß eine strenge Ordnung, Geschäftsleute, die international tätig waren, Politik und wohlhabende Bankiers – dazu eine rege Bautätigkeit, viele Geschäfte für einen Künstler, wenn man sich zu fügen verstand. Neapel war eine Sache für den Kopf, nicht für das Herz. Neapel wäre nur eine Station. Vorübergehend wie der kurze, harte römische Winter. Artemisia hatte organisiert und sortiert, Abschied genommen. Dennoch war sie selbst erschrocken gewesen, als sie die beladenen Wagen gesehen hatte. Offenbar gelang es ihr nicht, unauffällig zu sein, unauffällig zu reisen. Wo die große, starke Frau auftauchte, zog sie alle Aufmerksamkeit auf sich. Besonders dann, wenn sie es gar nicht wollte. Andererseits: Sie hatte auch nichts dagegen. Nur vom Aufsehen kamen die Aufträge. Und so hatten sie auf dem Weg hierher allerhand Blicke geerntet: die schwere, aber hochmoderne Kutsche mit dem seltsam verrückten spanischen Wappen, die begleitenden Karren, die Bediensteten und Artemisia selbst, eine Frau allein – oder jedenfalls fast allein, wenn man von Stanzione absah, einem Mann unklaren Ausdrucks mit unklaren Aufgaben, der sich, so weit es ging, unsichtbar machte, ein dienstbarer Geist womöglich oder überhaupt ein Geist – und dann war da noch dieser Bruder, der meist in der Kutsche schlief. Aber es war immerhin ein Mann, der trinkende, schlafende, schnaufende, stets schwitzende Bruder musste das Bild des Anstands hergeben, ausgerechnet. Sie schnaufte. Genug gegrübelt! Massimo, herrschte sie den einen Begleiter an. – Warum geht es nicht weiter? Der Weg in die Via Trinitá ist einfach.

Stanzione spurte, als wäre er ein gewöhnlicher Diener. Es war besser, sich nicht mit der Maestra anzulegen. Geduld war nicht ihre Stärke, vor allem auf Reisen nicht. Tatsächlich war die neue Adresse leicht zu finden. Neapel, obgleich riesig, bestand im Prinzip aus drei überlangen Straßen, die sich vom Viertel auf den Hügeln, dem *Seggio di Montagna*, bis zum Hafen erstreckten. Drum herum war seit der Antike die Stadt gewachsen. Zuletzt hatten die Spanier ein neues Viertel gebaut, für die zahlreichen Soldaten, die hier für Ordnung sorgen sollten. Aber was hieß schon gewachsen und was hieß hier Ordnung! Gewuchert war die Stadt, wie eine außer Rand und Band geratene Schling- und Kletterpflanze, und am meisten gewachsen war anscheinend die Kirche. Konnte es sein, dass sie auf dem kurzen Weg vom nördlichen Stadttor bis hierher bereits drei oder vier Gotteshäuser gesehen hatte? Abgesehen vom Konvent, das oben auf dem Berg thronte wie eine Festung der Geistlichkeit. Artemisia atmete wieder tief ein und aus; die Meeresluft schlug sich ihr schwer und feucht auf die Brust.

Und die Menschen! Und die Lichter! Und der Lärm, der anschwoll, je weiter sie den Berg hinabkamen. Artemisia stolperte, fing sich aber wieder. Bei den vielen Leuten war es unmöglich, Hindernisse auf dem Weg zu erkennen.

Andere Gefährte tauchten in der Nacht auf, solche, die sich den Hügel hinaufquälten, mit Kutschern, die schrien, die Befehle brüllten – aber was waren das für Tiere, die sich so schwerfällig anstellten? Vor den Wagen waren jeweils zwei angespannt, dafür brauchte es eine Deichsel, es mussten also wohlhabende Leute sein, aber … Endlich, als sie näher und näher kamen, erkannte sie Artemisia: Es waren Maultiere! Das mussten die spanischen Maultiere sein, von denen man bis nach Rom gehört hatte. Größer als Esel, aber kleiner als Pferde. Die spanischen Besatzer hatten sie mitgebracht. In der aragonesischen Heimat, wo es auf schmalen Pfaden bergauf und bergab ging, wo sie meist Menschen trugen, mochte es noch angehen, aber hier, wo es sich immerhin um Straßen handelte, steile Straßen, verkehrsreiche noch dazu, waren die Maultiere offenkundig überfordert. Oder unwillig. Oder beides. Artemisia sah, wie sich eine Kutsche, ungeachtet der lautstarken Bemühungen des Kutschers, querstellte. Die Tiere hatten einfach allmählich aufgehört sich gegen den Berg zu stemmen, sie hatten aufgehört zu ziehen. Und so war die Karosse erst zum Halten gekommen und hatte dann begonnen, ganz allmählich, fast unmerklich rückwärtszurollen. Freilich nicht gerade, sondern der Krümmung der Straße folgend. Und schon war alles blockiert! Artemisias Kutsche hielt notgedrungen an. Geschrei setzte ein, Schimpfen und Fluchen. Artemisia lachte. Sie verstand den hiesigen Dialekt kaum, aber es war klar, was hier für Wörter und Sätze durch die Nachtluft flogen, welche Komplimente den unglückseligen Kutscher trafen. Artemisia betrachtete die Zugtiere, die jetzt scheinbar friedlich und ruhig dastanden. Was für ausgesuchte Scheußlichkeiten! Die krummen Beine. Die zu großen Ohren. Die gleichmütigen, abweisenden Gesichter. Ausgeburten einer merkwürdigen Fantasie, als hätten Brueghels Bilder Beine bekommen. Schon wieder Breughel! Der flämische Maler würde tatsächlich gut hierherpassen! Artemisia lachte. Das sollte also ein wichtiger Import der neuen Herrscher sein? Sie dachte an die edlen Pferde, die einst die arabischen Eroberer mitgebracht hatten. Sie bevölkerten jetzt zahlreich Spanien, sie wurden dort weiter gezüchtet, und wohlhabende Bourbonen hatten sie nach Italien liefern lassen. Schlanke, großmütige, schnelle und edle Tiere. Aber das hier? Artemisia lachte und lachte. Nein, diese Besatzer hier waren keinesfalls zum Fürchten, nicht mit diesen Wappentieren!

Sie wurde wieder angestoßen. Leute drängten an ihr vorbei, es waren ausschließlich Männer. Sie waren zunächst rücksichtslos, schoben, nutzten ihre Ellbogen, um dann, wenn sie unmittelbar vor ihr standen, zu stutzen: Diese große, kräftige Gestalt, die ihrer Kutsche den Weg bahnte, war eine Frau? War sie von allen guten Geistern verlassen? Nachts auf der Straße allein vor dem sicheren Gefährt? Und war das nicht eine spanische Kutsche? Die Frau allerdings sprach italienisch, das heißt, sie sprach nicht, sie schimpfte – und zwar nicht schlecht! Trotzdem war es anstößig. Um diese Zeit! Die Leute stießen sich an. Artemisia sputete sich. Mit der Freiheit der Reisenden war es nun vorbei. Sie bestieg doch besser wieder die Kutsche.

Francesco griff nach ihrer Hand. Sie ließ sie ihm, obwohl Prudenzia den Kopf schüttelte. Sie mochte den Onkel nicht. Stanzione hüstelte.

Der letzte Abschnitt der Reise war der beschwerlichste. Irgendwann gelangten sie doch den Berg hinunter. Die schnurgerade, talwärts führende Via Toledo. Und dann gen Westen und durch immer enger werdende Gassen. Und plötzlich Schluss! Mit einem Aufschrei des Kutschers. Hier war kein Durchkommen mehr. Die Gassen in den Quartieri Spagnoli waren von den Besatzern bewusst so schmal gebaut worden, dass nur Fußgänger und kleine Karren passieren konnten. So waren sie sicherer – oder schienen es zumindest. Für Artemisias Fuhre war dies ein unüberwindliches Hindernis. Artemisia mühte sich erneut aus der Kutsche. Die Tür schlug fast an die gegenüberliegende Hauswand. Artemisia sah sich um. Hier war es so finster, dass man trotz der Fackeln, die an einigen Häusern brannten, kaum etwas erkennen konnte – außer, dass hier kein Durchkommen war.

Sie berieten sich. Sie gingen ein paar Schritte vor und zurück. Menschen kamen dazu, Passanten, Leute, die hier wohnten. Was hatten sie mitten in der Nacht in dieser Gegend verloren? Die Männer sahen ärmlich aus, aber was sie an Eleganz der Kleidung vermissen ließen, machten sie durch selbstbewusstes Auftreten wieder wett. Und die Frauen! Tatsächlich trieben sich hier mitten in der Nacht auch Frauen auf der Straße herum.

Freilich nur in Gruppen. Und nur in den Hauseingängen. Aber das Spektakel einer herrschaftlichen Kutsche, die feststeckte, mochten sie sich nicht entgehen lassen. Es wurde geredet. Und abgewogen. Ein Weg gewiesen. Und wieder verworfen. In Artemisias Ohren rauschte es. Sie spürte die Mühsal der Reise. Sie spürte Erschöpfung. Das Palaver verschmolz zu einem undurchdringlichen Chor, den sich ein minder begabter Komponist ausgedacht hatte. Der Chor schwoll an und schwoll ab. Artemisia betrachtete die Leute: ihre schmuddeligen Blusen, die offen stehenden Joppen, die Nachtgewänder der Frauen, die unter den billigen Mänteln hervorschauten, die Hauben. Und alles in matten Beige- und Braun- und Grautönen, als hätte man es hier mit einem Gewimmel von Ameisen und nicht von Stadtbewohnern zu tun.

Artemisia fasste einen Entschluss. Zwei junge Burschen, die ein wenig sauberer und adretter wirkten als die anderen, winkte sie zu sich heran. Sie nannte ihnen die Adresse. Die beiden nickten verdutzt. Dann erteilte Artemisia ihre Anweisungen. Sie würde mit den beiden und den wichtigsten Habseligkeiten vorausgehen, die neue Wohnung aufschließen, mit ihrer Hilfe ein Feuer entzünden. Die anderen mochten nachkommen, wenn sie alles auf kleinere Karren umgeladen hätten. Prudenzia sollte in der Kutsche bleiben, auf jeden Fall in der Kutsche! Verstanden?

Aber ja doch!

Klar, dass Ihr es genau so macht und nicht anders?

Erneutes Nicken.

Massimo – du lässt Prudenzia nicht aus den Augen?

Jaja.

Prudenzia drückte sich in eine Ecke, Massimo wollte noch etwas einwenden, aber er blieb nicht ungern in der Kutsche sitzen. Und Francesco? Er schaffte es, schon wieder einzuschlafen.

Und so verschwand Artemisia mit den beiden neuen Helfern in der Nacht.

Am nächsten Morgen trat Artemisia vor ihr neues Wohnhaus. Sie stemmte die Hände in die Hüften: Das war gar nicht mal so schlecht. Das Haus lag nicht in den engsten Durchgängen des spanischen Viertels, sondern in einer durchaus respektablen, breiten Gasse. Vor dem Haus lehnte jetzt eine stattliche Anzahl von Karren. Die ganze Nacht hatten Paolo und Andrea beim Umladen und Ausladen und Tragen geholfen, eigentlich hatten sie weit mehr geschafft als Massimo – und als der nichtsnutzige Bruder sowieso. Bei Francesco musste man froh sein, wenn er den Weg in die Wohnung fand und nicht wieder sofort hinausschwankte, auf der Suche nach neuem Wein. Die beiden Jungen betrachteten ihn. Es war nicht klar, wer hier im Verhältnis zu wem stand. Sie hätten ihre Kommentare gemacht, unfreundliche durchaus, in derben Scherzen verpackt, aber die Dame, in deren Auftrag sie arbeiteten, schien immerhin eine solche – wenn sie auch auftrat und redete wie ein Mann. Aus Artemisia wurden die beiden Burschen nicht schlau. Sie war keine Aristokratin, so viel war klar, und sie redete mit dem verhassten Akzent, in dem jeder Neapolitaner sofort den Römer erkannte. Auch waren ihre Gesten groß und eher grob, sie holte weit aus, wenn sie etwas erklären wollte, und hieb mit dem Finger in die Luft, um einer Sache Nachdruck zu verleihen. Und was waren das für Finger? Was waren das für Hände? Sie waren groß, keine Spur von Maniküre ließen sie erkennen! Demgegenüber war der Mantel der Dame durchaus von feinem Stoff, der Hut von ausgezeichneter Machart – aber den hatte sie bald abgelegt, achtlos, auf irgendeinen Stuhl, der in der Wohnung gestanden hatte. Nein, aus Äußerlichkeiten machte sich diese Signora überhaupt nichts, so viel stand fest. Die Burschen waren fasziniert. Und die Faszination steigerte sich zur Begeisterung, als Artemisia sie auszahlte. Ein stattliches Trinkgeld war dabei! Allerdings: Die Dame ließ sich die Taler quittieren. Was dachte sie denn, wer sie waren? Aber Artemisia stürzte sie nicht in Verlegenheit, sondern klaubte ein Tintenkissen aus einem

Koffer hervor. Die Burschen zeichneten mit ihrem Daumenabdruck. Das schien zu genügen. Artemisia nickte befriedigt und verstaute routiniert die Belege. Die Burschen staunten: Erst ein paar Stunden in Neapel und schon bereit für Geschäfte!

Die nächsten Tage vergingen mit Besorgungen, mit Aufräumen, mit Sortieren, es galt, die Wohnung, wenn schon nicht behaglich, so doch zweckmäßig einzurichten. Prudenzia stellte sich geschickt an, bald überließ Artemisia ihr den Haushalt. Wichtiger war Artemisia das Atelier. Sie inspizierte es gemeinsam mit Massimo, der große Augen machte.

Zum ersten Mal würde sie nicht in ihrer Wohnung arbeiten, würden nicht Schüler tagaus, tagein ihre privaten Möbel belagern. Ein günstiger Zufall hatte ihr die Werkstatt im selben Gebäudekomplex in die Hände gespielt, die sie zusätzlich zur Wohnung hatte mieten können. Einstweilen jedenfalls. So lange das wenige Geld reichen würde. Auch deshalb brauchte sie dringend Aufträge. Und Schüler. Massimo würde helfen, musste helfen, es war einfacher für einen Mann, Kontakte zu knüpfen. Schnell hatte er eine eigene Bleibe gefunden, eigene Diener, richtete sich ein. Er würde kommen und mitarbeiten, wie stets, aber er musste auch an das eigene Auskommen denken. Das verstand sie doch? Artemisia nickte und verstand, und grimmig arbeitete sie noch schneller, organisierte, ließ Material beschaffen, Leinwände und Holz. Artemisia setzte auf die neue Anlage, die jedem signalisieren sollte: Hier arbeitet eine anerkannte Meisterin. Und das war sie ja auch, oder nicht? Das Atelier lag in einem Hinterhaus, ebenerdig, aber die ehemalige Schusterwerkstatt hatte große Fenster, sodass Sonnenlicht durch die Gitter hereinfiel.

Und was für ein Licht! Artemisia hatte es gleich am ersten Tag bemerkt, und nun faszinierte es sie jeden Tag aufs Neue. Es war anders als in Rom. Anders als in Florenz. Hier machte sich die Sonne schon am frühen Morgen breit und wich nicht bis zum Abend. Dabei schien sich das Sonnenlicht permanent mit Wasser zu mischen. Es gleißte und glimmerte. Ärgerlich nur, dass die mehrstöckigen Häuser in den schmalen Gassen verhinderten, dass allzu viel davon hereindrang. Da hatte sie es in dem weiten Hinterhof besser. Aber sie wollte mehr von diesem Licht sehen, wollte den Himmel sehen, den Horizont! Artemisia sehnte sich nach Weite, nach Perspektiven, nach der Großzügigkeit, die sie in Venedig schätzen gelernt hatte. Aber Venedig war weit und verloren. Für einen Augenblick sorgte sich Artemisia wieder. Waren sie weit genug fort? Waren sie wirklich in Sicherheit?

Es war noch früh am Morgen, stiller als gewöhnlich, nur ein paar Handkarren rumpelten schon Richtung Piazza, auf der, so hatten es Artemisia hilfreiche Nachbarinnen erzählt, zweimal in der Woche ein Markt stattfand – Vorwand genug für schickliche Frauen, einmal auszugehen. Dennoch nahm Artemisia einen der Burschen mit, Andrea, den verständigeren. Die beiden hatten es nach der ersten Nacht fertiggebracht, irgendwie immer da zu sein. Sie tauchten auf, und sie tauchten ab, waren aber zur Stelle, wenn Artemisia einen Boten brauchte, einen Handwerker – oder, wie jetzt, jemanden, der sie geleitete. Artemisia zögerte, ein Mädchen einzustellen. Das war eher eine Stadt für kräftige Kerle, so schien ihr.

Um die Ecke, sagte Andrea, war der Markt. Dahin konnten sie gehen. Andrea war froh, dass ihm der Markt eingefallen war. Normalerweise verschwendete er keinen Gedanken daran. Aber normalerweise wollten Frauen auch nicht die Stadt kennenlernen. Solch ein Anliegen war noch nie an ihn herangetragen worden, und weiß Gott, Andrea hatte schon viel zu hören bekommen, wenn er sich als Bote oder Diener bei wohlhabenden Leuten nützlich machte. Er ging voraus, mit bewusst langsamen, kleineren Schritten als sonst, aber Artemisia holte ihn dauernd ein, berührte seinen Arm, bedeutete ihm, rascher voranzuschreiten, und hätte ihn ein paarmal beinahe überholt. Nicht, dass sie es eilig gehabt hätte, sie machte einfach für eine

Frau überraschend große Schritte. Andrea beschloss, so zu gehen, wie er es mit einem Mann getan hätte, auch wenn das irgendwie unschicklich war. Wie sich ihre Röcke bauschten! Wie man eins ums andere Mal ihre nackten Füße in den einfachen Sandalen sah! Andrea schaute konzentriert nicht hin. Jetzt wurden die Gassen voller, das Problem erledigte sich, und bald waren sie von einer Menge umringt, die durcheinanderlief, die schwatzte und gestikulierte, lachte und diskutierte. Sie konnten kaum noch etwas sehen, aber da war der Platz mit seinem sinnlosen, weil leeren Obelisken! Und da waren die Gerüche! Es roch nach Orangen und nach frischer Minze. Etwas Fauliges, Schweres mischte sich darein und der süßliche Geruch von Geflügel, dazu kräftiger Zwiebelgestank – und dahinten gab es wohl Fische. Sie schoben sich durch die Menge. Andrea bahnte ihnen energisch den Weg, und Artemisia war froh, sich treiben zu lassen. Sie achtete jedoch nicht auf die Auslagen, auf die Andrea sie immer wieder hinwies, nicht auf die Preise, die ihr die Händler zuriefen, nicht auf den Spargel, die Pilze, die Kräuter, die in fest geschnürten Bündeln an Seilen hingen. Artemisia machte sich nichts aus den Waren, die feilgeboten wurden, so wie sie sich nichts aus Stillleben machten, die vielen ihrer Malerkolleginnen ein Auskommen sicherten. Sachen interessierten sie nicht, weil sie sich nicht bewegten. Die Menge aber! Die Händler. Die Kunden. Die Kinder und die kleinen Tunichtgute. Das seltsame Gelichter, das sich am Rand des Marktes herumdrückte. Die uniformierten Wachleute. Der feiste Pfaffe, der gerade entschlossen in einen Brotkanten biss. Das beugte und das streckte sich, das drehte und das bückte sich. Das straffte sich und wurde wieder schlaff. Artemesia schaute und schaute. So viel Bewegung auf einmal hatte sie selten gesehen! Und die kollektive Bewegung funktionierte! Zwar war der Platz eindeutig zu voll, zwar drehten und schraubten sich alle umeinander, aber es gab doch wenig Zusammenstöße, wenig Berührungen und wenig Gerumpel; eigentlich lief alles so reibungslos wie auf einer gut organisierten Theaterbühne. Nur dass die Farben hier matter waren. Die Kleidung der meisten war dürftig, stellte Artemisia nüchtern fest. Abgetragene Kittel, Hosen, die vielfach geflickt worden waren, Westen, die offenbar schon mehrfach den Besitzer gewechselt hatten. Und wieder dieses Beige und Braun und Grau, das ihr schon am Abend der Ankunft aufgefallen war. Artemisia begann zu schwitzen in ihrer ordentlichen Ausstattung. Ihr war nach einer Limonade zumute. Sie wandte sich zu Andrea:

Wollen wir gehen?

Aber da war kein Andrea mehr. Der Bursche war verschwunden!

Artemisia drehte sich langsam um die eigene Achse. Nun gut, dann würde sie ihn eben suchen. Aber das war leichter gesagt als getan. Andrea war deutlich kleiner als sie, es würde nicht einfach sein, ihn in der Menge ausfindig zu machen. Artemisia tastete mit ihren Blicken die Stände ab. Nein, nicht bei den Gewürzen. Warum sollte er seine Nase in getrockneten Rosmarin, in Thymian oder Basilikum stecken? Keine Spur von Andrea bei den dürftigen Blumen, das hätte sie sich denken können. Kein Andrea bei den Fischhändlern, kein Andrea bei den jungen Burschen, die sich um einen Spaßmacher drängten. Artemisia schob die Menschen, die ihr entgegenkamen, nun selbst beiseite, verschaffte sich Platz mit den Händen, mit den Ellenbogen. Keiner scherte sich darum, aber keiner machte auch Anstalten, ihr auszuweichen. Es wurden, so schien es, im Gegenteil immer mehr Menschen, die auf den Markt strömten. Sie kamen zu zweit, in Gruppen, sie schoben und drängten, sie wogten auf und sie wogten ab. Die Sonne war vor ein paar Stunden aufgegangen und hatte längst die Hausdächer am Rand des Platzes überwunden. Es wurde heißer und heißer. Etwas zu trinken! Unbedingt etwas zu trinken! Plötzlich wurde es Artemisia eng in der Brust. Sie kämpfte die Panik nieder, die in ihr aufstieg – und den Zorn auf Andrea und sich selbst. Sie war nicht die Person, die von einer anderen abhing! Sie würde ohne Andrea zurechtkommen, so wie sie stets allein zurechtgekommen war! Entschlossen kämpfte sie sich zum nördlichen Rand des Marktes durch, dorthin, wo Weg und Fassaden im Schatten lagen. Im Gehen lockerte sie den Kragen ihres Gewands, löste die Schnur des lästigen Umhangs, der sich um ihre Beine schlang. Sie atmete schwer. Geschafft. Sie lehnte sich kurz an eine Hauswand, aber sofort näherte sich ihr ein Mann, der ihr aus einem schmuddeligen, schwarzen Beutel heraus etwas verkaufen wollte – und ein zweiter und ein dritter! Nur fort von hier! Artemisia überquerte die Gasse, bog einmal ab, zweimal – und stand plötzlich vor einer Kirche. Sie war eingefügt in eine Fassadenreihe, ein schmalbrüstiger Palazzo des Heiligen, ein Wohnhaus beinahe, man hätte es übersehen können. Wie zu Hause, wie in Rom. Artemisia hielt inne. Ihr war schwindelig. Sie legte dennoch den Kopf in den Nacken und schaute nach oben. In einer seltsamen Umkehrung der eigenen Perspektive war ihr plötzlich, als sehe sie sich selbst von oben. Als könne sie ihren Körper in jener merkwürdigen Draufsicht erkennen, die entsteht, wenn die zu betrachtende Person unterhalb des Betrachters steht, den Blick aber zu diesem emporwendet. Die Figur ist verkürzt, der Kopf scheint unmittelbar auf dem Körper zu sitzen, aber das Gesicht schwebt ... Sie sah ihren eigenen Blick, den Blick einer Taumelnden, die gleichwohl fest entschlossen ist, sich zu retten. Bewusst und unbewusst, der Ohnmacht nahe, kraftvoll.

Artemisia stützte sich an der Mauer ab, fand den Türöffner, stürzte in das Innere der Kirche. Dunkel, Feuchtigkeit, der wohltuende Geruch von heiligem Boswelienharz. Artemisia atmete tief durch, fasste sich. Sie richtete den Blick zum Hochaltar. Sie trat näher. Immer noch war ihr schwindlig, sie musste sich abstützen, und das, was sie sah, machte es nicht besser. Das Bild über dem Hochaltar war dunkel. In der linken oberen Ecke war ein himmlisches Spektakel angedeutet, aber die gesamte untere Bildhälfte nahm ein kolossales Durcheinander von Menschen ein. Die schoben und drängten, sie hielten einander auf und kamen sich in die Quere. Einen hatte es schon erwischt, der wurde getragen, und die Fackel eines Mannes im Mittelgrund erleuchtete das erschrockene Gesicht einer jungen Frau, die einen Alten säugte. Was war das für ein lästerliches Gepränge? Auch die Himmelsfiguren taten nicht, was sie sollten! Zwei Engel hielten einander, aber sie schwebten nicht über der Szene – sie stürzten. Und es schien äußerst unsicher, ob sie die Madonna über ihren gekreuzten Armen und das Jesuskind würden halten können. Artemisia spürte eine seltsame Angst in sich hochkriechen. Sie legte die Hände auf den Bauch, schaute sich um, ob sie allein wäre, ob da jemand wäre, der ihr zur Not beistehen könnte. Der Himmel jedenfalls nicht. Hilfesuchend, so schien es, stützte sich der linke Engel ab, der einen gotteslästerlich muskulösen Arm aufwies. An den beiden Jungen erkannte Artemisia endlich den Künstler, und ihr Herz begann freudig zu klopfen: Die Engel waren keine Engel, es waren schöne verlorene, halbwüchsige Jungen. Die konnte kein anderer so malen wie Michelangelo Merisi da Caravaggio. Caravaggio! Diese Engel, die keine waren, hatten ihn schließlich berühmt gemacht und in Verruf gebracht. Hier war er also auch schon! Wo immer Artemisia Fuß gefasst hatte, wo immer sie Aufträge erhoffte oder erhielt – immer war ihr Caravaggio einen Schritt voraus gewesen. Es war sinnlos, ihm zuvorkommen zu wollen, es war sinnlos, sich mit ihm zu messen. Er würde immer der Erste bleiben, immer neu, immer jung, immer für Aufsehen, Streit und Auseinandersetzungen gut – auch jetzt, nachdem er schon zwanzig Jahre tot war. Und Rätsel gab er auf. War er fromm gewesen? Ein *pictor christianus*? Ganz sicher war er kein *peintre philosophe* gewesen, kein gelehrter Künstler, er hatte sich nicht mit den neuesten religiösen Strömungen auseinandergesetzt, dazu war sein Leben zu unstet gewesen.

Artemisia ließ sich auf einer Kirchenbank nieder. Caravaggio ... Sie hatten einst bei einem dieser steifen Empfänge im Palazzo von Ottavio Costa beieinandergestanden, und Caravaggio hatte einen schweren Pokal in der Hand, der Rotwein darin schwappte eins ums andere Mal über den Rand, rann am Pokal herab, tropfte auf den Boden wie Blut. Das war ihr wie ein böses Omen erschienen, aber Caravaggio, dem sie den Gedanken anvertraute, hatte nur gelacht:

Wer weiß, vielleicht ist es ja Blut? Nehmt und trinkt, dies ist mein Blut – er machte mit dem linken Arm eine segnende Gebärde, gotteslästerlich und frei wie immer. Sie hatte ihn gemocht, trotz allem, was man über ihn berichtete. Er war nicht gebildet, genauso wenig wie sie. Er hasste es, Briefe zu verfassen, genauso wie sie. Er war unsicher im Schreiben wie im Lesen, genauso wie sie. Inmitten dieser kirchlichen und adligen Wichtigtuer waren sie die beiden Dahergelaufenen. Sie hätten beide nicht an diesem vornehmen Ort sein dürfen, aber sie behaupteten sich mit ihren Bildern. Freilich war Caravaggio ein anderes Temperament gewesen. Im Schatten seiner kirchlichen Gönner, vor allem durch die Zuwendungen von Kardinal del Monte, hatte er gemalt und gemalt. Ein Bild nach dem anderen, immer Aufträge, aber immer auch überraschend. Er hatte die Pflicht erfüllt und doch nicht, er war religiös und doch nicht, er stand in Diensten der Kirche und doch nicht. Ein Unruhestifter, ein Knabenliebhaber, ein Verlorener, ein Gewalttäter. Caravaggio konnte reizend sein und liebenswürdig. Artemisia erinnerte sich an weitere Begegnungen mit ihm, an überschäumende, lustige Feste; sie erinnerte sich aber auch, wie sie trotz der Vertrautheit stets auf der Hut gewesen war, denn mit Caravaggio konnte jederzeit alles geschehen: das Unverhoffte in der Beständigkeit, das Unheil im Heiligen, der Sturz anstelle der Rettung. So war das auch hier auf dem Bild. Artemisia wachte aus ihrer Versunkenheit auf und schaute wieder genauer hin. Offenbar war die Vorgabe gewesen, die sieben Werke der Barmherzigkeit zu malen. Sie hatte Zeichnungen des Motivs gesehen, hingestrichelt, sie waren in Rom bei bestimmten Festivitäten von Hand zu Hand gegangen wie die Zeichnungen gewisser

Knaben. Lustblätter, die man empört von sich wies – aber erst, nachdem man sie intensiv in Augenschein genommen hatte. Dieses Bild hier kündete ebenfalls von einer Lust, aber die Lust war unter Druck, sie war in Bedrängnis. Artemisia kannte die Geschichte vom Jüngsten Gericht, wenn Christus die Gläubigen scheiden würde: die Gerechten von den Ungerechten. Er würde fragen, wer ihn gekleidet, wer ihm zu essen gegeben, wer ihn befreit habe? Und auf das allseitige Erstaunen, wann man ihm, dem Heiland, persönlich begegnet sei, würde er sagen: Was ihr dem geringsten meiner Brüder getan, das habt ihr mir getan! Das sah nun so aus auf dem Bild, als ob all die guten Leute sich beeilen würde, der Pflicht der Barmherzigkeit nachzukommen. Sie drängten förmlich danach. Aber was von der guten Tat übrigblieb, war eben nur noch die Bewegung, eine Bewegung auf zu engem Raum, wie in den Gassen von Neapel, die offenbar die Kulisse für das Bild abgaben. Und die Figuren? Alles Zeitgenossen. Sie trugen Kleider wie sie, sie trugen Umhänge wie sie. Die Hüte, die Hauben, die Kittel, die Schürzen – alles Gegenwart. Artemisia erhob sich schwerfällig. Ihr schwindelte noch immer. Sie trat näher. Es war ähnlich dunkel wie bei ihrer Ankunft. Und wie bei der Ankunft, so fiel es auch hier schwer, die einzelnen Figuren voneinander zu scheiden. Sie schienen aus der Dunkelheit zu wachsen, sie hatten keine gemeinsame Richtung, es gab kein Zentrum, es war chaotisch wie Neapel selbst. Da trank jemand aus einem Eselskiefer, da reichte ein Federgeschmückter mit kühner Geste einem anderen einen Mantel. Einem Nackten wird wohl geholfen werden. Für den Toten, der hereingetragen wird, ist es zu spät, aber der Priester beleuchtet den Weg für seine Bestattung. Und rechts, prominent, geht es wieder um Nahrung: Da reicht eine junge Frau einem Greis, der offenbar im Kerker sitzt, die Brust. Die Geschichte von Pero und ihrem Vater Cimon stammt aus der Antike. Artemisia ist fasziniert, wie Caravaggio Leute aus Neapel als biblische Heilige und als Vertreter der Antike aufeinandertreffen lässt. Die Begegnungen haben es in sich, sie versprechen keine Erlösung. Aus dem Himmel links oben stürzen die Engel.

Was wagte der nur, der Caravaggio? Aber vielleicht hatte ihm Neapel dabei geholfen? Auf jeden Fall bei der Komposition. Sicher auch bei den Figuren, für die wohl Leute aus Neapel Modell gestanden hatten. Aber konnten die Gläubigen, die die Kirche besuchten, etwas damit anfangen? Hielt das Bildnis zum Gebet an? Mehr als das Edle der Werke der Barmherzigkeit zeigte es den Schrecken des Vergeblichen.

Artemisia fröstelte. Der neue Caravaggio schuf keine Andachtsräume. Er verbreitete Unruhe, selbst auf seinen vermeintlich religiösen Bildern. Er verneinte den Trost. Er hielt sie bei der Arbeit. Sie vermisste ihn.

Auf dem Weg nach draußen fand sie das Weihwasserbecken, und aus einem Impuls heraus benetzte sie die Hand, bekreuzigte sich, stutzte, roch an der Hand: Dem Weihwasser war etwas beigemischt, Öl und Aromastoffe. Das Chrisam erinnerte sie an etwas – nicht an den Segen, sondern an die Tat. Es wurde Zeit, dass sie wieder malte.

Sie beeilte sich, nach draußen zu kommen. Jemand würde ihr den Weg weisen. Sie würde nach Hause finden. Was war sie vorhin so kopflos gewesen! Immerhin: Sie hatte ein Bild Caravaggios gefunden. Und sie wusste, dass sie nun wieder malen konnte. Trotz des Kindes in ihrem Bauch. Ja, wieder ein Kind. Das Kind regte sich noch nicht. Aber es forderte schon sein Recht. Es forderte einstweilen nur, dass sie etwas trank und etwas aß. In ein paar Wochen würde das schon anders sein. Artemisia seufzte. Als sie sich wenig später auf einem niedrigen Mäuerchen niederließ, beachtete sie keiner der Passanten. Eine Frau, die, sichtbar nach Atem ringend, im Schatten saß, hätte normalerweise die Hilfsbereitschaft der Leute geweckt. Aber man sah Artemisia die Schwangerschaft nicht an. Sie war eine üppige Frau. Ihr geschwollener Leib ging in das allgemein Wogende, Überbordende, Üppige über. Nach fünf Kindern war ihr

Leib weich geworden, nachgiebig. Sogar Artemisia selbst vergaß immer wieder, dass sie in ein paar Monaten erneut Mutter werden würde. Jetzt aber musste sie sich um das Ungeborene kümmern. Musste etwas Nahrung zu sich nehmen, ihm zuliebe. Wasser, ihm zuliebe. Dieses Kind würde das sechste werden. Es war also nichts Besonderes. Und doch. Artemisia dachte an den Mann, von dem es stammte. Der keine Ahnung hatte, dass er Vater werden würde. Sie konnte es ihm nicht schreiben. So etwas fand keinen Platz in Briefen.

Eine halbe Stunde später war Artemisia wieder auf dem Markt angekommen. Ein Händler hatte ihr ein Brötchen verkauft, ein anderer eine scharfe, intensiv gewürzte Wurst, die wohl typisch für die Gegend war. Artemisia biss kräftig in ihre Mahlzeit, kaute, rülpste ein wenig. Sie fühlte die alte Stärke zurückkehren. Nur der Durst! Eine junge Frau hatte sie beobachtet, trotz des Trubels trafen sich ihre Blicke, immer wieder. Die Frau verschwand aus Artemisias Blickfeld, aber dann näherte sie sich. Sie hielt einen Krug in der Hand.

Du musst trinken! Hier, das ist sauberes Wasser!

Sie legte Artemisia vertraulich eine Hand auf die Schulter, sie duzte sie. Ihr Name war Flavia. Sie überschritt Grenzen, aber sie verstand sich aufs Kinderkriegen. Und aufs Kinderverlieren. Beides war gleich wahrscheinlich. Sie geleitete Artemisia nach Hause. Sie zwang sie, sich hinzulegen. Sie kannte sich im Haushalt gleich aus und kommandierte herum, dass es eine Freude war. Am nächsten Tag kehrte sie zurück. Und am übernächsten. Sie war besorgt. Sie meinte, dass sich Artemisia übernommen hatte. Sie hatte das sichere Gefühl, dass Artemisia sie vor der Zeit brauchen würde, tastete ihren Bauch ab, murmelte, griff ihr auch beherzt unter die Röcke, schüttelte bedenklich den Kopf: Das Kind in Artemisias Leib ging verloren. Eine lange, blutige Nacht kämpfte Artemisia, dann gab sie auf. Die Hebamme trug das winzige Tote fort, sie berichtete Artemisia mitleidig von einer Wiese und schönen Blumen, aber Artemisia konnte und wollte nichts sehen, in ihren Fieberträumen säugten junge Frauen schrecklich anzusehende Greise, und grausame Engel warfen das Christuskind der Madonna vor die Füße und herab von den Wolken. Dann wieder hörte sie Musik, eine Viola di Gamba, tröstend, zart, eine Frauenstimme, die dazu sang, aber die Töne von sehr weit weg. Flavia wich nicht von ihrer Seite.

Prudenzia ging im Nebenzimmer auf und ab. Sie war dreizehn, ein schlankes, hoch aufgeschossenes Mädchen, der schmale Schatten ihrer Mutter. Ihr würde nicht mehr lange Zeit bleiben, dann würde auch sie das Schöne und den Schrecken der Mutterschaft kennenlernen; etwas anderes sahen die Lebensläufe der Zeit nicht vor, auch wenn die eigene Mutter eine Malerin war, berühmt, selbständig und verschuldet, die die Ehe als eine Mühsal betrachtete, als eine Last und die Mutterschaft als Gefahr. Prudenzia holte Wasser, eilte die Treppen hinab und wieder hinauf, schob Andrea beiseite, der überrascht verstanden hatte, dass sie keineswegs die Dienerin war, für die er sie zunächst gehalten hatte, sondern die Tochter. Alle hielten Prudenzia zunächst für eine aus der Dienerschaft. Zu blass war sie, zu untertänig, allzu leicht konnte man sie übersehen. Das war immer so gewesen. Prudenzia verschwand hinter den Bildern. Was niemand wusste: Artemisia behandelte Prudenzia keineswegs nachlässig. Sie wollte sie nur – lassen. Sie wollte nicht, dass Prudenzia das gleiche Schicksal ereilte wie sie: als halbes Kind für die Familie sorgen zu müssen. Lieber nahm Artemisia in Kauf, dass man sie für gefühllos hielt, für distanziert, für eine egoistische, anmaßende Künstlerin. Und Prudenzia für faul. Prudenzia hatte dafür ihre Freiheit. Konnte tun, was sie wollte, konnte spielen – und, wie Artemisia erfreut festgestellt hatte, auch halbwegs geschickt musizieren und malen. Allerdings fehlte es ihr an Ehrgeiz, an Entschlossenheit. Immer schaute sie erst die Mutter an, bevor sie etwas unternahm. Jetzt allerdings brauchte ihre Mutter sie, zum ersten Mal. Flavia drückte Prudenzia ein paar Tücher in die Hand, zeigte auf die Schale mit Wasser.

Du musst immer frisches Wasser vom Brunnen holen. Das Wasser erwärmst du bis zum Siedepunkt. Abkühlen lassen. Dann träufelst du zwanzig Tropfen Kampfer hinein. Und Melisse. Verstanden?

Prudenzia nickte. Flavia winkte sie in das Krankenzimmer und scherte sich nicht darum, dass Prudenzia erschrak.

Leg ihr das Tuch auf den Leib. Ein zweites Tuch mit kühlem Wasser auf die Stirn. So lange, bis die Hitze des Körpers das Tuch erwärmt. Dann das Ganze von vorn.

Verstanden?

Prudenzia nickte erneut.

Gut. Ich komme morgen wieder.

Prudenzia nickte zum dritten Mal. Aber Flavia schickte sich nicht an zu gehen. Als Prudenzia sie fragend anschaute, hielt Flavia ihr die ausgestreckte linke Hand entgegen.

Natürlich ...

Prudenzia hoffte, dass ihre Mutter das wenige Geld, das sie besaßen, noch immer in einem Beutel verstaut hatte, der unter dem Kleiderhaufen verborgen war. Sie hatte recht! Aber es war noch weniger, als sie befürchtet hatte. Flavia, die ihr gefolgt war, schnaubte. Prudenzia gab ihr mehr, als angemessen gewesen wäre. Das hatte sie von ihrer Mutter: Armut durch Verschwendung verbergen. Oder es jedenfalls versuchen.

Die nächsten Tage vergingen mit Pflege. Und Botengängen. Prudenzia versuchte, sich nützlich zu machen. Sie schickte die beiden Burschen fort. Wie sollte sie sie bezahlen? Sie beauftragte Flavia stattdessen, ein Mädchen als Dienstmagd zu besorgen – aber erst wenn die Mutter wieder genesen wäre. Vorher würde sie sich um alles kümmern, verstanden?

Unwillkürlich übernahm sie Flavias derbe, direkte Sprache, das vertrauliche Du. Flavia verstand, allerdings anders, als Prudenzia es gemeint hatte. Sie verstand, dass dies hier trotz aller scheinbaren Pracht und Extravaganz, trotz der erlesenen Möbel ein Haushalt von armen Schluckern war oder, noch schlimmer, von Schuldnerinnen. Da musste man sich eigentlich fernhalten! Es gab eine Art von Armut, die ansteckend war, die Armut aus Freigiebigkeit, aus dem Laster der Verschwendung … Aber Flavia kehrte dennoch zurück. Sie wusste selbst nicht so recht warum. Die große, grobknochige Frau, die da hilflos zu Bett lag, zog sie an. Es hatte nichts mit ihrem Berufsstand der Hebamme zu tun, nichts mit ihrem Pflichtgefühl als Christenmensch. Sie schaute die kranke Frau gern an. Sie war fasziniert von dem flächigen, großen Gesicht mit der überraschend feinen Nase, dem energischen Mund, dem weichen Kinn. Die Frau sah erfahren aus, weitgereist – und gleichzeitig so, als sei sie noch ein Mädchen. Flavia schüttelte über sich selbst den Kopf. Eine Römerin! Und dennoch …

Schon immer hatte Artemisia die Menschen mit ihrer Widersprüchlichkeit angezogen. So auch jetzt.

Prudenzia freilich hegte einfache Gedanken. Sie hoffte, dass die Mutter gesund würde. Dass sie ihr sagen würde, was zu tun, was einzukaufen, was zu besorgen, was zu kochen und wer zu besuchen sei. Und eines Tages war es so weit. Prudenzia kam ins Zimmer – und da stand die Mutter, vollständig angezogen, jedoch mit einem leichten Morgenmantel über dem Gewand, aufrecht am Fenster und schaute hinaus. Ihr Atem ging schwer, aber sie lächelte Prudenzia an. Das kam nicht häufig vor.

Prudenzia eilte ihr entgegen und sank ihr zu Füßen. Artemisia schloss sie in die Arme.

Cut!

Joy fuhr zusammen. Die Kamerafrau wandte ihr Gesicht entrüstet vom Monitor ab. Wer hatte da gerufen?

Lena natürlich, die Regisseurin.

Cut!

Als hätten es noch nicht alle gehört. Die Darstellerin der Prudenzia erhob sich von den Knien und klopfte ihr Kleid ab, obwohl es im Studio keineswegs staubig war. Die Regieassistentin wedelte mit den Armen.

Was soll das?!? – Die Kamerafrau wurde nach der ersten Verblüffung offenbar richtig wütend. Lena machte eine beschwichtigende Geste:

Schon gut, schon gut. Lasst uns eine Pause einlegen! Wir reden.

Wir reden bedeutete, dass der engste Kreis etwas zu besprechen hatte. Murrend verließ die Crew das Studio, verunsichert folgten die beiden Schauspielerinnen.

Bleib! – Lena wandte sich an Joy, die Hauptdarstellerin.

Was ist los, verdammt noch mal. – Die Kamerafrau ließ ihrem Unmut freien Lauf. – Wir hatten gerade alles genau so, wie wir es brauchen. Alles gut im Flow und dann ...

Ich weiß, sagte Lena. – Das Problem wird der Schnitt. Joy war zu dicht dran an Phyllis. Niedersinken und Umarmung steht nicht im Drehbuch.

Die Darstellerin der Artemisia hatte die Filmprudenzia in die Arme geschlossen. Das ging nicht. Das war zu nah. Das konnte man nicht schneiden, falls ... am Ende die Figur der Tochter vielleicht doch geopfert werden müsste.

Die Tochter? – Die Kamerafrau stutzte. – Du überlegst im Ernst, die Figur rauszuschneiden?

Lena nickte. Es war immer heikel, ganze Figuren nachträglich aus einem Film zu entfernen, aber sie hatten schon jetzt viel zu viel Material, und schließlich: Was genau sollte die Tochter denn bringen? Welche Bedeutung hatte sie im Leben der echten Artemisia gehabt?

Welche Bedeutung? – Joy, die Film-Artemisia, rang nach Luft. – Ich meine, sie ist doch eine Mutter, trotz allem. Ich kann doch nicht die ganze Zeit nur Kraft spielen, nur Distanz!

Ja klar, sagte Lena. – Ist sie. Aber sie ist eine Mutter um 1630.

Eine Künstlerin, die für die Kunst lebt. Die Kinder kommen immer wieder über sie. Wie Unwetter. Wie Blitz und Donner.

Schon klar, aber irgendwann hat sie nachgegeben, sagte Joy jetzt bestimmt. – Wir haben doch nicht umsonst diese Szene in Neapel. Die neue Mutterschaft gelingt nicht, Artemisia hat eine Fehlgeburt. Aber Prudenzia ist da. Und sie bleibt! Artemisia hat einigen Aufwand betrieben, für sie zu sorgen – hast du das nicht erzählt? Und außerdem: Da muss eine Entwicklung zwischen Mutter und Tochter stattgefunden haben. Das müssen wir Artemisia doch zutrauen, und der Tochter ebenfalls. Abgesehen davon, dass Heather das großartig macht.

Die Darstellerin. Natürlich. Sie waren ein Team, das an die Belange der Darsteller dachte. Nicht wie früher. Keine strikte Hierarchie beim Stab. Lena grübelte. Sie hätte jetzt kritisieren können, dass die fatale Umarmung nicht im Drehbuch stand. Punkt. Aber für Kamera 1 und 2 war es kein Problem gewesen, Schuss und Gegenschuss waren gelungen. Viel schwerer wog: Sie spürte, dass Joy nicht ganz Unrecht hatte. Die Artemisia, die nur aus Kraft und Können und Zorn bestand, war zu eindimensional.

Die Artemisia, wie wir sie gerade zeichnen, ist eher so ein Herkules, sagte Joy jetzt. – Und die schiere Kraft, das ist doch etwas Männliches, ich meine, traditionell Männliches. Da müssen andere Farben in der Figur sein.

Lena nickte: Ich weiß schon ... Klar... Die Frage ist: Wie viel Mütterlichkeit oder Zartheit kann sich die unabhängige Frau leisten?

Joy wurde nun mutiger: Du meinst, wir sollten das an anderer Stelle zeigen? Kein Problem! Zeig ich dir. Ich meine nur. Woher nehmen wir das? Sie wandte sich an die Expertin, die bisher still zugehört hatte: Was sagen die Quellen? Und was sagen die Bilder?

6.

Sie malt. Sie trinkt Brühe, in die sie Getreideflocken rühren und die sie sich in die Werkstatt bringen lässt. Sie schlürft die Brühe achtlos, die Getreideflocken bleiben ihr am Kinn hängen, das kümmert sie nicht. Nichts kümmert sie. Nur dass es ihr jetzt lieber ist, wenn Prudenzia bei ihr ist. Prudenzia. Und nicht mehr Stanzione. Der einstige Freund, der Gehilfe und Malerkollege ist ihr fremd geworden. Als sie krank lag, hat er sie kaum besucht, aber das erschien ihr nur folgerichtig. Soll er doch gehen! Soll er doch Erfolg haben, mit was er will. Aber die Tochter! Ihre Nähe hat ihr schon immer gutgetan, warum hat sie das nicht bemerkt? Nicht bewusst? Sie hat schon, als Prudenzia noch ein kleines Mädchen war, hin und wieder von der Leinwand aufgeschaut, zur Seite, wo die leeren Leinwände gestapelt waren, wo Material aufgeschichtet war: Irgendwo dahinter entdeckte sie ein paar Locken, da lugte ein kleiner Fuß hervor, dort ein Händchen, das sich an einem Schemel festhielt. Prudenzia war ein stilles Kind gewesen, still, aber nicht schüchtern. Sie behauptete durchaus ihren Platz. Und nun sorgte sie für die Mutter. Artemisia spürte Dankbarkeit. Sie ließ es sogar zu, dass Prudenzia die Tür zum Hof offen stehen ließ.

Ihr braucht frische Luft!, sagte sie bestimmt, und Artemisia nickte.

Das Bild, das sie malte, war ihr erster Auftrag in Neapel. Eine alte Geschichte, aber nicht so bekannt wie andere Erzählungen aus der Antike. Ein Mann und eine Frau in Liebe und im Widerstreit entbrannt. Die Frau bedient sich der Listen, die angeblich typisch weiblich sind, aber – das ist das Besondere – sie zieht den Mann in ihre Welt hinein. Das war skandalös. Der Mann war kein Geringerer als Herkules, der Held schlechthin. Wieder Herkules! Artemisia musste lächeln, wenn sie an all die muskelbepackten Helden dachte, die ihre Kollegen malten. Da konnten sie all ihre physiognomischen Kenntnisse zeigen und ihre Bewunderung für das schlichteste Männliche obendrein. Caravaggio hatte keinen Herkules gemalt. Eher Bacchus und Narziss. Einen überaus verführerischen Cupido. Sanfte Knaben. Oder auch mal einen dicken männlichen Hintern, der zu diesem und jenem einlud. Artemisia kicherte. Das war ihre Sache nicht. Aber der Herkules auch nicht. Bis hierhin. Herkules war Omphale, der Königin in Lydien, in die Hände gefallen, weil er sich als Sklave auf dem Markt anbieten musste: die gerechte Strafe für einen Mord. Drei Jahre, so das Urteil des Herakles, sollte Herkules einem Herrn zu Diensten sein. Nur dass der Herr eine Herrin war. Omphale machte sich einen Spaß daraus, den Helden ihren Dienerinnen zuzugesellen. Herkules lernte spinnen, Fäden aufzuwickeln, die Spindel zu führen – und er fand Gefallen daran. Die deutschen Maler, so schien es, empfanden besondere Freude, den gefangenen Helden recht weibisch darzustellen – und die Omphale als listiges Weib. Die Geschichte geht ungewöhnlich weiter: Omphale erfährt, wer ihr willfähriger Sklave eigentlich ist, heiratet ihn, aber Herkules hat sich so gut in die Gemeinschaft der Frauen gefügt, dass er nun freiwillig Frauenkleider trägt, weiter die Hausarbeit erledigt und immer femininere Züge bekommt. Freilich ist der Spuk nach drei Jahren vorbei, und Herkules verlässt seine Gattin und die Gemeinschaft der Frauen. Das Weibliche war nur eine Episode.

Artemisia faszinieren die Gegensätze. Der starke Mann, der sich weit mehr beugt, als es das Urteil verlangt. Und Omphale, die gerade in der Beugung einen Reiz wahrnimmt. Weil der Mann ihr entgegenkommt, so viel weiter, als sie es selbst für möglich gehalten hätte. Sie wollte nur Spaß mit einem ansehnlichen Sklaven; jetzt zeigt er ihr, wozu auch ein Mann fähig ist, dieser jedenfalls. Sie verliebt sich in die Möglichkeiten.

Artemisia entscheidet sich für die übliche diagonale Struktur ihrer Bilder. Zwei Kraftzentren. Links, leicht erhöht, die erheiterte Omphale mit ihren Gefährtinnen. Rechts, etwas tiefer und im Sitzen gemalt, Herkules. Aber wie er sitzt! Er sitzt, dem Betrachter frontal zugewandt, der linke Arm ist erhoben. Ein rotes Tuch ist über seine Lenden gebreitet, das weiße Hemd ist auf einer Seite weit über die Schultern gerutscht und gibt den muskulösen, aber keineswegs allzu prallen Oberkörper frei. Herkules hält eine Spindel in seiner Linken. Die reicht er Omphale an. Und Omphale? Neigt sich ihm entgegen. Das Ganze ein Tanz, ein Duett der Kräfte – aber mit umgekehrten Rollen. Herkules mit seinen geöffneten Beinen, der schutzlos dargebotenen Brust, ist ganz Hingabe, an die Aufgabe, an die Frau. Die kommt ihm entgegen wie die Verkündigungsfiguren, die Artemisia sonst malt. Was verkündet Omphale? Was hat sie Herkules zu sagen? Der Held jedenfalls ist ganz Ohr, sein Blick ist fest auf sie gerichtet. Er verliert seine Kleider und seine Haltung. Artemisia malt den Moment der Verwandlung.

Das kann etwas werden, mit den beiden.

Artemisia denkt an ihren unmännlichsten, männlichsten Mann. An Nicholas, der so weich war und so rosig. Der ihr ergeben war, hilflos, taumelnd, der Halt ausgerechnet beim Spiel auf der fragilen Viola da Gamba fand, wenn er ihr seine Lieder vorsang.

Und noch etwas malt Artemisia in das Bild hinein: Es sieht ein wenig so aus, als sitze Herkules Modell. Er sitzt für die Malerin.

Und so träumte sie davon, den Männermann einmal zu malen, der freilich alles andere als ein Herkules war. Ein Bild von Nicholas Lanier, das wäre es gewesen! Stattdessen hatte Van Dyck vor zwei Jahren den Auftrag dazu bekommen, von Nicholas persönlich. Das hatte sie empört. Traute Nicholas ihr das Werk nicht zu? Wollte er auf Nummer sicher gehen, indem er den Flamen beauftragte? Dabei war Van Dyck nicht einmal der Berühmteste, das war und blieb Rubens. Aber Van Dyck zu wählen, zeugte von Geschmack und Geschick, denn niemand verstand es besser, Kleidung duftig und Landschaft durchscheinend zu malen. So hatte er auch Nicholas in eine ideale romantische Landschaft versetzt, ein Irgendwo-Italien, ganz so, als hätte Leonardo Pate gestanden. Der Van-Dyck-Nicholas hatte, das musste Artemisia eingestehen, beträchtliche Ähnlichkeit mit dem Nicholas, wie sie ihn sah. Er war genauso zart, genauso aufrecht. Ein Kavalier, zweifellos, aber nicht steif, sondern lässig, wie er den schwarzen Umhang über die Schulter drapiert hatte, sodass man in aller Ruhe die erlesene, seidene Kleidung genießen konnte. Das Hemd, das er trug, war von edelstem Weiß, durchzogen von karmesinroten Streifen, die das Rötliche von Nicholas' Haar und Bart, die ganze vornehme britische Blässe hervorragend zur Geltung brachten. Das Hemd war so weit, dass es die Zartheit der Figur nur andeutete. Was den Betrachter aber augenblicklich fesselte, war der Blick: konzentriert, aber von tiefer Melancholie, als läge das schöne Arkadien, als läge alle Freude dieser Welt hinter dem Mann. Nicholas hatte ihr das Bild geschenkt. Zum Abschied. Zum Abschied aus Venedig. Das heißt: Er wollte es ihr schenken. Artemisia war empört und gekränkt. Vor allem, weil sie ihn so leidenschaftlich gern gemalt hätte und weil er sich stattdessen an einen Meister gewandt hatte, der, das musste sie zugeben, mit seiner luftigen, eleganten Malweise viel besser zu ihm passte als sie mit ihrem dramatischen Helldunkel, mit den diagonalen Gegensätzen, mit der fiebrigen Energie. Dennoch ... Artemisia hatte das überaus großzügige Geschenk brüsk abgelehnt. Zu gewaltig! Zu unhandlich! Und noch gar nicht wirklich trocken! Wie sollte sie es mit sich führen? In der Kutsche vielleicht? Nicholas diskutierte nicht mit ihr. Er sagte nicht, dass sie viele andere Bilder von Venedig nach Rom und weiter nach Neapel transportieren ließ, weil er sich auf diese Debatte nicht einlassen wollte.

Es geht nicht um ein weiteres Bild, Artemisia, sagte er schließlich leise und müde.

Sondern? – Sie fauchte ihn an.

Es geht …, sagte Nicholas, verstummte aber.

Artemisia wischte seine Sanftheit mit einer heftigen Geste beiseite. Und reiste ab. Ohne Nicholas und sein Bild. Mit diesem irritierenden Gefühl, dass da jemand nicht um sie kämpfte wie ein Mann, sondern nachgab, sich hingab wie – was? Wie ein Liebender?

Und jetzt der schmale Herkules. Und Omphale. Und ein Bild, das sie freiwillig kleiner gemalt hatte, als es sonst bei ihr Usus war. Das bedeutete: weniger Geld.

Prudenzia staunte. So etwas kannte sie von der Mutter nicht. Diese berechnete sonst penibel Material und Zeit. Diesmal nicht. *Herkules und Omphale* ist nur halb so groß wie andere Bilder von Artemisia.

Es wirkt zierlicher, sagte Prudenzia, als Artemisia einmal pausierte und, das weiche Kinn auf einen Pinselstiel gedrückt, kritisch ihr Werk betrachtete.

Zierlicher, sagte Artemisia, so, so – es ist vor allem praktischer. Denn ich werde vermutlich noch eine Kopie anfertigen – und sie auf Reisen schicken.

Sie lachte, aber es war ein unsicheres, trauriges Lachen. Was hatte sie da nur angefangen? Und was hatte sie beendet?

Wenig später holte der Auftraggeber das Bild ab. Und zahlte mehr, als vereinbart gewesen war; das Bild war so originell!

Artemisia kehrte zurück zu ihrer alten Kraft. Das war auch nötig. Denn sie musste sich dringend ihren Geschäften widmen. Für ihren Geschmack hatte sie mit dem kleinen Bild viel Zeit vergeudet. Sie war schließlich nicht zu ihrem Vergnügen hier! Sondern ausschließlich, um für eine Weile Geld zu verdienen. Als Ort, um sich in klugen Gesprächen zu ergehen, war Rom weiß Gott geeigneter. Als Platz für elegante Soiréen konnte es keine Stadt Italiens mit Florenz aufnehmen. Und Venedig …! Sie hatte sich scheinbar leichten Herzens, in Wahrheit aber nur mit kalter Berechnung für die angeblich wichtigste, auf jeden Fall aber größte Stadt Italiens entschieden: Hier musste es mehr Aufträge geben. Und hier musste es ihr endlich gelingen, Kontakt zum spanischen Hof zu bekommen. Gewiss, sie hatte eine Einladung bekommen, aber was diese Einladung des spanischen Vizekönigs wirklich wert war, das konnte man noch nicht wissen. Seine Kutsche jedenfalls hatte er längst zurückbekommen. Fernando Afán de Ribeira hatte artig Grüße übermitteln lassen – und das war's. Kein Zeichen seither, keine Einladung, kein *biglietto*. Artemisia seufzte. Es war an ihr, das wusste sie. Aber es widerstrebte ihr mit den Jahren immer mehr. Sie war Künstlerin, nicht Marketenderin. Sie wollte arbeiten, keinen Kredit. Aber das eine war ohne das andere nicht zu haben. Sie musste in Vorleistung treten.

Also baute sie die Werkstatt aus, richtete zusätzliche Arbeitsplätze ein, kaufte Staffeleien, stellte mit Hilfe von Francesco Hocker und Bänke auf: Artemisia warb um Schüler. Und sie musste den Eindruck großer Geschäftigkeit erwecken. Also schrieb sie an einen wichtigen Mann, einen, von dem sie wusste, dass er die Kunde umso mehr verbreiten würde, je mehr Diskretion sie von ihm verlangte: Cassiano dal Pozzo. Der gute Mann war nicht nur ein Kunstkenner von Gnaden, er lebte vielmehr davon zu wissen. Gut, dass sie ihm aus römischen Zeiten noch wenigstens zwei Porträts schuldete; das gab Gelegenheit, sich an ihn zu wenden. Artemisia besorgte wieder einmal gutes Papier, teures Papier. In Venedig hatte sie seinen Wert schätzen gelernt. Dann schrieb sie nach Rom:

Ich habe mir die Maße angesehen, die zu senden Euer Hochwohlgeboren mir die Gunst erwies.

Das war klug, denn auf diese Weise wurde nicht klar, wann Artemisia die Maße für die zu malenden Bilder erhalten hatte. Sie konnte geschickt verschleiern, dass sie ihr schon seit geraumer Zeit – seit Jahren! – bekannt waren, dass sie aber keine rechte Lust gehabt hatte, sich an die Arbeit zu machen.

Ich wäre Euch sofort zu Diensten gewesen, hätte ich für die Kaiserin nicht einige Gemälde zu fertigen, welche bis Mitte September zu vollenden sind. Wenn ich dies ausgeführt habe, wird mein erstes Anliegen sein, Euer Hochwohlgeboren zu dienen, dem ich so viel zu verdanken habe.

– Die Kaiserin! Das war nun wirklich starker Tobak. Allerdings auch geschummelt. Denn: Die Kaiserin, das war keineswegs die Gattin des Kaisers, sondern die spanische Infantin Dona Maria Anna, die sich auf den weiten Weg von Madrid über Neapel nach Triest gemacht hatte, um Ferdinand von Österreich zu ehelichen. Und die hatte selbstredend keine Aufträge an Artemisia erteilt – weil sie die Künstlerin noch gar nicht kannte. Nein, Dona Maria Anna sollte lediglich mit gebührenden Kunstwerken in Neapel empfangen werden, so sagten es die Gerüchte um den Vizekönig. Und wer, wenn nicht Artemisia, sollte sich davon angesprochen fühlen? Es war, zugegeben, ein wenig mehr Behauptung in dem Brief als Wahrheit, mehr Hoffnung als Wissen, mehr Beteuerung als Tatsache. Artemisia konnte aber sicher sein, dass die Nachricht bei Pozzo akkurat adressiert war; der geschwätzige Mann würde die Kunde von der königlich Vielbeschäftigten sogleich verbreiten. Artemisia in Neapel, beim spanischen Vizekönig, in unmittelbarer Nähe der Herrschenden, praktisch: bei Hofe. Dieses Gerücht sollte Artemisia helfen.

Und vielleicht war ein wenig selbsterfüllende Prophezeiung dabei, denn bald tauchte tatsächlich ein Bote des Herzogs von Alcalá, Vizekönig von Neapel, bei Artemisia auf und zeigte sich beeindruckt von Werkstatt und Schülerzahl. Wenige Tage später kehrte er mit einer Einladung für die Malerin zurück. Aus der Einladung wurde ein Dinner, aus dem Dinner – ein Auftrag. So holte die Wirklichkeit die Briefe ein. Natürlich bedankte sich Artemisia bei Cassiano. Das war mindestens so heikel, wie sich geschäftig zu zeigen. Die Bilder, die er beauftragt hatte, waren das eine. Sie kam dem Auftrag endlich nach, aber das war nicht genug: Cassiano war empfindlich. Sie musste ihm nunmehr, nachdem sie verdeutlicht hatte, wie gefragt sie selbst war, zu dem Platz verhelfen, der seiner Meinung nach der einzig angemessene für ihn war: im Zentrum der Aufmerksamkeit. Sie musste ihn in seiner Überzeugung bestärken, dass er der Einzige war, der über Geschmack, Verbindungen, die richtigen Geschäftskontakte verfügte, dass nur er wusste, wo man am besten anlegte, was man sammelte, wo man kaufte und handelte. Papier, Tapeten, Schuhe, Schmuck, seltene Accessoires! Cassiano sammelte alles, was kurios oder erlesen oder am besten beides war. Sie tat ihm also den Gefallen, ihn um einen Gefallen zu bitten.

Sie ersuchte ihn in einem weiteren Brief um sechs Paar Handschuhe, schöne, lange, römische Lederhandschuhe für Damen – Exemplare, wie man sie im rustikalen Neapel nicht finden würde. Die Handschuhe nicht und die Damen auch nicht. Das stand nicht in dem Brief, verstand sich aber von selbst. Artemisia sah Cassiano im Geiste kichern. Cassiano war durch und durch Römer. Er hielt nichts von den Dämchen anderswo, eigentlich hielt er überhaupt nichts von Frauen, aber das war eine andere Geschichte. Cassiano würde gleichwohl einsehen, dass die Bitte eine sinnvolle war, denn Artemisia würde die Handschuhe brauchen, um sich bei den wohlhabenderen Frauen in Neapel beliebt zu machen. Versteht Ihr, Cassiano? Natürlich verstand er. Und lieferte feinste Damenhandschuhe in einer eher üppigen Größe – dieser kleinen Boshaftigkeit konnte er nicht widerstehen. Die Handschuhe wurden geliefert, und Artemisia ließ bitten. Und wurde gebeten. Die Damen in Neapel bewunderten erwartungsgemäß die schönen Handschuhe an der bedeutenden Dame und wehrten sich kaum, als Artemisia der einen oder anderen ein Paar verehrte:

Aber meine Liebe, ich bitte Sie!

Und sie verbreiteten die Kunde von der artigen, vornehmen Malerin in ihren Kreisen.

So erhielt Artemisia einen ersten Auftrag in Neapel. Der hatte es in sich, denn es war ein Auftrag der Kirche, der erste überhaupt, den eine Frau erhielt. Hatten das die behandschuhten Damen erreicht? Vielleicht, vielleicht nicht. Die Wege der Gunst waren hier schwer durchschaubar. Das Thema natürlich gottgegeben erwartbar: eine Verkündigung, einem weiblichen Künstler, so dachte man es sich, angemessen und geziemt.

Aber dann: Artemisias Verkündigung! Fast zwei Meter sechzig mal einen Meter achtzig. Groß für die kleine Kirche San Giorgio dei Genovesi. Und mächtig ist es auch sonst. Es ist das bisher größte Bild, das Artemisia gemalt hat. Hatten die Auftraggeber auf ein Bild gehofft, dass der Verkündigung ähnlich war, die Artemisias Vater einst gemalt hatte? Bei Vater Orazio ist die Madonna eine statuenschmale Gestalt, aufrecht, gesammelt. Der verkündende Engel kniet demütig vor ihr, eine Lilie präsentierend, wenngleich er es nicht lassen kann, den rechten Zeigefinger allzu deutlich zu erheben, ganz so, als habe er hier zu mahnen und zu tadeln und nicht etwa eine gute Nachricht zu verkünden. Im Hintergrund spricht das blütenweiße Linnen des Jungfrauen-Bettes eine deutliche Sprache, weiß ist der Flügel des Engels, weißlich fällt das Licht durch ein seitliches Fenster, und Drapperien im Hintergrund beschränken anmutig, jedoch entschieden den Raum der Frau. Da wird wieder einmal eine Frau verehrt, die sich nicht rührt. Obwohl es auch ein bisschen so aussieht, als ränge Maria die Hände und wollte sagen: Ach nein, ach nein … Lieber doch nicht!

Nichts davon bei Artemisia. Hatte sie noch Caravaggios dramatische Szenen aus Neapel im Kopf, als sie sich an ihre Verkündigung machte? Bei ihr gibt es keine Spur von Architektur im Hintergrund. Die beiden Figuren kommen aus der Nacht, von einer rätselhaften Lichtquelle außerhalb des Bildes angestrahlt. Maria und der Engel bilden eine gemeinsame, diagonale Bildachse von links unten nach rechts oben, aber über dem Hell der Maria bleibt es dunkel. Zwei Puttenköpfe schweben wie Puppenköpfe über den beiden. Tragen sie die Züge von Artemisias beiden Kindern, den einzigen, die nicht gleich nach der Geburt starben, Prudenzia und Cristofano? Zwischen Maria und dem Engel jedoch ereignet sich etwas. Maria neigt sich dem Engel mit einer huldvollen Geste entgegen, als wollte sie ihm gleich die Lilie abnehmen, die er ihr entgegenhält: Mein Herr, das wäre doch nicht nötig! Gleichzeitig zieht sie Brust und Bauch ein wenig zurück, als wollte sie sich schützen. Das würde man verstehen, denn der Engel tritt eher als Krieger auf, trotz der Blume. Seine Arme sind ausgebreitet, die Schwingen haben sich offenbar gerade erst gefaltet und könnten sich jederzeit wieder öffnen. Sein Gewand ist üppig, bewegt, die bauschigen Ärmel sind hochgerutscht wie bei einem Arbeiterengel, der die Ärmel aufkrempelt: Komm, wir machen das! Ein massives Eindringen des Männlichen in die Sphäre des Weiblichen, ein Drängen und Bedrängen. Daran ändert auch das kümmerliche Himmelspersonal nichts, die Puttenköpfe und eine allzu zarte weiße Taube im Sturzflug, die wohl den Heiligen Geist symbolisieren soll – aber das himmlische Licht kommt nicht sehr weit. Es bleibt dunkel bei Artemisia und irdisch.

Sehen das die Leute? Nimmt es die Malerin selbst wahr? Nicht gerade im Triumphzug, aber doch mit einer feierlichen Prozession wurde Artemisia Gentileschis Verkündigung in die Genueser Kirche getragen. Die Gemeinde murmelte. Die Gemeinde reckte die Köpfe. Das war Artemisia recht. Aufmerksamkeit war eine heiße Ware und nicht leicht zu bekommen im Neapel der Zeit. Auch die Kirche der Genueser selbst stand in direkter Konkurrenz um die Zuneigung der Gläubigen: Nebenan in der Kirche Santa Maria dell' Incoronata prangen sie mit ähnlichem Schmuck, gleich gegenüber ist die Kirche der Pietà dei Turchini – an der Via Medina ballen sich die prallen, kleinen Kirchen wie emsige Nachbarinnen, die sich auf einen Schwatz verabredet haben. Freilich liegen zwei Türen weiter der Palazzo d'Aquino di Caramanico und der Palazzo Giordano. Die Besitzer der herrschaftlichen Häuser geben häufig Empfänge – für Passanten ist also gesorgt. Die richtigen Besucher, wie Artemisia beruhigt feststellt, denn die einfachen Gläubigen, die ärmeren Bewohner des Spagnoli nützen ihr nichts, und zu hoffen, dass sie in der Genueser Kirche demütig vor ihrem Bild knien, ist naiv. Nein, über das Bild muss geredet werden, und es muss gut zu erreichen sein – am besten auf einem Weg, den die wichtigen Leute und deren Untergebene ohnehin beschreiten. Artemisia wiegt den Kopf. Die Kirche ist gut, aber noch nicht gut genug. Die Leute tuscheln weiter. Wer ist die Person, die mit großem Selbstbewusstsein hinter den Geistlichen herschreitet? Zwei Männer tragen das noch verhüllte Bild, dahinter wedelt einer mit dem Weihrauchfass, Fahnen werden geschwungen, ein Lied wird angestimmt und verweht doch wieder, weil alle an dem noch rätselhaften Bild hängen. Ist es wahr, dass es eine Frau ganz allein gemalt hat? Diese Frau? Und noch dazu eine Fremde? Eine aus Rom, eine Ausländerin also? Die Kurie hat Artemisia nicht davon abbringen können, hier mitzugehen. Sie hält den Kopf hoch erhoben, das üppige Haar unter einem Hut verborgen, den man in Neapel noch nie gesehen hat. Über dem grünschimmernden Kleid trägt sie einen Mantel, der hell in der Sonne leuchtet – und Handschuhe, lange Handschuhe! Die Damen wispern und können es nicht lassen, mit ihren Fingern darauf zu zeigen, mit ihren blanken Fingern, die ihnen plötzlich nackt vorkommen, nackt und bloß.

So ziehen sie in die Kirche ein. Das Bild wird auf eine Art Podest gestellt; die Aufhängung wird dauern. Nun aber wird erst einmal noch mehr Weihrauch in den Raum der Kirche geschwenkt, die Ersten kommen ins Husten. Artemisia, die in einer der Bänke Platz nimmt, erfasst mit einem Blick die Umgebung. Da ist das Bild des braven Andrea da Salerno: Georg tötet den Drachen. Keine Konkurrenz, wie Artemisia mit einem Blick erfasst. Da sind Stuck und Gold, da ist reichhaltiges Dekor, aber das wird mit ihrem Bild nicht im Wettstreit stehen, sondern es hervorheben. Das gesamte Interieur der Kirche wird wie ein üppiger goldener Rahmen für ihr Bild wirken. Befriedigt lehnt sich Artemisia zurück. Das Predigen und Beten, der Rauch und das Kerzenlicht, all das nimmt sie kaum wahr. Es ist eine gefällige

Kulisse für … ihr Bild. Das erste Bild für eine Kirche. Ein Dammbruch für Malerinnen, ein Dammbruch für Artemisia.

Abends feiert sie mit Prudenzia, Stanzione und Francesco. Es gibt Kapaun mit viel Butter, ein Festmahl, das sie sich eigentlich nicht leisten können. Das Geld von der Kirche lässt auf sich warten. Aber Feste, das hat Artemisia gelernt, kann man sich als Künstler sowieso nie leisten, sie sind immer eine Wette auf die Zukunft. Und an die Zukunft glaubt sie nun fester denn je.

Cara mia! Sie stößt mit Prudenzia an. In deren Kelch ist auch ein wenig Rotwein. Francesco erhebt den Becher auf sich selbst. Stanzione verabschiedet sich früh. Prudenzia wird bald vierzehn. Zeit, dass sie erwachsen wird.

Der Weg von Neapel nach Pozzuolo führte an der Küste entlang. Seufzend akzeptierte Artemisia die Sänfte, die sie zunächst zum Hafen bringen würde. Dann, immer an der Küste entlang, mit einer winzigen Kutsche, einem Karren eher, in die kleine, aber bedeutende Stadt in den Phlegräischen Feldern, die ihr Ziel war. Sie hatte keine Ahnung, was es damit auf sich hatte, Landschaft interessierte sie nur als mögliche Kulisse, als Perspektivgeberin. Also los!

Die Maultiere maulten, der Karren schaukelte. Was für eine elende Art zu reisen! Seit Artemisia reiten gelernt hatte, seit sie wusste, dass es auch für eine Frau durchaus möglich war, ein Pferd oder gar eine Kutsche zu lenken, hasste sie die angeblich standesgemäße Form der Fortbewegung. Das sollte würdevoll sein? Sie hielt sich fest, so gut es ging, schaute nach vorn, um mögliche Hindernisse vorauszusehen, und fauchte die beiden Begleiter an, nichtsnutzige Knaben, wie immer, die aber hier in Neapel besonders dumm und besonders unverschämt waren. An der Piazza della Vittoria reichte es ihr. So wie vor hundertfünfzig Jahren hier die Christen die Türken zurückgeschlagen hatten, musste sie sich jetzt hier ihrer vermeintlichen Gehilfen erwehren. Die fanden es nicht komisch, dass ihre Kundin einfach absteigen wollten. Sie verlangten die gesamte, zuvor ausgemachte Bezahlung. Artemisia weigerte sich. Ein Disput entstand. Es wurde laut. Ein paar Leute mischten sich ein. Was wollte diese hochnäsige Römerin? Warum bezahlte sie die Jungen nicht? Andere verteidigten Artemisia: Man wusste doch, wie ungehobelt solche Burschen waren. Und nein, die Dame wollte auch keinen Karren, vor den Maultiere gespannt waren. Schaut nur, wie mager die Maultiere sind! Arme Signora! So ging es hin und her. Artemisia fiel ein massiger Mann auf, der am Rand stand, die Arme vor der Brust verschränkte und mit ausdrucksloser Miene die Szene verfolgte. Endlich zückte Artemisia ihren Beutel und drückte den Burschen Geld in die Hand – nicht die gesamte Summe, aber zweifellos mehr, als sie verdienten. Die Leute zerstreuten sich. Der Mann blieb. Er lüftete immerhin den Hut, als Artemisia an ihm vorbeiging. Und er stellte sich vor. Er war ein Händler, der mit dem Schiff täglich nach Pozzuoli fuhr, um dort Baumaterialien abzuliefern. Wenn sie wollte …?

Und so kam Artemisia in den Genuss einer Schiffspassage am Golf von Neapel, mit einem recht großen Kahn, den sie fast für sich allein hatte. Artemisia staunte. So ein prallrundes Schiff hatte sie noch nie gesehen. Es kam ihr enorm vor. Und vor allem breit. Im Schiffsbauch lagerten gewaltige Baumstämme, notdürftig miteinander verzurrt. Anderes Holz gestapelt. Kisten. Der Schiffer half ihr an Bord, wies ihr einen Platz hinter einem niedrigen Stapel an. So konnte sie sehen, ohne selbst allzu sehr beobachtet werden, denn eine Frau allein an Bord eines solchen Unternehmens, das hätte für viel Gerede gesorgt. Artemisia wollte den Platz fegen, bevor sie sich setzte, stellte aber fest, dass er schon gesäubert war. Der Schiffer war ein ordentlicher und zuvorkommender Mann, wie es schien.

Sie waren bereits unterwegs. Nur ein großes Segel saß am hinteren Mast, etliche kleine Schratsegel aber brachten das Schiff behände voran. Zwei Burschen hatten geholfen, sämtliche Segel zu setzen, sie blieben nun an den Wanten. Sie waren geübt, sie sprachen kaum bei der Arbeit, verständigten sich mit wenigen Gesten und Blicken. Artemisia legte die Hand über die Augen, blinzelte. Es dauerte eine Weile, bis sie sich an der Brigantine sattgesehen hatte – und da hatten sie den Hafen auch schon verlassen. Die Fülle der Segel saß stramm an den Masten, der Lastensegler glitt trotz seiner schweren Fracht leicht dahin, und das übervolle, das verkommene, das schmutzige Neapel wurde kleiner und kleiner und leiser und leiser. Artemisia hörte dem Wasser zu, das an den Seiten vorbeirauschte. Es klang so anders als das Wasser der Lagune in Venedig. Das hier war größer, weiter. Unwillkürlich atmete Artemisia tief ein und aus. Wie konnte es sein, dass das Meer von allen als feindlich empfunden wurde, als Gegner, den es zu bezwingen galt, als Hindernis zwischen Welten, die man durch Handel verbinden wollte? Immer kleiner wurde die ungeliebte Stadt, und jetzt, aus der Ferne, konnte Artemisia erkennen, wie sie gebaut war, wie sich die Stadt an den Berg drängte, wie die Häuser nach Norden hin immer enger und immer dichter standen.

Die Stadt war ein Häuserstapel, chaotisch, als hielte jemand in seiner offenen Hand viel zu viele Kiesel. Sie würden irgendwann herabfallen, aber noch hielten sich diese Häuser an den Hängen, ineinander verkeilt, verschränkt, verloren. Artemisia schauderte es. Sie wandte sich dem Schiffer zu, der ein schweigsamer Mann war. Der gesamte Golf war nun in Sicht, nur noch wenige Gebäude säumten das Ufer. Was für ein Schwung! Als hätte ein sehr begabter Zeichner die Linie gezogen. Und da, die großzügigen Bauten von Posillipo. Es war unverkennbar, auch wenn Artemisia den vornehmen Ort nur vom Hörensagen kannte. Weiße Villen, die in der Sonne leuchteten wie übergroße Muscheln. Bäume, deren Laub aus der Ferne flirrte. Ein sanfter Wind wehte. Was für ein Kontrast zu der Stadt, in der sie es aushalten musste! Artemisia fasste Posillipo fest in den Blick. Da wollte sie einmal hin. Der vornehme Vorort war zwar in aller Munde, aber es gab keinen Grund, sich dorthin zu begeben, wenn man keine Einladung hatte. Artemisia hatte keine. Noch nicht. Es gab Gerüchte, dass der Vizekönig nicht mehr allzu fest im Sattel saß, dass er womöglich abgelöst werden würde. Artemisia schob sich mit der Hand eine Haarsträhne aus der Stirn. Das war nicht gut! Sie musste sich beeilen. Sie musste den Übelrednern und Schlechtmachern zuvorkommen, die Gunst des Vizekönigs ausnutzen, solange er sich noch an der Macht hielt – und gleichzeitig Ausschau halten nach Neuem. Das Geschäft der Kunst war ruhelos und zehrend. Artemisia seufzte, aber dann besann sie sich wieder auf die schöne Fahrt. Unwillkürlich lächelte sie den Schiffer an, der ein wenig die Augen zusammenkniff. Das konnte ebenfalls für ein Lächeln gelten.

An der Landspitze fiel ihr eine riesige Baustelle auf. Hier musste der Palazzo entstehen, der für Donn' Anna bestimmt war, die Frau des Vizekönigs. Artemisias Herz klopfte schneller. Es schien ihr wie ein gutes Omen, dass an einer solch markanten Stelle ein Palazzo für eine Frau gebaut wurde. Und wenn er fertig wäre, würde es sicher ein großes Fest geben. Das wäre eine Möglichkeit! Wie lange war sie nicht mehr zu einer feierlichen *Cena di gala* oder einem Empfang gebeten worden? Sie passierten die Landspitze von Marechiaro, umrundeten die Isola di Nisida, dann kam Pozzuoli schon in Sicht.

Der Wind wehte stärker, blies von vorn. Puh, was war das für ein Gestank? Artemisia kramte in ihrem Ärmel nach einem Tüchlein, hielt es sich vor die Nase. Der Schiffer lachte. Artemisia nahm das Tuch zur Seite, hustete: Was da heranwehte, war eine üble Mischung aus Fischgeruch – und Schwefel. Und nun nahm auch der Lärm wieder zu.

Die Segel wurden eingeholt. Kleine Boote hatten sich vom Ufer gelöst, in denen junge Burschen saßen. Einige kletterten über die Leiter an Bord des Lastkahns und übernahmen die Ruder – freilich erst, nachdem auch hier gefeilscht und gehadert worden war, als würde der Händler nicht jeden Tag hier anlegen müssen und als gäbe es nicht jeden Tag genug Jungen, die mit dem Anlegemanöver ihr Geld verdienten. Artemisia seufzte. Sie nahm auf einer Kiste Platz, denn beim Anlegen störte man als Passagier nur. Die Jungen legten sich mit den Helfern des Schiffers an, böse Worte flogen hin und her, obszöne Gesten wurden ausgetauscht, bis es dem Schiffer zu bunt wurde.

Basta! Genug jetzt!

Anscheinend ging in dieser Gegend nichts ohne dramatische Ausbrüche. Endlich machten sie an der Kaimauer fest. Die Jungen verschwanden so schnell wie Schatten. Der Schiffer nahm Artemisias Geld, ohne nachzuzählen, und half ihr recht galant von Bord. Der Gestank war jetzt unerträglich. Ein scharfer Geruch von Fisch, von Muscheln, von Tang und Algen – und dazu immer noch, stärker noch das Wabern von Schwefel, so intensiv, dass man meinte, gleich öffnete sich der Schlund der Hölle. Artemisia bekreuzigte sich. Sie war nicht fromm, aber es konnte ja nicht schaden. Die Leute am Hafen lächelten. Sie winkten ihr, näher zu treten. Das war eine vornehme Dame! Gewiss würde sie hier üppig einkaufen.

Die Fischhändler von Pozzuoli bauten ihre Stände dicht an dicht. Die Auslagen waren üppig: Salzwasserfische wie Meeräschen, die man direkt am Hafen stippte, Schwertfische mit ihren stattlichen Waffen, vielarmige Kraken, große Tintenfische und Brassen, aber auch Süßwasserfische, die aus den Seen gleich hinter der Stadt kamen, dazu Muscheln und Krebse aller Art. Gemüsestände, die berühmten Mandarinen der Gegend, eingelegte Trauben, getrocknete Tomaten ... und überall Menschen. Die Bewohner dieser Hölle waren zahlreich und laut, aber freundlich: Händler, die hier ihre Buden aufgestellt hatten, Marketenderinnen, die das Wenige verkauften, was ihnen von ihren Begleitzügen mit dem spanischen Heer übriggeblieben war, dazwischen unentschlossene Kunden, Neugierige, die die ankommenden Schiffe beobachteten, junge Männer, die auf Heuer aus waren, spielende, kreischende, Kinder und Alte, die diese missbilligten. Die Leute wiesen ihr den Weg zu dem Ziel, das sie sich vorgenommen hatte: die Kathedrale von Pozzuoli.

Artemisia kämpfte sich durch die Menge. Sie wollte rasch voranschreiten, sie raffte ihre Röcke und marschierte entschlossen los ... aber was war das? Der Boden schien unter ihren Füßen zu schwanken! War das der leichte Schwindel, der Reisende befiel, wenn sie länger auf dem Wasser unterwegs gewesen waren? Artemisia versuchte, das lästige Gefühl abzuschütteln, ging ein paar Schritte, hielt inne. Sie schloss die Augen, atmete durch. Los jetzt! Sie trieb sich selbst zur Eile an. Wenn man eine Aufgabe hatte, ließen sich körperliche Malaisen leicht überwinden. Aber wieder schwindelte ihr. Sie trat fester auf, ja, sie stampfte schließlich ärgerlich mit dem Fuß auf – und erschrak: Das fühlte sich an, als sei der Boden unter ihren Schuhen hohl! Sie zog den Fuß zurück, als hätte sie sich verbrannt. Artemisia eilte jetzt in Richtung der Kathedrale. Was war das für ein bunter und gleichzeitig zutiefst unheimlicher Ort! Und da, auf der Wiese vor der Kathedrale! Was war das? Ungläubig sah Artemisia kleine Rauchwölkchen aus dem schütteren Boden aufsteigen. Und mit den Wölkchen kam der Gestank, dieser Geruch nach Hölle und Verdammnis!

Artemisia kannte die aufregende Geschichte der Stadt. Sie wusste, dass unter Pozzuoli, unter der ganzen Gegend, ein riesiger Vulkan liegen sollte – oder mehrere Vulkane, wer wusste das schon. Diese Vulkanzusammenrottung nannte man beschönigend Felder, Phlegräische, also brennende Felder, und diese Heizkammern der Hölle hatten immer wieder Zerstörung gebracht. Vor vier Generationen hatten sie sich zum letzten Mal ausgetobt und waren angeblich inzwischen zur Ruhe gekommen. Das sollte Ruhe sein? Diese höllische Heizung war immer noch so aktiv, dass sich der Boden bewegte. Nicht wie bei einem Erdbeben, sondern eher sanft und wellenförmig. Als wäre in den Höllenkammern etwas eingesperrt, das Luft holte, das sich sammelte, vielleicht reckte und streckte. Noch ruhte unter der Erde dieses riesige Tier. Es war schläfrig, es atmete seinen fauligen Atem ein und aus – aber konnte man wissen, wann es erwachte? Artemisia betrachtete die Leute, all die Fischer, die Händler, die Botenjungen, die Kunden, das vielfarbige Gewimmel einer fröhlichen Stadt und konnte es nicht fassen. Das Angebot, das hier zur Verfügung stand, war üppig, es sprach für den Wohlstand und den Unternehmergeist der Gegend. Fürchteten die Leute denn nicht das Verderben unmittelbar unter ihren Füßen? Artemisia kam ins Wanken. Die Fülle der Farben, der Gerüche, der Boden, der einen ganz eigenen Rhythmus vorgab. Tanzende Erde! Jetzt verstand Artemisia, warum man die Gegend tatsächlich so nannte.

Die Kathedrale thronte über alldem. Sie war ein Kuriosum. Die Kirche, dem Märtyrer Proculus gewidmet, war ursprünglich ein Tempel gewesen. Erhaben, rechteckig, in augusteischer Zeit so kunstvoll gebaut, dass kein Mörtel hatte verwendet werden müssen. Aber nun? Je weiter Artemisia aufstieg, umso deutlicher wurden die Verheerungen. Die Tempelkirche war schwer beschädigt worden, als das jüngste Gottesgericht die Gegend heimgesucht hatte: Ein Vulkanausbruch der Phlegräischen Felder war so heftig, dass aus dem Auswurf des Vulkans ein neuer Berg entstanden war, der Monte Nuovo. Acht Tage hatte es Feuer und Asche geregnet. Schaufel um Schaufel von Dreck, Erde, Unrat und Asche waren erst in die Luft geschleudert und dann aufgehäuft worden, so hatten es Zeitgenossen berichtet. Die Hölle selbst als Baumeisterin? Dem Teufel gefiel es, sich ein kegelförmiges, riesenhaftes Denkmal zu bauen. Ansonsten Zerstörung: Die Kathedrale hatte es schwer getroffen. Ein Teil des Daches war eingestürzt, die Seitenwände waren beschädigt und einige der wunderbaren korinthischen Säulen an den Längsseiten umgestürzt wie Stecken. Artemisia schauderte es. Sie wusste, dass der Bischof Geld für die Kathedrale sammelte, dass sie nicht einfach wiederaufgebaut, sondern erneuert werden sollte. Ein einheimischer Baumeister hatte schon angefangen, den Tempel einzurüsten. Er würde mit den Dacharbeiten beginnen, sobald das Geld zusammengebracht war. Die Rede war von einem neuen Chor, von Fresken für das Tonnengewölbe und von acht Seitenkapellen. Das bedeutete Arbeit für Künstler! Artemisia schnaufte. Nun war sie an der Baustelle, die noch keine sein durfte, angekommen. Das Gebäude war abgesperrt, es bestand Einsturzgefahr. Aber von solchen Instruktionen ließ sich Artemisia grundsätzlich nicht abschrecken. Wo gebaut wurde, lockten Aufträge, früher oder später. Und je früher man sich ein Bild macht, desto besser. Sie schlüpfte unter den Absperrungen hindurch, die Röcke gerafft. Ein Nagel schlitzte ihr den Ärmel auf, Artemisia hörte es, kümmerte sich aber nicht darum. Im Inneren der Kathedrale war es feucht und warm. Artemisia kletterte über Trümmer. Durch das beschädigte Dach konnte man den Himmel sehen. Vorn in der Kirche hatte sich inmitten des Unrats ein Baum selbst gepflanzt. Dünn und zart reckte er sich nach oben. Eigentlich ein schöner Schmuck für eine Kirche! Artemisia stemmte die Hände in die Seiten. Sie kniff die Augen zusammen. Sie stellte sich einen Chorraum vor, einen Umgang mit Kapellen. War das so geplant? Sie musste Kontakt zu dem Baumeister aufnehmen. Und dann natürlich mit dem Vizekönig. Er entschied, wer die Aufträge der Kirche erhielt, nicht der machtlose Bischof in seinem Palais. Artemisia war entschlossen, diesmal mitzuspielen. Sie hatte mit ihrem Bild der Verkündigung den Kreis der Künstler betreten, die Aufträge von der Kirche erhielten. Sie kam in Frage. Darauf war sie stolz. Darauf musste sie bauen.

Im Hafen wartete der Schiffer, den Hut in der Hand.

Ein paar Tage später klopfte es an Artemisias Werkstatttür. Es war ein Sonntag, das neue Mädchen hatte sie nach Hause geschickt, kein Schüler störte sie bei ihren Arbeiten. Sie hatte sich einige Blätter Papier geholt, die Stifte zurechtgelegt, sie wollte ein paar Zeichnungen von Proculus anfertigen, dem Namenspatron der Kirche. Es war schwierig, den Proculus allein darzustellen, der Märtyrer besaß kein besonderes Merkmal wie andere Heilige. Proculus war der Christenverfolgung im vierten Jahrhundert zum Opfer gefallen, weil er den Bischof von Neapel, dem er als Diakon diente, verteidigt hatte. Daraufhin waren er und ein paar weitere Solidarische ebenso angeklagt worden wie der Bischof selbst. Die Gebeine des Heiligen wurden in der Kathedrale aufbewahrt, ebenso wie die seiner Mutter. Artemisia grübelte. Sie machte unschlüssig ein paar Striche auf dem Papier. Eine Figur allein bot keine Spannung, es brauchte einen Widerpart. Vielleicht, wenn sie auch die Mutter ...

Es klopfte erneut. Sie hatte schon ganz vergessen, dass da ein Besucher stand. Aber heute am Sonntag? Unangemeldet. Plötzlich fiel Artemisia auf, dass sie allein in der Werkstatt war. Dass sich Prudenzia zurückgezogen hatte. Dass sie hier niemand hören würde, wenn ... Sie griff nach einem Hammer. Sie erhob sich möglichst leise von ihrem Hocker und schlich zur Tür. Wieder ein Klopfen. Artemisia riss die Tür auf, den Hammer zum Angriff erhoben – und prallte zurück: Vor ihr stand der freundliche Schiffer, der sie vor ein paar Tagen nach Pozzuoli gebracht hatte.

Verzeiht, werte Dame! – Der Schiffer riss hastig und erschrocken den Hut vom Kopf. – Ich wollte nicht, dass Ihr ...

Er war überaus ehrerbietig, aber das dämpfte Artemisias Zorn keineswegs:

Ist es bei Ihnen nicht der Brauch, dass man sich vor Besuchen anmeldet, wie es sich geziemt?

Der Schiffer kam ins Stottern. Er hatte Sorge gehabt, bei der vornehmen Dame nicht vorgelassen zu werden, wenn er seinen Namen nannte. Den wusste sie ja schließlich gar nicht!

Artemisia musste wider Willen lächeln. Der Mann hatte Mut. Und die übertrieben höfische Anrede zeigte, dass es ihm keineswegs an Respekt fehlte. Allerdings nahm er ihr Lächeln gleich als Einladung, schon hatte er sich an ihr vorbeigeschoben, in die Werkstatt. Das war frech! Artemisia eilte hinter ihm her, um ihn zurechtzuweisen, aber der Mann war abrupt stehen geblieben – und betrachtete die Bilder. Ein paar Porträts lehnten auf Staffeleien, um zu trocknen. Leinwände waren an den Seiten gestapelt, auf dem Tisch lag die halbherzig begonnene Zeichnung.

Ich habe schon gehört, dass Ihr Künstlerin seid, sagte der Schiffer. Ihr seid eine höchst angesehene *Virtuosa*!

Das war ein Kompliment. Mehr noch: eine Anerkennung. Für gewöhnlich betrachtete man Frauen, die malten, als Dilettantinnen. Das wiederum war kein Schimpfwort, es hieß einfach nur, dass die Frauen ihr Handwerk nicht gelernt hatten. Artemisia aber war keine, die zum Zeitvertreib malte, das hatte der Schiffer verstanden. Was eine richtige Werkstatt war, das erkannte er sofort.

Natürlich!, erwiderte Artemisia jetzt und hob das Kinn. – Natürlich bin ich eine *Virtuosa*. Die erste an der Akademie in Florenz. – Sie wiederholte es, weil sie nicht sicher war, dass der Mann die Bedeutung des Gesagten verstand:

Die erste.

Ich bin sicher, dass Ihr überall die Erste unter den Vielen seid!, sagte der Schiffer höflich.

Versuchte der Mann mit ihr zu flirten? Es sah ganz danach aus. Artemisia begann, sich zu amüsieren. Sie lehnte sich gegen den schweren Tisch, die Arme vor der Brust verschränkt. Immerhin hatte der Schiffer herausgefunden, wer sie war und wo sie wohnte. Und er benahm sich anständig. Nur was wollte er von ihr, was erhoffte er sich?

Der Schiffer stellte sich neben sie. Ein wenig zu dicht, wie sie fand. Er roch nach frischer Luft und lächelte vor sich hin.

Ach, wisst Ihr, sagte er langsam. – Ich mag kluge Frauen.

Matteo war Witwer. Das alarmierte sie. Witwer kamen nach der Trauer irgendwann ins Träumen, ja, es schien so, als würden sie durch die Trauer erst einen Zugang finden zu ihren Träumen. Merkwürdig! Die Frauen, die ihre Männer verloren, waren ganz anders. Sie richteten sich auf, sie wurden grau, streng und gefasst. Die Männer zerflossen. Sie konnte keinen fließenden Mann gebrauchen, eigentlich gar keinen Mann. In Venedig hatte sie sich sicher gefühlt. Da war sie ein Niemand, jedenfalls eine Weile, da hatte sie einige Männer durch ihr Leben passieren lassen können, es waren mehr oder weniger interessante, mehr oder weniger ergebene Männer, lange, schmale, kurze, stattliche. Keiner konnte ihr ernsthaft den Kopf verdrehen oder ihr wehtun. Dann war Nicholas wieder aufgetaucht. Und verschwunden. Aber sie hatte ihn hinter sich gelassen. Sie war entschlossen, ihm nicht zu schreiben, er kannte ihre neue Adresse nicht. Sie hatte ihn sich förmlich aus dem Leib geschnitten. Nun war sie frei. Sie dachte an den Wind auf dem Kahn des Schiffers. An die Unbekümmertheit, die sie gespürt hatte, als so viel Wasser vor ihr und das Land hinter ihr lag. Sie mochte die Welt des Schiffers, aber sie ließ sich nicht fangen, nie mehr würde sie sich fangen lassen, da mochte der Mann vor ihr noch so schön reden! Sie würde bleiben, wo sie war. Bei sich. Und bei Prudenzia.

Sie lud den Schiffer dennoch zum Essen ein.

Ein paar Tage später hätte es Artemisia durchaus geschätzt, wenn sie auf seine Dienste hätte zurückgreifen können, wenn seine Begleitung möglich gewesen wäre. Das war natürlich völlig abwegig, denn die lange erwartete Einladung galt nur ihr persönlich, und sie kam halbwegs bequem mit der Sänfte an ihr Ziel: Sie war beim Vizekönig eingeladen! Zu einem Empfang. Wenn das Stanzione wüsste! Ihre Freude wurde rasch getrübt: Der Empfang fand zu Ehren eines anderen Malers statt, zu Ehren eines berühmten Kollegen.

Der Duque de Alcalá und Marqués de Tarifa – so lautete sein pompöser Titel – hatte seinen Palazzo festlich illuminieren lassen. Das änderte freilich nichts an der Düsternis, an der Schwere des Baus. Es war ein wuchtiger Quader, der sich wie ein Riegel zwischen Stadt und Hafen schob. Die Fassade ragte auf wie eine gigantische Mauer. Die weiteren Seiten erschlossen sich erst, wenn man den Hof betrat oder den Bau umkreiste. Aber wer konnte das schon! Grimmige, behelmte Wachen kontrollierten jeden, der sich auch nur näherte, ganz so, als sei Fernando Afán de Ribeira y Enriquez ein legitimer König. Dabei verbarg sich hinter seinem Titel eigentlich nur eine Funktion: die des Statthalters des spanischen Königs in Neapel und auf Sizilien. Afán de Ribeira war vor seiner Zeit als Botschafter in Rom beim Militär gewesen und hatte diesen Habitus offensichtlich nie ganz abgelegt. Denn jetzt trommelten Tambourine und pfiffen Flöten den eintreffenden Gästen einen Marsch, und unwillkürlich passte jeder seinen Schritt dem aufrührerischen Rhythmus an. Es wirkte, als eilten die Gäste pflichtbewusst zu einer Parade. Artemisia hatte ihren ausladenden Hut einem der Diener in die Hand gedrückt. Sie kontrollierte rasch ihr Aussehen in einem der Fenster, denn Spiegel gab es hier in dem strengen spanischen Interieur natürlich nicht. Die Machthaber schienen immer noch überrascht, wenn sich echte Damen zu ihnen gesellten; das reizte Artemisia dazu, femininer aufzutreten, als es sonst ihre Art war. Lächelnd winkte sie nach links und nach rechts, gleichgültig, ob sie die jeweilige Dame, den jeweiligen Herrn kannte oder nicht. Was tat das schon! Sie hatte hier eine Mission zu erfüllen. Sie brauchte Aufträge. Sie nippte nur an dem roten Wein, der, wie sie wusste, eigens aus Spanien importiert wurde – ein schwerer Affront gegen die hiesigen Weinbauern. Der Wein schmeckte samtig und ein wenig ölig, mehr als ein Glas davon durfte sie auf keinen Fall trinken! Artemisia mischte sich unter die anderen Gäste, so geschickt, dass niemand bemerkte, dass sie unziemlicherweise ohne Begleitung gekommen war. Sie war noch eine Unbekannte in der Stadt. Dann aber begann das Getuschel. Sie konnte es förmlich spüren im Rücken:

Wer ist das? Wer? Diese große Dame. Die mit der silbernen Stola über dem Kleid. Die mit den auffallenden, langen Handschuhen. Feinstes Ziegenleder, das sehe ich sofort. Aber meine

Liebe! Doch, doch. Das Getuschel folgte ihr, als sie durch den Raum schritt. Das Zischeln von Schlangen im halbhohen Gras. Artemisia trat fester auf, als sammelte sie Kräfte, um jederzeit nach dem bissigen Tier zu treten.

Sie soll eine Malerin sein. Eine Malerin? Haben wir nicht genug Künstler in der Stadt? Berühmte? Genialische? Gewiss, gewiss, aber ein wenig Wettstreit kann nicht schaden! Jedoch aus dem Ausland? Ich bitte Sie! Was ist aus Rom schon Gutes zu erwarten?

Ein Tusch ertönte. Die Wachen auf einer weiten Treppe, die in die oberen Stockwerke führte, standen stramm. Einige wandten sich ab, Herren hüstelten, Damen hielten sich die Fächer vors Gesicht: Das spanische Protokoll mit seinem übertriebenen Ernst reizte zum Lachen. Und schließlich war Afan de Ribera y Enríquez, Fernando Duque de Alcalá de los Gazules im Grund genommen ein Beamter im Ministerrang, nicht mehr und nicht weniger. Vizekönig hin oder her. Und außerdem würde er schon bald fort sein, die Spatzen pfiffen es von den Dächern; er hatte sich verkalkuliert, der saubere Herr Minister, mit seiner Pendeldiplomatie, mit seiner aufgesetzten Frömmigkeit.

Ja, freilich, aber er fördert immerhin die Künste!

Etwa solche wie die Klecksereien dieser Person? Hälserecken, Kopfnicken hin zu Artemisia, hin zum *Virrey*, dem Vizekönig, der jetzt scheinbar ungerührt die Teppen hinabstolzierte, etwas steif, weil ihn die engen Hosen einschränkten. Er gebot den Musikern mit einer herrischen Geste Einhalt, indem er mit seinem Degen fuchtelte – was für eine Übertreibung! –, und während er diesen wieder einsteckte, begrüßte er, noch im Gehen, seine illustre Gästeschar, betont beiläufig. Er rang sich ein Lächeln ab. Das gelang ihm nicht so recht. Immer merkte man den Spaniern das Herrische an, das Obsessive, unter den strengen Manieren nur mühsam gezügelt. Die Leute grüßten höflich, manche knicksten, verbeugten sich, scharf beobachtet von den allgegenwärtigen Wachen.

Es wurde dennoch oder gerade deshalb reichlich getrunken. Mögen die spanischen Trauben vernichtet werden!, lautete der heimliche Trinkspruch. Es wurde gegessen, entschieden und üppig. Die skeptische Gästeschar richtete sich angesichts der Fasane und Rebhühner, der Wachteln und Kalbsbraten, der kunstvoll angerichteten Früchte und der Beilagen auf einen langen Abend ein und stürzte sich, allmählich versöhnt, in die kulinarische Schlacht. Artemisia verschaffte sich einen Überblick. Die drei Herren, die dort zusammenstanden, das waren Künstlerkollegen! Die drei beachteten sie demonstrativ nicht. Durch das Schweigen schossen giftige Pfeile; die drei zielten, ohne hinzuschauen. Artemisia reckte das Kinn hoch. Sie war offenbar erkannt worden, aber auch sie erkannte wenigstens einen der drei. Er war der Anführer einer seltsamen Gruppe, die sich Kabale nannte: Jusepe de Ribera. Stünde er neben ihr, würde er ihr nicht einmal bis zur Schulter reichen, kein Wunder, dass ihn die Leute *lo spagnoletto* riefen, den kleinen Spanier. Lo spagnoletto gab sich ein kriegerisches Aussehen. Er trug die Haare länger als gewöhnlich, dazu einen nicht besonders gut gestutzten Bart. Anstelle eines Mantels hatte er sich eine Art Toga übergeworfen, und er machte keine Anstalten, sie auszuziehen. Obgleich er ein paar Jahre jünger war als Artemisia, wirkte er doch wie ein alter Mann. Grauen Gesichts, eine v-förmige Falte zwischen den Augenbrauen, den schmalen Mund unter dem Bart verborgen. Wie ein ungütiger, kleiner Petrus, einer, dem der Hahn jeden Morgen kräht, dachte Artemisia, entschuldigte sich innerlich sogleich bei den heiligen Aposteln für diesen Vergleich und nahm sich doch vor, sich das Gesicht einzuprägen. Jetzt schaute er sie an, finster, kalt. Es konnte nicht damit zusammenhängen, dass sie Römerin war. Ribera, obwohl selbst aus Andalusien, war schon früh nach Italien gekommen. Er hatte, so wurde berichtet, in Rom studiert, er verehrte Caravaggio, und er hatte sogar eine italienische Frau geheiratet, freilich nur, so wurde gemunkelt, um seinen Schuldenberg abzubauen. Außerdem war seine Gattin die Tochter eines nicht unbekannten Malers, er hatte sich Beziehungen erhofft. Dennoch hatte er Rom über kurz oder lang verlassen müssen und war nun hier gelandet, unter der Herrschaft des eigenen, des spanischen Herrschers, von dem er sich Protektion erhofft hatte, eine besondere Gunst, einen Schuldenerlass. Hatte er diese Gunst erhalten? Ja und nein. Ribera bekam viele Aufträge, an seiner albernen Toga prangte sogar ein Orden, irgendeine portugiesische Christus-Medaille, aber als sich der Virrey jetzt unter seine Gäste mischte, mal hier und mal da stehen blieb, um zu plaudern, ging er an Ribera und den Seinen vorbei, wenn nicht alles täuschte, sogar mit einem leichten Ausdruck des Widerwillens im ansonsten glatten Gesicht.

Artemisia!

Seine Freude, sie zu sehen, schien nicht gespielt.

Maestra Artemisia! Er korrigierte sich augenblicklich.

Eure Exzellenz!

Sie deutete einen Knicks an, konnte aber nicht verhindern, dass es ironisch wirkte. Er nahm es ihr nicht übel.

Sind Sie nun endlich dort, wo die Musen zu Hause sind?, fragte er stattdessen scherzhaft. – Sie werden sehen, dass diese Stadt viel zu bieten hat.

Artemisia wies fragend und nicht besonders unauffällig in Richtung der drei Maler, die sie nunmehr fassungslos beobachteten. Das war geradezu dreist, aber sie konnte es nicht lassen. Der Virrey folgte ihrem Blick kaum, er wusste ja, wer dort stand, und lachte laut auf.

Gewiss, wenn Sie diese meinen! Sie sind nicht auf der Höhe der Zeit. Sie sind beim Werk dieses … Unseligen stehengeblieben.

Ein Lakai eilte herbei und brachte Wein. Das gab ihr Zeit, sich zu fassen. Artemisia wusste, von wem er sprach, und es tat ihr weh. Der Unselige, das war Merisi. Caravaggio. Der Maler der Verlorenen.

Ich habe eine gewisse Schwäche für ihn gehabt, bekannte der

Virrey nun ungewöhnlich offen. – Er spricht ... die Sinne an. Aber ist das zu loben? Und bedenkt: Seine Bilder sollen in Kirchen hängen. Das ist die größte Ehre für einen Künstler und seine Bilder. Aber dieses ewige, ewige Dunkel – er ballte unwillkürlich seine Hände zu Fäusten –, dieses Finstere, es bewirkt, dass die eigentliche Handlung auf den Bildern kaum zu erkennen ist. Also bewirken sie keine Erkenntnis bei den Gläubigen, keine Reinigung der Seelen. Und das ist doch, worauf es ankommt?

Seine Frage war eigentlich keine Frage, und Artemisia wunderte sich, seit wann die Herrschenden, gleich welcher Nationalität, sich um das Seelenheil ihrer Untertanen scherten. Eigentlich war ihnen doch nur darum zu tun, sich mittels Steuern ihres Geldes zu bemächtigen und sie ansonsten möglichst unmündig zu halten. Das sagte sie natürlich nicht. Sie verteidigte nicht einmal Caravaggio, wofür sie sich später bitter schelten sollte.

Und diese? – Sie wollte die Rede weg von Caravaggio bringen und wies auf die drei Kollegen.

Diese? Die sind nun freilich Epigonen von Caravaggio, sagte der Herrscher tadelnd. – Sie sind stehengeblieben, ich vermag nicht zu deuten, warum in ihrer Kunst keinerlei Entwicklung mehr stattfindet. Nun ja. Es gibt andere Künstler. Ich hoffe, Sie werden meinen Ehrengast noch kennenlernen. Und ... – er lächelte sie vielsagend an – ... in Kürze wird die Schwester des Königs hier erwartet. Neapel ist eine Etappe auf dem Weg nach Triest. Sie könnten sich nützlich machen.

Er grüßte höflich und verschwand in der Menge. Artemisia frohlockte. Das war mehr, als sie zu hoffen gewagt hatte. Ihr winkte tatsächlich der Auftrag, auf den sie gehofft, ja, den sie in einem Brief bereits für sich reklamiert hatte! Wieder einmal hatte sie alles auf eine Karte gesetzt – und gewonnen. Am liebsten wäre sie jetzt sofort gegangen. Sie hatte ihr Ziel für den Abend erreicht. Aber das wäre eine brüske Beleidigung des Gastgebers gewesen. Sie musste noch eine Weile ausharren. Artemisia schaute sich um. Niemand, mit dem sie gern gesprochen hätte. Im Gegenteil: Die Gruppe um Ribera sah mittlerweile so aus, als würden sich die Rivalen gleich auf sie stürzen. Seufzend machte sie sich auf den Weg zum Büfett, ließ sich ein Gebäckstück servieren, eine dieser köstlichen, mit Pistaziencreme gefüllten Cannoli. Neuerdings musste sie immer, wenn sie aufgeregt war, etwas Süßes essen. Sie aß und aß. Das war kein vornehmes Knabbern, das war Gier. Das war die pure Ablenkung. Das Hörnchen war mit Puderzucker bestreut, der Puderzucker staubte auf Artemisias Kleid. Wahrscheinlich setzte er sich auch gerade in den Winkeln des sorgsam geschminkten Mundes fest. Gleichgültig! Artemisia nahm sich ein weiteres Gebäckstück. Die hiesige Köstlichkeit aus einem zarten Hefeteig, getränkt in Rosenwasser und Madeirawein, war dazu angetan, sie mit der Stadt zu versöhnen.

Señora?

Die spanische Anrede. Sie schaute auf. Ein Mann stand vor ihr, in vorbildlich angedeuteter Schrittstellung, den Oberkörper respektvoll nach vorn gebeugt, als würde ihn die steife Mühlsteinkrause tatsächlich nach unten ziehen. Der Mann trug ein knappsitzendes Wams, das mit Schlaufen geschlossen war. Ein Hemd darunter, feinste Seide. Die Hosen aus dem gleichen, moosgrünen Samt wie die Weste. Alles war akkurat an dem Herrn, fein abgestimmt, bewusst gesetzt. Bei anderen hätten Kleidung und Positur womöglich geckenhaft ausgesehen. Nicht bei diesem Herrn von unbestimmbarem Alter, der gleichzeitig grazil und respekteinflößend wirkte. Die Augen dunkel und von bestechender Brillanz, die Nase fein wie bei einem Griechen. Ein gepflegter Bart, an den Rändern für italienische Verhältnisse zu lang. Der Mann nickte leicht. Es war eindeutig: Er bat sie zum Tanz! Da spielte schon die Musik auf. Der Mann hatte offenbar die ganze Zeit nicht nur sie, sondern auch die Musiker beobachtet, die sich in einer Ecke des Saales mit ihren Lauten und Theorben, einigen Rasseln und Tambourins aufgebaut hatten. Artemisia war verwirrt. Sie tanzte nicht. Oder jedenfalls nicht gern.

Ihre Beine wurden plötzlich schwer, aber der Mann vor ihr wartete geduldig. Seine Augen lächelten. Als sich ihre Blicke trafen, wusste sie plötzlich, wen sie da vor sich hatte. Und da bekam sie Lust zu tanzen. Der Virrey sah es aus der Ferne mit Wohlgefallen, als sie dem Mann folgte.

Diego de Silva y Velázquez! – Er verbeugte sich nun noch einmal, diesmal war es Vorstellung und Aufforderung zum Tanz zugleich.

Diego Velázquez. Der berühmteste Maler aus Sevilla.

Sie reichte ihm die Fingerspitzen der rechten Hand. Der Tanz war eine Corrente, wie sie erleichtert wahrnahm; für die fröhliche Melodie im Dreivierteltakt genügten ihre bescheidenen Künste. Es ging recht glimpflich, fand Artemisia, zumindest bewegten sie sich zwischen und scheinbar mit den anderen, ohne zu stören oder auch aufzufallen. Die drei feindseligen Kollegen verschwanden hinter der Menge der Tanzenden. Auch die anderen Tänzer schienen zu verschwinden, sie verschwammen vor ihren Augen. Velázquez selbst sah nun, aus der Nähe, ebenfalls nicht mehr so scharf konturiert aus wie zuvor. Sie drehten und drehten sich. Sie näherte sich ihm mit jedem der streng vorgegebenen Schritte; bisweilen berührten sie sich oder berührten sich beinah – und doch wurde alles diffus. Wie konnte das sein? Üblicherweise kam man sich nicht längere Zeit so nahe wie jetzt, bei der Musik, und wenn, dann wandte man artig den Kopf ab. Aber nicht hier, nicht jetzt. Hier galt es, Schritt zu halten, den Rhythmus zu beachten und gleichzeitig den Partner nicht zu verlieren. Eine herausfordernde Aufgabe, wenn man es gewöhnt ist, den lieben langen Tag mit Pinseln und Paletten, Staffeleien und Werkbänken umzugehen, und die Menschen rundherum nur als Gehilfen beachtet, als Schüler, die achtungsvoll Abstand zu der Meisterin halten. Hier ist alles Annährung und Abstoßung, es ist wie … ein Verhandeln. Ein Verhandeln von Nähe und Distanz. Es ist anstrengend, es macht taumelig. Gleich wird sie fallen!

Kommen Sie?

Der Fremde hatte keinerlei Scheu, ihr erneut die Hand zu reichen und sie sanft aus dem Gedränge zu führen. Aber wohin geleitete er sie? Es ging hinaus aus dem Saal, an den Bediensteten vorbei über einen festlich beleuchteten Flur, dann über einige Treppen hinab und hinab ... Wohin brachte er sie? Artemisia war zu neugierig und zu atemlos, um nachzufragen oder zu protestieren. Er ließ ihre Hand erst ein paar Biegungen später los. Sie schritten durch einen kühlen, dunklen Gang, an dessen Ende sie Stimmen hörten, und da war – die Küche! Unwillkürlich musste Artemisia lachen.

Die Bediensteten, die Köche und Diener, schraken zusammen, aber Velázquez beruhigte sie mit ein paar Sätzen in einer lustigen Mischung aus Spanisch und Italienisch.

Diese Dame hier hat Durst!

Niemand sagte, dass oben natürlich genug Karaffen mit Wasser bereitstanden, jederzeit eilfertig ausgeschenkt von aufmerksamen Dienern. Velázquez trat so bestimmt auf, dass niemand einen Einwand wagte. Und da hatte er auch schon einen großen, tönernen Krug entdeckt und sprang rasch darauf zu.

Hierhin!, befahl er Artemisia. – Kommen Sie hierher.

Rasch sprang eine der Köchinnen herbei, wurde jedoch von einem Diener beiseitegeschoben. Der hatte eine Kelle in der Hand. Aus dem bauchigen Krug wurde eilends Wasser in ein schönes, übergroßes Kristallglas geschöpft.

Trinken Sie, Señora! Nie schmeckt Wasser köstlicher als aus einem guten Tonkrug – und in der Küche, sagte Velázquez. – Sie werden sehen. Kein Vergleich zu dem da oben. – Er machte eine Geste. – Nun trinken Sie, verehrte Maestra, es wird Ihnen guttun.

Artemisia trank. Velázquez hatte recht. Es schmeckte köstlich. Sie setzte das Glas ab. Ihr Atem ging allmählich ruhiger.

Na, sehen Sie, sagte Velázquez freundlich und zufrieden. – Hier ist ein rechter Ort, um sich zu erholen und um die einfachen Dinge des Lebens zu schätzen.

Artemisia wusste nicht genau, was er meinte. Alles an diesem Mann war derart ungewohnt! Aus Verlegenheit musterte sie den Kelch, aus dem sie gerade getrunken hatte. Es bestand aus geschliffenem Kristall, einige Tropfen rannen daran herunter, als wären es Perlen. Nun fing sie schon an, wie ihr seltsamer Galan zu denken!

Velázquez hatte sie beobachtet:

Ganz recht! Die Dinge. So, wie sie sind.

Er nickte zufrieden, dass die Halskrause knisterte. Höflich geleitete er sie wieder nach oben. Und wenig später ließ er es sich nicht nehmen, sie zur Tür zu geleiten. Die Sänftenträger warteten, sie nach Hause zu bringen.

Artemisia aber musste noch etwas loswerden.

Wie kommt es, fragte sie, als müsste Velázquez die Antwort kennen – wie kommt es, dass man umso unschärfer sieht, je näher man bestimmten Objekten kommt, etwa beim Tanz?

Ist das nicht stets der Fall?, fragte Velázquez höflich zurück. – Es scheint mir ein allgemeines Phänomen. Wir betrachten eine Sache aus der Ferne und beschließen, uns ihr zu nähern, mit der Absicht, sie genauer erfassen zu können – aber je näher wir ihr zu kommen scheinen, desto rätselhafter wird sie uns.

Seine Augen lächelten wieder. Das machte es leichter, die Gesprächspausen auszuhalten.

Ich muss darüber nachdenken, sagte Artemisia langsam. – Jedenfalls ist das ein interessanter Gedanke. Man hat mich lange nicht mehr auf solche Weise zum Denken gebracht, mein Herr.

Diesmal war sein Lächeln eindeutig zufrieden, ja, geradezu fröhlich. Er sah plötzlich viel jünger aus.

Sie reichte ihm die Hand, die ganze Hand jetzt, die Hand einer Kollegin, nicht die Fingerspitzen einer Dame.

Ich hoffe, Sie wiederzusehen!

Es wäre mir eine außerordentliche Ehre und Freude.

Sie schieden in Freundschaft, entschlossen, einander ihre Aufwartung zu machen.

Artemisia frohlockte. Sie fand den Kollegen durchaus sympathisch, aber Velázquez' Wohlwollen zu genießen, würde ihr auch in der Stadt helfen. Woher rührte eigentlich die allseitige Sympathie für den spanischen Maler? Selbst die italienischen Kollegen sprachen gut von ihm. Weil er ihnen nicht gefährlich werden konnte? Für die Einfaltspinsel rund um Ribero mochte das zutreffen. Die buhlten zwar auch um die Gunst der Krone, in Wahrheit jedoch ging es ihnen nur um die Kirche. Die Baulust der alten wie der neuen Herren sorgte für eine Vielzahl von Aufträgen in Neapel. Die halbe Stadt schien Gerüste zu tragen! Ergatterte man einen dieser Aufträge, war einem die Aufmerksamkeit der Leute gewiss, denn selbst, wenn die zahllosen Gottesdienste und Vespern, die Andachten, Taufen, Firmungen, Begräbnisse vor allem vom Zuspruch der Einfachen geprägt waren, so gaben doch auch diese die Kunde vom hervorragenden oder mittelmäßigen oder fürchterlichen neuen Gemälde in der Seitenkapelle weiter. Die Angesehenen, die Wichtigen und Bedeutenden ließen sich zudem selbst blicken, durchaus beeinflusst vom einfachen Volk, auch wenn sie das nie zugegeben hätten. Velázquez aber kümmerte das alles nicht. Er hatte es nicht auf die Kirchen abgesehen, sondern auf die Paläste. Wie es aussah, sogar nur auf einen: den madrilenischen Königspalast. Der Real Alcázar de Madrid wurde gerade ausgebaut, er solle, so hieß es, mehr Platz für Kunst bieten als je zuvor. Velázquez war beim spanischen Hof angestellt. Er konnte ein sorgenfreies Leben führen. Was machte er dann hier? Er sei immer dabei zu lernen, hatte er ihr gestern Abend gesagt. Eine Allerweltsauskunft, höflich, nichtssagend. Aber sein feines Gesicht war ernst und aufmerksam dabei gewesen. Sie hatte von dem Gerücht gehört, dass er den Auftrag habe, für Philipp IV. nach interessanter, neuer Kunst zu suchen. Womöglich war das so, und er nahm dieses Amt tatsächlich ernst und war nicht nur darauf aus, den eigenen Ruhm zu mehren. Das machte ihn noch interessanter, aber Artemisia musste ihre Ungeduld zügeln, war Velázquez doch gerade erst angekommen. Sie wollte nicht sein leeres Atelier sehen. Sie wollte ihn besuchen, wenn es etwas zu betrachten gab. Aber auch er sollte etwas zu sehen bekommen, wenn er sie besuchte.

Sollte sie ihm gestehen, dass sie zurzeit keinen Auftrag hatte? Sollte sie zugeben, dass sich in Neapel ihre hochfliegenden Hoffnungen bisher nicht erfüllt hatten? Artemisia war nicht verzagt, obwohl die Gläubiger aus Rom und Florenz mittlerweile herausgefunden hatten, wo sie lebte, und Mittelsmänner schickten, die unangemeldet an ihre Tür klopften. Sie wies sie ab, mit einem hochmütigen, verschlossenen Gesicht, bedeutete ihnen, dass sie nur mit den Auftraggebern selbst, nicht aber mit untergeordneten Boten zu sprechen gedenke, und warf schwungvoll die Tür hinter ihnen zu. Wenn sie gegangen waren, lehnte sie sich mit hochrotem Kopf und klopfendem Herzen gegen die Tür und lauschte, ob sie wirklich verschwunden waren. Der Letzte war der Schlimmste gewesen. Er hatte sie regelrecht bedroht, er hatte ihr in glühenden Farben ausgemalt, was geschehen würde, wenn sie nicht liefern würde, er hatte seinen schlechten Atem dagelassen wie einen Pesthauch. Aber die Pest war in Rom und in Venedig vorbei. Was war nur los mit ihr? In ihr wuchs zunächst eine bislang ungekannte Unsicherheit, dann der altvertraute Zorn. Sie wechselte die Kleider, hieß Flavia die alten gründlich ausschütteln. Sie ließ sich von Prudenzia die Haare waschen. Das konnte das Kind auf eine unnachahmliche Weise. Sie bereiteten dafür warmes Wasser vor. Sie nahmen das Dreibein. Dann schleppten sie das Wasser gemeinsam Eimer für Eimer auf den Hof. Das war ihre höchst private Waschstelle. Artemisia liebte es, auf einem ausladenden Hocker Platz zu nehmen, den Zuber mit dem warmen Wasser auf dem Dreibein dahinter. Prudenzia band sich eine Schürze um und krempelte fröhlich die Ärmel auf. Dann löste sie das üppige, wellige Haar der Mutter, bürstete zunächst den Staub heraus und löste dann ein wenig wohlriechende Seife im Wasser.

Nun ist es so weit, Frau Mutter!

Sie senkte den Kopf der Mutter mit ihren kühlen Fingern sanft nach hinten. Artemisia seufzte. Die schwierigste Entscheidung für die nächste halbe Stunde würde sein, ob sie ihre Augen geschlossen hielte oder sie öffnen würde. Bei geschlossenen Lidern spürte sie die geschickten Finger ihrer Tochter besonders gut, das sanfte Pressen, Drücken und Kreiseln der Kuppen, diese unendlich entspannende, leichte Massage; bei offenen Augen konnte sie in den Himmel schauen, dem endlosen Band der Wolken zusehen. Die Architektur des Himmels war die einzige, die Artemisia wirklich interessierte. Die Bauten aus Stein und Mörtel interessierten sie nicht, gleichgültig, ob sie Wohnhäuser, Hütten, Paläste oder Kirchen waren. Sie waren bloß als mögliche Behausungen für ihre Bilder nützlich. Der Himmel bedurfte all dessen nicht. Auch ihrer Bilder nicht. Das war ihr seit einiger Zeit bewusst. Und das erleichterte sie auf eine seltsame Weise. Sollten die Bischöfe und Sammler doch drängeln.

Kind, du machst das wunderbar!

Prudenzia lächelte. – Schweigen Sie, Frau Mutter!, sagte sie in gespieltem Befehlston. – Dann ist es noch besser. Geben Sie sich einfach meinen Händen hin.

Die Wolken formten sich heute zu kleinen Wattebäuschen. Sie waren die kindlichen Putten am Himmel neben den erwachsenen, großen Wolken, die eher Engelsformationen glichen. Manchmal erkannte sie Gesichter in den Wolken, wollte sie sich merken, tat es aber nicht, weil es so viel angenehmer war, all das an sich vorbeiziehen zu lassen. Vielleicht sollte man so auch den Menschen gegenüber empfinden? Artemisia wusste, dass ihre Haare langsam ergrauten, auch wenn Prudenzia kein Wort darüber verlor. Artemisia hatte ein Leben lang auf ihr Talent vertraut, aber nun mit beinahe vierzig galt es, dieses Talent einzulösen. Aus dem Talent musste etwas werden. Eine Berufung, die jedermann klar wäre. Nur was? Eine Hofmalerin, so wie Velázquez es sich anschickte zu werden? Eine Maestra, die einzige in

Neapel, Rivalin für all die Kollegen, die um die Gunst der Kirche buhlten? Eine Porträtistin, spezialisiert auf die feinen Damen? Sie hatte viel erreicht, sagte sie sich – viel für eine Frau. Sie war häufig die Erste gewesen – die Erste unter den Frauen. Wurde es nicht Zeit, all das hinter sich zu lassen? Diesen Status des Besonderen, den sie ihrem Geschlecht verdankte? Schließlich musste sie genauso für ihre Familie sorgen wie ein Mann, schließlich bedrängten sie die Gläubiger mit der gleichen Unerbittlichkeit, mit der sie einem Mann zu Leibe rückten. Dass sie eine Frau war, hatte sie lange benachteiligt, dann hatte sie es verstanden, das Schicksal zu ihrem Vorteil zu wenden. Aber sie hatte genug davon. Sie hatte genug davon, dass ihr Geschlecht ihr Schicksal bestimmte. Sie hatte genug davon, dass andere festlegten, wer sie war.

Wer war sie denn?

Abrupt richtete sich Artemisia auf.

Bring mir einen Spiegel!, sagte sie zu Prudenzia.

Und so begann ihr Selbststudium. Mit nassen Haaren, unter Sonnenlicht, mit einer merkwürdigen Perspektive. Und dann einer anderen. Und noch einer anderen. Die Haare trockneten, und Prudenzia hatte keine Gelegenheit, es zu frisieren. Artemisia steckte es selbst zusammen, achtlos, in dicken Strähnen.

Auf diese Weise entstand ein Selbstporträt, das Artemisia ernst nahm, als wäre es ein Auftrag des Königs. Dabei stammte es aus den Wolken. Und aus der genauen Betrachtung ihrer selbst.

Immer wieder beschlichen sie Zweifel. Durfte sie das? Und, schlimmer noch: Konnte sie das? Die Susannen, die Lukrezias und die Judiths – ja, die beherrschte sie mittlerweile. Die konnte sie liefern, wo immer sie Herrscher und Kleriker zu sehen wünschten. Sie war dabei den vorgegebenen Linien gefolgt, hatte den Heldinnen der Tradition jedoch stets etwas Eigenes beigefügt. Sie teilte mit ihren Figuren die weibliche Erfahrung der Gewalt, und mehr als einmal hatte sie die Versuchung gespürt, ihrem Leben auf ähnlich heroische Weise ein Ende zu setzen, wie es Lucrezia getan hatte. Sie hatte also ihr eigenes Schicksal auf diese Weise mit etwas Höherem, etwas Geistigem verknüpft. Das hatte ihr gutgetan. Der Zorn war über die Jahre etwas milder geworden, der stetige innere Aufruhr hatte sich gelegt. Sie brauchte die vertrauten, fremden Figuren nicht mehr. Wenn sie jetzt einen Auftrag für eine weitere Susanna oder Judith erhalten hätte, sie hätte dem gar nicht nachkommen können. Aber es kam kein Auftrag. Sie war allein mit sich selbst und dem Spiegel.

Die Frau hat uns völlig vergessen. Wir, die Betrachtenden, sind unwichtig. Sie ist auf sich und ihr Werk konzentriert. Sie ist eine Malerin, offenkundig. Sie steht an einem kleinen Tisch, über den sie ihre Palette hält. Einige schmale Pinsel ragen nach vorn. Die Frau ist leicht nach vorn gelehnt, sie beugt sich auch uns seitlich ein wenig entgegen: Die Maestra sucht die beste Position, um ihr Malsujet zu sehen. Sie wird uns nicht hinauswerfen, sie wird uns nicht beachten. Unmöglich, dass sie uns etwas erklärt. Die Maestra ist keine akademische Verfechterin irgendeines *Disegno*, aber sie ist auch keine Handwerkerin, keine unwissende Vertreterin der reinen *Pittura*, keine Kämpferin der *Colore*-Fraktion. Sie ist ganz für sich. Das Licht fällt von vorn in ihr weiches Gesicht, auf den Hals und das Dekolletee. Das Gewand changiert in den schönsten Jade-, Moos- und Grastönen, an den Ärmeln schimmert die Farbe golden und fließt ins Violette. Die Malerin trägt eine kupferfarbene Trägerschürze, die das kostbare Gewand schützt, allzu sehr bekümmert um ihre Erscheinung ist sie aber nicht: Die weiten Ärmel des Gewandes sind hochgerutscht, der Spitzensaum an Hals und Ärmeln befindet sich in Auflösung: Die Frau hat zu arbeiten. Ihr Blick ist hochkonzentriert auf etwas gerichtet, das sich vor ihr befinden muss: das Objekt, das zu malen sie im Begriff ist, und die Leinwand. Noch aber ist die Leinwand leer. Alles ist möglich. Wirklich? Die Leinwand ist bereits grundiert. Ein erdiger, nussiger Ton. Ein schöner Kontrast zum grün schillernden Kleid, aber mehr als das: ein Zeichen. Die Kunst ruht auf festem Boden, sie ist keineswegs entrückt. Und gleichzeitig ist sie frei, denn sie ist nur dem Element verpflichtet, aus dem sie kommt. Keine Herrschaftsarchitektur ist angedeutet und erst recht kein Himmel. Die Frau, die sich malt, muss in einen Spiegel schauen – nein, in zwei Spiegel. Nur so kann sie sich aus dieser Perspektive malen. Wir sehen die Spiegel nicht, wir sehen das Objekt nicht, wir sehen nur den Beginn eines Prozesses. Und das Licht, nach dem die malende Frau strebt. Sie hat die rechte Hand erhoben, sie führt den Pinsel mit der Rechten, die Linke hält die Palette. Die Arme bilden zwei Diagonalen, die Arme sind weit geöffnet, es ist, als wollte sie das Bild umarmen. Immer wieder jedoch kehren unsere Augen zum Gesicht der Malerin zurück, obwohl oder weil sie sich kein bisschen um uns kümmert. Die Augen, halb geschlossen, weisen dennoch einen tiefen Glanz auf, die feine Nase ist emporgereckt, der Mund halb geöffnet. Die Haare sind nachlässig zusammengesteckt, die Frisur kann jeden Moment auseinanderfallen. Das ist der Frau gleichgültig, so wie ihr der Zustand ihres kostbar schillernden Gewandes gleichgültig ist, so wie sie sich nicht um die goldene Kette kümmert, die lang über ihrer Brust hängt und seitlich verrutscht ist. Der Anhänger zeigt eine Maske, es ist das Symbol der Verwandlung. Die Frau ist eine Frau ist eine Frau – und gleichzeitig ist sie das Inbild der Kunst, die Allegorie der Kunst. Die Kunst an sich kann auf diese Weise nur eine Frau malen. Einem männlichen Kollegen müsste die Figur der Kunst die Hand führen, sie könnte als geistvoller Schemen hinter ihm stehen oder sich als Engel der Inspiration in irgendeiner Kulisse verbergen – dass jedoch Kunst und Maler eins sind, das kann nur Frauen gelingen, das kann nur einer gelingen: der Maestra Artemisia Gentileschi.

Als Cassiano dal Pozzo, zu Besuch aus Rom, das Bild zum ersten Mal sah, wusste er, dass er es haben wollte, haben musste. Aufgeregt marschierte er in ihrem Atelier auf und ab. Dass ihn solch ein glücklicher Zufall segnete! Er begleitete seinen Kardinal, Francesco Barberini, sie waren auf dem Weg nach Spanien und legten in Neapel nur einen längeren Aufenthalt ein. Eine Gelegenheit, die alte Freundin zu besuchen. Artemisia beobachtete ihn. Er umrundete das Bild, blieb bald in dieser, bald in jener Entfernung stehen, kniff die Augen zusammen, um sie dann wieder dramatisch aufzureißen, stürzte nach vorn, als wollte er die Staffelei umreißen, auf der das Gemälde noch trocknete, und blieb endlich, drei Schritte entfernt, mit dem Rücken zum Fenster davor stehen. Er atmete durch. Endlich hob er den Blick und schaute Artemisia an.

Mia cara, das ist ein Meisterwerk! Das ist Ihr Meisterwerk!

Er beglückwünschte sie. Artemisia nickte ohne Überheblichkeit. Sie wusste, dass ihr hier Außergewöhnliches gelungen war. Sie hatte auf eine raffinierte Weise die Tradition aufgenommen und sie gleichzeitig bis zum Zerreißen erweitert.

Hier! Sehen Sie! – Sie kramte in den weiten Taschen ihres Kleides, runzelte die Brauen und zog schließlich eine Münze hervor, die sie dal Pozzo entgegenhielt. Der nahm sie und tat lachend so, als wollte er darauf beißen, um ihre Echtheit zu prüfen. Artemisia schüttelte energisch den Kopf. Ihr war nicht nach Scherzen zumute. Die Münze war eine Gedenkmedaille, Lavinia Fontana gewidmet. Die Medaille zeigte, wie sich das gehörte, zwei Seiten der Künstlerin: Auf der einen Seite sah man sie im strengen Porträt, als Profilbild – unverkennbar die energische Dame, als die man sie kannte. Auf der anderen Seite aber sitzt die Künstlerin wie eine wild gewordene Göttin an ihrer Staffelei, die Haare zerzaust, das Gewand unordentlich, und die Kette mit der Maske der Verwandlung fliegt geradezu durch die Luft. Wen die Künste lieben, den schütteln sie gewaltig durch. Auch die Fontana-Medaille verrät nicht, was die Künstlerin malt, sie zeigt sie beim Malen, im Prozess. Das Malen ist wichtig, die Tat. Orazio hatte seiner Tochter die Medaille geschenkt. Sie hatte sie über all die Jahre aufbewahrt, sie war Anfeuerung, Trost, Herausforderung.

Dal Pozzo betrachtete die Münze. Irgendwie ernüchterte ihn ihr Anblick.

Ja gut ..., es ist eine Münze! – Er langweilte sich schon wieder. Das war sein Lebensproblem. Deshalb umgab er sich mit Erneuerern, radikalen wie Galilei in Florenz, sanften wie Simon Vouet – und mit Artemisia Gentileschi.

Haben Sie – zu essen?

Er aß, wie er sammelte: hastig, maßlos. Kein Wunder, dass er immer dicker wurde. Artemisia seufzte. Ein Abendessen mit ihm würde sie aushalten müssen. Erst anschließend, beim süßen Wein, würde er ihr ein Kaufangebot für das Bild machen, das wusste sie, denn sie hatte sofort gesehen, wie sehr es ihm gefiel. Sie hatte keine Lust, es herzugeben, aber Prudenzia war nun im heiratsfähigen Alter, sie brauchte eine Mitgift. Also musste sie verkaufen. Und neue Bilder malen. Noch mehr Bilder. Sie musste dal Pozzos Besuch ertragen, ihn bewirten, solange sie keine Gönner in Neapel vorweisen konnte, solange diese hartleibige, unruhige Stadt sie nicht vollends akzeptierte. Was fehlte denn noch? Sie klagte dal Pozzo ihr Schicksal, sollte er doch leiden, wenn er schon ihren Schinken verspeiste, den teuren Käse, die köstlichen kleinen Küchlein aus Polentateig und Feigen!

Dal Pozzo aß mit ungesundem Appetit. Prudenzia ließ sich nicht blicken. Kluges Kind!

Dafür aber stand das kluge Kind am nächsten Morgen vor der Staffelei, als Artemisia eintrat, müde vom Wein, müde vom sinnlosen Reden mit dal Pozzo. Der hatte sich allzu spät verabschiedet, freilich nicht ohne zu erwähnen, wie prachtvoll das Haus seines Gastgebers war, in das er sich nun zurückzog. Er nächtigte mit Barberini bei den Ruffos, einer Adelsfamilie, die noch von sich reden machen würde, wie dal Pozzo andeutete.

Es war noch früh, die Hähne krähten. Ein paar Tauben gurrten. Artemisia schaute sich um. Immer war es ihr rätselhaft, wo in den Quartieri Spagnoli man Federvieh halten konnte; alles hier war doch städtische Enge, hohe Mauern ringsumher schlossen die Bewohner ein, und es fiel kaum Licht in die Gassen. Sie hatten hier wirklich Glück mit dem Hinterhof und der Werkstatt.

Prudenzia stand still vor dem Bild. Artemisia bekam es plötzlich mit der Angst zu tun. Das war nicht mehr die kleine, liebliche Prudenzia, die sich in ihrem Atelier versteckt hatte und vor Begeisterung in die Hände klatschte, wenn die Mutter ihren kleinen Bruder als Putto in ein Gemälde einfügte. Prudenzia stand aufrecht, den schmalen Rücken durchgedrückt, die langen Haare akkurat aufgesteckt, wie es ihre Mutter niemals zuwege brachte. Artemisia wagte es nicht, sie anzusprechen, aber Prudenzia hatte sie natürlich eintreten hören.

Frau Mutter?

Die eilte nun geradezu an die Seite der Tochter.

Gott sei Dank, Prudenzia lächelte.

Das hier ..., sie wies auf das Bild, das noch immer nicht ganz durchgetrocknet war und feuchte Stellen aufwies. – Das hier ... das sind Sie – und sind doch nicht Sie?

Es war eher eine Aussage als eine Frage.

Artemisia lächelte.

Was meinst du?

Was ich meine? – Unwillkürlich hatte Prudenzia die Stimme erhoben. Es war noch nicht vorgekommen, dass die Mutter sie nach ihrer Meinung gefragt hatte. Wenn sie gekonnt hätte, hätte Prudenzia sich jetzt noch mehr gestrafft. So aber reckte sie nur den Kopf vor, als müsste sie sich das, was die Mutter gemalt hatte, noch genauer anschauen, sie trat sogar ein, zwei Schritte vor und beugte sich zu dem Bild und dabei trippelte sie ein wenig auf der Stelle, was angesichts ihrer Größe ein wenig lächerlich aussah. Sie trippelte wie ein hungriges Huhn, dachte Artemisia und lächelte. Prudenzia wandte den Kopf zurück und fühlte sich durch das Lächeln ermutigt:

Ich meine – was ich sagte: Es sind Sie, Frau Mutter – und sind es doch nicht. Ich denke ... dass das Absicht ist, nicht wahr? Sie wollen, dass es ein Rätsel ist und bleibt. – Sie wiederholte die Rückversicherung: Nicht wahr?

Artemisia nickte langsam.

Es ist die Kunst, sagte sie endlich. – Was du siehst, ist ein Gleichnis der Kunst. Und doch ist es eine Frau aus Fleisch und Blut. Wenn sie malt, verwandelt sie sich. In das eine oder in das andere. Nur die Tat verwandelt.

Sie presste abrupt die Lippen aufeinander. Das war für ihre Verhältnisse eine lange Rede gegenüber ihrer Tochter gewesen. Immer hatte sie darauf geachtet, nicht zu viel zu sprechen. Sie wollte den Kindern Raum lassen. Sie selbst denken lassen. Nicht zu viel lenken. Nicht zu viel vorweg meinen. So schnell war die Kindheit vorüber!

Prudenzia zog die Augenbrauen hoch. Etwas an der Rede der Mutter behagte ihr nicht.

Das bedeutet aber, sagte sie zögerlich, das bedeutet aber doch, dass nur diejenige Frau etwas erreicht oder sich ... erheben kann, die etwas tut. Nur die Frau, die arbeitet, ist in Ihren Augen solcher Ehren wert?

Ich weiß nichts anderes als Arbeit, sagte Artemisia schlicht und wischte sich unwillkürlich die Hände am Kleid ab. – Es ist möglich, dass es anderes gibt. Mir ist es genug. Geh hinauf und sage in der Küche Bescheid, dass wir ein Frühstück zu uns nehmen wollen.

Prudenzia seufzte und gehorchte. Sie hätte das Gespräch gern fortgesetzt. Sie hätte gern gefragt, wie es komme, dass sie Tag für Tag arbeiteten, aber fast nie Geld in der Schatulle lag, wenn sie welches brauchten. Sie hätte gern gefragt, warum die Schüler und die Verehrer, die Tag für Tag ins Haus strömten, ohne zu zögern ihr Wasser tranken und ihren Maisbrei aßen, jedoch niemals Geschenke mitbrachten, um ihre Maestra zu ehren, wie sich das gehörte. Sie hätte gern gewusst, wie sie ihre Aussteuer zustande bringen sollte, an der noch so viel fehlte. Was nützte es, dass das Weißzeug fertig in einer Truhe ruhte! Auf das teure Geschirr kam es an und, ja, auch auf Geld. Prudenzia stapfte die Treppe hinauf und sagte es bei jedem Schritt: das Geld, das Geld, das Geld! Scudi! Scudi! Scudi!

Später tönte Prudenzias Spiel auf dem Spinett durch das ganze Haus. Das teure Instrument hatten sie sich gar nicht leisten können, aber Artemisia sah es mit Wohlgefallen, dass Prudenzia spielte, dass sie eine umfassende Bildung genoss – anders als sie selbst vor dreißig Jahren. Aber Prudenzia spielte nicht wie eine Dame. Sie nutzte das Instrument nicht, um ihre Vornehmheit zu schulen, die sie gar nicht besaß. Prudenzia spielte, so wie sich Jungen prügelten. Artemisia lachte leise in sich hinein. Wieder dachte sie an Lavinia Fontana. Lavinia hatte alles richtig gemacht. Sie hatte so gemalt, wie sie Spinett gespielt hatte: artig, wohlerzogen, den gefältelten Kragen immer tadellos – alles sehr zum Gefallen der adligen Damen in Bologna, die die meisten Bilder bei ihr bestellten. Artemisia seufzte. Sie wusste, dass sie gerade verteufelt ungerecht war. Schließlich hatte Lavinia auch elf Bälger geboren, sich aber dadurch keineswegs entmutigen lassen: Ihr Gatte hatte die Pflege der Brut übernommen, damit seine talentiertere Frau weiterhin malen konnte. Und, ja, vermutlich auch Spinett spielen! Als die beiden mitsamt ihrem aufwendigen Hausstand nach Rom gekommen waren, hatten sich die Leute natürlich das Maul zerrissen, aber die Lästereien waren bald verstummt: Zu tüchtig und zu erfolgreich war La Fontana. Der Papst selbst förderte sie. Und sie hatte Artemisia verteidigt. Eine große Traurigkeit überfiel Artemisia. Eine Ratgeberin wie die Fontana hätte sie gebraucht.

In Neapel aber gab es keine Freundinnen. Und das Ungeschick gegenüber allen Vornehmen legte auch Prudenzia an den Tag. Man hofierte Artemisia nicht, man würde keine Medaille für sie prägen – sie konnten froh sein, wenn man sie nicht wegen Mietschulden vom Hof jagte.

Einige Tage später klopfte es an der Haustür, so laut und vernehmlich, dass Prudenzia schon mit dem Schlimmsten rechnete, also einem Geldeintreiber. Vorsichtig schob sie den Riegel zurück, öffnete die Tür aber nur halb und spähte hinaus. Vor der Tür stand ein riesiger Mann, der weite Hosen und eine Art Bluse darüber trug, beides ziemlich abgewetzt, aber von guter Qualität. Seine enormen Füße steckten in mächtigen Stiefeln. Den Hut hielt er in der Hand, aber nicht, weil er ihn gerade zum Gruß gezogen hatte, sondern weil er etwas darin verbarg. Prudenzia starrte ihn an.

Verzeihung, sagte der Fremde. – Ich bin nicht angemeldet. Die Mutter kennt mich.

Aus dem Hut miaute es.

Es war der Schiffer, der Artemisia nach Pozzuoli gebracht hatte. Irgendwann verstand Prudenzia, wer er war, allerdings nicht, warum er hier stand, aber weil der Mann so hartnäckig war und höflich obendrein, ließ sie ihn endlich ein. Der Mann bewegte sich so sicher über den Hof, als ginge er hier täglich ein und aus. Wieder ein festes Klopfen, diesmal an der Werkstatttür, und Prudenzia konnte sich gerade noch an ihm vorbeischieben.

Frau Mutter …

Artemisia errötete. Das war nun wirklich recht … ungewöhnlich.

Wie immer, wenn sie nervös war, wischte sie sich die Hände am Kleid ab, rückte die Schürze zurecht.

Matteo!

Was machte er hier?

Verzeihen Sie … – Ohne ein weiteres Wort streckte ihr der Schiffer den Hut entgegen. Und diesmal miaute es nicht nur, es streckte sich vielmehr ein schwarzes Köpfchen über die Krempe. Das Köpfchen gehörte zu einer jungen Katze, die neugierig Artemisia anschaute. Eine Katze als Geschenk? Was sollte sie mit dem Tier? Feine Hofdamen besaßen gelegentlich Schoßhunde, das war eine neue, spanische Mode. Die Tiere wurden möglichst klein gezüchtet, mit einem Fell so fein wie Federn, und die Damen, die nichts zu tun hatten, streichelten die Hundchen auf ihren Schößen halb zu Tode, während sie sich von zweitklassigen Günstlingen umschmeicheln oder von drittklassigen Malern porträtieren ließen. Ja, sie war neidisch. Ja, sie hätte auch gern eine dieser Damen gemalt, in Gottes Namen mit einem dieser vierbeinigen Lieblinge. Aber danach sah es nicht aus. Und was sollte sie mit einer Katze? Dieser Teufelsbrut? Gehörten Katzen nicht eher zu den Frauen, die seltsame Apothekerkünste wussten und nachts heimlich zu sorgenvollen Ihresgleichen schlichen, denen sie aus gewissen Nöten halfen?

Artemisia heftete den Blick auf den Schiffer:

Was soll das?, fragte sie. – Was soll ich … damit? – Sie wies auf die Katze, als wäre nicht klar, was gemeint war.

Der Schiffer ließ sich von ihrer Reserviertheit nicht beeindrucken. Er nahm das Kätzchen vorsichtig aus dem Hut und setzte es auf seinen angewinkelten Arm.

Schauen Sie nur! – Er näherte sich Artemisia. Die musste zugeben, dass die kleine Schwarze ganz possierlich war. Wie sie auf dem gewaltigen Unterarm des Schiffers balancierte. Wie sie aufschaute, offensichtlich unsicher, ob das ein Spiel oder eine Bedrohung war. Prudenzia stand noch in der Tür.

Hol ein wenig Milch!, befahl der Schiffer jetzt. – Mit reichlich Wasser vermischt.

Prudenzia sah Artemisia an. Die nickte. Und damit war die Sache beschlossen. Die Katze blieb. Und der Schiffer auch. Jedenfalls für ein paar Stunden. Matteo Sigonio war gesprächiger als beim letzten Mal. Vielleicht machte es ihn sicherer, dass er nicht mit leeren Händen gekommen war. Er pries sich glücklich, ein gut laufendes Transportunternehmen sein Eigen zu nennen. Er erzählte das, ohne seinen wirtschaftlichen Stand allzu sehr zu betonen, wohl aber seine Unabhängigkeit. Er erzählte von großen und gefährlichen Fahrten, er erzählte von der Vielschichtigkeit seines Berufs, war er doch halb Transporteur, halb Handelsmann. Und vom Handwerk musste er auch etwas verstehen, denn wenn man auf dem Meer war und ein Mast Schaden erlitt, konnte man schlecht einen Zimmermann rufen. Er lachte laut und frei. Und unabhängig – das war doch wohl auch sie, die Maestra Gentileschi? Daher seine neuerliche Aufwartung. Und weil Katzen gut gegen Ungeziefer waren. Das musste sie wissen. Das war wichtig in Neapel! Genug Gemüse essen. Und Katzen pflegen!

Es begann, Artemisia Spaß zu machen. Matteo redete so unverblümt. Artemisia ließ trockene Küchlein auffahren, Pomeranzenmarmelade dazu, etwas Sahne. Einen Krug mit kühlem Wasser. Und ein wenig Wein. Ein paar Tropfen Wasser rannen am Krug herab und glitzerten auf dem rauen Ton, und Artemisia fiel wieder der spanische Maler ein, der gute Tänzer: Velázquez. Er ließ einen die Wirklichkeit anders sehen, er war wohl ein Maler für Maler. Sie erzählte dem Schiffer vom Empfang und vom fremden Künstler, von den Damen und der unbehaglichen Langeweile, und während sie sich bestens unterhielten, erkundete die kleine Katze das Atelier, vorsichtig, aber mit offensichtlich unbesiegbarer Neugierde. Der Schiffer war ihren Blicken gefolgt.

Wie wollen Sie sie nennen?, fragte er.

Nennen?, fragte Artemisia. – Eine Katze? Ich werde sie wohl kaum taufen!

Das wäre auch nicht ratsam, wenn Sie ihre Freundschaft gewinnen wollen!

Freundschaft? Mit einer Katze?

Sie werden sehen, sagte der Schiffer langsam. – So ein Tier kann Ihnen treuer zu Diensten sein als mancher Mensch. Sie wird sich nützlich machen, und Sie werden sie bald nicht mehr entbehren wollen. Also rufen Sie sie.

Artemisia überlegte. Dann beugte sie sich vor, streckte die Hand aus und lockte die Katze mit kleinen Lauten. Die hielt in ihrer Bewegung inne, sah sich nach der Rufenden um, miaute – und kam angerannt, als sei sie ein kleiner Hund.

Hübsche Katze, sagte Artemisia. Carina! Und so nannten sie die Kleine dann auch.

Carina fand sich rasch in den neuen Haushalt ein. Sie lernte, dass man Artemisia, wenn sie malte, besser nicht um die Beine strich, weil gelegentlich Farbe von der Palette tropfte. Und sich von Flavia oder noch schlimmer von Prudenzia das Fell reinigen zu lassen, war eine fürchterliche und entwürdigende Prozedur! Sie hielt sich also von der Staffelei fern, vor der Artemisia nun wieder Tag für Tag stand, die rechteckige Palette immer in der linken, den Pinsel in der rechten Hand, die braune Schürze über dem Kleid in der Taille zusammengebunden, und im Gürtel weitere Pinsel. Sie stand da oft stundenlang, beinahe reglos, fixierte das, was sie bisher gemalt hatte, betrachtete es, tauchte darin ein. Selbst die Katze verstand, dass sie dann nicht stören durfte, und so senkten auch die Lehrlinge, die Besucher und Verehrer ihre Stimmen, wenn sie sich, weiter hinten im Atelier, scheinbar angeregt unterhielten und dabei unauffällig den Platz mit dem besten Blick zu erobern versuchten, nicht etwa den Blick auf die Leinwand, sondern den Blick auf die Maestra, die so kraftvoll malte, die einen ganz eigenen Pinselstrich hatte: samtig, kräftig, aber keineswegs pastos, die Caravaggios Chiaroscuro aus Rom mitgebracht hatte und offenbar auch seine Hoffart. Denn hoffärtig war sie, diese Person, die ein ums andere Mal, so erzählte man sich, Szenen voller Gewalt aus den biblischen Geschichten gemalt hatte, zornige Judiths, die das Schwert führten, und Susannen, die sich gegen zudringliche Alte wehrten. Es war kein Vergnügen, diese Bilder zu betrachten, so raunte man sich zu, allzu lebendig hatte sie die Szenen der Auseinandersetzung gemalt, allzu direkt, ohne Schonung. Die Judiths schienen aus dem Volk zu kommen, ebenso die geilen Alten. Kannte sie denn kein Erbarmen? Konnte sie nicht liebliche Stillleben malen oder feine Damen? Sie malt, als sei sie mit dem Teufel im Bunde, sagten die einfacheren Gemüter; sie malt, sagten die anderen und meinten es kaum weniger kritisch, mit den Männern um die Wette. Das war der eigentliche Hochmut: es mit den Männern aufnehmen zu wollen, in jeder Beziehung.

Aber nun! Nun hatte die Gentileschi doch tatsächlich einen Auftrag der Kirche ergattert, man glaubte es kaum. Und diesmal schien beides angemessen, der Auftrag und das Sujet. Die Gentileschi arbeitete an einer Geburt Johannes' des Täufers. Und die Neugierigen und die Neidischen reckten die Köpfe. Wenigstens hatte sie einen Gehilfen, der den Namen auch verdiente – einen Gehilfen oder besser: einen Kollegen. Und dieser Massimo Stanzione, der war durchaus bekannt.

Massimo Stanzione hatte fünf Jahre in Rom verbracht, war aber dann schleunigst an der Seite von Artemisia Gentileschi in seine neapolitanische Heimat zurückgekehrt, reumütig, wie man sagte, ernüchtert, wie man glaubte, und hier in Neapel hatte er sich schnell von der Maestra distanziert und wieder zu jenem Stil zurückgefunden, den man neuerdings hier schätzte: Nicht so ein dramatischer Naturalismus, nicht das Helldunkel-Gezappel, das Caravaggio eingeführt hatte, nicht immerfort schmutzige Gestalten aus dem Volk selbst – sondern Bilder, gemäßigt in den Kontrasten, mit lasierenden, gedeckten, aber lichten Farben, elegant, ausgewogen, eine Wohltat für die Augen und das Gemüt. Stanzione, so wurde berichtet, hatte sogar Aufträge vom spanischen König persönlich, er brauchte nicht einmal einen Mittelsmann! Und auch, wenn man die Besatzer nach Kräften ablehnte: Kunstgeschmack hatten sie durchaus. Und Geld! Und nun hatte die Gentileschi einen Auftrag abbekommen. Das hatte sie doch nur Massimo zu verdanken! Manch einer klopfte dem Maler auf die Schulter, andere, wie die Gruppe der Kabale, schüttelten die Köpfe.

Aber Massimo Stanzione ließ sich nicht beirren. Er kannte Artemisia Gentileschi aus Rom, das war kein Geheimnis, er schätzte sie, er hatte bei Gelegenheit darüber gesprochen, bei vielen Gelegenheiten. Man hatte es Artemisia hinterbracht, aber sie hatte wenig darauf gegeben. Schließlich machte sich Stanzione rar, seit er sie nicht mehr brauchte. Aber nun war Stanzione wieder da. Nahezu jeden Tag kam er in ihr Atelier. Er lerne, behauptete er. Noch immer, behauptete er. Er habe sich in der alten Heimat genug umgetan, sagte er. Genug, um zu wissen, was er an ihr habe. Er wolle die Gesellschaft dieser Dame auf gar keinen mehr Fall missen. Das war offenkundig. Und wie auch immer die Beziehung zwischen diesen beiden sein mochte – Artemisia akzeptierte den Kollegen. Sie arbeiteten zusammen. Und manchmal aßen sie abends zusammen: Artemisia, Prudenzia, Stanzione – und ein zunehmend missmutiger Matteo, dem die neue Entwicklung nicht behagte.

Artemisias Bild von der Geburt Johannes' des Täufers gehörte in eine ganze Reihe von Johannes-Bildern, die für den Buen-Retiro-Palast in Madrid gedacht waren, für Philip IV. höchstselbst. Sie würden dort Teil einer illustren Sammlung, in der sich bezaubernde Landschaften von Poussin und Lorrain befanden, Rubens und van Dyck. Aber am meisten liebte Philipp IV., so erzählte man sich, die Bilder seines Kunstdiplomaten Diego Velázquez.

Artemisia schickte die Besucher fort, auch Matteo. Sie rückte ihre Staffelei im großen Atelier neben die von Massimo Stanzione – eine ungeheure Aufwertung des vermeintlichen oder echten Schülers. Stanzione nahm es zur Kenntnis, aber es schien ihn kaum zu kümmern. Er wusste ja, was er tat. Er malte im Stil der Zeit. Und dieses Mal musste sich die Maestra ihm anpassen. Sie hellte ihre Farbpalette auf. Sie gestaltete ihre Komposition weniger dramatisch. Sie erlaubte den Figuren auf dem Bild ein idealisiertes Aussehen, das sie seltsam entrückte. Was ist das auch für eine *Geburt des Johannes,* in der der kleine Knabe selbst zwar christusgleich den Mittelpunkt der Komposition darstellt, umringt von drei hilfreichen Frauen – die Mutter des Knaben aber fehlt! Stanzione wunderte sich. Eine Frau hält das Kind, eine zweite prüft die Temperatur des Wassers in der kleinen Badeschüssel, in der man das Kind gleich reinigen wird, eine dritte stützt nachdenklich den Kopf in die rechte Hand, während hinter ihnen eine weitere Frau zuzuhören scheint, was die drei erörtern. In welcher Reihenfolge hat Artemisia die Figuren gemalt? Links neben den Frauen, die sich um das Neugeborene kümmern, entsteht unter Artemisias raschen Pinselschwüngen der Alte. Es ist der greise Vater, der sorgenvoll etwas niederschreibt, er könnte, denkt Stanzione, ein Apostel sein oder sonst ein Heiliger, und er wendet sich eher vom Geschehen ab, er verschwindet beinahe aus dem Bild, während hinter ihm zwei Dienerinnen mit dem Dunkel des Raums verschmelzen. Ist das die Absicht der Malerin, den Simon solcherart zurücktreten zu lassen? So wie auf Bildern der Heiligen Familie der Josef zurückzutreten hat? Eine geöffnete Tür rechts im Bild lenkt den Blick auf eine Terrasse, deren Säulenumfassung nichts mit dem alten Jerusalem, wohl aber mit einem idealisierten Italien zu tun hat – samt einem Berg in der Ferne und bauschigen Wolken darüber. Es ist, als wollte das Kulissenelement darauf hinweisen, dass wir hier ein Spiel vorfinden, eine Inszenierung, alles ist arrangiert, alles folgt einer künstlerischen, nicht religiösen Ordnung, alles ist ausgewogen und ruhig. Stanzione ist zufrieden. So wird es gehen! So werden die fernen Herrscher die ihnen noch unbekannte Malerin akzeptieren. Stanzione malt auch eine eigene Version der Geschichte, aber er ertappt sich, dass er sich weniger auf das eigene Werk als auf das Artemisias konzentriert. Er hat es eher aus taktischen Gründen behauptet, aber es ist durchaus wahr: Er lernt von Artemisia Gentileschi, immer noch, immer wieder.

Für das neue Selbstbewusstsein der Malerin spricht der kleine Zettel, der am linken Bildrand auf den Boden geflattert zu sein scheint: Er enthält die Signatur der Künstlerin.

Er wirkt wie ein kleines Flugblatt an die Welt. Die Welt kann Maestra Artemisia nicht mehr übersehen.

Für ein paar Tage wurde das Atelier von Artemisia Gentileschi zur Galerie: Stanziones Bild und ihr eigenes zogen die Neugierigen an, und Artemisia war es recht. Es war ihr, als würden die Besucher den Bildern ihre Aufwartung machen, bevor die Gemälde, endlich getrocknet, ihre Reise nach Madrid antreten würden.

Auch Diego Velázquez erschien. Unangemeldet. Er mischte sich einfach eines Tages unter die Leute. Artemisia erschrak, als sie ihn entdeckte. Nicht nur, dass sie sich freute – sie hätte den Kollegen gern gebührend empfangen. Velázquez war zwar schon bekannt, aber er konnte noch hier und da auftauchen, ohne besonderes Aufsehen zu erregen, er war, so schien es, stets auf der Suche. So auch hier. Er wanderte von Bild zu Bild, die Hände auf dem Rücken, aber er hielt sich nicht allzu lange vor den Bildern aus dem Leben des Johannes auf. Erst ein anderes Bild ließ ihn innehalten: Artemisias Selbstporträt, das noch immer auf einer Staffelei stand, weil sie sich nicht überwinden konnte, es an dal Pozzo nach Rom zu schicken, der ständig danach fragte und mahnte. Aber je mehr er mahnte, umso mehr fühlte Artemisia sich bedrängt – und wie konnte sie ein Selbstporträt einem Bedränger zukommen lassen!

Velázquez stand ruhig vor dem Bild, einen Fuß schräg vor den Körper gestellt, mit einem schwarzen Gehstock die Disbalance ausgleichend. Schon wieder ein Tanzschritt! Wie elegant der Mann war! Artemisia gesellte sich zu ihm. Velázquez zog sie magisch an. Velázquez lächelte zur Seite hin, als er ihre Nähe spürte, hielt den Blick aber weiterhin auf das Bild geheftet. Er nickte, als hätte sie eine Frage gestellt.

Pintura hermosa!, sagte er schließlich. – *Muy hermosa. Una maravilla.* – Er machte eine komplizierte Verbeugung.

Ein wunderbares Bild. Es klang nicht nach einem einfachen Kompliment, er klang eher nachdenklich in seiner Bewunderung. Wie seid Ihr auf die geöffneten Arme gekommen? Warum schwingt die Kette der Malerin zur Seite? Warum liegt all das Licht auf ihrem Herzen? Velázquez fragte und fragte. Und Artemisia gab bereitwillig Auskunft, ja, sie ließ es sogar zu, dass Velázquez eine rasche Zeichnung anfertigte. Er zeigte ihr die Skizze. Meisterlich. Er würde sie nicht kopieren, das wusste sie, aber er würde ihr Bild auf seine Weise mitnehmen.

Ja, Velázquez würde Neapel schon bald wieder verlassen. Aber vorher sorgte Artemisia dafür, dass er auf den Ball eingeladen würde. Ihren Ball. So etwas hatte sie noch nie gewagt. Es würde sie womöglich ruinieren. Aber sie musste auf sich aufmerksam machen. Und eigentlich war es auch nicht ihr Ball, sondern Matteos Ball, ein Ball des Schiffers. Und wiederum eigentlich war es kein richtiger Ball, kein offizieller, sondern eher eine heimliche Feier ...

Eine heimliche Feier? – Velázquez war irritiert. Er war nicht sicher, dass er richtig verstanden hatte. Artemisia hatte ihm die Einladung persönlich überbracht, ein idealer Vorwand obendrein, endlich das improvisierte Atelier des geschätzten Künstlerkollegen zu sehen.

Ist es nicht gerade das Wesen von Festen, dass sie öffentlich bekannt sind, zur Freude der Eingeladenen und zum Bedauern der Übrigen? – Velázquez hatte verwundert seine veritablen Augenbrauen gehoben. Er war vorsichtig. Zu oft war es ihm schon passiert, dass er etwas missverstanden und sich damit in eine unangenehme Lage manövriert hatte, weil das Spanische und das Italienische einerseits eine fatale Nähe zueinander hatten, sich aber andererseits drastisch voneinander unterschieden. Haus und Hand, Himmel und Hochzeit – das waren gleiche Wörter: *Casa* und *mano*, *cielo* und *matrimonio*. Und auch *pace* und *cruce* waren einfach zu verstehen. Leichtsinnig jedoch anzunehmen, dass es bei allen wichtigen Begriffen so gewesen wäre! Wollte man beim Händler *burro* kaufen, wurde man auf den Tiermarkt geschickt: Der *burro*, die gute Butter, bezeichnete hier einen Esel! Das Missverständnis war Velázquez' Dienern passiert, immerhin konnten die einfachen Leute über dergleichen lachen. Oft aber war es heikel. Im Grunde genommen konnte man sich nur darauf verlassen, dass nichts verlässlich war. Also wie? Eine heimliche Feier?

Nun ja … Artemisia druckste herum. – Ich wollte sagen: Es ist nicht ganz legal. Also auch nicht – sie beeilte sich, es zu sagen –, nicht wirklich verboten. Sagen wir … sagen wir: Eine Feier an diesem Ort ist nicht vorgesehen. Noch nicht. – Sie lächelte plötzlich, als hätte sie einen genialen Einfall gehabt:

Sagen wir, dass unsere Feier ein wenig früh kommt. Sagen wir, dass wir der Wirklichkeit ein wenig vorgreifen.

Velázquez' Interesse war geweckt. Eigentlich hasste er Feiern. Er hasste es, mit reichen, aber langweiligen Leuten Essen zu teilen, das zu schwer, und Gerede zu hören, das zu leicht war. Die übertriebenen Toiletten der Damen irritierten ihn ebenso wie das Ordensgepränge der Männer, er fürchtete die schlechte Luft in überhitzten Räumen und die ausgelassenen Gemüter beim Wein. Menschen wurden nicht schöner, wenn sie Froschschenkel aßen.

Es ist … gewiss ein wenig riskant, lieber Velázquez, fügte Artemisia hinzu. – Das sollten Sie wissen. Nicht nur riskant, sondern auch … improvisiert. Danach sollten Sie auch Eure Garderobe richten, wenn ich mir die Bemerkung erlauben darf: stets zum raschen Aufbruch geeignet.

Jetzt war Velázquez wirklich amüsiert. Noch lustiger als diese Unterhaltung konnte das Fest kaum werden. Er ließ sich den Ort und die Wegstrecke erklären und nickte endlich langsam.

Gewiss, meine Teuerste … Weil Sie es sind.

Er knickte wieder zu einer dieser formvollendeten Verbeugungen zusammen, wie sie nur die Spanier zuwege brachten. Es war gleichzeitig prächtig und ironisch. Die Ironie jedoch kam von Velázquez.

Sah man sie auch auf seinen Bildern? Artemisia war nicht sicher. Umso mehr freute sie sich, als Velázquez ihre neue Bekanntschaft formalisierte, indem er wenige Wochen später sie einlud. Nun ganz offiziell. Also machte sich Artemisia in einer Sänfte auf zu Velázquez, der in der Nähe des Palazzo residierte. Sie schicke Tomasio wieder fort, kaum dass sie angekommen waren.

Wenn Sie gestatten?

Vermutlich hatte Velázquez neulich die Konversation über das Fest in diese dauerhaft heitere Stimmung versetzt. Er öffnete persönlich die Tür, reichte Artemisia den Arm und geleitete sie höchst feierlich durch den dunklen Flur, um ein paar Ecken herum und stieß schließlich eine hohe Tür auf.

Voilà, Madame … meine kleine Arbeitskammer. Die wollten Sie doch sehen? – Er sprach in einer ulkigen Mischung aus Italienisch und Spanisch, aber gerade dass er sich vorsichtig von Satz zu Satz tastete, verlieh seiner Rede etwas Graziöses, Leichtes; seine Rede glich einer originellen, ein wenig komplizierten Tanzfigur.

Verzeihen Sie bitte das Unperfekte des heutigen Arrangements, Madame! Manolo? – Er rief einen Diener herbei. – Bring Pfirsichsaft und Wasser.

In der Mitte des Ateliers stand eine einzige Staffelei. Das Bild, an dem er gerade arbeitete, war verhängt. Weitere Bilder lehnten an den Wänden, an zwei Fauteuils, die so breit und mitten im Raum standen, als wären sie schon bei der Ankunft erschöpft niedergesunken. Alles in diesem Atelier war von einer müden Lässigkeit. Sie passte so gar nicht zu dem strengen Regiment, das den Spaniern überall und in allem nachgesagt wurde. Velázquez ging in seinem Atelier auf und ab, rieb sich die Hände, als sei ihm kalt. Er wies den Diener, der mit einem Tablett voller Karaffen und Gläser zurückgekehrt war, an, alles abzustellen und zu gehen. Er schenkte selbst ein, ließ sich Zeit mit der Mischung, gab noch einen Zitronenzweig in das Getränk und einen Zweig frischen Rosmarin, reichte es Artemisia.

Wir wollen uns stärken, bevor ich Ihnen mein jüngstes Werk zeige. Ich darf doch annehmen, dass Sie es trotz seiner Unvollkommenheit in Augenschein nehmen wollen? – Er lachte ein wenig gezwungen. – Ich habe hier noch eine Kopie eines älteren Werks. Das wird Ihnen helfen zu verstehen, wenn Sie denn jemand wären, der der Hilfe bedürfte!, korrigierte er sich schnell.

Er war doch tatsächlich ein wenig nervös! Artemisia freute sich darüber, zeigte es doch, dass er sie ernst nahm, dass er sie auf einer Stufe mit sich selbst sah. Artemisia legte beide Hände auf die Brust: Maestro, ich bin sehr geehrt, wenn Sie …

Er unterbrach sie mit einer eleganten Geste: Signora, lassen wir die Förmlichkeiten! Wir sind Kollegen, mein Name ist Diego Velázquez, das soll genügen.

Er eilte davon, um die Kopie zu holen, von der er gesprochen hatte. Artemisia erstarrte. Was für eine wunderbare Scheußlichkeit! Und was für ein Frevel! Jeder in Neapel kannte das Konterfei des jungen spanischen Königs. Philipp IV. war überall präsent, als Reiterfigur, im vollen Herrscherornat, im Jagdkostüm. Aber das hier?

Ein junger Mann mit dem sensiblen Teint des Rothaarigen schaut eher unsicher den Betrachter an. Das schwarze Gewand des Herrschers scheint ihn in seiner schwarzen Fülle zu erdrücken. Gleichzeitig bietet dieses Gewand eine Fläche, das die Details umso stärker hervorhebt. Artemisia tritt näher: Wie delikat Velázquez die Hände zeichnet, wie prononciert der Kopf ist, wie fein ziseliert die Goldkette über dem kostbaren Faltenwurf des Gewandes hängt. Überhaupt die ganze Art, wie sich Licht und Schatten noch auf dem Spitzenkragen vereinen, wie sich selbst das Schwarz des Kostüms bei genauerer Betrachtung in etwas Samtiges auflöst, etwas wie Rabenfedern – und das bei einer Kopie, die Velázquez, so sagt er, angefertigt habe, um sich zu erinnern. Das Bild zeigte nicht den Herrscher, sondern seine Last, nicht die Macht, sondern die Überforderung.

… Sie haben das gemalt, um sich … zu erinnern?, fragte Artemisia. – Müssen Sie sich denn an sich selbst erinnern? An Ihre eigenen Werke? Sind es gar so mannigfache?

Velázquez seufzte. – Sie haben den Nagel auf den Kopf getroffen. Porträts sind … gefragt. Es gibt nicht viele Künstler, die sich herablassen, nichts als die menschliche Figur in den Mittelpunkt zu rücken. Nicht in ihrer Tat, nicht in ihrer Kühnheit, sondern ausschließlich in ihrem … Sein. So habe ich es unverdientermaßen zu einer gewissen Nachfrage gebracht.

Artemisia stand da, die Stirn gerunzelt, und überlegte.

Sie schwiegen eine Weile.

Gefällt es Ihnen nicht?, fragte Velázquez schließlich. Er schien amüsiert.

Gefallen?, fragte Artemisia. – Die Wahrheit soll mir gefallen?

Velázquez schaute sie freundlich an, sodass sie Mut fasste, weiterzusprechen.

Wie kommt es, dass die königliche Familie Sie derart schätzt, obwohl Sie den Herrscher bar jeglicher Insignien der Macht zeigen? Erregt das nicht das Missfallen des Königs? Er muss seiner sehr sicher sein!

Ich weiß es nicht, sagte Velázquez. – Ich weiß nur, dass er mich braucht.

Mit einem Ruck entfernte er die Decke vom Bild, das auf der Staffelei stand.

Oje! Das war noch schlimmer. Das war noch besser.

7.

Wochenlang dauerten die Vorbereitungen für Artemisias Fest. Oder sollte man sagen: für Matteos Fest? Denn Matteo Sigonio hatte sich ins Zeug gelegt, um ein Fest, das er selbst nicht geben konnte, an einem Ort, der nicht existierte, mit Gästen, deren Mehrzahl er nicht kannte, mehr oder weniger im Verborgenen vorzubereiten. Das mit der Heimlichkeit war das größte Problem. Er und seinesgleichen, die gut organisierten Handwerker von Neapel, die kleinen Händler, konnten schweigen. Das hatten sie unter der spanischen Herrschaft gelernt. Aber Artemisias Leute! Die Künstler und ihre Freunde, die neugierigen Vertreter des niederen Adels – die lebten doch geradezu vom Klatsch und Tratsch. So viel hatte er mittlerweile von der ihm fremden Welt verstanden. Er mochte diese Welt nicht besonders. Allen voran diesen Stanzione nicht, der immer um sie herumscharwenzelte. Aber er mochte Artemisia. Und er rechnete sich durchaus einen Nutzen davon aus, dass er dieses klandestine Ereignis für Artemisia organisierte. Es war nicht sein Fest. Er maßte sich nicht etwas an, das ihm nicht zustand. Er half nur aus. Das allerdings mit Bravour. Matteo hörte sich um, beschaffte Hölzer, Stoffe, Lampen und bestellte das Festmahl, indem er es in viele kleine Tranchen aufteilte. Das war das Wichtigste, da ging es bei Hof nicht anders zu als bei seinen Freunden in einer Taverne. Freilich mussten die Speisen präsentiert werden, und zwar auf möglichst beeindruckende Weise. Auch wenn Musiker aufspielten oder Schauspieler die Gäste unterhielten – die eigentliche Bühne bildete das Büfett. Artemisia war ungeduldig und aufgeregt. So kannte sie das nicht von sich. Aber je weniger Matteo ihr verriet, umso kribbeliger wurde sie. War sie es nicht, die immerfort alle Dinge steuerte? Die die Kontrolle über die Belange ihres Lebens behalten musste? Warum hatte sie sich auf die verrückte Idee dieses Mannes eingelassen, der ihr wahrscheinlich nur auf eine recht eigenwillige Weise imponieren wollte? Aber es war zu spät. Heimliche Boten hatten die Einladungen bereits an die zahlreichen Gäste überbracht. Zur Überraschung der Privilegierten hatte es keine gedruckten *biglietti* gegeben, die Überbringer der Einladungen hatten vielmehr darauf bestanden, bei den diversen Herrschaften vorsprechen zu müssen, und als Zeichen der Einladung jeweils nur eine kunstvoll gefärbte Schwanenfeder zurückgelassen – diese würde als Eintrittskarte gelten. Natürlich machten sofort Gerüchte die Runde, ja, es hieß sogar, dass Schwanenfedern plötzlich in bestimmten Gegenden der Stadt sehr gefragt seien, und nun wurde sogar Matteo nervös. Der Tag des Festes nahte, ein paar vertrauenswürdige Sicherheitsleute wurden angeheuert, etliche Spanier bestochen. Und dann machten sich an einem warmen Septemberabend des Jahres 1631 einige Dutzend Menschen auf den Weg. Sie taten wie geheißen, als machten sie einen Spaziergang oder als schickten sie sich an, späte Besorgungen zu erledigen. Sie kamen, wie gebeten, erst nach Einbruch der Dunkelheit und erreichten auf Umwegen ihr Ziel: die Bauruine der Donn' Anna, direkt am Golf von Neapel.

Sie trafen allein, zu zweit oder höchstens in kleinen Gruppen ein, und sie suchten keineswegs am offiziellen Eingang des riesenhaften Gebäudes an der Via Posillipo Einlass, sondern umrundeten wie beiläufig das Gebäude, was sich wegen des Geländes, das noch kaum bearbeitet war, als mühselig herausstellte. Zur Meerseite hin lag ein zweites Portal, hier wiesen zwei Fackeln den Weg in das Gebäude, das ansonsten in scheinbar vollkommener Dunkelheit lag. Eine lose Kette merkwürdig ähnlich gekleideter Gestalten traf hier nach und nach ein, die Frauen in Dominomänteln, wie Klosterbrüder, die in den Weiten ihrer Gewänder etwas zu verstecken hätten. Gewisper, Getuschel, unterdrücktes Lachen, Kramen in den Taschen der Mäntel, sich Umwenden, Absichern, dann das Streicheln von Schwanenfedern über die fordernd vorgestreckten Hände der Männer am Einlass. Das war das Passwort: die streichende Schwanenfeder. Und hinein. Und raus aus den Mänteln. Dann die Überraschung: Aus den formlosen, farblosen Larven schlüpften prächtige, grün und rot schillernde Käfer. Schwere Schleppen, eben noch hochgeschlagen, wurden fallengelassen, Roben gerichtet, Hüte ausgeklopft, die Krempen aufgeschlagen. Brokatgewänder, fließende Seide bei Männern wie Frauen. Freilich hätte ein Kenner sofort erkannt, dass die Seide billigerer Satin war, der Brokatrock aus Vorhangstoff improvisiert und der fantastische Kopfschmuck nur hastig zusammenmontiert war. Alles hier war *faux*, war Fälschung. Als hätte sich die Gesellschaft dafür herausgeputzt, für ein riesenhaftes, groteskes Gemälde Modell zu stehen. Artemisia begrüßte ihre überraschten Gäste mit tiefer Befriedigung. Unwillkürlich blieb sie stumm, verneigte sich lediglich, und diese übertriebene Ziererei wurde ebenso übertrieben erwidert, wobei so mancher Hut ins Rutschen geriet. Die Frauen waren geschminkt, alle hatten reichlich Puder aufgelegt, manche sogar Rouge! Wie sehr sie es genossen, über die Stränge zu schlagen und hier als undurchsichtige Flaneurinnen, als Kutscherinnen, als Waldfee, als edle Marketenderin, große Reisende, Zauberwesen oder gar als Mann zu erscheinen.

Wo entlang?

Bitte hier!

Und tatsächlich noch unter ein paar Decken hindurch, die hier als Samtvorhänge herhalten mussten. Aber dann: Eine Halle! Und Beleuchtung! Die Gäste blinzelten. Und Musik! Die Gäste reckten die Hälse. Irgendwo weit hinten, in einer Ecke des improvisierten, überraschend weiten Saales, spielten Musikanten auf. Die Theorbe und die Laute waren eher leise Instrumente, aber dieses neumodische Ding, die Gitarre, gab den Rhythmus vor. Artemisia hatte die Auswahl der Musik Prudenzia überlassen. Das Mädchen liebte Musik. Tagaus, tagein summte und sang es vor sich hin, und es hatte keine drei

Wochen gedauert, bis Prudenzia in der neuen Heimat Instrumentalisten aufgetrieben hatte – und für sich eine Mandoline. Artemisia sah mit Verwunderung, dass Prudenzia unter den Musikern umherging, Noten sortierte, Pulte rückte und nun selbst auf einem Hocker Platz nahm und nach ihrem Instrument griff. Das hatte Artemisia keineswegs erlaubt! Ging das nicht zu weit?

Guten Abend, Donn' Anna!

Die Gäste spielten, dass Artemisia die tatsächliche und eigentliche Besitzerin des etwas löchrigen Palazzo wäre. Artemisia spielte mit, begrüßte, vergaß ihren Zorn auf die allzu freimütige Tochter. Immer mehr Leute trafen ein, das Getuschel nahm zu, aber sie sprachen weiterhin gedämpft, als gäbe die Musikantengruppe das vor. Artemisia war nervös. Wie lange würde es dauern, bis alle eingetroffen waren? Noch ein falscher Bäckermeister! Und ein paar Henker. Und natürlich jede Menge Seeleute, Pfaffen und Skelette. Endlich gab Matteos Freund Antonio ein Zeichen: alle eingetroffen. Die Türen wurden verschlossen. Die Musik wurde ein wenig mutiger. Lampen wurden an Ketten emporgezogen – und sogleich die Tücher vor dem Büfett entfernt. Auch das Büfett war notgedrungen improvisiert, und man hielt sich nicht mit Vorgeplänkel auf. Wer wusste denn schon, wie lange sie hier unentdeckt bleiben würden! Keine Silberschalen, keine Kristallkaraffen. Das alles hierherzuschaffen, wäre zu riskant und zu auffällig gewesen. Also hatten ein paar massive Bohlen aus dem Schiffbau als Untergestell für das Büfett herhalten müssen, Segeltuch hatte als Abdeckung gedient, es gab einfache Kannen und Becher, und wer auf Silberbesteck gehofft hatte, musste sehen, wie er klarkam. Aber wie das duftete! Und wie das bei aller Einfachheit leuchtete! Die Leute strömten näher. Früchte aus Afrika und der Neuen Welt waren kunstvoll drapiert, ein Blütenteppich ersetzte das feine Tischtuch, und die Rosen und der Lavendel verbreiteten einen betörenden Duft. Zitronen, Pomeranzen, Limetten sorgten für Frische, Weintrauben für Fülle. Eingelegte Artischocken, getrocknete und dann wieder eingelegte Tomaten, geröstete Auberginen und Paprika waren zu fantastischen Gebilden aufgebaut. Den Leuten entfuhren Laute des Staunens. Dahinten, dort, seht nur! Da thronte ein Schwan auf einem Berg aus Geflügelteilen, die, wenn man genau hinsah, zusammen mit gerösteten Knoblauchknollen und Zwiebeln, Rosmarinzweigen und kandierten Äpfeln den Aufbau der Stadt Neapel vom Meer aus simulierten. Ein Schwan! Das tote Prachttier krönte üblicherweise die Tafeln von Adligen. Wo immer Matteo das Tier erwischt und hatte zubereiten lassen – es sprach für exzellente Verbindungen. Die Magensäfte rumorten, der Wein, der großzügig eingeschenkt wurde, stieg angenehm zu Kopfe. Artemisia entdeckte Matteo in der Menge. Sie schob sich zu ihm hindurch:

Das haben Sie großartig gemacht! Ich danke Ihnen von Herzen.

Matteo brummte eine Erwiderung, vielleicht war er selbst überwältigt von der Pracht, vielleicht hinderte ihn aber auch das massive Stück der gebratenen Lammkeule, das er in der Hand hielt, an einer angemessen galanten Erwiderung. Lamm war besser als Schwan, fand Matteo – nicht für die Optik, aber für den Gaumen!

Artemisia lachte. Und füllte ihren Teller. Und den Becher. Sie sah nach den Gästen, sie nickte den Musikern zu. Sie sah, wie allmählich alle Vorsicht fahren gelassen wurde, wie die Musik lauter spielte, wie Tod mit Tänzer und Marktfrau mit falschem König tanzten. Und wie sie tanzten! Und aßen! Das war anders als einer dieser steifen Empfänge bei den Herrschaften, hier wurde gesprungen und gekreist, wurden Schultern umfasst und Dekolletés präsentiert, hier lachten Piraten und Pestärzte, in den Augen den Schimmer von Wein, um die Lippen den Glanz von Fettigem. Artemisia versuchte, Freundinnen unter den Masken zu erkennen, aber das war nicht einfach. Weil trotz der Masken ausgelassen getanzt wurde. Weil die Masken sich bewegten.

Das gelang nur, indem man auf der Rückseite der Larven eine Perle befestigte und diese zwischen den Zähnen festhielt. Aber manche der Frauen hatten sich noch mehr ins Zeug gelegt: Sie hatten sich massive Augenbrauen beschafft, die angeblich in Spanien große Mode waren. Die *faux* Augenbrauen bestanden aus Mäusefell und waren aufgeklebt.

Jemand verbeugte sich vor ihr, förmlich, eine Maske über Augen und Nase, aber selbst unter dem schwarzen Leder konnte man erkennen, wie sehr sich der Mann amüsierte.

Maestra! Würdet Ihr mir die Güte gewähren?

Der gespreizte Satz wurde in perfektem Italienisch ausgesprochen, aber mit diesem bekannten, heiseren Akzent. Vélazquez war noch da! Eigentlich hatte der Maler längst wieder in die spanische Heimat zurückkehren wollen, denn in Neapel, so hatte er wissen lassen, fiele ihm nichts ein, die Stadt beanspruche ihn zu sehr, mit ihrem aberwitzigen Gedränge, ihrer Hitze, dem Durcheinander in den Gassen. Aber er war geblieben.

Gibt es einen schöneren Abschied als ein heiteres Fest?, fragte er, während er sie zu einer langsamen Drehung ermunterte. Ein Engel schwebte vorbei, die Flügel schon leicht lädiert, die goldenen Reifen in den Haaren verrutscht.

Ich freue mich, dass es Ihnen gefällt, erwiderte Artemisia, und Velázquez lachte:

Wie sollte es nicht?!? – Und er wies mit der freien linken Hand ringsumher, und Artemisia stimmte in sein Gelächter ein, denn nun waren sie umgeben vom Tod. Tod, Tod und noch einmal Tod: Sensenmänner, Klabautermänner, Skelette. Das Schöne zu Schrecklichem, das Schreckliche zum Schönen.

Velázquez beugte sich zu Artemisias Ohr. Er flüsterte, sodass Artemisia nicht alles verstand.

Seltsame Menschen, diese Neapolitaner … eingeklemmt zwischen Satan und Himmel … ganz oben und ganz unten … Der Berg erweist dieser himmlischen Regel die Ehre, jeden Tag aufs Neue …

Hatte er das wirklich gesagt? Artemisia schaute sich noch einmal um. Am Büfett teilten sie gerade den Schwan.

Als Artemisia sich mit Prudenzia und den letzten Gästen aus dem Palazzo schlich, begann es gerade wieder zu dämmern. Höchste Zeit!

Und dann brach der Vesuv aus. Vorsichtige hatten gewarnt: Schon seit einigen Wochen hatte er immer wieder kleinere Rauchwölkchen in den blauen neapolitanischen Himmel geblasen, Zeichen, die die meisten Leute nicht wahrnahmen oder sofort wieder vergaßen. Immer mal wieder hatte der alte Berg gegrummelt oder gegrollt, er gehörte zu ihnen wie das Tyrrhenische Meer, das mit übergroßen Wellenzungen gierig an den Häusern an der Uferkante leckte, wie der Vomero, der gelegentlich ein paar Felsen talwärts schickte. Die Landschaft hier machte große Gesten, beließ es aber für gewöhnlich dabei. Bis zu diesem Dezemberabend im Jahr 1631. Am Morgen hatte der Vulkan eine überaus mächtige Wolke in den Himmel gesandt, ein Wolkenbündel, von dem sich viele kleinere Wolken losrissen und davonstoben. Was für ein Spektakel! Die wenigsten nahmen das Zeichen ernst, und auch von diesen wagten sich viele, allzu viele, zunächst an den Strand, von wo aus man den besten Blick auf den Vesuv hatte. Die Menge am Ufer wurde im Lauf des Tages größer, es entstand ein regelrechtes Gedränge, durch das sich die wenigen Vernünftigen, die fort von hier wollten, mit zunehmender Erbitterung schoben:

So lasst uns doch passieren!

Ihr werdet sehen, was für ein Unglück uns droht!

Die anderen lachten. Die Imponiergebärden des Berges hatten noch nie etwas bedeutet. Freilich, dies hier war besonders. Die Kunde von der drohenden Wolke, die schwer über dem Berg hing, trieb endlich die Menschen aus den Quartiere Spagnoli aus ihren Gassen. Die spanischen Soldaten machten Meldung und fanden sich nicht zurecht. Was hatte das alles zu bedeuten?

Die Antwort erhielten sie am Abend. Kochend, brodelnd, bitter sandte der Berg nun viele kleinere Wolken in den Himmel. So finster, so kompakt waren die Wolken, dass man sie sogar gegen den tiefblauen Nachthimmel sehen konnte. Und was für ein Gestank! Schwefelgeruch machte sich breit, der Geruch der Hölle und des Verderbens. In den Städtchen am Ufer, in Torre del Greco und Torre Annunziata, machte sich Unruhe breit. Menschen packten ihre Sachen, holten die Kinder von den Strohlagern, schirrten die Esel an, beluden die Karren, ganze Ströme von Menschen ergossen sich schließlich in Richtung des neapolitanischen Hafens. Schnell, schnell! Aber zu viele Menschen waren nun gleichzeitig auf den Gedanken gekommen, sich zu retten. Andere wollten vor allem wissen, wollten sehen. Und alle hatten dasselbe Ziel: das Stadtzentrum von Neapel, die Stadt, von der sie sich Rettung erhofften, weil sie höher gelegen war, weil man nach oben konnte, auf den Berg, zum Kastell, egal … Die Ersten stürzten, Tiere kamen zu Fall, Kinder greinten. Und dann geschah es. Am späten Abend ertönten plötzlich gewaltige Donnerschläge vom Berg. Die Menge schrie. Dann stärkere, schwärzere, stinkende Wolken, eine Verdickung und Verdichtung der Luft. Das Atmen wurde schwer, die Luft beißend. Weitere Wolken, aus denen Flammen zuckten.

Madre Madonna! Das Bekreuzigen nützte nichts, verlangsamte nicht einmal mehr die Katastrophe. Oder doch?

Wissendere Beter zogen vorbei, die Mönche aus dem Kloster in ihrem auf immer gebildeten Singsang: *Sub tuum præsidium confugimus, Sancta Dei Genitrix. Nostras deprecationes ne despicias in necessitatibus* … Aber die heilige Maria kümmerte sich einstweilen nicht um die Gebärenden, auch nicht um die vielen klagenden Mütter mit den kleinen Kindern, nicht um die Alten. Kein Schutz und Schirm, nirgends. Der Zug der Mönche verschwand im Dunst.

Es begann zu regnen, aber diejenigen, die sich Erleichterung von diesem Regen erhofften, wurden bitter enttäuscht: Der

Regen brachte Asche, Tonnen von Asche. Schwarz und klebrig fiel sie auf Dächer, Gassen, die fliehenden Menschen. Das Gehen wurde schwer. Die Straßen verwandelten sich in stinkende, glitschige, schmierige Bahnen. Pferde und Esel rutschten aus, stürzten, die Kutscher sprangen von den Böcken, flohen, ließen Fuhrwerke und Passagiere zurück.

So helft uns!

Niemand half. Alle waren damit beschäftigt, sich zu retten, irgendwie, irgendwohin. Ein paar Geistesgegenwärtige gab es: Pfarrer, die die Kirchen aufschlossen, Handwerker, die mitten in der Nacht Hütten auf den höher gelegenen Plätzen aufbauten. Aber wie schwach wirkte ihr Hämmern und Poltern gegen das große Poltern des Bergs! Am Morgen wurde es zur Gewissheit: Der Ascheregen war nur die Ankündigung. Jetzt machte der Vesuv Ernst. Lavaströme flossen aus dem Berg, jetzt offenbarte sich das ganze Verderben. Und immer noch regnete es. Wasser und Feuer vermischten sich, gingen ein Bündnis ein, das konnte nicht sein, das war wider die Natur, da waren die Kräfte der Hölle am Werk, niemand schaute jetzt mehr, alle schlossen sich ein, kauerten sich zusammen, Alte, Junge, Familien, die Hofgesellschaft und die Ordensbrüder, die Besatzer und die Geknechteten, Freie, Alte, Kranke und Kinder: eine einzige gekrümmte, geduckte, verlorene Gesellschaft. Neapel ging zu Boden unter der Last von Feuer und Wasser.

Am Morgen erhob sich Artemisia mühsam. Sie versuchte, sich aus Prudenzias Armen zu befreien, ohne die Tochter zu wecken. Vor dem Lager ruhte das Mädchen, ruhten die beiden Burschen, die ihr im Atelier zur Hand gingen. Sie lagen alle dicht beieinander, die Burschen gekrümmt wie von Schmerzen, das Mädchen gerade, wie niedergestreckt von einer Gewalt. Artemisia nahm die Stiege nach oben. Sie musste wieder aufs Dach. Von dort war sie gestern Abend geflohen, als aus dem Regen Asche, als aus dem Donnergrollen Feuer wurde. Sie hatte genug gesehen.

Aber nun stieß sie die Luke wieder auf, schob sich auf der Leiter nach oben, kümmerte sich nicht darum, dass ihr Kleid am Saum zerriss. Luft, nur Luft! Aber nach wie vor ließ sich kaum atmen, nach wie vor lag dieser entsetzliche Höllengestank in der Luft. Es war hell und doch nicht hell. Die Luft war schwer und grau. Artemisia wickelte sich einen Schal über den Kopf, ließ nur die Augen frei. Sie legte eine Hand über die Augen, versuchte, sie offen zu halten, obwohl der Rauch biss, versuchte, sich zu orientieren. Es war still geworden. Wenige Menschen in der Ferne tasteten sich über die vom Unrat zerklumpten Wege, setzten vorsichtig einen Fuß vor den anderen, stolperten dennoch, glitten aus. Wenn sie fielen, fluchten sie nicht, schrien nicht, sondern rappelten sich wieder auf, standen schwankend, machten sich wieder auf den Weg. Wohin nur? Wohin konnte man gehen? Überall zurückgelassene Dinge. Da eine umgestürzte Kutsche. Hier eine Sänfte. Möbelstücke, Kleidung, Gerätschaften von Handwerkern. Unbestimmbare Haufen. Ein Pferd trabte mit zerrissenen Zügeln laut wiehernd über die Gasse. Das ganze Pferd war grau, Mähne und Schweif, Körper und Nüstern, das Zaumzeug, das in Fetzen hing. Artemisia zuckte zusammen: Es klang überlaut. Das Pferd stürmte an ihrem Haus vorbei, und Artemisia meinte, trotz der Entfernung, trotz des Schals, der sie schützte, seinen Geruch wahrzunehmen, Tiergeruch, bitter von Angst – so wie die Tiere rochen, die man zum Schlachthaus trieb.

Artemisias Kehle schmerzte. Ein entsetzlicher Durst stieg in ihr auf, machte sie husten.

Hatten sie genug Wasser im Haus? Würde es verdorben sein? Und würde sie jetzt irgendwo neues bekommen? Wie stand es überhaupt um die Vorräte? Artemisia wurde schmerzlich bewusst, dass sie sich um dergleichen nicht gekümmert hatte. Sie musste wissen, woran sie war. Sie musste wissen, wie schlimm die Katastrophe sie getroffen hatte – sie, ihre Familie, Matteo, Flavia, Stanzione, die ganze Stadt. Entschlossen kletterte sie wieder nach unten, ging in die Küche, wo sich das Mädchen, das seit kurzem die Besorgungen erledigte, unter dem Tisch ausgestreckt hatte:

Rosalia, komm, wir müssen uns umschauen!

Das Mädchen fing an zu weinen, sah Artemisias stechenden Blick, raffte sich auf, wischte sich die Tränen aus dem Gesicht.

Gewiss, ich komme ...

Die beiden Frauen verließen das Haus. Artemisia hieß Rosalia, die Röcke zu schürzen. Wer sollte sich jetzt daran stören? Sie befahl ihr, zwei Messer mitzunehmen. Wo das Unglück war, war das Verbrechen nicht weit. Sie bewegten sich vorsichtig, hintereinander, wie zwei, denen man nicht auf die Schliche kommen soll. Die Gasse war wie ausgestorben, nichts rührte sich. Artemisia lauschte. Keine Glocken läuteten an diesem verfluchten Sonntag, kein Mensch machte sich auf den Weg zur Messe. Sie mussten aufpassen, dass sie nicht stürzten, so glitschig waren die Wege. Sie bogen um die Ecke zur Via Toledo – und erstarrten. Die Straße war übersät von Unrat, von Zurückgelassenem – aber da war noch etwas anderes. Vorsichtig näherte sich Artemisia und zuckte zurück: Menschen lagen hier, tote Menschen, aber es waren keine Menschen mehr, es waren nur Leiber, zerrissene Leiber, verkohlte, verbrannte, zerrissene Körper. Sie waren von Lava getroffen zusammengebrochen, halb verbrannt. Abgetrennte Gliedmaßen, von Entsetzen geweitete Augen. Karren, Lumpen. Längst war das Mädchen zurückgeblieben, rief verzweifelt Artemisias Namen. Die aber konnte nicht anders. Sie bewegte sich vorwärts. Sie musste das ganze Ausmaß dieses Schreckens erfassen, sie musste verstehen.

Jeden Tag machte Artemisia von nun an diese Gänge, immer mit dem verstörten Mädchen an der Seite. Sie redete sich ein, Besorgungen machen zu müssen, aber es gab nichts zu besorgen. Die Weinberge waren verbrannt, die Granatapfelbäume und die Pomeranzen, die fruchtbaren Hänge am Vesuv lagen unter der Asche begraben. Es gab keine Händler und erst recht keine Waren, die diese hätten verkaufen können. Es gab nur umherirrende, suchende Menschen, es gab die spanischen Soldaten, die mit gespenstisch sauberen Uniformen versuchten, die Ordnung wiederherzustellen. Es gab die Kinder, die ihre Eltern verloren hatten, es gab die Tiere, die man nach und nach wieder einfing. Die Leute blieben stumm. Sie fluchten nicht. Sie palaverten nicht. Sie standen still und fassungslos am Hafen, der trockengefallen war. Ganz so, als habe sich das Meer vor diesem schrecklichen Spektakel zurückgezogen. Sie standen still und fassungslos vor den Kirchen, in die kein Hineinkommen war: Einsturzgefahr, überall, aber natürlich vor allem bei den höchsten und mächtigsten Gebäuden. Sie wurden streng bewacht. Am dritten Nachmittag ruhten sich Artemisia und Rosalia auf einem dieser sinnlosen Gänge aus. Sie saßen auf den Stufen von Santa Brigida. Wenn sie schon nicht in die Kirche gelangen konnten, so boten doch die fünf Stufen davor ein wenig Geborgenheit, ein wenig Ruhe. Da hörten sie ein Schlagen wie von Glocken, aber stumpf und hart, in enervierender Regelmäßigkeit, und dazu ein Sirren und Summen. Die Geräusche kamen näher, und dann hörte man auch schlurfende Schritte von Menschen, von vielen Menschen, und diese Menschen murmelten. Artemisia erhob sich, um besser zu sehen.

Die Menge schob sich von der Via Trinitá heran, sie war schon auf die Via Toledo eingebogen, und nun kamen sie näher und näher: Menschen, viele Menschen, entsetzlich viele Menschen, die barfuß in langen Reihen gingen, sie trugen Säcke in Art von Mönchskutten, und sie hielten Knochen und sogar Totenschädel in ihren Händen – Gebeine, die sie aus den Grüften geholt hatten. Sie wollten sich des Beistands der Vorfahren versichern, deshalb hatten sie ihre Toten bei sich, aber als sei das nicht genug, trugen sie auch noch Kreuze, die schwer lasteten auf den Rücken der Pilger; manche schleppten große Steine, andere trugen Dornenkronen auf den Schädeln, und viele geißelten sich selbst. Artemisia stutzte: Es waren die Notabeln von Neapel, nicht das einfache Volk, und es war, als wären sie alle gekommen. Und vorneweg schritt der Erzbischof von Neapel selbst, Kardinal Francesco Buoncompagni, sonst nicht durch seine Frömmigkeit bekannt, der aber nun psalmodierte und betete und die Menge anführte und mit ihr verschwand. Wachen geleiteten den Zug, ein großer Mann schien sie anzuführen, er wirkte umsichtig, er bahnte den Notabeln den Weg. Artemisias Herz schlug schneller: Das war Matteo, auch er hatte es irgendwie geschafft. Sie wollte ihn rufen, aber die Stimme versagte ihr.

Was für ein Spektakel war das? Wohin führte der Mann der Kirche die Menge? Ein Wind erhob sich. Artemisia schlang den Umhang enger um sich. Rosalia neben ihr war aufgesprungen, bekreuzigte sich. Der Wind wurde stärker. Artemisia sah nach oben. Zum ersten Mal seit Tagen konnte man den Himmel sehen: als blaue Möglichkeit hinter scheinbar undurchdringlichen Wolken aus Schmutz und Asche.

Die Leute erzählten später, Sankt Januarios habe sich gezeigt, gerade, als sich die frommen Büßer mit dem einfachen Volk auf der Piazza vereinigt hätten, als der Erzbischof seine Hände zum Segen ausbreiten wollte – genau in diesem Moment sei der Patron der Stadt in einer seltsamen Luftspiegelung am Himmel erschienen.

Und dann war die Katastrophe vorüber. Freunde meldeten sich. Massimo Stanzione tauchte wieder auf. Flavia. Und der Bruder. Der verflixte, nichtsnutzige Bruder. Auch er, seit Wochen verschwunden, war von der großen Katastrophe verschont geblieben. Sie alle waren verschont. Sie machten sich ans Aufräumen. Sie versuchten, alles wieder an seinen Platz zu stellen, das Verlorene zu ersetzen und das Erhaltene auszubessern und zu säubern. Und doch war die Stadt eine andere.

Fassungslos betrachtete Artemisia Gentileschi zwei Monate später den Kupferstich, den ihr Stanzione zeigte: eine Ansicht von Neapel im Sturm des Vesuvausbruchs.

Das soll von Sandrart angefertigt haben?

Gewiss, gewiss!

Joachim von Sandrart war Künstlerkollege aus dem fernen Norden. Artemisia hatte ihn einmal kennengelernt, aber sie hatten Mühe, sich zu verständigen. Von Sandrart sprach eher Latein als Italienisch, und Artemisia hatte es aufgegeben, Englisch zu lernen, seit Lanier fort war.

Sandrart hatte, so wollte es die Bildunterschrift glauben machen, nach dem Leben gezeichnet. Die Panoramaansicht zeigte den Ausbruch des Vesuvs als gut organisiertes Spektakel. Paare beraten sich, Familien brechen geordnet auf, während der Berg im Hintergrund schön symmetrisch seine Botschaften aus Feuer und Rauch schickt.

Na, wartet!, rief Artemisia. – Was ist das für eine Narretei! Diese Darstellung trägt nicht das winzigste Fäserchen von Wirklichkeit in sich, ich werde diesem hergelaufenen Gesellen …

Sie würde ihm … Sie tat es. Der Zufall wollte es, dass sich Artemisia und der deutsche Künstler beim Empfang des Erzbischofs trafen. Es war eine der ersten Zusammenkünfte überhaupt nach der großen Katastrophe. Tanz und Theater schienen einstweilen undenkbar, aber eine Versammlung beim Erzbischof? Das konnte sich geziemen. Groß war der Hunger der Menschen, groß war ihr Hunger nach Austausch, nach Informationen – und groß war der Hunger auch buchstäblich, denn die meisten hatten ihre Vorräte nun aufgebraucht, auch Artemisia und Prudenzia hatten wochenlang hauptsächlich von getrockneten Datteln und Nüssen gelebt. Die Vermutung lag nahe, dass die Kirche besser hatte vorsorgen können, das erhöhte den Reiz der Einladung. Und tatsächlich hatte der Erzbischof seine Keller großzügig geöffnet, es gab verschiedene Weine, darunter auch sättigende, süße; es gab getrockneten Fisch und eingelegte Früchte dazu, Brot mit Mandeln, und sogar Kuchen wurden gereicht.

Die Stimmung, anfänglich ein wenig verhalten, löste sich mit jedem Becher Wein, und dann ließ der Erzbischof aufspielen. Eine kleine Gruppe von Musikern hatte in einer Ecke des Salons Platz genommen, gelassene Melodien erklangen, und vielleicht waren es diese Töne, die tiefere, sichere Viola da Gamba und die nervöse, die Melodien führende Violine, die Artemisias Erinnerungen weckten an Empfänge zu besseren Zeiten – mit dem besten Mann, den sie je gekannt hatte. Aber Venedig war weit und, soweit man gehört hatte, verloren; mehr als ein Drittel der Einwohner hatte die Pest dahingerafft, und so konnte sie nur hoffen, dass auch Lanier weit war, weit weg in seinem zugigen Norden. Sie hatte nichts mehr von ihm gehört.

Artemisia Gentileschi? Welch eine Freude, Sie wiederzusehen – und offenbar bei bester Gesundheit!

Der Mann, der sie so fragend grüßte, sprach noch immer ein fürchterlich holpriges Italienisch. Es war Joachim von Sandrart. Er habe von ihrer Reaktion auf seinen Kupferstich gehört, sagte er.

Artemisia errötete. Zwar hatte sie ihm wirklich die Leviten lesen wollen, aber nun nach dem guten Wein und weil er so abrupt und mit freundlicher Miene vor ihr stand, war ihre Angriffslust wie verflogen.

Signore!

Sie deutete eine Verbeugung an.

Nicht doch, nicht doch!

Er nahm sie unversehens beim Arm. Was für ein schlechtes Benehmen diese Männer hatten! Und er roch aus dem Hals wie einer, der zu viel Fleisch isst. Von Sandrart ließ sich durch ihre abwehrende Geste keineswegs beeindrucken.

Ich wollte Sie fragen, was Sie dazu führt, mein kleines Werk derart kritisch ...

Er kam also direkt zum Punkt, auch das eine Eigenart dieser Leute aus dem Norden. Sie fanden nichts dabei, andere in Verlegenheit zu stürzen. Artemisia straffte sich: Nun gut, dann sollte der Mann hören, was sie zu sagen hatte.

Waren Sie hier?, begann sie ihre Rede, und von Sandrart prallte zurück, weil er nun anscheinend verstand, dass das keine gemütliche Salonplauderei werden würde.

Haben Sie es gesehen …?, fuhr Artemisia fort. Sie zählte die Grässlichkeiten auf, die Toten, die schwer Verletzten und die Verlorenen.

Haben Sie gehört – und vor allem: Haben Sie zugehört?

Von Sandrart war beeindruckt, mehr beeindruckt als beleidigt, also ließ er sie ausreden in ihrem Furor und sagte dann nur ganz leise, ganz bedächtig:

Ich war hier. Ich war auch hier. – Er fügte noch hinzu: Mit Verlaub.

Als könnte Artemisia, die Künstlerin, die er mit Neapel identifizierte, ihn im Nachhinein dazu autorisieren.

Artemisia hielt inne. Wie konnte es sein, dass von Sandrart – ein Künstler immerhin, den man kannte und der dieselben fürchterlichen Tatsachen gesehen hatte wie sie – aus der Katastrophe von Neapel eine hübsch ordentliche Zeichnung angefertigt hatte, die dann Vorlage für den Kupferstich wurde? Wie konnte es sein, dass sein Vulkan geradezu wohlerzogen seine schmale Feuerzunge in die Luft streckte, dass all die armen Menschen in hübschen Bleistiftstrichen gutgekleidet und anscheinend in Seelenruhe der Katastrophe davonspazierten?

Sie ereiferte sich wieder. Sie spürte, wie es in ihrer Kehle heiß und eng wurde, die Stimme heiser.

Wie konnten Sie … Wie erkühnten Sie sich?

Von Sandrart blieb ruhig. Das sei ja gerade die Aufgabe der Kunst: zu ordnen, wo es keine Ordnung gebe, den Überblick herzustellen, wo alle in Leidenschaften oder Leiden verstrickt seien.

Er erwähnte andere Künstler, die arbeiteten wie er, fast alle Kupferstecher, fast alle aus dem Norden, nicht wenige aus seiner Heimatstadt Nürnberg, die er mit Stolz erwähnte.

Humanismus, sagte von Sandrart. Reformation. Und: Pardon, sagte von Sandrart.

Krieg, erwiderte Artemisia Gentileschi. Not, Hoffnungslosigkeit. War in der Heimat des Kollegen nicht jener entsetzliche

Krieg im Gang, der den halben Kontinent verwüstete? Gab es nicht Tausende von Verletzten, Hunderttausende von Fliehenden? Vertriebenen, Waisen, Verlorenen? Und dann – sie schnaubte geradezu vor Empörung – hatte er nichts anderes zu tun, als eine fremde Katastrophe hübsch anzurichten wie ein Büfett?

Sie war laut geworden. Ein paar Leute gesellten sich dazu, die Becher mit Wein in den Händen. Die Gentileschi traute sich etwas zu. Stellte diesen vornehmen Herrn zur Rede. Interessant.

Von Sandrart schwieg lange. Dann ergriff er Artemisias Hand, die sie ihm natürlich augenblicklich entzog.

Vielleicht ist das schwer zu begreifen, teure Dame, sagte er in bemühter Höflichkeit. – Vielleicht ist das schwer zu begreifen, wenn man nicht aus jener Gegend kommt, die Sie mit so viel Zorn und zu Recht als verwüstete Gegend beschreiben.

Er machte eine Pause, suchte ihre Augen. Artemisia hielt seinem forschenden Blick stand, sie funkelte ihn an.

Sie haben durchaus recht: Ich bin hierhergekommen als Besucher, mit meinem verehrten Meister, Gerrit van Honthorst, den Sie kennen und von dem ich mich unterrichten lassen wollte in der Kunst der Naturanschauung. Aber ... – er machte eine weit ausholende Geste – ... was ist diese Natur? Sie ist doch nichts als Verwüstung und Willkür. Sie bringt Tod, wo sie Leben spenden, Kälte, wo sie wärmen, verheerende Feuer, wo sie Wachstum ermöglichen sollte. Nein, auf die Natur kann ich nicht mehr mit jener Verehrung schauen, die der Schöpfer eigentlich gebietet. Es ist an uns, sie zu ordnen, diese Natur, sie zu zähmen. Daher ... – Er sprach nicht weiter.

Ein Spiel für ängstliche Knaben, erwiderte Artemisia scharf. – Für solche, die es nicht ertragen, hinzusehen.

Aber Sie? Auf Ihren Bildern kommt doch die Schöpfung kaum je einmal vor? – Van Sandrart versuchte womöglich einen Gegenangriff, denn nun hatte sich sein Gesicht gerötet. Allzu sehr hatte ihn die temperamentvolle Kollegin in die Enge gedrängt.

Das stimmt, erwiderte Artemisia kalt. – Mich interessiert das, was man Natur nennt, nicht im Geringsten. Oder sagen wir: Es ist bisweilen der notwendige Hintergrund für ein Geschehen, das ich darzustellen beliebe. Dafür gibt es dann Spezialisten … – Sie brach ab. Über den einen, den ihr für immer widerlichen Virtuosen der Landschaft, wollte sie hier nicht sprechen. Aber er kam ihr immer wieder, immer noch, nach zwanzig Jahren noch in den Sinn.

Machen Sie nur weiter, wie es Ihnen gefällt, sagte Artemisia mit einiger Arroganz. – Gewiss gibt es viele Kunden, die es genau auf diese Ordnung abgesehen haben.

Sie rauschte davon. Zurück blieb ein düpierter Gast, der sich hilfesuchend zu den anderen Gästen umschaute, die lachten und abwinkten: So war sie eben, die Gentileschi! Kannte keine Kompromisse!

Artemisia allerdings ärgerte sich über sich selbst. Den guten Mann derart zu kränken! Und noch dazu, wenn er ein Schüler van Honthorsts war. Wie hatten sie dessen Bilder amüsiert, die voller Leben und voller Menschen waren! Wie oft hatten sie darüber diskutiert. Wo waren diese Zeiten hin? Die vergnügten Kreise von Neapel? Wo waren die gelehrten Zirkel, in denen man fragen, alles in Zweifel ziehen konnte, ohne dass man gleich bei der Inquisition angeschwärzt wurde? Sie dachte an Florenz, an die Accademia, an die Zusammenkünfte mit Galileo und den seinen. Wie lange war das her? Und wie es Galileo wohl ergangen war? Es gab Gerüchte, dass er sich mit seinem neuesten Buch zu weit vorgewagt hatte. Zwar hatte er beim Papst persönlich die Druckerlaubnis erwirkt, aber hatte Urban VIII. gewusst, was er da erlaubte? Man bezweifelte das. Ein Buch, das Galileis Ideen von der Relativität in den Vordergrund stellte – Artemisia erinnerte sich an die Diskussionen darüber – und noch dazu auf Italienisch geschrieben war! Ein Buch also für alle!

Die Gerüchte waren ungeheuerlich, und nur zu gern hätte Artemisia den Freund dazu befragt, zugehört, wenn die anderen

Mathematiker am Hof von Florenz ihre Einschätzungen abgegeben hätten. Stattdessen saß sie hier in der Stadt von Schwefel und Feuer. Mit Besatzern, die mal leutselig waren, mal die Inquisition mit einer Leidenschaft durchsetzten, die nichts mit dem wägenden Kalkül in Rom zu tun hatte und schon gar nichts mit der florentinischen Freiheit. Sie saß hier fest – mit mittelmäßig begabten Kupferstechern aus Nürnberg und Leuten, die nicht wussten, wie man eine Gabel hielt. Und das Schlimmste: In dieser rohen Stadt wuchs ihre Tochter auf. Prudenzia wurde bald fünfzehn. Sie zeigte keinerlei besondere Leidenschaft, sie zeichnete ein wenig, musizierte ein bisschen, sie bemühte sich, rechnen zu lernen. Artemisias Traum, ihre Tochter könne womöglich einmal in ihre Fußstapfen treten, war zerstoben. Prudenzia tat stets, wie ihr geheißen – zu wenig für eine Künstlerin, die mit Männern mithalten musste, zu wenig, um von eigener Hände Arbeit zu leben. Prudenzias Passivität aber zwang sie umso mehr zu handeln: Zeit, die Zukunft der Tochter zu regeln.

Artemisia sah zu Hause ihre Skizzen durch. Glücklicherweise war ihr Haus von all der Asche und den Wasserströmen verschont geblieben. Aber die Zeichnung stank. Es war, als hätte sich der Auswurf des Vulkans überall festgefressen, hineingefressen. Artemisia runzelte die Nase.

Da war die Zeichnung vom heiligen Proculus, dem Patron von Pozzuoli. Artemisia wusste nicht, ob der Heilige auch für Neapel zuständig war. Wenn, dann hatte er gerade kläglich versagt! Januarius allein war ja wohl nicht stark genug gewesen … Sie versagte sich den Gedanken. In der Logik der Kirche war der Patron vielleicht gerade jetzt gefragt? Damit sich solcherlei nicht wiederholte? Artemisia grübelte und grübelte. Dann ließ sie ihre Verbindungen spielen. Und endlich erhielt sie den großen Auftrag der Kirche, auf den sie so lange spekuliert hatte. Altarbilder für die Kirche von Pozzuoli! Endlich!

Die Kirche hatte begonnen, die großen Pläne für den Bau in die Tat umzusetzen. Meister Bartolomeo Picchiatti war dabei, das Kirchenschiff um acht Seitenkapellen zu vergrößern. Ob das die Kirche schöner machen oder vielmehr in ihren Proportionen beschädigen würde, blieb einstweilen unklar. Aber acht neue Kapellen bedeutete Raum für mindestens vierundzwanzig neue Altarbilder! Anstelle der bestehenden Decke sollte ein modernes Tonnengewölbe eingezogen werden, das musste sie nicht kümmern, leider: Freskenarbeit war nach wie vor Männerarbeit. Ausgerechnet ihr Kollege, eigentlich: ihr Gehilfe, Massimo Stanzione schnappte sich einen Auftrag für Fresken. Würde er noch Zeit haben, ihr bei den zahlreichen Susannen und Lukrezias zu helfen, die die Kundschaft gewiss bald wieder verlangte? Aber nun Pozzuoli! Ihr Missmut verflog rasch wieder. Sie Seite an Seite mit Neapels bekanntesten Künstlern und, was schwerer wog, zukünftig vor aller Augen! Artemisia malte die bestellte Anbetung der Heiligen Drei Könige. Und sie malte, weitaus herausfordernder, einen heiligen Januarius als Märtyrer im Amphitheater von Pozzuoli. Das Amphitheater stellten ihr die Gehilfen ins Bild, als Kulisse, die diagonal von rechts oben ins Bild ragt und links oben von freundlichen weißen Wolken abgeschlossen wird. Der Held des Bildes, der heilige Januarius, Beschützer der Stadt, nimmt nur zwei Drittel des Bildes ein, eine schmale Gestalt, ganz in Weiß, mit dem Bischofshut auf dem Kopf, wie er segnend den Bedrängten voranschreitet. Er stützt sich auf seinen Bischofsstab, seine Huld und Heiligkeit bestätigend, ist ein Priester vor ihm auf die Knie gefallen. Die Geste des Januarius mit der erhobenen Rechten könnte aber auch als Bescheidenheit gelesen werden: Nicht ich, sondern der Größere … Im halbdunklen Vordergrund ist eine Löwin zu sehen. Nach Katzenart ist sie auf die Vorderpfoten gesunken und knabbert am Ornat des Bischofs, ohne dass sie ihn ernstlich gefährden würde. So will es die Legende: Januarius, zum Tod in der Manege verurteilt, bekehrte sogar die wilden Tiere. Aber auf dieses Spektakel des Tierebezwingens legte Artemisia keinen Wert, auch wenn ihr das Porträt der Löwin nicht gerade leichtgefallen war – jedes Kind in Neapel konnte aber in der Prozession der Gläubigen jenen Zug wiedererkennen, der am Tag nach dem großen Vesuv-Ausbruch durch die Stadt gepilgert war! Damit war der jetzige Erzbischof eine Wiedergeburt des großen Schutzpatrons der Stadt. Seine Exzellenz, Kardinal Francesco Buoncompagni, war erwartungsgemäß entzückt, sich solchermaßen dargestellt zu sehen, wurde Artemisia jedenfalls berichtet. Und er sprach gut von ihr. Immer mehr Aufträge kamen. Nichts Besonderes. Noch mehr hingegossene Frauen: Cleopatra, Lukrezia, die eine oder andere Venus. So gut kannte sich Artemisia mittlerweile mit den Körpern von Frauen aus, dass sie die Modelle nur noch kurze Zeit buchen musste. Und doch: Am Ende blieb immer zu wenig übrig – sei es, weil die Kunden mit ihren Zahlungen zögerten, weil sie buchstäblich bis zum letzten Moment versuchten, sie herunterzuhandeln, sei es, weil Artemisia, geritten vom alten Ehrgeiz, eben doch wieder kostbare Materialien verwendete, feine Blau- und Rottöne, die besten Gewänder für die Modelle. Und weil sie niemals zufrieden war, immer wieder korrigierte, übermalte und änderte. Es war ein ewiges Hin und Her. Das Geld, das sie einnahm, wurde sofort wieder gebraucht; am Ende blieb die Schatulle beunruhigend leer. Insofern waren die besten Aufträge manchmal die heikelsten. Was war denn von dem Bild für König Philipp IV. übriggebleiben? Der Ruhm und nun auch am spanischen Hof geschätzt zu werden. Aber kein einziges Goldstück. Im Nachhinein verfluchte sie fast ihr Bildnis von Johannes dem Täufer. Gut, es hing im Buen Retiro, so hatte man ihr berichtet. Aber dann? Schweigen vom spanischen Hof.

Sie schrieb Briefe. Nach Rom, nach Bologna, nach Mantua. Sie bot ihre Dienste an. Mal bekam sie eine Antwort, mal nicht. Sie schrieb mit wachsendem Zorn, man werde, wenn man sie beauftrage, das Herz eines Cäsars bekommen im Busen einer Frau. Sie schrieb weitere Briefe. Nach Florenz. Nach Madrid. Und sogar nach London.

Das fiel ihr besonders schwer, denn in London wusste sie ihren Vater. Francesco hielt Kontakt zu ihm, aber Francesco war ein seltsamer Bruder. Er trieb für Artemisia Geld ein, aber oft genug behielt er es für sich oder trug es in die nächste Schenke.

Und dann kam doch eine Antwort, es war eher eine Bitte: Ihr Vater brauchte sie. Orazio Gentileschi war mittlerweile fünfundsiebzig. Seit ein paar Jahren arbeitete er bei Hofe in London. Aber sein neuestes Werk überforderte ihn: ein Deckengemälde für das Queen's House bei London. Monatelanges Arbeiten über Kopf. Eine ungeheizte Halle. Das stete Lauern und Wachen der Höflinge. Komm, Artemisia, meine Tochter, hilf!

Artemisia zögerte. Tagelang, wochenlang. Sie hatte lange gebraucht, bis sie nicht mehr Orazios Tochter war. Noch immer wurden viele ihrer Bilder mit ihm identifiziert, obwohl sie sich anders entwickelt hatte, obwohl die feine Stofflichkeit in Florenz, der Schimmer Venedigs, der edle *Tenebrismo* aus Neapel bei ihr Spuren hinterlassen hatten, die man nicht übersehen konnte. Es sei denn, man wollte das. Es sei denn, man wollte an der alten Vater-Tochter-Geschichte festhalten. Sie aber hatte sich befreit. Hatte Aufträge von Kardinälen und Königen. Und jetzt? Dem Vater zur Hand gehen? Unter seiner Anleitung, das hieß ja: unter seinem Befehl arbeiten? An einem ihr völlig unbekannten Ort. London, das war Laniers Stadt, aber Artemisia war zu alt, um sich etwas vorzumachen: Lanier hatte in London sein Leben, so wie sie in Neapel das ihre. Sie würde Gast bei ihm sein, vielleicht. Mehr ganz sicher nicht.

Und doch machte sie sich mit Francesco auf die beschwerliche und nicht ungefährliche Reise. Sie gab Prudenzia in Flavias Obhut und ließ einen Batzen Geld da, auf dass es der Tochter gut ginge. Schied von ihr unter vielen Tränen. Überstand Gewitter in den Bergen, Sturzbäche an den Hängen, unverschämte Kutscher, betrunkene Fährleute, verzweifelte Menschen, die den langen Krieg überlebt hatten und sich nun als Räuber und Bettler verdingten. Überwand ihre letzten Ängste, die letzten

Sorgen und schließlich auch die Seekrankheit auf dem Schiff, das sie von Frankreich aus nach England brachte. Sie vermisste Prudenzia an ihrer Seite, ihre Freundlichkeiten, den schief gelegten Kopf, ihre bedächtige Neugier, ihre stoische Ruhe, ihre Wunschlosigkeit.

Das Wetter in England. Der stete feine Regen, der sie erst einmal krank machte. Der Vater, der erschreckend alt geworden war, kämpfte gegen ein Zittern der Gliedmaßen. Queen's House: der beeindruckende lichte Bau in Greenwich. Die Decke: über die Maßen hoch und weit. Das Gemälde: fünf Meter im Durchmesser sollte es sein. Eine Aufgabe für eine große Werkstatt von Malern. Sie waren zu zweit! Wollte der Vater sie für immer an sich ketten? Sie konnte nicht anders, sie gehorchte ihm. Sie rutschte zurück in das alte Verhältnis, sosehr sie es sich auch untersagte.

Bei Tagesanbruch? Bei Tagesanbruch. Obwohl es wesentlich länger dauerte, bis sie dann endlich malen konnten.

Eine Pause? Eine Pause, auch wenn sie gerade in einen Fluss der Tätigkeit gekommen war.

Einen Vorschuss verlangen? Sie ließ sich von ihm schicken, kommandieren, sie gab ihr eigenes Ich auf. Die erfolgreiche, selbstbewusste Malerin lag rücklings auf dem Gerüst, von dem aus sie das Gemälde probeweise anbrachten, um die Wirkung zu sehen, um die Perspektive zu kontrollieren, sie arbeiteten wie Käfer, sie glaubte, zu ersticken.

Der Vater wollte sie umarmen.

Nicht!

Das Gemälde wuchs langsam, die lichten Farben, die gewünscht waren, machten ihr zu schaffen. So wenig Kontraste bei dieser Allegorie des Friedens und der Künste!

Zwischendurch tranken sie nach Landessitte Tee, am Hofe von Queen Henrietta Maria schlürfte man das Gebräu geräuschvoll aus Tassen, die feiner und weißer waren als alles, was Artemisia kannte, auf die Tassen waren zarte Motive gemalt:

Rosen in pudrigem Rosa. Artemisia umfasste das leichte Gefäß mit beiden Händen, als hätte sie es mit einem schweren Becher zu tun. Die Gastgeber lächelten: Waren doch etwas heftig und etwas grob, diese Italiener!

Und Lanier? Er lebte. War immer noch Hofmusiker, immer noch Diplomat. Er ließ sie rufen, sagte aber wieder ab. Versprach zu kommen, unterließ es dann. Die Frau, die Familie, der Hof. Es überraschte sie nicht, traf sie aber doch. Sie wohnte einer Aufführung seines Werks bei, sie lauschte den Klagen von Hero und Leander. Was sie beide trennte, war keine Tragödie, sondern nur Konvention. Lange war sie ihm nicht mehr so nahe gewesen und noch nie so fern.

In Artemisia loderte der alte Zorn auf.

Sie begann zu essen, obwohl sie das englische Essen fade und unansehnlich fand. Sie aß und aß, sie stopfte es in sich hinein, verbissen, mit Ingrimm. Aus der stattlichen, hochgewachsenen Frau mit den Goldhaaren wurde eine Matrone, die achtlos immer größere Tücher um sich schlang, die wenig sprach, die niemals tanzte, die sich nicht umarmen ließ und niemanden umarmte.

Drei Jahre.

Dann kehrte sie mit dem ungeliebten Bruder nach Neapel zurück. Auch im Zorn. Hatte sie doch gehofft, von England aus eine neue Wohnstatt für sich und die Tochter organisieren zu können. Aber Stanzione, der treu die Werkstatt im Süden organisiert und gehalten hatte, riet ihr zurückzukehren: Die Lage sei gut, in Rom seien die Verhältnisse mittlerweile so instabil, dass man nicht wisse, wie es weitergehe. Also Neapel. Das Alte von vorn. War das immer so? Artemisia dachte plötzlich an all die Feste, die sie gefeiert hatte, an all die Tänze, die sie aufgeführt hatte. Mit den Holländern. Und mit Velázquez! Sie dachte an die Menuette, die kunstvolle Courante. Wenn ihr Leben ein Tanz war, dann war London ein Seitwärtsschritt gewesen, aber einer, der nichts einbrachte, kein Geld und keinen künstlerischen Gewinn. Und Artemisia Gentileschi, mittlerweile siebenundvierzig Jahre alt, spürte, dass sie müde wurde.

Prudenzia und Flavia freilich tanzten um sie herum. Es war gut, mit den Frauen zu sein. In Flavias Haaren zeigte sich erstes Grau.

Sie nahm einen Kredit auf, mit viel zu hohen Zinsen, bei dem berüchtigten Wucherer an der Piazza Sallustio, aber die Lage war angespannt, weil die spanischen Besatzer immer mehr Steuern verlangten. Nun belegten sie auch noch Lebensmittel mit hohen Abgaben, bald würden sich die Armen kein Brot mehr leisten könnten, klagte Rosalia, die jeden Montag gierig die Hand aufhielt, damit Artemisia ihr beizeiten den Lohn aushändigte. Man wusste ja nie. Und auch die Gehilfen wurden unruhig, Stanzione hatte alle Mühe, sie zu bändigen, wenn Artemisia wieder einmal um Geduld gebeten hatte. Wichtig war jedoch, keinen Argwohn zu erregen, Bediensteten und Angestellten keinen Moment lang das Gefühl zu geben, die Arbeitgeberin sei selbst in Nöten. Das hätte sie auf der Stelle verrückt gemacht. Also den Anschein größter Sicherheit und Solvenz erwecken, auch wenn einem das Wasser bis zum Halse stand. Das tat es tatsächlich, aber die Not, die ihr den Schlaf raubte, konnte Artemisia selbst mit Prudenzia nicht teilen. Gerade mit ihr nicht! Die Belastungen nahm Artemisia ja auf sich, damit ihre Tochter gut versorgt wäre. Für alle Fälle. Was das für Fälle sein konnten, darüber dachte sie lieber nicht nach. Sie zog es vor, die Möglichkeit für das Heute zu prüfen, also endlich den richtigen Mann für ihre freundliche und antriebslose Tochter zu finden. Ein wenig älter durfte er schon sein, ein wenig erfahrener. Aber keiner, der das jeden Augenblick zeigen musste. Einer, der selbst Geld hatte, natürlich. Auf was war sonst bei diesen Kerlen Verlass! Es musste einer mit einem gut gefüllten Geldsack sein, der diesen aber nicht in verschlossenen Truhen verwahrte, sondern seine Goldstücke bereitwillig mit der Frau teilte. Mehrere Kandidaten kamen in Frage, Prudenzias Passivität wirkte auf viele Männer wie Liebreiz, und schließlich entschloss sich Artemisia, auf das Werben eines Händlers aus Venedig einzugehen. Er lebte schon lange in Rom, verfügte aber auch über ein Haus in der Lagunenstadt. Eine gewisse Freimut haftete dem Mann an, eine gewisse Weltläufigkeit. Zwar war er keineswegs ein *Cavaliere di Malta*, wie Artemisia in einem Brief nach Rom flunkerte, aber doch eine gute Partie. Prudenzia zierte sich nicht lange, und so wurde der Handel beschlossen und ein Vertrag aufgesetzt. Der allerdings verschlug Artemisia den Atem, so ungünstig erwiesen sich die Bedingungen für die Brautmutter. Aber nun hatte sie sich einmal entschieden, das Kind lächelte brav und halbwegs glücklich, also schickte sich Artemisia darein und nahm weiteres Geld auf. Selbst das reichte nicht, um die Feier einigermaßen würdevoll zu gestalten: Die traditionelle Patisserie konnte sich längst niemand mehr leisten, und die Fische für das Büfett mussten die Gesellen aus der Werkstatt eigenhändig von den Fischern aus dem Hafen holen, was sie nicht wenig verdross. Sie waren Künstler, keine Lieferanten! Oder jedenfalls: angehende Künstler. Artemisia schrieb lange Episteln nach Florenz, nach Bologna, nach Venedig. Sie schilderte ihre Lage, erbat Aufträge, rechnete vor, rechnete nach. Immer wenn sie in ihren Briefen einen Punkt setzte, fügte sie innerlich einen Seufzer hinzu. Zwar fiel ihr, die so spät Lesen und Schreiben gelernt hatte, das Schreiben mittlerweile leicht, aber das hier waren nun einmal keine Sonette. Wie lange hatte sie keine Verse mehr geschrieben? Wie lange hatte sie sich nicht mehr an Stanzen versucht? Ihr fehlte die Gesellschaft der Gelehrten in Florenz, ihr fehlten die venezianischen Freunde, ihr fehlten die Canzone, die Konzerte, das Üben auf den Instrumenten.

Artemisia bemerkte eine Schwermut an sich, die sie bis dahin nicht gekannt hatte. Sie hatte immer für jedes Problem eine Lösung gefunden. Aber für die Einsamkeit gab es keine Lösung, nur das Stillhalten.

Ein paar Stunden später konnte man eine große, etwas plumpe Frau in einem allzu kostbaren, gelbgold schimmernden Kleid auf der Dachterrasse ihres Hauses sehen. Der Abendwind zerrte unhöflich an den vielen Falten und Draperien des Gewands, als die Gestalt sich einen Hocker heranzog und die Viola da Gamba auf ihrem Schoß zurechtrückte. Sie begann zu zupfen, sie suchte eine Melodie, aber sie fand sie nicht recht. Und so war es mehr ein Sprechgesang, der in Satzfetzen, einzelnen Wörtern vom Dach wehte, so leise, dass es für die Vorübergehenden sicher nicht zu verstehen war:

Weep no more my wearied eyes. Neither sighs nor tears. Stay silly heart ...

Artemisias angelerntes Englisch klang hart und wie von Rauch durchzogen. Ihre Finger waren zu steif für die anmutige, leichte Melodie, die von so ernstem Kummer sprach.

Seit ihre Tochter fort ist, wird sie ein bisschen wunderlich, sagte der Färber von gegenüber zu seiner Frau.

Wird Zeit, dass sie wieder einen Galan findet, antwortete diese. – Der wird gewiss nicht allzu lange auf sich warten lassen.

Sie lachten gutmütig, aber auch mitleidig. Dabei wussten sie nichts von Artemisias *honnête homme*, dem Musiker aus dem fernen England, der diese Musik geschrieben hatte.

Ein paar Tage später klopfte es heftig an der Tür. Artemisia, die gerade an der Staffelei stand, war ungehalten. Es war Feiertag, und sie hatte den Gehilfen und Assistenten einen freien Tag gestattet, damit sie auf der Piazza die Marienprozession anschauen konnten, aber nun störte sie offensichtlich wieder einer von ihnen, sie hasste es, in ihrer Arbeit unterbrochen zu werden. Mit Schwung riss sie die Tür auf, die Arbeitsschürze umgebunden, in der erhobenen rechten Hand den langen Pinsel.

Wer da?

Matteo!

Augenblicklich legte sich Artemisias Zorn. Matteo Sigonio, der Schiffer, war einer der letzten verbliebenen Freunde. Allerdings sah er abgehetzt aus, unruhig, drehte seine Mütze in den Händen.

Sie müssen auf der Hut sein!, sagte er anstelle einer Begrüßung. – Habt Ihr genug Mehl im Haus? Und Trockenfrüchte?

Artemisia lachte. Seit wann kümmerte sich ein Mann wie Sigonio um die Vorräte einer Dame?

Sigonio schob sie zur Seite. Nach so vielen Jahren sollte sie seine Unhöflichkeit eigentlich gewöhnt sein. Artemisia eilte ihm nach, wollte ihn zur Rede stellen. Aber Sigonio ließ sich nicht beirren.

Sie erinnern sich an Tommaso, meinen Burschen?

Gewiss, erwiderte Artemisia. – Verfügt er nicht längst über ein eigenes Geschäft?

Durchaus, durchaus, sagte Sigonio. – Allerdings kommt er gerade so über die Runden. Mit Fischen und mit Früchten. Seine Frau hilft ihm dabei.

Ich weiß, ich weiß ..., sagte Artemisia, die ungeduldig wurde. Sie kannte den Gemüsestand der d'Amalfis.

Es ist furchtbar!, sagte Sigonio jetzt unvermittelt und ließ sich auf einen Hocker fallen. – Sie haben es zu weit getrieben.

Artemisia holte einen Becher Wein. Sigonio trank in großen Zügen und wischte sich den roten Saft vom Kinn. Was er erzählte, klang in der Tat beunruhigend. Tommasos Frau hatte den Feiertag nutzen wollen, um auf dem Markt mit ihrem Stand raschen Umsatz zu machen. Sie war ihren Kunden entgegengekommen, indem sie die Steuern, die auf Pfirsiche und Salat, Oliven und Zitronen zu entrichten waren, in ihrer Kalkulation unterschlug – und das auch noch laut kundgetan hatte. Also waren die Früchte bei ihr deutlich günstiger als bei der Konkurrenz. Rasch bekamen die Steuereintreiber Wind von dem ungesetzlichen Treiben. Vierschrötige Kerle hatten sich Marielle genähert, offenbar, um sie zu verhaften oder mindestens öffentlich zur Rede zu stellen. Da war Tommaso aufgetaucht, es hatte einen Tumult sondergleichen gegeben, in dessen Verlauf Tommaso eine Kiste mit Früchten schnappte, behände auf den Rand des Brunnens mitten auf dem Platz kletterte und die kostbaren Lebensmittel in die Menge warf:

Esst, Kinder, esst; dann wollen wir die Steuern abschaffen!, soll er gerufen haben.

Das war das Signal zum Aufstand.

Was? Ein Aufstand? – Artemisia musste lachen.

Während wir hier reden, sagte Sigonio ernst, brechen die Aufständischen bereits die Tore des Gefängnisses auf!

Wie?!?

Die Menge zieht in Richtung der Steuerhäuser und will sie öffnen, und, stellt Euch vor, man versucht sogar, des Vizekönigs habhaft zu werden! Das kann nicht gutgehen. Ich bitte Sie: Bringen Sie sich in Sicherheit. Augenblicklich!

Artemisia überlegte. Das waren beunruhigende Nachrichten. Aber sie arbeitete an drei Aufträgen gleichzeitig. Sie war schon wieder im Verzug. Und: Sie war nicht die Frau, die bei der kleinsten Unruhe das Weite suchte. Denn eine kleine Unruhe würde das wohl bleiben? Es ging nicht an, die Autorität der spanischen Besatzer anzuzweifeln. Gewiss würden diese die Revolte rasch niederschlagen?

Ich danke Ihnen, Matteo, sagte Artemisia, ich danke Ihnen, dass Sie gekommen sind, um mich zu warnen …

Wir könnten zum Hafen, rief Sigonio aufgeregt. – Wahrscheinlich schaffen wir es noch auf mein Schiff, dann könnten wir … zum Beispiel nach Sizilien.

Er errötete. Schlug ihr der alte Freund gerade vor, mit ihm zusammen die Stadt zu verlassen?

Sie beruhigte ihn, sagte, dass es gewiss nicht sehr schlimm werden würde. Da hörten sie das Getrappel auf der Straße. Getrappel und Getrampel, Rennen und Rufen, Schreie, Schläge, Kreischen.

Sigonio sprang auf.

Legen Sie den Riegel vor!

Und das Chaos begann. Zehn Tage tobte die Menge in den Gassen. Zehn Tage blamierte das Volk seine Herrscher. Rodrigo Ponce de León, Herzog von Alcalá, Vizekönig von Neapel, war tatsächlich in den Händen der Aufständischen. Sie geleiteten ihn in einem höhnischen Triumphzug durch die Stadt, sie zwangen ihn, die Steuererhöhungen zurückzunehmen. Sie verlachten und verspotteten ihn, und Tommaso nahm seinen Degen an sich, als Zeichen der neuen Herrschaft. Große Reden schwang der Fischer, der jetzt der Anführer der Aufständischen wurde – auf dem Markt, vor der Kirche, im Hafen war er zu hören. Immer wagemutiger wurde die Menge, immer radikaler wurden die Forderungen Tommasos, der sich jetzt Masaniello nannte. Die Leute begannen, ihm zuzujubeln, immer mehr Leute trugen neuerdings die rote Mütze der Fischer, die bis vor kurzem nichts als die Zugehörigkeit zu einer Berufsgruppe signalisiert hatte: rechtschaffen, aber ohne Aussicht auf Wohlstand. Damit war es jetzt vorbei, musste es vorbei sein! Die Menge tobte, die Menge plünderte. Die Steuerhäuser waren tatsächlich aufgebrochen, gierig stürzte sich die Menge auf das Geld. Die Verbrecher aus den Gefängnissen spielten sich zu Beschützern der Revolutionäre auf – oder sie machten sich in Gruppen davon: nach Süden, nach Osten, um sich mit den sagenhaften Ereignissen in Neapel zu brüsten.

An Schlaf war nicht zu denken. Nachts wurde es noch lauter in Neapel und noch gefährlicher. Als die Aufständischen glaubten, endgültig die Oberhand zu gewinnen, begannen sie, sich ihrer Unterstützer zu vergewissern und die anderen, die Stillen, die Unbeteiligten zu verdächtigen. Wart Ihr es nicht, die mit dem Virrey zusammengearbeitet habt? Habt Ihr nicht Aufträge vom Hofe selbst? Jeden Tag hielt Masaniello auf der Piazza Toledo Gericht, jeden Tag, so hieß es, wurden Todesurteile vollstreckt. Artemisia wagte sich kaum noch aus dem Haus. Masaniello gefiel sich in der Rolle des obersten Richters. Er konnte auch milde sein, er ließ Angeklagte davonkommen, wenn sie sich reuig zeigten, aber dann schlug er wieder mit aller Härte zu. Die improvisierten Horden, die Masaniello und die Seinen beschützten, schafften es tatsächlich, die Truppen der Regierung zurückzuschlagen – aber wie lange würde das gutgehen?

Artemisia spürte, wie Angst in ihr hochkroch, aber sie kämpfte sie nieder. Solange sie arbeiten konnte, würde sie bleiben. Solange sie arbeiten konnte, würde sie dieser Wahnsinn nicht anstecken! Sie schrieb an Prudenzias Mann, den Geschäfte in Venedig festhielten: Bleibt, wo ihr seid, wir kommen schon zurecht.

Keine Ahnung, ob ihn und Prudenzia der Brief je erreichen würde.

Sie blieb im Haus, hörte Nachrichten und Gerüchte nur in Fetzen, dachte sich ihren Teil, merkte, dass die Lage immer heikler wurde. Sollte sie doch fliehen? Das war kaum noch möglich. Die Aufständischen hatten die Hügel um Neapel mit Posten besetzt, und natürlich war der Hafen längst in ihrer Gewalt. Wo war Sigonio? Sie hatte ihn seit Tagen nicht gesehen. Er wohne auf seinem Schiff, um es notfalls zu verteidigen, hatte er sie wissen lassen, aber an Auslaufen war nicht zu denken. Die Fischer fuhren nicht mehr hinaus, die Bauern vernachlässigten ihre Höfe. Die Angestellten der Besatzerregierung verschanzten sich in ihren Häusern. Francesco, Artemisias Bruder, schlug sich zu ihr durch, mit dem hoch geröteten Gesicht des Begeisterten. Das wird was, das wird was! Schließt Euch uns an!

Artemisia schob ihn zur Tür hinaus, den Narren.

Immer mehr Villen wurden niedergebrannt, immer roher wüteten die Rebellen, vor allem gegen die Beamten. Irgendwie schaffte es der Vizekönig, sich zu retten. Die Menge frohlockte: Der Alte ist geflohen – aber das sollte sich als voreilig erweisen.

Es war heiß in diesem Juli 1647, noch heißer als sonst, eine stete Gewitterschwüle machte die Menschen ungeduldig, reizbar, und die Vorräte gingen zur Neige. Die Brunnen der Stadt waren zu Meldezentralen geworden, hier erzählte man sich, was vorgefallen war, aber es war schwer, an Wasser zu kommen, und die ersten Krankheitsfälle wurden bekannt. Der Bursche, der sich zu Artemisias Haus wagte, um ein paar Früchte vorbeizubringen, berichtete von Durchfällen und von Fieber. Er sah selbst aus, als würde es ihn demnächst aufs Krankenlager strecken. Und dann war der ganze Spuk vorbei. So rasch, wie er begonnen hatte. Und das war das Verdienst des Erzbischofs. Ascanio Filomarino schaffte es, den Vizekönig mit dem selbst ernannten König der Aufständischen zu versöhnen. An der Spitze einer riesigen Gruppe von Menschen war der Erzbischof zum Vizekönig geritten und hatte ihm einige Zugeständnisse abgerungen. Die Menge frohlockte. Und Masaniello, der all dies für seinen Erfolg hielt, schwang sich auf zu immer verrückteren Reden. Das war genug! Wahrscheinlich machten am Ende der Erzbischof und der Vizekönig gemeinsame Sache. Eine Intrige gegen den Fischerkönig flog rechtzeitig auf, aber als sich Masaniello in die Kirche del Carmine flüchtete, auf den Altar sprang und die versammelte Menge um Hilfe anrief, erntete er nur noch Gelächter. Er hatte den Bogen überspannt. Oder man war seiner schlicht überdrüssig. Neapel war unduldsam geworden, die Leute hatten das Spiel satt. Nur halbherzig winkte ihm die Menge hinterher, als vier kräftige Soldaten kamen, um ihn abzuführen.

Esst, esst!, rief Masaniello noch den Leuten zu, sein erfolgreichster Schlachtruf war das gewesen, aber noch in der Nacht war es vorbei mit dem Mann: Vier Männer töteten ihn mit vier Flintenschüssen.

Artemisia hielt den Atem an. Die ganze Stadt hielt den Atem an. Ungläubig schauten sich die Menschen auf den Gassen an. Was würde passieren? Was war passiert? Sie schüttelten sich wie Hunde, die einem Gewitterregen entkommen waren. Und dann zeigte Neapel noch einmal, was in ihm steckte und worauf es sich wirklich verstand: Neapel feierte.

Ungeduldig schob sich Artemisia durch die Menge, ihr Gesicht unter der übergroßen Kapuze verborgen. Noch war nicht sicher, wie die Menge auf diejenigen reagieren würde, die sich in den vergangenen zwei Wochen nicht auf die Seite der Revolutionäre geschlagen hatten. Sigonio war zu Artemisia geeilt, sobald die Kunde von Masaniellos Tod die Runde gemacht hatte. Nun schritt er voran, er teilte die Menge mit seinen langen, starken Armen und schaute sich alle paar Meter um, ob Artemisia ihm auch folgen konnte. Der gute Segonio! Sein Frachter war am Ende zerstört worden, aber sofort hatte sich der tapfere Schiffer an den Bau eines neuen gemacht. Und er hatte sie aufgesucht. Und alle wichtigen Neuigkeiten berichtet. Zögernd auch von Francesco berichtet. Der war an der Seite Masaniellos gesehen worden, wild gestikulierend wie dieser, große Reden haltend wie dieser, euphorisch, trunken. Und nun war Francesco fort.

Ob sie ihn hier finden könnten? In dieser wogenden, feiernden Meute? Vielleicht würden sie wenigstens Kunde von ihm bekommen, einen Hinweis, wo er geblieben sein könnte?

Die Menge tobte und sang. Die Menge schwoll an und schwoll ab, eine Masse aus roten Mützen und bunten Kleidern ... Würden sie es nach Sanitá schaffen? Der Bruder war angeblich zuletzt dort, im Viertel der Armen, gesehen worden, dort, wo Masaniello natürlich besonders viele Anhänger gehabt hatte. Hatte Francesco etwa eine bewährte Zuflucht der Bedürftigen gewählt, die Totenstadt?

Artemisia schauderte es. Sie hatte nie verstehen können, warum die Neapolitaner so an ihren Toten hingen. Manche trugen Totenschädel mit sich herum, so wie vornehme Damen in Venedig ihre Beutel mit den wichtigsten Schönheitsmitteln bei sich führten. Angeblich hatten die Leute solche Totenschädel angenommen, wie man ein verwaistes Kind zu sich nimmt; sie pflegten die Totenschädel, beteten für sie. Aber sie delektierten sich doch auch an dem makabren Anblick. Nichts liebte diese Stadt mehr als den Tod. An Sonntagen besuchten sie ihre Toten, und groß war die Freude gewesen, als vor ein paar Jahren Santa

Maria delle Anime del Purgatoria ad Arco fertiggestellt worden war, eine Kirche, die sich ausschließlich den Seelen im Fegefeuer widmete. Sie seien Gott nicht so nahe wie die Heiligen, hatte es geheißen, aber doch allemal näher, als die Menschen es von sich sagen konnten, die einstweilen noch auf der Erde ihr Dasein fristeten. Also wurden sie angerufen, also wurden sie für zuständig gehalten, diese Halbtoten, für die im Übermaß und in Ausschweifung Lebenden. Kein Maß. Kein Maß und keine wirkliche Größe! An der Via dei Tribunali tauchte die Kirche vor ihnen auf. Artemisia hastete vorbei, bekreuzigte sich: *Chiesa de' 'e cape 'e morte*, die schreckliche Kirche der Totenköpfe.

Seid Ihr etwa abergläubisch? – Segonio war vor ihr stehen geblieben und lachte über das Kreuzzeichen, das sie noch einmal schlug, als würde eine einzige fromme Geste nicht ausreichen.

Artemisia schaute ihn an: Wollen Sie hier vielleicht bestattet sein? Zwischen all den anderen, den ... Armen?

Das war es. Segonio kannte Artemisia gut. Nicht die Toten fürchtete sie, die Armut beängstigte sie.

Begütigend hob Segonio den Arm: Sie werden niemals hier landen, niemals! – Solange es mich gibt, hätte er gern noch hinzugefügt, unterließ es aber.

Sie eilten weiter, immer wieder tauchten Gruppen von Feiernden auf, mit Larven, mit Totenköpfen, mit bizarren Draperien an den Kleidern. Überall waren noch Spuren der Zerstörung zu sehen, Spuren des organisierten Wahnsinns der Aufständischen: zerschlagene Treppen zu den Wohnhäusern der Wohlhabenden, gefällte Bäume, Mobiliar, das aus den Häusern auf die Straßen geworfen worden war, rauchende Ruinen.

Es ging bergauf. Zur Linken lag die Sanitá, und dort hinten waren die berüchtigten Höhlen von Fontanelle. Artemisia zögerte. Sollte sie da wirklich hinein, in dieses Gewirr aus Höhlenräumen, die vor Jahrhunderten, vielleicht Jahrtausenden in den weichen Tuffstein geschlagen worden waren? Sie ging immer langsamer, je näher sie kamen. Was wollte sie hier bei den Toten? Segonio war schon wieder vorausgeeilt und sah sich nach ihr um.

Wenn Sie es vorziehen, schaue ich allein nach Ihrem Bruder?

Artemisia schüttelte den Kopf; nein, nun war sie schon einmal hier, nun konnte sie dem Tod auch ins Gesicht sehen.

Ein paar Stunden später schüttelten sich die beiden den Staub von den Kleidern, einen merkwürdig klebrigen, feuchten Staub, der einen hartnäckigen weißlichen Film auf allem hinterließ, sosehr sie auch klopften und schüttelten. Artemisia schritt nun rasch voraus. Nur fort, fort aus dieser unheimlichen Gegend, fort auch von dem Gelichter, das sich hier herumtrieb, den zahnlosen Bettlern, den Weibern, die ihnen ihre Not ins Gesicht schrien, den schmutzigen kleinen Kindern. Es war Nachmittag, schon bald würde die rasche Dämmerung das Licht in den Gassen ersticken. Dennoch schlug der Freund nicht den Weg nach Hause, sondern zum Hügel Capodimonte ein.

Warum …?

Von da oben haben wir einen Überblick. Vielleicht sehen wir etwas, das uns hilft. Oder treffen jemanden, der etwas gehört hat.

Sie stiegen und stiegen. Artemisia hatte Kleid und Umhang geschürzt, aber in der Wärme war dieser Aufstieg wahrlich eine Qual. Sigonio bemerkte endlich, welche Mühe ihr der Aufstieg machte, und reichte Artemisia eine Hand.

Da, schauen Sie!

Sie hatten eine kleine Plattform erreicht und schauten nun hinunter auf Sanitá und die Stadt, die sich dahinter ergoss, endlos, so schien es, immer weiter, denn das Meer konnte man von hier aus noch nicht sehen.

Es ist sinnlos, sagte Artemisia. – Wir werden ihn nicht finden.

Neapel ist kompliziert, sagte Segonio. – Geben Sie nicht gleich auf. Viele Dinge brauchen Zeit. Sie sind immer noch von der alten römischen Ungeduld.

Und Sie haben, dachte Artemisia, keine Ahnung von Rom. Ein

heftiges Heimweh ergriff sie. Nach Rom, nach ihrer Stadt, nach den breiten Gassen und übersichtlichen Vierteln, nach den gepflegten Menschen und den Zirkeln der Literaten und Musiker, in die sie jetzt, da sie so erfolgreich war, gewiss leichter Zugang finden würde als damals, als sie nichts war als Orazios Tochter.

Gefällt Ihnen denn rein gar nichts an Neapel?, fragte Segonio mit belegter Stimme.

Artemisia überlegte:

Ihr Schiff, zählte sie auf. Santa Brigida. – Sie überlegte noch eine Weile weiter.

Segonio lachte:

Das ist nicht eben viel. Was ist es, das sie so unbarmherzig macht?

Artemisia schaute ihn fest an:

Hier feiert man die Toten. Ich will dahin, wo man die Lebenden feiert.

Segonio nickte bedächtig. Das leuchtete ihm ein. Aber dann wies er auf die vielen Menschen, die ein gutes Stück unterhalb der Stelle, wo sie standen, liefen und rannten, sangen und spielten.

Es ist doch ein tolles Treiben, sagte Segonio. – Ich weiß schon, dass Sie nicht umhinkönnen, an die Opfer des Aufstands zu denken, an die vielen grässlich Verletzten und an die Toten, aber Sie sind doch Malerin! Warum ... – jetzt erkühnte er sich wirklich – warum malen Sie nicht das, was Sie sehen? Ich meine, was hier zu sehen ist? Damit sich spätere Generationen daran erinnern, wie es gewesen ist? – Segonio senkte den Kopf, er hasste es, über Dinge zu reden, von denen er nichts verstand, aber seine Freundin hatte ihn verleitet.

Artemisia schüttelte den Kopf. Sie dachte an die Bilder der Breughels aus den Niederlanden mit ihrem vielfarbigen Menschengewimmel. Sie dachte an die Schlachten, die die anderen Niederländer verewigt hatten, an große Szenen, an das Gewimmel von Helden und Verlierern.

Die Menge interessiert mich nicht, sagte Artemisia schließlich. – Mich interessiert nur ... die einzelne Tat. Der einzelne Mensch. Die einzelne Frau und das Schicksal, das sie zu bestehen hat.

Dann erweisen Sie den Menschen aber viel Ehre, sagte Segonio, der zu verstehen begann.

Gewiss, den Menschen, sagte Artemisia. – Den Frauen.

Francesco blieb verschwunden. Und Massimo. Und bald schloss sich das Treiben Neapels über den vielen Toten und Vermissten, so wie sich ein See über einem Stein schließt, den man hineingeworfen hat. Das Wasser nahm den Stein auf, es bewegte sich ein wenig, es warf Wellen – und dann war es vorbei.

So würde es auch ihr selbst gehen, früher oder später, davon war Artemisia überzeugt. Sie konnte noch so viele Susannen malen und Esthers und Lukrezias. Der Lauf der Welt würde sie alle hinwegwischen. Wahrscheinlich jedenfalls. Und die Zukunft würde sich über ihr schließen, würde sie hinabsinken lassen, tiefer und tiefer in das große, allgemeine Vergessen. Würde jemand ihren Totenschädel an sich nehmen und pflegen wollen? Ein entsetzlicher Gedanke! Zum ersten Mal fand es Artemisia an der Zeit, sich mit dem Sterben zu befassen. Und mit dem Leben, das sie bis dahin führen wollte.

Euer Exzellenz ... liebe, gnädige Dame ... Artemisia schrieb Brief um Brief. Eine letzte Anstrengung unternahm sie, um dieser fürchterlichen Stadt, die Neapel für sie war, zu entkommen. Aber alle Galanterien nützten nichts; ihre Briefe wurden gar nicht oder mit nichtssagenden Höflichkeitsfloskeln beantwortet. Selbst ihr alter Freund Cassiano dal Pozzo in Rom hielt sich bedeckt. Und die florentinischen Freunde? Sie hatten sich nach dem Tod Galileos vor fünf Jahren zurückgezogen. Die Kirche machte jetzt Ernst; Schüler Galileis wurden zur Abbitte gezwungen, seine Bücher waren kaum noch zu bekommen. Die Zeit schritt voran, aber sie schien gleichzeitig zurückzuschreiten. Die Leute klammerten sich umso mehr an die Vergangenheit, je unerbittlicher sich die Zukunft zeigte. Und der Hof? War zurückhaltend mit Kunstankäufen, wappnete sich für Auseinandersetzungen, von denen Artemisia nichts verstand und auch nichts verstehen wollte. Vielleicht musste sie es wie die Holländer machen? Vielleicht musste sie selbst zur Reisenden in Sachen ihrer Kunst werden? Der Gedanke belebte Artemisia. Plötzlich erschien ihr das Reisen, das sie doch immer nur als Mühsal, als Qual empfunden hatte, verlockend. Fort, nur fort aus diesem schwefelstinkenden, todessüchtigen Neapel!

Noch einmal also kehrte Artemisia Gentileschi nach Rom zurück. Allein diesmal. Nicht mehr als Tochter von Orazio Gentileschi, nicht als zweifelhaftes Talent, nicht als Gattin des mittelmäßigen Stiattesi. Artemisia Gentileschi kehrte zurück als eine der angesehensten Malerinnen der Zeit. Sie wurde herumgeführt, sie war beinahe täglich in einem der guten Häuser zu Gast. Warum hatte sie so lange mit dieser Reise gewartet? Sie wurde von bedeutenden Sammlern nach ihrer Meinung gefragt, nach ihrer Expertise, hauptsächlich, wenn es um ebenfalls weibliche Maler ging. Was war von Virginia da Vezzo zu halten, die Vouets zarten Malstil auf die Spitze getrieben hatte? Und was von diesem erst zwölfjährigen Wunderkind, Elisabetta Sirani, die schon ausgezeichnete Porträts malte, darunter eines von der Cenci. Von der Cenci? Artemisia erschrak. Die Nennung dieses wunderbaren, dieses schrecklichen Mädchens katapultierte sie in die Kindheit zurück. Wie sie auf des Vaters Schultern die Hinrichtung der jungen Cenci mitangesehen hatte, wie Caravaggio fasziniert war von dem Schönen und dem Bösen, das in der Rache der erniedrigten Tochter gelegen hatte … Und dann ein Porträt? Vierzig Jahre später? Von einer, die weder die Cenci noch die Umstände der Bluttat kennen konnte? Artemisia schüttelte anerkennend den Kopf. Was für eine herausragende Anmaßung! Es sprach von einigem Selbstvertrauen. So, ja so und nicht anders stellte sie sich die Kunst der Frauen vor. Frauen, die sich nahmen, was sie brauchten – an Motiven, an Modellen, an Gelegenheiten. Die Vezzo hingegen? Das schien doch eher ein Rückschritt. Wie artig sie ihre Künstlerinnen-Porträts malte, immer hübsch bescheiden und tieffromm zugleich mit dem Madonnenblau und den stets artig halb gesenkten Lidern der Modelle. Wieder lachte Artemisia, diesmal, als sie bei dal Pozzo das Bild der Judith sah: Eine schmallippige und ordentlich frisierte Judith hielt zwar noch den Degen in der Hand, aber doch eher wie einen Cellobogen, und der blutgetränkte Kopf des ermordeten Tyrannen ruhte halbversteckt unter Degen und Draperien. Na, danke! Tief befriedigt verließ Artemisia das Haus des Sammlers. Nein, der lange Aufenthalt in Neapel, dieser geschäftigen und gewalttätigen Stadt am Höllenschlund, hatte ihren Ruhm nicht gemindert. Sie gehörte noch dazu, ja, mehr: An ihr orientierten sich zweifellos auch die Jüngeren.

Sie schrieb an einen Freund in Neapel. Sie schrieb, sie wisse nicht, wann sie zurückkomme, ob sie überhaupt heimkehre nach Neapel. Einstweilen genieße sie Rom, die Frühlingsluft, den sanften Duft der Pinos und die erlesenen Gesellschaften. Sie hörte zum ersten Mal die Musik von Barbara Strozzi, die *Cantate*, die wie ein Gruß aus der Zukunft klangen. Eine Frau, die Musik für Frauen schrieb! Und sang! Artemisia spürte, wie sie in Rom wieder zu Atem kam. Aber dann reiste sie doch weiter nach Florenz. Sie hatte lange überlegt, ob sie hierher zurückkehren konnte. Immerhin war sie vor mehr als zwanzig Jahren regelrecht geflohen, und Gläubiger hatten ein gutes Gedächtnis. Einmal noch zurückkehren an die Akademie, einmal noch sprechen mit den erlauchtesten Geistern, hören, was die Weltenuhr schlug ... Artemisia mochte nicht widerstehen. Sie nahm die Kutschfahrt auf sich, zweieinhalb Tage für eine Hoffnung. Florenz aber hatte sich verändert. Erstaunt sah Artemisia, wie viele neue Gebäude in der Stadt gewachsen waren, Häuser der Verwaltung, aber auch kleinere Theater wie das *Cocomero*. Der neue Regent, Don Lorenzo de' Medici, hatte ein Faible für Komödien – und das allein war schon ein guter Witz. Die Herrscherfamilie war nicht bekannt für ihren Humor, ja, in jüngerer Zeit regierten die Medici immer strikter, immer unnachgiebiger, sie hörten auf die Pfaffen statt auf ihren Verstand. Ein neuer Ton war eingezogen, eine Strenge, etwas Harsches, Unerbittliches. Es passte nicht zur Grazie der einstmals so freien Stadt. Traurig stand Artemisia ein paar Tage später im Salon ihres einstigen Freundes Buonarroti. Auch er war schon gestorben, vor kaum drei Jahren. Seine prächtige Wohnstatt gab es noch. Die kostbaren Möbel waren mit Leintüchern verhüllt, die Fensterläden geschlossen, aber Artemisia bestand darauf, dass man sie zumindest im ersten Raum des Obergeschosses öffnete. Man entsprach ihrem Wunsch, ein wenig unwillig, wie es schien, denn der Diener, der sie führte, hatte anscheinend keine Ahnung, mit wem er es zu tun hatte.

Da war sie. Die *Inclinazione.* Ihr Bild von Talent und Hingabe. Artemisia legte den Kopf in den Nacken und schaute hinauf zu ihrer Allegorie, die den Bilderreigen für Buonarrotis Wohnräume eröffnete.

Ja, diese Nackte da oben, sagte der Diener entschuldigend. – Die wird natürlich auch übermalt.

Artemisia schaute ihn entsetzt an.

Ja, gewiss, fuhr der Diener fort, der ihren Blick missdeutete. – Es haben sich schon so viele daran gestoßen. Jetzt sucht die Herrschaft nach einem Maler, der sich auf die Darstellung von Draperien versteht. Dann wird die Figur zu betrachten sein, ohne dass anständigen Menschen die Röte ins Gesicht steigt …

In diesem Sinn fuhr der Mann noch fort zu reden, aber Artemisia hörte nicht mehr zu. Sie schaute ihr Bild an, ihre Figur, die so viel Freiheit und Anmut verkörperte. Sie würde sie nicht beschützen können. Niemand konnte sie beschützen. Neue Menschen würde ihre Bilder auf neue Weise betrachten. Die Werke würden umgehängt, beiseitegeschafft oder übermalt werden.

Plötzlich ergriff sie eine große Heiterkeit.

Cut!

Nicht jetzt schon wieder!

Tim stöhnte. Noch nie hatte er sich so viel Zeit genommen, bei Dreharbeiten dabei zu sein, wie bei diesem Film über Artemisia Gentileschi. Sie hatten chronologisch gearbeitet, was die Sache immer wieder verzögert hatte. Sie hatten diskutiert und gestritten, aber in der römischen Villa, die die Casa Buonarroti darstellen sollte, sollte nun der Abschluss gelingen. Heute noch. Was also zum Teufel sollte das?

Joy hatte gerufen. Joy, die Hauptdarstellerin, die immer mehr in die Rolle der Artemisia hineingewachsen war und entsprechend auftrat.

Was soll das? – Die Geduld der Regisseurin war nach fast drei Monaten erschöpft. Wütend trat sie auf Joy zu:

Du weißt schon, was so ein Drehtag hier kostet ... – Dann sah sie, dass Joy Tränen in den Augen hatte.

Herrje, was ist denn ...?

Wir können so nicht aufhören, sagte Joy zögernd.

Wie denn nicht?, fragte Lena, noch immer ärgerlich.

Ich meine, wir lassen sie einfach ... verschwinden. So im ... Irgendwo. Das ist nicht ... richtig, ich meine: nicht angemessen. Sie hat so viel erlebt, so viel überwunden, da könnten wir doch ...

Du meinst, wir könnten ihr einen richtig knalligen Abgang verschaffen?

Joy nickte langsam.

Die anderen waren hinzugekommen, Erschöpfung in ihren Gesichtern, aber auch Neugier.

An was dachtest du?

Nun ja ... wir könnten sie einen Unfall erleiden lassen. Oder an der Pest sterben lassen. Die ist in Neapel ein paar Jahre später ausgebrochen. Vielleicht ist sie daran gestorben. Oder an einer anderen dramatischen Krankheit.

Ist nicht verbürgt!

Oder wir … könnten sie wenigstens einmal noch ihren Nicholas Lanier treffen lassen, einmal nur! – Joy bettelte fast.

Lena zögerte. Dann fasste sie Joy um die Schultern und sagte:

Und für wen wäre das gut? Für uns? Für sie? Für einen versöhnlichen Schluss?

Dann holte sie tief Luft und klopfte ihrer Hauptdarstellerin auf die Schulter:

Das letzte Dokument, das wir von Artemisia Gentileschi kennen, ist eine Steuerunterlage. Wir wissen nicht, wie sie gestorben ist, nicht einmal wann. Wir wissen, dass sie ein Grab hatte mit einer Grabplatte darauf: *Heic artemisia*, stand darauf, hier liegt Artemisia. Aber Grab und Grabplatte sind verschwunden. Artemisia ist verschwunden. Sie war groß, eine Künstlerin, wie es sie nicht mehr gegeben hat, eine geschlagene Frau, eine Mutter mit Hoffnungen für ihre Tochter, eine Schuldnerin, eine Frau voller Zorn, mutig, vorwärtsschreitend, eine Freundin der Gelehrten, eine Skeptikerin, eine Geschäftsfrau sondergleichen, eine Liebende. *Heic Artemisia*. Mehr wissen wir nicht. Es ist nicht unsere Geschichte. Es ist ihre.

Und Artemisia? Lachte. Sie stand da, die Hände in die breiten Hüften gestemmt, und lachte: Ja, so würde es sein: Alles würde übermalt. Die Anstrengung, die Grandezza – und die Erinnerung.

Nachbemerkung

Wer schreibt, darf träumen. Das gilt überraschenderweise auch dann, wenn man über längst Vergangenes schreibt – über das ausgehende 16. und das beginnende 17. Jahrhundert zum Beispiel. Und hier insbesondere über Frauen. Von Artemisia Gentileschi, der Künstlerin des Barock, kennt man *Judith und Holofernes, Lukrezia, Susanna und die Ältesten,* einige Porträts – rund 60 Werke, bestürzend kraftvolle Ölgemälde, die von den mythischen Dramen der Menschheit erzählen. Und sonst? Neben dem Geburtsdatum wissen wir von diversen Wohnorten, dem Ehemann, Mäzenen und geschäftliche Einnahmen und Ausgaben. Es gibt Briefe, Zeichnungen, Rechnungen und sogar einige Gedichte. Und dazu die seit einigen Jahren einsehbaren Akten des Vergewaltigungsprozesses in Rom. Aber schon das Todesdatum ist nicht gesichert überliefert. Und weniger noch, was sie umtrieb, mit wem sie befreundet war, wer sie inspirierte und wem sie Gedanken anvertraute. Nicht nur, dass die Kunst über viele Jahrhunderte »männlich« war – auch die Kunstgeschichte, also die Schreibung der Kunst, war es und ist es mit wenigen Ausnahmen bis heute. Wir kennen Velázquez und Breughel, Monteverdi und Händel – aber wer kennt Lavinia Fontana und Elisabetta Sirana, Bettina Strozzi und Margherita Costa?

Auch davon handelt dieses Buch. Von Leerstellen, von Lücken. In einer Romanbiografie darf man sie füllen: durch möglichst wahrscheinliche Episoden, Bekanntschaften – und eben Träume.

So ist es beispielsweise belegt, dass Artemisia Gentileschi mindestens gut bekannt war mit Galileo Galilei. Briefe bekunden das. Aber dass er ihr seine Entdeckungen persönlich gezeigt hätte? Nicht mehr als eine Hoffnung.

Dass sie mit Velázquez ein Tänzchen riskiert hätte? Möglich, aber nicht belegt. Die beiden waren zur selben Zeit in Neapel und verkehrten in denselben Kreisen, hegten dieselbe Verachtung für Speichellecker und Opportunisten. Und: Artemisia bekam Aufträge aus Madrid.

Auch mit der Nähe zu Caravaggio ist das so eine Sache. Er war mit Artemisias Vater Orazio Gentileschi gut bekannt – aber ob er wirklich einen Blick für die Talente der jungen Malerin hatte? Als Autorin muss man auch hoffen dürfen.

Insofern möge man es mir nachsehen, dass ich der Beziehung zu dem englischen Komponisten und Diplomaten Nicholas Lanier womöglich etwas mehr Bedeutung verliehen habe, als nachgewiesen ist. Wer das Portrait des Engländers betrachtet, das van Dyck gemalt hat, muss alles für möglich halten.

Reiner Auswuchs der Fantasie hingegen ist die Begegnung mit der Dichterin und Sängerin Margherita Costa. Die Person selbst ist zu unwahrscheinlich, um erfunden zu sein. Dass wir von der historischen Figur wissen, haben wir der großartigen Autorin Christine Wunnicke zu verdanken. Die hat die haarsträubende Lyrik der Costa übertragen, versehen mit dem sinnreichen Titel »Die schöne Frau bedarf der Zügel nicht« – und ein Nachwort dazu geschrieben, das zu den lohnendsten Lektüren rings um Artemisia Gentileschi gehört. Margherita Costa ist eine Gestalt des Barock – seltsamerweise aber wirkt sie zeitgenössisch –, nicht so entrückt wie die Figuren von Allessandro Manzoni, dessen Roman *Die Verlobten* gleichwohl eine wichtige Quelle für die Beschreibung von Reisen und Pestilenzen darstellte.

Lektüren, Studien, Recherchen. Sie mussten hier die Begegnungen mit Zeitgenossen ersetzen. Neben dem Werkverzeichnis, das nur vorläufig sein kann und für das der italienische Forscher Roberto Contini steht, ist hier allen voran die amerikanische Forscherin Mary Garrard zu nennen. Ihre zahlreichen Veröffentlichungen über Artemisia Gentileschi haben die Richtung der eigenen Forschungen vorgegeben, sie hat zudem in

Korrespondenzen wichtige Hinweise gegeben (*Artemisia Gentileschi and Feminism in Early Modern Europa* u.v.m.)

Lesenswert ist auch die semifiktionale Biografie der Französin Alexandra Lapierre, die freilich die letzte Lebensspanne Artemisias auslässt.

Über diese letzten Jahre Artemisias in Neapel gibt es eine kluge, schmale Abschlussarbeit von Helena Müller: *Das Herz eines Cäsar im Busen einer Frau* trägt eine Vielzahl von Daten und Dokumenten zusammen. Sie steht hier stellvertretend für eine lange Liste von hilfreichen Studien vor allem jüngerer Kunsthistorikerinnen aus Italien, Deutschland und den USA. Wichtige Hinweise insbesondere zur stupenden Geschäftstüchtigkeit von Artemisia verdanke ich Sheila Barker.

Besonders heikel war die Beschäftigung mit der Vergewaltigung Artemisias. Die Gerichtsakten sind zugänglich – aber sie sind aus männlicher Sicht erstellt. Die Arbeiten der Philosophin Hilkje Hänel zum Thema haben das theoretische Rüstzeug geliefert, das mir den Mut zum Schreiben gab (*What Is Rape? Social Theory and Conceptual Analysis*).

Aus diesem Respekt vor der Geschichte rührt auch meine Erfindung eines Filmteams, das die Artemisia-Geschichte immer wieder im Heute spiegelt. Ich habe das Filmteam um die Regisseurin Lena erfunden, um Distanz zu schaffen – und um klarzumachen: Wir erzählen nur, wir wissen niemals.

Am Ende des Schreibprozesses hat mich ein Fachgespräch mit der Potsdamer Artemisia-Expertin Franziska Windt von den ärgsten Zweifeln befreit.

Über die zweite heimliche Hauptfigur dieses Romans, den Maler Caravaggio, gibt es zahlreiche lohnende Biografien und das verdienstvolle Werkverzeichnis von Sebastian Schütze. Ein kleines Buch jedoch, schon 1987 erschienen, war mir seitdem immer ein Maßstab und ein Schrecken, wenn es um das Schreiben über Kunst geht: Christof Geisers Roman *Das geheime Fieber*. Ihm verdanke ich auch den Mut, Artemisia Gentileschi einerseits als fremd, andererseits aber als nah zu verstehen.

Die langwierigen und oft schwierigen Recherchen in Deutschland und Großbritannien, die überaus erfreulichen in Neapel und Rom, Florenz und Venedig, die Studien am heimischen Schreibtisch bildeten den Rahmen für dieses Buch; wunderbarerweise gab es ausgerechnet in dieser Zeit große Ausstellungen zu Artemisia: in London und in Neapel. Fachleute und Zufallsbekanntschaften haben in Italien zu überraschenden Entdeckungen geführt. Zu danken habe ich also Kuratoren und Wissenschaftlern, aber auch jenem Pfarrer in Neapel, der in eine verborgene, barocke Sakristei führte, oder dem Kellner, der ein Buch über die »Wunderkammer Neapel« wortlos auf den Frühstückstisch legte.

Die Recherchen haben, wenn man so will, über die Zeit ein nicht allzu großes, aber stabiles Boot gebildet. Dieses Boot aus Anschauung und Recherche hat mich durch die Träume getragen: Die Träume von Artemisia Gentileschi, einer fremden, nahen Zeitgenossin.

Zu danken habe ich auch dem Insel Verlag und vor allem meiner Lektorin Gesine Dammel, die mich mit viel Ermutigung begleitet.